NEW YORK
Port Jervis
Peekskill
Yonkers
NEW YORK CITY
Bronx
Morristown
Jersey City
Manhattan
Queens
LONG ISLAND
Newark
Brooklyn
Staten Island
NEW JERSEY
Princeton
Delaware
Trenton
Asbury Park
Atlantic Ocean
PHILADELPHIA

James A. Mi(

DRESDEN, PENN

James A. Michener

DRESDEN, PENNSYLVANIA

Roman

Deutsch
von Gerhard Beckmann

Mit
Buchkunstarbeiten
von Achim Kiel

Gustav Lübbe Verlag

Titel der Originalausgabe: The Novel
Originalverlag: Random House, Inc., New York

Aus dem Amerikanischen von Gerhard Beckmann

Printed in Germany
ISBN 3-7857-0662-6

Den pennsylvanisch-deutschen Schülern,
die mit mir zur Schule gingen.

INHALT

THE
Der Schriftsteller
WRITER

Lukas Yoder

Heute morgen – Dienstag, den 3. Oktober, um halb elf – habe ich den letzten Satz des Romans getippt, der beschließt, was von den Kritikern inzwischen als ›Grenzler-Oktett‹ bezeichnet wird – als ob ich von Anbeginn geplant hätte, acht zusammenhängende Bücher zum gleichen Thema zu schreiben. Nein, das hat sich zufällig so ergeben.

Im Jahre 1967, ich war damals vierundvierzig, malte ich mir im Gebiet des sogenannten Pennsylvania Dutch Country einen kleinen, überschaubaren Landstrich aus, eingebettet zwischen den bekannten drei deutschen Städten Allentown im Norden, Reading im Westen und Lancaster im Süden; von Osten nach Westen sechzehn Meilen, in Nord-Süd-Richtung zehneinhalb Meilen tief. Es war ein so festumrissener Raum mit einer so faszinierenden Landbevölkerung, die an althergebrachter deutscher Lebensart und Sprechweise festhielt, daß ich ihn nach der recht gründlichen Charakterisierung im ersten Roman auch für die folgenden Werke verwendete. Ich erfand für diesen Raum einen Namen: das Grenzlerland; ich stellte mir vor, selbst dort ansässig zu sein; und als ich an diesem Roman zu schreiben begann, dem ich den Titel *Steinmauern* gebe, um die Sturheit meiner geliebten Dutch und ihre Einstellung zu Grund und Boden anzudeuten, war es für mich unvorstellbar, über einen anderen Teil der Welt oder der Vereinigten Staaten oder selbst Pennsylvaniens zu schreiben. Wie bei Schriftstellern so häufig, war mein imaginäres Land für mich wirklicher geworden als die reale Umgebung.

Wie um die Fertigstellung des Romans zu besiegeln, klopfte ich noch einmal mit der Hand auf das Manuskript, ehe ich vom Arbeitszimmer nach unten ging, in die Küche, und die große Nachricht ausrief: »Emma! Es ist fertig! Jetzt fängt für uns wieder das Leben an.«

Meine Frau konnte meine Begeisterung nicht so recht teilen, weil sie sich an die Plackerei erinnerte, die für den Feinschliff der vorausgegangenen sieben Bücher nötig gewesen war. »Ich weiß, was noch vor uns liegt. Wir haben Oktober 1990. Ein Jahr wird's für das Ausputzen brauchen – für die Änderungsvorschläge aus New York, das Umarbeiten, schließlich die Korrektur der Druckfahnen. Das fertige, gedruckte Buch kommt vielleicht in zwölf Monaten. Im Oktober '91.«

Sie wollte mir mein Triumphgefühl anderseits nicht nehmen und wies deshalb mit breitem Lächeln auf den Ofen, aus dem einer von jenen unvergleichlichen Düften drang, wie sie etwa beim Kochen von Apfelbutter, dem Braten nahrhafter Fleischfüllungen und dem Backen einer Kürbispastete mit Muskat aufkommen und die eine Küche der Pennsylvania Dutch zum Allerheiligsten machen. Von allen Düften war indes dieser eine, besondere meiner Meinung nach der beste: das verlockende Aroma eines Reispuddings traditioneller Art.

Emma öffnete die Tür des Herdes und zog mit schweren wollenen Fausthandschuhen eine hübsche deutsche Terrine heraus – braunes Töpfergut mit fünfunddreißig Zentimetern Durchmesser und fünfzehn Zentimeter hoch, das nach oben trichterförmig ausläuft. In diesem Topf hatte sie eine Köstlichkeit der Pennsylvania Dutch bereitet, die obenauf goldbraun überbacken und unter der Kruste mit Rosinen gesprenkelt war.

Ein Emma-Yoder-Reispudding war nicht das übliche laffe Zeug aus vorgekochtem Reis mit milchig dünner, süßer Sauce, ohne Rosinen, höchstens vielleicht mit etwas darübergestreutem Zimt. Kochen kam dabei für sie nicht in Frage, nur Bakken, und Backen brauchte Zeit und – wenn der Pudding sich seiner Vollendung näherte – liebevolle Aufmerksamkeit. Aus dem Grund mußte auch das Gefäß, in dem sie ihn buk, viel tiefer sein, als man wohl gemeint hätte; denn das eigentliche Garen begann erst, nachdem die harten Reiskörner über Stunden allmählich weichgekocht und die Rosinen und zuletzt der Zimt hinzugegeben waren. Alle zehn bis fünfzehn Minuten bildete sich obenauf eine schöne braune Kruste; dieser Farbton ergab sich durch den karamelisierten Zucker der Mischung. Die sich bildende Kruste rührte Emma dann mit einem langstieligen Löffel wieder unter den Pudding, damit diese Masse mit ihrem kräftigen Geschmack und dem Bernsteinton den ganzen Pudding durchzog.

Einen echten deutschen Reispudding zu machen ist eine Kunst. Es ist wichtig, daß man den ungekochten Reis und eine sahnige Milch in genau dem richtigen Mengenverhältnis eingibt; das Ganze schaut anfangs ziemlich wäßrig aus, aber während des Backens und mit dem Verdampfen der überschüssigen Flüssigkeit verwandeln Milch, Eier und Zucker sich wie durch Zauber zu einer der besten Süßspeisen der Welt. Was den »deutschen Pudding« zu einem Wunderwerk an Geschmack macht, ist das gründliche Mischen der karamelisierten Kruste und der Rosinen in der Sauce. Eine solche Verschmelzung kommt nicht durch Zufall zustande.

»Mach schon den Kühlschrank auf!« rief Emma nun wieder ganz im Tonfall des Pennsylvania Dutch ihrer Kindheit, obwohl sie doch fast während unserer ganzen Ehe im nahe gelegenen Souderton Englisch unterrichtet hatte.

»Schon in Ordnung!« stimmte ich ein. Bevor sie den Pudding jedoch zum Abkühlen in den Kühlschrank schob, füllte sie zwei Schüsselchen mit der dampfenden Kostbarkeit, die wir beide allein essen würden; das gehörte zu einem Ritual, das seit Jahrzehnten treulich eingehalten wurde – seit der Fertigstellung meines ersten Romans. Als wir in unserer bunten Küche saßen, wo wir die meiste Zeit unseres Lebens zu verbringen schienen, und warteten, daß unsere Festspeise abkühlte, erkundigte sie sich: »Wird das Redigieren diesmal weniger arg?« Ich sagte: »Ärger. Man hat mehr zu verlieren, wenn man älter wird.«

»War es dein Ernst – daß dies dein letzter Roman ist?«

»Gewiß. Zu einem weiteren großen Roman hätte ich nicht die Kraft … und auch nicht den Mut.«

Im Bewußtsein des bedeutungsvollen Augenblicks blieb

sie hinter meinem Stuhl stehen und legte mir eine Hand auf die Schulter: »Acht Romane! Die ersten vier fast ohne Echo. Die letzten vier solche Triumphe!«

»Abwarten. Beim neuen habe ich meine Zweifel.«

Sie rümpfte die Nase. »Nach deiner Erfolgsserie?«

»Ein Schriftsteller ist immer nur so gut wie sein jüngstes Werk. Und bei dem hier bin ich mir keineswegs sicher.«

»Ist es denn so anders? So verschieden von deinen letzten drei Erfolgstiteln?«

»Doch. Diesmal gibt es keine persönlichen Gegensätze wie beim Hosenträgerstreit in *Die Meidung* und nichts Mystisches wie in *Hexen*.«

»Du wendest dich ab von dem, was deine Bücher so populär gemacht hat? Ist das klug?«

»Ich habe lange darüber nachgedacht und bin überzeugt, es ist klug. In diesem Buch geht es um das Grenzlerland, darum, wie wir uns selber betrügen, wenn wir den Boden mißhandeln oder aber uns zu weit von ihm entfernen, indem wir die historischen Grenzen, unsere Mauern niederreißen.«

»Die Ökologiemasche? Bist du sicher, daß deine Leser so weit sind, dir da zu folgen?«

»Es ist meine Aufgabe, sie dahinzubringen.«

»Na, dann viel Glück.«

Einem Außenstehenden mag es seltsam vorkommen, daß meine Frau über ein Manuskript in so fortgeschrittenem Zustand nicht Bescheid wußte, doch wir haben uns immer ganz strikt an eine Gepflogenheit gehalten: Ich schrieb meine Bücher ganz für mich allein, ohne irgendeinen Menschen, nicht einmal meine Lektorin, wissen zu lassen, wovon mein nächster Roman handelte. Auch Emma wußte also nichts, bis er fertig war. »Ich leih' dir mein Manuskript, wenn ich Zollicoffer seine Kopie gebracht habe. Das andere Exemplar geht an den Verlag in New York.«

»Ich prophezei' dir einen bombigen Erfolg, auch ohne eine Zeile gelesen zu haben.«

»Deine gewählte Ausdrucksweise erstaunt mich.«

Sie drückte mich sanft an der Schulter, als sie ihren Stuhl heranzog. »Als Lehrer an der High School übernimmst du das Vokabular der Kinder, oder sie schalten ab.« Ich hätte doch gemeint, erwiderte ich, es sei Aufgabe des Lehrers, der Klasse sein Vokabular zu vermitteln. Sie lachte. »Du gehörst wirklich einer anderen Generation an.«

Während wir warteten, daß der Pudding abkühlte, wurde mir wieder einmal bewußt, welch tiefe Liebe ich empfand für diese kleine Frau – sie war einen Meter fünfundfünfzig, ich einen Meter zweiundsechzig groß – aus dem Pennsylvania Dutch Country. In den schlechten Zeiten, als ich von dem, was ich schrieb, nichts verkaufen konnte, hat sie es möglich gemacht, daß ich weiterschrieb, indem sie in Souderton Schüler unterrichtete. Nach den vier Mißerfolgen hat sie jedesmal gesagt: »Luke, du bist ein wahrer Schriftsteller, und es ist ein gutes Buch. Früher oder später wird es ganz Amerika merken.« Sie war damals nie schwankend geworden in ihrem Entschluß, mich zu unterstützen, und solche Worte waren für mich genauso wichtig gewesen wie das bescheidene Gehalt, das sie als Lehrerin verdiente. Sie hatte nämlich in Bryn Mawr studiert, das heißt, an einer unserer besten Hochschulen für Frauen, und besaß ein sicheres literarisches Urteil. Während sie sich im Klassenzimmer abrackern mußte, kamen mir an meinem Schreibtisch manchmal die Tränen, weil ich doch wußte, daß sie sich eine glänzendere und mit höheren Anforderungen verbundene Karriere erhofft hatte, als an einer ländlichen High School zu unterrichten; doch sie hat sich nie beschwert. Sie hatte sich die Aufgabe gestellt, für unseren Lebensunterhalt zu sorgen, damit ich Bücher schreiben konnte, und dazu stand sie, ohne zu klagen.

Ich bin in den letzten Jahren oft ungehalten geworden, wenn ich von einer Krankheit las, die unter jungen Medizinern unseres Landes zu grassieren scheint: Da heiratet ein angehender Arzt vor den letzten Semestern eine junge Krankenschwester; sie hält ihn mit ihrem niedrigen Gehalt über Wasser, bis er im Beruf Fuß faßt, und wenn das Geld dann hereinkommt und er sich am Ort im Mittelpunkt des gesellschaftlichen Lebens sieht, geht ihm plötzlich auf, daß seine Frau bloß ein Mädchen vom Lande und ohne besondere Bildung und seiner neuen Stellung nicht adäquat ist. Er läßt sich also scheiden, teilt seinen Wohlstand nicht mit ihr, sondern ersetzt sie durch eine jüngere, gebildetere Frau, mit der er dann in den feinen Kreisen des örtlichen Country Club glänzt.

Emma hatte sich wie die jungen Krankenschwestern verhalten und mir ermöglicht, das Handwerk des Schriftstellers zu erlernen. Dabei war sie fast in allem besser als ich. Sie hat ein viel besseres College besucht – Mecklenberg, wo ich zur Schule gegangen bin, ist ein anständiges kleines College im Pennsylvania Dutch Country, aber mit Bryn Mawr wirklich nicht zu vergleichen – und besitzt viel mehr inneren Mut, eine viel größere Entschlußkraft. Sie war aus Rosenblüten und Granit geschaffen und hatte uns am Leben gehalten.

Das Wunder, das unser Leben verwandelt hat, kam im Grunde durch Emma zustande. Als nämlich mein vierter Roman praktisch nichts – jedenfalls nicht genug zum Leben – einbrachte, rief sie: »Luke, wir sind verhext.« Ich kann mich noch erinnern, wie ich sie angeknurrt habe: »Du glaubst doch wohl nicht an diesen Unsinn mit den *Hexen*«, und noch hinzufügte: »Unsere Leute schaden sich nur mit ihrem Hexenglauben, wenn sie ihre Scheunen mit mystischen Zeichen bemalen, um die Teufel fernzuhalten«, und es hatte daraufhin eine lebhafte Auseinandersetzung gegeben.

Emma hat eine merkwürdige Familiengeschichte. Ihre Ahnen, die Stoltzfus, lebten um 1640 in der Pfalz. Sie wurden von dem religiösen Feuer erfaßt, das ein Jahrhundert zuvor Martin Luther und Huldreich Zwingli entfacht hatten, wurden Wiedertäufer und verkündeten, es sei nicht nur dumm, sondern unbiblisch, Kinder gleich nach der Geburt zu taufen: »Erst im Alter von siebzehn oder achtzehn ist ein Menschenkind alt genug, um den Sinn des Christentums zu begreifen. Dann erst kann es sich frei entscheiden und zur Taufe zugelassen werden.« Zum Beweis für ihre These führten sie Johannes den Täufer, Christus selbst und den Apostel Paulus an.

Dieser heikle Punkt der Lehre, verbunden mit ihrer grundsätzlichen Ablehnung des Kriegsdienstes und ihrer Weigerung, sich in ihrer Lebensführung politischem Druck anzupassen, lösten so üble Verfolgungen aus – es kam sogar zu etlichen Hinrichtungen –, daß die Stoltzfus mit ein paar tausend anderen Familien – Yoders, Beilers, Zopoks – auswanderten. Als der erleuchtete englische Quäker William Penn von ihrer Not hörte, lud er sie ein, in Pennsylvanien zu siedeln, was sie 1697 auch taten, um sich gleich darauf in zwei religiöse Sekten zu spalten. Die Amish im Lancaster County hielten an strengen Gewohnheiten fest – sie duldeten an ihrer Kleidung keine Knöpfe, weil soldatische Uniformen vor Knöpfen strotzten, an Kleidung wie Möbeln nicht Prunk noch Pracht, keine technischen Erfindungen, die sich anmaßten, mehr und Besseres zu leisten, als dem Menschen nach göttlichem Plan zugedacht war, und wenig oder überhaupt keine Bildung, weil sie für Landwirtschaft nicht vonnöten war und ihr Erwerb Menschen bloß eingebildet und hoffärtig machte. Die anderen der Gruppe, die sich in meiner Heimat im pennsylvanischen Dresden niederließen, wurden Mennoniten: Sie kleideten sich zwar hauptsächlich schwarz und trugen Kinnbärte wie die Amish auch – deren Schnurrbärte lehnten sie allerdings ab –, erlaubten ansonsten aber eine viel freiere Lebensart. Mennoniten durften an ihrer Kleidung Knöpfe tragen, in der Kirche Musikinstrumente spielen, in der Landwirtschaft technisches Gerät verwenden und, zu meiner Zeit, auch Automobile benutzen, welche von den Amish immer noch prinzipiell abgelehnt werden.

Emmas Stoltzfus-Vorfahren waren von 1693 bis 1890 strenge Amish; meine Yoder sind bis auf den heutigen Tag Mennoniten, die keinen Einspruch erhoben, als ich mit siebzehn erklärte: »Ich möchte aufs Mecklenberg College.« Wie es Emma gelungen ist, ihre strenge Amish-Sippe in Lancaster zu verlassen und Bryn Mawr zu besuchen, ist eine wunderbare Geschichte, auf die ich hier nicht eingehen will. Sie hat es jedenfalls geschafft. Wir sind einander begegnet, entdeckten unseren gemeinsamen deutschen Hintergrund und haben geheiratet. Ich habe nie wieder eine so richtige Entscheidung getroffen.

Als ich sie damals neckte wegen des Glaubens an Hexenzeichen – sie sollen angeblich böse Einflüsse und vor allem Feuer von Scheunen fernhalten –, hatte sie gemeint: »Ich will dir etwas sagen, Luke. Die Hexerei spielt in Diskussionen über unsere Lebensart eine große Rolle. Gäbe das vielleicht einen guten Titel für dein nächstes Buch? Warum nicht? Geh der Sache doch einmal nach.«

Ich habe von der Idee zunächst nichts wissen wollen. Emma kam aber mehrmals darauf zurück; von den Gründen, die sie für deren Brauchbarkeit anführte, blieben mir einige im Bewußtsein haften. Es war an einem Frühlingstag; Dresden mit seinen vielen Blüten, grünen Weiden und klaren Bächen sah zauberhaft aus. Da habe ich mich entschieden: »Ich werde mich an diesem Hexenroman versuchen. Und dir zu Ehren werde ich ihn auch so nennen.« Aber selbst danach hatte sie ihn während der Entstehung nicht lesen dürfen.

Von meinem vierten Roman, *Die Meidung*, der durch und durch mein Werk gewesen war, wurden ganze 1607 Exemplare verkauft; von meinem fünften, der auf ihre Anregung zurückging, 871 896. Kann es da wundern, daß ich auf ihren Rat höre?

Als wir uns jetzt anschickten, den abgekühlten Pudding zu genießen, warnte ich: »Es könnte ein schwieriges Jahr werden. Jede Menge Druck.« Als sie fragte warum, erklärte ich: »Die Leute werden sich denken können, daß es mein letztes Buch ist. Und sie werden es mit besonders kritischen Augen betrachten.«

»Ich habe gar nicht gewußt, daß es dir ernst damit war. Du willst tatsächlich aufhören?«

»Du weißt doch, was unser Freund Zollicoffer sagt: ›Eins zuviel ist schon drei zuviel.‹«

Ich stach in den nahrhaften, goldenen Pudding und meinte: »Da dieser Roman meine letzte literarische Arbeit sein wird, möchte ich selbst für ihn tun, was ich kann, damit er das Niveau erreicht, das man von ihm erwarten darf.«

»Die Spitze der Bestsellerliste, wie die letzten drei.«

»Ich spreche nicht von den Verkäufen. Um die soll sich der Verlag kümmern. Ich meine die berechtigte Anerkennung für den Schlußstein meiner Romanfolge.« Als Emma sich erhob, um die Schüsselchen abzutragen, faßte ich sie am Arm, zog sie an mich und gab ihr einen Kuß: »Dank dir, daß du mir geholfen hast, alles zum Abschluß zu bringen.« Anschließend gab ich den Anstoß zu dem Ritual, mit dem wir bisher jede Fertigstellung eines Romans begangen hatten. »Wir wollen den Rest des Puddings in drei Schüsseln füllen – eine für Zollicoffer, eine für Fenstermacher, eine für Diefenderfer. Sie sind meine lebenden Zaubersymbole. Sie bringen mir Glück.«

Es war bereits zehn Uhr, als ich mit den drei Schüsseln Reispudding und zwei Kopien vom fertigen Roman in unserem 1968er Buick die kurze Strecke in Richtung Norden zur Farm Herman Zollicoffers fuhr.

Ich habe es mir seit Beginn meiner schriftstellerischen Arbeit zur Regel gemacht, alles, was ich über den Menschenschlag dieser Gegend schreibe, von Herman durchsehen zu lassen. »Lies das bitte durch, und prüfe Wort für Wort, was ich da über uns Dutch sage, ob es stimmt oder jemand verletzen könnte« – so hatte ich ihm bei meinem ersten Roman gesagt. Herman war mit Begeisterung darauf eingegangen; denn er war ein stolzer alter Dutchman, dem es wichtig war, daß Sprache und Sitten seiner Leute der Welt korrekt vermittelt wurden.

Auf der Fahrt zu seiner Farm dachte ich über die heikle Situation nach, in der sich jeder, selbst der erfolgreichste Schriftsteller befindet, der ein Manuskript abgeschlossen zu haben glaubt. Es muß vor dem Urteil einer externen Autorität bestehen, in meinem Fall also vor Zollicoffer. Anschließend wird es vom Lektor auseinandergenommen. Falls es ausgesprochen kontroverse Themen behandelt, werden Juristen es nach eventuell verleumderischen Aussagen durchkämmen. Und zum Schluß muß irgendein Könner der Sprache jeden Satz auf Grammatik und Orthographie überprüfen. Und selbst nach solch aufmerksamer Betreuung kann ein Buch durchfallen, wenn es endlich an die Öffentlichkeit gelangt. Ich zuckte zusammen bei dem Gedanken an berühmte amerikanische Schriftsteller, deren Schaffen mit einer Katastrophe geendet hatte, und heiterte mich auf mit der Erinnerung an die Anzeige, die mein Nachbar Oscar Hammerstein nach einer Folge von ehrfurchtgebietenden Kassenschlagern wie *Oklahoma* und *Der König und ich* auf eigene Kosten in der Zeitschrift Variety geschaltet hatte. Da war in stolzen Lettern zu lesen gewesen: ICH HABE ES EINMAL GESCHAFFT – ICH SCHAFFE ES WIEDER, und darunter hatte er Bühnentitel mit Spielbeginn und -ende von sieben oder acht früheren Reinfällen aufgeführt. Wenn ich wollte, könnte ich mit früheren Titeln eine ähnliche Annonce aufgeben und beweisen, daß bei jedem Manuskript, das ich für druckreif hielt, Grund zur Sorge bestand.

Solch ein nervöses Nachdenken verflog beim Anblick von Zollicoffers Hofgebäuden; sie bezeugten auf höchst solide Weise all das, was die ›Pennsylvania Dutch‹ verkörperten. Welch seltsamer Ausdruck! Es wäre mir unmöglich, von den Pennsylvaniern als ›Germans‹ zu sprechen; dagegen hätte in mir alles rebelliert. Wir waren aber Deutsche; soweit ich weiß, ist nie ein richtiger Dutchman, ein echter Holländer, in die Gegend gekommen. Unser Name ist also falsch und völlig irreführend. Damit hat es folgende Bewandtnis:

Nach der Redeweise, die ich in meiner mennonitischen

Familie als Kind lernte, waren wir die ›pennzylwanische Deitsch‹; dementsprechend hätten wir auch im Englischen genannt werden müssen. Aber ›Deitsch‹ ist schwierig zu buchstabieren und schwer auszusprechen und wurde daher rasch vereinfacht zu ›Dutch‹ – was natürlich zu endlosen Irrtümern und Mißverständnissen führen konnte. Aber es war nun einmal leicht auszusprechen, und so wurden wir zu dem, was wir sind, nämlich ›Dutch‹. Die korrekt ausgesprochene Bezeichnung hört man heute nur noch selten. Zollicoffer und ich sind die typischen »dummen Pennsylvanier«, nur daß wir beide in Wahrheit gar nicht so dumm sind, wie manche oft meinen.

Mir schlug der Puls stets ein wenig schneller, wenn ich mich dem Zollicoffer-Hof näherte; er entsprach so vollkommen dem ›pennzylwanisch-deitschen‹ Ideal eines Bauernhofs. Die Scheunen – das Herzstück des Hofs – lagen auf einer Seite der kleinen Landstraße, Haupthaus mit Nebengebäuden auf der anderen. Die beiden Scheunen waren natürlich rot gestrichen und viel größer als das schlichte Haupthaus mit seinen drei Stockwerken, ein viereckiger, weißgestrichener Bau. Nahebei gruppierten sich drei relativ kleine Gebäude: eine Wurstküche alter Art, ein tiefer Keller zur Lagerung von Vorräten und ein Maisschober, allesamt gestrichen in einer Farbe, die weder rot noch weiß war. Auf der anderen Straßenseite erhob sich ein beachtliches Silo, und hinter dem Bauernhof lag der Garten, wo Mrs. Zollicoffer Gemüse anbaute, das sie im Sommer und Herbst für den Winter in Dosen einmachte.

Westlich vom Hof reckten sich sieben Bäume in die Höhe, sieben herrliche, wunderbar klare Blautannen, die in die Breite gegangen waren – wie pennsylvanisch-deutsche Hausfrauen. Sie hier anzutreffen war ungewöhnlich; es sagte viel über die Zollicoffers und meine anderen pennsylvanisch-deutschen Nachbarn aus, und da ich miterlebt habe, wie diese Bäume herkamen, kann ich auch erklären, wieso sie überhaupt dort stehen.

Wer die Zollicoffers und ihre Lebensweise kennenlernt, würde sicherlich meinen, diese beiden schwergewichtigen Deutschen wüßten Schönes nicht zu schätzen. Herman war ein massiver Mann, etwa einsachtzig groß, mit einem Gewicht von über zwei Zentnern. Er hatte rötliches Haar, einen Vollbart, aber keinen Schnurrbart, engliegende Augen und einen immensen Bauch, der allein die Hosen gehalten hätte, aber – er war nun einmal ein vorsichtiger Mensch – Herman trug trotzdem Gürtel und Hosenträger. Er zog am liebsten dicke Socken und schwere Schuhe an, in denen er watschelte wie ein Enterich.

Frieda, seine Frau, war nicht gar so groß wie er, doch von enormem Umfang. Sie trug ähnliches Schuhwerk wie ihr Mann, dicke schwarze Strümpfe und einen Rock, der bis an die Enkel reichte. Ich habe sie selten ohne Schürze gesehen; die band sie sich stets oberhalb des Bauchs um. In jüngeren Jahren hatte sie die Kopfbedeckung – aus feingeklöppelter Spitze – der Mennonitinnen getragen, die sie allerdings bald, nachdem ich sie kennengelernt hatte, ablegte, weil ihr eine handfeste Haube lieber war. Wer die beiden über einen ganzen Arbeitstag beobachtete, hätte annehmen müssen, sie seien bloß an Essen interessiert – was nicht ganz falsch gewesen wäre: Sie hatten einen unglaublichen Appetit.

Sie hatten jedoch auch eine andere, nicht minder ausgeprägte Seite. Ich war fünfzehn, als ich eines Tages im Jahre 1938 beim Postamt in Rostock die Familienpost abholte und dort Mrs. Zollicoffer traf, die Briefmarken kaufte. Da sie die mit Abstand beste Köchin weit und breit war und ich das Glück gehabt hatte, ihre Kochkünste zu kosten, war ich zu ihr stets besonders höflich. Während ich mich mit ihr unterhielt, trat ein mir unbekannter Herr heran, um sich zu erkundigen: »Sind Sie Mrs. Zollicoffer?« Als sie, voller Mißtrauen, einen Schritt zurückwich, erklärte er: »Ich bin Hans Draksel. Mir gehört die Baumschule.«

»Ja! Die gegen Dresden!«

»Genau die. Ich habe da ein paar schöne Bäume in meinem Wirtschaftskriseneck, wie wir Baumgärtner das nennen.«

»Was heißt das schon wieder?«

»Die Bäume hätten während der letzten acht Jahre verkauft werden sollen. Da hatte aber niemand Geld. Nun sind sie gewachsen, wie Bäume es eben tun. Es ist die letzte Saison, in der sie verkauft werden können. Entweder es gelingt uns, oder ich schlage sie.«

»Warum abholzen, wenn sie schön sind?«

»Damit wir Platz kriegen für junge Bäume, die sich verkaufen lassen.«

»Warum erzählen Sie mir das?«

»Sind Sie nicht die Frau von Herman Zollicoffer?«

»Die bin ich.«

»Man sagt, er sei in der Umgebung einer der wenigen mit Geld.«

»Im Armenhaus leben wir nicht.«

»Ich habe sieben Stück von diesen schönen Bäumen, die besten in ganz Amerika. Jeder ist mindestens fünfzig Dollar wert…«

Frieda brach in Lachen aus. »Fünfzig Dollar für einen Baum! Das ist schon verrückt.«

»Und ich biete Sie Ihnen beiden für dreieinhalb Dollar das Stück an.«

Uns blieb der Mund offen, da sagte Mr. Draksel: »Ja. Wir haben die Jahre verpaßt, als sie verkauft werden mußten. Die hat jeder verpaßt. Nun nehmen Sie die Bäume, Mrs. Zollicoffer. Oder ich holze sie ab.«

»Also jetzt …«

»Ich kenne den Hof, der Ihnen und Herman gehört. Dort würden sie wunderbar hinpassen. Groß und blau und schön.«

Er bat, ihr nach Hause folgen zu dürfen, um ihr die Stelle zu zeigen, wo sie am besten wirken würden. »Der Herr trifft alle Entscheidungen«, sagte sie; dem schenkte Draksel jedoch keine Beachtung. Er schlug mir vor, mein Fahrrad hinten auf seinen Laster zu stellen und mit ihm zu fahren und ihm den Weg zum Zollicoffer-Hof zu zeigen. Herman begriff sofort, als er die Geschichte hörte. Ich merkte, daß ihm der enorme Preisnachlaß weh tat, den die Baumschule für ihre sieben Bäume einräumen mußte. Kaufinteresse zeigte er trotzdem nicht. »Was soll ich mit Blautannen anfangen? Ich bin doch kein Millionär.«

»Sie könnten sie an dieser kleinen Nebenstraße pflanzen. Als Windschutz«, schlug Draksel vor. Doch Zollicoffer blieb stur und hätte den Mann wegfahren lassen, wenn nicht seine Frau gekommen wäre: »Herman, nimm sie schon. Für drei fünfzig können wir sie uns leisten.«

»Was können wir schon mit ihnen machen?« rief Herman, und seine Frau rief zurück: »Wir können sie brauchen für schön«, und so sagte er zu Draksel: »Schaffen Sie die Dinger her. Wenn Frieda sie haben will, dann soll sie sie haben.«

Damit war der Kauf perfekt. Zollicoffer fuhr am nächsten Tag mit mir zur Baumschule, und wir schauten zu, wie zwei Männer die sieben schönen Bäume ausgruben, deren blauweiße Nadeln in der Sonne glänzten.

Mr. Draksel fuhr mit zu den Zollicoffers, um ihnen beim Pflanzen der Bäume zu helfen, und als wir die Löcher zu dritt aushoben, erstaunte uns Mrs. Zollicoffer plötzlich mit ihrem lauten Ausruf: »Sie sind schon zu dicht« – sie meinte, daß wir sie zu nah aneinander pflanzten. Wir hörten nicht auf sie; wie sich zeigen sollte, hatte sie jedoch recht; denn drei Jahre später, als ich achtzehn war, mußte ich wieder hin, um Mr. Zollicoffer zu helfen, die zu dichte Baumlinie auszudünnen und drei Bäume umzusetzen – wie Frieda es am ersten Tag empfohlen hatte.

Wenn ich die Tannen sehe, die wie sieben majestätische Königinnen in blauen Gewändern heute die Straße dominieren, dann muß ich an den Tag denken, als die dicke Frieda, eine Frau ganz ohne Eleganz, ausrief: »Herman, wir können sie brauchen für schön.« Sie wußte, was Schönheit ist und wie kleine Bäume, die zur Zeit der Weltwirtschaftskrise niemand wollte, zu gewaltigen Türmen heranwachsen können, die das menschliche Auge erfreuen.

Das wußte Herman auch, sein Hauptaugenmerk galt jedoch etwas anderem. Hinter dem Hof lagen fünf große Steine – es waren eher Felsen –, die vor vierzigtausend Jahren dorthin gedrückt worden waren, als riesige Eisgletscher sich von Kanada bis ins heutige Pennsylvanien hinunterschoben. Die Endmoräne, wie solch gigantisches Geröll heißt, war der südlichste Zipfel dieses riesigen Eisfeldes, welches mit das gesamte Gebiet der heutigen Staaten Vermont, New Hampshire und New York bedeckte. Die schönen Felsbrocken hatte Herman seit der Kindheit geliebt, wie seine Ahnen vor ihm seit dem frühen achtzehnten Jahrhundert. Sein Interesse drückte sich jedoch auf gänzlich neue Weise aus: Er mähte das Gras um jeden einzelnen Felsen herum und legte einen archaischen Garten an – mit den Granitfelsen gewissermaßen als Blumen.

Er tat noch etwas. Zwischen den angrenzenden Feldern und den großen Felsen lag ein seichtes, sumpfiges Gewässer, das aus kleinen Quellen gespeist wurde. Zur einen Seite hin baute er eine kleine Laube, die in der Umgebung ›Hermans Bank‹ hieß. Die Nachbarn hielten dort Picknicks. Er selbst kam oft her; nach Tagesende saß er gern in seinem Pavillon, um die zahlreichen Wasservögel zu beobachten, die sich mit den hohen Felsen als Wachen im Hintergrund über dem Sumpf tummelten. Er machte es seiner Frau und ihren Bäumen nach und verwandelte sein Stück Land in einen Riesengarten, weil auch er einen Sinn für Schönheit hatte.

Herman hat mir bei meiner eigenen Arbeit sehr geholfen, indem er darauf achtete, daß ich »die erfundenen komischen Geschichten über uns Pennsylvanisch-Deutsche«, wie er sie verächtlich nannte, nie verwendete. Als ich am Anfang unserer Zusammenarbeit einmal wissen wollte, was er damit eigentlich meinte, schnaubte er: »Witzbolde aus der Umgebung von Lancaster, Deitsch haben sie nie richtig gekonnt, die haben sich zusammengehockt und sich über uns Sachen ausgedacht. So Sachen, die sich auf Souvenirs für Touristen gut machen. Sachen, die nie ein Pennsylvanisch-Deutscher gesagt hat.«

Mit den Jahren habe ich Dinge aufgelistet, die für uns beide ein »Nie und Nimmer« darstellten. Ganz oben auf der Liste stand das unbestreitbar komische Türschild am Haus mit der defekten elektrischen Klingel: NICHT BELLEN, KLOPFEN! Als Herman mich überzeugte, so etwas sei nie und nimmer gesagt worden, meinte ich: »Das ist aber ein Jammer.« Unecht war auch der Ausspruch, mit dem angeblich ein Mädchen hatte sagen wollen, daß die Ferien von Elizabeth vorüber waren: »Ihr Frei ist alle.« Hermans wegen mußte ich eine Wendung streichen, die ich unbedingt hatte benutzen wollen. Sie betraf einen Bauern, der neben seiner Frau noch eine Freundin hatte: »Er hat Rachel drinnen fürs Kochen und Becky draußen für schön.« Als völlig indiskutabel empfand Herman den Ausspruch, der auf Keramiktellern aus Lancaster häufig zu sehen war: »Wir werden zu früh alt und zu spät waise.« Auf einen berühmten Satz mußte ich auf seinen Wunsch ein für allemal verzichten: »Wirf die Küh' über den Zaun etwas Heu.«

Um eines Satzes willen, den ich bei meinem Onkel gehört hatte, ließ ich es auf einen Streit mit ihm ankommen: »Beider Wege sind gute, aber ihrer geht höher« (Beide Wege sind gut, aber ihr Weg ist steiler). Ein anderer, den er als apokryph ablehnte, schien mir zulässig. »Die sind alle, die nicht« (Die Sachen sind aufgebraucht, jene nicht).

Das hinderte mich aber nicht, einen Eindruck von dem ganz eigenen Ton der Sprache meiner Kindheit zu vermitteln. Mir stand nämlich ein ganzes Arsenal an einzelnen Wörtern zu Gebot, die auf unverwechselbare Art in meiner Verwandtschaft gebraucht worden waren. *Machen* war ein Universalwort, das in Dutzenden von Redewendungen vorkam: »Mach die Tür zu«, und: »Das wird Ärger machen.« So kam auch das Wörtchen *alle* andauernd vor, wie zum Beispiel in der Bemerkung: »Ich sollte besser backen, das Brot ist alle.« Englische Wörter, die mit dem Buchstaben *J* anfangen, wurden etwa zu *Tschimmy*, *Tschazz* und *Tschungel*, aber so erging es auch vielen Wörtern mit G, insbesondere *Tschörmany*.

Ohne Ende war der Gebrauch von *schon*, *mal* und *wannerful* für »wunderbar« – letzteres als Kernausdruck der Zustimmung, etwa: »Sie war *wannerful* nett.« Eine stetig auftauchende Redewendung meiner Familie lautete: »Mich wundert«, und obwohl wir das amerikanische *w* normalerweise nicht wie das amerikanische *v* aussprachen, war doch das Umgekehrte normal. Wir sagten immer nur *Wictor* statt *Victor* und *wery* statt *very*, auch ein Allerweltswort. *Friendlich* war ein bei uns häufig gebrauchtes Wort, um einen Menschen mit angenehmer Wesensart zu kennzeichnen, und natürlich hatten wir unsere besondere Aussprache von Wörtern wie *somesing* und *Besslehem*.

Wenn Herman Zollicoffer einige Ausdrücke verbot, die ich ansonsten verwendet haben würde, so kompensierte seine Frau Frieda solchen Verlust mit ihrem großen Schatz ganz und gar eigener Ausdrücke mehr als reichlich. Sie kam selten zu uns auf Besuch, ohne daß ich in ihrer alltäglichen Sprechweise nicht ein sprachliches Juwel gefunden hätte; denn sie war in einer Familie groß geworden, wo Englisch kaum gesprochen wurde, und mit Kindern zur Schule gegangen, die zu Hause ebenfalls das ›pennzylwanische Deitsch‹ sprachen. Ihr englisches Vokabular war mit deutschen Ausdrücken durchsetzt, die mir fremd waren – doch ich beschloß bereits zu einem frühen Zeitpunkt, so etwas nicht in meine Romane einzustreuen, sondern in dieser Richtung nur englische Wörter zu verwenden, die mit einer ›deitschen‹ Färbung ausgesprochen wurden. Auf der Suche nach solchem Material war Frieda eine unschätzbare Hilfe. Wann immer ich mein Notizbuch zückte, um irgendeinen barbarischen, aber herzwärmenden Ausdruck festzuhalten, rief sie mit ihrer lauten Stimme: »Sieh mal, Herman, da kommt er schon wieder«; und warnte mich: »Nun mach mal keine Spiele mit mir«, um gleich darauf kräftig zu lachen.

Sie gebrauchte Wendungen wie »die Katze aus dem Haus tun«, »mich wundert, daß er so viel essen kann« und – wenn sie sich beim Apfelschälen in den Finger stach – »es autscht mich«. Doch wie bei allen deutschsprechenden Pennsylvaniern war das ganz Besondere an ihr die ungewöhnlich melodische Aussprache ganz normaler Wörter; vor allem dadurch ist sie für mich zur archetypischen Bewohnerin meines imaginären Grenzlerlands geworden. *V* und *w* verwechselte sie, wie ich es von meiner Familie her gewohnt war – *vizewersa*; ihre Betonung dieses Wortes brachte häufig Zuhörer zum Lachen.

Andererseits fielen bei ganz einfachen Wörtern manchmal wegen ihrer übertriebenen Lautformung Buchstaben unter den Tisch. So wurde aus dem Englischen *over* nicht, wie zu erwarten gewesen wäre, *ower*, sondern ein gedehntes *ooo-er*, bei dem sie mit dem Mund gymnastische Verrenkungen machte. Ihre Aussprache von *telewizion* war ein Kapitel für sich, wie auch die Himmelsrichtungen *norse* und *souse*. *Bridges* sprach sie aus wie *britches*, *wedding* wurde zu *veddink* und *soup* zu *zuup*.

Die Küche der Zollicoffers war mir Bibliothek und Universität gewesen. Als ich an diesem Morgen dort saß, während die beiden mit großen Löffeln Emmas Reispudding zusprachen, kam mir wieder in den Sinn, wieviel ich ihnen verdankte.

»Herman«, sagte ich beim Überreichen des Manuskripts, »ich bring' dir heut mein letztes. Schau es dir gründlich an. Es macht mir Sorgen.«

»Bisher hast du richtig gelegen.«

»Aber dieses ist anders. Diesmal geht es um Pennsylvanisch-Deutsche, die sich mit Ideen auseinandersetzen.«

»Du hast doch eine gute Geschichte, oder? Also, kein Grund zur Sorge.«

»Hoffentlich hast du recht. Das Original habe ich im Auto liegen. Am Nachmittag werde ich es an den Verlag in New York schicken. Mal sehen, was der dazu meint.«

Ich wurde von Mrs. Zollicoffer unterbrochen. »Der Mister liest dein Zeug gern.«

»Und du?« wollte ich wissen.

»Ich?« Sie lachte herzlich und leckte ihren Löffel ab. »Das Lesen überlass' ich dem Mister.«

Für den nächsten traditionellen Halt nach den Zollicoffers – Otto Fenstermachers Hof, wo ich Emmas Reispudding gegen eine Kostprobe seines Scrapple tauschte; es war das beste Scrapple in ganz Dresden – konnte ich zwischen zwei Routen wählen. Ich hatte die Möglichkeit, zur Rhenish Road zurück und dann in westlicher Richtung zu fahren, mitten durch das Stadtgebiet von Dresden, oder auf der kleinen Landstraße weiter direkt bis zu ihnen durchzufahren.

Ich entschied mich für den Überlandweg, weil er so malerisch war, und sah gleich nach der Unterführung der Interstate rechts das schlichte, einstöckige Gotteshaus, wo Emma und ich zur Kirche gingen, die Valley Mennonite Church; einen passenderen Namen hätte sie nicht haben können. Sie schaute nämlich auf das hübsche Tal hinaus, das sich zwischen den beiden niedrigen Hügelreihen kuschelte, die Dresden nach Norden und Süden abschirmten. Vom Vorbau der Kirche aus hatte man einen Blick über viele, viele Meilen schönster pennsylvanischer Landschaft.

Die Stelle war von den ersten Zollicoffers und Yoders ausgesucht worden, die hier in der Gegend siedelten, und sie hatten gut gewählt. In meiner Familie hat sich ein Bericht erhalten, der den Hergang schildert:

> Im Jahre des Herrn 1677, als Jost Joder aus dem Gefängnis entlassen wurde mit Folternarben im Gesicht, schien das Wort Gottes unsere pfälzischen Täler heimzusuchen in

Gestalt eines großen Engländers, der Neuigkeiten brachte, die wir kaum glauben konnten. Er hieß William Penn, und er sagte: »In der Neuen Welt hat mir der englische König ein Fürstentum gegeben, das größer ist als Bayern, Württemberg, Baden und Eure Pfalz zusammen. Dort leben wir in Frieden. Jede Familie hat ihr eigenes, freies Land und bestellt es, wie sie selbst es bestimmt. Bei uns gibt es keine Armee, keine Zwangsaushebungen, keine erdrückenden Steuern und keine Herren, denen wir uns beugen müssen. Von unseren Bergen weht eine frische Luft, und zur Nacht ist das Haus eines Mannes sicher. Und was Euch Mennoniten besonders ermutigen sollte: In meinen Landen darf jede Familie Gott so verehren, wie sie es will. Wir erlauben nämlich keinen Bischöfen, Weisungen zu geben, die wir befolgen müssen. Wir leben unter der Herrschaft Gottes, so wie ein jeder Mensch ihn in seinem Herzen versteht.«

Obwohl der junge Penn uns den Eindruck eines ehrlichen Menschen machte, konnten wir den Versprechungen, die er uns da machte, nicht glauben, und so schickten wir Heinrich Zug über das Meer, um das neue Paradies zu erkunden, und im Jahre 1680 kehrte er wieder heim mit einer Nachricht, die uns nimmer schlafen ließ. »Der junge Engländer hat das Land. Es ist sogar noch größer, als er gesagt hat. Dort herrscht Freiheit, und wir sind eingeladen, ihm fünfzig Familien von gutem Leumund zu schicken, deren jede einen großen Hof besten Landes erhalten wird.« In jener Nacht beschlossen die Familien der Joders, ins Pennzylwanische zu ziehen, und haben es niemals bereut.

In einer späteren Ergänzung von äußerster Schlichtheit und Frömmigkeit wird berichtet, wie die Valley Mennonite Church gegründet wurde:

Als im Jahre 1697 Jost Joder und Uriah Zollikoffer in unserem Tal eintrafen, da suchten sie gleich zu Anfang in der

Wildnis einen Platz für ihre Kirche. Und es war Joder, der auf dem Hügel stand, auf dem später die Kirche sich erheben sollte, und rief: »Hier laßt uns bauen, damit wir unser ganzes Tal sehen können, wenn wir Gott danken für unsere Rettung.«

Ich stamme von frommen Leuten ab, weshalb ich über unsere Mennoniten voller Ehrfurcht und Achtung geschrieben habe.

An diesem Tag nun bot die alte Kirche, deren Anfänge auf 1698 zurückgehen, das Bild eines modernen Gebäudes schönster Art: einstöckig, in der Form eines verlängerten L, mit einer geräumigen Vorhalle, gestützt von fünf weißen Säulen. Architektonisch ist sie ein Juwel; ich frage mich oft, wieso die hiesigen Mennoniten, die in vielen Lebensbereichen extrem konservativ sind, sich so aufgeschlossen, ja, beinahe radikal zeigen, was den Bau ihrer Kirchen betrifft. Unser eigenes Gotteshaus ist ein Traum; ich grüße jedesmal, wenn ich vorbeikomme.

Gegen Norden erstreckt sich der Wannsee, ein hübsches Gewässer, dessen gegenüberliegendes Ufer die Gebäude des Mecklenberg College schmücken. Dahinter liegt das Dorf Neumunster, die Gemeinde mit dem stärksten Bewußtsein eines pennsylvanischen Deutschtums. Anschließend senkt sich der sogenannte Cut Off relativ steil bis zum Fenstermacher-Hof.

Diese Wegstrecke war in vieler Hinsicht der schönste Teil meiner Fahrt. Vom Cut Off aus konnte ich den ungewöhnlichen Liebreiz der Gegend westlich von Dresden wahrnehmen: die sanft geschwungenen Hügel, das weite Tal, die schmalen Straßen, die Höfe – ein Ausblick war schöner als der andere und jeder für sich ein Hinweis auf den Reichtum und die Fruchtbarkeit des Landes der Pennsylvanisch-Deutschen. Es gab inmitten dieser Schönheit nur einen störenden Ton – und das war der heruntergekommene Hof von Otto Fenstermacher.

Ottos Besitz lag inmitten eines der wertvollsten Teile von Dresden, wo die wichtige Rhenish Road den Cut Off berührte. Auf solch fruchtbarem Boden hätten kluge Bauern ein Vermögen erwirtschaftet; aber die unglückselige Familie Fenstermacher war seit Mitte des 19. Jahrhunderts von einem Unglück nach dem anderen heimgesucht worden, so daß sie immer wieder mal ein Stück Land verkaufen mußte, um sich über Wasser zu halten. Die Familie hatte im Jahre 1709 mit den zweihundert Morgen Land begonnen, die William Penn ihr überschrieb, und dieses solide Fundament hatten die folgenden Generationen noch um dreihundert Morgen vermehrt, bis ihr Grund und Boden die Größe eines kleinen Fürstentums ausmachte.

Doch spätere Fenstermachers waren schlechte Ehen eingegangen, denen unbrauchbare Söhne entsprossen. Während die Zollicoffers und Yoders dank der Sorgfalt, mit der sie den Boden bestellten, auf kleineren und weniger fruchtbaren Ländereien gediehen, ging es mit den Fenstermachers stetig bergab. Als an diesem Morgen nach den herrlichen Ausblikken vom Cut Off ihr Hof näher rückte, wurde mir ganz schlecht. Der große Hof befand sich in desolatem Zustand. Das Wohnhaus mußte gestrichen werden; die kleineren Nebengebäude waren einem langsamen Verfall überlassen. Ein ärgerer Fall bäuerlichen Schlendrians hätte sich in ganz Dresden kaum finden lassen. Ich schämte mich, daß ausgerechnet einer meiner Mennonitenbrüder sich als so unfähig erwies.

Trotzdem, ich hatte Otto gern. Ich mochte seinen Witz und seine Gesellschaft und verteidigte ihn oft gegenüber Nachbarn: »Mit seinem Scrapple ist Otto tüchtiger als ich im Büchermachen.« Beim Einfahren auf den schmutzigen Hof vor dem ungepflegten Haus kam mir der eigentliche Grund für meinen langen Umweg in den Sinn: An der Fassade der alten Scheune, die sicherlich bald abgerissen werden müßte, bevor irgendein Sturm sie endgültig erledigte, befanden sich drei prächtige Hexenzeichen, verwittert, aber elegant geformt. Ich behielt diese Zaubersymbole schon seit Jahren im Auge, um nicht den Moment zu verpassen, wenn Fenstermacher seinen Besitz verkaufen würde. Und jetzt, da mein Buch fertig war und die Scheune jeden Moment zusammenkrachen konnte, da mußte ich unbedingt sicherstellen, daß die Hexenzeichen gerettet würden.

Ich betrat die Küche, die im Vergleich mit der Küche von Emma oder Frieda Zollicoffer unaufgeräumt wirkte, und erklärte den Fenstermachers, ich käme aus dreierlei Gründen. »Emma schickt euch ihren Reispudding. Sie möchte euch drei Töpfe Scrapple abkaufen. Und ich möchte mit euch über die drei Hexenzeichen an der alten Scheune reden.«

Doch wie auf einem alten Bauernhof von Pennsylvanisch-Deutschen nicht anders zu erwarten, dreht sich erst einmal alles ums Essen. »Wir lieben Emmas Pudding«, rief die rundliche Mrs. Fenstermacher, »aber nun ist Essenszeit. Lukas, du bleibst da. Ich brate uns ein bißchen was von Ottos neuem Scrapple auf.«

Solcher Einladung vermochte ich nicht zu widerstehen. Wenn ich nämlich etwas wirklich gern esse, dann beidseitig knusprig gebratene, dünne Scheiben Scrapple aus Dresden, und das Scrapple von Otto Fenstermacher war das beste im ganzen Tal; denn so glücklos er auch als Landwirt und Grundbesitzer war – sein Scrapple war unvermindert gut, und er hätte damit ein großes Geschäft machen können, wenn er nur ein bißchen umsichtiger gewesen wäre.

Nach der Schweinsschlachtung auf dem Hof versetzte Otto die Grieben mit Fleischstücken, damit etwas Anständiges draus wurde, gab Fett, Mehl, Salz, Pfeffer und andere Gewürze hinzu und kochte die Mischung solange auf, bis sie eine gräuliche Masse bildete, die in längliche Kuchenformen gegossen wurde und dann ein köstliches Gericht abgab. Feinschmecker, die erst als Erwachsene mit Scrapple Bekanntschaft machten, haben gemeint: »Man könnte es am besten als ›Schweinepastete der Armeleuteküche‹ umschreiben oder als ›ein Horsd'œuvre, das phantasievoll und preiswert zubereitet werden kann‹.« Wir Pennsylvanisch-Deutsche betrachten es als unsere Nationalspeise. Uns tun die Menschen in Staaten, wo es unbekannt ist, wirklich leid.

Als Mrs. Fenstermacher das Scrapple umdrehte, wehten verlockende Düfte durch die Küche, und ihr Mann saß mit mir bereits wartend am Eßtisch. »Wozu brauchst du die Hexenzeichen?« wollte Otto wissen.

»Nach dem Schreiben«, erklärte ich, »brauche ich zur Abwechslung und Entspannung eine andere Art von Arbeit. Dann arbeite ich an solchen Hexenzeichen. Sie müssen nur alt sein.«

»Wie alt?« rief Mrs. Fenstermacher vom Herd herüber.

»Aus der Zeit vor dem Zweiten Weltkrieg. Am besten noch älter. Echtes. Nichts Nachgemachtes aus jüngerer Zeit.«

»Auf unserer Scheune hat mein Vater vier alte Zeichen gehabt«, sagte sie.

»Du hast doch neben ihm gestanden«, erinnerte ich sie, »als ich sie ihm abkaufte.«

»Das stimmt!« rief sie. »Aber du hast mir nie gesagt, wofür du sie haben wolltest.«

Ich wandte mich an beide Fenstermachers, weil ich nicht wußte, wer verkaufsbereit sein und wer Widerstand leisten würde. »Ich reinige die Bretter«, sagte ich, »und repariere die beschädigten Stellen mit Epoxy...«

»Was ist das?« wollte Mrs. Fenstermacher wissen.

»Ein starker Klebstoff. Danach ersetze ich die fehlende Farbe, ganz vorsichtig, damit die Reparatur nicht zu merken ist, und breche die Kanten ab, damit es auch wie abgebrochen aussieht und nicht mit der Säge geschnitten.«

»Und dann?«

»Dann klebe ich es auf eine Holztafel, mit einem Rand von fünfzehn bis zwanzig Zentimetern auf jeder Seite.«

»Wofür das?« fragte Otto.

»Für das Kunstwerk«, sagte ich. »Zuerst rauhe ich die Holztafel auf, damit sie auch so alt aussieht wie das Hexenzeichen. Mit Sandpapier oder Bimsstein läßt sich das leicht machen.«

»Was für 'n Kunstwerk?« wollte Mrs. Fenstermacher wissen, als sie den Scrapple erneut umdrehte, damit sich eine goldige Kruste bildete, und ich erläuterte ihnen den interessantesten Teil der Arbeit. »Auf den äußeren Rand der Tafel male ich pennsylvanisch-deutsche Ornamente. Alte Fraktur.«

»Wie auf Geburtsurkunden!« rief Otto. »Distelfinken. Tulpen. Herzen mit Gebeten.«

Bei den Pennsylvanien-Deutschen war jede Form von Kunst dünn gesät: Musik gab es kaum – bis auf endlose Choräle mit wenigen melodischen Variationen; es gab weder Porträts noch Landschaftsbilder; Bildhauerei erst recht nicht. Biblische Strenge verbot solchen Prunk. Was wir aber in großem Maße besaßen, das war »Fraktur« mit Tinte und Feder, Zeichnungen mit relativ wenigen Motiven, die endlos wiederholt wurden: Vögel, Blumen, Buchstaben und gelegentlich auch menschliche Figuren. In der guten alten Zeit war Frakturschrift etwa für Geburtsurkunden, Schulabgangszeugnisse, Stammbäume und andere wichtige Dokumente verwendet worden.

»Warum vermengst du Hexenzeichen mit Fraktur?« fragte Otto, und ich erklärte ihm: »Weil ich ein Bild mache. Aus alten Hexenzeichen und neuer Fraktur entsteht eine wunderbare Kombination. Etwas typisch Pennsylvanisch-Deutsches.«

»Und was machst du damit?«

»Verkaufen, einem Museum schenken, in der Stadtbücherei ausstellen.«

»Bist du denn Künstler? Wie die im Fernsehen?« fragte Mrs. Fenstermacher. »Mit einem französischen Käppi und so?«

»Nur ein Amateur. Nach dem langen Sitzen an der Schreibmaschine will ich gerne etwas Handwerkliches machen.«

»Und die Leute kaufen, was du machst? Kaufen die auch so ein Stück Scheunenbrett?«

»Das meiste verschenke ich. Aber es gibt auch Leute, die so etwas kaufen.«

»Ich hab' schon gemeint, du bist verrückt.« Otto lachte. »Mir für ein altes Stück Brett Geld bieten! Wenn du es verkaufst, sollte ich aber doppelt soviel verlangen, wie du mir letztes Mal angeboten hast.«

Bevor ich antworten konnte, servierte Mrs. Fenstermacher das »Dinner«, wie wir Pennsylvanisch-Deutsche unser Mittagessen nennen. Sie servierte nicht nur ein hervorragend gebratenes Scrapple und dazu auf einem kleinen Extrateller Apfelbrei, sondern auch eine Delikatesse, die sie in letzter Minute in die Bratpfanne getan hatte: goldene Maismehl-Puffer, die in Butter tiefbraun gebraten und mit einem schweren *Karo*-Sirup gereicht wurden. Es war ein richtiges Landarbeiter-Essen, das einen für den Rest des Monats mit Cholesterin versorgte, doch wie es bei uns Dutch so schön heißt: »Was nicht gebraten, ist nicht geraten.«

Die Geschmacksmischung war so köstlich, daß ich der Köchin ein Kompliment machen mußte: »Ich weiß gar nicht, was besser ist, Rebecca – dein Scrapple oder dein gebratener Mais«, worauf sie erwiderte: »Das Scrapple hat der Mister gemacht. Den Mais ich.«

Die angenehme Mahlzeit wurde durch die laute Ankunft des Sohnes getrübt – ein übergewichtiger neunzehnjähriger Rüpel mit dem seltsamen, doch passenden Spitznamen Applebutter. In unseren Gemeinden, wo es nur wenige Familiennamen und noch weniger Vornamen gibt, die alle aus Deutschland mitgebracht wurden, konnte es vorkommen, daß sechs oder sieben Jungen mit nur ein paar Jahren Altersunterschied den gleichen Namen hatten. In meinem Fall gab es drei Lukas Yoders, bei den Fenstermachers drei Jungen mit Namen Otto. Es war daher üblich, vom »großen Otto«, vom »roten Otto«, wegen seiner roten Haare, und von dem ungeratenen Sohn hier als »Otto Applebutter« zu reden.

Er hatte sich noch nicht gesetzt, als ihn beide Eltern auch

schon anmaulten. »Du solltest bei Tisch pünktlich sein«, jammerte die Mutter, und sein Vater: »Du wolltest die Bretter für Mr. Yoder holen helfen.«

Er schlang sein Essen herunter, ertränkte sein gebratenes Maismehl in einer Sirup-Schwemme, ignorierte mich total und schob seiner Mutter den leeren Teller hin: »Noch Scrapple!« Sie gab ihm. Schließlich rülpste er, schob seinen Stuhl vom Tisch zurück, grunzte: »Gehn wir die Bretter holen«, trapste aus der Küche, schnappte sich Axt und Brecheisen und kam mit seinem Vater und mir zu der Scheune, die wirklich aussah, als drohte sie im nächsten Moment einzustürzen. Während Applebutter sich mit der einen Hand an der Leiter festhielt und mit der anderen auf die Scheunenwand losdrosch, blaffte er mich an: »Ich weiß gar nicht, was Sie damit wollen – und überhaupt.« Ich gab mir Mühe, ihn bei Laune zu halten, indem ich ihm klarzumachen suchte, er täte da ein gutes Werk, doch umsonst – just in dem Moment holte er mit der Axt aus und versetzte dem besten der drei Hexenzeichen absichtlich eine tiefe Narbe. Mir war sehr daran gelegen, weiteren Schaden zu verhüten. »Das kann man wieder hinkriegen«, sagte ich. »Du machst das prima«, und immerhin drosch er auf das letzte Brett ein, ohne es zu verstümmeln.

Es brach ab. Er kam von der Leiter herunter. Ich versuchte es noch einmal auf die freundliche Tour. »Du hast mir sehr geholfen, drei schöne Hexenzeichen für meine Arbeiten zu bekommen.« Er ließ sich jedoch nicht gewinnen. Er ging weg. Ich mußte die drei Bretter allein in den Wagen laden, während er auf seinem Motorrad davondonnerte.

»Applebutter kann stur sein.« Sein Vater entschuldigte sich für ihn. »Aber es ist schon besser als noch vor drei Jahren. Die Missus hat ihn verwöhnt, als er klein war. Sie hat ihn gepäppelt wie ein Schwein.« Ich lachte: »Uns beide hat sie ja auch so gepäppelt. Aber gut war es.«

Als ich mich auf den Weg machte, brachte Rebecca die drei langen Formen mit dem Scrapple ihres Mannes. Das Fleisch lag unter einer dicken Schicht aus festem, weißem Schweinefett versteckt, das beim Kochen ausgelöst worden war. Ich dachte: Ein Wahrzeichen meiner Heimat – herzhaft, altmodisch und gut.

Der dritte Halt auf der üblichen Tour am Tag der Vollendung eines Manuskripts war der wichtigste. Im Lädchen in Rostock händigte ich der Postmeisterin, Mrs. Diefenderfer, das sorgsam verschnürte Paket mit meinem Roman aus. »An Kinetic Press, wie immer. Einschreiben mit Rückschein.« Die letzten drei Worte, die wie der Text eines Lieds herauskamen, garantierten mir, daß der Verlag den Erhalt des Manuskripts per Unterschrift bestätigte und mir diese Bestätigung als Beweis für den sicheren Eingang zuschickte. Eine reine Vorsichtsmaßnahme – sie kostete nur neunzig Cents und war, verglichen mit anderen Postgebühren, überaus preiswert.

»Ein neues großes Werk?« fragte Mrs. Diefenderfer. Ich lächelte und übergab ihr die Schüssel Reispudding. »Das wird für uns ein Mittagessen«, sagte sie, schloß den Schalter, kam hinter dem Schutzgitter hervor und begleitete mich zum nahe gelegenen Bauernhof, wo wir uns in die Küche begaben: »Das wird gefeiert.« Mit einem lauten Pfiff rief sie ihren Mann vom Hof, goß Milch in die Gläser und servierte große Portionen ihrer berühmten Apfelpastete mit der saftigen braunen Kruste aus Brösel, Butter, gratinierter Zitronenschale und Gewürz – und darüber dicke Schlagsahne.

Sie hob ihr Glas Milch zu einem Trinkspruch: »Auf unseren guten Freund Lukas Yoder! Möge die große Buchgemeinschaft auch dies Werk übernehmen!«

»Darauf stoß' ich mit an!« sagte ich. Eine zweite Portion hatte ich dankend abgelehnt. »Ich werde eine ganze Woche lang keinen Hunger haben«, murmelte ich vor mich hin, als ich mich wieder in den Wagen setzte. Es war gar nicht so einfach, ein Manuskript abzuschließen und dann in Dresden auf die Post zu bringen. Wieder daheim, gab ich Emma einen Kuß, schwor, das Paket sei tatsächlich mit der Post unterwegs, und begab mich auf ein Nickerchen ins Bett, wo ich beim Einschlafen dachte: Ich bin in vier Häusern im Herzen des Pennsylvania Dutch Country gewesen. Bei Yoder, Zollicoffer, Fenstermacher, Diefenderfer. Nie durch den Vordereingang hinein. Drinnen kein Zimmer gesehen außer der Küche. Nie im Leben besser gegessen. So ist das bei den Pennsylvanisch-Deutschen.

Nachdem ich Emma meine schönen drei Hexenzeichen gezeigt und ihr erklärt hatte, in Anbetracht des Schlemmens brauchte ich an diesem Tag kein Abendbrot, setzten wir uns mit ihrem kleinen, gebundenen Kalender für 1990 und der doppelseitigen Übersicht für 1991 hin und versuchten vorauszuplanen, was in den kommenden zwölf Monaten an Verpflichtungen auf uns zukommen könnte. Als sie sich dann über die Häufung von Terminen im Zusammenhang mit der Veröffentlichung des neuen Romans zu beschweren begann, erinnerte ich sie: »Es ist mein letztes Buch. Es ist das letzte Jahr, in dem wir so etwas machen. Ich möchte das Buch auf den richtigen Weg bringen. Ich will alles tun, daß es eine Chance zum Erfolg hat.« Dem hielt sie entgegen: »Und ich habe die Pflicht, dafür Sorge zu tragen, daß du es überlebst.« In einem Punkt blieb sie unnachgiebig. »Keine Werbetournee durch elf Städte. Nicht in deinem Alter.«

»Ich gebe dir recht. Zu anstrengend. Außerdem bezweifle ich, daß es viel nützt.«

An einen Termin hatte sie nicht gedacht. »Williamsburg. Das Volkskundemuseum, weißt du, das nach Abby Rockefeller benannt wurde, möchte neun von meinen Hexenbildern zeigen. Deshalb war ich auf die drei Symbole der Fenstermachers so erpicht.«

Sie überlegte einen Moment. »Das könnte eine angenehme Reise in den Süden bedeuten. Würden sie uns im Williamsburg Inn einquartieren?«

»Noch besser. Wir könnten in dem wunderbaren Haus im Kolonialstil übernachten, das DeWitt-Wallace renoviert hat.«

»Das wäre mir sehr recht.«

Ich hatte mehrere Artikel über Deutsch-Pennsylvanien für *Reader's Digest* verfaßt, und aus Dankbarkeit hatten die Wallaces Emma und mich eingeladen, im sogenannten Wallace House zu wohnen, wann immer wir wollten.

»Aus purem Anstand müssen wir in New York sein, wenn das Buch herauskommt«, sagte ich. Emma nickte. »Und falls die Presseabteilung des Verlags das Fernsehen interessieren kann, was immerhin möglich ist, werden wir mitmachen müssen – in Anbetracht des Glücks, das wir bei den letzten Büchern gehabt haben.«

»Das Fernsehen muß *hierher* kommen. Du kannst nicht Woche für Woche nach New York pendeln.«

Ich lehnte mich zurück und meinte nachdenklich: »Ich weiß nicht, ob mein Einfluß ausreicht, der NBC vorzuschreiben, wie sie ihre Aufnahmearbeiten organisiert.« Sie lachte.

Ich hatte da ein Wort benutzt, das in unserem Leben eine große Rolle spielte, seit wir beide unseren sechzigsten Geburtstag hinter uns hatten. Wir teilten die Überzeugung, daß in Amerika der Künstler – ganz gleich, auf welchem Gebiet er tätig war – zu einem großen Teil durch den Einfluß entlohnt wird, den die Gesellschaft ihm auszuüben gestattet. Emma hatte in Bryn Mawr eine viel bessere Bildung genossen als ich auf dem Mecklenberg College, das in erster Linie doch ein kirchliches College war, und sie war der festen Meinung, daß ein Schriftsteller wie ich sein hart erkämpftes Ansehen und Vermögen verschwendete, wenn er es nicht für wichtige soziale Belange einsetzte oder Studenten hülfe, einen Einstieg in die Gesellschaft zu finden, oder, wie sie sich gern ausdrückte, »in seiner Gemeinde einen Höllenlärm macht, wenn er sie in die falsche Richtung galoppieren sieht«.

Ich war zu solcher Zurückhaltung erzogen worden, daß allein der Gedanke, Einfluß zu haben, mir noch nie in den

Sinn gekommen war, bis sie ihn zum ersten Mal aussprach. Sie hat mich darauf hingewiesen, daß allerorten bei Signierstunden Verehrer in langen Schlangen anstanden und bis zwei Stunden gewartet hatten, während ich mich mit Lesern, denen ich die Bücher namentlich dedizierte, auch noch unterhielt. »Um Himmels willen!« pflegte sie zu sagen, und der Buchhändler stieß dann gern ins gleiche Horn, »schreib einfach nur deinen Namen hinein. Doch nicht auch den ihren.« Das war mir jedoch unmöglich: »Bitte, Emma, den Lesern verdanken wir unseren Lebensunterhalt.«

Nicht einmal ihr mochte ich den wahren Grund nennen, warum ich Fremden, die um ein signiertes Exemplar baten, freundlich und aufmerksam begegnen *mußte*. Zur Publikation meines vierten Romans – *Die Meidung* – hatte meine Lektorin im Verlag die Werbeabteilung bearbeitet: »Verdammt, der Mann hat drei gute Romane geschrieben und kann sie nicht ans Laufen kriegen. Mensch, er kriegt sie ja nicht einmal bis in die Startlöcher – von der Zielgeraden ganz zu schweigen. Also bitte – bitte! –, ich flehe Sie an, auf den Knien: Geben Sie ihm diesmal eine Chance! Organisieren Sie diesmal eine Signierstunde in einem großen Kaufhaus seiner Heimatregion! In Lancaster, Reading oder Allentown. Bitte!«

Die Werbeabteilung beschaffte sich die Einwohnerzahlen und stellte fest, daß diese drei Städte einwohnermäßig in einer Größenordnung von jeweils 25000 auseinanderlagen. Lancaster mit seinen 54000 Einwohnern war die kleinste Stadt, Reading hatte 74000, Allentown, die größte, über 100000 Einwohner. Der Verlag beschloß, im letztgenannten Ort bei dem bekannten Kaufhaus Hess anzufragen, ob man für mich einen bescheidenen Anlaß arrangieren würde – ich könnte ja als in der Region beheimateter Schriftsteller vorgestellt werden; unser Hof liege schließlich nur dreißig Meilen südlich.

»Ich muß zugeben«, habe ich bei der Erinnerung an die schreckliche Geschichte später einmal bekannt, »daß das Geschäft alles richtig gemacht hat. Es gab Zeitungsanzeigen, ein Schild im Schaufenster, eine wohlausgestattete Ecke mit einem bedeckten Tisch und einem Bücherstapel. Wer versagt hat, das war ich.« Da meine ersten drei Bücher kaum jemand gelesen hatte und eigentlich niemand davon wußte, daß ich Schriftsteller war, kam nicht ein Mensch, um mein Buch zu kaufen. Wenn ich daran denke, schaudert es mich heute noch. »Da thronte ich wie der Papst und wartete, meinen Segen geben zu dürfen und ihnen eventuell zu erlauben, mir den Ring zu küssen, und dann kam keiner.« An jenem peinlichen Tag hörte ich nach etwa vierzig Minuten den Geschäftsführer zu seinen Angestellten sagen: »Bilden Sie eine Schlange, gehen Sie vorbei, grüßen Sie und tun Sie, als ob Sie ein Buch kaufen wollten.« Als später noch immer kein einziges Buch verkauft worden war, hörte ich, wie der Geschäftsführer zu zwei Mitarbeitern bemerkte: »Hier sind sieben Dollar für jeden. Stellen Sie sich hinten in der Schlange an und kaufen Sie sich eins von seinen verdammten Büchern. Und wedeln Sie dabei mit den Geldscheinen herum, damit es auch alle sehen.« Es waren die einzigen Bücher, die an diesem schrecklichen Tag verkauft worden sind, und ich wußte schon vorher, daß die beiden Verkäufe getürkt waren.

Emma hatte ihren Kalender in der Hand. »Trag für Dezember nächsten Jahres eine Signierstunde bei Hess ein«, sagte ich. Sie protestierte: »Da gibst du jedesmal eine Signierstunde. Warum immer da und nicht einmal woanders?« Ich wußte warum, nannte ihr aber den Grund nicht. Beim erstenmal hatte Hess alles Erforderliche getan und doch keine Bücher verkauft. Als mein Verlag kurz vor der Veröffentlichung von *Hexen* dann wieder bei Hess anrief, um eine Buchpräsentation vorzuschlagen, weil der Roman im Verkaufsgebiet von Hess spiele, lehnte der Direktor das Ansinnen verständlicherweise ab. Als die Buchabteilung des Warenhauses aber mehr als zweitausend Exemplare zu achtzehn Dollar das Stück verkauft hatte, kam dem Direktor eine schöne Idee: Dem heimatlichen Autor zu Ehren würde Hess beim Verkauf des dreitausendsten Exemplars in Allentown eine Galafeier organisieren, und der Käufer des Glücksexemplars sollte nicht nur mit mir beim Signieren fotografiert werden, sondern dazu einen Kaufbon im Werte von einhundert Dollar erhalten, den er an dem Tag im Kaufhaus einlösen könnte. »Man kann Hess«, wie ich meiner Frau abends mitteilte, »richtig liebgewinnen.«

In dem Augenblick, als das Manuskript meines allerletzten Romans aus meiner Hand an den Verlag überging, gewann es ein Eigenleben. Bei Kinetic wurden vom noch unredigierten Manuskript viele Fotokopien hergestellt, die, wie man mir versicherte, »meinungsbildenden« Menschen zugestellt wurden. Solches geschah, wie man bei Kinetic erklärte, in der Hoffnung, daß in der Branche vom Buch gesprochen wurde: »Der neue Yoder ist ein Hit!« Von Oktober bis Jahresende berieten Manager und Mitarbeiter unterschiedlichster Firmen darüber, wie sie teilhaben könnten am Lancieren der »Sensation der kommenden Saison«, wie meine Lektorin mein Buch bezeichnete. Ich konnte nur hoffen, daß sie recht behalten würde.

Mit der Wiederaufnahme der Arbeit im neuen Jahr, also neun Monate vor Publikation, erreichten mich per Telefon täglich Bulletins zur weiteren Entwicklung des Manuskripts. Sie kamen von den beiden brillanten Frauen, die meine Geschäfte lenkten und von Emma »unsere dienstbaren Geister mit goldenen Zauberstäben« genannt wurden.

Die eine war meine Lektorin Yvonne Marmelle bei Kinetic Press, die dafür verantwortlich war, daß meine schriftstellerische Arbeit professionell und qualitativ überzeugte. Die andere war Miss Hilda Crane, die literarische Agentin, die meine geschäftlichen Interessen vertrat. Beide waren um die vierzig, recht attraktiv, untergewichtig, voller Energie und kluger Ideen. Ein Unterschied zwischen den beiden fiel auf: Meine Lektorin wollte als »Ms.« angeschrieben werden, die Agentin als »Miss« – was ich mir nicht erklären konnte, weil ich den

Eindruck hatte, daß Miss Crane irgendwo einen Ehemann versteckt hielt, während Ms. Marmelle unverheiratet war.

Da mein Vertrag den Verkauf der Auslandsrechte dem Verlag einräumte, erreichten uns daheim zuerst aufgeregte Anrufe von Ms. Marmelle – womit eine seltsame Routine einsetzte, die manchem unglaublich vorkommen mag. Ich rede ungern über die finanziellen Aspekte meines Berufs als Schriftsteller; Emma dagegen hatte schon immer verwaltet, was uns an Geld zur Verfügung stand oder eben nicht, und nahm großen Anteil an der Entwicklung unserer materiellen Interessen. Diese Anrufe galten deshalb nicht mir, sondern ihr: »Emma! Fantastische Neuigkeiten! Soeben sind die englischen Rechte an *Steinmauern* verkauft worden. Für eine Garantie von fünfundsiebzigtausend Dollar!« Wenige Tage später kam die aufregende Nachricht, daß der deutsche Verlag die Rechte für eine Garantie von 110000 Dollar erwerben wollte. Mein französischer Verlag hatte mit den letzten drei Romanen großes Glück gehabt und wollte auch diesen; in Schweden, Spanien und Japan war es nicht anders. Bis Mitte Februar wurden mit sechs ausländischen Verlagen Verträge abgeschlossen. Die größte Befriedigung brachte ein Anruf, bei dem Ms. Marmelle mich unbedingt persönlich sprechen wollte: »Sie erinnern sich an meine Enttäuschung, weil Italien nicht einen Ihrer drei großen Romane gekauft hat? Nun, der Verlag hat jetzt nicht nur *Steinmauern* gekauft, und das gegen einen anständigen Vorschuß, sondern auch die drei anderen. Er will sie nach *Steinmauern* in gewissen zeitlichen Abständen herausbringen. Aber das Geld für diese drei wird sofort bezahlt!«

Die Erinnerung an das totale Desinteresse für die ersten Romane hielt meine Angst vor der Todsünde der Hybris wach, so daß ich meine Zufriedenheit über die Tatsache, endlich auch in Italien akzeptiert worden zu sein, nicht zu erkennen gab und mich nur erkundigte: »Kommen Sie mit dem Lektorieren voran?« Da pfiff sie mich an: »He! Nun vergessen Sie mal die Arbeit. Es gibt Grund zum Feiern!« Ich erinnerte sie: »Vor mir liegt noch ein Jahr harter Arbeit. Ich habe Anregungen von Ihnen zu bedenken, unebene Stellen zu überarbeiten ...«

»Sie verstehen es wirklich, einem die Feierstimmung zu vermurksen, Mr. Yoder. Die Arbeit geht planmäßig voran. Ich würde mich freuen, wenn Sie nächste Woche herkommen könnten, damit wir über die ersten fünf Kapitel sprechen. Wenn Sie meine bescheidenen Vorschläge akzeptieren, können Sie dann gleich wieder heim zu Ihrer Plackerei.«

»In der jetzigen Phase wird das Werk mit jeder Änderung, die ich einarbeite, ein bißchen besser. Das empfinde ich nicht als Plackerei.«

»Vor ein paar Sekunden klang es anders. Und jetzt holen Sie sich bitte ein Glas Wein. Ich habe schon eins vor mir stehen. Stoßen wir an auf das gute alte Italien!« Ich hatte die direkte, offene Art dieser Frau gern, tat also, was sie sagte, und beim Klirren der Gläser am Telefon riefen wir beide: »*Salute!*« Ohne Ms. Marmelle wäre ich verloren.

In den vier Tagen vor meiner Reise nach New York rief Miss Crane zweimal an, um in ihrer sachlich zurückhaltenden Art Emma zu berichten, daß *Reader's Digest* den Roman *Mauern*, wie sie ihn nannte, zur Publikation in einem Auswahlband in Erwägung zöge und eine mysteriöse japanisch-israelische Firma Interesse an einer Verfilmung bekundet habe – das Interesse gälte nicht unbedingt *Mauern*, sondern meinem Werk generell. »Ich werde der Sache nachgehen. Die Firma hat noch keine großen Erfolge vorzuweisen, scheint aber recht finanzstark zu sein.«

Zufällig rief am gleichen Nachmittag noch einmal Ms. Marmelle an, um mitzuteilen, Kinetic habe mehrfach Kontakt gehabt mit einem Verleger in Israel, der *Steinmauern* nehmen wolle, wegen der hohen Kosten einer Übersetzung ins Hebräische dazu aber auf ein finanzielles Entgegenkommen angewiesen sei.

»Kommen Sie ihm entgegen«, sagte Emma, ohne mich vorher zu konsultieren. »Wir schätzen Menschen, die Bücher lieben, und aus seinem Volk ist eins der größten Bücher hervorgegangen.«

Die Reise nach New York zu geschäftlichen Beratungen mit meinen »dienstbaren Geistern« folgte einer festen Routine. In jüngeren Jahren hatte es mir Spaß gemacht, in den Wagen zu springen und über die Highways zu jagen, die mich von Bethlehem durch den Holland Tunnel bis hinein nach Manhattan führten, wo ich mein Auto abstellte – immer in der gleichen Parkgarage, für 2.50 Dollar den Tag plus fünfzig Cent Trinkgeld. Mit dem Älterwerden, dem stärkeren Verkehr auf den Fernstraßen und dem Ansteigen der Parkgebühren zunächst auf fünf, dann sogar auf sieben Dollar machte ich es wie die meisten vernünftigen Autofahrer in Dresden: Ich fuhr in meinem alten Buick bis zur nahe gelegenen Kreuzung von Rhenish Road und Interstate, stellte den Wagen dort ab und stieg in den Pendlerbus, der uns durch den Tunnel direkt zum riesigen Terminal an der Forty-Second Street brachte; und von dort fuhr ich in der Subway zur Eighth Avenue und mit einer anderen Linie fast bis zum Verlagsgebäude. Ein forscher Spaziergang in Untergrundpassagen, der sich über eine halbe Straßenlänge hinzog, führte mich zum Lift, der mich in den elften Stock hochtrug, und dort wartete auf mich ein bequemer Stuhl in einem Zimmer, wo ich mit meiner Lektorin Ms. Marmelle ruhig arbeiten konnte.

Es war bequem, so zu reisen. Ich las unterwegs morgens in einem Buch zur Geschichte der Mennoniten oder über die Hintergründe der Einwandererflut aus Deutschland im 18. Jahrhundert. An diesem besonderen Januarmorgen habe ich nun allerdings nicht gelesen. Ich mußte an etwas denken, was mich jedesmal von neuem verwirrte: Wie war doch alles für den alten Yoder so anders als für den jungen, am Anfang seiner schriftstellerischen Karriere vor vierundzwanzig Jahren! Mein Gott, was habe ich damals Blut geschwitzt, als ich mein Manuskript eingeschickt hatte und auf Antwort wartete!

Und als schließlich Antwort kam, war keine große Begeisterung für mein Werk zu spüren, »aber wir wollen uns zusammensetzen und schauen, was sich daraus machen läßt«. Ich war um halb acht aus dem Hoftor gegangen und voller Zuversicht – wenn ich jemandem das Durchhaltevermögen zutraute, ein schwieriges Manuskript zu glätten, dann mir. Als ich dann aber auf der Anreise die Wolkenkratzer von Manhattan sah, verlor ich den Mut.

Meine Lektorin war viel klüger als ich, und ich hatte vor ihr Angst. Sie erwies sich dann aber als äußerst hilfreich, und zusammen haben wir eine Struktur für den Text gefunden. In den Vorbereitungsphasen des eigentlichen Buches begann mir dann allerdings klarzuwerden, was Angst bedeutet; denn ich fragte mich, ob sich auch nur ein Kritiker die Mühe machen würde, das Buch zu rezensieren. Würde es überhaupt einen Leser finden?

Bis das Buch herauskam und wie ein verletzter Vogel zu flattern und zu sterben begann, war das Leben die Hölle vor dem Tod. Und das viermal durchmachen zu müssen – es war keine schöne Zeit.

Beim Gedanken an jene verheerenden Jahre, als ein Buch nach dem anderen durchfiel, preßte ich den Kopf ans Fenster, um mein Gesicht zu verbergen, damit niemand die Tränen sehen könnte. Schließlich putzte ich mir die Nase und überlegte: Was hätten wir bloß gemacht, wenn Emma nicht ihr Lehramt gehabt hätte? Und, ebenso wichtig: Wie würde mein Leben heute aussehen, wenn Kinetic mir über die schlechten Jahre hinweg nicht die Treue gehalten hätte? Als in der Nähe von Somerville im Herzen New Jerseys die letzten Höfe zurückblieben und erschlossenem Gelände Platz machten, das sich bis nach Manhattan hineinzog, wichen solche Fragen samt der düsteren Stimmung, und in einer Anwandlung von Zynismus schüttelte ich ungläubig den Kopf: Und heute? Heute war alles ganz anders. Heute wurde über die Zukunft meines Manuskripts entschieden, noch bevor es lektoriert, gesetzt, als Umbruch vorliegend oder als fertiges Buch im Handel war. Die Auslandsrechte – verkauft. Abschlüsse mit inländischen Interessenten – so gut wie sicher. Die mögliche Erstauflage – dreihunderttausend gedruckte Exemplare, von denen, wie ich hoffen durfte, am Ende die meisten ihren Weg zu den Käufern finden würden.

Ein Buch kann heutzutage schon vor Erscheinen ein Erfolg werden. Buchgemeinschaften, Filme, Fernsehserien – heute ist alles so überdimensioniert. So unvorstellbar. Und so verdammt unfair. Hier, wie auch sonst in Amerika, werden die Armen immer ärmer und die Reichen reicher. Das ist nicht gut. Das – ist – nicht – gut.

Ich zog den Schluß, das amerikanische Verlagswesen befinde sich in einem Stadium des Verfalls. Aber ich hatte nicht die leiseste Vorstellung, was man dagegen tun könnte. Ich konnte nur klagen: »Die Zeit ist aus den Fugen ...«

Beim Betreten der vertrauten Verlagsräume kam ich mir vor wie ein fester Mitarbeiter. In den letzten Jahren hatte Kinetic an mir gut verdient; für die Treue, mit der man vorher zu mir gehalten hatte, war ich dankbar. Auf der Fahrt in den elften Stock und in den Fluren zum Büro mit dem kleinen Türschild YVONNE MARMELLE wußte ich, wo ich hingehörte. Hier war ich zu Hause.

Nach einem leisen Anklopfen öffnete ich die Tür und sah die Frau vor mir, der ich so viel verdankte. Sie war schlank und gepflegt, von der Art eines Menschen, der von früh auf großstädtisches Leben gewohnt schien, in der persönlichen Note, ihrem Namen entsprechend, irgendwie französisch, in Verhalten und Redeweise jedoch durch und durch Manhattan.

Sie sprang auf, als sie mich sah, lief mir entgegen und umarmte mich demonstrativ. »Ach, Mr. Yoder! Es ist keine zehn Minuten her, da hat der Book-of-the-Month-Club angerufen. Man denkt an *Steinmauern* als Hauptvorschlagsband für Oktober!« Sie tanzte durchs Zimmer; sie freute sich über diesen Quantensprung in ihren Anstrengungen, meinem Buch zu einem dramatischen Start zu verhelfen.

Ihre überschwengliche Art machte mich, wie immer, ein wenig verlegen, und das um so mehr, als ich während der Busfahrt über genau diesen Typ des inflationären Erfolgs sinniert hatte. Ich blickte über ihre Schulter auf ein bemerkenswertes Bild, das für mich die ganze Verlegerei symbolisierte: Der Siebdruck zeigte eine getupfte Landschaft von Monet; dahinter verbarg sich ein Branchengeheimnis, von dem nur Eingeweihte wußten. Ich ging zu dem Monet hinüber, nahm die Öse von dem langen Haken mit dem Glasüberzug, an dem das Bild hing, drehte es um und ließ es an einer winzigen, bis dahin unsichtbaren Schleife frei hängen. Damit erst wurde klar, welche Bewandtnis es mit dem Bild hatte.

Auf die Rückseite war ein rechteckiges Stück Malkarton geklebt; auf dem wiederum fand sich fachmännisch folgende Aufstellung eingezeichnet:

Porträt eines Lektors

JAHR	TITEL	VORSCHUSS	AUFLAGE	TANTIEMEN
1967	*Grenzler*	$ 500	943	–$ 2119
1970	*Der Hof*	$ 700	1107	–$ 3147
1973	*Die Schule*	$ 800	1304	–$ 4246
1976	*Die Meidung*	$ 900	1607	–$ 5210
1980	*Hexen*	$ 1300	871896	$ 1307844
1984	*Die Käserei*	$ 200000	917453	$ 2477126
1988	*Die Felder*	$ 500000	1000000	$ 4263191
1991	*Steinmauern*	?	?	?

Ms. Marmelle und ich – die zwei Menschen, die diese enorme Zahlenbewegung zuwege gebracht hatten – lasen die Daten und schüttelten ungläubig den Kopf. Dann zeigte sie mir etwas, das sie seit meinem letzten Besuch hinzugefügt hatte: ein Stück Stoff, mit dem sich die letzten drei Zeilen nach den Angaben zu meinem Roman *Hexen* abdecken ließen. »Ich möchte nicht, daß erfahrene Autoren wissen, was für Vorschüsse wir jemand wie Ihnen zahlen – schon gar nicht, wenn der Mann, der sich die Tafel ansieht, soeben erfahren hat, daß wir ihm für das neue Buch – das wieder ein Reinfall zu werden verspricht – nicht mehr als elftausend zahlen wollen. Und ich will auch nicht, daß junge Schriftsteller von den Autoren-Honoraren Ihrer letzten zwei Bücher geblendet werden.« Sie fügte noch hinzu: »Ich lass' den Grafiker vielleicht noch mal kommen, damit er eine Spalte mit den gesamten Autorenerlösen einfügt. Sie haben es sicher erraten – dazu gehören auch alle Einnahmen aus Übersetzungsrechten und Lizenzen für Buchgemeinschaften und andere Nebenrechte. Bei Ihren Büchern kann da Erstaunliches zusammenkommen.«

In dem Moment ließ sie das Tuch fallen, und wir blickten nachdenklich auf die ersten fünf Zeilen der Tafel. Sie vermied es, sich im nachhinein dafür zu beweihräuchern, daß sie der Verlagsleitung eine letzte Chance, und noch eine, und noch eine, für mich abgerungen hatte. Die Zahlen sprachen für sie.

Gelegentlich hatte ich einen Eindruck von dem Kampf bekommen, den sie meinetwegen führte – um meine Existenz als Schriftsteller zu erhalten. Von unseren Gesprächen hat sich mir das eine oder andere ins Gedächtnis eingebrannt:

1967: »Mr. Yoder, ich hab' alles menschenmögliche getan, *Grenzler* in Gang zu bringen. Weil ich weiß: Es ist ein gutes Buch. Ich habe versagt.«

1973: »Mr. Yoder, mehr als siebenhundert Dollar wollten sie mir beim besten Willen nicht zugestehen. Ich habe geschrien: ›Dann leg' ich ihm aus eigener Tasche hundert drauf.‹ Da wurde der Vorschuß auf achthundert erhöht.«

1976: »Mr. Yoder, bitte, jetzt hören Sie mir ganz genau zu. Sie werden einer unserer besten Autoren werden. Mr. MacBain ist davon noch nicht so ganz überzeugt. Die Leute im Vertrieb glauben es nicht; Ihre Frau wahrscheinlich auch nicht. Aber ich glaub's. Die Vorbestellzahlen für *Die Meidung* sind lächerlich. Zum Teufel mit ihnen! Fahren Sie heim! Fangen Sie mit dem neuen Buch an, über das wir gesprochen haben. Bringen Sie es Wort für Wort zum Singen! Dieses Buch bringt den Durchbruch! Sie sind ein Schriftsteller. Glauben Sie mir.«

1980: »Mr. Yoder, ich hab' letzte Nacht nicht schlafen können. Wenn wir es diesmal nicht schaffen, wird der Verlag Sie wohl fallenlassen. Wenn es dazu kommt, wird er mich aber auch fallenlassen. Ich nehme Sie zu einem anderen Verlag mit. Früher oder später werden wir's schaffen. Gegen Morgen bin ich dann doch eingeschlafen. Du meine Güte, da hab' ich doch tatsächlich geträumt, daß *Hexen* sie alle vom Stuhl haut. Und jetzt wollen wir beten, daß die Psychologen recht haben und Träume wirklich nicht nur Schäume sind.«

Es hat dreizehn Jahre mühseligster Arbeit gebraucht, bis von mir ein Buch herauskam, das seinen mageren Vorschuß einspielte. Und wenn Ms. Marmelle mein Beharren auf einer exzessiven Ausgestaltung der Hintergründe und des Milieus meiner Figuren nicht mit solchem Nachdruck in Frage gestellt hätte, hätte ich die Kunst, Bücher zu schreiben, die bei Lesern ankommen, nie und nimmer gelernt. Die ersten fünf Zeilen auf der Tafel lieferten ein Doppelporträt – von zwei Menschen, die ihre Überzeugungen vertraten.

»Wollen Sie die Zahlen sehen, die ich – als Annahmen – mit Bleistift in die letzte Zeile eingetragen habe?«

»Nun verhexen Sie mich nicht!«

»Sie würden Ihnen Mut machen.« Doch sie tat es nicht, weil sie begriffen hatte, daß mir weder an guten noch an schlechten Nachrichten lag.

In meiner schweren Zeit hatte ich ihr einmal erklärt: »Ich schreibe Bücher. Mit denen geschieht dann etwas. Für mich haben die zwei Dinge nichts miteinander zu tun.« Ich hatte mich nie über das Desinteresse der Öffentlichkeit ereifert, als sie meine frühen Romane überging, und auch nicht gejubelt, als meine letzten mit Begeisterung verschlungen wurden. »Ich schreibe Bücher und überlasse es ganz ihnen, das Maß ihres Erfolgs zu finden.«

Sie hatte aber eine Neuigkeit, die, wie sie genau wußte, mir die gleiche stille Genugtuung verschaffen würde, die sie empfunden hatte, als die literarische Agentur, die Kinetic in London vertrat, die Meldung über Telefax schickte: »Das neue Interesse an Yoders Grenzler-Oktett, wie es in Europa heißt, hat es uns ermöglicht, die vier ersten Romane in drei Länder zu verkaufen, wo sie bisher nicht erschienen sind, und *Die Meidung* an zusätzlich vier Verlage, die sie jetzt als sein vielleicht schönstes Werk betrachten. Und ich glaube garantieren zu können, daß *Hexen* in ganz Europa ein neuer Dauerseller wird.«

Wir ließen uns von solch guten Nachrichten nicht zum Übermut verführen. Wir waren zwei narbenreiche alte Kämpen, die sich der Gefahren stets bewußt blieben. Mir war völlig klar, daß der Ruf eines Schriftstellers immer nur so gut ist wie sein neuestes Werk. Ihr waren mehrere Fälle bekannt von Lektoren mit großen Erfolgen aus der Vergangenheit, deren heutige Autoren kaum von sich hören machten. Wir hatten mit *Steinmauern* beide viel zu verlieren, und das wußten wir genau.

Ich war daher auf jener Morgensitzung hellwach, als sie mir, anhand einer Seite mit Notizen, auf den Kopf zusagte, was sie am Anfang des Romans auszusetzen hatte. »Die Geschichte gefällt mir sehr gut, Mr. Yoder. Sie hat aber eine

Schwäche, und die Schwäche ist so gravierend, daß sie sich negativ auf den Verkauf auswirken könnte.«

Das war für mich ein Reizwort. »Ich habe Ihnen während der letzten Jahre doch wohl bewiesen, daß mich der Gedanke an die Verkäufe nicht nervös macht.«

»Aber mich. Lassen Sie mich's so formulieren, daß es Sie nervös macht. Ich spreche von einem Fehler, der, wenn er nicht korrigiert wird, Ihre Leser enttäuschen würde«, und jetzt mußte ich zuhören.

»Die Handlung ist solide konstruiert, aber auf so hohem Niveau, daß Sie vergessen haben, eine Spannung zu erzeugen. Meines Erachtens gibt es dafür einen Grund: Sie jagen Abstraktionen nach, statt sich auf Ihre Figuren zu konzentrieren. Der Roman würde durch eine Nebenhandlung gewinnen, die den Leser gefühlsmäßig anspricht.«

Vorschläge wie dieser irritierten mich; ja, sie kamen mir fast wie ein Eindringen auf mein ureigenstes Terrain vor, obwohl es bei meinen früheren Büchern mit ihr ähnliche Diskussionen gegeben hatte und sie, wie ich schon bald hatte feststellen müssen, meist recht behielt. Also mußte ich auf sie hören, selbst wenn mir das, was ich hörte, überhaupt nicht schmeckte. »Und wie ließe sich das machen?«

»Erstens durch Kürzen. Kürzen Sie eine große Portion des mittleren Teils heraus. Damit schaffen Sie Platz für eine Nebenhandlung.«

»Ich weiß aber keine Nebenhandlung. Haben Sie etwas Bestimmtes im Sinn?«

»Nichts Konkretes im Moment. Ich möchte Sie nur bitten, darüber nachzudenken.«

»Hmmmm. Ich werde es mir überlegen.«

»Ach ja, ein technisches Detail«, fuhr sie fort. »Ihre Frauengestalten sind nicht deutlich genug unterschieden. Das Problem rührt meines Erachtens daher, daß Sie sich nicht die Zeit nehmen, sie beim ersten Auftreten eingehend und genau zu schildern. Nageln Sie sie fest! Ich will ja nicht sagen, Sie sollten sich an Fenimore Coopers Trick halten – daß man einer blonden Heldin stets eine Brünette als Schurkin gegenüberstellt. Ich nehme aber an, daß es auf so etwas hinausliefe, wenn wir uns lang genug drüber unterhielten. Gebrauchen Sie Coopers Trick! Aber verschleiern Sie ihn durch überraschende Wechsel und Enthüllungen.«

»Einverstanden. Was noch?«

»Das Nächste wird Ihnen gar nicht schmecken. Hier kann ich nur aus dem Bauch heraus argumentieren. Aber sämtliche Warnleuchten sind angesprungen. Leser, die alle sieben oder auch nur die drei großen Romane von Ihnen gelesen haben, kennen sich in der Grenzler-Region ziemlich gut aus. Die wissen, wie dort ein Bauernhof aussieht und wie die Landschaft die Menschen prägt. Vielleicht schreiben Sie zu viel über das Land und zu wenig über die Menschen. Ich meine so Sachen wie die lange Passage über die Gründe, warum die Geologie von Berks County die Konstruktionsweise des Damms diktierte – das könnten Sie stark einkürzen oder völlig herausnehmen. Oder: Es ist doch klar, daß die Traxels deprimiert sind, wenn sie ihren Hof verkaufen müssen. Aber schildern Sie das anhand der Gefühle, die sie füreinander empfinden, und nicht anhand des Kummers über den Verkauf von einem Stück Land, das seit 1690 in Familienbesitz war. Das ist eine olle Kamelle. Das haben wir schon einmal mit dem Klumpfuß-Onkel durchgemacht. Solche Beschreibungen würde ich eliminieren und dafür sorgen, daß die Handlung vorankommt.«

»Dem kann ich nicht zustimmen. Dieser Roman handelt von der Zerstörung der Steinwälle, die den Acker eines Mannes einfassen, und der Hausmauern, die sein Leben umgrenzen.«

»Glauben Sie etwa, Ihre Leser hätten Interesse an so viel Ökologie? Ihre Leser erwarten einen Roman!«

»Ich hasse den Ausdruck: *Ihre Leser*. Als ob sie eine besondere Rasse wären. Wenn von einem Buch eine Million Exemplare verkauft werden, setzt die Leserschaft sich aus einem recht breiten Bevölkerungsquerschnitt zusammen, oder?«

»Ich kann's nur hoffen. In Ihrem Interesse.«

»Meine Leser, wie Sie sie nennen, werden doch auch über ernste Probleme nachdenken und sich mit Ideen befassen.«

So war es zwischen uns immer gewesen: Sie scheute sich nie, die härtesten Schnitte und Kürzungen anzuraten, und ich entschuldigte mich nicht, wenn ich glaubte, ihre Vorschläge zurückweisen zu müssen. Was nie aus Dickköpfigkeit geschah; es war mit den Jahren so gekommen, daß ich von jedem Buch eine ganz klare Vorstellung hatte, wie es sein müßte: wie lang, mit wie vielen Kapiteln und, ganz entscheidend, wie es um die Relevanz des Themas stand, von seiner Handlung und seinen Figuren her, und wie sich der Bogen des Erzählens von Anfang bis Ende spannte, aber auch von einer Szene zur nächsten. Das gleiche galt für das äußere Erscheinungsbild – für die Bindung, die Farben des Schutzumschlags und den Satzspiegel. Über solche Dinge sprach ich mit niemandem, nicht einmal mit meiner Frau oder mit Ms. Marmelle. Ich trug sie jedoch unablässig mit mir herum, und die Beschäftigung mit diesen Aspekten meiner Bücher half mir über die schlechten Jahre hinweg, als außer Ms. Marmelle eigentlich keiner an mich als Schriftsteller glaubte.

Nicht, daß ich immer recht gehabt hätte, beileibe nicht. Ms. Marmelle wußte schließlich auch, was ein Buch war – ein ästhetisches Objekt, das überall in Amerika und der ganzen Welt in den Regalen der Buchhandlungen nur darauf wartete, daß ein Käufer es herausnahm. Sie sagte ihren Autoren oft: »Ein Buch ist einen Dreck wert, bis jemand motiviert wird, es zu lesen, seinen Wert erkennt und es nicht nur kauft, sondern am Ende sagt: ›Ich bin neugierig, was der Kerl als nächstes macht.‹ Das ist Schreiben. Das ist Verlagsarbeit.« Wir waren ein ausgezeichnetes Team geworden; wir halfen uns gegenseitig, jeder trug seinen Zauber und Charme bei zu diesem Verbund aus Einsicht, Begabung, Liebe zur Sprache, Begeisterung für die Kunst des Erzählens und Geschick für deren verlegerische Umsetzung – diesem Bündnis, aus dem schöne Bücher entstanden. Und wir hatten ein gemeinsames Ziel: die Grenzler-Romanfolge mit Jubelfanfaren abzuschließen. Was wir offenbar nicht teilten, war die Grundidee von diesem letzten Roman: Ms. Marmelle wollte das Hauptaugenmerk auf Figuren und Handlung gelegt sehen; ich aber wollte primär vom Land, von der natürlichen Grundlage berichten, welche die ersten sieben Romane so wunderbar getragen hatte.

Um Viertel nach eins waren wir vom konzentrierten Arbeiten erschöpft. Wir genossen die kalte Luft auf dem Weg zu einem italienischen Restaurant, das an einer Seitenstraße zwischen Lexington und Third Avenue lag. Sie empfahl eine leichte, vom Chef meisterlich zubereitete Speise, eine würzige *aubergine au gratin*, und während des Wartens nahm sie meine linke Hand, die sie an ihre Lippen führte: »Ein Tag zum Feiern!« Ich befürchtete, sie könnte schon wieder von Rekorden im Verkauf von *Steinmauern* reden wollen, aber sie hatte etwas anderes im Sinn, das für mich, und in gewisser Hinsicht auch für sie, viel wichtiger war: »Wenn ich daran denke! Vor fünfzehn Jahren haben wir *Die Meidung* publiziert. Wir haben gewußt: Das ist ein gutes Buch. Und jetzt bestätigt alle Welt unser Urteil von damals! Ganz ehrlich, Mr. Yoder – ich hatte schon Angst, das Buch würde unbemerkt untergehen, und bin überglücklich, daß man es in Europa entdeckt.« Sie warf urplötzlich die Arme in die Luft und rief so laut, daß die übrigen Gäste im Restaurant es hören mußten: »Hurra!« Die schauten zu uns herüber, als wollten sie fragen: »Was ist denn nun los?« Da sagte sie mit einer Stimme, die durch den ganzen Raum klang: »Die Guten haben gerade gewonnen!« Ein paar Gäste hoben ihr Glas, um anzustoßen auf den Sieg, den sie errungen hatte.

Ich lachte, allerdings nicht über ihren Exhibitionismus, sondern über meine älteste Erinnerung an *Die Meidung*, die mit der Familie meiner Frau zu tun hatte. »Ich habe immer gewußt, daß Emma aus einer ziemlich bunten Ecke kam«, sagte ich. »Sie ist eine gebürtige Stoltzfus, aus einer reinen Amish-Familie im Lancaster County, dem Kerngebiet dieser sonderbaren, farbenprächtigen Menschen. Der Gedanke, daß ihre Familie früher einmal den Amish angehört haben mußte, kam mir durch eine Bemerkung, die sie eher zufällig machte; denn als wir uns kennenlernten, hatten ihre Angehörigen mit den Amish bestimmt nichts mehr zu tun. Ihre Eltern waren typische Mennoniten, was schon daraus hervorging, daß Emmas Vater eine große Autowerkstatt in Reading betrieb, wo bereits der Großvater als überzeugter Mennonit gelebt hatte. Der war aber auch ein gerissener Kaufmann gewesen, welcher mit dem Pfennig zu rechnen wußte. Die Werkstatt war Eigentum von Emmas Vater und ihrem Onkel. Die Familie war jedoch wohlhabend genug, Emma nach Bryn Mawr zu schikken, was an sich bei den Mennoniten oder Amish recht ungewöhnlich war. Emma gehörte, als wir uns kennenlernten, der Episkopalkirche an.

Wir waren längst verheiratet und meine ersten zwei Romane bereits erschienen, als ich mit Emma nach Lancaster fuhr, und Leute, die uns kannten, flüsterten: ›Aha, jetzt schreibt er über die Amish. Er wird uns wie Trottel aussehen lassen.‹ Davon konnte gar keine Rede sein. Ich hatte seit langer Zeit beschlossen, nie über die Amish zu schreiben, weil man sich über sie und ihren asketischen Lebenswandel allzuleicht lustig machen konnte.

Also gut. Bei Besuchen von Emmas Verwandten in Lancaster hörte ich mehrfach von zwei starken Männern, den ›Stoltzfus-Jungen‹, wie man sie nannte, und nach einigem Stochern kam eine atemberaubende Geschichte ans Tageslicht.

Emmas Großvater Amos und sein älterer Bruder Uriah hatten Ende des vergangenen Jahrhunderts zum besonders strengen Zweig der Amish gehört. Leider gerieten sie aneinander – wegen einer religiösen Meinungsdifferenz, die in ihrer Intensität schon fast mörderisch war. Uriah hielt es mit dem fundamentalistischen Zweig, der unter anderem lehrte, mit dem Tragen von Hosenträgern mache ein Mann sich der Eitelkeit und einer sündhaften Hoffart schuldig. Diese Fundamentalisten verwendeten Stricke als Gürtel, um die Hosen zu halten, und Sicherheitsnadeln an Stelle von Knöpfen. Außerdem trugen sie Vollbärte.

Von all dem wollte Amos, der schon im Alter von vierzehn Jahren ein Freidenker gewesen war, nichts wissen. Da mußte es zwischen den beiden Brüdern zur Feindschaft kommen.

Nun gab es in der Gemeinde eine etwas liberalere Gruppe; die machte einen Kompromißvorschlag: ›Da Hosenträger die Hosen eines Mannes besser halten als Seile, gestatten wir ihren Gebrauch. Ein Mann darf aber nur einen Hosenträger tragen; über welche Schulter er ihn trägt, ist freigestellt. Das Tragen von zwei Hosenträgern stellt dagegen einen Akt der Eitelkeit dar.‹ Wenn Amos diesen Kompromiß akzeptiert hätte, wäre es bestimmt zur Aussöhnung mit dem Bruder gekommen.

Er bestand leider nicht nur auf Hosenträgern mit zwei Trägern; er wurde auch beim Kauf von Konfektionskleidung überrascht – statt zu tragen, was seine Frau ihm nähte. Und solch krasses Aufbegehren war nicht duldbar. Der konservative Uriah ging seinen liberalen Bruder Amos hart an; es kam zu einem Streit, der im Umkreis von Lancaster als Zwist von ›Ohne-Hosenträger-Bruder gegen Zwei-Hosenträger-Bruder‹ bekannt wurde und über die örtliche Gemeinde hinaus in der gesamten Amish-Sekte Schockwellen auslöste.

Als man mir dies erzählte, fragte ich: ›Und wie ist es ausgegangen?‹ Weil der Bruder seine heiligen Prinzipien in Frage stellte, sei Uriah so wütend geworden, berichtete man mir, daß er die anderen Amish dazu bewegte, Amos samt Frau und Kindern aus der Gemeinde auszustoßen. Das hieß im Deutschen ›Meidung‹ – eine furchtbare Strafe, denn sie untersagte der betroffenen Familie jeden Kontakt mit anderen Mitgliedern der Gemeinde. Amos durfte mit ihnen nicht sprechen, nicht verkehren, nicht gemeinsam essen, ihnen nichts abkaufen oder verkaufen, und er durfte auch nicht am Gottesdienst teilnehmen. Es war eine totale Verbannung. Was noch ärger war: Die Meidung wurde nur über Amos ausgesprochen, nicht über seine Familie, so daß seine Frau nicht einmal mehr mit ihm schlafen durfte. Das konnten Emmas Großeltern, ohnehin ein stures Geschlecht, einfach nicht hinnehmen. Im Zorn haben sie alles verlassen – die Gemeinde, den Stoltzfus-Hof, der ihnen zur Hälfte gehörte, und sogar Lancaster. Sie zogen nach Reading. Amos rasierte sich, trat einer Mennonitenkirche bei und gründete ein Gestüt, das prächtig gedieh, weil er Pferde liebte.

Doch im Laufe der Jahre dachten sie weniger an das gute Geld, das sie inzwischen verdienten, und mehr an die glücklichen Tage, als sie zu den Amish gehörten, und deshalb schickte Amos jedes Jahr zur Erntezeit einen demütigen Brief an seine Amish-Gemeinde, in dem er sie bat, *Die Meidung* aufzuheben, damit er wieder ein Mitglied der Gemeinde werden könnte, nach der er und seine Frau sich sehnten.

Als der erste Brief eintraf – es war im Jahre 1901 –, erklärte das Oberhaupt der Gemeinde, ein älterer Mann: ›Laut den Regeln der Amish kann ein gemeidetes Glied der Gemeinde wieder zugelassen werden, aber nur, wenn er heimkehrt, sich vor dem Gemeindeleiter auf Hände und Knie wirft, seine Sünde bekennt und um Wiederaufnahme bittet.‹ Als Amos dieses Urteil hörte, sagte er zu seiner Frau: ›Das ist nur gerecht. Ich war damals ein Dickschädel. Wenn das die Regeln sind fürs Bußetun, nehme ich an.‹ Wer war nun aber inzwischen zum Gemeindevorsteher geworden, vor dem Amos sich mit Tränen in den Augen auf den Knien hätte demütigen müssen? Sein Bruder Uriah, dessen Herrschsucht ja zu seiner Verbannung geführt hatte. Da Amos sich weigerte, vor seinem selbstgerechten Bruder Abbitte zu tun, blieb er weiterhin von allen guten Amish-Leuten ohne Hosenträger gemieden.«

Ich habe über diese kuriose Geschichte nicht gelacht, weil ich durch Emma wußte, daß Amos samt Familie die Schande der Meidung nie verwunden hatten. Er wurde ein wohlhabender Mann; er half seinem Sohn, das Gestüt in eine Autowerkstatt umzuwandeln, und war bei den liberaleren Mennoniten geachtet: »Aber sein großer Verlust zerfraß ihm das Herz. Geistig war er ein Amischer, der im Schoß seiner Gemeinde sterben wollte, doch mit stetig wachsendem Reichtum entfernte er sich von Jahr zu Jahr mehr von jenem strengen Glauben. Mit jedem neuen Gerät, das er anschaffte, etwa einem Kühlschrank, wurde seine Heimkehr unwahrscheinlicher. Dennoch schickte er jährlich einen Bittbrief an seine alte Gemeinde, und jedes Jahr erinnerte ihn sein Bruder an die Regel: ›Komm zurück, demütige dich auf den Knien vor dem Leiter der Gemeinde, bekenne deine Sünden, und wir werden mit den Mitgliedern der Gemeinde beraten, ob wir dich wieder aufnehmen wollen.‹ In den Antworten wurde nie ausdrücklich gesagt, daß das Haupt der Gemeinde immer noch sein Bruder Uriah sei, der über seine Schuld urteilen würde und vor dem er kriechen müßte. Doch es war Amos bekannt, und er starb als Verbannter.«

Ms. Marmelle hatte *Die Meidung* seinerzeit lektoriert, aber nicht gewußt, daß ich über die eigene Familie schrieb – das heißt, über die meiner Frau.

»Der Roman hat mich nie in Ruhe gelassen«, erklärte sie jetzt. »Nach der Enttäuschung mit den ersten beiden Büchern hatte ich Ihnen vorgeschlagen, über die Amish zu schreiben. Sie sind faszinierende Menschen – die altmodische Kleidung, die schwarzen Karossen, all das. Aber Sie haben es abgelehnt. Sagten, Sie würden so gute Menschen nie lächerlich machen wollen. Und dann haben Sie doch über sie geschrieben …«

»Aber nicht, um mich über sie lustig zu machen. Mich hat einfach die Geschichte gepackt. Ich hatte das Gefühl, das sie erzählt werden mußte.«

»Der Roman erlebt eine Renaissance«, sagte Ms. Marmelle, »und zwar genau aus dem Grund, weshalb er schon damals so stark war. Es sind die letzten hundert Seiten – als Amos gesellschaftlich und im Materiellen äußerst erfolgreich ist, aber innerlich eine Tragödie erlebt. Sie haben nie etwas Besseres geschrieben, Mr. Yoder, als die Szenen, in denen er heimlich Lancaster aufsucht, um den Hof zu sehen, der über vier Jahrhunderte seiner Familie gehört und auf dem er so hart gearbeitet hatte, um die Früchte des Bodens zu ernten. Und im Dunkeln gesteht er sich, daß nur seine Starrköpfigkeit ihn hindert, für dieses herrliche Land wieder Verantwortung zu übernehmen.«

Ich habe mich bei Lob noch nie wohlgefühlt. Es macht mich verlegen. An diesem Tag war ich jedoch tief berührt und sagte zum Schluß der Mahlzeit: »Die beste Szene für mich ist eine ganz am Ende. Als er seine Stallungen in eine Werkstatt umwandelt. Von seinen Pferden Abschied nimmt – von seinem letzten Kontakt mit dem Land. Er ist kein Amischer mehr; eigentlich ist er nicht einmal mehr Mennonit. Er ist in die wirkliche Welt eingetreten.«

Ich schwieg und war ziemlich erleichtert, als meine Lektorin dazu keinen Kommentar abgab«.

»Wissen Sie, Ms. Marmelle«, fügte ich hinzu, »daß Emma sich nie als Mennonitin betrachtet hat? Die ganze Familie hat die Mitgliedschaft in der Gemeinde aufgegeben, als Emma aufs College ging.«

»Ich mag Ihre zähe, kleine Frau«, sagte Ms. Marmelle, »obwohl ich sie ja nur vom Telefon kenne. Ich würde mich freuen, wenn Sie sie einmal mit nach New York brächten.« Als ich nickte, legte sie ihre Hand auf meine Hand: »Im Büro wollten Sie nichts wissen von den wunderbaren, überwältigenden Neuigkeiten. Aber Emma verdient sie zu erfahren, und sie sind so wichtig, daß ich das Recht habe, sie mit jemandem zu teilen.« Und dann nannte sie die Verkaufserwartungen, die alle Mitarbeiter des Verlags in Begeisterung versetzten. »Jede Sonderbedingung Ihres Vertrags ist bereits bzw. wird erfüllt. Mit jeder erhöht Ihre Garantiesumme sich um eine Million Dollar. Eine Übernahme durch den Book-of-the-Month-Club ist möglich, der Verkauf der Taschenbuchrechte sicher. Die Auslandsrechte sind verkauft. Wir dürfen mit wenigstens drei Monaten auf der Bestsellerliste der *New York Times* rechnen. Wie hoch wird die Erstauflage sein, was meinen Sie? Man spricht von siebenhundertfünfzigtausend Exemplaren!«

»Ich kann nur hoffen, daß Sie ein paar gute Vertreter haben«, sagte ich dazu bloß. Sie erwiderte: »Sagen Sie Emma, ich sehe voraus, daß sie nicht weniger als fünf Millionen Dollar von *Steinmauern* erwarten kann. Vielleicht sogar sechs – im Falle eines Films oder einer Fernsehserie.«

»Ich wünschte, Sie hätten's mir nicht gesagt«, erklärte ich. Sie lachte: »Ich habe es nicht für Sie gesagt. Ich habe es für mich gesagt – und für Emma. Wir beide verstehen uns in diesen Dingen.«

Sie rückte plötzlich näher heran und senkte die Stimme: »Darf man Ihnen hypothetische Fragen stellen?«

»Solange es nicht um Politik geht.«

»Gestatten Sie mir eine einzige?« Ich nickte. »Es ist eine hypothetische Frage«, sagte sie, »und sie betrifft eine hypothetische Entwicklung. Falls der Verlag Kinetic Press morgen an irgendeinen Mammutkonzern verkauft würde und die neuen Bosse mich auf die Straße setzten und ich bei einem anderen Verlagshaus einen Job fände – würden Sie als mein Autor zu meinem neuen Verlag mitkommen?«

»Natürlich. Solange Sie beim Wechsel keine silbernen Löffel mitgehen lassen.«

»Und wenn ich nicht gefeuert würde, aber meinte unter den neuen Bedingungen kündigen zu müssen?«

»Ihre ethischen Prinzipien würden auch für mich gelten. Natürlich würde ich zu Ihnen stehen.«

»Und nun die schönste Frage von allen. Angenommen, die Käufer wären keine Amerikaner? Sagen wir: Japaner. Oder

Deutsche? Und ich könnte sie nicht ausstehen und würde mit Zorres ausscheiden?«

»Es könnte durchaus sein, daß ich in solchem Fall den Verlag verließe, auch wenn Sie blieben.«

»Sie verstehen: Meine Fragen sind vertraulich und hypothetisch.«

»Meine Antworten weder noch. Ich nehme das Publizieren viel ernster, als selbst Emma annimmt. Für mich ist das kein Spiel und auch keine Sache von Zahlen. Für mich ist Verlegen einer der wichtigsten Berufe überhaupt, und ich bin froh, damit zu tun zu haben.« Ich hatte schon zu viel gesagt und wurde ganz verlegen und flüsterte ihr nun ebenso leise zu: »Ich könnte ohne Ihre Hilfe nichts zustande bringen. Und das vergesse ich nie.«

Diesmal blieb ich über Nacht in New York. Es war nämlich unumgänglich, daß ich mit meiner Agentin zusammentraf, zu der ich in einer distanzierteren geschäftlichen Beziehung stand. Ich hatte da eine demütigende Erfahrung gemacht, nachdem mich am Anfang ein führender Agent als Klient angenommen hatte – eher widerwillig, aber er schuldete Ms. Marmelle einen Gefallen, und so tat er es als Geste ihr gegenüber. Als der vielbeschäftigte Mann feststellte, daß meine ersten Bücher durchfielen und ich zum Schreiben von kurzen, lebendigen Artikeln nicht talentiert war, erwies er mir nicht einmal die Höflichkeit eines Telefonanrufs und kündigte mir brieflich.

Danach war ich von einem dynamischen jungen Mann vertreten worden, der nach Lehrjahren bei William Morris seine eigene Agentur gründete, trotz seiner großen Worte aber wenig tat; und da er rasch erkannte, daß ich es im literarischen Geschäft nie zu »bedeutenden Zahlen« bringen würde, wie er sich ausdrückte, ließ auch er mich fallen. Als in den letzten Jahren die »Zahlen« für meine Bücher nicht bloß »bedeutend«, sondern überwältigend wurden, habe ich oft darüber nachgedacht, was der junge Mann, dessen Agentur nicht ohne Erfolg geblieben war, wohl bei dem Gedanken empfinden mochte, daß er mich vor die Tür gesetzt hatte.

Glücklicherweise bot sich Hilda Crane an, mich und meinen vierten Roman *Die Meidung* zu vertreten. Sie ist eine fleißige Arbeiterin. Sie hatte große Hoffnungen. Sie versuchte ihn überall unterzubringen – in Hollywood, beim Fernsehen, als Vorabdruck in Zeitungen und Zeitschriften –, stieß jedoch nirgends auf ernsthaftes Interesse. Sie ließ sich in ihrer Überzeugung nicht erschüttern und versicherte mir, daß dieser Roman oder eins meiner anderen Bücher früher oder später dank der erzählerischen Qualitäten Anerkennung finden würde. »Ich bin sicher«, hatte sie mir erklärt, »daß ich dann Ihre Agentin sein werde. Wir werden es zusammen feiern.« Sie war hocherfreut, aber nicht überrascht, als *Hexen* ein rasanter Bestseller wurde; mit stillem Vergnügen bot sie den Roman den gleichen Stellen an wie vorher, und diesmal kamen nur positive Reaktionen.

Miss Crane unterhielt ein Büro mit drei Räumen am Upper Broadway – ohne Glitz, dafür aber mit vielen Arbeitsmappen und Aktenordnern – und meinte scherzhaft: »Es könnte sein, daß ich in ein größeres Büro umziehen muß bei der wachsenden Arbeitslast, die ich mit Ihren letzten drei Büchern habe – und hoffentlich auch mit dem nächsten.« Sie war eine 44jährige Frau, die – je nach Tageszeit oder ob die Neuigkeiten der betreffenden Woche angenehm oder katastrophal waren – wie eine strahlende 24jährige oder eine niedergeschlagene 64jährige aussehen konnte, und in meinem Leben eine ruhige, ausgleichende Kraft. Sie war längst nicht so temperamentvoll wie Ms. Marmelle und hatte mich gleich zu Beginn gewarnt: »Ich verhätschele meine Autoren nicht. Ich helfe ihnen auch nicht, wenn sie sich scheiden lassen. Ich beschaffe ihnen keine Theaterkarten und keinen Rabatt für Hotels. Vor allem helfe ich ihnen nicht beim Schreiben. Was ich mache, und gut mache, ist eins: Ich akzeptiere, was sie schreiben, wenn sie es für abgeschlossen halten, und ich finde dafür einen Markt. Wenn es sich verkaufen läßt, werde ich es verkaufen. Sie werden sich manchmal wundern, wo es schließlich landet. In Haus- und Firmenzeitschriften, in Bauernblättern, in wissenschaftlichen Publikationen – ich kämme alles ab. Meine Leidenschaft besteht darin, Dinge gedruckt zu sehen, und manchmal verkaufe ich einen Artikel für fünf Dollar, nur damit vom Autor etwas gedruckt wird. Darauf kommt es an.«

Sie bekam von all meinen Einnahmen zehn Prozent, egal, wie es zu den Einnahmen kam, und wir hatten vereinbart, daß ich meinerseits Bargeld oder Schecks nicht annahm, ohne sie zu informieren und ihr davon unaufgefordert ihre zehn Prozent zu überweisen. Für diese Gebühr leistete sie eine Reihe von mysteriösen Dienstleistungen, deren wichtigste war, daß sie meine Honorare aushandelte. Ich habe nämlich schon früh in meinem schriftstellerischen Leben erkannt, daß man von einem Autor nicht erwarten konnte, an einem Tag mit einem Lektor über die Entwicklung eines Manuskripts zu diskutieren und am nächsten wiederzukommen, um mit ihm zu streiten, weil er für das, was er noch in eine akzeptable Form zu bringen suchte, mehr Geld haben wollte. Es war nicht nur vernünftiger, es war auch fruchtbarer, daß ein Schriftsteller sich um die Qualität seines Texts kümmerte und es dem Agenten überließ, dafür einen angemessenen Preis auszuhandeln.

Außer den Honoraren handelte Miss Crane die sogenannten buchfernen Nebenrechte und Lizenzen aus, die sie anbringen konnte. Sie kümmerte sich um die Sicherung und Erneuerung von Urheberrechten und anderes mehr. In manchen Wochen schrieb sie mir drei oder gar vier Briefe, die alle irgendwelche technischen Verlagsfragen berührten, von denen ich wenig verstand, die aber juristisch beachtet werden mußten. In einem normalen Jahr verdiente sie ihre zehn Prozent. Wenn jedoch die Zahlen, die Ms. Marmelle am Ende unseres Mittagessens genannt hatte, Wirklichkeit werden sollten, würde Miss Crane an ihrem »stillen, kleinen Dutchman«, wie sie mich nannte, mindestens eine halbe Million Dollar verdienen und eigentlich wenig getan haben, was diese Summe wirklich gerechtfertigt hätte. Ms. Marmelle andererseits würde am Manuskript Hebammendienste leisten, es hegen und pflegen und eine literarische Struktur in das zeitweilige Chaos bringen. Sie wäre engstens mit jedem Detail des Erfolgs verbunden, der meinem Text beschieden sein mochte, und würde trotzdem lediglich das relativ niedrige Gehalt verdienen, das ihr der Verlag Kinetic Press zahlte.

Es schien absolut unfair. Ich habe einmal mitgehört, wie Miss Crane ihre Prozente einem anderen Autor gegenüber mit folgendem Argument verteidigte: »Ich habe ihn aufgezogen wie mein eigenes Kind. Ich habe immer bessere Verträge für ihn ausgehandelt. Ich habe darauf geachtet, daß er zur rechten Zeit für die richtigen Zeitschriften schrieb. Ich habe dafür gesorgt, daß sein Ruf sich stetig positiv entwickelte. Ohne mich wäre er ohne Orientierung gewesen, hätte er sich wohl nur durchgewurschtelt.«

Ihr Gesprächspartner fragte weiter: »Hätten diese Dinge nicht ebenso gut von seiner Frau geleistet werden können?« Bei der Frage horchte ich auf, weil ich es Emma zugetraut hätte. Miss Cranes Reaktion auf die Frage war vernichtend. »Es ist immer ein Zeichen, daß es mit einem Autor bergab geht, wenn er seine Frau als Agentin verwendet. Ein Schriftsteller braucht keine liebende, er braucht eine feste Hand.«

Sie lieferte dem Fragenden noch ein weiteres Argument. »Die zehn Prozent, die ich von Schriftstellern wie Lukas Yoder bekomme, machen es meiner Agentur möglich, Anfänger zu vertreten, mit denen ich nichts verdiene, und sie zu führen, bis sie ein Bein auf den Boden kriegen. Yoder hält die Jungen am Leben, bis sie selbst Yoders werden.« Beim Zuhören wurde ich mir einer demütigenden Tatsache bewußt: In meinen ersten dreizehn Jahren als Schriftsteller hatten meine drei Agenten zusammen an mir $ 496.10 verdient, und allein für Porto und Telefonanrufe müssen sie mindestens das Fünffache ausgegeben haben. Ich gönnte Miss Crane ihre Prozente und hoffte nur, daß sie auch tat, was sie da gesagt hatte, und tatsächlich einen Teil meines Geldes in die Pflege junger Autoren investierte.

Als ich an diesem Tag in ihr Büro trat, kam sie mir noch ein Ideechen zurückhaltender vor als sonst. Doch auf mein sichtliches Zögern sagte sie forsch: »Mr. Yoder, ich bin erfreut, Sie zu sehen. Es gibt viel zu besprechen«, und ich hatte noch nicht Platz genommen, als sie im besten Geschäftston erklärte: »Es gibt gute und schlechte Nachrichten. Welche zuerst?« Als ich mit den Achseln zuckte, meinte sie: »Na schön, dann zuerst die guten«, und nannte mir die Summen, der seit ihrem letzten Telefongespräch mit Emma getätigten Abschlüsse.

Statt den Details zuzuhören, welche sie einem Notizblatt nach dem anderen entnahm, die mich indes nur am Rande interessierten, bewunderte ich sie. Sie war in ihrem Büro stets gepflegt und trug ziemlich teure, aber unauffällige Bürokleidung, meistens mit einem kleinen Accessoire auf dem linken Jackenaufschlag. Sie war eine ansehnliche Frau, noch ohne graue Strähnen im Haar, ohne Ansatz zum Doppelkinn, und der sich ständig wiederholende und daher im Grunde immer gleichbleibende Charakter ihrer Arbeit hatte den Augen ihren Glanz noch nicht nehmen können. Sie war ein Mensch, so sagte ich mir beifällig, der einem im beruflichen Leben Mut und Vertrauen vermittelte. Nach dem Herunterbeten der Nebenrechte fiel mein abschließendes Urteil allerdings ein wenig kühler aus: Sie wirkt wie eine gute Englischlehrerin der Oberstufe, die zur Rektorin der Grundschule befördert worden ist.

»Das ist nur der Auftakt zu aufregenden Neuigkeiten, Mr. Yoder. Haben Sie den Überraschungserfolg über die Amish gesehen? Ein Film mit kleinem Budget, der aber, wenn ich mich erinnere, einige Oscars gewonnen hat. Jedenfalls ist er für den Oscar nominiert worden. *Der einzige Zeuge.*«

»Ich habe davon gehört. Gesehen habe ich ihn nicht.«

»Er hat alle überrascht. Ausgezeichnete Schauspieler – möglicherweise sind Ihnen ihre Namen nicht bekannt – und eine glaubhafte Geschichte. Der eigentliche Held des Films ist jedoch das Land. Ihr Amish-Land. Die Kamera hat den Reiz des Films begründet, mit ihren Aufnahmen von Feldern und Scheunen.«

»Die Amish wurden dabei, soweit ich gehört habe, mit Respekt behandelt. Ohne billigen Humor.«

»Ganz bestimmt. Aber für Sie ist etwas anderes wichtig, nämlich folgendes: Der Erfolg dieses Films hat Interesse an Ihrem geistigen Eigentum geweckt. Eine Firma namens Argosy Films, die von einem japanischen Geschäftsmann mit Geld wie Heu und einem israelischen Filmgenie ins Leben gerufen wurde, möchte eine Option auf *Die Meidung* erwerben. Wenn ich ihre Beweggründe richtig verstehe, wollen sie den Stoff im Sinne der großen alten Tradition verfilmen. Sorgfältiges Herausarbeiten der Figuren, mit Bildern von der Schönheit des Landes, der geistige Triumph des häßlichen Bruders, der Amish bleibt, im Gegensatz zum Niedergang des guten Bruders, der im Materiellen Erfolg hat, aber den Kontakt mit dem Boden verliert.«

Ich lehnte mich vor. »Sie haben zumindest verstanden, wovon die Geschichte handelt. Wenn es nur eine weitere Hollywoodgesellschaft gewesen wäre, die wieder einmal eine neue Option auf *Hexen* gewollt hätte, dann hätte ich gesagt: nein, danke.«

Miss Crane nahm mit gestrengem Lächeln ein weiteres Blatt von ihrem Papierberg. »Das wollte ich als nächstes mit Ihnen besprechen. Ein völlig neues Hollywood-Team, diesmal mit deutschem Geld, möchte eine Option auf *Hexen* und hat einen Drehbuchautor unter Vertrag, der überzeugt ist, eine brauchbare Handlung herausarbeiten zu können.«

»Wie oft haben wir das schon gehört?«

Miss Crane zuckte zusammen. Da hatte ich einen der frustrierenden, in gewissem Sinne aber auch amüsanten Aspekte ihrer Arbeit berührt. *Hexen* hatte sich als Buch zu einem so sensationellen Erfolg entwickelt, daß alle damals aktiven Produktionsfirmen, von denen viele inzwischen wieder verschwunden sind, sich die Rechte zu sichern suchten, doch als es einer Gruppe schlußendlich gelang, sie für eine nicht rückzahlbare Garantie von 185 000 Dollar zu kaufen, entdeckte sie bald, daß die Handlungsverläufe so sprunghaft waren, die Szenen so zersplittert und die Figuren so festgefügt, daß sich keine filmisch brauchbare Story daraus freischlagen ließ. Das Projekt wurde fallengelassen und die Zahlung als Verlust abgeschrieben. Das Geld konnte ich behalten, weil Miss Crane beim Aufsetzen des Vertrags aufgepaßt hatte. Die Rechte fielen an mich zurück.

In den elf darauffolgenden Jahren hielten es zahlreiche Firmen von Zeit zu Zeit für richtig, das »Hexenproblem zu lösen«, und erwarben nacheinander für die Standardsumme zwischen fünf- und zehntausend Dollar eine Option, die ihnen für einen begrenzten Zeitraum exklusiv das Recht gab, dann entweder die nächsten Schritte zu unternehmen oder das Projekt und die triviale Optionssumme zu streichen.

Seit dem Erfolg von *Hexen* hatte Miss Crane immer zwei oder drei Optionen auf verschiedene Bücher der Grenzler-Reihe laufen. Jede Option erbrachte ein paar tausend Dollar, doch keine reifte zu einem richtigen Vertrag.

Nach so häufig fehlgeschlagenem Interesse konnte ich keinerlei Begeisterung aufbringen, wenn Miss Crane anrief, daß wieder eine neue Firma auf *Hexen* oder einen der anderen Romane eine Option erwerben wollte. Ich riet jedesmal: »Geben Sie denen jetzt die Option, nehmen Sie sie nächstes Jahr zurück und geben Sie sie an jemand anders weiter.« Ich hatte wenig Hoffnung, daß je ein Film zustande käme, und verfolgte diese Dinge, ehrlich gesagt, inzwischen auch ohne sonderliches Interesse.

Sie konnte sich solche Borniertheit nicht leisten. »Mr. Yoder, denken Sie immer an eins: Alles, was einem guten Buch widerfährt – eine Dramatisierung, eine Verfilmung oder Fernsehbearbeitung, die Luxusausgaben – beginnt damit, daß drei begabte Menschen in einer Bar an einem Tisch sitzen und der eine ruft: ›He, wär' das nicht toll, wenn wir die Rechte an dem Yoder-Roman kriegen könnten und Newman für die männliche und Streep für die weibliche Hauptrolle gewännen? Und Elia Kazan überredeten, für einen letzten großen Streifen noch einmal an die Arbeit zurückzukehren?‹ Und der zweite sagt: ›Ich kenne die Streep. Sie liebt Yoders Bücher. Hat mir mal erzählt, sie könne sich die ganze Amish-Szenerie bildhaft vorstellen, so wie in *Der einzige Zeuge*. Hat gesagt, sie wünschte, ihre Agentin hätte ihr die Rolle beschafft.‹ Und der dritte Typ bemerkt: ›Ich kenne Jerry Herman, der sucht nach einem historischen Stoff, aus der amerikanischen Geschichte. So wie den, den er so wirkungsvoll in *Dolly* verwendet hat, und ich bin mir sicher, der würde sich die Chance nicht entgehen lassen, einen Stoff wie *Hexen* in die Finger zu kriegen.‹ Daraufhin meint der Typ, der Newman kennt: ›Aber Paul kann nicht singen.‹ Und Jerry Hermans Freund meint: ›Dann holen wir uns wen, der singen kann.‹«

Miss Crane fuhr fort: »Jede Sackgasse, in die wir geraten sind, hat damit begonnen, daß solche drei Typen in einer Bar saßen und der erste sagte: ›He, wär' das nicht toll, wenn …‹ Aber vergessen Sie nicht: Alles Gute, was passiert ist, hat genauso angefangen. Der erste sagte: ›He, ich habe ein Buch gelesen, *Anna und der König von Siam*. Ein starker Stoff. Also, wenn wir eine Lady in den Vierzigern fänden, die so richtig wie eine Engländerin aussieht, und einen Schauspieler mit einem orientalischen Look.‹ Und der zweite meinte: ›Ich kenne diesen Yul Brynner, vielleicht wäre der ja interessiert‹, und der dritte: ›Das, worüber ihr sprecht, schreit nach Musik, und mein Schwager kennt den Rechtsanwalt von Rodgers und Hammerstein …‹ Und in dem Fall ist es nicht bei leeren Optionen geblieben, dabei ist ein Meisterwerk herausgekommen.

Sie dürfen sich deshalb über eine Anfrage nie lustig machen. Schöpferische Genies sind ein verrücktes Völkchen. Behandeln Sie sie mit Respekt.«

»Für die Gruppe, die *Die Meidung* verfilmen möchte, würde ich mich schon interessieren – vorausgesetzt, sie plant, tatsächlich so vorzugehen, wie Sie mir gesagt haben.«

»Mr. Yoder, bitte: *hofft*, habe ich gesagt, nicht *plant*.«

»Ich weiß, aber Sie haben es so verlockend dargestellt. Machen Sie diesen Leuten Mut.«

Sie erwähnte noch verschiedene Dinge, die *Steinmauern* betrafen, denen sie nachgehen wollte, doch wie sonst auch verlor ich an komplizierten Details das Interesse. Mir war es lieber, wenn Miss Crane oder Ms. Marmelle das erledigten; ihre Entscheidungen enttäuschten mich selten. Ich hatte Miss Crane zu Beginn unserer Zusammenarbeit erklärt: »Ich glaube, ein Schriftsteller fährt am besten, wenn er sich voll auf seine Schreibmaschine konzentriert. Das heißt: falls er seinem Agenten vertraut. Ich vertraue Ihnen.«

Die gleiche Art von Gelassenheit hatte ich in meinen Beziehungen zum Verlag zu praktizieren versucht. Die neueren Verlagsverträge waren ziemlich wichtig gewesen, in Anbetracht der Summen, um die es da ging, und doch war jeder in weniger als drei Minuten abgehakt worden. Kinetic oder Miss Crane pflegten wegen Details anzurufen, Emma rief mich ans Küchentelefon, ich hörte mir Details an, sagte: »Klingt ganz in Ordnung«, und die Sache war erledigt. Nach der grundsätzlichen Einigung konnte es natürlich Monate dauern, bis die Verlagsjuristen und Miss Crane winzige Klauseln ausgehandelt hatten. In den letzten Jahren hatte der Verlag sehr genau auf Klauseln betreffend neuer Reproduktionsarten geachtet, etwa Innovationen wie Audio-Bücher und Vertriebs- und Verbreitungsformen, die geschäftlich noch nicht genutzt wurden, aber sich als Möglichkeit am Horizont abzeichneten. Wenn der formale Vertrag endlich eintraf, so konnte er bis zu sechzehn Seiten umfassen, die meisten voller Einzelheiten, über die ich nie mit wem gesprochen hatte. Ich sollte zu meiner Zufriedenheit später dann entdecken, daß irgendein neues Verfahren, das auf den Markt geworfen war, bereits in der einen oder anderen Form durch von Miss Crane ausgehandelte Vereinbarungen abgedeckt worden war.

Als Miss Crane ihre guten Nachrichten zusammengefaßt hatte, sagte ich: »Das alles klingt so wunderbar, was kann es Schlechtes geben?«, worauf sie nervös hüstelte und sich vorbeugte, um mir in die Augen zu sehen. »Nicht eigentlich schlechte Nachrichten, Mr. Yoder. Aber beunruhigend. Doch, wirklich beunruhigend.«

»Nun schießen Sie mal los. Ich bin ein großer Junge.«

»Drei düstere Warnungen, alle den gleichen Punkt betreffend. Erstens: Nachdem Sie Ms. Marmelle gestern verlassen hatten, rief der *Reader's Digest* an mit der Nachricht, sie würden *Mauern* doch nicht übernehmen. Ihre Lektoratsgutachter meinen, der Roman entspräche nicht den Erwartungen der Zielgruppe der Auswahlbücher. Zu viel Moralisieren, zu wenig Handlung.« Ich legte die Finger auf die Lippen und wartete auf den nächsten Sturm. »Heute meldet sich der Book-of-the-Month-Club, um mitzuteilen, er werde den Roman nicht als Auswahlband für Oktober erwerben, und auch nicht für später. Das gleiche Argument: ›Yoder versäumt die packenden persönlichen Lebensgeschichten zu erzählen, für die er mit seinen letzten drei Romanen berühmt geworden ist.‹ Ferner haben wir von den großen Buchhandelsketten gehört – Dalton, Walden. Sie haben ihre Vorbestellungen um zwei Drittel gekürzt. Es wäre äußerst geschäftsschädigend, wenn ihr Kommentar sich herumspräche. ›Yoder ist einmal zu oft zum gleichen Brunnen gegangen.‹ Das könnte ins Auge gehen.«

Sie lehnte sich zurück und breitete die Hände auf dem Schreibtisch aus, als wollte sie fragen: Also, was nun, Mr. Yoder? Ich schaute ihr ins Gesicht und versuchte ein Lächeln: »Drei harte Schläge, nicht wahr?«

Sie erwiderte: »Genau. Und da wir annehmen müssen,

daß es in New York und Kalifornien inzwischen die ganze Branche weiß, könnten wir uns in großen Schwierigkeiten befinden.«

»Ich wüßte nicht warum. Drei große Kunden in den Vereinigten Staaten verloren. Drei große Verkäufe in Europa gewonnen.«

»Mr. Yoder! Sie können eine Wassermelone doch nicht mit einer Chilibohne vergleichen! Entweder ein Buch macht das Rennen in den Vereinigten Staaten, oder es stirbt uns weg. Ich wiederhole: Die Angelegenheit ist äußerst ernst.«

»Nicht für mich. Außerdem: Wenn die Sache so ernst ist, wie Sie behaupten, warum hat Ms. Marmelle mich dann nicht gewarnt?«

»Weil die Bomben noch nicht explodiert waren, als Sie bei ihr waren. Die sind erst gestern am späten Nachmittag und heute geplatzt. Und gestern hat sie auch nicht gewußt, daß ihr eigener Verlag den Auftrag für die Erstauflage von der ursprünglich geplanten Dreiviertelmillion auf bloße zweihundertfünfzigtausend Exemplare reduziert hat.«

Da mußte ich lachen. »Bloße zweihundertfünfzigtausend! Wissen Sie, was die für mich in den gräßlichen Jahren bedeutet hätten, bevor Sie meine Agentin wurden? Ich wäre vor lauter Begeisterung zum Mond gereist!«

»Wie Sie vorhin selbst bemerkt haben, sind Sie inzwischen aber ein großer Junge geworden. Die Branche erwartet große Dinge von ihren großen Jungen. Und ich auch. Wenn dieses Buch gerettet werden kann, dürfen wir keine Mühe scheuen, es zu retten. In zehn Minuten treffen wir uns nebenan zu einer Sitzung.«

»Wer ist wir?«

»Sie, ich, Yvonne und Mr. MacBain.«

Ich war erstaunt, daß sie es gewagt hatte, ein solches Treffen zu arrangieren, ohne mich vorher zu fragen. Ich brachte das auch zum Ausdruck. Sie ließ meinen Protest aber nicht gelten: »Nicht ich habe die Sitzung anberaumt, sondern Kinetic. Die Tatsache, daß sie herkommen und wir nicht zu ihnen hinübergehen, beweist, daß Kinetic die Sache als viel gravierender ansieht, als Sie es zu tun scheinen.« In dem Ton hatte sie mit mir noch nie gesprochen, und ich begriff, daß sie nicht nur mich vertrat, sondern auch ihre eigene Position als professionelle Agentin, die es sich nicht leisten konnte, daß in Verlagskreisen die Meinung entstünde, sie hätte einen ihrer Klienten auf die Nase fallen lassen. Auf der anstehenden Sitzung würde sie genauso ums eigene Überleben kämpfen wie für mich.

Sie begann äußerst unangenehm, weil Ms. Marmelle im Grunde alles, was sie am Vortag gesagt hatte, zurücknehmen mußte. »Mr. Yoder, es tut mir leid. Ich habe die schlechten Nachrichten erst heute morgen gehört.«

»Ich betrachte sie nicht als schlechte Nachrichten. Bedauerlich sind sie, gewiß. Aber dank der großen Abschlüsse in Europa ist das Buch trotzdem bereits ein Erfolg.« Dann fügte ich noch eine unglückliche Schlußbemerkung hinzu: »Für mich.«

»Nicht für uns«, widersprach Mr. MacBain scharf, und als ich sein düsteres, ernstes Gesicht sah, dessen Stirnrunzeln und Lächeln in meinem Leben als Schriftsteller so bedeutungsvoll gewesen waren, schämte ich mich,weil ich die eigenen über seine Interessen gestellt hatte. Es war auf einem halben Dutzend von entscheidenden Sitzungen schließlich seine Bereitschaft gewesen, Ms. Marmelles Plädoyer zu meinen Gunsten anzuhören, die den Tag für mich gerettet hatte; andere im Verlag hatten mich fallenlassen wollen – er war der einzige in leitender Position gewesen, der standhaft geblieben war, und das rechnete ich ihm hoch an.

Er hatte inzwischen die hohen Sechziger erreicht und befand sich, falls das Gerücht stimmte, in der unangenehmen Lage, daß drei oder vier Konzerne an einer eventuellen Übernahme von Kinetic Press – einem Verlag, der nur bescheidene Gewinne machte – interessiert waren. Die Konzerne argumentierten folgendermaßen: »Wir können erhebliche Summen investieren, so daß Kinetic gegenüber den Marktführern mithalten könnte. Und wir würden dem Verlag ein modernes Management geben, so daß hohe Gewinne garantiert wären.« Noch waren keine definitiven Angebote abgegeben worden; doch hinter den Kulissen wurde bereits herumgerechnet, und es galt als wahrscheinlich, daß am Ende irgendein Angebot zustande kommen würde. Falls das Angebot hoch genug ausfiele, um die Aktionäre, die mit solchen kapitalen Profiten nicht gerechnet hatten, in Versuchung zu führen, könnten sie für den Verkauf stimmen, ganz gleich, wer der Käufer wäre und wie es um seine Glaubwürdigkeit stünde, einen Verlag führen zu können. Falls das einträte, wäre Mr. MacBain, ungeachtet seiner bisherigen Brillanz in der Führung des Verlags, seinen Job los – und seine Karriere im Verlagsgeschäft wäre überhaupt beendet.

In dieser Situation wäre es eine Katastrophe, wenn mein Roman, der Haupttitel des Herbstprogramms von Kinetic Press, auf dem amerikanischen Markt durchfiele; Branchenkenner würden den Wert des Verlags sofort nach unten korrigieren; soviel war mir klar. Wenn sich also mein Roman *Steinmauern* für eines der drei Marktsegmente, wo er auf so unfeierliche Art abgewiesen worden war, retten ließe, würden Mr. MacBain als Verlagsleiter, Ms. Marmelle als verantwortliche Lektorin und Miss Crane als meine Agentin vor beträchtlichen Problemen bewahrt bleiben.

Die Mienen der drei verrieten, daß es auf dieser Sitzung nicht darum ginge, nett zueinander zu sein. Ich hatte keine Ahnung, was sie von mir erwarteten oder wie ich auf Druck reagieren würde.

Mr. MacBain umriß zu Beginn die Situation: »Negative Reaktionen aus drei wichtigen Bereichen des Marktes mit vernichtenden Auswirkungen auf die Vorverkaufszahlen. Wo haben sich unsere internen Einschätzungen des Manuskripts auf so verheerende Weise geirrt?«

»Ich fürchte, wir haben einfach angenommen, daß jeder Roman von Mr. Yoder auf breites Leserinteresse stößt. Wir haben seine Popularität ganz offensichtlich überschätzt.«

Daß solche Dinge in meiner Anwesenheit ausgesprochen wurden, fand ich demütigend. Ich mußte protestieren: »Die Verkäufe werden sich bestimmt zufriedenstellend einpendeln. Es muß doch nicht jedesmal ein Traumerfolg sein.«

In einem irgendwie frostigen Ton bemerkte Mr. MacBain: »Sie sollten ihn besser über die notwendige Reduzierung der Erstauflage in Kenntnis setzen«, und Ms. Marmelle setzte an: »Unsere ursprüngliche Annahme, daß wir siebenhundertund...«, doch Miss Crane unterbrach: »Ich habe ihn schon darüber informiert. Die Erstauflage liegt jetzt bei 250000 Exemplaren.«

»Eine gewaltige Reduzierung«, sagte Mr. MacBain. »Bitte klären Sie mich auf, warum man allenthalben meint, daß mit dem Manuskript ernsthaft etwas nicht in Ordnung sei.«

Zu meiner Überraschung antwortete Miss Crane und nicht meine Lektorin. In kurzen Sätzen erläuterte sie das Momentum meiner Bücher: »Seine vier großen Romane ab *Die Meidung* konzentrierten sich auf starke Figuren in dramatischen menschlichen Situationen. Keiner von uns hat die beiden Brüder im Ringen um Prinzipien vergessen. In *Hexen* fesselte uns die Beinahe-Hexe, der Brand des Hofs, der Widerstand der Ehefrau. In *Käserei* gab es den fast tödlichen Kampf um Besitz, und der Roman *Felder*, der bei den Lesern phantastisch ankam, hatte entsprechend den tapferen Versuch von Huddle Amos, seinen Hof gegen die Ansprüche seines Vetters und die Falschaussagen der Gemeindeältesten zu verteidigen. Yoders Romane erlaubten es den Lesern, Partei zu ergreifen. Es gab immer einen Helden, dem man zujubeln konnte.«

MacBains Verteidigung der *Steinmauern* kam für mich ganz überraschend. »Ich habe gejubelt über die drei Bauern, die ihr Land nicht verkaufen wollten. Die es nicht zuließen, daß ihre Umfriedungen von den Bulldozern plattgewalzt wurden.«

»Bei drei Helden«, warf Miss Crane ein, »verteilt sich die Wirkung und wird dadurch schwächer. In einer Gruppe bejubelt der Leser keinen einzelnen Spieler.«

»Also hat die Handlung einen Fehler?« fragte MacBain und schaute mich an.

Als sonst keiner antwortete, meldete sich, nach einem Zögern, Ms. Marmelle: »Wir haben es, so fürchte ich, mit übertriebenen Erwartungen zu tun – und mit irregeleiteten. Die großen Absatzmärkte erwarten eine typische Lukas-Yoder-Geschichte über seine Pennsylvanisch-Deutschen. Sie wollen keine ökologische Predigt. Und wenn man ihnen die anbietet, fühlen sie sich betrogen. So einfach ist das.«

In der danach einsetzenden Stille sahen alle auf Mr. MacBain, der nach einer schmerzlichen Pause feststellte: »Mr. Yoder, wir dürfen diesen Roman nicht verlieren.«

»Sie verlieren ihn ja auch nicht«, sagte ich. Er nahm jedoch offenbar an, ich würde nur wiederholen wollen, daß ich mit der bisherigen Entwicklung nicht unglücklich sei, denn er ließ mich nicht weiterreden. »Sagen Sie mir eins, Mr. Yoder: Können Sie sich eine Überarbeitung vorstellen, durch die die Enttäuschung, die von den Fremdgutachtern befürchtet wird, abgeschwächt werden könnte?« Bevor ich antworten konnte, fügte er hinzu: »Ich spreche nicht von einer Umstrukturierung des Romans. Mir hat er so gefallen, wie er ist. Ich meine – indem Sie ihn, mit einem Minimum an Aufwand, mehr zu einem typischen Yoder-Roman machen, mehr so, wie die Öffentlichkeit ihn von Ihnen erwartet – und berechtigterweise erwartet.«

Da saß ich nun diesen drei großartigen Menschen gegenüber, denen ich so viel zu verdanken hatte. Sie hatten meinen Werdegang als Schriftsteller geprägt und alles getan, mich auf den richtigen und lohnenden Weg zu bringen. Ich mußte ihnen antworten. Sie erwarteten von mir, dessen war ich mir voll bewußt, eine Revision des Romans; sie erwarteten, daß ich ihn wieder in vertrautere, leichter konsumierbare Formen brächte. Doch ich hatte *Steinmauern* als Kulminationspunkt der Grenzler-Romane konzipiert, indem ich Menschen schilderte, die wieder aufs Land zurückkehrten und es mit Appartement-Häusern und Einkaufszentren verunstalteten, statt es zu beackern, zu hegen und zu pflegen, wie es sich eigentlich gehörte. Es stimmte, wenn man mir vorwarf, daß ich statt Helden diesmal Schurken vorstellte; doch manchmal mußten Schurken eben beim Namen genannt werden. Ich konnte diesen Roman, der zur Vollendung brachte, was anfangs noch unklar gewesen war, nicht verändern. Und ich wollte es auch nicht.

Ms. Marmelle kam meiner Antwort zuvor. »Die Schwierigkeiten, über die wir uns heute morgen unterhalten, habe ich während des Lektorierens auf uns zukommen sehen. Ich habe verschiedene, relativ simple Änderungsvorschläge gemacht, die zwischen der erzählerischen Fiktion und dem Sachbezug ein gewisses Gleichgewicht hergestellt hätten. Mr. Yoder hat sie abgelehnt, mit sehr guten Gründen. Ich mußte ihm nach einigem Zögern recht geben. Es ist sein Roman, nicht meiner.«

Der Verlagsleiter von Kinetic Press wandte sich mir zu und fragte rundheraus: »Mr. Yoder, könnten diese Vorschläge noch einmal in Erwägung gezogen werden? Ohne die Wirkung des Romans zu beeinträchtigen?«

»Nein«, erwiderte ich, und das mit Bestimmtheit, um die Diskussion zu beenden.

MacBain, der das verstand, erhob sich, verbeugte sich vor Miss Crane und sagte: »Nun, dann müssen wir weitersehen und das Beste draus machen«, und verließ den Raum, gefolgt von Ms. Marmelle und Miss Crane.

Ich begleitete sie aus reiner Höflichkeit. Als wir schweigend auf den Lift warteten, nahm Mr. MacBain mich zur Seite und sagte leise: »Natürlich bin ich enttäuscht. Das Buch bedeutet für mich sehr viel. Aber ich bin nicht unglücklich, mit einem Autor zusammenzuarbeiten, der weiß, was er will –

der für etwas steht. Kommt nicht häufig vor heutzutage«, und er sprang in den Lift, bevor ich darauf etwas entgegnen konnte.

Es war eine düstere Heimfahrt. An die guten Neuigkeiten, die mir Ms. Marmelle am Tag zuvor mitgeteilt hatte, konnte ich mich so wenig erinnern wie an die erfreulichen Meldungen aus Europa und Japan, weil mich zwei fürchterliche Fragen quälten: Verhielt ich mich arrogant und egoistisch, wenn ich den Problemen von Kinetic Press nicht Rechnung trug? Ärger noch: Hatten die externen Lektoratsgutachter recht? Hatte ich den Kontakt mit den Lesern verloren? War ich ein alter Bauer, der einmal zu oft an den gleichen Brunnen gegangen war?

Die erste Frage setzte mir dermaßen zu, daß ich auf der Fahrt durch New Jersey immer wieder zu ihr zurückkehrte. War ich dem Verlag, der über all die Jahre so gut zu mir gewesen war, nicht etwas schuldig? Ein eklatanter Reinfall mit *Steinmauern* erhöhte den Druck raffgieriger Konzerne auf Mr. MacBain. War ich da nicht verpflichtet, ihm meine Hilfe anzubieten, indem ich alles in meiner Kraft Stehende tat, um maximale Verkäufe meines Romans zu ermöglichen? Auf beide Fragen konnte es nur eine Antwort geben: ja. Ich überlegte daraufhin, ob ich die Vorschläge akzeptieren müßte, die Ms. Marmelle mir im vergangenen Jahr gemacht und die ich so kategorisch abgelehnt hatte. In dem Punkt war meine Haltung unverändert, doch ohne die Entschiedenheit, die ich auf der Sitzung zum Ausdruck gebracht hatte. Ich wollte darüber mit Emma sprechen.

Die zweite Frage war viel persönlicherer Natur. Ich darf in aller Offenheit festhalten, daß mir an meiner Fähigkeit, so gut zu schreiben wie seinerzeit bei *Die Meidung*, auch insgeheim keine Zweifel gekommen waren. Ich konnte noch immer schreiben. Ich muß allerdings zugeben, daß ich mich auf Spaziergängen doch gelegentlich gefragt hatte, ob der Festzug nicht vielleicht an mir vorbeimarschiert war. Den Vorwurf, ich sei einmal zu oft zum selben Brunnen gegangen, wollte ich nicht gelten lassen; aber vielleicht war ich zum falschen gegangen. Vielleicht gäbe es andere Quellen, frischere literarische Reservoirs, die ich noch nicht entdeckt hatte. Vielleicht war die Zeit an mir vorbeigegangen. Möglicherweise war der Roman *Steinmauern* überholt und von minderem Interesse. Es sind furchtbare Fragen – denen ein älterer Schriftsteller sich aber stellen muß.

Bis zur Haltestelle, wo mein Wagen auf mich wartete, war ich zu keinem Ergebnis gekommen. Ja, ich war viel erregter als zum Zeitpunkt der Abreise aus New York, und als ich in die kalte Januarnacht hinaustrat, lag mir sehr daran, nach Hause zu eilen, zu dem Trost, den ich dort immer fand, zu dem Halt, den Emma verkörperte, an meine alte Schreibmaschine, in meine Werkstatt mit den kleinen Tuben von Acrylfarbe, die fein säuberlich an ihrem Platz standen. Mir stand nicht der Sinn danach, den Frieden jener Zuflucht am Abend dieses Tages mit einem Gespräch über die beunruhigenden Dinge, die in New York an die Oberfläche gekommen waren, zu stören. Doch am nächsten Morgen gedachte ich alles ganz offen mit Emma und Zollicoffer, meinen vertrauenswürdigsten Ratgebern, zu bereden.

Und so setzten wir uns, in warme Kleidung gemummt, am nächsten Tag dort zusammen, wohin Zollicoffer sich zu wichtigen Gesprächen und Meditationen zurückzog, am Pavillon, der die Felssteine überblickte, welche die Sumpflandschaft hinter seinem Haus prägten.

»Ich brauche euren Rat«, sagte ich. »Ihr beide habt in den letzten Tagen das Manuskript gelesen und müßt euch eine Meinung gebildet haben. Ich möchte gern euer Urteil hören, aber laßt mich zunächst berichten, was sich in New York zugetragen hat.«

Ich wiederholte nur die schlechten Nachrichten von den drei negativen Reaktionen und dem alarmierenden Rückgang von Vorverkäufen und Bestellungen und schloß: »Auf einer förmlichen Sitzung haben alle Teilnehmer einschließlich Miss Crane den externen Kritikern recht gegeben: Der neue Roman ist nicht so interessant wie die vorhergehenden, die den Lesern so gut gefallen haben. Und sie meinen, ich sollte ihn umschreiben und die menschlichen Schicksale stärker hervorheben.«

»Was hat Miss Crane gesagt?« stieß Emma fast wütend hervor.

»Wortwörtlich: ›Ich muß den Leuten recht geben, Mr. Yoder. Ich glaube nicht, daß der Roman aus Ihrer obersten Schublade kommt.‹«

»Der müßte man den Mund mit Seife auswaschen.«

»Mich beschäftigt nur eins: Hat sie recht? Fehlt dem Text etwas Wesentliches?«

Wir saßen ein Weilchen schweigend da und starrten auf die Eisschicht, die sich auf den Wasserstellen gebildet hatte, und die großen Felsen, vor denen wir uns winzig vorkamen. Es war dieser Eindruck von der elementaren Größe des Landes, über den ich ja auch geschrieben hatte, der Zollicoffer zu den Worten antrieb: »Lukas, es ist von allen der beste. Endlich schreibst du wie ein ehrlicher Pennsylvanisch-Deutscher, der weiß, wo er steht und wer er ist. Änder nur ja nix!«

Emma drückte sich noch radikaler aus: »Ich habe ihn gelesen, als du in New York warst. Ich konnte einfach nicht aufhören. Er handelt von echten Menschen, die sich echten Problemen gegenübersehen. Die anderen Romane lebten aus dem, was gestern war. *Die Käserei* handelte von den zwanziger Jahren. Der Roman *Felder* hätte in der Gegenwart spielen können, aber du hast das Thema in die dreißiger Jahre verlegt, um die Wirtschaftskrise berücksichtigen zu können. Aber diesmal handelst du von hier und von heute. Er ist uns aus dem Herzen geschrieben. Ich bin der gleichen Meinung wie Herman. Ändere nicht ein Jota!« Sie hatte es kaum gesagt, da begann sie zu kichern. »Oh, redigieren mußt du es schon. Ich habe ein paar üble grammatische Fehler entdeckt. Aber den Kern, den laß, wie er ist. Er ist so solide wie die Felsen dort.«

Diese Beweise des Vertrauens stimmten mich froh, aber ich traute ihnen nicht völlig, weil sie von Laien kamen. Es gab in der Grenzler-Region jedoch eine Frau, deren literarisches Urteil ich achtete und oft suchte. Martha Benelli war fünfunddreißig Jahre alt und geschieden; sie hatte ihren Mann, einen Alkoholiker, aus dem Haus geworfen und war in Dresden Stadtbibliothekarin geworden. Sie hatte Amerikanische Literatur an der Pennsylvania State University studiert, besaß eine ansteckende Leidenschaft für Bücher, insbesondere für Belletristik, und hatte sich als unschätzbare Hilfe erwiesen, da sie fast jeden Titel, den ich brauchte, und mochte er noch so entlegen sein, aufzuspüren verstand. Sie war eine gebürtige Zigenfusser, aus einer mennonitischen Familie, kannte sich über die Pennsylvanisch-Deutschen besser aus als ich und freute sich jedesmal, mich mit alten Büchern bekannt zu machen, die ihr gefielen.

Beim Überreichen des Manuskripts erklärte ich ihr: »Sie haben mir während des Schreibens so sehr geholfen, daß ich mich gefragt habe, ob Sie es vielleicht einmal überfliegen und mir Ihre Meinung dazu sagen könnten?« Als sie die Hand nach dem Manuskript ausstreckte, war mir einen Augenblick mulmig zumute; aber es mußte sein. »Ich hätte gern Ihr professionelles Urteil und wäre dankbar, wenn Sie dafür ein Honorar von zweihundert Dollar akzeptierten.«

Zu meiner großen Freude wies sie das Angebot nicht zurück. »Ich täte es ja gern umsonst«, sagte sie, »aber das Geld kann ich gut gebrauchen.« Sie muß wohl bis spät in die Nacht hinein gelesen haben, weil sie mir ihr Urteil schon zwei Tage später telefonisch durchgab.

»Ein erheblicher Richtungswechsel, *n'est-ce pas?* War auch höchste Zeit. Äußerst gelungen.«

»Werden die Leser bis zum Schluß durchhalten?«

»Sie werden es verschlingen. Vor allem die Leser, die mit

Ihrem Werk vertraut sind. Sie werden es als logische Weiterentwicklung empfinden.«

»Und es ist nicht zu intellektuell?«

»Mr. Yoder, ein großer Teil Ihrer Leser ist viel intellektueller, als die meisten Kritiker vermuten. Auf den Bestsellerlisten scheint Kitsch zu dominieren, es gibt dort aber auch jederzeit eine Handvoll guter Bücher. Bücher, für die auch ich mich einsetze.«

»Könnte ich herüberkommen?«

»Für Ihre zweihundert Dollar hätten Sie Anrecht auf ein ganzes Seminar.«

Ich fuhr gleich zur Bibliothek, die im Park am Stadtrand lag. Martha Benelli erwartete mich schon; das Manuskript lag vor ihr auf dem Schreibtisch; einige Seiten waren mit gelben Streifen beklebt, auf denen sie für bestimmte Passagen Verbesserungsvorschläge notiert hatte. Zunächst aber informierte ich sie über die negativen Reaktionen auf das Manuskript und bat sie um Stellungnahme.

»Ich kann verstehen, warum die großen Buchhandelsketten vor dem Roman zurückschrecken. Er ist nicht perfekt, vielleicht auch allzu anders als die vorhergehenden. Aber es ist eine hinreißende, gute Lektüre, mit dem zusätzlichen Vorteil, daß alles Substanz hat. Die Leute in dieser Gegend werden ihn natürlich verschlingen. Aber nicht nur sie.«

Da vertraute ich ihr an, daß drei beschlagene, erfahrene Fachleute mir geraten hatten, den Roman umzuarbeiten, um ihn für den Otto Normalverbraucher der Ladenketten schmackhafter zu machen, und sie schnaubte: »Zum Teufel damit! Sie waren getrieben, Neues zu versuchen. Wenn es den Leuten nicht gleich gefällt, dann später, und zwar auf der ganzen Linie.«

Und dann begann sie ihr Lektoratsgutachten zu begründen. Was ist das doch für ein grundsolides, tüchtiges pennsylvanisch-deutsches Mädchen, dachte ich! Mit blonden Zöpfen wie in der Pfalz. Und messerscharfem Verstand. Dresden bringt gute Bürger hervor, und genau von denen handelt dieser Roman. Wenn Martha Benelli und Herman Zollicoffer den Roman mögen, aus ihrer jeweils ganz besonderen Sicht, dann kann er eigentlich nicht so schlecht sein, wie man in New York behauptet.

Als ich mich verabschiedete, hatte ich meine Entscheidung gefällt. Ich würde in New York anrufen und mitteilen, daß ich die empfohlene Umarbeitung nicht vornehmen würde. Es war eine Entscheidung, über die ich keineswegs unglücklich war, doch der Anruf wurde aufgeschoben, weil Emma mir bei meiner Rückkehr um elf Uhr dreißig berichtete: »Herman hat uns neulich so geholfen, und das hat er nun ja schon jahrelang getan, daß ich ihn zusammen mit Frieda zum Essen in die Stadt eingeladen habe. Er meinte, er ginge nicht gern im Lokal essen, aber du kennst doch Frieda. Stets bereit, in einem Restaurant ein neues Gericht zu probieren! Wir werden die beiden unterwegs auflesen.«

Wir fuhren auf der Landstraße nach Neumunster und bis zum Cut Off. Als wir hangab in Richtung Interstate fuhren, sahen wir zu unserem Entsetzen, daß auf dem Hof der Fenstermachers ein Bulldozer just die Scheune dem Erdboden gleichmachte, von der ich vor nur wenigen Tagen die drei Hexenzeichen gerettet hatte.

Niemand von uns vieren im Auto war sonderlich betrübt, das Gebälk der alten Scheune verschwinden zu sehen. Generationen leichtsinniger Fenstermacher hatten das Holz vergammeln lassen. Als der Bulldozer jedoch das schöne Gemäuer angriff, auf dem die Holzwände sich erhoben, schrie Frieda: »Nein! Nein! Rettet das doch!« Mit ihrem festen Sinn fürs Schöne konnte sie sehen, wozu die Mauern mit den vorkragenden Steinen und dem angenehmen Schatten gut sein könnten. Als der Bulldozer voranpreschte und die Mauer eindrückte, war sie dem Weinen nahe: »Sie könnten sie schon stehenlassen!«

Meine Aufmerksamkeit wandte sich etwas anderem zu.

Hinter der Scheune kam ein zweiter, roter Bulldozer hervor, ein kleinerer, der allerdings leichter zu manövrieren war. Auf dem Fahrersitz saß der Fenstermacher-Sohn Applebutter, der die verbliebenen Teile der Holzwand mit seiner Maschine abriß und unter den Rädern seines Bulldozers zerdrückte. Ich empfand es so, daß er vieles von dem verkörperte, worüber ich in *Steinmauern* geschrieben hatte: Ein Idiot wie er würde keinen Stein angreifen. Zu mühsam. Der würde sich natürlich ans Holz machen. Und plötzlich rief ich: »Nein! Aufhören!« und sprang aus dem Auto, weil Applebutters Maschine direkt auf eine herabgestürzte Holzwand zusteuerte, auf der ein herrliches, rotgrünes Hexenzeichen von genau der Größe prangte, die für das Mittelstück eines meiner Bilder ideal war. »Ich will das haben! Vorsicht! Das Hex!« Er muß mich gehört haben, ich stand nämlich recht nah, als ich rief, und er hat mich bestimmt winken gesehen. Doch er lenkte seinen Bulldozer geradewegs auf das Hexenzeichen am Boden und zermalmte es unter seinen Rädern.

Beim Mittagessen sprach ich kaum. Mir zogen Bilder und Gedanken durch den Sinn. Mir war, als ob die Erniedrigung des Bodens und der Gebäude, die auf ihm standen, genau das wären, worum es in meinem Roman ging, und ich entschuldigte mich, um Ms. Marmelle in New York anzurufen. »Ich bin letzte Nacht wachgelegen und habe über unsere Sitzung vom anderen Tag nachgedacht. Ich glaube, ich verstehe die Punkte, die Sie und Mr. MacBain erwähnt haben, und ich versichere Ihnen, daß ich sehr ernsthaft darüber nachgedacht habe. Ich stimme dem zu, was Sie Mr. MacBain gesagt haben: ›Die Handlung ließe sich mit einem Minimum an Aufwand glätten. Mr. Yoder und ich haben gewußt, was man hätte tun können.‹ Damit hatten Sie völlig recht. Man hätte es tun können – aber es wäre falsch, es zu tun. Was die Grundlinie und die Ideen betrifft, so wollen wir den Roman so lassen, wie er ist.« Nach ein paar höflichen Floskeln legte ich auf.

Die Gespräche in New York, die düsteren Gedanken auf der Heimfahrt und die Entscheidung, den Text nicht anzutasten, führten mich dazu, einmal neu über mein Leben als Schriftsteller nachzudenken. An jenem Abend saß ich in meinem Arbeitszimmer vor der Schreibmaschine, ohne sie anzurühren, und sagte mir:

»Wie seltsam! Mein Leben wird von drei Frauen abgeschirmt – von Emma, Ms. Marmelle und Miss Crane. Ich sitze hier in meinem Arbeitszimmer an meiner Schreibmaschine und überlasse es ihnen, Entscheidungen zu treffen. Bislang haben sie mich wunderbar beschützt. Ich habe keinen Anlaß zur Klage, auch wenn ich bezweifle, ob ein Macho bei solchem Arrangement glücklich wäre. Ich bin jedenfalls sehr zufrieden.

Ich lebe in einer Welt, die sich so rasch verändert, daß ich gar nicht mithalten kann. Ich möchte nicht raten müssen, wie in zwanzig Jahren Bücher gedruckt und vertrieben werden. Mit meinem Artikel für die Naturzeitschrift in Kalifornien habe ich etwas ziemlich Erschreckendes erlebt. In Dresden hat ihn Candice auf eine Diskette gespeichert, ihn per Telefon zu einem kompatiblen Computer nach Los Angeles weitergegeben, von wo er mit ein paar redaktionellen Änderungen dann, wiederum über Telefon, an die Druckerei in Palo Alto weitergeschickt wurde. Dort wurde er automatisch gesetzt und in der Zeitschrift gedruckt. Erstaunlich!

Auf meiner Schreibmaschine tippe ich das Zeichen *m* als Symbol für einen bedeutsamen Teil einer Idee. Daraufhin wird mein Zeichen von einer Sekretärin gelesen, die es mit ihrem Computer auf ihre Diskette eingibt – nicht in Form meines Symbols *m*, sondern als digitalisierte Darstellung des Konzepts *m*-heit. Mittels Impulsen wird dieses elektronische Symbol dann über den ganzen Kontinent zu einem kompatiblen Gerät in Südkalifornien transferiert, wo es redaktionell aufbereitet und wieder über Telefon an den Drucker in Nordkalifornien weitergeleitet wird.

Nun ist das, was der Drucker bekommt, immer noch ein elektrischer Impuls, der nur besagt: An dieser Stelle wollen wir im Endprodukt ein visuelles Zeichen, das *m*-heit repräsentiert, aber wir wissen noch nicht, in welcher Schriftart, in welchem Schriftgrad, mit wieviel Durchschuß zwischen den Zeilen; wir wissen auch noch nicht, wie lang die Zeilen werden oder wie viele Zeilen auf einer Seite stehen sollen; wir wissen nur, daß es sich um ein kleingeschriebenes *m* handelt, und nicht um den Großbuchstaben *M*; wenn wir den wollten, sähe der elektrische Impuls nämlich anders aus.

Der Drucker in Palo Alto steckt also die kalifornische Fassung meiner Diskette in seine Druckmaschine und gibt ein paar Befehle ein – welche Schriftart, ob normal, fett oder kursiv, welcher Schriftgrad, welcher Zeilenabstand etc., und nachdem alle Befehle eingegeben und bestätigt sind, besorgt die Maschine den Rest. Wo immer mein ursprüngliches Konzept von *m*-heit erscheint, übersetzt die wunderbare Maschine es in ein klares Zeichen auf der gedruckten Seite. Ich kommuniziere mit meinen Lesern mit Hilfe elektrischer Impulse.

Wenn die Essenz meines Texts in Form elektronischer Symbole einmal auf der Diskette ist, könnte die Erzählung von dort abgenommen und in fast allen bisher entwickelten Arten der Reproduktion verteilt werden. Ja, die Zeit könnte kommen, und zwar schon bald, wenn es gar nicht mehr nötig sein wird, sich mit der Zwischenform des Buches abzugeben. Das Material auf der ursprünglichen Diskette könnte auf geheimnisvolle Weise direkt in die Wohnung des erwünschten Lesers springen. Kein Schriftsteller des Jahres 1990 kann sich vorstellen, welche Form sein Buch Ende dieses Jahrhunderts haben wird.«

Als ich mich vor meiner stillen Schreibmaschine nach hinten lehnte, war mir, als ob ich von dem Geheimnis der schriftstellerischen Arbeit mehr verstünde als je zuvor. »Ich kann technische Wunder vielleicht nicht begreifen«, sagte ich mir,

»aber einer Sache bin ich mir gewiß. Ungeachtet dessen, wie die Branche die Zeichen des Autors handhabt, wenn er sie erst in einem Text zusammengestellt hat; dessen ungeachtet, wie das Buch der Zukunft aussehen wird – es wird stets Menschen brauchen, die wissen, wie man Worte in Beziehung setzt, wie man eine Geschichte erzählt, wie man eine Handlung in Schwung hält.«

Durch die schlechten Nachrichten in New York war ich in meiner Selbstachtung verletzt worden. Als ich mich nun von meiner Schreibmaschine entfernte, war mir ein fester Trost verblieben, denn ich sagte mir: Der Schriftsteller wird immer notwendig sein, um andere, die nicht schreiben können, zu erinnern, was sich wirklich ereignet hat und was es bedeutet. *Mauern* ist eine starke Aussage; in zehn Jahren werden Leser sie sich zu Herzen nehmen.

»In dem Gespräch mit Herman und dir beim Mittagessen habe ich eins nicht erwähnt«, sagte ich Emma, als wir uns zu Bett legten. »Die veränderte Situation in New York hat zur Folge, daß wir beide um drei Millionen Dollar ärmer sind als letzte Woche. Rüttelt das an deinem Apfelbäumchen?« Sie antwortete: »Ich kann den Unterschied nicht spüren. Aber ich weiß eins. Die Leser sind nicht dumm. Sie werden dieses Buch lieben.« Mit dem beruhigenden Gedanken schliefen wir ein.

Die Wochen nach meinem Zweitagesbesuch in New York sollten sich als die fruchtbarste Zeit des ganzen aufregenden Jahres erweisen. Ich stand Morgen für Morgen um sieben Uhr auf, klatschte mir kaltes Wasser ins Gesicht, kämmte das Haar, putzte mir die Zähne, trank ein großes Glas ungesüßten Grapefruit-Saft und setzte mich unverzüglich an die Schreibmaschine, wo ich ohne Unterbrechung bis um halb eins arbeitete. Dann war ich erschöpft.

Vor mir hatte ich fünfzehn bis zwanzig eng beschriebene Seiten mit Ms. Marmelles Fragen und Vorschlägen, die etwa hundert Seiten meines Romanmanuskripts betrafen. Ihre Fragen waren nach einem Schema formuliert, das sie in ihrer Anfangszeit bei Kinetic entwickelt hatte. Eine vom Computer ausgedruckte Seite meines Manuskripts enthielt immer sechsundzwanzig Zeilen; die ersten dreizehn Zeilen numerierte sie arabisch von oben abwärts; die unteren dreizehn Zeilen markierte sie umgekehrt mit den Ziffern 13 bis 1 mit Sternchen von der Mitte an, also von 13* auf der Mitte bis 1* unten auf der Seite. Es sah folgendermaßen aus; nehmen wir als Beispiel die Seite 37:

37·4 Subjekt Singular, Verb Plural
37·11 Auf was bezieht sich das Fürwort *sein?*
37·11* Auf Seite 19 nennen Sie Marian zweimal blauäugig, und jetzt schwarzbraun ist die Haselnuß?
37·3* Die Stelle gefällt mir sehr gut. Schlage vor, Sie erwägen Wiederaufnahme an späterer Stelle zur Erinnerung für den Leser.

Stunde um Stunde rang ich mit den Problemen, die sie erkannt hatte, rang ich mit offenkundigen Schwächen, die den Fluß der Erzählung für sie störten; ihren Änderungsvorschlägen stimmte ich manchmal zu, doch oft schienen sie mir keine Verbesserung darzustellen. Einer Art von kritischem Hinweis jedoch folgte ich ausnahmslos:

49·11* Mir ist klar, welche Wirkung Sie mit diesem Absatz erzielen wollen. Ich glaube aber nicht, daß es klappt. Letzte Hälfte hängt durch, zieht sich hin. Idee gut, Ausführung nicht. Würde ich umschreiben, vielleicht sogar die ganze Seite, um die richtige Tonlage zu schaffen.

Wenn ich mich plagte, einen ärgerlichen Absatz zu verbessern, indem ich fünf Sätze neu arrangierte und umstellte, mußte ich lächeln und denken: Da sagen junge Menschen naiv: »Ich möchte Schriftsteller werden.« Was würden sie sagen, wenn sie diesen Berg an Korrekturwünschen sähen, meine Reaktionen darauf und meine zunehmend vergeblichen Bemühungen, Dinge besser zu machen?

Das intensive Arbeiten beanspruchte meine geistigen Kräfte und meine Nerven in so starkem Maße, daß ich mich manchmal schon gegen Mittag stets total ausgelaugt fühlte. Dann stand ich auf, ließ den Rest des Manuskripts liegen und begab mich nach unten zur Küche; auf dem Weg schüttelte ich Arme und Beine aus. Ich stellte das Radio an, das Emma in der Küche stehen hatte, und hörte die Zwölf-Uhr-Nachrichten, während sie das Essen zubereitete. In den Familien der Pennsylvanien-Deutschen heißen die Mahlzeiten Frühstück, Dinner und Supper – ein Nachhall aus der Kolonialzeit, als die Männer das Land urbar machten und von morgens bis abends mit Axt und Seil Bäume fällten, völlig ausgehungert ins Haus kamen und ein kräftiges Essen erwarteten. Mennoniten verrichten die landwirtschaftliche Schwerstarbeit noch immer morgens und wollen danach kein leichtes Mittagessen, sondern Dinner.

Emma hatte begriffen, daß eine schwere Mahlzeit zu Mittag – mit gebratenen Sachen, zwei Glas Milch und Apfelstrudel – mich träge machte und von der Arbeit abhielt. Sie bereitete darum mittags kleinere Mahlzeiten zu; nur wenn im Winter Fenstermachers Scrapple vorrätig war, machte sie ein Zugeständnis: Dann servierte sie mir dreimal wöchentlich dünne Scheiben dieser Delikatesse in Butter gebräunt mit einer übergroßen Kanne Sirup dazu. Sie weigerte sich jedoch, zum Dinner einen Nachtisch zu machen, egal wie leicht. Der blieb für abends reserviert.

Als ich sah, daß sie mir an diesem Tag Scrapple gönnte, verlieh ich meiner Zufriedenheit Ausdruck: »Heut' morgen habe ich viel geschafft. Da bin ich für etwas Gutes dankbar. Es riecht jedenfalls ganz so, als ob du etwas Gutes in der Pfanne hättest.«

Sie saß mit mir am Tisch und aß eine Scheibe Scrapple mit einem Schuß Ketchup und fragte zwischen zwei Bissen: »Was ist eigentlich in New York wirklich passiert? Du hast mir doch nur den unangenehmen Teil erzählt.«

»Ms. Marmelle hat gesagt …«

»Ist sie verheiratet gewesen? Wieso ›Ms.‹?«

»Ich weiß nicht. In den New Yorker Büros nennen sich heute viele junge Frauen so.«

»Wie alt ist sie, meinst du?« Und so ging es weiter, bis wir auf geschäftliche Dinge zu sprechen kamen und sie ein ziemlich genaues Bild vom Verlauf der Sitzungen gewann – außer daß ich ihr immer noch nichts von den verschiedenen guten Neuigkeiten mitgeteilt hatte: den Verkauf der Auslandsrechte von *Mauern*, die vielen neuen Ausgaben meiner älteren Bücher und den finanziellen Erfolg des Buches in den USA noch vor Erscheinen. Darüber redete ich immer ungern und schlug darum vor, daß sie die zwei Büros in New York anrief, um den Stand der Dinge zu erfahren. Ich hatte gemerkt, daß sie durch solche Anrufe direkt in meine Arbeit einbezogen wurde und ein Gefühl echter Partnerschaft bekam.

Eine Sache war allerdings zu gut, um geheimgehalten zu werden. »Da ist etwas passiert, was mir richtig wohlgetan hat. Eine Filmgesellschaft mit zwei seltsamen Teilhabern, aber einem Haufen Geld nimmt eine Option auf *Die Meidung*. Sie wollen angeblich einen künstlerischen Film machen, mit guter Besetzung und Augenmerk für Details und gediegenen Aufbau der Handlung. Daran wäre mir viel gelegen. Wenn die anrufen, möchte ich selbst mit ihnen sprechen.«

Da hatte ich eine der wenigen Konfliktzonen unserer Ehe berührt: Emma hatte einen solchen Besitzinstinkt sowohl an meiner Karriere wie an meinem Wohlbefinden entwickelt, daß sie darauf bestand, die eingehende Post zu sichten und auch alle Anrufe anzunehmen, damit sie mit jedem, der mit mir reden wollte, kurz persönlich sprechen konnte und so aus erster Hand erfuhr, was sich bei Kinetic und Miss Crane tat.

In den letzten Jahren hatte sie sich angewöhnt zu antworten: »Er ist gerade bei der Arbeit. Rufen Sie später wieder an.« Das gab ihr ein Gefühl von Kontrolle. Natürlich hob ich den Hörer ab, wenn ich merkte, daß sie das tat, und schaltete mich in das Gespräch ein – was ihr gar nicht paßte. Nach dem Telefonat pflegte sie dann zu maulen: »Ich will dich nur abschirmen. Sie könnten später noch einmal anrufen«, worauf ich meistens fragte: »Warum willst du, daß sie zweimal anrufen?« Darauf gab sie zur Antwort: »Du bist mehr beschäftigt als sie. Außerdem haben sie eine Sekretärin, die für sie wählt.«

Was Ms. Marmelles wichtige Anrufe betraf, so hatte ich mich mit Emma auf einen Kompromiß geeinigt: »Ich möchte mit ihr sprechen, sobald sie anruft.« Emma hatte genickt, doch selbst nach diesem Zugeständnis gelang es ihr stets, ein oder zwei Fragen an Ms. Marmelle loszuwerden, bevor sie das Gespräch durchstellte.

Nach dem Mittagessen las ich den *Philadelphia Enquirer*, und dreimal wöchentlich kaufte Emma beim Einkaufen die *New York Times*, die ich mit großem Vergnügen studierte, vor allem den Teil, der von Neuigkeiten und Gerüchten aus der Verlagsszene berichtete. »Durch die *Times* erfahre ich mehr über Kinetic als von Ms. Marmelle.«

Die jüngsten Meldungen waren nicht gerade beruhigend. Die Gerüchte hielten sich hartnäckig, daß Rockland Oil, der Riesenkonzern, der Kinetic als eine Art Wurmfortsatz seiner Beteiligungen im Bereich von Öl, Holz und Papier besaß, den Verlag gern wieder losgeschlagen hätte, weil die Rentabilität so niedrig war, daß er im Umfeld von »unbegrenzten Gewinnzuwächsen« einfach fehl am Platz wirkte. Kaufinteressenten wurden nicht genannt: »Doch knabbern daran auf jeden Fall auch zwei ausländische Konglomerate, die der Kauf wegen des niedrigen Dollarstandes lockt.« Die Nachricht gefiel mir gar nicht.

Etwa eine Stunde nach dem Mittagessen hielt ich ein Nikkerchen – das hatte ich mir in den Mittfünfzigern angewöhnt, als ich um drei Uhr nachmittags müde wurde. Mein damaliger Arzt, ein älterer Herr, hatte mir geraten: »Selbst ein Kurzschlaf entspannt und lädt die Batterie wieder auf«, und das hat sich in meinem Fall als zutreffend erwiesen. »Merkwürdig«, erzählte ich Emma, »am Montag und Dienstag in New York gab es keine Ruhepause, sondern nur Aufregung und Arbeitsessen mit vielem Reden und großen Ideen, und da habe ich mich kein bißchen müde gefühlt.«

»Dafür sieht's man dir jetzt an.«

»Ich spüre es. Wenn das Telefon läutet, nimm du das Gespräch an. Ich muß mich etwas erholen.«

Als ich aufwachte, konnte ich mich nicht erinnern, wo ich mich befand. Einen Augenblick lang glaubte ich, es sei Morgen und ich hätte verschlafen. Ich sprang aus dem Bett und rannte ins Badezimmer, bemerkte das Sonnenlicht draußen, und da wurde mir klar, wo ich war und wie spät es war.

Ich zog meine alten Arbeitssachen an und begab mich nicht nach oben ins Arbeitszimmer, sondern in meine Werkstatt auf ebener Erde, die ans Haus angebaut war – ein Luxus, den ich mir geleistet hatte, als die Honorare von *Hexen* hereinströmten.

Der Raum enthielt eine lange Werkbank und hinter ihr ein Lochbrett mit rostfreien Stahlhaken zum Aufhängen der Geräte. Mit schwarzer Farbe hatte ich für jedes Werkzeug einen genauen Rahmen gemalt, so daß ich nach getaner Arbeit auf einen Blick sah, ob alles an seinem Platz hing. Die Bank hatte einen Schraubstock, der stark genug gewesen wäre, einen Flugzeugflügel zu halten, sowie eine kleine Bohrmaschine und eine Elektrosäge. Ich war beim Arbeiten einigermaßen geschickt und habe so manches selbst hergestellt, was zum Komfort unseres Bauernhauses beiträgt.

Diesmal konzentrierte sich mein Interesse auf die drei Hexenzeichen vom Hof der Fenstermachers. Eine nähere Untersuchung überzeugte mich davon, daß sie drei besonders schöne Bilder abgeben würden. Sie waren je ein Meter zwanzig breit, also groß genug, daß ein Kutschwagenfahrer zur Jahrhundertwende sie schon aus ziemlicher Entfernung hatte ausmachen können, und jedes Stück besaß genügend Originalfarbe, daß Formen und Farbtöne erkennbar blieben, aber wiederum auch nicht so viel, daß es die Wirkung eines rätselhaften Symbols aus anderer Zeit zerstört hätte. Die Formen waren nicht gleich; jedes Zeichen war für eine andere Himmelsrichtung der Scheune gedacht gewesen, jedes dazu da, eine bestimmte Gefahr abzuwehren.

Ich war äußerst vorsichtig im Umgang mit den Zeichen, nachdem das überflüssige Holz um sie herum entfernt worden war. Es gab dreierlei zu tun: durch eine genau überlegte Einspritzung von Spezialstoffen mittels einer Nadel tief in die exponierten Rillen das alte Holz zu kräftigen; die ursprünglichen Farben in ihrem verwitterten Zustand zu erhalten, um den Eindruck des Alters zu wahren; und die Farben andererseits zu kräftigen, jedoch so behutsam, daß das Ergebnis nicht allzu auffällig würde. Wenn das alles geschafft war, schien das alte Hexenzeichen auf dem Holz zu leuchten. Danach begann der künstlerische Teil der Arbeit, der mir am meisten Freude machte.

Ich suchte mir ein dickes Brett heraus, das mit einem leicht gemaserten, hellfarbigen Holz wie gebleichte Eiche überdeckt war, und brachte mit einem starken Klebstoff mein Hexenzeichen so an, daß es die Mitte des Brettes füllte und ringsum zehn bis fünfzehn Zentimeter Rand blieben. Mit einem Satz feiner Pinsel und den kräftigen Farben, die von den alten Pennsylvanisch-Deutschen bevorzugt worden waren – Scharlachrot, ein dunkles Himmelblau, ein kräftiges Grün, ein leuchtendes Gelb –, begann ich die Ränder mit Fraktur zu bemalen, jener seltsamen Mischung von Buchstaben des Alphabets, Naturformen und geometrischen Ornamenten, die einst zur Ausschmückung wertvoller Familienurkunden verwendet wurde. So wie Wanderkünstler des 18. Jahrhunderts sie praktiziert hatten, war Fraktur Volkskunst in höchster Vollendung, und ich war bestrebt, in meinen Bildern die besten Elemente wieder zum Leben zu erwecken.

Meine Spezialität waren große gotische, reichverzierte Buchstaben mit Formen aus der freien Natur, wie etwa Tulpen und Goldfinken, oder mit sparsam verwendeten geometrischen Mustern. Mit einer Zurückhaltung, derer sich die alten Meister nie befleißigt hatten, hielt ich die Fraktur klar und einfach und auf den Rändern um das Hexenzeichen in der Mitte herum gleichmäßig verteilt, doch an Tagen, wenn ich einem Bild ganz besondere Sorgfalt angedeihen ließ, skizzierte und malte ich sieben oder acht Tiere und Pflanzen aus der freien Natur in leuchtenden Farben und schöner Aufteilung mit ihrem jeweiligen Namen in der altdeutschen Schrift, für die ich vor Jahren schon Schablonen geschnitten hatte, welche es mir gestatteten, die Namen der Blumen und der Vögel in exakt ausgerichteten, randscharfen Buchstaben zu schreiben: *Distelfink* für die Finken, *Dullaboona* für die Tulpen, *Hertz* für Herzen. Das waren die Bilder, die vor allem geschätzt wurden.

Anfang 1991 hatte ich bereits einundzwanzig große Bilder mit Hexenzeichen angefertigt. Wenn ich die drei Zeichen der Fenstermachers – XXII bis XXIV – verwerten konnte, hätte ich danach zwei Dutzend zusammen. Für mich daheim behielt ich nie Bilder zurück, versprach Emma aber immer: »Das nächste Mal ein besonders schönes für dich.« Ich schenkte sie Freunden, verkaufte ein paar im Postamt in Rostock und stiftete vier meiner schönsten Bilder an Museen in der Umgebung, einschließlich der großen Betonburg in Doylestown, wo die Handwerkskünste der pennsylvanisch-deutschen Region stark vertreten waren. Zwei abgelegenere Museen hatten Interesse an meinen Arbeiten geäußert; ich hatte aber nicht genügend in Reserve, um auch sie noch beliefern zu können. Mit Bildern selbst Geld zu verdienen, lehnte ich ab, aus dem einfachen Grund, weil ich damit wirklichen Künstlern Konkurrenz gemacht hätte, die das Geld vielleicht dringend brauchten. Ich verdiente meinen Lebensunterhalt mit Büchern; was ich also gelegentlich für Bilder bekam, die im Postamt verkauft wurden, überreichte ich der Stadtbibliothek von Dresden zum Erwerb von Büchern zur Geschichte der Mennoniten und der Amish.

Gegen fünf Uhr nachmittags verließ ich die Werkstatt, um mich wieder nach oben ins Arbeitszimmer zu begeben, wo ich anderthalb Stunden am Manuskript arbeitete, jedoch vor sieben Uhr aufhörte, um mit Emma zu Abend zu essen. Ich aß wenig, hörte Nachrichten, führte die Hunde auf dem dunklen Weg in Richtung Rostock spazieren und war vor zehn im Bett.

Es war ein Lebensstil, der mir sehr zusagte, ein idealer Tagesablauf für einen Mann wie mich, der Bücher schrieb, aber auch die Kunst seines Volkes bewahren wollte. Ich sagte zu Emma: »Wenn ich mittags vom Schreiben nach unten komme, denke ich mir: Das ist die schönste Arbeit der Welt. Wenn ich dann aber von der Arbeit an den Hexenbildern wieder ins Haus komme, denke ich mir: Diese Arbeit macht mich glücklicher als alles sonst.«

»Mir geht es oft ganz genauso, wenn ich eine besonders gute Pastete gebacken habe«, sagte Emma.

»Ich kann da keinen Vergleich sehen«, sagte ich, und sie wurde wütend. »Eine gute Pastete ist genauso wichtig wie ein gutes Hexenbild«, fuhr sie mich an.

Ich entschuldigte mich: »Emma, so habe ich das nicht gemeint. Ich wollte damit nur sagen, daß es für mich eine Alternative gibt: Schreiben. Du hast aber nur eine Sache genannt.«

»Geh schlafen«, sagte sie.

Während ich voll und ganz mit dem Korrigieren des Manuskripts beschäftigt war und regelmäßig von meinen dienstbaren Geistern angerufen wurde, bekam ich ein unerwartetes Porträt meiner selbst zu Gesicht. Emma kehrte mit der Morgenpost heim und stürmte mit einer Zeitschrift in der Hand ins Arbeitszimmer und rief: »He, du Berühmtheit! Hier ist eine

Geschichte über dich. Mit Fotos und allem Drum und Dran«, und sie warf mir die aufgeschlagene Zeitschrift hin. Und da trat ich mir aus dem gestochenen Text auf Glanzpapier selbst entgegen.

Im Grunde handelte die Geschichte gar nicht von mir. Ich hatte nur als Exempel herhalten müssen: »Der Artikel geht über Autoren, die auf dem gegenwärtigen Buchmarkt Erfolg gehabt haben. Nennt uns nur als Beispiel.«

Es war ein fundierter Bericht über den radikalen Wandel in der New Yorker Verlagsszene, verfaßt von einer intelligenten, jungen freien Journalistin, die Gerüchten nachrecherchiert hatte. Sie mußte irgendwann Ms. Marmelle oder aber Miss Crane interviewt haben, und eine der beiden hatte mich als typischen älteren Schriftsteller erwähnt, der den Kopf über Wasser gehalten hatte. Fasziniert von dem, was sie hörte, muß sie zur Verifizierung anschließend die andere Frau aufgesucht haben und daraufhin zu dem Schluß gekommen sein, daß ich ein gutes Fallbeispiel abgäbe. Und auf die Weise erfuhr nun auch ich, was meine beiden Mitarbeiterinnen über mich dachten. Daß sie mich nicht vorher informiert hatten, paßte zu unserer Branche.

»Manchmal ist dieser kleine Pennsylvanisch-Deutsche ein Eisberg«, hatte Ms. Marmelle erklärt. »Erweckt den Eindruck, als ob ihm völlig egal wäre, was mit ihm oder seinen Büchern passiert. Er zeigt jedoch brennendes Interesse, wann immer es konkret um die Veröffentlichung eines Buches geht. Er will die Schrifttype sehen, die Zeilenlänge überprüfen, sichergehen, daß das Papier nicht durchsichtig ist, die Landkarten kontrollieren. Er will sogar den Schutzumschlag sehen, die Reinzeichnung, den Klappentext. Aber selbst wenn es ihn enttäuscht, macht er kein Theater. ›Scheint Ihnen das so in Ordnung?‹ fragt er dann. Weiter geht er nie.

Ich habe letzte Woche an ihn denken müssen, als einer unserer Autoren – er arbeitet mit einem anderen Lektor zusammen, nennen wir ihn Renford – in den Verlag stürmte und tobte. Ich bekam mit, wie er ultimativ Forderungen stellte, drohte, sein unsterbliches Werk sonst woanders verlegen zu lassen, bei Simon & Schuster, und als ich das Mäuschenspielen beendete, mußte ich schallend lachen, weil er ein Meter neunzig groß und ein Hornochse ist, und ich verglich ihn mit meinem kleinen Dutchman, der ist nur eins sechzig und hebt seine Stimme nie. Das letzte Buch von dem Dummschwätzer verkaufte achtzehnhundert Stück, das von meinem Dutchman über eine Million, und ich wäre am liebsten hereingeplatzt, um dem Randalierer zu sagen: ›Sie haben kein Recht, so laut herumzutönen. Nun erzählen Sie mal ganz ruhig, was wir für Sie tun können.‹

Aber ich hielt den Mund. Wissen Sie auch warum? Mein Yoder wird jeden Januar ein Jahr älter, und der Dummschwätzer des anderen Lektors könnte ja unser nächster Star werden. In unserem Geschäft kann man nie wissen.«

Sie zeigte mich von einer ganz ungewohnten Seite. »Ich glaube, daß Yoder oft den Gleichgültigen nur mimt. Als ich ihm neulich bei einem Mittagessen erzählte, daß eine japanisch-israelische Filmgesellschaft aus seinem alten Roman *Die Meidung* einen künstlerischen Film machen könnte, da leuchteten seine Augen, und ich war so glücklich, daß er endlich einmal eine Gefühlsreaktion zeigte, daß ich laut ›Hurra!‹ schrie und Leute im Restaurant uns anglotzten. Das hat ihm überhaupt nichts ausgemacht. Er prostete jedem zu, der mit uns anstoßen wollte, und hat dann während der Mahlzeit nur noch gelächelt.

Später hat er mir gestanden: ›*Die Meidung* bedeutet mir viel. Wenn die Leute, die Sie erwähnten, den Roman richtig verfilmen, ehrlich bis in die Details, ohne billige Angriffe auf die Amish, dann überlassen Sie ihnen die Rechte für ein paar Dollar. Wir warten mit unseren Einnahmen, bis er sich an den Kinokassen durchsetzt.‹ Es ist für die Verlagsbranche ein großer Gewinn, wenn sie Leute wie meinen kleinen Dutchman hervorbringt.«

Im Interview mit meiner Agentin Miss Crane bekam die freie Journalistin ein etwas anderes Bild von mir: »Lukas Yoder ist ein besonderer Fall. Wir reden ihn nie mit dem Vornamen an. Als ich es einmal tat, zuckte er zusammen. Ich glaube, es hat damit zu tun, daß er als Mennonit es seltsam empfand, daß eine Frau, die ihm nicht persönlich nahesteht, ihn vertraulich anredete. Und er nennt mich nie Hilda. Immer Miss Crane. Sehr enervierend, sitzt in dem Stuhl dort und hört sich ein Dutzend Dinge an, die ich für seine Bücher getan habe, und nickt bloß. Nur einmal, als ich ihm den Berliner Schutzumschlag zeigte für seinen Roman *Hexen*, da hat er laut ausgerufen: ›Also, das nenne ich einen Umschlag!‹ Als ich wissen wollte, warum, hat er mir erklärt: ›Mit der abgewandelten gotischen Schrift wirkt er richtig pennsylvanisch-deutsch.‹ Er bringt mich immer wieder ins Staunen. Läßt keine Buchpräsentationen zur Feier des Erscheinens zu und weigert sich, für seine Bücher mit der Werbetrommel über Land zu ziehen. Doch er beantwortet jeden Brief, mag er auch noch so dumm sein. Als ich ihn einmal ausschimpfte wegen solcher Zeitverschwendung, hat er mich nur verdutzt angesehen: ›Miss Crane, jeder, der mir schreibt, hat meines Wissens ein Buch von mir gekauft oder bei seiner örtlichen Bibliothek entliehen. Ich habe doch die Pflicht, ihn zu ermutigen, das nächste zu kaufen und zu lesen.‹

Vielleicht interessiert es Sie zu erfahren, wie er mein Klient geworden ist. Als seine ersten Bücher sich schlecht verkauften, haben zwei Literatur-Agenten in dieser Stadt ihn fallengelassen, die heute erschauern, wenn ein neues großes Buch von ihm herauskommt. Er war völlig am Boden. Ich hatte aber *Die Meidung* gelesen und fand den Roman hervorragend. Solche Autoren hatte ich schon immer vertreten wollen. Und die Woche darauf hörte ich plötzlich, daß sein Agent ihn in die Wüste geschickt hatte. Nein, den Namen nenne ich Ihnen nicht. Ich habe in der gleichen Minute bei ihm angerufen und ihm ganz nüchtern erklärt: ›Mr. Yoder, Sie können schreiben.

Meidung war fantastisch. Ich möchte gern Ihre Agentin sein. Ich sehe große Zeiten für Sie kommen.‹«

Den nächsten Satz nahm die junge Journalistin auf die eigene Kappe. »Weder seine Lektorin noch seine Agentin waren bereit, über die finanzielle Seite von Mr. Yoders Super-Seller-Erfolgen zu reden. Branchenkenner haben mir jedoch versichert, daß Yoder wahrscheinlich sechzig Prozent des Jahresumsatzes der Agentur von Miss Crane ausmacht. Miss Crane ging immerhin so weit zu sagen: ›Wenn ich wegen einer geschäftlichen Frage bei ihm anrufe, gibt er mir seine Zustimmung innerhalb von zwei Minuten. Aber er ist nicht dumm. Er überläßt mich anschließend seiner Frau Emma, und die nimmt mich dann eine ganze Stunde lang in die Zange. Ich kann Ihnen sagen: Sie hat alles in der Hand – den Hof, die Buchverträge, das Bankkonto und Yoder selbst auch. Vor ein paar Tagen habe ich meiner Assistentin gesagt: ›Ihre Aufgabe ist es, dafür zu sorgen, daß Lukas Yoder zufrieden ist – und, was noch wichtiger ist: Sehen Sie zu, daß Emma glücklich ist.‹«

Ich war nicht unglücklich mit dem, was meine dienstbaren Geister da über mich gesagt hatten; weil mich aber beide als ›klein‹ bezeichneten, möchte ich wohl darauf hinweisen, daß ich größer bin als Miss Crane und fast so groß wie Ms. Marmelle.

Die Arbeit dauerte den ganzen Winter hindurch unvermindert an, Woche für Woche, und, wie ich Emma mehrfach in Erinnerung rief: »Noch ist das Buch nicht gedruckt. Die Fahnenkorrekturen stehen noch aus. Ich weiß gar nicht, wie Kinetic dem deutschen Verleger rechtzeitig eine Kopie mit dem endgültigen Text für die Übersetzung liefern will.« Doch die Sorge ließ Emma nicht gelten: »Der Verlag hat ein ganzes Büro mit brillanten Köpfen an der Madison Avenue. Das ist deren Problem.« Gegen Ende April brachte sie vom Postamt ein großes, flaches Päckchen mit, den ersten handfesten Beweis, daß zum vorgesehenen Termin im Herbst tatsächlich ein Buch von mir herauskommen könnte. Es enthielt eine Skizze des geplanten Schutzumschlags mit grünem Weideland und einer Schrift, die gotische Lettern andeutete – ein Entwurf, der uns beiden genau die gewünschte Stimmigkeit, Klarheit und Assoziationen suggerierte.

»Sie haben es gepackt«, sagte Emma, »und das gleich beim ersten Versuch. Es ist beinahe ein Wunder.«

Meine dienstbaren Geister riefen weiterhin regelmäßig an. Ms. Marmelle hielt mich über den Fortschritt der Arbeit am Manuskript und die parallelen Schritte des Verlags auf dem laufenden; Miss Crane informierte Emma über einen kleinen finanziellen Coup. Die Lektorin meldete wiederum, die Landkarten der pennsylvanisch-deutschen Region für das Vorsatzpapier seien bei einem der renommiertesten Grafiker des Hauses in Auftrag gegeben worden, der binnen einer Woche Skizzen liefern würde. »Wir haben mit den Buchhandelsketten Kontakt aufgenommen«, sagte sie außerdem. »Wir wollten wissen, wie viele vom Autor signierte Exemplare zu je fünfzig Dollar sie wohl an den Mann bringen könnten. Die Reaktion ist erstaunlich. Sieht so aus, als ob wir am Ende auf zweitausend Exemplare kommen.«

»Ich habe Ihnen doch gesagt, ich würde höchstens tausend signieren«, warnte ich. »Ist Ihnen eigentlich klar, wieviel Arbeit das für mich bedeutet? Mörderisch. Zweitausend würde ich nie schaffen.« Ms. Marmelle beruhigte mich: »Akzeptiert. Wir werden die tausend zuteilen.«

Ein paar Tage später rief sie mit einer alarmierenden Neuigkeit an: »Ein Mitarbeiter unseres Verkaufsbüros im Mittleren Westen hat der großen Buchhandlung in St. Louis mitgeteilt, Sie wären bereit, eine Geschenk-Sonderausgabe im Schuber zu signieren, fünfundsiebzig Dollar das Stück. Ohne mich vorher zu konsultieren. Die Buchhandlung hat einen entsprechenden Werbeprospekt versandt. Nach momentanen Schätzungen könnten da weitere tausend Exemplare anfallen.«

»Geben Sie Order, die Bestellungen zu annullieren. So viele kann ich nicht signieren.«

»Mr. Yoder, ich weiß nicht, wie dieser Patzer passieren konnte, aber er ist passiert. Die Prospekte sind verschickt worden. Die Bestellungen kommen herein.«

»Das ist Ihr Problem«, sagte ich brüsk. »Ich zerbreche mir hier den Kopf, daß der Text druckreif wird. Ich schreibe ganze Absätze neu. Es gibt Korrekturen auf jeder Seite. Und ich möchte mir jetzt nicht noch ein Bein ausreißen müssen wegen eines Fehlers, den einer von Ihren Leuten begangen hat.«

Sie erinnerte mich leise mit einem versöhnlichen Ton: »Die Buchhandlung Inglenook ist in all den Jahren eine Ihrer größten Stützen gewesen. Hat Tausende und Abertausende von Exemplaren verkauft. Wischen Sie das nicht leichtfertig vom Tisch. Wir werden schon einen Weg finden.«

»Fünfhundert signiere ich zusätzlich. Das ist aber das Maximum.«

»Danke. Damit könnte Inglenook zufrieden sein.«

Die Anrufe von Miss Crane waren gänzlich anderer Art. Die Menschen, mit denen sie zu tun hatte, sprachen so, als ob das Buch bereits vorläge, und wenn Emma mir den Kern dieser Anrufe mitteilte, packte mich ein Schaudern: »Die nehmen an, wenn ich im Oktober 1990 mein Manuskript abliefere, springt der Kalender auf auf geheimnisvolle Weise auf Oktober 1991 um, und hoppla, da kommt das fertige Buch. Hat sie denn überhaupt eine Vorstellung davon, daß ich mir in der Zwischenzeit die Finger wund schreibe?«

Der Ausdruck war nicht einmal übertrieben. Ich saß Tag für Tag mit ziemlichen Beschwerden an der Schreibmaschine. Ich hatte es mit einem weichen Kissen versucht, was zwar half, aber ich hatte dabei das fürchterliche Gefühl, es fräße mich auf – daß der Stuhl mich unter Kontrolle hätte und nicht ich ihn –, und so legte ich es wieder weg. Ich zog den härteren Sitz vor, auch wenn er ein häufiges Herumrutschen bedingte, um meinen steifen Hintern zu entlasten.

Wenn meine dienstbaren Geister ihre jüngsten Neuigkeiten durchtelefonierten, vermieden sie jeden Hinweis darauf, daß inzwischen in der Branche Gerüchte umgingen, mein neuester Roman sei so enttäuschend, daß die ursprünglich geplante Erstauflage nochmals heruntergesetzt worden sei. Das war anscheinend aber weithin bekannt; eine von Emmas Bekannten in Bryn Mawr mit gewissen Kontakten zur Buchindustrie rief an und meinte, es sei wirklich ein Jammer, aber meine Stammleser würden den Roman trotzdem bestimmt interessant finden. Wir lebten also mit einem Damoklesschwert über unseren Köpfen, und eines Tages riß Emma die Geduld: »Eine böse Geschichte als Ende einer schriftstellerischen Laufbahn! Aber wir haben schöne Zeiten gehabt. Wer kann sich da schon beschweren?«

»Ich nicht«, sagte ich grinsend.

Ein Anruf von Miss Crane brachte eine willkommene Unterbrechung. »Aufregende Neuigkeiten! Argosy Films hat das Geld für die Option bezahlt, über die wir gesprochen haben. Für *Die Meidung*. Die Herren wollen zum A.B.E. kommen und Ihnen ihre Ideen für einen ganz besonderen Film darlegen. Darf ich ihnen bestellen, sie sollen kommen?«

Im Grunde war für Unterbrechungen während des Jahres nie die Zeit. Entweder schrieb ich an einem Buch, und das ist eine mörderische Arbeit, oder ich redigierte ein Manuskript, was meine ganze Aufmerksamkeit und Energie beanspruchte. Weshalb ich Anfragen von Leuten, die mich aufsuchen wollten, routinemäßig ablehnte. Meine zwei dienstbaren Geister in New York besuchte ich immer gern, die gehörten inzwischen zur Familie; alle übrigen Menschen hielt mir Emma vom Leib. Die beiden, die aus meinem besten Roman möglicherweise einen respektablen Film machen wollten, mußte ich jedoch unbedingt ermutigen. »Sagen Sie zu! Und die Herren sollen sich keinen Mietwagen nehmen. Wir holen sie ab.«

Der A.B.E.-Flughafen bewies, daß Regierungsbeamte gelegentlich etwas richtig machen können. Das Flugfeld war so enorm, daß auch große Düsenmaschinen landen konnten. Er lag ganz in der Nähe der drei pennsylvanisch-deutschen Städte Allentown, Bethlehem und Easton und verband unser sogenanntes Dutch Country mit dem übrigen Amerika und der Welt. Und so warteten Emma und ich dort um elf Uhr morgens an einem Aprildonnerstag, um den japanischen und den israelischen Tycoon zu begrüßen, die den Film verwirklichen wollten, von dem ich immer geträumt hatte. Die Verfilmung von *Hexen* und anderen Romanen hatte mich nicht stark interessiert. Wie ich Emma aber beim Warten auf den Jet der United Airlines erklärte: »*Meidung* hat eine wichtige Aussage, die ich gern filmisch ausgedrückt sähe.«

Wir hatten keine Mühe, unsere Besucher zu identifizieren; denn die beiden Männer von so verschiedener Herkunft sahen fast wie Zwillinge aus – klein, leicht übergewichtig, von dunkler Hautfarbe, mit federndem Schritt und mit Köpfen, die sich im Verlangen, alles und jedes zu sehen, unentwegt hin und her drehten – Zeichen einer Neugier, die sie in seltsame Abenteuer geführt hatte, darunter auch das Filmemachen.

»Wir freuen uns, Sie kennenzulernen«, bemerkte ich, als ich meine Frau vorgestellt hatte. »Wir haben es so eingerichtet, daß wir gleich zu einem recht hübschen Gasthof nach Dresden fahren, wo wir Sie zum Mittagessen einladen. Dort gibt es auch einen Raum, wo wir uns anschließend in aller Ruhe unterhalten können.«

»Angenehm«, sagte der Israeli, »doch Mr. Saito und ich sind hergekommen, um Sie zum Essen einzuladen.« Emma sagte: »Gut.«

Als unser Buick auf die Interstate und in südwestlicher Richtung fuhr, gab Emma eine Einführung in unsere Region: »Dies hier ist das Grenzler-Gebiet, über das mein Mann schreibt. Unser Hof, seit Jahrhunderten in Familienbesitz, liegt genau südlich. Wir steuern die schöne, kleine Stadt Dresden an, das Herz der Region, wie man es nennen könnte. Es ist ein altes pennsylvanisch-deutsches Dorf, angelegt nach einem Raster wie in Philadelphia, doch mit ein paar wunderschönen Straßen, die sich durch das Stadtgebiet winden. Im Mittelpunkt liegt der sogenannte ›Platz‹, also der Dorfplatz, und an dessen Nordrand ein herrliches altes Gasthaus mit dem verrückten Namen ›Dresden China‹. Warum es so heißt, werden Sie verstehen, wenn wir dort sind.«

Es gab, wie sie erklärte, nach Verlassen der Interstate zwei Anfahrtswege: einmal über eine große direkte Zufahrtsstraße mit Seitenrampen und zum anderen einen bescheidenen Weg entlang der Rhenish Road mit hübschen Ausblicken auf die Landschaft. Unsere Besucher, die sich für letztere Route entschieden, hatten Gelegenheit, das wunderbare Hügelland zum Norden mit den Kirchtürmen von Dresden zu bewundern; was ihnen aber ganz besonders gefiel, war der sich schlängelnde Weg stadteinwärts, der zum ›Platz‹ mit dem Denkmal für die Soldaten des Bürgerkriegs führte. Es war im grandiosen Stil der Mitte des 19. Jahrhunderts errichtet worden, mit vier Soldatenfiguren, welche die vier Himmelsrichtungen bewachten.

»Und das Gebäude hier ist ›Dresden China‹«, sagte Emma, als wir vor dem eleganten weißen Gasthof vorfuhren, der eine ganze Seite des Dorfplatzes füllte.

Der Speiseraum, wo schon für uns zu Mittag gedeckt war, sah bezaubernd aus mit seinen pastellblauen Dekorationen vor dem Hintergrund der weißen Wände und den Vorhängen aus ungebleichtem Leinen. Die Hauptattraktion bestand jedoch in einer Reihe von Glasvitrinen an zwei Wänden des Raums, beide voll mit Meißner Porzellanfiguren. Darunter waren einige wenige Originale aus der Zeit um 1700, die meisten jedoch billigere, immer noch schöne Reproduktionen aus dem späten 19. Jahrhundert. Die Ausstellung war so reizvoll, daß Mr. Saito, ein Kenner japanischer Keramik, unverzüglich zur nächsten Vitrine schritt, minutenlang die Figuren betrachtete und seinen israelischen Partner herbeirief.

»Sehen Sie!« sagte Mr. Saito. »Genau, was wir nicht wollen!« Der Israeli begutachtete das Porzellan, bevor die beiden Männer sich zu uns an den Tisch setzten. Sie hatten kaum Platz genommen, als Mr. Saito ausrief: »Kein Zufall! Die Vitrine zeigt, was wir nicht wollen!« Er deutete auf ein Regal mit sieben ziemlich grellen Porzellanfiguren, die eines deutschen Künstlers Idee von einer Szene am Hof von Versailles darbot: Edelfrauen, die so taten, als seien sie Schäferinnen; doch von massiver Körperlichkeit und herber Komplexion.

»Ich mag kein deutsches Porzellan!« sagte Mr. Saito. »Für mich das leichte Porzellan aus Fernost, vor allem aus Korea. Das gleiche für unseren Film. Ich möchte nicht, daß er schwer und deutsch wird, sondern zart, delikat, leicht, wie eine blaßgrüne Schale.«

Mich verwirrte seine Art zu reden, doch Emma machte dem Japaner ein Kompliment: »Sie sprechen wunderbar Englisch, Mr. Saito«, und er erklärte uns: »Als meine Firma international wird, importiere ich einen Professor aus Oxford, mich Englisch lehren. Vierzehn Stunden am Tag; nur Englisch. So lerne ich.« Er lächelte: »Aber der Mann aus Oxford sagt mir: Bleiben Sie einfach, und deshalb gebrauche ich Verben nur im Präsens.«

Bevor einer von uns beiden sich dazu äußern konnte, meldete sich der Israeli: »Ich auch. Bis siebzehn nur Hebräisch. Dann muß ich Englisch lernen. Als Hotelpage im King David in Jerusalem.«

Die Entschiedenheit, mit der diese beiden Männer eine neue Sprache erlernten, um sich in ihrem neuen Metier hervorzutun, bestärkte mich in dem Glauben, daß sie einen wirklich guten Film zustande bringen könnten. »Es ist uns ein Bedürfnis«, sagte ich deshalb, »Ihnen zu helfen, wo wir können.« Emma wollte wissen: »Haben Sie vor, die beiden Hauptfiguren aus dem Roman meines Mannes beizubehalten?« Daraufhin machten wir Bekanntschaft mit der Stenosprache Hollywoods; denn der Israeli, der Praktischere der beiden, erwiderte: »Klar. Den älteren Bruder denken wir uns wie Rod

Steiger. Gleiches Aussehen. Gleiche Schurkenmiene, ob er es zeigen will oder nicht. Ein Grinser. Der jüngere Bruder – den sehen wir als Maximilian Schell. Zerbrechlicher. Aber ein Mann von sehr starkem Charakter – wie im Lillian-Hellman-Film. Haben Sie den gesehen? Wo Jason Robards ihren Liebhaber spielt – den Schriftsteller?«

Im weiteren Gespräch nahmen die beiden Kontrahenten, die in den 1890er Jahren in Lancaster County miteinander gerungen hatten, ganz die Gestalt von Steiger und Schell an – bis unsere Unterhaltung vom Hotelpagen unterbrochen wurde, der den Israeli informierte: »Wir haben ein Gerät besorgt, Sir, und es in Zimmer 217 aufgestellt.«

Mr. Saito erläuterte: »Wir bringen zwei Filme und möchten sie zeigen. Sie zeigen besser als Worte, was uns wichtig ist«, und er bat den Hotelpagen, uns aufs Zimmer zu führen. In dem abgedunkelten Raum war ein Leih-Videorecorder bereits an den Fernsehapparat angeschlossen.

Der Israeli sagte: »Diese Filme: sehr einfach, sehr schön. Zuerst *Barry Lyndon*, gedreht 1975 nach einem Roman von Thackeray.« Er senkte die Stimme: »*Jahrmarkt der Eitelkeit* könnte jeder verfilmen. Simple Figuren. Aber sehen Sie, was Stanley Kubrick macht. Sehr subtil.«

Mr. Saito fügte hinzu: »Wir zeigen nicht die ganzen zwei Stunden, aber dieses lohnt sehen.« Das Videogerät wurde eingeschaltet, und in nur wenigen Minuten waren wir in eine englische Landschaft mit glaubhaften Figuren in Situationen entrückt, die sich langsam entfalteten und – im Unterschied zu typischen historischen Kostümfilmen mit ihren gewalttätigen Fechtszenen – bezauberten, ohne zu ermüden. Von dem Roman hatten Emma und ich genausowenig gewußt wie vom Film, dessen liebenswürdige Schönheit uns rasch in ihren Bann schlug, und als Mr. Saito ihn nach vierzig Minuten abschaltete, erklärte ich: »In einer solchen Art kann ich mir meinen Roman vorstellen.« Die Gäste gestanden, daß sie solche Reaktion erhofft hätten.

»Der nächste«, betonte Mr. Saito, »zeigt, es geht auch ganz ohne Kostüme«, und schob *Ein Zimmer mit Aussicht* in den Videorecorder, ein Film, den 1985 die wagemutige Filmgesellschaft Merchant-Ivory produziert hatte, auf der Basis eines Romans von E. M. Forster. Es war ein völlig anderer Film, ohne besonderes Augenmerk auf Landschaft oder Kostüme. Bilder von Florenz und der englischen Landschaft wurden eingesetzt, um den Verlauf der Handlung zu gliedern und zu akzentuieren, welche ganz normale Menschen in völlig normalen Lebensumständen zeigte. Es war ein so einfühlsamer Film, daß wir beide fast protestierten, als er mittendrin abgebrochen wurde.

»Wir machen mindestens so Gutes«, versprach Mr. Saito, als sein Partner die Vorhänge hochschob. Emma erkundigte sich: »Sind die beiden Filme finanziell erfolgreich gewesen?«, und die Besucher antworteten fast gleichzeitig: »*Lyndon* ist ein Flop.« Der Israeli fügte dann allerdings noch sofort hinzu: »Wir sorgen dafür, daß unser kein Flop wird.«

Mr. Saito schaute auf die Armbanduhr. »Können Sie uns in das Gebiet der Amish fahren? Sofort? Damit wir es mit Ihnen zusammen sehen?« fragte er. »Ja«, erwiderte ich. »Aber wir müssen uns beeilen. In dieser Jahreszeit wird es früh dunkel.« Emma trieb uns nach unten, zu unserem alten Buick. Wir wurden jedoch von Mr. Saito aufgehalten, der zum Gasthof zurücklief: »Ich muß meine Kameras dabeihaben.«

Mit zwei Nikons um die Schulter und einem Grinsen zur Entschuldigung kehrte er zurück: »Für Film Fotos machen von Szenerie, für Drehbuchautoren.« Er wandte sich an Emma: »Darf ich Sie bitten, Mrs. Yoder, hinten zu sitzen? Ich muß Landschaft sehen.« Sie meinte fröhlich: »Da ich fahre, ist das überhaupt kein Problem. Wir fahren in meine alte Heimat. Hier haben Sie zur Orientierung eine Landkarte.« Wir glitten längs der Interstate in südwestlicher Richtung dahin, durch die sanfte Hügellandschaft von Berks County. »Die beiden Brüder im Roman *Die Meidung*«, teilte sie Mr. Saito unterwegs mit, »sind Vorfahren von mir.« Als er sich umdrehte und sie förmlich anstarrte, ergänzte sie: »Es ist schon ein Weilchen her. Der jüngere Bruder war mein Großvater.«

»Anhalten!« rief Mr. Saito, ohne seinem Partner Zeit zu lassen, auf diese erstaunliche Offenbarung zu reagieren. Wir sahen nur ein in den USA nicht ungewöhnliches Straßenschild: SIE BETRETEN LANCASTER COUNTY – DEN FRUCHTBARSTEN BODEN AMERIKAS. Mr. Saito schwang während des Aussteigens seine Farbfilmkamera in Position und sagte nur:. »Alle Japaner haben immer Kameras bei sich, dieser Japaner für sehr bedeutenden Zweck.«

Weil seine Nikon mit batteriebetriebenem Laufwerk den Film mit verblüffendem Tempo vorantrug, konnte er fast so schnell fotografieren wie die Kamera richten, um die unterschiedlichen Aspekte der Landschaft einzufangen; und da sie außerdem eine extragroße Spule mit 72 statt 36 Aufnahmen enthielt, mußte er nicht andauernd befürchten, daß ihm der Film dabei ausgehen könnte. Doch sobald ihn seine Farbaufnahmen zufriedenstellten, fuhr er mit Schwarzweiß-Schnappschüssen von der Region fort, wo seine Filmfirma 1991 oder '92 eine Menge zu tun haben würde.

Als er wieder im Wagen saß, wurde er wählerischer. Er hatte ein hervorragendes Auge für Szenerien, die er dem Regisseur – wer immer das schlußendlich sein mochte – eventuell empfehlen könnte. »Anhalten! Landschaft spricht!« rief er von Zeit zu Zeit, und schon sprang er wieder aus dem Auto, um wie verrückt drauflos zuklicken. Im Verlauf einer einzigen Stunde – unterdessen nahm das Tageslicht ab – wechselte er den Film in seiner Farbkamera viermal und den Schwarzweißfilm dreimal aus – was weit über sechshundert Aufnahmen ergab. Damit hatte er eine komplette Bild-Dokumentation vom Land der Amish im Monat April.

Was Emma und mich beeindruckte, war die vollendete Höflichkeit, mit der Mr. Saito, aber auch der Israeli, jedem auftauchenden Amish begegnete. Er fotografierte nie, ohne vorher um Erlaubnis zu bitten. Zum Fotografieren der schwarzen, vierrädrigen Einspänner, die über die Landstraße dahinschossen, versteckte er sich jedoch einmal unauffällig hinter einem Baum; gestört hat er die bärtigen, ganz in Schwarz gekleideten Gestalten mit seinem verrückten Knipsen nicht.

Emma entwickelte vor unseren rücksichtsvollen Gästen solche Hochachtung, daß sie sich zu der Mitteilung hinreißen ließ: »Wissen Sie, der Hof, wo die beiden Brüder lebten, der Stoltzfus-Hof, existiert noch. Möchten Sie sehen, wie die Äkker dort geformt sind? Die Gebäude sind verändert, das Land ist aber noch immer so wie früher.«

In der Annahme, der Hof läge unmittelbar vor uns, wollte Mr. Saito sogleich aus dem Buick springen, doch sie hielt ihn zurück und brachte uns auf Seitenwegen zu dem Bauernhof, wo der alte Konflikt um moralischer Prinzipien willen ausgetragen worden war, und dort blieben wir gemeinsam im Wagen sitzen, um auf den Landstrich hinauszublicken. »Nicht Hosenträger bringen Menschen auseinander«, meinte Mr. Saito. »Die Werte, an die sie glauben.« Und er lehnte sich zurück und sagte leise: »Ich sehe alles in Bildern. Das Bild dieser Gegend fasziniert mich. Aber nie, nie sehe ich alles so deutlich: die niedrigen Hügel … ein Fluß … die Scheunen. Kommen Sie! Wir nehmen es auf, solange es hell ist.«

Die beiden Männer sprangen aus dem Wagen und begannen, in allen Richtungen zu knipsen, bemühten sich, den alten Stoltzfus-Hof, wo die sozio-religiöse Tragödie stattgefunden hatte, von allen Seiten authentisch auf Film einzufangen, doch mit einem Mal hielt Mr. Saito neben mir inne, ließ den Blick über die herrlichen, zum Hof gehörenden Felder gleiten und sagte dann laut und vernehmlich: »So viel leeres Land, so wenig Menschen«, und ich ahnte, was ihm, der doch aus einem kleinen, übervölkerten Land kam, durch den Kopf gehen mußte.

Zu meinem Erstaunen nahm er den Israeli dann beim Arm, und sie marschierten mutig zum Hof hinüber und unterhielten sich kurz mit dem Eigentümer, der ihnen anscheinend mitteilte: »Nein, fotografieren dürfen Sie hier nicht.« Sie erhoben keine Widerrede, nickten der Amish-Familie zu und kamen wieder zurück. Der Israeli bat Emma und mich auszusteigen und band das eigene und das Taschentuch von Mr. Saito geschickt so zusammen, daß es aus einiger Entfernung aussah wie das weiße Häubchen unserer pennsylvanisch-deutschen Frauen. Er legte es Emma um den Kopf und steckte es auf: Sie wirkte nun ganz wie eine ihrer weiblichen Vorfahren, und als sie vor den Scheunen hin und her lief, machten die beiden Männer Schnappschüsse, und wenn sie in manchen Augenblicken eine unerwartete Bewegung machte, kam es mir von weitem so vor, als ob sie sich dort zur Zeit der Fehde bewegte.

Es war dunkel geworden, als wir zum »Dresden China« zurückfuhren, wo wir früh zu Abend aßen und im Anschluß daran auf Zimmer 217 zwei Stunden lang die zweite Hälfte der Filme *Barry Lyndon* und *Ein Zimmer mit Aussicht* ansahen. Unmittelbar nach dem Erlebnis der historischen Landschaft des Romans *Die Meidung* veranschaulichten uns die beiden Filme, was der Geschichte der Amish abgewonnen werden konnte. Mr. Saito brachte es zum Ausdruck: »Ich bin überwältigt von Schönheit Ihres Landes. Drama der beiden Brüder, das verstehe ich, als ich lese Buch in Japan. Aber ich begreife nicht, sie kämpfen um Land von solcher Herrlichkeit.« Ich mußte unterbrechen: »Verzeihen Sie, aber ich habe die Geschichte geschrieben, und der Kampf ging nicht um Grund und Boden, sondern um Religion.« Doch Mr. Saito widersprach: »Sie glauben, es ist Religion. In Wahrheit will er Land wiederhaben. Deshalb ist Amos bereit, zu kriechen und um Vergebung zu bitten.« Und er wandte sich feierlich an seinen Partner: »Wir filmen es als ein Epos des Landes. Weil – das Land, das wir heute sehen, hat epische Größe.«

Als sie uns zum Wagen zurückbegleiteten, sagte Mr. Saito: »Kümmern Sie sich morgen früh nicht um uns. Wir bestellen im Gasthaus Mietwagen und fahren selber zum Flughafen.«

Er küßte Emma die Hand und schloß mit den Worten: »Sie schämen sich nicht, wenn Sie unseren Film sehen«, und wir waren auf unserer Heimfahrt bereit, sein Versprechen ernst zu nehmen; denn die beiden, die wir da eben kennengelernt hatten, waren zwei kluge, sensible Menschen.

Auf dem A.B.E.-Flughafen landeten in den folgenden Wochen wiederholt Gäste von außerhalb, um per Leihwagen nach der Rhenish Road und den Yoders zu suchen. Und warum machten sie sich die Mühe, mich zu interviewen, wenn laut offizieller Übereinkunft mein Roman ein Flop war? Weil Ms. Marmelle und Miss Crane, fest entschlossen, ihre und meine Interessen zu verteidigen, an Schützenhilfe aufbauten, was sie nur konnten, alte Freunde und Bekannte um Unterstützung baten, Briefe versandten, um zu sagen, wie aufregend mein neuer Roman sei, und jeden nur verfügbaren und erdenklichen Trick nutzten, um die großen Gegenschläge zunichte zu machen.

Es war besonders wirksam, Medienleute anzustiften, die Region um Dresden aufzusuchen und sich zu vergewissern, daß ich noch lebte und im Vollbesitz all jener Kräfte war, die ich nachgewiesenermaßen einmal besessen hatte. Einige waren von Ms. Marmelle, andere von Miss Crane dazu motiviert worden, aber alle setzten sich mit Emma ins Benehmen, die beinahe heiser wurde wegen der vielen Anweisungen, die sie zu geben hatte: Wie man aus dem Flughafen fände, wie man Richtung Westen auf die Interstate käme und die Rhenish Road und die scharfe Abzweigung weiter östlich nicht verpassen dürfe. »Falls Sie Ihren Weg verlieren, fragen Sie einfach irgendwen. Wo unser Hof liegt, weiß jeder.«

Zwei deutsche Fernsehreporter kamen mit einem dreiköpfigen Kamera-Team, das sie in New York angeheuert hatten; angeblich, aber das schwören solche Fernsehleute immer, brauchten sie uns nur eine Dreiviertelstunde: »Fünfzehn Minuten zum Aufbauen, dreißig Minuten für die Aufnahmen, und schon sind wir wieder weg.« Als sie unser gemütliches Wohnzimmer sahen und von meiner Werkstatt draußen erfuhren, wo ich malte, brauchten sie allein zwei Stunden, um die richtigen Kamerawinkel und eine adäquate Beleuchtung zu finden. Aufnahme und Nachstellungen kosteten uns weitere anderthalb Stunden; dazu kam noch die Zeit für die Gegenaufnahmen, also die gleiche Szenen-Einstellung mit meinen Interviewern im Blickpunkt, damit das Ganze auch wie ein Dialog aussah. Meine Arbeit kam völlig zum Stillstand.

Emma erhob zunächst immer Widerspruch, murrte, wenn man ihre Möbel umstellte, schließlich servierte sie jedoch Drinks und gehörte zu guter Letzt fast zum Team, erkundigte sich nach den Angehörigen und schaute sich die Fotos der Kinder an. Als die beiden Reporter nachmittags um fünf Uhr fragten, ob wir ihnen nicht beim Abendessen Gesellschaft leisten wollten, wollte ich dankend ablehnen, doch Emma war so darauf erpicht, noch länger mit den Leuten zusammenzusein und ihre Geschichten zu hören, daß ich – einigermaßen mißmutig, wie ich zugeben muß – klein beigab: »Der Tag ist ohnehin fast vorbei. Da werden wir wohl auch den Abend opfern können.« Also fuhren wir zum ›China‹, wo die Deutschen den Speiseraum so malerisch fanden, daß sie eine komplette neue Bildserie mit mir in Stellung vor dem Meißner Porzellan aufnahmen.

Auf der Heimfahrt brummelte ich: »Was für eine Zeitverschwendung!« Emma ermahnte mich: »Wir haben viele Leser in Deutschland. Auf die Weise erhalten wir sie uns.«

Da wir auch in England zahlreiche Leser hatten, flog die BBC ein Aufnahmeteam ein, und, wie schon bei den Deutschen, ging wieder ein Arbeitstag drauf, und die Männer waren von Emma so begeistert, daß sie mich auch diesmal überredete, zum Abendessen im ›China‹ mitzukommen, wo es zu einer lebhaften Unterhaltung über Prinzessin Diana und den neuen Film über Christine Keeler kam. Ich nahm an, daß Interviews dieser Art den Absatz meines Buches im Ausland fördern könnten; sicher war ich mir da keineswegs. Als die Besucher sich bei der Abreise für unsere Gastfreundschaft bedankten, fiel mir auf, daß sie immer Emma ansprachen und nie mich.

Später wollte noch ein japanisches Fernsehteam einfliegen, das bestimmt von Mr. Saito dazu angeregt worden war, doch diesmal mußte Emma nein sagen. Sie hatte nämlich eigene Pläne, die auf keinen Fall gestört werden durften.

Die Bryn-Mawr-Absolventinnen hielten im Frühjahr im College ihre »Jahrgangstreffen«, bei denen alte Freundschaften erneuert, die guten alten Zeiten in Erinnerung gerufen und nicht zuletzt die Universität über die aktuellen Adressen informiert wurde, die der Alma Mater für Spendenaufrufe sehr dienlich waren.

Emma hatte derartige Treffen jahrelang versäumt, zunächst, weil sie für dergleichen Leichtfertigkeiten kein Geld übrig hatte und später, weil wir viel zu sehr mit meiner Karriere beschäftigt waren. Sie hatte sich ausmalen können, wie ehemalige Kameradinnen untereinander fragten: »Was ist eigentlich mit dem komischen Stoltzfus-Mädchen passiert? Gehörte sie nicht zu den Amish?« Worauf mit Sicherheit eine antwortete: »Ach, sie ist Lehrerin in irgend so einer Kleinstadt.« Und sie hatte sich die Selbstzufriedenheit ihrer Kommilitoninnen von einst vorgestellt, die inzwischen mit Vorstandsdirektoren großer Firmen oder Leitern bedeutender Universitätsinstitute verheiratet waren.

In dieses Jahr fiel nun aber der 45. Jahrestag ihres Universitätsabschlusses, ein Jubiläum der Art, wie es gern gefeiert wird, und Emma gab bereits früh zu wissen, daß sie nicht allein, sondern in Begleitung ihres Mannes käme. Sie machte davon nicht viel Aufhebens; sie schrieb keineswegs: »meines berühmten Mannes«; so wollte sie es aber verstanden wissen, und so war es auch. Sie wußte, daß die Kameradinnen ihres Jahrgangs Dutzende meiner Bücher mitbringen würden.

Von einer Telefonzelle in Rostock rief Emma unmittelbar vor dem Treffen heimlich Miss Crane an. »Hier spricht Emma Yoder. Wie Sie wissen, will Lukas, daß ich mich um sein Einkommen kümmere – einschließlich Steuern. Liege ich recht in der Annahme, daß wir in diesem Jahr ein hohes Einkommen haben werden?«

»Nicht so hoch wie geplant, aber es ist mehr, als Sie ausgeben können.«

»Ich weiß schon, was ich damit machen werde.«

Wenn man die Route über die hübschen Nebenstraßen nimmt, sind es von unserem Hof im pennsylvanisch-deutschen Land bis Bryn Mawr bloß dreißig Meilen Richtung Süden und ein wenig nach Westen. Wir fuhren deshalb an einem Freitag nachmittag auch erst kurz nach fünf ab, um rechtzeitig zu einem Essen im kleinen Kreise einzutreffen, das stets am Vorabend der Festlichkeiten stattfindet. Es geschah mit einem Gefühl stiller Genugtuung, daß Emma – von 1946 bis 1984 eine unwichtige kleine Englischlehrerin an Schulen in Souderton – ihren Auftritt mit ihrem Ehemann im Schlepptau genoß. Von ihren früheren Kommilitoninnen erkannten nur wenige sie wieder; das Foto auf der Rückseite des Schutzumschlags meiner Bücher war jedoch nicht wenigen bekannt, und auf die Weise wußte bald jeder, daß Emma Stoltzfus eingetroffen war.

Bevor die Gruppe sich zum Essen setzte, drängten sich viele Frauen, um Emma zu gratulieren und mich zu bitten, Bücher zu signieren. Ein paar wollten wissen, ob wir Kinder hätten – eine Frage, auf die Emma mit einem leichten Pochen auf eins meiner Bücher reagierte. Der Höhepunkt des Abends aber kam unerwartet und war deshalb doppelt wirkungsvoll; der Kanzler der Universität, eine lebhafte jüngere Dame, löste sich von einem Tisch und sagte in einem Ton überschwenglicher Begeisterung: »Der Jahrgang 1945 kann stolz auf sich sein. Der Schatzmeister teilt mir mit, daß Ihr Jubiläumsbeitrag zu unserem Ehemaligen-Fonds die Summe – von 1 178000 Dollar beträgt!«

Auf die verblüffende Mitteilung hielt so mancher die Luft an. Ein erregtes Gemurmel setzte ein, als sie erläuterte: »Möglich wurde das durch einen großartigen Beitrag von Emma Stoltzfus, die mir in dieser Woche einen eingeschriebenen Brief mit diesem hübschen Souvenir geschickt hat«, und sie hielt einen Scheck der Bank von Dresden hoch. »Er bringt Ihrem College die runde Summe von einer Million Dollar.«

Niemand reagierte darauf mit größerem Erstaunen als ich. Während des Beifalls flüsterte ich ihr zu: »Wo hast du soviel Geld her?«, und sie sagte selbstzufrieden: »Ich habe es mir verdient. Als du mich gebeten hast, mich um unsere Finanzen zu kümmern, habe ich mir als erstes ein Gehalt ausgesetzt.«

Auf der Heimfahrt spät in der Nacht – Emma saß am Steuer – sagte sie: »Das war ein Wiedersehen, wie man es sich nur wünschen kann. Es hat gutgetan, die Mädchen wiederzusehen.«

»Ich meine mich zu erinnern«, warf ich ein, »du hättest mir eingebläut, reife Frauen nie Mädchen zu nennen.« Sie erwiderte träumerisch: »Für mich werden sie immer neunzehn Jahre alt bleiben.« Schweigen. »Ich glaube, sie haben sich gefreut, daß ich wieder dabei war«, sagte sie, und ich meinte: »Du hast dir den Weg zu ihnen zurück erkauft«, und sie sagte: »Ja. Das habe ich getan. Aber mit Geld, das ich mitverdient habe. Vor fünfundvierzig Jahren, als ich in Souderton zu unterrichten begann, habe ich in Gedanken den gestrigen Abend vorbereitet. Es war ein hochfliegender Plan. Ich wollte nicht mit leeren Händen zurückkehren. Und das habe ich auch nicht getan.«

Zum Feiern der triumphalen Rückkehr nach Bryn Mawr blieb Emma keine Zeit. Sie erhielt gleich in der Früh am Tage danach einen dringenden Anruf von Ms. Marmelle. »Emma, die Hölle ist los. Ich dürfte es Ihnen gar nicht sagen. Mr. MacBain nimmt morgen früh eine Maschine – mit zwei Herren, die Lukas sprechen müssen. Sie kommen mit einem Leihwagen zu Ihnen. Ich mache ihnen eine Zeichnung, wie sie vom Flughafen aus Ihren Hof finden. Schreiben Sie den Tag ab. Es kann lange dauern.«

»Sagen Sie mir nur eins. Sind die Herren Rechtsanwälte? Geht es um einen Plagiatsprozeß oder dergleichen?«

»Ehrenwort – nein. Lukas ist nicht in Schwierigkeiten. Aber wir sind's«, und damit legte sie auf und überließ Emma für den restlichen Montag morgen dem Grübeln.

Unsere Familie hielt sich an zwei Strategien, von denen sie nie abwich: erstens, einer Katastrophe ins Auge zu sehen und sie bei den Hörnern zu nehmen, sowie zweitens, Probleme im voraus zu analysieren, damit man keinen Schlag auf den Kopf kriegt und nicht mehr klar sieht. So begab sich Emma vor neun Jahren beim ersten Verdacht auf Krebs sofort ins Krankenhaus, um sich gründlich untersuchen zu lassen. Sie hatte ein Gewächs, das sich glücklicherweise als gutartig erwies; wir ließen es jedoch für alle Fälle entfernen. Auf einer weniger gravierenden Ebene suchten wir uns im vorhinein gedanklich darauf vorzubereiten, wie wir uns verhalten sollten, falls ein Buch schlecht abschneiden oder sein Erscheinen sich beträchtlich verzögern sollte. Wir bemühten uns, alles, was eventuell Panik hervorrufen konnte, fest im Griff zu haben, um jede Art von Hysterie von vornherein zu vermeiden.

»Lukas ist nicht in Schwierigkeiten. Aber wir sind's« – den Sinn dieser rätselhaften Schlußbemerkung Ms. Marmelles versuchten wir mittags und abends während der Mahlzeiten zu ergründen. Wir schlossen eine Möglichkeit nach der anderen aus und folgerten schließlich, die Sache könne nur mit den Geschichten zu tun haben, über die wir in der *New York Times* gelesen hatten, also mit einem Verkauf der Kinetic Press, eventuell an einen ausländischen Interessenten, und wir zerbrachen uns ziemlich lange den Kopf, wie wir auf solch eine unangenehme Entwicklung reagieren sollten.

Mr. MacBain fuhr am Dienstag morgen viel früher als erwartet mit seinem Leihwagen auf dem Hof vor; nach ihm stiegen zwei Herren in hellblauen Anzügen aus. »Sie sehen aus wie FBI-Beamte«, flüsterte Emma, die die Fremden auf dem Weg zur Eingangstür genau beobachtete und sie mit einem Zittern ins Haus ließ.

Die Vorstellung verlief steif und zurückhaltend, als ob die Besucher uns eigentlich gar nicht kennenlernen wollten: »Dies ist Mr. Schulte von Inglenook aus St. Louis, der größten Buchhandlung aller umliegenden Staaten. Und das hier ist Mr. Fregosi.«

Mr. MacBain kam, als alle drei Platz genommen hatten, gleich zur Sache. »Wir befinden uns in einer äußerst mißlichen Lage. Ich kann es leider nicht anders nennen. Bitte, Mr. Schulte, zeigen Sie Mr. Yoder den Prospekt, den Sie versandt haben.«

Der Buchhändler reichte mir eine gut gestaltete Anzeige mit der Aussage, Inglenook schätze sich glücklich, seinen Stammkunden ein ungewöhnliches Angebot machen zu können, nämlich ein Exemplar des letzten Romans von Lukas Yoders Grenzler-Oktett – signiert und im Schuber für nur $75.

»Gut getextet«, meinte ich und gab die Mappe zurück. »Der Preis scheint mir wahnwitzig hoch« – vor allem bei einem Buch, sagte ich mir, das doch ein Reinfall ist.

MacBain widersprach. »Ganz und gar nicht, wie wir inzwischen wissen. Also: Die entscheidenden Begriffe, über die wir uns hier jetzt unterhalten müssen, sind *Angebot* und *signiert*. Die Juristen von Inglenook und von Kinetic Press versichern uns: Wenn man ein schriftliches Angebot per Post macht, so kommt ein verbindlicher Kaufvertrag zustande, wenn dieses Angebot mit einem Scheck per Post vom Käufer akzeptiert wird. Halten Sie das fest, Mr. Yoder. Wenn Inglenook von seinen Kunden Geld annimmt und dann seiner Verpflichtung nicht nachkommen kann, begeht Inglenook selbst bei Rückerstattung des Geldes Vertragsbruch.«

Ich fragte leise: »Wie konnte so etwas nur passieren? Ich bin nie gefragt worden. So weit ich sehe, bin ich in keinster Weise verpflichtet.«

Alle Augen richteten sich auf MacBain, der notgedrungen ein demütigendes Geständnis ablegen mußte: »Im Bemühen, der ungünstigen Publizität entgegenzuwirken, über die wir in New York schon geredet haben, haben wir allen Vertretern geschrieben: ›Tun Sie, was Sie nur können, um uns zu helfen, daß *Steinmauern* mit größtmöglichem Verkaufsdruck erscheint.‹ Unser Mann in St. Louis hat das wörtlich genommen und Mr. Schulte gesagt: ›Ich bin sicher, Mr. Yoder würde Einklebezettel für Sie signieren, wenn Sie Ihren Kunden eine Sonderausgabe bieten möchten.‹ Zu einer solchen Zusage ist unser Vertreter weder durch Sie noch durch uns in irgendeiner Form ermächtigt gewesen.« In der darauf folgenden Stille sahen sich alle düster an.

»Wir müssen«, fuhr MacBain fort, »den juristischen Konsequenzen klar ins Auge sehen. Mr. Schultes Rechtsanwälte gehen darin mit unseren konform. Unser Vertreter war in dem Moment, als er diese Verpflichtung einging, als unser Agent voll und ganz berechtigt, für Kinetic zu handeln. Falls es also zu gerichtlichen Auseinandersetzungen käme, würden sie Kinetic betreffen – und nicht Inglenook. So sehen Sie es doch, nicht wahr, Theodore?«

»Genau. Ich komme aus der Sache heraus – nicht weil ich die ganze Geschichte Ihnen aufhalsen will, MacBain, sondern ich kann einfach nicht anders. Ich bin in der ganzen Sache ohne Schuld.«

»Und jetzt kommen wir zum heiklen Teil, bei dem keiner genau weiß, wie es laut Gesetz steht oder wie die Gerichte urteilen würden. Als unser Vertreter Mr. Schulte dieses Angebot machte, verpflichtete er aber nicht nur mich als seinen Arbeitgeber; es könnte auch so gedeutet werden, daß er Sie verpflichtet hat, Mr. Yoder. Sie sind möglicherweise laut Gesetz gehalten, die Bücher zu signieren, die auf postalischem

Weg bestellt und auf postalischem Weg mit Scheck bezahlt worden sind.«

Ich mußte schlucken. »Und das nur, weil einer Ihrer Vertreter ein lockeres Mundwerk hatte?«

»Ja.«

»Haben Sie ihn erschossen?« fragte Emma, und MacBain sagte: »Nein, aber vielleicht tu ich's nächste Woche.«

Mr. Schulte unterbrach: »Wir müssen uns die Tatsachen vor Augen halten. Wir haben Prospekte per Post versandt. Unsere Kunden haben ihre Bestellcoupons mit Schecks per Post zurückgeschickt. Deshalb müssen wir die Bestellungen ausführen oder ...«

»Und ich werde am Schwanz von hinten mit hineingezogen?« fragte ich.

Als MacBain ebenso wie Schulte nickte, meldete sich Emma: »Bisher hat niemand erwähnt, wie viele Kunden bestellt haben.«

Die Antwort, die Mr. Schulte auf diese Frage gab, hat den ganzen Tag, ja, das ganze Jahr für uns verändert: »Weil Ms. Marmelle uns eine Fotokopie des Manuskripts zukommen ließ – und so etwas passiert äußerst selten –, haben ich und unser erster Verkäufer Ihren Roman gelesen, Mr. Yoder. Wir fanden ihn sensationell; wir fanden, daß Sie – wenn Sie mir die Bemerkung gestatten – da einen riesigen Sprung vorwärts getan haben. Deshalb haben wir diese Notiz nachgeschickt« – für mich hatten schon die Glocken zu läuten begonnen, bevor ich den Ausschnitt las, den er mir überreichte: »All unsere Mitarbeiter, die die Ehre gehabt haben, ein Vorausexemplar des Romans *Steinmauern* lesen zu dürfen, sind der Überzeugung: ›Dieses ist bisher der beste Yoder überhaupt.‹ Bestellen Sie deshalb Ihr Sonderexemplar gleich. Für nur $75.«

Mir traten zwar keine Tränen in die Augen, aber ich atmete doch schwerer. »Und wie viele haben darauf reagiert?«

»Neuntausend.«

»Das kann nicht wahr sein.«

»Mr. Yoder, das Publikum liebt Ihre Bücher. Und die Leute haben gehört, es könnte Ihr letzter Roman sein. Jeder wird ein Exemplar der Normalausgabe haben wollen! Und neuntausend Leser wollen die signierte Sonderausgabe haben, aber nicht nur das – sie haben auch schon gezahlt.«

»Das Signieren so vieler Blätter könnte Tage und Wochen dauern. Die Hand würde mir abfallen.« Der Vertrauensbeweis meiner Leser stimmte mich froh; über das Ausmaß der Aufgabe, die ich vor mir sah, konnte ich nur entsetzt sein.

In das nun einsetzende, finstere Schweigen hinein meldete sich Emma, die die Gewohnheit hatte, Fakten zu verlangen, mit denen sie etwas anfangen konnte. »Um was für Zahlen geht es hier eigentlich?« Mr. Schulte zog ein Blatt aus seinem Attaché-Koffer – die Zahlen verschlugen uns die Sprache. »Neuntausend Exemplare zu je 75 Dollar, das macht 675000 Dollar. So etwas haben wir noch nie erlebt.«

»Warum«, fragte Emma, »sollte jemand so verrückt sein, soviel Geld für ein gewöhnliches Buch auszugeben?«

»Es ist aber kein gewöhnliches Buch«, erwiderte Mr. Schulte. »Es ist wahrscheinlich das beste Buch, das Ihr Mann je geschrieben hat, und möglicherweise sein letztes, und vielleicht ist das für Sie nichts Neues, aber es gibt Tausende von Menschen im Land, die Ihren Mann verehren – die gesittete Art seines Verhaltens, das sie an Zeiten erinnert, als Autoren noch Autoren waren und keine Exhibitionisten ... Ich bezweifle, daß es bei den neuntausend Stück bleibt. Die Leser deuten dies als Abschiedsgeste eines Ehrenmannes.«

»Und Ihr Prospekt hat das auch noch unterstrichen, nicht wahr?«

»Bücher zu verkaufen ist ein schweres Geschäft. Wir greifen nach jedem Strohhalm – solange er ehrenhaft ist.«

Auf eine inhaltliche Definition dieses Begriffs durch Mr. Schulte verzichtete Emma. Statt dessen wandte sie sich mit einer anderen Frage an MacBain: »Falls wir diese neuntausend akzeptierten – was würde das für uns bedeuten?« Der

Kinetic-Verlagschef meinte: »Wir sollten, wenn möglich, nach nebenan gehen. Solche Zahlen sind ein Geschäftsgeheimnis; es könnte uns schaden, wenn sie sich herumsprächen.«

»Ich darf voraussetzen«, wandte sich MacBain, als wir allein waren, an mich, »daß Ihnen die Bedingungen Ihres Vertrages präsent sind?« Er war völlig verblüfft, als Emma einwarf: »Nein. Um derlei Dinge kümmert er sich nie.«

»Aber Sie haben die Verträge unterzeichnet. Ich habe sie in unserem Safe.«

»Ja«, sagte ich. Emma unterbrach: »Er macht sich nie die Mühe, die entsprechenden Ziffern zu lesen. Und wenn, würde er sie sich nicht merken.«

»Wo sind die Verträge?« fragte MacBain.

»Ich weiß es nicht«, gab ich zu. »Irgendwo in einem Ordner.«

»Bewahren Sie sie auf, Mrs. Yoder?« fragte Mr. MacBain Emma.

»Das erlaubt er mir nicht«, sagte Emma. »Er hält es für sinnlos, über abgeschlossenen Verträgen zu brüten, und da hat er wohl auch recht.«

»Also, zu Ihrer Information: Der Kontrakt ist der gleiche wie bei den vorhergehenden Büchern. Sie bekommen zehn Prozent für die ersten fünfzigtausend verkauften Exemplare und danach fünfzehn Prozent. Es gibt jedoch diesmal einen besonderen Zusatz, den wir keinem anderen Autor einräumen: Nach fünfhunderttausend verkauften Exemplaren beträgt Ihr Autorenhonorar sechzehn Prozent. Wenn also der fragliche Handel zustandekommt, könnten Sie 108000 Dollar verdienen.«

»Nach dem unglücklichen Auftakt«, meinte Emma, »wird dieses Buch die Marke von fünfhunderttausend Exemplaren nie erreichen.«

»Nach den Meldungen von der Verkaufsfront wird es noch mehr erreichen. Schultes Reaktion auf Ihren Roman spiegelt die Einstellung aller unabhängigen Buchhandlungen, und wenn die großen Buchhandels-Ketten das erfahren, werden sie sich die Sache noch einmal anders überlegen. Ihr Mann kann sich eine Menge Gutes tun, wenn er die Verpflichtung zum Signieren akzeptiert.«

»Und wenn nicht, muß er eventuell ins Gefängnis?« wollte Emma wissen. MacBain führte aus: »Unsere Juristen haben uns dahingehend informiert: Unser Vertreter hat zwar auch für Sie gehandelt, als er die Verpflichtung einging. Weil Sie aber nicht direkt involviert waren und von dem Handel auch nichts wußten, ist die Wahrscheinlichkeit sehr groß, daß Sie von aller Schuld freigesprochen würden. Nur – sicher ist das nicht.«

Nach unserer Rückkehr ins Wohnzimmer war der Zeitpunkt gekommen, Mr. Fregosi ins Gespräch einzubeziehen. Er wurde als ein Genie der Route 128 aus Boston vorgestellt, der sogenannten Schleife der Genies, wegen der brillanten Jungs von Harvard und vom Massachusetts Institute of Technology, kurz: M.I.T., die haufenweise dort ihre technologischen Träume zu verwirklichen suchten. Er sprach mit leiser Stimme und machte einen glaubwürdigen Eindruck: »Die Situation ist gar nicht angenehm – nein, sie ist sogar ziemlich schlimm. Wir haben Ihnen da allerdings etwas anzubieten.« Und er übergab mir seine Kopie des Werbeprospekts von Inglenook, in dem ein Wort unterstrichen war. »Ganz ohne Zweifel – dort steht ›signiert‹. Und noch etwas steht absolut fest. Dort steht nicht ›persönlich signiert‹ oder ›handsigniert‹, und ich darf Ihnen versichern: Das bietet uns einen Ausweg, der wasserdicht ist.«

Er teilte eine Handvoll Papiere aus, die er seiner Aktentasche entnommen hatte: annullierte Schecks, Urkunden, Obligationsausgaben, unterzeichnete Originale von amtlichen Erlassen und ein halbes Dutzend anderer wichtiger Formulare mehr. Nachdem wir sie geprüft hatten, erläuterte er: »Es ist seit geraumer Zeit bekannt, daß Gouverneure, Generaldirektoren großer Konzerne und Kanzler von Universitäten nicht alle Urkunden unterzeichnen können, die ihnen vorgelegt werden – das gilt insbesondere für Gehaltsanweisungen. Nun haben schon vor einiger Zeit ein paar clevere Burschen Maschinen erfunden, die es einem Firmenchef ermöglichen, fünfzig Papiere gleichzeitig zu unterschreiben. Die Ihnen vorliegenden Dokumente beweisen, wie gut die alte Maschine arbeitet. Und jetzt sehen Sie sich einmal diese Verbesserung an«, und er ließ uns eine andere Gruppe von Papieren prüfen, welche allesamt ohne jeden Zweifel von einem T. Wellford Jackson unterzeichnet waren; sie waren nämlich alle völlig identisch. »In diesem Fall haben unsere Genies von dem Mann nur eine Unterschrift genommen, doch mit ihrer Zaubermaschine können sie sie reproduzieren – wenn nötig, tausendmal –, als ob sie original mit der Hand geleistet worden wäre.« Und bevor wir unserer Verblüffung Ausdruck zu geben vermochten, verteilte er eine dritte Gruppe von Papieren, auch sie mit der Unterschrift von T. Wellford Jackson – hier sah aber jede Unterschrift ein klein wenig anders aus. Die Unterschiede waren, ehrlich gesagt, minimal; doch sie existierten: Es handelte sich um siebzehn verschiedene Unterschriften. »Unsere Jungs haben folgendes geschafft: Sie nahmen eine Grundunterschrift, die Mr. Jackson handschriftlich gefertigt hatte, und variierten sie mit Lasern zu etwa vierhundert leicht differenzierten Unterschriften. Sehen Sie sich das an – wie sauber sie da auf den Urkunden stehen!«

Während Emma alles genau unter die Lupe nahm, fuhr Mr. Fregosi fort: »Jetzt denken Sie einmal an Ihre Situation. Wenn Mr. Yoder mir zehn Unterschriftsmuster gibt – ganz einfache, normale Unterschriften, mit den üblichen Abweichungen, mal mit einem etwas längeren, mal mit kürzerem Y –, dann kann ich viertausend verschiedene Unterschriften produzieren. Von denen ist jede einzelne original, und alle sind von ihm.«

Bevor ich protestieren konnte, fügte Fregosi noch hinzu: »Es handelt sich keinesfalls um eine Täuschung. In puncto der älteren Verfahrensweise ist durch Gerichtsurteile bestätigt worden, daß die so gefertigten Unterschriften tatsächlich gültige Unterschriften sind. Gott sei Dank, Mr. Schulte, haben Sie keine ›persönlich signierten‹ Exemplare angeboten.« Er wandte sich mir zu: »Die Juristen, die von der Buchhandlung, vom Verlag Kinetic und von uns konsultiert wurden, haben dieses Verfahren für rechtlich einwandfrei erklärt. Wenn Sie sich damit einverstanden erklären, sind wir – und vor allem auch Sie, Mr. Yoder – juristisch aus dem Schneider.«

»Es ist trotzdem Betrug«, stieß Emma hervor. « Ich würde es Lukas nicht erlauben, in so was hineingezogen zu werden.«

»Die Alternative«, bemerkte MacBain kühl, »lautet: sich hinsetzen und neuntausend Exemplare signieren. Es könnte sich auch um zehntausend handeln, wenn einmal die ganze Post geöffnet worden ist.«

Um die Spannung zu lösen, schlug Mr. Schulte forsch vor: »Nun wollen wir aber mal nach draußen und zu Mittag essen.«

»Wie Ms. Marmelle mir berichtet hat«, sagte Mr. MacBain, »gibt es in Dresden ein ausgezeichnetes Gasthaus«, und alle begaben sich zum Leihwagen – ich entschuldigte mich, um noch einmal im Haus zu verschwinden, und gab den Grund auch nicht an, als ich wenige Minuten später wieder zu ihnen stieß.

Unsere Besucher waren vom ›Dresden China‹ begeistert und bewunderten ausgiebig das Meißner Porzellan. Beim Essen waren dann alle einigermaßen nervös und warteten darauf, daß ich meine Entscheidung bekanntgäbe, und als ich schließlich begann, war ihre Besorgnis offenkundig. »Der ganze Handel ist absolut unmoralisch. Wir würden ein gefälschtes Produkt liefern.« Unsere Besucher warfen sich heimliche Blicke zu und waren dann sichtlich erleichtert, als ich fortfuhr: »Ich sehe jedoch keine andere Möglichkeit, als Ihren Vorschlag zu akzeptieren, und kann nur hoffen, daß diese Notlösung juristisch unproblematisch ist.« Die Männer atmeten hörbar auf. Ich zog einen unverschlossenen Umschlag aus der Tasche. »Von solchen Büchern könnte ich aber guten Gewissens nicht einen Pfennig Honorar annehmen. Hier ist ein Scheck mit dem heutigen Datum. Ich möchte Mr. MacBain bitten, ihn morgen an den Vorstand des Mecklenberg College zu schicken – dazu ein Blatt mit dem Briefkopf des Verlags und dem Vermerk: ›Für die College-Bibliothek‹. Ich möchte nicht, daß dieses Geld über mein Konto läuft. Ich bestehe darauf, es vorher loszuwerden.«

Das Essen endete nicht in fröhlicher Stimmung. Die Besucher ließen uns an unserem Hof aussteigen und fuhren gleich weiter zum Flughafen.

Als der größte Teil einer Juniwoche draufgegangen war, begann ich unruhig zu werden – würde man mich je wieder einen Umbruch Korrektur lesen lassen? Ich brauchte unglaublich viel Zeit, die Fahnen für *Steinmauern* durchzugehen. In den mir zur Verfügung stehenden Stunden war ich fleißig und manchmal ganz überrascht, wie gelungen einige meiner Verbesserungen ausfielen, aber auch deprimiert über die vielen Stellen, die ich erst nach mehrmaligen Anläufen bereinigen konnte. Ich arbeitete mit besonderer Sorgfalt, weil ich wußte: Es war meine letzte Chance, den Erzählfluß zu vervollkommnen. Für alle, die vom Schreiben als einem Akt sublimster Inspiration sprechen, hatte ich nur ein bitteres Lächeln. Schreiben ist verdammt harte Arbeit.

Zur ersten Unterbrechung im Juni kam es wegen einer aufregenden Neuigkeit, die Ms. Marmelle durchtelefonierte: »Die Dinge wenden sich allmählich zu unseren Gunsten. Schulte in St. Louis hat inzwischen elftausend Bestellungen für seine 75-Dollar-Offerte. Die unabhängigen Buchhandlungen ordern wie verrückt. Wir kriegen die Sache doch noch hin. Und das allerbeste: Bei CBS hat man von Ihren Hexenbildern gehört und unsere Presseabteilung informiert, man möchte in der Freitagmorgen-Show *At Home* einen längeren Beitrag darüber bringen.«

»Ist es eine anständige Show?«

»Mr. Yoder, es ist ein Juwel von Show. Sehen Sie denn nie fern?«

»Nie vor neun Uhr abends. Alte Filme – falls einer gezeigt wird.«

»Unsere Pressestelle hat sich die Hacken abgewetzt, um das hinzukriegen. Wir werden von Glück reden können, wenn CBS nicht wieder abspringt. Man kommt zu Ihnen – macht sämtliche Aufnahmen in Ihrem Haus – Emma ganz prominent als Ihre rechte Hand – eine Sache mit Stil, grundsolide. Bitte, geben Sie Ihre Zustimmung. Alles weitere nehme ich Ihnen ab.«

CBS rief aus New York an und teilte mit, unser Teil der Show werde noch in der gleichen Woche am Freitag morgen um acht Uhr dreißig ausgestrahlt. »Also gut«, sagte ich. »Ich werde bis Donnerstag mittag arbeiten, mich ein paar Minuten mit Ihrem Vortrupp beraten und früh zu Bett gehen, um am Freitag morgen für die Kamera frisch zu sein.« Emma nahm sich das gleiche vor und bestellte ihre Haushilfe für den Donnerstag nachmittag, um alles in Ordnung zu bringen.

Unsere Pläne gerieten ein wenig durcheinander, als am Mittwoch morgen ein Lastwagen in unserer Einfahrt vorfuhr und einen riesigen dreiteiligen Generatorzug mitschleppte, um die Elektrizität beizubringen, die für die bevorstehenden Aktivitäten benötigt wurde. Vier Elektriker kamen in ihren eigenen Wagen, um praktisch unser ganzes Haus neu zu verdrahten. Als Emma rief: »Warum stellen Sie uns den Strom ab?« erklärten sie: »Das Risiko eines Stromausfalls während der Sendung können wir uns nicht leisten.« Durch das Haus schlängelten schwarze Kabel sich wie Kobras, die nur darauf warteten zuzustoßen. Es war geplant, das Telefon abzuschalten und drei separate Direktleitungen zum Studio in New York zu legen.

Am gleichen Tag, just vor Anbruch der Dämmerung, traf ein noch größerer Lastwagen ein, einer des Typs, wie man sie bei wichtigen Football-Spielen in Stadien sieht. »He, was ist das denn?« schrie Emma, und der Fahrer erklärte ihr: »Heißt bei uns ›Kommandoposten‹. Von hier aus wird alles gesteuert.« Bei Einbruch der Nacht erschien ein bewaffneter Polizist von der Wache in Dresden, um diese wertvollen Besitztümer bis zum Morgengrauen zu schützen.

Am Donnerstag um zehn Uhr früh trafen drei Kamera-Teams von CBS Philadelphia ein. Da befanden sich auf unserem Grundstück also bereits zwei riesige und ein kleinerer Lastwagen sowie sechs Pkw, und die Regisseurin und ihre Mitarbeiter waren noch nicht einmal angereist. Die flogen von New York ein und kamen kurz vor zwölf in einem Leihwagen an, um sich sofort an die Arbeit zu machen. Sie schauten sich auf dem Hof um und stimmten die Kameraperspektiven ab. »Ich sehe die Abfolge in drei Stufen. Erstens: Mr. und Mrs. Yoder in ihrem eleganten Wohnzimmer mit prächtigen deutschen Dekorationen; Plauderei mit New York. Anschließend sehen wir ihn am Schreibtisch; schließlich ist er Schriftsteller. Und dann die Überraschung. Wir stellen um auf die Werkstatt und lassen ihn erklären, was er mit den Hexenzeichen macht. Plauderei – dazu auch seine Erläuterung: Was ist ein Hexenzeichen.«

Nachdem wir uns darüber verständigt hatten, widmete sie sich den großen Entscheidungen: »Klar, daß wir drei Kameras brauchen: fürs Wohnzimmer, Erdgeschoß; fürs Arbeitszimmer, Obergeschoß; für die Werkstatt, im Hof. Klingt einfach. Ich brauche aber auch jemand draußen, wenn die Yoders uns zur Ankunft begrüßen. Und wir brauchen Bewegung; ich will keine fixen Köpfe, die nur sprechen. Wie können wir aber eine Kamera hier draußen zur Begrüßung haben und die drei behalten, die wir für das Kernstück der Sendung brauchen?« Nach einigem Hin und Her kam man überein, daß die zur Werkstatt abgeorderte Kamera am besten für die Aufnahmen zum Willkommen am Eingang nutzbar sei und hinterher für die Schlußszene in die Werkstatt sprinten müßte, so daß sie bei meinem Eintreten dort in Stellung wäre – aus einem Grunde, den ich nicht verstand, würde aber der Kameramann rückwärts laufen müssen; also brauchte man einen Helfer, der ihn über die Kabel und das Gras geleitete. Man ging das mehrmals durch und fand die Lösung praktikabel.

Um Punkt zwölf Uhr dreißig kamen vom ›Dresden China‹ Kellner mit einer eleganten Essensbox für jeden und einer großen Eisbox mit nicht-alkoholischen Getränken. Das Team langte tüchtig zu. Emma und ich saßen derweil mit der Regisseurin und ihrem Regieassistenten in der Küche. »Das tun wir an jedem Donnerstag«, sagte die Regisseurin. »Und am Freitag um zehn packen wir wieder alles zusammen, fliegen zurück nach Long Island, und am Mittwoch geht's zu unserem nächsten Termin – wenn er in der Nähe liegt, vielleicht auch erst Donnerstag mittag.«

»Wo geht es nächste Woche hin?« fragte Emma.

»Wohin, Frank?«

»Nach Seattle. Zu diesem berühmten Knochenspezialisten. Spricht mit wienerischem Akzent. Lächelt wie 'n Vollmond.«

Nach dem Essen wollte die Regisseurin noch einmal alle Schritte durchproben, nicht ein- oder zweimal, nein, sechs- oder siebenmal, weil die Handlungen von sechs oder sieben Menschen außer mir und Emma koordiniert werden mußten. Ich hatte zwar keinen Text auswendig zu lernen, hatte mich aber ganz genau an einen bestimmten Weg durch die Myriaden von Kabeln zu halten – und dazu war ich nicht in der Lage. Die Regisseurin hielt es schließlich für nötig, mich zu ermahnen: »Mr. Yoder, der Weg vom Wohnzimmer ins Arbeitszimmer und dann in die Werkstatt ist doch kein Spaziergang! Sie müssen einen präzis vorgezeichneten Weg gehen.« Als ich mich der Aufgabe nicht gewachsen erwies, meinte sie ganz ruhig: »Das ist für uns nichts Neues. Große Männer können wirklich alles verpatzen, Mr. Yoder. Sobald wir eine Szene zu Ende gedreht haben, wird Frank Sie am linken Arm packen,

Sie nach hinten ziehen, direkt zu den nächsten Aufnahmen führen und verschwinden, bevor ihn die Kamera erwischen kann.«

»Das wäre schon besser«, meinte ich. Als am Abend bis auf den Polizisten, der die Lastwagen bewachte, alle fort waren, meinte ich jedoch: »Emma, ich würde mich vor den Zuschauern ungern zum Narren machen. Pack mich am Arm, zieh mich nach hinten und leite mich durch das Labyrinth.« Nach fünfmaligem Üben hatte ich es endlich heraus.

Am Freitag um sechs Uhr früh wollte die Regisseurin noch einen vollständigen Durchlauf machen, und diese Generalprobe sollte eben beginnen, als atemlos Frank gelaufen kam: »Wir können in Mr. Yoders Ohrhörer kein Signal von New York bekommen. Ihres ist in Ordnung. Aber *er* wird die Fragen nicht hören können. Er wird ganz schön blöd aussehen, wenn er nur dasitzt und nichts sagt.« Frank rang die Hände. »Denken Sie an unsere Regel, Frank«, mahnte sie. »Es gibt für uns keine Katastrophen. Wir haben es immer nur mit Problemen zu tun!« Innerhalb weniger Minuten hielt sie eine riesige Papptafel in der Hand, auf die sie die Fragen notierte, die der Interviewer in New York zu stellen haben würde. Die Regisseurin stand außerhalb des Kamerabereichs, aber so, daß ich sie sehen konnte. Sie beruhigte mich: »Ich zeige der Reihe nach jeweils auf die Frage, die New York stellt.« Das kam mir umständlich vor; ich fragte: »Warum machen wir es nicht so, daß ich den Interviewer sehe, wenn er die Fragen stellt, auch wenn ich nicht hören kann, was er sagt? Dann weiß ich doch, wann ich mit dem Sprechen anzufangen habe.« Die Regisseurin teilte mir die alarmierende Nachricht mit: »Das ist leider unmöglich. Sie können die Leute in New York nie sehen. Sie können Sie nur hören. Heute anscheinend nicht mal das.«

»Du lieber Gott!«

»Aber Mr. Yoder! Sie sind doch ein Profi. Ich weiß doch, daß Sie schon öfter mit schwierigen Situationen fertig geworden sind. Ich gebe Ihnen einen Rat. Wenn ich auf die Fragen zeige, die Sie von New York nicht hören können, dann sagen Sie mit größter Begeisterung, was immer Sie sagen wollen, ohne Pause, bis ich Ihnen das Zeichen für die nächste Frage gebe. Daraufhin halten Sie den Mund. Nach einer Pause zeige ich auf die Frage, die dann an die Reihe kommt, und Sie legen wieder los.« Als sich in meinem Gesicht Panik abzeichnete, beugte sie sich vor und gab mir einen Kuß: »Sie werden später mit einem Gefühl des Triumphes auf das Ergebnis des heutigen Tages zurückblicken.«

Ich sah sie total verunsichert an: »Wegen des neuen Problems habe ich völlig vergessen, wie ich rückwärts zur nächsten Aufnahmestelle laufen soll.«

»Das ist nicht Ihr Problem. Darum kümmert sich Frank. Worte? Sie sehen mich an. Füße? Da verlassen Sie sich auf Frank.« Ich wollte wissen: »Und warum soll ich den Kopfhörer tragen, wenn ich über ihn doch nichts hören kann?« Sie sagte: »Damit es echt aussieht. Ohne die Kopfhörer würden alle Profis sofort wissen, daß die Sache getürkt ist.« Sie hielt inne, sah mir in die flackernden Augen und meinte grimmig: »Wir beide sind Profis, Mr. Yoder. Wir setzen nichts in den Sand!«

Das Interview war um 8.49 Uhr zu Ende. Erste Anrufe über die wieder funktionierende Telefonleitung kamen bereits vor neun. Von überallher meldeten sich Bekannte, vor allem jedoch Emmas Freundinnen von Bryn Mawr, die ihr versicherten: »Das hast du ganz phantastisch gemacht. Wie eine Schauspielerin.« Mehrere Leute wollten ein Hexenbild von mir kaufen. Eine Kunstzeitschrift fragte an, ob von meinen Arbeiten Farbdias zur Verfügung stünden.

Um zehn waren die Kabel verschwunden, die normale Stromversorgung wieder in Gang, und die Anrufe, die bei CBS für uns eingingen, wurden über das gleiche System herübergestellt, das nicht funktioniert hatte, als ich auf Sendung war. An manche Anrufer konnte ich mich später überhaupt nicht mehr erinnern.

Bis um zwölf waren die riesigen Lastwagen zur Interstate

unterwegs für den nächsten Termin, und um Viertel vor eins saßen die Regisseurin und ihre persönlichen Mitarbeiter mit uns zum Plaudern am Küchentisch und tranken Bier und feierten mit Resten aus dem Kühlschrank, einschließlich heißem Toast mit Honig und kalter Milch und danach Riesenstücken von deutschem Apfelstrudel, den Emma am Tag vorher von den Diefenderfers im Postamt von Rostock gekauft hatte.

Vor der Abreise ergriff die Regisseurin meine Hand: »Sie haben sich heute morgen gut gehalten. Jeder, der Sie gesehen hat, wird sagen: ›Der trifft den Nagel auf den Kopf.‹ Bücher und Bilder, dazu druckreife Rede – Sie sind ein dreifacher Hit.«

Mitte Juli wollte ich eben das letzte Bündel Fahnen in Angriff nehmen, als ich schon wieder abgelenkt wurde. Die Ablenkung war diesmal willkommen. Der Direktor der Abby Aldrich Rockefeller Folk Art Collection in Williamsburg, Virginia, rief an, um mitzuteilen, im Ausstellungsprogramm sei wider Erwarten plötzlich eine Lücke entstanden; er würde die elf Hexenbilder von mir, die er hatte zusammentragen können, gern sofort ausstellen – das sei allerdings nur möglich, wenn ich die drei weiteren liefern könnte, an denen ich, wie er wohl wisse, gearbeitet hätte – und sie seien ja auch noch nicht verkauft. Ich entgegnete, fertig geworden seien nur die Bilder XXII und XXIII, ich glaube jedoch zu wissen, von wo ich Bild XVII zurückleihen könnte. Er war entzückt. »Wir haben eine hübsche Broschüre im Druck – es ist eher ein umfangreiches Heft – und Poster, die wir eigentlich erst später verwenden wollten. Wir kleben das neue Datum drüber und erwarten Sie und Mrs. Yoder mit Ihren drei Bildern nächsten Mittwoch. Die Ausstellung wird Donnerstag eröffnet.«

»Wir werden dort sein.«

Es war ein Vergnügen, meine Bilder in einem so schönen Rahmen wie dem Williamsburger Museum auszustellen; denn auf diese Weise wurde ein völlig neuer Menschenkreis mit der Kunst meines Volkes bekannt. Wie ich Emma auf der

Fahrt nach Virginia erläuterte: »Wenn sie meine Bücher lesen, bekommen sie einen Eindruck davon, wie unsere Pennsylvanisch-Deutschen waren. Wenn sie die echten Hexenzeichen sehen, die von richtigen Scheunen abgerissen worden sind, dann sehen sie mit eigenen Augen, was wesentlich zu unserer Erlebniswelt gehört hat«, und ich fügte noch hinzu: »Die Gelegenheit, im Wallace House zu nächtigen, empfinde ich nicht als Störung meiner Arbeit. Das sind Ferien für mich. Ich reiße mich nicht gern von den Fahnen los. Sie haben absolute Priorität. Die Bilder bedeuten mir aber auch viel.«

Bei der Ankunft im Museum gab es eine Überraschung. »In unserer Stadt«, so informierte uns der Direktor, »lebt ein reizendes junges Buchhändler-Ehepaar. ›Colonial‹ heißt ihre Buchhandlung. Als die Cutworths erfuhren, daß Sie zu der Ausstellung herkommen, haben sie sich erkundigt, ob sie in der Buchhandlung morgen abend eine kleine Party organisieren dürften, eine ganz zwanglose Sache, bei der örtliche Literaturfreunde sich bei einem Glas Apfelwein und Ingwerplätzchen zu einem Gespräch mit Ihnen treffen. Ich habe für Sie zugesagt.«

»Ich bin nicht hier, um meine Bücher feilzubieten. Die Attraktion sollte Volkskunst sein.«

»Wenn Sie die Vernissage hinter sich haben, sind Ihre Verpflichtungen uns gegenüber restlos erfüllt. Ich habe den Cutworths zugeredet. Ich habe ihnen gesagt, wir hätten nur selten eine Doppelbegabung zu Besuch in der Stadt, einen Künstler, der zugleich Schriftsteller ist, und wir sollten die Gelegenheit nützen.«

»Aber nur, wenn es keine bloße Gefälligkeit mir gegenüber ist!«

»Mr. Yoder! Ich werde persönlich zur Party kommen. Ich freue mich schon darauf. Es gibt kaum etwas Kultivierteres in Williamsburg als die Buchhandlung.«

Auf dem Weg zum Wallace House mitten durch das hübsche Städtchen fielen uns an mehreren Stellen Plakate mit dem Hinweis auf, daß Lukas Yoder am Donnerstag abend bei ›Colonial Books‹ anwesend sein würde, um mit Literaturinteressierten, die sein Werk kennen, in zwangloser Form zu plaudern.

Die vierzehn Bilder meiner *Hexen*-Serie boten auf der Ausstellung am Donnerstag ein beeindruckendes Szenarium, und die sehr schön gemachte Broschüre mit Farb-Reproduktionen von drei meiner ältesten Werke gab zusätzlich eine Idee von »Yoders Doppelpersönlichkeit als Autor des beliebten ›Grenzler-Oktetts‹ und als bildender Künstler, der die phantasievolle *Hexen*-Serie geschaffen hat«, wie es dort hieß. Die Ausstellung war ein Erfolg. Der Museumsdirektor fuhr uns nach dem gemeinsamen, leichten Abendessen durch die stillen Straßen von Williamsburg, wo uns jedes Haus wie ein Museum vorkam, zur Hauptstraße, die vom William and Mary College herunterführte. Dort harrte meiner eine gelinde Überraschung.

In der Nähe der ›Colonial Books‹ standen die Menschen so dicht gedrängt auf der Straße, daß zwei Polizisten zum Sondereinsatz bestellt worden waren. Der Direktor wollte von einem der beiden Beamten wissen, was sie dort eigentlich beschützten. »Die Buchhandlung«, antwortete der Polizist. »Die Leute haben alle Bücher in der Hand.« Als Emma vom Fonds die Umstehenden in Augenschein nahm, flüsterte sie: »Es sind deine Bücher, Liebling. Manche haben eine ganze Einkaufstasche mit Büchern von dir.«

Was als ruhiger literarischer Abend vorgesehen war, hatte eine Art von Krise ausgelöst: Aus der Menge drückten sich Menschen heran, um zu kaufen, was es im Laden an Büchern von mir gab, und ziemlich nervöse Sortimenter mußten ihnen mitteilen, ihr Lagerbestand sei um drei Uhr nachmittags bereits praktisch ausverkauft gewesen. Eine Buchhandelshilfe hatte einen unternehmungslustigen Ehemann, der war in sein Auto gesprungen, um die Nachbarorte abzufahren und dort aufzukaufen, was er an Büchern von mir fand; von seinem letzten Halt hatte er telefonisch vermeldet, er habe insgesamt etwa vierzig Exemplare aufgetrieben, die er jetzt herbringen wolle. Inzwischen hatte uns der Museumsdirektor am Haupteingang abgesetzt und suchte nach einem Parkplatz für seinen Wagen.

Da ich nicht zu den Autoren zähle, die leicht und rasch erkannt werden, protestierten Menschen in der Schlange, als ich aus dem Wagen stieg und mich direkt in die Buchhandlung hineinbegab, und einer rief: »Hinten anstellen, Freundchen!« Worauf Emma augenzwinkernd einwarf: »Er ist das Freundchen, das die Bücher geschrieben hat, die Sie da halten«, und sie klopfte auf die beiden Romane, die er in seiner Hand trug.

»Das ist Yoder«, sagte jemand leise, und obwohl niemand in Jubel ausbrach, kam hier und da ein zurückhaltender Beifall auf, den ich mit einiger Verlegenheit zur Kenntnis nahm.

In der Buchhandlung herrschte Bestürzung. Die Cutworths waren dicht umdrängt; ihre Hoffnungen auf einen ruhigen Abend im kultivierten Gespräch waren dahin. Das Geschäft war proppenvoll. Da warteten Menschen, die Bücher signieren lassen wollten, welche sie hier gar nicht gekauft hatten, und für Leute, die mit leeren Händen gekommen waren und kaufen wollten, gab es keine Exemplare.

Als wir die Cutworths sahen – wir erkannten sie an der ängstlichen Nervosität, die sich auf ihren jungen Gesichtern zeigte –, bahnte die praktisch denkende Emma sich einen Weg zu ihnen und stellte sich vor. »Meinen Sie nicht, wir sollten einen Tisch aufstellen, wo mein Mann sich zum Signieren hinsetzen kann?« Sie sagten: »So hatten wir uns das nicht vorgestellt«, und deuteten auf einen Kreis von Stühlen im hinteren Teil des Geschäfts, wo ein Tisch mit Gebäck stand und zwei ziemlich kleine Krüge mit Apfelwein. »Wir hatten bloß mit ein paar Freunden gerechnet.«

Emma machte den Tisch frei und bat Mr. Cutworth, ihn nach vorn zu schieben, wo die Kunden eine Reihe bilden konnten. Die Ankündigung, Yoder werde signieren, hatte nicht nur die fünfzehn oder zwanzig Literaturliebhaber angelockt, wie die Cutworths es erwartet hatten, sondern nahezu dreihundert Leute; einige trieb pure Neugier; viele schätzten die ›Grenzler‹-Romane jedoch wirklich, und diese Bücher handelten immerhin von einer Gegend, die gar nicht weit entfernt im Norden lag, und so mancher war dort schon einmal gewesen. Wie schon in St. Louis hatten zahlreiche Menschen wiederum gehört, das nächste Buch sei wahrscheinlich mein letztes, und so trieben sie zwei Impulse: einem Schriftsteller guten Tag zu sagen, dessen Werk ihnen vertraut war, und von einem seiner Werke ein Exemplar der Erstausgabe signiert zu bekommen, in der Hoffnung, daß es später einmal wertvoll sein würde. Wenn jemand letzteren Grund nannte, nickte ich ernsthaft, ohne zu erwähnen, daß das Buch, das er da bei sich hatte, in einer Erstausgabe von einer halben Million Exemplaren erschienen war und es geradezu ein Wunder wäre, ein Buch zu finden, das nicht einer Erstausgabe entstammte.

Ich signierte, bis meine Hand erlahmte, und da ich einem, der um meine Unterschrift bat, auch gern ins Gesicht sah und mit ihm auch gern ein paar Worte wechselte, ging es nur langsam voran. Das ärgerte Emma, die mir zuflüsterte: »Schreib einfach nur deinen Namen hinein! Du mußt doch nicht mit jedem plauschen!« Weder ihr noch den Buchhändlern, die mir stets den gleichen Rat gaben, vermochte ich je zu erklären, daß ich in solch einem Moment nicht in Williamsburg oder in St. Louis weilte, um Hunderte von Exemplaren zu signieren, sondern mich innerlich wieder in Allentown bei Hess sah an dem schrecklichen Tag, als kein einziger Käufer kam. Meine letzten drei Bücher hatten inzwischen über eine Million Leser gefunden, und viele von ihnen hatten in den Romanen einen Sinn und in deren Verfasser einen Mann mit einem ernsthaften Anliegen erkannt. Es waren Menschen, denen ich Dank schuldete, und wenn sie sich an einem warmen Abend wegen eines signierten Exemplars herbemüht hatten, so durfte ich sie doch nicht schnell und routinemäßig abfertigen.

Die armen Cutworths hatten jede Hoffnung aufgegeben, daß der Abend noch ein literarisches Erlebnis werden könnte; diese Manie hier hatte nichts mit dem kultivierenden Einfluß von Büchern auf einen kleinen Kreis von Menschen zu tun, wie sie es sich vorstellten. Sie hatten im Gedränge draußen an und ab Mitglieder der örtlichen Intelligenzija erspäht, vor allem bestimmte College-Lehrer, die zu einem gebildeten Gespräch geladen worden waren, und waren keineswegs erstaunt, daß diese Liebhaber des guten Buches angesichts der Massen erschauderten und weiterzogen.

Jubel brach aus. Der Ehemann der Buchhändlerin, der nach weiteren Exemplaren ausgeschwärmt war, kam mit der Nachricht zurück, er habe 63 Yoders aufgetrieben, und begab sich mit Mr. Cutworth unter die Menge. Sie brauchten nur ein Buch hochzuhalten, und schon war es verkauft.

Bei Signierstunden – Emma und ich nahmen jährlich an etwa zwei Veranstaltungen dieser Art teil – übernahm sie eine Funktion, für die ich ihr besonders dankbar war. Wenn sich eine lange Schlange bildete, ging sie auf und ab und brachte mal eine schwangere Frau nach vorn oder ein andermal eine Frau mit Kind oder auch einen Körperbehinderten. Und jedesmal klatschte die Menge Beifall, doch sie ließ sich das Verdienst nicht anrechnen und sagte: »Mein Mann besteht darauf«, obwohl es ihre Idee war.

Nach zwei Stunden standen noch immer so viele Menschen an, daß Mr. Cutworth mit dem Polizisten zu einem bestimmten Punkt schritt, dort einen Stuhl aufstellte und erklärte: »Hier muß Schluß sein.« Als Emma ein Murmeln von Beschwerden hörte, ging sie mit einem Versprechen zu den Benachteiligten hinüber. »Geben Sie uns Ihre Adresse. Mr. Cutworth wird Ihnen die Bücher besorgen, die Sie haben möchten. Wenn Sie Ihre Bücher haben, wird Ihnen mein Mann ein persönliches Exlibris mit Ihrem Namen und seiner Unterschrift schicken.« Cutworth war vor Überraschung sprachlos und erklärte sich einverstanden. Rund vierzig Menschen gaben uns Namen und Adresse und zogen dann recht zufrieden ab.

Ich signierte noch eine halbe Stunde lang, bevor ich den Polizisten durch einen Wink bat, die Tür zu schließen. Emma lud die beiden Beamten nach drinnen, die sich mit den Cutworths und dem Mann, der die zusätzlichen Exemplare herbeigeschafft hatte, um den Tisch versammelten. Gemeinsam führten wir uns die verbliebenen Ingwerplätzchen zu Gemüte. »Es tut mir leid«, sagte ich. »So war das nicht gedacht gewesen.«

»Ich hätte eigentlich damit rechnen müssen«, bekannte Cutworth. »Wir verkaufen eine Menge von Ihren Büchern.«

»Eine so gesittete Menschenansammlung kriegen wir selten zu sehen«, bemerkte einer der beiden Polizisten. »In einer Collegestadt sowieso.«

»Ich habe eine Menge von Studenten im Gedränge erkannt«, meinte Mrs. Cutworth. »Die ohne Bücher sagten: ›Ich finde es wirklich schade, daß sie keine haben. Ich wollte mir eins kaufen.‹ Sie werden aber wohl doch nur neugierig gewesen sein.«

Als ich mit Emma über die historische Straße zu unserer Unterkunft ging, überwältigte mich die feierliche Größe dieser Stadt, die nur durch die Rockefellers vor gedankenloser Zerstörung bewahrt worden war. »Als Jefferson über diese Straße ging, sah er sie kaum anders als wir heute. Hier könnte George Wythe mit seinen Jurastudenten spazierengegangen sein. Eine Republik muß solche Erinnerungen wachhalten.« Nachdem wir das Haus betreten hatten, sprach ich nur noch von dem Abend. »Die Cutworths tun mir richtig leid. Sie hatten sich auf einen ruhigen literarischen Zirkel vorbereitet und wären viel glücklicher gewesen, wenn sie einen richtigen Autor gehabt hätten, von dessen Büchern sie in Williamsburg bloß elf Exemplare verkaufen. Statt dessen bekamen sie einen Volksaufstand. Doch so manches von dem, was ich heute abend gehört habe, werde ich so schnell nicht vergessen.«

»Mit mir haben sie noch mehr gesprochen als mit dir«, sagte Emma. »Ich bin wirklich stolz, daß sie in so großen Scharen erschienen sind – in einer Kleinstadt, wo es keinen äußeren Grund gibt, dich und deine Bücher zu mögen.« Wir legten uns oben im zweiten Stockwerk sofort hin. Mich hatte die Ausstellung im Museum und der anschließende Auflauf so erschöpft, daß ich gleich einschlief. Um drei Uhr morgens wachte ich allerdings wieder auf und dachte nicht an den Triumph dieses einen, besonderen Tages, sondern daran, von welch großer Bedeutung die Aufnahme von *Steinmauern* in der Öffentlichkeit für mich persönlich wie für MacBain und den Verlag Kinetic Press sein würde. »Wenn ich darauf bestanden habe, daß mein Weg eingehalten wird, dann muß ich auch alles Menschenmögliche tun, das Buch so perfekt zu machen wie nur möglich.« Und ich schwor, daß ich genau das tun würde. Ich wollte Emma nicht wecken und stand leise auf, nahm meine Aktentasche und schlich nach unten ins Eßzimmer. Dort nahm ich mir den letzten Rest der Fahnen von *Steinmauern* vor, und auf einem Kirschbaumholztisch aus der Kolonialzeit, den Jefferson für ähnliche Zwecke benutzt haben könnte, begann ich auf den Fahnen zu kritzeln und betete um Inspiration, damit meine Änderungen und Ergänzungen das Buch, so wie ich es wünschte, all die Leser faszinierte und überzeugte, die ihre eigene Vorstellung davon hatten, wie ich es hätte schreiben sollen.

Das Rascheln des Papiers muß Emma geweckt haben. Gegen fünf Uhr morgens erschien sie neben mir wie ein lieber kleiner Geist: »Oh, Lukas! Wie oft habe ich dir das nicht schon gesagt: ›Laß die Fahnen zu Hause! Dies sollen Ferien sein!‹ Und da sitzt du um Gott-weiß-wann in der Früh, als ob du ein blutiger Anfänger wärst, der sich abrackern müßte!«

Ich versuchte ihr klarzumachen, daß in der Endphase – bevor ein Buch druckreif wird – ein Autor immer ein Anfänger bleibt, und ich in meiner besonderen Situation, verfolgt von den negativen Beurteilungen, in doppelter Hinsicht ein Anfänger sei: »Ich habe Angst. Genauso wie damals, als ich anfing. Ich darf kein Risiko eingehen, ich darf auch nicht einen einzigen kleinen Fehler machen.«

»In Ordnung«, sagte sie. »Bring die Fahnen zu Ende, aber dann mußt du dich gleich wieder hinlegen. Wir halten auf dem Heimweg in Rostock und schicken die Fahnen an Ms. Marmelle.«

THE
Die Lektorin
EDITOR

Yvonne Marmelle

Mein Leben als New Yorker Rowdymädchen endete an einem Wolkentag im Oktober 1955, als ich im Alter von elf Jahren unter Schmerzen auf autodidaktischem Wege zur Intellektuellen wurde.

In einer Sackgasse der Bronx, mit Ziegelmauern auf drei Seiten, spielte eine wilde, sechsköpfige Kinderbande lärmend eine Art Baseballspiel, bei dem als Stock zum Abschlagen eines rosaroten Gummiballs ein Besenstiel benutzt wurde, und wenn ein Ball so richtig getroffen wurde und zwischen den Mauern hin und her sprang, dann konnte dieses Stockballspiel die Geschicklichkeit der Spieler ganz schön hart auf die Probe stellen.

Ich rechnete auch diesmal damit, bei der Aufstellung der Mannschaften, wie immer, als erste gewählt zu werden, weil ich nicht nur mit dem Schlagholz, sondern auch im Feld eine Sensation war. Ich war nämlich immer in Bewegung; ein Schläger konnte nie vorausahnen, wo ich mich schlußendlich befinden würde. Das heißt, ich war immer bereit, mit vollem Karacho auf einen vermeintlichen Volltreffer loszujagen, einen Luftsprung zu machen und den Ball mit der ausgestreckten Rechten zu fangen. Ältere Zuschauer schrien manchmal: »Der weibliche Joe DiMaggio!« Die zweite Hälfte dieses Ausrufs gefiel mir, aber das »weibliche« nicht. In der Richtung hatte ich keine Ambitionen.

Vor Spielbeginn sprach ich immer ein kurzes Gebet: »Bitte, lieber Gott, mach, daß ich heute in die Mannschaft gewählt werde«, und wenn ich gewählt wurde, war der Tag oder gar die Woche für mich gerettet.

Die Jungen hatten mich am Anfang überhaupt nicht an ihrem Spiel teilnehmen lassen wollen. Sie hatten das auch offen gesagt: »Das ist ein Männerspiel. Mädchen haben hier nichts zu suchen.« Aber eines Tages hatte ihnen dann ein Spieler gefehlt; ein irischer Rotschopf von elf Jahren, Earl O'Fallon, hatte darauf bestanden, daß ich mitspielen durfte, und zum Beweis dafür, daß er überzeugt war, ich könnte einen positiven Beitrag zum Spiel leisten, nahm er mich in seine Mannschaft auf.

Wenn ich mich im Spiel hervortat, tuschelten die anderen Jungen, er hätte eine Schwäche für mich, und ein Giftzwerg, den niemand leiden konnte, machte einen Knittelvers, den er mit hoher Stimme jedesmal sang, wenn ich den Ball schlagen mußte:

»Shirl, Shirl, das doofe Girl,
Keiner liebt sie, nur der blöde Earl!«

Und wenn ich den Ball so warf, daß die Gegenmannschaft ihn mühelos fing, dann sangen ihn alle mit, um O'Fallon und mich zu ärgern.

Ich hatte immer geglaubt, daß O'Fallon dies nicht zur Kenntnis nahm, weil – und das weiß ich genau – er mich wirklich gern mochte, aber der Giftzwerg hatte eine andere Stichelei im Köcher, und über die konnte Earl einfach nicht hinweghören: »Was kann ein guter katholischer Junge schon an einem jüdischen Mädchen finden?« Als andere ihm die Frage stellten, wußte er keine Antwort, und eines Tages brachte er mich dann völlig aus dem Konzept; er raunzte mich nämlich an: »Du solltest nicht mit Jungen spielen«, und danach ließ er mich nicht mehr in seiner Mannschaft mitmachen. Ja, er ging so weit, den anderen Jungen gegenüber zu behaupten: »Ich habe sie noch nie leiden können.«

Weil ich aber eine gute Spielerin war, wurde ich in die andere Mannschaft gewählt. Als in einem Entscheidungskampf eines Tages dann Earl den Ball loszuschlagen hatte, gab er seinem Besenstiel einen so mächtigen Schwung, daß es den Ball bis weit gegen die Steinmauer trug. Es war genau der Wurf, wie ich ihn häufig mit Bravour gefangen hatte, doch während ich noch in großen Sätzen zur Stelle rannte, wo der Ball an der Wand auftreffen würde, habe ich mir gesagt, ich kann mich daran bis heute genau erinnern: »Fang ihn nicht. Er wird dich lieben, wenn du ihn nicht fängst.« Doch der Laufrhythmus war so unwiderstehlich, daß ich mich streckte und hochsprang und ihn mit der rechten Hand schnappte.

Statt des erwarteten Beifalls hörte ich aber nur »Shirl, Shirl, das doofe Girl«, was mich dermaßen durcheinander brachte, daß ich auf O'Fallon zulief und ihm sagte: »Tut mir leid, daß ich dir einen sicheren Sieg geklaut habe.« Das irritierte ihn aber nur noch mehr, und als ich ihm zum Zeichen der Freundschaft die Hand entgegenstreckte, hörte ich seine Feinde singen – »Keiner liebt sie, nur der blöde Earl« –, und er griff nach mir, mit beiden Händen, bekam mich gerade unterhalb des Nackens zu fassen und drückte mich genau dort kräftig gegen die Wand, wo ich seinen Ball geschnappt hatte. Ich verlor den Boden unter den Füßen, stolperte, flog gegen das Mauerwerk und konnte mich im letzten Moment nur retten, indem ich den rechten Arm ausstreckte, um den Stoß abzufangen. In dem schrecklichen Moment des Aufpralls an der Wand hörte ich etwas knacken und fiel zu Boden. Mein Arm war gebrochen, und der Giftzwerg sang immer noch: »Shirl, Shirl, das doofe Girl.«

Am meisten aber litt ich darunter, daß O'Fallon mir nicht helfen und sich auch nicht entschuldigen kam, während meine Mannschaftskameraden flüchteten, wahrscheinlich aus Angst, daß der Unfall ihnen in die Schuhe geschoben würde. So war ich völlig allein gelassen und hielt den lahmen rechten Arm in der linken Hand und humpelte nach Hause, wo ich, ohne Tränen zu zeigen, die Treppe zu unserer Wohnung im zweiten Stock hochstieg und meiner Mutter berichtete: »Mom, ich glaub', mit meinem Arm ist was passiert.« Und habe nie wieder bei einem Baseballspiel mitgemacht.

Wenn ich mir aber schon den Arm brechen mußte, so war es jedenfalls zur richtigen Zeit passiert, weil mir nämlich während der Rekonvaleszenz klar wurde, daß mein jungenhaftes

Benehmen aufhören mußte und ich nicht länger mit solchen Rowdys spielen durfte. Ich hatte notgedrungen drinnen zu bleiben und geriet somit unabsichtlich in die Welt der Bücher, mit der ich vorher nie etwas im Sinn gehabt hatte. Ich hatte einen ganz einfachen Geschmack wie ein Mädchen von sieben oder acht Jahren. Mir gefielen immer noch Märchen und Abenteuer für Kinder. Bücher, in denen Mädchen ein Interesse an Jungen zeigten, kamen mir ›komisch‹ vor; die lehnte ich ab. Als ich dann allerdings Bücher entdeckte, die nur für Jungen geschrieben worden waren, wurde mir irgendwie klar, daß ich auf dem falschen Dampfer gesessen hatte. Damals, im Alter von zwölf Jahren, akzeptierte ich endlich die Tatsache, daß ich ein Mädchen war, und ich wurde ganz begierig darauf, über Mädchen wie mich zu lesen.

Bei dieser Entdeckung half mir mein Onkel Judah, ein Schneider, der Bücher liebte. Er hatte nämlich meine Veränderung bemerkt: »Die Bibliothek ist voll von schönen Büchern für Mädchen wie dich«, sagte er, und als ich fragte: »Mit was für welchen denn?« brachte er mir auf seine eigene Ausleihkarte *Anne von Green Gables* mit: »Wer das in deinem Alter liest, Shirl, wird es nie vergessen.«

»Ich mag nicht, wenn man mich Shirl nennt.«

»Tut mir leid – dann werde ich dich nie wieder so nennen. Aber es ist wirklich ein gutes Buch, Shirley.«

Als ich es in die Hand nahm, sagte ich: »Es ist schwer, das ist viel zu lesen. Ich glaub' nicht, daß es mir gefällt.«

Es kostete ihn einige Überwindung, mir keine Ohrfeige zu geben, aber er knurrte: »Du bist nicht klug genug, Shirley, um so zu urteilen, und du weißt nicht, wovon du redest. Lies das Buch. Es wird dir gefallen.«

Ich lachte. »Du klingst genauso wie Mom. Iß, es wird dir schon schmecken.«

»Na schön, aber dann schmeckt's dir ja auch, oder?«

»Wenn es gut ist, schon.«

»Dieses Buch wird dir sehr gut schmecken.«

Ich schlug es auf, lehnte es an meinen gebrochenen rechten Arm, um mit der Linken die Seiten umzublättern, und betrat eine neue Welt, eine Welt, die mir immer wunderbarer vorkam. Ich sah mich selbst als das sympathische kanadische Waisenkind im Buch, und das brachte mich auf die Idee, den Atlas zu holen und nachzusehen, wo eigentlich Kanada lag. Ich studierte die Landkarte dann auch, um herauszufinden, wo Heidi und Hans Brinker lebten, und auf die Weise erweiterte sich die reale Welt für mich im gleichen Maße wie meine Gefühlswelt. Ohne es zu wissen, begann ich Bücher zu lieben.

Und mein Horizont erweiterte sich in allen Richtungen, nachdem Onkel Judah mich eines Nachmittags in die Bibliothek mitnahm und mir die fast endlosen Regale mit Kinderbüchern zeigte; doch mein Geschmack war inzwischen so weit gereift, daß ich mich instinktiv zur Abteilung für JUNGE LESER hingezogen fühlte und dort erstmals, mit behutsamer Führung durch meinen Onkel, ganz für mich allein einen Roman aussuchte, der mit dem Ernst eines Erwachsenen von einem jungen Mädchen erzählte, das zwei Jahre älter, mir aber sonst ziemlich ähnlich war. *Die großen Ferien*, so hieß das Buch, war von einer Frau geschrieben worden; ich spürte es sofort. Es handelte von einem Großstadtmädchen von vierzehn, das die Sommerferien bei einer Tante auf dem Lande im US-Staat Maine verbringt. Ein Fohlen wird geboren, ein Mädchen wird Waise, ein Junge will das Mädchen mit ins Kino nehmen, wird aber davon abgebracht – »Nächstes Jahr«, sagt man ihm –, und eine kränkelnde alte Tante stirbt. Was aber besonders wichtig war – der Roman schuf einen überwältigenden Eindruck von Realität: Antonia – ihre Freunde nannten sie Tony – war ein Mädchen aus Fleisch und Blut, und die Verwandten aus den Sommerferien kamen mir genauso wirklich vor wie meine eigene Familie. Es war eine so sensationelle Erfahrung, mit dem Leben anderer Menschen in Berührung zu kommen, daß ich bei der Rückgabe des Buchs die Bibliothekarin fragte: »Ist das alles tatsächlich passiert?« Und sie hat mir erklärt: »Es ist passiert, aber nur im Kopf der Schriftstellerin. Und natürlich auch in deinem Kopf. Das macht einen Roman aus. Er ist ein Austausch von Träumen.«

Nach einer so glücklichen Einführung in das Reich der Literatur wurde ich geradezu süchtig und las mich begierig durch die endlosen Reihen von Büchern für Teenager. Doch meine richtigen Leseabenteuer begannen erst, als Onkel Judah mir einen Vorschlag machte: »Shirl – ich meine natürlich Shirley –, für jeden Roman in dieser Reihe, den du liest, kriegst du von mir einen Cent«, und er führte mich zur Abteilung JUGENDLICHE, wo die Reife des Stils und das Niveau von Abenteuer und emotionalem Gehalt einen Quantensprung nach oben machten. Im Zusammenhang mit dieser Neuorientierung sorgte Onkel Judah dafür, daß ich meine eigene Lesekarte bekam – indem er der Frau am Tresen versicherte, dieses Kind mit den dünnen Beinen sei vierzehn Jahre alt. Als ich meine ersten beiden Bücher für Jugendliche mit nach Hause brachte, rief meine Mutter aufgebracht: »Ist das etwa ein Buch für ein kleines Mädchen?« und wollte, daß Judah die unpassenden Bücher auf der Stelle in die Bibliothek zurückbrachte, doch Judah hielt dagegen: »Wenn ein Mädchen in dem Alter nicht groß wird, wächst sie vielleicht nie mehr auf«, und ich durfte die Bücher behalten.

Als mein rechter Arm geheilt und der Gips abgenommen war, war ich ein richtiger Bücherwurm geworden und konnte einen guten Roman unterscheiden von einem, der die Mühe nicht wert war. Ich ging auf die dreizehn zu, als ich eines schönen Tages meiner Familie einschließlich Onkel Judah erklärte: »Wenn ich einmal groß bin, will ich Bibliothekarin werden und alle Bücher in den Regalen kennen.«

Ich war neunzehn, als mein Vater wegen einer Rezession in der Bekleidungsindustrie seine Stelle verlor, »nur vorübergehend«, wie der Firmeninhaber ihm versprach, »bis die Auftragslage sich verbessert hat«. Als die schlechten Zeiten jedoch keine Aussicht auf Besserung zeigten, mußte mein Vater mir mitteilen: »Liebling, es gibt keinen anderen Weg. Du mußt das College erst einmal verlassen. Wir haben kein Geld, und ich sehe keine Chance, an Geld zu kommen.«

Das war gegen Ende meines ersten Studienjahres am City College New York, jenem wunderbaren College, das Kinder von armen Eltern aufnimmt und sie zu Leitbildern der Nation macht, und meine Lehrer waren über die Notwendigkeit meines Abgangs nicht minder traurig als ich selbst. Doch Professor Fineschreiber, der die eigene Bildung nur diesem System verdankte und am C.C.N.Y. schließlich in Englischer Literatur promoviert hatte, teilte mir am Tage meines betrüblichen Abschieds mit: »Miss Marmelstein, Ihre Bildung hört nicht mit dem heutigen Tage auf. Ihre jetzige Bildung ist nur ein Anfang. Wenn Sie eine Stelle finden – und Sie werden eine finden, weil Sie sich aufs Überleben verstehen –, dann reservieren Sie sich mindestens einen Abend pro Woche, noch besser zwei Abende, für den Besuch kostenloser Konzerte, kostenloser Vorträge und kostenloser Vorlesungen in den Museen.« Er fügte noch hinzu: »Nutzen Sie den Reichtum, den diese Stadt Ihnen kostenlos anbietet, und Sie werden am Ende eine bessere Bildung besitzen als die meisten von uns.«

Mein Vater hatte ermutigende Neuigkeiten: »Alte Männer wie ich werden in der Firma entlassen, aber sie stellen junge Frauen ein. Laurelsohn hat versprochen, daß er dir eine Stelle geben wird, bis die Rezession vorüber ist und er mir wieder Arbeit gibt.«

Ich stieg eines Montag morgens früh in eine U-Bahn in Richtung Times Square zum Norden des berühmten New Yorker Garment District, des Textilviertels; doch als ich auf der Seventh Avenue südwärts lief und erwachsene Männer wie meinen Vater Kleiderständer die Straße auf und ab schieben sah – auf dem Bürgersteig rempelten sie die Fußgänger an, und auf der Straße mußten sie ihrerseits den Autos ausweichen –, um Kleider von einer Stelle zur nächsten zu schaffen, empfand ich einen plötzlichen Widerwillen gegen eine solche Lebensperspektive. Ich blieb mitten im Gedränge stehen und murmelte: »In so ein Leben lasse ich mich nicht einzwängen. Es gibt eine Welt der Bücher, der Ideen, und ich werde mir den Zutritt zu dieser Welt erkämpfen.«

Ich floh aus diesem Bezirk mit seinen belebten Straßen und der enormen Vitalität. Ich hatte keine Ahnung, wo ich mich jetzt nach einer Stelle umsehen sollte. Da kamen mir vage die Worte eines Dozenten in den Sinn, der in Professor Fineschreibers Seminar einen Gastvortrag gehalten und dabei gesagt hatte: »An der Madison Avenue gibt es diese Anhäufung von Verlagen, die bestimmen den geistigen Kurs der Nation ...« An mehr konnte ich mich nicht erinnern; der eine Ausdruck aber leuchtete mir im Gedächtnis – »die bestimmen den geistigen Kurs der Nation« –, ja, das war es, was ich wollte! Zielbewußt marschierte ich auf der 42nd Street nach Osten – ohne mir träumen zu lassen, wie wichtig dieser verkehrsreiche Weg mir in meinem Leben noch werden sollte – und bog dann nördlich auf die Madison Avenue, wo ich einen Verlag nach dem anderen fand – Random House in seinem herrschaftlichen Haus in der Nähe der St.-Patrick's-Kathedrale und zwei weitere Verlagshäuser, an deren Namen ich mich erinnerte. Nicht weit davon entfernt sah ich das dynamische Firmenlogo von Kinetic Press mit dem schwungvollen großen K.

Ich war bei den vorhergehenden Verlagen stehengeblieben, um mich zu erkundigen, ob es eine freie Stelle für eine junge Frau gäbe, die tippen und Diktat nehmen könnte, war jedoch abgewiesen worden. Bei Kinetic fuhr ich mit dem Lift in den dritten Stock hoch und sprach am Empfang mit einer netten Dame, die mir mitteilte: »Keine einzige Stelle frei«, und ich wollte schon wieder gehen, als sie meinte: »Haben Sie gesagt, Sie könnten Diktat aufnehmen?« Auf mein Nicken sagte sie mir: »Warten Sie einen Moment«, und wählte.

»Pauline, wie war das – brauchen Sie nicht ein Mädchen,

das Steno kann?« Nach einem kurzen Schweigen sagte die Empfangsdame: »Ich schicke sie zu Ihnen hoch. Präsentabel. Angeblich hat sie ein Jahr am C.C.N.Y. studiert.«

Im fünften Stock interviewte mich eine gewisse Miss Wilmerding, eine ältere Frau, deren präzise Fragen so schnell auf mich einprasselten, daß es mir wie Maschinengewehrfeuer vorkam. Doch meine spontanen Antworten auf ihre Fragen festigten den Eindruck, daß ich ein verantwortungsbewußtes Mädchen war, aus dem bald eine tüchtige junge Frau werden könnte. »Zwei Fragen noch: Haben Sie vor, auf unbegrenzte Zeit in dieser Stadt zu bleiben?« Als ich nickte, fuhr sie fort: »Und das Allerwichtigste: Haben Sie eine Familie, auf die Sie sich im Notfall stützen können?«, und ich sagte: »Die Familie stützt sich auf mich.«

»Im Augenblick haben wir nichts anzubieten«, erklärte die Frau, »Sie scheinen jedoch die Art von Person zu sein, die wir gern bei uns in der Firma hätten. Kommen Sie Mittwoch wieder.«

Beim Abendessen habe ich meine Familie angelogen. »Im Moment gibt's in der Fabrik nichts, später vielleicht.« Ich zitterte, als mein Vater knurrte: »Der verdammte Laurelsohn«, und protestierte, als er den Vorarbeiter anrufen wollte: »Mach ihn nicht wütend. Ich gehe Mittwoch doch wieder hin.«

Den Dienstag verbrachte ich auf eine Art und Weise, die mir einen Vorgeschmack gab von meinem Erwachsenenleben: Ich suchte die mir vertraute Bibliothek auf und informierte mich geschlagene acht Stunden lang über das Verlegen, Lektorieren und Vermarkten von Büchern. Ich verbrachte mehrere Stunden mit dem Studium von Einträgen über Kinetic Press und wußte am Ende meiner Bemühungen genau, wann der Verlag gegründet worden war, von wem und wo seine Schwerpunkte lagen. Ich konnte die Namen von einem Dutzend inzwischen verstorbener Autoren herunterbeten, die den Verlag berühmt gemacht hatten, und dazu ein Dutzend lebender Autoren. Bekannt waren mir in diesen beiden

Gruppen nur je drei Namen, doch weitere Nachschlagebücher lieferten mir Grundkenntnisse über alle vierundzwanzig Schriftsteller, von denen beim Anblick ihrer Fotos und der Liste ihrer Bücher einige für mich lebendig wurden.

Abends beim Zubettgehen sagte ich mir: »Ich will im Verlagswesen arbeiten. Und wenn ich dort den Fußboden schrubben müßte.«

Am Mittwoch erkannte mich die Empfangsdame im dritten Stock sofort wieder: »Fahren Sie gleich hoch zum fünften, Sie werden erwartet«, und dort sagte mir Miss Wilmerding, ohne weitere Fragen zu stellen: »Wir haben die Stelle, die ich neulich erwähnte. Es handelt sich jedoch, wie Sie sich denken können, um eine Position auf der untersten Stufe. Nichts Aufregendes.«

»Es ist eine Erlösung, überhaupt arbeiten zu dürfen«, antwortete ich. »Und an Büchern mitzuarbeiten ist ein Privileg.«

Die Antwort gefiel Miss Wilmerding; sie wurde an Worte erinnert, die sie in jungen Jahren selbst einmal geäußert hatte, und ihre ehrgeizigen Hoffnungen, so träumerisch sie damals gewirkt haben mochten, hatten sich erfüllt: »Was möchten Sie denn in späteren Jahren einmal werden?«

»Eine Lektorin – mit Autoren arbeiten – dafür sorgen, daß Bücher mit meiner Hilfe zum Leben erweckt werden.«

Miss Wilmerding lehnte sich mit einem nachsichtigen Lächeln zurück und hielt einen Vortrag, den sie wohl schon oft gehalten hatte, um jungen Frauen am Anfang ihrer Karriere bei Kinetic den Weg zu weisen: »Wir stellen jährlich die intelligentesten Absolventinnen der besten Frauencolleges ein – von Vassar, Bryn Mawr, Smith. Alle wollen Lektorinnen werden. Alle haben ihr Literaturstudium mit Auszeichnung abgeschlossen. Und alle fangen ausnahmslos als Sekretärinnen oder Laufbotinnen oder in der Verwaltung an. Ohne irgendwelche Aussichten, Lektorin zu werden.«

Ich mußte die Enttäuschung über diese Zerstörung meiner Hoffnungen niederkämpfen. Da fügte sie hinzu: »Andererseits ist bisher jede junge Frau, die ich angestellt habe und die wirklich Lektorin werden wollte, auch eine geworden.«

»Wie kann man das schaffen?«

»Sie erfüllen Ihre bescheidene Aufgabe. Sie beobachten andere bei ihrer Arbeit. Sie bilden sich weiter. Sie hören mit, wenn über Bücher gesprochen wird. Dank Ihrer Persönlichkeit und Ihres Intellekts merkt Ihr Vorgesetzter, daß Sie eine tüchtige Person sind, die Bücher liebt. Anfangs scheint alles völlig aussichtslos. Am Ende mag es doch möglich sein, weil wir Menschen suchen, die in ihrer Arbeit aufgehen. Ohne solche Menschen könnte ein großer Verlag wie der unsrige gar nicht existieren. Aber Sie müssen studieren und lernen.«

Daheim wartete ich am Abend bis fast um zehn nach dem Essen, bis ich bekanntgab: »Ich habe die Stelle heute bekommen.«

Da war die Aufregung groß. Mein Vater krähte stolz: »Ich hab's dir ja gesagt. Auf den alten Laurelsohn ist Verlaß. Wo fängst du an? In der Stoffabteilung?«

»Ich werde Lektorin. Eine Redakteurin von Büchern.« Die ganze Familie sperrte den Mund auf. Ich sagte: »Bei Kinetic Press. Der Verlag zählt zu den besten.«

Onkel Judah rief: »Dieses Haus ist gesegnet.«

Ich lief rot an. »Na ja, keine richtige Lektorin. Noch nicht ganz. Ich fang' unten an und arbeite mich hoch.«

»Was denn sonst?« meinte Onkel Judah, und meine Mutter holte eine Flasche vom billigen Wein, und man stieß auf die neue Verlagsleiterin von Kinetic Press an.

Ich fing wirklich ganz unten an, arbeitete in einer Art von Sekretärinnenpool, das heißt, heute in einem Büro, wo eine Angestellte fehlte, morgen woanders, doch stets in einer Beschäftigung, die irgendwie mit dem Entstehen von Büchern zu tun hatte. Ich verfolgte beim Arbeiten zwei Ziele: meinen Vorgesetzten den Eindruck zu vermitteln, daß sie es mit einer außergewöhnlichen neuen Kraft zu tun hatten, und von ihnen soviel wie möglich über das Verlegen zu lernen. Mit der Zeit hieß es bei vielen in dem großen Gebäude: »Auf das neue Mädchen kann man sich verlassen.«

Eine aufregende Woche lang arbeitete ich als Ersatzkraft im kleinen, überfüllten Büro von Miss Kennelly, an deren Tür das Schild NEBENRECHTE hing. Ihre Aufgabe glich der eines Straßenverkäufers aus der alten Zeit: Sie mußte ihre Waren verhökern; nur daß sie dazu im Büro blieb und alle anrief, die eventuell Rechte von Kinetic Press erwerben, einen Titel des Verlags herausbringen oder auf besondere Weise nutzen wollten. Verkäufe an Taschenbuchverlage, Zeitschriften, Buchgemeinschaften, für Zeitungsabdrucke – all das fiel in Miss Kennellys Aufgabenbereich, der bei den Veränderungen, die im Buchgewerbe stattfanden, zunehmend wichtiger wurde.

In den fünf Tagen dieser Aushilfstätigkeit wurde ich Zeuge, wie Miss Kennelly telefonisch Buchclubrechte auktionierte, an einem Liebesroman von Kinetic, der mit Erzähltechniken des 19. Jahrhunderts eine Geschichte des 20. Jahrhunderts erzählte – von zwei tüchtigen, modernen Frauen, einem konfusen Mann und einem fünfzehnjährigen Mädchen, die in einem Wirbel von verhedderten Beziehungen verstrickt waren. Im Tohuwabohu von hektischen Anrufen, bei dem nur Miss Kennelly die Ruhe nicht zu verlieren schien, setzte ein zweiter Konkurrenzkampf um die Taschenbuchrechte am gleichen Buch ein, das einen sicheren Erfolg zu versprechen schien. In dieser Doppelkrise gab mir Miss Kennelly, die von ihrer Buchclub-Auktion total beansprucht war, ein Zeichen: »Nehmen Sie sich der Taschenbuchleute an. Sagen Sie ihnen, heute nachmittag um halb fünf wird eine Entscheidung getroffen.«

Da sprang ich in die Bresche und hielt uns erregte Anrufer vom Leib, indem ich etwa erklärte: »Der Autor hat nicht vergessen, daß Sie seine letzten beiden Bücher übernommen haben, und ist darauf ungemein stolz. Natürlich tendiert er dazu, daß Sie auch dieses Buch bekommen. Es gibt jedoch Überlegungen, von denen er noch nichts wissen kann – es ist alles ziemlich kompliziert. Wir werden aber die Sache bis um halb fünf über die Bühne bringen. Eines wäre für uns in dem Zusammenhang noch sehr wichtig zu wissen: Haben Sie jetzt Ihr absolut höchstes Angebot abgegeben?«

Wie ein Angler, der vier Köder zugleich aushält, suchte ich meine vier möglichen Lizenzkäufer am Knabbern zu halten, bis Miss Kennelly mit ihren Buchgemeinschaften fertig war und nach dem anderen Hörer griff: »Doch, Miss Carstein, meine tüchtige Assistentin Miss Marmelstein hat Ihnen diese Zahlen genannt, aber soeben haben wir neue Informationen bekommen. Nein, sie hat Ihnen nichts Wichtiges vorenthalten. Sie verfügte nur nicht über diese letzten Daten, aus denen unser Management neue Schlußfolgerungen gezogen hat, welche wieder alles verändern.«

Am Ende der Hektik hatte die raffinierte Jongleurin dem Verlag fast eine Viertelmillion Dollar eingebracht, und abends drängten sich Mitarbeiter in ihr Büro, um sie für ihre geschickte Verhandlungsführung zu loben. »Was wir an Ihnen ganz besonders schätzen, Miss Kennelly«, sagte Mr. MacBain, der Verleger, »ist Ihre Fähigkeit, von vielen Konkurrenten einen gewinnen zu lassen, ohne die Freundschaft der übrigen zu verlieren und das Vertrauen, daß sie das nächste Mal mit Ihnen ein Geschäft machen können.«

Die Irin, der die Komplimente guttaten, meinte lächelnd: »Ohne die Hilfe der jungen Miss Marmelstein hier hätte ich die vielen Mitbietenden auf dem Höhepunkt nicht mehr an der Angel halten können. Man hätte sie für einen richtigen Profi halten können.«

Mr. MacBain erkundigte sich wohlwollend: »In welcher Abteilung arbeiten Sie?«, und ich erwiderte strahlend: »Ich mache alle Abteilungen durch. Um das Geheimnis zu lernen, was ein gutes Buch verkäuflich macht.«

»Wenn Sie das herausfinden, müssen Sie es mir sagen.«

Als alle gegangen waren, merkte Miss Kennelly, daß wir nach der ganzen Aufregung beide nicht abspannen konnten.

»Gehen wir feiern«, sagte sie. »Auf meine Kosten«, und als wir in einer Bar saßen, die von Lektoren verschiedener Verlage frequentiert wurde, hörte ich zum erstenmal das ›wissende‹ Tratschen von jungen Männern und Frauen, die in meinem neuen Beruf engagiert waren. »Miss Kennelly! Ich höre, Sie haben wieder groß zugeschlagen.« Ein Reporter, der für die *New York Times* die Verlagsszene abdeckte, kam zu unserem Tisch herüber. »Ich will ja keine Zahlen wissen«, meinte er, »aber ich möchte Sie gern in folgendem Sinn zitieren: Daß Sie sich zwar nicht unbedingt die Hände reiben, aber doch entzückt sind, weil diese Tatsache nämlich bedeutet, daß der Roman *Dreispitz* mit Sicherheit ein Bestseller wird.« Miss Kennelly strahlte: »So habe ich mich ausgedrückt, Wort für Wort, ganz wie Sie mich soeben zitiert haben.« Der *Times*-Mann hob sein Glas: »Sie werden's noch weit bringen.« Er wollte schon weitergehen, als sie ihn am Ärmel festhielt: »Es gibt einen interessanten Nebenaspekt. Dieses junge Mädchen, Shirley Marmelstein, ist gleich in der ersten Arbeitswoche in diese Wahnsinnsaffäre katapultiert worden, und ihrem Improvisationstalent ist der Erfolg der Taschenbuchverhandlungen zum großen Teil zu verdanken.«

Der Reporter erkundigte sich nach ein paar zusätzlichen Fakten, bevor er feststellte: »Bleiben Sie hier, bis ich meinen Fotografen geholt habe«, und zwei Tage später konnte ich den Eltern mit meinem Foto die dramatische Geschichte präsentieren: NEULING HILFT BEI GROSSEM ABSCHLUSS. Der Bericht behandelte im Kern die Rolle, die im New Yorker Verlagswesen zunehmend von jungen, intelligenten Frauen gespielt wird, und ich wurde als Beispiel angeführt.

Als ich am Ende der Woche wieder andere Aufgaben übernehmen mußte, sagte mir Miss Kennelly: »Sie sind die Beste, die ich je hatte. Ich würde Sie gern behalten, aber das Budget erlaubt hier keine zusätzliche Stelle.« Sie riet mir: »Behalten Sie meine Position im Auge. Für den Fall, daß ich mich einmal verändern sollte.«

»Wollen Sie weggehen?«

»Ich habe unter schwierigen Umständen einige spektakuläre Abschlüsse zustande gebracht. Man weiß auch anderswo, wer dafür verantwortlich war.« Sie wechselte das Thema: »Es gibt in allen New Yorker Verlagen junge Frauen wie mich, die ganz unten angefangen haben und den Papierkram zu erledigen hatten, der bei den Nebenrechten anfiel. Damals haben wir eigentlich nur Papiere hin und her geschoben und die leeren Stellen auf Formularen ausgefüllt. Waren wir tüchtig, erlöste der Verlag fünftausend Dollar; wenn wir kein Glück hatten, waren es eben nur viertausend. Aber Sie kennen ja die Zahlen vom vergangenen Mittwoch. Ein Vermögen. Und deshalb haben die großen Firmen erkannt, daß die kleinen grauen Mäuschen, die ihre Nebenrechte verwalten, inzwischen zu den mächtigsten Wesen der Branche gehören. Wenn Sie je eine Chance bekommen sollten, in dieses Büro einzuziehen, so nutzen Sie sie. Hier liegt die Zukunft.«

Meine unmittelbare Zukunft war weit weniger dramatisch und unendlich weniger wichtig. In allen Verlagen geht mit der Post dauernd ein Berg von unverlangt eingesandten Manuskripten ein, und weil sie fast ausnahmslos wertlos sind, kommen sie auf den sogenannten Schrotthaufen, einen schrecklichen Berg von Kartons, in deren jedem sich ein Roman befindet, aus dem selten ein Buch wird. Die allermeisten gelangen nicht einmal bis zum Schreibtisch eines verantwortlichen Lektors; denn diese hochbezahlten Herrschaften dürfen ihre kostbare Zeit nicht mit solch aussichtslosen Sachen verplempern. Wie umfangreiche Erhebungen bei verschiedenen Häusern bewiesen haben, wird von neunhundert solcher unverlangt eingesandten Manuskripte nur eins veröffentlicht, doch gibt es auch eine Fülle von Fallbeispielen, daß aus einem Manuskript, das von einem halben Dutzend Verlage abgelehnt wurde, ein Bestseller geworden ist, und so geht die Suchjagd im Müll weiter.

Bei Kinetic hatte ein jüdischer Lektor dem Haufen dieser albernen Machwerke einmal den Namen »Mount Dreck« gegeben, und für den war ich zuständig. Ich bekam einen Schreibtisch im Empfang auf dem vierten Stock; ich beantwortete Anrufe, nahm Mitteilungen für Lektoren entgegen, tippte, wenn es verlangt wurde, sah bei Arbeitsbeginn Morgen für Morgen einem Haufen von Kartons entgegen – und jeder enthielt eines Menschen Traum. Ich hob Karton nach Karton auf, warf einen Blick auf den Inhalt, erschauerte, und wenn Rückporto beilag, legte ich ein vorgedrucktes Ablehnungsschreiben hinein und schickte es wieder an den Absender. Wenn das Rückporto fehlte, wurde der Karton mitsamt Manuskript in Behälter geleert, die jeden Abend in die riesigen Mülltonnen unten im Keller wanderten.

Wie andere Anfänger, die vor mir am Mount Dreck gegraben hatten, begann ich mit dem festen Entschluß, Perlen in dem Abfall zu finden. Ich schwor, ich würde jeder Autorin und jedem Autor, die ihren Roman an mich schickten, eine faire Chance zur Veröffentlichung bieten, und deshalb hob ich jeden Karton mit einem Gefühl der Erwartung von dem Stapel an der rechten Seite meines Schreibtisches auf. Sobald ich jedoch sah, daß das Manuskript hoffnungslos war, legte ich es auf den wachsenden Haufen zur Linken, von wo es entweder zurückging oder eben in den Müll gekippt wurde. Ich fand die Erfahrung keineswegs erbaulich; die meisten Manuskripte waren so entsetzlich, daß ein Blick auf eine Seite genügte und ich an manchen Morgen, wenn ich besonders wach war, fünfzig Romane abhaken konnte, von denen einer schlechter war als der andere. Am Mittag pflegte mich dann ein Gefühl von Mitleid zu packen, weil ich so viele Hoffnungen zunichte gemacht hatte, und nach dem Essen weigerte ich mich weiterzulesen, weil das alles einfach zu frustrierend war.

Ich lernte mehrere Tricks, mit dem Zeug fertig zu werden. Wenn die erste Seite mehr als ein falsch geschriebenes Wort aufwies, wurde ich mißtrauisch, auch wenn mir durchaus klar war, daß einige große Schriftsteller, so etwa F. Scott Fitzgerald, mit der Rechtschreibung auf Kriegsfuß gestanden hatten. Auch eine verrückte Interpunktion war Grund für eine Ablehnung; besonders unerbittlich war ich gegenüber sittsam verschämten oder pubertären Texten. Ein typischer Satz, der die Ablehnung rechtfertigte, las sich folgendermaßen:

> Seine Schwiegermutter war eine gute Frau (!), die er innig liebte (haha!), sie war aber eine solche Schreckschraube, das er versuchte, sie als bald wie möglich aus dem Hause zu entfernen.

Häufiger kam es vor, daß ein Manuskript technisch zwar ganz in Ordnung war, der Autor aber die Geschichte dermaßen erbärmlich anpackte, daß ein noch so gründliches Redigieren die Chance einer Veröffentlichung kaum erhöht hätte.

Gelegentlich stieß ich dann aber auf eins, bei dem ich mir sagte: Das hätte ich selbst nicht gekonnt; und dann sah ich mich verpflichtet, einen kurzen Bericht aufzusetzen, in dem ich begründete, warum jemand höheren Orts in der Lektoratshierarchie es sich anschauen sollte; dann würde die Botin bei ihrem nächsten Rundgang durchs Haus den Karton auf dem Schreibtisch eines erfahrenen Lektors absetzen, der dem Autor vielleicht sogar schrieb und ihn zu einem Gespräch einlud. In solchen Fällen war ich ganz aufgeregt, weil ich meinte, tatsächlich am Auswahlprozeß und verlegerischen Tun beteiligt zu sein.

Als ich Ende 1964 den »Drecksberg« bereits einige Monate lang betreut hatte, rief Miss Wilmerding mich zu sich in die Personalabteilung und begann das Gespräch mit einer Erklärung, die mich völlig verdutzte: »Wir hören über Sie immer nur das Beste, Miss Marmelstein. In dem Sinn haben sich drei Büros geäußert, wo Sie gearbeitet haben, inklusive der Abteilung für Nebenrechte, wo Sie sich hervorragend bewährt haben – darüber ist in der *Times* ja auch berichtet worden –, und man hätte Sie dort gern, sobald eine Stelle frei wird. Wir werden das nicht vergessen. Aber nun hat uns eine Beschwerde erreicht. Von drei Lektoren, die Ihre Arbeit im übrigen sehr schätzen.«

Ich beugte mich begierig vor, um zu erfahren, an welchem Punkt man mit meinen Leistungen nicht zufrieden war. »Aufgrund Ihrer Lektüre des eingegangenen Schrotts«, sagte Miss Wilmerding, »schicken Sie den Lektoren ungefähr dreimal so viele Manuskripte hoch, als Sie eigentlich sollten. Bedenken Sie, was ich Ihnen gesagt habe: Unter neunhundert Manuskripten finden Verlage nur ein brauchbares. Sie schicken eins von hundert hoch.«

Als ich mich über solchen Tadel erstaunt zeigte, riet mir Miss Wilmerding: »Ihre Begeisterungsfähigkeit dürfen Sie nicht verlieren. Sie müssen nur Ihr kritisches Urteil schärfen. Beschränken Sie sich auf drei Manuskripte von neunhundert. Früher oder später werden Sie ein Juwel entdecken. Und bis dahin werden die Lektoren gelernt haben, Ihr Urteil zu respektieren.«

Ich wollte schon wieder gehen, da hielt Miss Wilmerding mich zurück: »Bitte, nehmen Sie Platz.« An ihrem Lächeln war mir klar, daß sie mich aus mir unverständlichen Gründen gern hatte: »Alle sind überzeugt, daß Ihnen in diesem Haus eine glänzende Zukunft bevorsteht. Mr. MacBain meint, wir sollten Ihnen eine Fortbildung ermöglichen. Hier haben Sie eine Liste von Kursen zur Verlagsarbeit, die es im Wintersemester in New York gibt. Wer alle Kurse belegen würde, wüßte am Ende mehr als ich oder unsere Lektoren.«

Ich sah mir die Themen an und fand mindestens sieben, die ich mit Gewinn hätte besuchen können, mußte dann aber zugeben: »Die Gebühren sind ziemlich hoch«, worauf Miss Wilmerding anmerkte: »Die Gebühren übernehmen wir.« Da war ich einen Augenblick sprachlos.

Ich bin an jenem Abend den Weg von der U-Bahn zu unserer Wohnung in der Bronx fast geflogen und stürzte daheim an der Mutter vorbei und warf mich meinem Onkel Judah in die Arme. »Alles, was du mir gesagt hast, ist wahr geworden. Weil ich die Bücher gelesen habe, die du mir gabst, als ich mir den Arm gebrochen hatte, und studiert habe, wie du mir geraten hast, gibt Kinetic mir die Chance, eine richtige Lektorin zu werden.«

»Du hast uns aber doch erzählt, du wärst bereits eine.«

»Also, da hab' ich geschwindelt. In Wirklichkeit bin ich eine bessere Sekretärin.« Zu dem Bekenntnis, daß ich am Drecksberg hockte, fehlte mir damals der Mut.

»Und was ist jetzt anders geworden?«

»Man schickt mich auf Abendkurse. Um das Lektorieren zu lernen.«

Er unterbrach sein Solitär-Spiel, schob die Karten weg und wollte wissen: »Hat das viel zu bedeuten?« Worauf ich erwiderte: »Doch, sogar sehr viel.« Er wollte wissen: »Und wie willst du das bezahlen?« Ich rief: »*Sie* zahlen!«

Für Onkel Judah änderten die zwei Wörter alles: »In dieser Welt sagt dir jeder gern, was du tun sollst – solange du selbst dafür zahlst. Wenn dir aber jemand sagt, was du tun sollst, und dazusetzt, für die Kosten komme er auf, dann hat es was zu bedeuten«, und wir diskutierten eine halbe Stunde lang die Verlagshierarchie bei Kinetic, und ich erklärte ihm, wer da über meine Zukunft entschied und mit welchen Beförderungen ich im Lauf der Jahre rechnen konnte. Er unterbrach mich mindestens sechsmal: »Und du bist dir völlig sicher, daß der Verlag das für dich zahlt?« Und als ich's ihm zum letztenmal versicherte, sprang er von seinem Stuhl auf und faßte mich an den Händen und machte mit mir einen Freudentanz durchs Zimmer und rief Mutter zu, die uns die ganze Zeit über zugehört hatte: »Sie wird Lektorin!«

Er war so bewegt, weil er in seinem Alter inzwischen dazu neigte, in Familiendingen sentimental zu reagieren.

»Du bist für mich wie eine Tochter, und ich möchte dir eins klarmachen«, sagte er. »Du redest manchmal wie ein ungebildetes jüdisches Mädchen. Aber die Marmelsteins sind immer gebildete Leute gewesen, und mir liegt daran, daß du eine bessere Aussprache lernst.«

Ich hatte keine Ahnung, wovon er sprach. Da begann er meine Aussprache nachzumachen, anhand der Wörter, deren korrekte Aussprache Menschen aus der Bronx schwerfällt: *singen*, *ringen*, *bringen*. Wie andere Mädchen aus der Umgebung der Bronx sprach ich das *-ng* wie zwei eigenständige Laute aus. Im Englischen fehlen klare Angaben zur wirklich korrekten Aussprache eines Worts wie *singing*. Und bei einem Mädchen wie mir wurde aus *singing* so etwas wie *sing-gingk*, statt, wie es ausgesprochen werden muß, *sing-ing*.

Jedenfalls befahl mir Onkel Judah, diese Worte nicht mehr auf die Weise auszusprechen. »Wenn du das sagst, Shirl – ich meine Shirley –, dann geht jedem, der dich hört, sofort ein Licht auf: ›Aha, da haben wir ein kleines jüdisches Mädchen aus der Bronx vor uns.‹ Mit einem einzigen Wort hast du dich so selbst bereits abgestempelt.«

Ich bekam es beinahe mit der Angst; denn nach dem leichten Vorgeschmack eines Aufstiegs, den ich im Verlag erlebt hatte, wollte ich mich nicht auf diese Weise stigmatisiert sehen. »Was kann ich dagegen tun?«

»Ich mußte mit dem Problem fertig werden, als ich für deinen Vater als Vertreter wichtige Geschäfte besuchte. Mit einem Namen wie Marmelstein war ich schon jüdisch genug und eindeutig aus der Bronx. Da konnte ich nicht noch eine Visitenkarte wie *sing-gingk* gebrauchen.«

»Aber was hast du gemacht?«

»Ich habe mir einen blödsinnigen Vers ausgedacht und ihn auf der Fahrt zur Arbeit in der U-Bahn unablässig aufgesagt: ›Die Vögel sangen und schwangen ihre Schwingen, um den grün prangenden Reben Frohklang zu bringen.‹ Wenn du dir das fünftausendmal vorsagst, hast du vor solchen Worten solche Angst, daß du sie fast nicht mehr auszusprechen wagst. Doch wenn, dann sprichst du sie korrekt aus.«

Er nannte mir noch andere Dinge, auf die ich, als designierte stellvertretende Vorstandsvorsitzende von Kinetic, in meiner Sprache achten mußte: »Hör bloß auf mit diesem ›richtig gut‹. Das ist kein korrektes Englisch.« Er verbot mir auch eine ganze Reihe typisch jüdischer Ausdrücke.

»Aber ich bin doch jüdisch«, hielt ich ihm entgegen. »Und bin darauf auch stolz.«

»Ich auch. Aber die Hälfte der Käufer, mit denen ich zu tun hatte, waren nicht jüdisch. Und ich wollte ihnen einen Grund weniger geben, nein zu sagen. Übrigens – wenn wir schon vom Wortschatz reden, solltest du dran denken, daß du eine Menge von neuen, schwierigen Wörtern lernen mußt, Wörter wie *Parabel*, *Parameter*, *peripher*. Du wirkst nur so gut wie dein Vokabular.«

Er war auch der Meinung, daß ich mich mehr businesslike kleiden müßte, und da kannte er sich aus. Er besaß eine Handvoll von Prospekten und Sonderheften über Kleidung fürs Büro. Ein Heft hatte es ihm, und mir wohl auch, besonders angetan; er kam nämlich immer wieder darauf zurück – ein Extraheft für den sogenannten Chefinnen-Stil, und nach gründlicher Lektüre begann mir zu dämmern, wovon er sprach. »Eine Geschäftsfrau kann sich das richtige Aussehen verschaffen, ohne daß es einen Pfennig mehr kostet, wenn sie Augen und Verstand gebraucht.«

Er nahm mich an drei aufeinanderfolgenden Samstagen in Geschäfte mit, wo frühere Kunden von ihm als Verkäufer von Damenbekleidung arbeiteten, und bat die Inhaber, mich über Stoffe, Muster und Modelle zu belehren, die viel fürs Geld boten. Kaufen durfte ich bei diesen Besuchen nichts, doch zum Schluß dieser »Lehrzeit« bat er Mutter, am Samstag ein besonders gutes Abendessen zu richten. Er hielt eine kleine Rede. »Da zu unserer Familie jetzt eine vielversprechende Geschäftsfrau gehört, liegt mir sehr daran, daß sie sich im Sinne ihrer weiteren Karriere kleidet.« Ich wollte schon einen Einwand machen: ›He, ich bin nur ein kleines Rädchen, das im

Drecksberg herumwühlt‹, hielt jedoch Gott sei Dank den Mund, so daß er fortfuhr: »Und an diesem Abend überreiche ich unserem jungen Genie einen Fond, für den ich einige Zeit gespart habe. Am Montag nach der Arbeit werden sie und ich einkaufen, was ich als Garderobe für eine Chefin betrachte, ›Spitzenqualität zum Niedrigstpreis‹.« Und daraufhin gab er mir einen Scheck über fünfhundert Dollar.

Ich sehe ihn noch heute vor mir, wie er mich von Geschäft zu Geschäft führte und dem Besitzer erklärte: »Meine Nichte macht Karriere. Bitte, zeigen Sie ihr zwei oder drei Kostüme von Spitzenqualität zum Niedrigstpreis.« Am Ende der Woche besaß ich eine Garderobe, die Joan Crawford mit Neid erfüllt hätte, und dabei waren sogar sechzig Dollar übriggeblieben. »Leg sie für dein Hochzeitskleid zur Seite.«

Zwei Wochen später war der wertvolle Mensch, der meinem Leben die Richtung gegeben hat, tot. Er hinterließ ein paar Anzüge – Spitzenqualität zum Niedrigstpreis – , ein Regal mit Büchern und Zeitschriften und nicht einmal fünfzig Dollar. Doch wegen der attraktiven Kleider, die er mir gekauft hatte, die so schön geschnitten und aus so hervorragendem Stoff waren, begannen mich die Menschen bei der Arbeit ernster zu nehmen.

Der Winter des Jahres 1965 gab meiner Arbeit eine Wendung, die mir im nachhinein als Ausgangspunkt für die glückliche Karriere vorkommt. Weil Kinetic in mir eine große Hoffnung sah, übernahm der Verlag die Kosten für zwei Kurse, einen an der Columbia, den anderen an der New York University.

In Columbia lernte ich die allgemeinen Leitlinien der Lektoratsarbeit, eine Mischung von Kenntnissen über Verträge, Arbeitsabläufe, Werbung und PR, Persönlichkeitsrechte und die Beziehungen mit Buchgemeinschaften, Lizenznehmern und Buchhandlungen. Auch wenn nichts in die Tiefe ging, war alles für die unmittelbare Arbeit nützlich.

Den zweiten Kurs zum Thema ›Die Arbeit am Manuskript‹

gab eine erfahrene Lektorin aus dem Hause Simon & Schuster. Zu Beginn teilte sie ein 32seitiges Probekapitel aus einem fiktiven Roman aus. Es enthielt eine Fülle von Fehlern; die meisten fielen mir beim ersten Durchlesen gar nicht auf. Doch unter der Leitung dieser Frau wurden mir viele Prinzipien der Arbeit des Lektors am Text klar, und meine Textkopie strotzte von Verbesserungen.

In einigen Punkten war die Lektorin unerbittlich: Sätze müssen eine grammatische Form haben. Sie müssen sich klar aufeinander beziehen. Wenn einmal eine Zeitform eingeführt ist, muß sie bis zum Ende eisern durchgehalten werden. Den Pronomina müssen entsprechende Substantiva vorausgehen, so daß selbst der flüchtige Leser immer sofort erkennt, für was sie stehen. Durch diese Lektorin habe ich den Absatz als die ästhetische Elementarform verstehen gelernt, in der jeder Satz genau an der richtigen Stelle stehen und jedes Wort innerhalb der Sätze korrekt verwendet werden muß: »Er ist die Grundeinheit menschlichen Denkens, eine Form, welche der Präsentation kühnster Argumente ebenso dienlich ist wie der Darstellung leidenschaftlichster Beziehungen zwischen Menschen.«

Als ein älterer Student sich beschwerte, wir hielten uns viel zu lange mit einer Stelle auf, erwiderte sie verärgert: »Aber darin besteht das eigentliche Thema dieses Kurses: Wie man einen ungenügenden Absatz des Autors umformt, damit er vertretbar ist. Ein ausgewogener Aufbau und innerer Zusammenhang, korrekt eingesetzte Verben, umsichtig benutzte Fürwörter und das Ausmerzen überflüssiger Adjektive und Adverbien – nur darum geht es in diesem Winter.«

Mit Rechtschreibung gab sie sich gar nicht erst ab – »Dafür gibt es Maschinen und Nachschlagewerke« –, und sie trat auch nicht fanatisch dafür ein, Wörter unbedingt nur in ihrer Standardbedeutung zu verwenden; was sie irritierte, waren jedoch gewisse New Yorker Sprachgewohnheiten, die bei jüngeren Lektoren populär waren. Einmal ist sie explodiert – als sie mich einen Kommilitonen fragen hörte: »Kannst du ihr das mitbringen?«

»Verdammt noch einmal! Sie *nehmen* etwas von hier nach da mit. Sie *bringen* etwas von dort nach hier. Wer das verwechselt, wirkt sprachlich ungebildet. Wenn Sie so etwas beim Redigieren eines Manuskripts durchgehen lassen, beweist es, daß Sie für die wahren Aufgaben noch nicht reif sind.«

Mich hungerte und dürstete selbst nach kleinsten Kenntnissen und Erkenntnissen über meinen erwählten Beruf, und ich nahm in mich auf, was die Lehrer anzubieten hatten. Eines Abends ging ich nach der Arbeit zu Miss Wilmerding, um ihr mitzuteilen: »Die Kurse, auf die Sie mich geschickt haben, die sind wirklich toll.«

»Auf die Weise stellen wir sicher, daß Kinetic vorn bleibt.«

»Danke, daß Sie mir das sagen«, erwiderte ich, und Miss Wilmerding erwiderte: »Sie haben es verdient.« Als ich aber an einem Wochenende über meine Fortschritte nachdachte, wurde mir eine beunruhigende Tatsache klar: »Was ich lerne, ist technisches Wissen, die Regeln eines Spiels: Wie man ein Manuskript bearbeitet – sofern eines gefunden wird. Ich muß lernen, wie man zu einem guten Text kommt.« Als ich meine Freunde fragte, zwei Studenten – einer von Columbia, der andere von New York –, sagten beide dasselbe: »Zu dem Thema gibt Evan Cater einen Intensivkurs an der New School. Sechs Stunden am Samstag, vier Stunden sonntags. Vier Wochen lang.«

»Wer ist das?«

»Es gibt in New York vielleicht vier Lektoren im wahren Sinne des Worts. Einer ist Hiram Hayden; der hat früher einen ganz fabelhaften Kurs gegeben und die Hälfte der guten Autoren in der Stadt unterrichtet. Cater ist an seine Stelle getreten, wie manche meinen. Ich geh' jedenfalls hin.«

Ich beschloß sogar, für die Gebühren dieses Kurses im Februar selbst aufzukommen, und an vier aufeinanderfolgenden Wochenenden im Februar lauschte ich den brillanten Vorlesungen dieses stillen sechzigjährigen Mannes, der die geistigen und psychologischen Prozeß bei der Entstehung eines Romans erläuterte. Wie die Lektorin an der New York University sich nicht um Orthographie kümmerte, ließ er die technischen Aspekte des Schreibens außer acht. Die Arbeit des Autors war für ihn ein geistiger Prozeß, der aber primär nicht vom Verstand, sondern von der Seele ausging; ihr Ziel die Kommunikation der Seele eines Autors mit dem Leser; Meisterschaft in dieser Kunst die Fähigkeit, die Symbole zu handhaben, die die Seele des Lesenden aufzurühren vermögen. Wer weniger als das wollte, war unter Caters Niveau.

Er zitierte aus Dostojewskis *Der Idiot*, Thomas Manns *Zauberberg*, Flauberts *Madame Bovary* und Faulkners *Schall und Wahn*; ihnen entnahm er die Lehren, die er uns samstags und sonntags beibrachte. Und von Montag bis Freitag blieb ich nachts lange wach, um diese Meisterwerke wie geistiges Manna in mich aufzunehmen.

Cater tat noch andere Dinge, um uns aus der Lethargie zu reißen. Unter Mithilfe des berühmten Filmkinos Apollo an der 42nd Street arrangierte er die Vorführung klassischer Filme; er empfahl, daß wir uns die Zeit nähmen, sechs anzusehen: »Und weil sie im Apollo im Doppelprogramm laufen, bedeutet das für Sie nur drei Nachmittage.« Ihm lag vor allem daran, daß wir uns den ersten anschauten, *Die Passion der heiligen Johanna*, zu dem er bemerkte: »Er wurde 1928 von dem dänischen Regisseur Carl Dreyer gedreht und bedeutete den Beginn der Kunst im Film. Er filmte die große Falconetti als Johanna von Orleans in Nahaufnahmen, minutenlang, und ließ Schrecken und Triumph über ihr Gesicht spielen. Er ließ die schweinischen Gesichter ihrer französischen und englischen Verfolger aus der Leinwand platzen. Nicht eine einzige übertriebene Geste, keinerlei Hysterie. Nur die herrlichen Gesichter, in denen sich zehn Jahrhunderte Kirchengeschichte und Verfolgung abbilden.«

Cater äußerte sich nicht minder apodiktisch über einen

Film der dritten Gruppe, den er bezeichnete »als vielleicht schönsten Film, der je gemacht worden ist«, *Kinder des Olymp*, gedreht während des Zweiten Weltkriegs in Paris unter deutscher Besatzung. Er zeigte ein breites Spektrum von Menschen, die im Paris einer früheren revolutionären Epoche mit einer Art Vaudeville-Theater zu tun hatten. Die Kinder, das waren die lauten Theaterbesucher in den billigen oberen Rängen – dem Olymp. Es gab drei Hauptfiguren: eine betörend schöne und komplizierte Frau, gespielt von Arletty; einen weißgesichtigen Mimen, dargestellt von dem kommenden Star Jean-Louis Barrault; und Pierre Brasseur als posierenden Schauspieler. Im Mittelpunkt standen die Beziehungen zwischen diesen Menschen und einem tragischen Adligen. Cater hob einen wichtigen Punkt hervor: »Denken Sie daran, daß ich Ihnen gesagt habe: Ich halte ihn für den vielleicht besten Film, der je gemacht worden ist. Er hat mein Bewußtsein erweitert. Sie werden möglicherweise anderer Meinung sein. Sie haben als angehende Autoren aber die Pflicht, sich die Filme, Dramen und Opern anzusehen, die *Sie* geistig herausfordern. Suchen Sie Umgang mit Menschen, die klüger als Sie sind. Suchen Sie Arbeit, die Ihre Sensibilität steigert.« Er empfahl auch John Fords *Der Verräter* als mustergültiges Beispiel für eine psychologische Intensität, die durch den rechten Gebrauch von Schauplätzen erreicht werden konnte.

Damals wurde mir klar, was Professor Fineschreiber am C.C.N.Y. gemeint hatte mit seiner Bemerkung von der Bildung, die man auf den Straßen New Yorks gewinnen könnte; denn ich machte die 42nd Street mit ihren vielen guten billigen Kinos zwischen der Seventh und Eighth Avenue und der kostenlosen öffentlichen Bibliothek an der Fifth, wo ich fast jedes erwünschte Buch erhalten konnte, zu meinen Jagdgründen. Die Straße war eine Universität, die jedem Interessierten zur Verfügung stand, und ich war wißbegierig. Ich sah nicht nur die Filme, deren Vorführung Cater für seine Studenten arrangiert hatte, sondern auch eine reiche Auswahl von den besten Filme der meisten europäischen Filmemacher, und wenn ich heute ein recht gutes Gespür dafür habe, wie Handlungsverläufe aussehen müssen, dann zum Teil deshalb, weil ich gesehen habe, wie Dutzende der besten Köpfe in der Filmindustrie *ihre* Kunst entfalteten. Als ich einmal zurückblieb, um Cater dafür zu danken, daß er mich auf das Kino aufmerksam gemacht hatte, sagte er: »Filme und Bücher *sind* wichtig, gewiß, doch wenn Sie das Geheimnis großer Literatur ergründen wollen, müssen Sie auch der Musik und der Malerei Aufmerksamkeit schenken.«

»Ist das Leben für all diese Dinge lang genug?« wollte ich wissen, und er antwortete: »Warum sind Sie auf die Welt gekommen, wenn nicht, um die schönsten Früchte menschlichen Strebens zu kosten?«

Höchstes Ziel literarischer Kunst war für ihn das Schaffen von absolut glaubwürdigen, gültigen Figuren, und er glaubte, solche Figuren ließen sich am besten durch die Änderungen und Verwandlungen begründen, die im Laufe der unterschiedlichen Erfahrungen in ihnen vorgehen.

Als am letzten Februarsonntag die abschließende Sitzung zu Ende ging, blieb ich im Saal zurück, um ihm zu sagen: »Ich werde bei Kinetic Press als Lektorin ausgebildet. Sie haben mir klargemacht, wonach ich in einem Text zu suchen habe.«

»Und was ist das – in einem Wort?«

»Intensität.«

»Gut. Was lektorieren Sie im Moment?«

»Ich bin für die unverlangt eingesandten Manuskripte zuständig. Bei Kinetic nennen wir sie den ›Drecksberg‹, weil es immer mehr werden.«

»Der Dreck nimmt überall zu, Miss Marmelstein. Ihre und meine Aufgabe ist es, zu verhindern, daß er sich in unserer Umgebung breitmacht und durchsetzt.«

»Ich werde mein möglichstes tun«, versprach ich, und den Lektoren im Verlag, denen ich meine Auswahl an Manuskripten zustellte, fiel auf, daß meine Empfehlungen von März an der akzeptableren Rate von drei aus neunhundert entsprachen.

Im Winter des Jahres 1967 war ich dreiundzwanzig, und von den Kollegen, die meine Arbeit beaufsichtigten, bekam ich so viel Lob zu hören, daß ich mit einer baldigen Beförderung rechnen durfte. Da nahm ich mir eines Morgens einen typischen Karton mit dem wie gewöhnlich sauber getippten Manuskript vor. Ich hatte noch keine drei Seiten gelesen, da rief ich Janice, eine neue Angestellte, die die Büropost verteilte. Janice hatte zwei Jahre College hinter sich und ein Gespür für gute Bücher. »Hier«, sagte ich, »das lohnt zu lesen«, und gab ihr die Seiten, die ich eben überflogen hatte, und wir unterhielten uns über die offenkundige Textqualität.

»Der weiß, was er will«, sagte Janice. »Wer ist er?« Ich sah auf dem Packpapier des Kartons nach: »Lukas Yoder, Rostock, Pennsylvania.«

Janice setzte ihren Weg fort ins oberste Stockwerk, und ich las weiter, und vor dem Heimgehen abends ließ ich bei Janice anrufen und mitteilen: »Janice möchte bitte zum fünften Flur in den Empfang kommen«, und als sie auftauchte, voller Angst, sie könnte einen Fehler begangen haben, sagte ich: »Ich habe ziemliche Schwierigkeiten gekriegt, weil ich zu viele Manuskripte weiterempfohlen habe. Lesen Sie bitte drei oder vier Kapitel des Manuskripts? Und sagen mir morgen früh, was Sie davon halten?«

Janice war entzückt. Endlich kam sie in Kontakt mit Büchern! Sie nahm die drei Kapitel und den Karton, in dem das Manuskript eingetroffen war, und am nächsten Morgen wartete sie schon auf mich, um Bericht zu erstatten: »Einfach faszinierend, wie er in den drei Kapiteln Grenzler schildert, daß ich die Menschen höre und ihre Gehöfte vor mir sehe.«

»Ich habe es heute nacht um eins fast genauso ausgedrückt.« Ich dankte ihr. »Sie haben mir sehr geholfen. Kommen Sie in einer Stunde zurück. Ich möchte, daß Sie das Manuskript einer aufgeschlossenen Lektorin persönlich bringen.« Janice trat in den Lift; ich setzte mich an meine Schreibmaschine und entwarf den Bericht, mit dem das berühmte Grenzler-Oktett bei Kinetic seinen Anfang nahm:

Clarice: Ich habe Sie lange Zeit nicht belästigt, aber ich bin auf ein Manuskript gestoßen, das Ihre wohlwollende Aufmerksamkeit erfordert. Es handelt von einer kleinen Ecke in Pennsylvanien, dem sogenannten Dutch Country, und schildert ein farbenprächtiges, wundervolles Stück Leben. Guter Dialog – manchmal, aber nicht übertrieben häufig, im Dialekt. Figuren, mit denen man fühlt.

Es ist von einem Mann geschrieben worden, von dem wir sonst überhaupt nichts wissen, nur: Er schreibt ein ausdrucksstarkes Englisch und scheint zu wissen, wie ein Roman aufgebaut werden muß. Bitte tun Sie mir den Gefallen und schenken Sie dem Manuskript Ihre Aufmerksamkeit.

Shirley Marmelstein vom Drecksberg

Drei Tage später brachte mir Janice das Manuskript mit dem kurzen Vermerk zurück: »Nichts für mich, tut mir leid.« Ich war durch die schnöde Form der Ablehnung irritiert. »Warten Sie!« bat ich Janice und tippte von meiner Begleitnotiz schnell eine zweite Fassung: »Bringen Sie's bitte sofort zu Julia.«

Nachdem ich mein Manuskript – als solches betrachtete ich es nämlich inzwischen – zum drittenmal zurückbekommen hatte, wollte ich noch einen Versuch wagen, als Miss Wilmerding anrief: »Miss Marmelstein? Können Sie bitte gleich zu mir kommen?«, und ich ließ die vierte Fassung meines Begleitschreibens unvollendet.

Im Personalbüro erwartete mich nicht nur Miss Wilmerding, sondern Miss Denham, die Cheflektorin, welche die kleine Schar angehender Lektorinnen betreute.

Miss Wilmerding kam gleich zur Sache. »Miss Denham berichtet mir, daß Sie ein Manuskript aus Ihrem Drecksberg stur dreimal in Umlauf gebracht haben, obwohl es von einigen unserer fähigsten Lektoren abgelehnt worden ist.«

»Ich bin überzeugt, daß es sich um eine erstklassige Arbeit handelt«, erwiderte ich. »Es hat genau das, was man von guter Belletristik erwartet.« Als die beiden Frauen wissen wollten: »Und was ist das?«, hielt ich einen leidenschaftlichen Vortrag, der im Kern all das enthielt, was ich im Februar in Evan Caters Kurs gelernt hatte. Am Ende war ich ziemlich außer Puste. Miss Denham sagte: »Ich stimme Ihnen zu. Die Lektorin, der Sie das Manuskript zuletzt zugeschickt haben – Miss Rogers –, hat mir von Ihrer Vorgehensweise berichtet, daraufhin habe ich es mir persönlich vorgenommen, und Sie haben recht. Es ist vielversprechend. Es braucht noch eine ganze Menge Arbeit, aber dazu sind wir ja da.« Sie wandte sich Miss Wilmerding zu: »Sagen *Sie's* ihr, Pauline«, und die Personalleiterin erklärte: »Wir haben uns über Ihre Entwicklung gefreut, Miss Marmelstein. Und auch über die Berichte zu den Kursen. Mr. MacBain hat uns ermächtigt, Sie zur Lektorin zu befördern. Sobald wir jemand finden, der Ihre jetzige Arbeit übernehmen könnte …«

Ich wäre fast vom Stuhl gesprungen, um »Hurra!« zu rufen. Beim Anblick der beiden gesetzten, um vieles älteren Damen schwante mir jedoch, daß solch ein Ausdruck der Freude einen falschen Eindruck machen könnte, und deshalb sagte ich so bescheiden, wie es mir in der Situation möglich war: »Das sind wunderbare Neuigkeiten – darauf habe ich hingearbeitet« – als mir Janice einfiel, und ich fragte: »Darf ich einen Vorschlag machen? Das neue Postmädchen auf unserem Stock, Janice. Sie ist verläßlich und hat ernsthaftes Interesse an meiner Arbeit gezeigt.«

»Wie das?« fragte Miss Wilmerding, und ich erklärte: »In Ihrer freien Zeit hängt sie an meinem Schreibtisch herum, um mitzubekommen, was ich mache – um sich Manuskripte anzusehen.«

Miss Wilmerding konsultierte eine Akte und meinte: »Ich

glaube, das ließe sich machen, aber Sie dürfen ihr nichts sagen. Was *Ihre* Beförderung betrifft, so hat Miss Denham da ein paar Ideen« – und was mir die leitende Lektorin dann eröffnete, war für mich wie ein großartiges Feuerwerk vom 4. Juli. »Da Sie sich so sehr in das Werk des Autors aus dem Dutch Country in Pennsylvanien verliebt haben, kommen Sie mit auf mein Stockwerk. Sie rufen als erstes den Autor an. Sehen Sie mal zu, ob Sie ihn dazu bringen können, sein Werk in eine Form zu bringen. Wenn Ihnen das gelingt, tragen Sie das Projekt der Lektoratskonferenz vor, deren Zustimmung Sie finden müssen, und anschließend den Vertriebsleuten, um zu sehen, ob es deren Interesse weckt. Wenn Sie das alles hinter sich haben – ganz gleich, ob mit oder ohne Erfolg –, haben Sie als Lektorin eine Erfahrung gewonnen.«

Ich saß einige Augenblicke schweigend da. Ich wußte, daß ich etwas sagen sollte, war mir aber gar nicht sicher, daß ich den richtigen Ton treffen würde. Im Grunde wollte ich schon wieder in die Luft springen und Hurra schreien, befürchtete aber auch diesmal, es wäre nicht angebracht, und sagte mit einem breiten Grinsen, das ich einfach nicht unterdrücken konnte, statt dessen zu den beiden Frauen: »Von diesem Tag habe ich geträumt. Ich glaube, ich bin darauf vorbereitet. Ich werde Sie nicht enttäuschen.«

»Ein Wort der Vorsicht!« mahnte Miss Denham. »Verlieben Sie sich nie in ein Manuskript oder seinen Verfasser! Halten Sie beide in Armeslänge von sich fern. Die beiden sind nicht Ihre Freunde, und auf die Dauer hängt Ihr Erfolg von Ihrer Fähigkeit ab, beide kritisch zu sehen – aus der Entfernung.«

An meinen Schreibtisch zurückgekehrt, zog ich die vierte Reinkarnation meines Yoder-Gutachtens ganz leise aus der Maschine, packte das Manuskript sorgfältig in seinen Karton und begann meinen Schreibtisch aufzuräumen. Anschließend rief ich im Postraum an und bat Janice zu mir. »Gehen wir ein Glas zusammen trinken«, sagte ich. Es kam, ohne jede Absicht, so verschwörerisch heraus, daß sie fragte: »Hoffentlich keine schlechten Nachrichten?«, und ich lächelte: »Kaum.«

An der Bar sagte ich ihr: »Ich reiß' Ihnen den Kopf ab, Janice, wenn Sie auch nur ein Wort sagen – egal wem. Ich habe Grund zur Annahme, daß man Sie bald vom Postdienst erlöst und an meine Stelle setzt. Ein erster Schritt nach oben!«

»Das wäre wunderbar!« Ich redete dann mit ihr, als wäre ich ein erfahrener Lektor, der einen Neuling belehrte: »Es ist ein aufregender Job. Sie sind der erste Mensch im ganzen Haus, der die Manuskripte sieht!«, und ich klärte sie über das Zahlenverhältnis auf: »Von neunhundert Manuskripten, die über den Schalter kommen, entdecken die großen Verlage nur zwei oder drei lohnende.« Ich sagte ihr auch, wie wichtig es sei, das eine gute Werk zu entdecken, das unverlangt kommt, und nannte ihr die Lektoren bei Kinetic, die für neue Autoren besonders aufgeschlossen waren.

Als ich meinen Vortrag beendete, fragte sie mit einem erwartungsvollen Blick: »Aber was wird aus Ihnen?« Ich hatte schon befürchtet, daß sie mir diese Frage nicht stellen würde, und sagte bescheiden: »Man ernennt mich zur Lektorin. Anfängerniveau natürlich, aber da werde ich nicht lange bleiben. Und ich wette, Sie werden auch nicht ewig beim Drecksberg bleiben.«

»Darauf stoße ich an, Shirl.«

»Bitte! Den Namen hasse ich. Er klingt so doof – vor allem, wenn ich Lektorin werde.«

»Entschuldigung!«

Wir stießen auf unser beider grenzenlose Zukunft an.

Die jungen Lektorinnen, die *Grenzler* abgelehnt hatten, als ich es ihnen vom Mount Dreck hochschickte, blieben skeptisch, als ich nun als Kollegin mit dem Manuskript ankam, und ihre negative Einstellung wirkte sich im ganzen Verlag aus, so daß ich mit immer neuen Schwierigkeiten zu kämpfen hatte, als ich für mein erstes Projekt Zustimmung zu finden suchte. Ich habe aber den Kopf nie hängen lassen auf meinem Kreuzzug – ein Kreuzzug war das Ringen für Yoder für mich inzwischen geworden. Ich blieb vom unaufhaltsamen Erfolg des Werkes überzeugt.

Als ich dann jedoch zur gegebenen Zeit für meinen Autor einen Vorschuß forderte, blies mir der Wind direkt ins Gesicht: »Ihre Idee von einem Vorschuß über 1500 Dollar ist anmaßend und fällt völlig aus dem Rahmen. So hohe Vorschüsse sind Autoren vorbehalten, bei denen man weiß, woran man ist.«

»Was soll ich ihm sagen? Er könnte das Geld brauchen, soviel ich weiß.«

»Das trifft auf alle Autoren zu. Bis zu einer Höhe von 500 Dollar dürfen Sie gehen, dazu sind Sie berechtigt – aber auch nur in Fällen, wenn Sie sicher sind, daß Sie ein fertiges Manuskript vor sich haben.«

»Aber wir haben das Manuskript doch bereits.«

»Ich habe gesagt: ›ein *fertiges* Manuskript‹.«

Ich begriff und führte mir meine Position klar vor Augen, nachdem die anderen gegangen waren: Ich war überzeugt, da ein gutes Manuskript zu haben. Um andere davon überzeugen zu können, müßte es professionell ›in Form‹ sein. Bis es soweit war, könnte ich ihm keinen Vertrag zusagen; ich konnte ihm nicht einmal mitteilen, daß er einen Vorschuß bekäme. Was ich aber tun konnte – ihn anrufen und aufmuntern.

Als ich meinen unbekannten Autor mit leiser, sachlicher Stimme jeden Vorschlag akzeptieren hörte, den ich machte, dachte ich mir: Wir werden miteinander können! Wir werden ein Team! Und das gab mir wiederum den Mut, ihm zu erklären: »Mr. Yoder, wenn wir dieses Programm durchziehen können und Sie halten, was Sie gerade versprochen haben, kann ich Ihnen meinerseits zwei Dinge versprechen: Sie kriegen mit Kinetic einen Vertrag. Und wenn ich überzeugt bin, daß Sie Ihre versprochene Überarbeitung tatsächlich schaffen können, wird Ihnen Kinetic einen Vorschuß zahlen, und wir beide liegen im Rennen.«

Als ich den Ausdruck der Freude hörte, sprach ich zwei Warnungen aus: »Von dem Vorschuß werden Sie sich keinen Porsche kaufen können. Und wenn Sie mich sehen, dann lassen Sie bloß nicht den Mund auf wie jetzt. Ich bin nämlich noch sehr jung.« Ich hörte ein Kichern. »Ich bin aber auch fest entschlossen, daß Sie und ich zusammen ein wunderbares Buch herausbringen werden.« Er empfinde es genauso, erwiderte er. Ich beendete das Gespräch: »Am besten, Sie kommen gleich her.«

Er kam an einem Montag morgen im März 1967, und ihm *blieb* beim Eintreten in mein Büro der Mund offenstehen, weil ich noch jünger ausgesehen haben muß, als ich war. Jahre danach hat er mir gestanden: »Ich hatte ein arrogantes New Yorker Mädchen erwartet voller Verachtung für einen Mann vom Lande wie mich.« Als ich ihn mittags zum Essen in ein bescheidenes Restaurant einlud, hatten wir bereits den Rapport erreicht, der in der Geschichte des Verlags berühmt werden sollte. Als er am Ende eines langen Arbeitstages die Änderungen kapiert hatte, die ich für notwendig hielt, bevor ein Vertrag unterzeichnet und ein Vorschuß gezahlt werden konnte, begleitete ich ihn zum Lift und dann nach unten ins Erdgeschoß und sogar bis zum Ausgang. Ich konnte den Gedanken, daß er fortging, einfach nicht ertragen; er war mein erster Autor und bedeutete mir daher unendlich viel: »Mr. Yoder, liefern Sie mir nur ganz schnell die ersten vier Kapitel, und alles ist in Butter.« Er entgegnete: »Ich hatte mit einem etwas gestrengeren Gesprächspartner gerechnet, der sich gewählter ausdrückt, aber nur ein Zehntel Ihrer Entschiedenheit und Begeisterungsfähigkeit besitzt.«

Neun Tage später traf um zehn Uhr morgens die Sendung mit den ersten vier Kapiteln ein, auf die ein erstaunliches Quantum an Arbeit verwandt worden war, und am Morgen darauf schickte ich mein Gutachten um halb elf zu Miss Denham hoch:

Lukas Yoder hat die gründlich revidierten ersten vier Kapitel seines Romans *Grenzler* eingereicht. Veranlassen Sie bitte einen Standardvertrag mit Anweisung eines Vorschusses in Höhe von $ 500, zahlbar sofort.

Als das Vertragsdokument zur Unterschrift auf meinem Schreibtisch eintraf, entdeckte ich zu meiner Überraschung, daß nicht ich, sondern eine Mitarbeiterin von Miss Denham den Scheck absenden würde. Sie erklärte den Grund: »Der Skandal bei der Zeitschrift *Colliers* hat alle wachgerüttelt. Dort hat es vor Jahren einen Lektor gegeben, der die Schecks nicht an seine Autoren weiterleitete. Er glaubte, das Geld dringender selbst zu brauchen. Und er hat sogar Autoren erfunden, die angeblich wunderbare Artikel schrieben, und wurde durch das Einlösen ihrer Schecks reich. Bis jemand den Betrug aufdeckte.«

»Darf ich Yoder anrufen und ihm mitteilen, der Vertrag und der Scheck seien unterwegs?«

»Ja. Miss Denham sorgt dafür, daß die Sachen immer prompt rausgehen.«

Ich rief Mr. Yoder an. Ich sagte ihm: »Wunderbare Nachrichten für Sie und für mich. Ich habe soeben den Vertrag überprüft und die Zahlungsanweisung für den Scheck abgezeichnet. Sie sind bereits in der Post.« Unsere Partnerschaft war besiegelt.

Im Winter 1968 beantragte ich bei Miss Wilmerding die Mittel zur Teilnahme an einem Kurs der New School mit dem Thema »Aspekte des Romans für Fortgeschrittene«. Die wachsame Dame kommentierte: »Hatten Sie bei diesem Cater nicht schon einen Kurs belegt?«

»Doch«, sagte ich, »deshalb entwickle ich mich ja zur Lektorin, die ein bißchen was versteht – oder sich jedenfalls Mühe gibt.«

»An uns soll es nicht scheitern. Aber wie ich sehe, haben

Sie auch um einen Kurs an der New York University eingereicht: ›Hersteller und Lektoren im Verlag‹.«

»Ja. Ich möchte wissen, wie aus einem redigierten Manuskript ein fertiges Buch wird.«

»Einverstanden. Kinetic ist stolz auf Sie. Sie dürfen sich von den schlechten Verkäufen Ihres Romans nicht entmutigen lassen. Autoren und Lektoren haben manchmal einen langsamen Start.«

»Danke für Ihr Vertrauen, aber mit dem Krimi ist es doch gar nicht so schlecht gelaufen. Außerdem sitzt Yoder bereits am Anschlußroman, der bestimmt ein Bombenerfolg wird.«

In dem Jahr hat sich die Investition in meine Ausbildung für den Verlag leider nicht ausbezahlt, und Schuld daran hatte leider nicht der Lehrer. Es lag an mir. Denn auf der Heimfahrt nach der ersten Vorlesung schoß es mir abends in der U-Bahn plötzlich durch den Sinn: He, für alle löse ich Probleme, nur die eigenen nicht. Miss Kennelly habe ich beim Verkauf der Taschenbuchrechte geholfen. Janice habe ich die Beförderung verschafft. Ganz zweifellos habe ich Lukas Yoder geholfen. Und der einen Autorin auch, daß sie ihren Krimi hinbog, der so schön angefangen und so dumm geendet hatte. Was, zum Teufel, tu ich aber für mich selbst?

Die Sorge ließ mir keine Ruhe. Da war ich nun mit meinen vierundzwanzig Jahren, ohne weitere Perspektive, nicht mal einem Ansatz von Perspektive. Mein Problem: Ich kannte keine jungen Männer, und bald sah es so aus, als ob die sechzig Dollar, die mir Onkel Judah fürs Hochzeitskleid hinterlassen hatte, auf ewig auf irgendeiner Bank Zins und Zinseszins anhäuften, während ich bei allem, was Hosen trug, keinerlei Interesse weckte. Ich hatte mal ein Auge auf einen Kollegen vom Sachbuch geworfen, einen vielversprechenden jungen Mann Ende Zwanzig, Sigurd Jeppson hieß er, und hatte mir Hoffnungen gemacht, bis sie eines Abends zerplatzten, als ich eine brillante junge Redakteurin von *Harper's Magazine* im Flur auf ihn warten sah, die ihn dann leidenschaftlich umarmte. Wie sich nach einigen Telefonaten herausstellte, hatte sie am Smith College Anglistik studiert und mit *summa cum laude* abgeschlossen, wurde von den Eltern finanziell stark unterstützt und besaß ein Sommerhaus im Staat Vermont. Als ich die Konstellation erfuhr, wußte ich: Dagegen hatte ich keine Chance.

Doch am zweiten Abend des Winterkurses sah ich plötzlich ihn! Er saß in einer Reihe vor mir ganz außen, so daß ich von seinem anziehenden Profil einen guten Blick erhaschte, sein dunkles Haar sah und die intensive Konzentration bemerkte, mit der er zuhörte. In der Pause warf ich mich ihm praktisch in den Weg und erfuhr, daß er drei Jahre älter, in der Bewältigung von Lebensproblemen und literarisch mir jedoch zwanzig Jahre voraus war. Er hieß Benno, Benno Rattner, hatte das Studium an der Universität Columbia nach dem zweiten Jahr abgebrochen – das machte ihn mir irgendwie ähnlicher –, aber auch zu Beginn des Vietnamkriegs als Soldat gedient – und das machte ihn mir wiederum völlig fremd.

Ich sagte mir: »Also, der ist mein Typ!« Nach dem Kurs ging ich nicht gleich fort, weil ich hoffte, man würde sich kennenlernen, und hatte Glück – es kam so, wie ich gehofft hatte. Er sprach mit leiser, beherrschter Stimme und suchte im Gespräch nicht im mindesten, den Ton anzugeben, obwohl er bestimmt wußte, daß ihm das mit seinem blendenden Aussehen ein leichtes gewesen wäre.

Ich merkte recht bald, was das wesentliche Moment seines Charmes ausmachte: Er hörte wirklich zu, wenn Menschen ihm etwas erzählten; und wenn er widersprechen mußte, so tat er es mit dem freundlichsten Lächeln der Welt. Der Mensch, dem er widersprach, mochte mit ihm streiten wollen; doch dieses Lächeln, bei dem man seine blendendweißen Zähne sah, war einfach entwaffnend – das Lächeln und ein Ausdruck echter Freundlichkeit. Und das alles war natürlich ganz besonders wirkungsvoll, wenn sein Gegenüber eine Frau war – also zum Beispiel ich.

Er vertrat stets die unwahrscheinlichsten Thesen, als wolle

er da weitermachen, wo Cater aufgehört hatte; er behauptete, in der Literatur seien die letzten Wahrheiten zu finden, die extremsten menschlichen Verhaltensweisen, die komplexesten Beweggründe. »Wir sind doch nicht bei Aesops Fabeln stehengeblieben.«

Die gängige Kriegsliteratur tat er besonders verächtlich ab. »Ich finde das alles völlig inakzeptabel: das gute alte Regiment mit dem Schwarzen, dem Kerl aus Brooklyn, dem sensiblen Schwulen, dem schwachen Lieutenant und dem harten Sergeant beim Angriff – alles oder nichts! – auf das Fort Beau Geste. Die Fremdenlegion ist doch tot, oder?«

»Und was *wollen* wir statt dessen?« fragte ein junger College-Professor aus New Jersey, und ich bekam ganz große Augen, als ich Rattners Antwort hörte: »Wir brauchen ein Buch mit Menschen, die innerlich zerrissen werden von den sechs Dingen, die sie an einem einzigen Tag zu tun haben: Erstens, einem katholischen Priester zuhören, der seine honigsüße Ansprache auf einen Sarg herabträufeln läßt, der nach, sagen wir, Minnesota eingeschifft wird. Zweitens, Habachtstellung annehmen, wenn ein Oberst aus dem tiefsten amerikanischen Süden zu seiner Einheit aus zwei Dritteln Schwarzen spricht, die sich auf dem Vormarsch gegen eine feindliche Stellung im Dschungel befindet. Drittens, ein elfjähriges Vietnamkind von einem Baum herunterschießen, weil es sich über Amerikaner lustig gemacht hat. Viertens, Benzin über Reisfelder gießen und anstecken und die Landbevölkerung aushungern, weil sie es mit den Kommunisten gehalten hat. Fünftens, am Rand eines Dorfs stehen, auf das aus der Luft Napalmbomben abgeworfen werden und die Schlitzaugen – Männer, Frauen, Kinder – erschießen, wenn sie zu fliehen versuchen. Sechstens, im Zelt einen Brief schreiben an die Lieben daheim. Und im Roman sollten all diese Figuren richtige Menschen des Jahres 1968 sein: der Junge im Baum, der Oberst, die alte Frau auf der Flucht vor den Flammen, der junge Pilot, der das Napalm abwirft, und ganz besonders der Erzähler selbst.«

»Und Sie glauben, Sie könnten das schreiben?« fragte der Professor, worauf Rattner ihn anfuhr: »Es muß geschrieben werden. Wenn es von Ihren jungen Studenten keiner macht, muß ich es wohl tun.«

Ich näherte mich ihm zum Schluß des Gesprächs mit den Worten: »Was Sie sagen, macht Sinn. Ich bin Lektorin. Wir halten unentwegt Ausschau nach Schriftstellern Ihrer Art.«

Er sah mich von oben herab an und sagte: »Ich bin kein ›Schriftsteller Ihrer Art‹. Ich gehöre keiner Kategorie an. Ich habe dieses Seminar besucht, um zu sehen, ob ich lernen kann, so zu sein, wie ich bin, ganz individuell, als jemand, der nur für sich allein steht und eine Wahnsinnsgeschichte zu erzählen hätte, wenn er sie zusammenbrächte.«

»Ich hab's so gemeint: Verlage suchen einmalige Autoren, wie Sie einer sind. Andere taugen einen feuchten Dreck.«

»Und wo sind Sie Lektorin?«

»Bei Kinetic.«

Zuerst lächelte er. Dann lachte er laut heraus. »Das ist wirklich ein Zufall – wie man ihn als Schriftsteller in einem Roman nicht verwenden dürfte.«

»Wieso?«

»Vor zwei Tagen habe ich fünf Kapitel und ein Exposé bei Kinetic eingereicht.«

»Bei wem?«

»Bei Kinetic. Ich habe es dort abgegeben.«

»Das darf doch nicht wahr sein! Dafür sind Sie doch viel zu klug. Wissen Sie denn nicht, was mit Manuskripten passiert, die unverlangt hereinkommen?« Und die Hälfte von Caters Studenten hörte mit, als ich erklärte, wie in großen Verlagen unverlangt eingesandte Manuskripte behandelt werden. »Bei Kinetic nennen wir den Stapel ›Mount Dreck‹ – eine zutreffende Bezeichnung. Von neunhundert Texten kommen nur drei einem richtigen Lektor zu Gesicht.«

»Meine herausragende schriftstellerische Leistung hätte demnach keine Chance?«

»Nicht die geringste. Aber wie heißen Sie doch? Benno Rattner. Und Sie haben es vor zwei Tagen abgeschickt. Ich werde nachsehen, ob es noch in dem Haufen begraben ist.«

Als die anderen gingen, sagte er: »Ich hätte Sie zu einem Glas Wein eingeladen – wenn Sie mir nicht gesagt hätten, daß Sie bei Kinetic arbeiten. Nun geht das nicht mehr. Säh' doch so aus, als ob ich mir durch Scharwenzeln einen Vorteil verschaffen wollte, oder?«

»Gegen so etwas bin ich immun«, sagte ich. Ich wollte den Kontakt mit diesem aufregenden Mann nicht verlieren. »Im übrigen würde ich gern mehr über Ihre Ideen hören.« Und so liefen wir auf der Fifth Avenue in der winterlichen Luft in südlicher Richtung. »Sie verwenden ungewöhnliche Ausdrücke beim Sprechen. Etwa ›Scharwenzeln‹«, sagte ich, und er gab zurück: »Gefällt Ihnen ›Courschneiden‹ besser?« Als ich anführte, ich verdankte mein großes Vokabular aufmerksamer, intensiver professioneller Arbeit, sagte er: »Meines ist mir angeboren. Ich komme aus einer gebildeten jüdischen Familie – mit einer Schar von Onkeln und Tanten –, wo pausenlos diskutiert wird.« Als ich schwieg, meinte er: »Sie werden mich in der Bar bestimmt auffordern: Erzählen Sie mir alles über Vietnam.«

»Aber nein«, sagte ich leicht alarmiert. »Als Lektorin interessiert mich in erster Linie etwas anderes: Wie wollen Sie bei der doch beschränkten Länge eines Romans Ihren Figuren gerecht werden? Dem Jungen im Baum, dem schwarzen Soldaten, der sich weigert, auf die Dorfbewohner zu schießen ...?«

So fing es an, und wir unterhielten uns bis um zwei Uhr in der Früh, spielten Gedankenbälle hin und her, lehnten die Ideen ab, die vor den 60er Jahren gängig waren und testeten vorsichtig Vorstellungen, die Evan Cater propagierte. Wer uns zugehört hätte, wäre bestimmt zu dem Schluß gekommen, daß Rattner den besseren Zugang zu den psychologischen Hintergründen und ich einen sicheren Sinn dafür besaß, wie sie literarisch umgesetzt werden könnten. Daß wir uns gegenseitig respektierten, stand außer Zweifel.

Als Rattner für beide zahlen wollte, sagte ich: »Getrennte Kasse.« Er fragte: »Sind Sie sicher, daß Sie sich das leisten können? Ich kriege einen monatlichen Scheck von zu Hause.«

»Und ich von Kinetic«, sagte ich.

»Ich kann Sie wirklich nicht den ganzen Weg bis zum nördlichen Ende der Bronx nach Hause bringen«, meinte er zum Abschied, »aber es war für mich ein gewinnbringender Abend. Anders als die ganzen sinnlosen Nächte in Vietnam.«

»Sie klangen für mich überhaupt nicht sinnlos«, sagte ich und machte mich auf den Weg zur U-Bahn, zu der er mich aber doch begleitete, damit ich sicher durch die dunklen Schatten am Washington Square kam. Bevor ich an der Eighth Street im Subway verschwand, versprach ich: »Ich werde auf dem Drecksberg nach Ihrem Manuskript suchen. Haben Sie Rückporto beilegt?«

Er wurde böse. »Tun Sie nicht so herablassend! Ich kenne mich immerhin hinreichend aus, um Rückporto beizulegen.«

»Wann haben Sie es abgeschickt?«

»Vor drei Tagen. Persönlich abgegeben.«

»Sie hatten gesagt, vor zwei.«

»Das war gestern.«

Auf der langen Fahrt gen Norden las ich gewöhnlich die neue *Times*, doch in der Nacht saß ich mit gefalteten Händen da und dachte darüber nach, wie aufregend doch die Begegnung mit einem dynamischen jungen Mann sei, der etwas von Büchern verstand. Plötzlich richtete ich mich auf. Wäre er vielleicht der Richtige für mich? Der, auf den ich schon immer gewartet hatte! Bei diesem glücklichen Gedanken hatte ich Mühe, ein Lachen zu unterdrücken – weil ich an die Tricks denken mußte, die ich mir in so manch langer Nacht überlegt hatte, um Evan Cater von seiner Frau wegzulocken und eine leidenschaftliche Affäre mit ihm zu haben. Und was für einen Schlag es mir versetzt hatte, als ich erfuhr, daß er keine Frau hatte und wohl auch nie eine haben würde!

»Aber Benno«, überlegte ich, »er wirkt so vernünftig. Und

noch dazu ein angehender Schriftsteller, der etwas zu sagen hat.« Als der Zug sich meiner Station näherte, dachte ich: Wenn er sein Manuskript persönlich abgegeben hat, muß ich schauen, ob es sich noch im Hause befindet, und ich spürte einen Stich von Angst beim Gedanken an ein kürzliches Gespräch mit Janice, die meine alte Stelle beim ›Mount Dreck‹ übernommen hatte. Auf die Frage, wie sie vorankomme, hatte sie stolz erwidert: »Ich schicke oft alles am gleichen Tag zurück, an dem es eintrifft.« Ich konnte nur hoffen, daß ihr Arbeitseifer in den letzten Tagen schwächer geworden war.

Am Morgen eilte ich im Büro sofort in den fünften Stock, um Janice zu sprechen. »Ich habe gestern abend in der New School einen jungen Schriftsteller kennengelernt. Als er hörte, daß ich hier arbeite, sagte er wie aus dem Blauen: ›Dort habe ich vor zwei Tagen ein Manuskript eingereicht.‹ Es war unangefordert, Rückporto lag bei. Haben Sie es eventuell schon wieder zurückgeschickt?«

»Kennen Sie seinen Namen?«

»Ja. Benno Rattner.« Als ich den Namen betont langsam noch einmal wiederholte, rief Janice: »Ich glaub's nicht! Hier, sehen Sie sich die Aktennotiz an!« Und sie zeigte mir eine Notiz der Art, wie ich sie oft genug selbst geschrieben hatte:

> Miss Marmelstein: Da Sie den Problemen der jungen Generation aufgeschlossen gegenüberstehen, könnten Sie vielleicht den Blick auf etwas werfen, das gerade am Empfang abgegeben worden ist. Sie würden, wie ich glaube, damit Ihre Zeit nicht verschwenden, auch wenn das Manuskript natürlich noch nicht perfekt ist.
>
> Janice Croop

»Und wo ist das Manuskript jetzt?« wollte ich wissen. »Es müßte auf Ihrem Schreibtisch liegen«, sagte sie. »Rachel hat es heute früh abgeholt.« Ich raste in mein Büro.

Dort fand ich es nicht. Ich fragte ganz erregt: »Hat Rachel die Hauspost schon verteilt?« Keiner konnte sich erinnern, doch bald darauf kam sie, mit den Fahnen für den modernen Frauenroman, den ich lektorierte, und Janice' Notiz nebst dem dazugehörigen Manuskript Rattners.

Ich griff nach dem Karton, der aussah wie alle anderen, mit denen ich zu tun gehabt hatte, und stellte ihn fast ehrfürchtig vor mich hin, nachdem ich alles andere weggeschoben hatte. Dann starrte ich einfach darauf, bevor ich mir ein paar Seiten ansah und das Stoßgebet von Lektoren sprach, die mit der Arbeit eines ihnen persönlich bekannten Autors zu tun bekommen: »Hoffentlich ist es gut.«

Ich legte die Aktennotiz feierlich beiseite, hob den Deckel ab und legte ihn auf den Schreibtisch, um die untere Hälfte, die das Manuskript enthielt, hineinzustellen; auf die Weise würde ich das Oberteil nicht verlieren, für den Fall, daß ich das Manuskript zurücksenden müßte. Das war reine Routine, doch dabei fiel mir auf: Ein durchsichtiges Kuvert mit Briefmarken war von innen mit Tesafilm angeklebt, und der Karton, der ja nur ein Teilmanuskript enthielt, war mit zerknülltem Zellstoffpapier ausgestopft.

Die ersten Absätze bewiesen, warum Janice das Manuskript vom Drecksberg gerettet hatte. Sie waren geradezu eine Kette eindrucksvoller Bilder: Der Schauplatz – ein Reisfeld – mit einer einsamen Frau, die unter ihrem spitzen Hut auf Knien arbeitete, war einem sofort unmittelbar gegenwärtig. Da ich als Lektorin inzwischen Erfahrung besaß, sah ich auch gleich einen Mangel, den Janice möglicherweise übersehen hatte: Die Absätze waren nicht richtig aufgebaut; was ihnen fehlte, war ein Leitsatz, welcher das Thema der Passage angab, zu dem der Rest verstärkend und vertiefend an Konzept, Handlung oder Stimmung beitrug.

Er weiß wirkungsvolle Bilder einzusetzen, aber nicht, wie Dynamik entsteht, dachte ich mir; anderseits konnte ich die Seiten aber auch nicht wieder weglegen und mich meinen

Routine-Aufgaben zuwenden, weil ich hoffte, das erste Kapitel sei bloß ein szenisches Vorspiel, dem eine stärker entwickelte Handlung folgte. Leider war dem nicht so, wie ich vor der Mittagspause im Gutachten an Miss Denham festhielt:

> Rattner, Benno: *Der grüne Sumpf*. Ein zeitgemäßes, notwendiges Werk über Vietnam, eindringlich, weil anders. Wunderbar, was die Bilder betrifft und den Gebrauch der Sprache, im Aufbau schwach, ohne vorwärts treibenden Schwung, jedenfalls in diesen Probekapiteln. Empfehle aufmunternden Brief in Erwartung einer kompakteren Struktur und biete auf Wunsch persönliches Gespräch über das Manuskript an.

Es war halb eins, als ich meine Analyse in sechs Absätzen beendet hatte, mit dem Schluß, aus diesem unvollständigen Manuskript könne sehr wohl ein Buch werden, das Kinetic zu verlegen wünsche – sofern der Autor in diesem kritischen Stadium einen klaren Rat bekäme. Ich warf das Gutachten, das mich einigermaßen befriedigte, in die Postlade, packte das Manuskript zusammen mit dem Füllpapier wieder in den Karton und blickte auf die Uhr: »Meine Güte! Halb zwei! Ich habe beinahe das Mittagessen verpaßt!« Und ich war schon auf dem Weg zur Tür, als mein Blick aufs Telefonbuch von Manhattan fiel und ich stehenblieb. Ich blätterte, öffnete das Paket wieder, das ich eben erst weggestellt hatte, und suchte die Adresse – Bleecker Street. Ich fand an der Bleecker Street im Telefonbuch keinen Rattner und ging noch einmal sämtliche Rattners durch – vielleicht wohnte Benno bei seinen Eltern. Wieder Fehlanzeige. Ich setzte mich wieder an meinen Schreibtisch, um eine kurze Empfangsbestätigung an Rattner zu schreiben – ich hätte sein Manuskript gefunden, und es schiene mir interessant. Ich würde mich sehr gern nach der nächsten Seminarsitzung bei Evan Cater mit ihm darüber unterhalten.

In den folgenden Jahren, also von 1968 bis 1970, geriet ich beruflich wie privat in einen Wirbel von Gefühlen. Es war im Grunde keine negative Phase; denn wenn die Stürme mich manchmal auch umwarfen, so hoben sie mich häufiger noch in schwindelnde Höhen.

Als Lektorin arbeitete ich eng zusammen mit Lukas Yoder an der Vollendung seines zweiten Romans, *Der Hof*. Ich half ihm beim Feinschliff; es war eine schöne Arbeit. Zur gleichen Zeit rang ich jedoch völlig unproduktiv mit Benno Rattner um sein Vietnam-Manuskript. Der Dutchman war ein geduldiger, fast gemächlicher Arbeiter, der den Blick auf ein festes Ziel gerichtet hielt, dem er sich trotz aller Störungen und Irritationen beharrlich näherte; der Vietnam-Veteran war so unbeständig und strebte in so viele Richtungen zugleich, daß er nicht auf einen Lichtpunkt zuzuschreiten schien, sondern auf ein Nordlicht, das in allen Richtungen über den Himmel zuckte. Und während ein bloßes Wort von mir Yoder auf den richtigen Weg brachte und ihm Zuversicht gab, über viele Seiten eine schwierige Neufassung des Textes vorzunehmen, war Rattner bei der leisesten Kritik eine Woche lang so deprimiert, daß er der Schreibmaschine total aus dem Weg ging. Infolgedessen stapfte der Bauer aus dem Dutch Country zielstrebig der Fertigstellung seines Romans entgegen, während der Vietnamveteran um sich schlug, sich in den Dschungeln Südostasiens verlor und auf eine rettende Inspiration wartete.

Der Gegensatz zwischen den beiden schriftstellerischen Methoden – professionelles Wissen, das auf einer langen Schreiberfahrung basierte, im Unterschied zu dilettantischem Improvisieren, das sich auf Momente blitzartiger Eingebung verließ – war Rattner schmerzhaft bewußt; er hörte mich ja oft genug von Yoder sprechen, und das immer in einem Sinn, der ihn selbst herabzusetzen schien. Schon die Bemerkung, daß Yoder soeben den Umbruch seines angekündigten Romans lese, verletzte ihn, auch wenn es nicht beabsichtigt war; denn dem stand nun einmal die Tatsache gegenüber, daß Rattner sein Manuskript nicht so weit vorangebracht hatte, daß es in Druck gegeben werden konnte, und dieses Faktum irritierte ihn nicht minder als mich. Ein Hinweis auf Yoder fiel unweigerlich immer zu Rattners Nachteil aus, so daß er mich eines Tages anfuhr: »Ich will nichts mehr hören von deinem verdammten Dutchman und dem Mist, den er produziert.« Ich war drauf und dran, ihm zu erwidern: »Du könntest von Glück reden, wenn du etwas zustande brächtest, was nur halb so gut ist«, konnte mich aber doch noch zusammennehmen beim Anblick des gutaussehenden, talentierten Mannes, der seine Probleme ehrlich, wenngleich erfolglos zu lösen versuchte.

Der Kontrast zwischen Yoder, einem bedächtigen Mann mittleren Alters, und dem stürmischen, jungen Rattner wurde dadurch noch krasser, daß ich mich heftig in Benno verliebt hatte. Das war ein völlig anderes Erlebnis als die sanften, romantischen Träume über Sigurd Jeppson und Professor Cater; es war ein totales Eingehen auf einen jungen Mann, der in jedem Sinn wunderbar war: schön, intelligent, engagiert, anregend und auffallend, ganz gleich, unter welchen Menschen er sich bewegte. Ich hätte nie zu hoffen gewagt, daß einer wie er sich je für mich hätte interessieren können, und sah mich im Kurs gelegentlich nach anderen jungen Lektorinnen um – eine Gruppe von Klassefrauen – und überlegte: Wer von diesen Hübschen wird ihn mir wegnehmen?

An unseren ersten Kuß kann ich mich erinnern, als wär's gestern gewesen. Wir hatten eine fantastische Vorlesung bei Cater gehört, der sich eine zwanglose Diskussion in einem Bistro am Washington Square anschloß, und Benno war einfach brillant, als er sich über sein Idol Stendhal und die Magie ausließ, mit der dieser leidende französische Autor die Seelenqualen unterschiedlichster Menschen ans Licht bringen konnte. Anschließend begleitete Benno mich zur U-Bahn-Station an der Eighth Street, wo er sich schon mehrmals mit der Entschuldigung verabschiedet hatte: »Lustiges Mädchen, ich *kann* nicht die ganze Strecke mit Ihnen hoch und wieder retour fahren, nur um Ihnen gute Nacht zu sagen. Sie wären es wert, aber das geht über meine Kräfte. Mr. Rattner bittet um Nachsicht.« Diesmal setzte er schon zu einer zusätzlichen Selbstparodie an, als er mich plötzlich umarmte und voller Leidenschaft küßte: »Sie sind es wert! Sie sind etwas ganz Besonderes.« Ich war so überwältigt, daß mir die Worte fehlten, um ihm zu sagen, wieviel *er* mir bedeutete.

Auf der Fahrt in den Norden von New York – ich war wie im Traum – machte mir eine tiefe Unsicherheit zu schaffen. Ich begann an mir selbst zu zweifeln, quälte mich mit Fragen: Warum sollte er eigentlich an mir Interesse finden? Wie konnte sich ein so gebildeter Mann überhaupt mit mir unterhalten wollen statt mit einer der anderen, viel kultivierteren, mondänen Frauen? Ich hatte so wenig Selbstvertrauen, daß ich am nächsten Morgen Miss Wilmerding mit der Bitte anrief, ob ich ein wichtiges persönliches Problem mit ihr besprechen könnte. Sie meinte recht spitz: »Dazu bin ich da. Kommen Sie.« Sie muß wohl sehr überrascht gewesen sein, als sie merkte, welch ganz normale Probleme mich beschäftigten: »Ich bin so unsicher, weil ich keine Universität besucht habe. Ich habe mir Mühe gegeben, es wettzumachen. Sie wissen das ja. Aber lerne ich wirklich genug? Ich meine, mache ich in meinen Studien auch genug Fortschritte, um eine sichere Stellung als Lektorin zu haben?«

Sie lachte. »Miss Marmelstein! Nach den Abendkursen, die Sie mit unserer finanziellen Unterstützung besucht haben! Bei dem Lesepensum, das Sie, wie ich weiß, daneben absolvieren! Du meine Güte! Damit haben Sie mehr getan als für einen durchschnittlichen Universitätsabschluß erforderlich wäre. Bestimmt! Sie sind manchem höchst erfolgreichen Lektor in New York um Meilenlängen voraus. Glauben Sie mir!« Sie schenkte mir ein warmherziges Lächeln. »Und auch einigen Herren und Damen hier im Hause. Verstand haben Sie. Das kann ich Ihnen versichern. Die praktische Erfahrung müssen wir uns alle mit der Zeit aneignen.«

Sie begleitete mich zum Lift. »Behalten Sie für sich, was ich Ihnen jetzt sage: Sie sollen wegen Ihres besseren Auftretens ein Lob bekommen. Ich wünschte mir nur, ich hätte Ihr Körpergewicht und meine Kleider säßen mir ebenso gut.« Sie gab mir einen mütterlichen Klaps auf die Schulter und schickte mich wieder an die Arbeit, und wann immer ich an einer Tür oder Wand vorbeikam, deren Glas mein Spiegelbild zurückwarf, versuchte ich an dem Tag einen Blick von mir zu erhaschen und war gar nicht so unglücklich über das, was ich da sah.

Am Freitag abend bat mich Evan Cater nach der Vorlesung, einen Moment zurückzubleiben: »Sie arbeiten als Lektorin bei Kinetic. Eine erstaunliche Position bei Ihrem Alter!«

»Ich komme mir wirklich äußerst jung vor – viel zu jung. Schauen Sie, ich habe nur ein Jahr studiert.«

»Liebe junge Dame, nach Ihrer Mitarbeit in meinem Seminar zu urteilen, besitzen Sie in den Dingen, auf die es ankommt, längst einen Doktor. Sie gehören zu meinen besten Schülern.«

Ich muß rot geworden sein, weil er dann nämlich rasch hinzufügte: »Wie konnte ich nur so etwas sagen – noch dazu, bevor ich Sie um einen Gefallen bitten möchte. In meinem Kurs für Anfänger, den Sie ja selbst einmal besucht haben, gibt es, wenn ich mir da ein Urteil anmaßen darf, eine sehr begabte junge Frau, und ich habe mich gefragt, ob Sie wohl einen Blick auf ihr Manuskript werfen könnten, das ich zu neunzig Prozent für vollendet halte? Damit es nicht auf dem Misthaufen untergeht.«

»Es wäre mir eine Ehre, Professor Cater. Durch Ihre Kurse wird man schöpferisch. Außerdem vertraue ich Ihrem Urteil.«

»Ich hatte gehofft, daß Sie ähnlich reagieren würden, und habe das Manuskript deshalb gleich mitgebracht.« Die junge Frau – ein Talent nach Art von Sylvia Plath – wurde meine Entdeckung des Jahres.

Ich ging deshalb auch mit größerem Selbstvertrauen auf

Benno Rattner zu, der auf mich gewartet hatte, während ich mit Professor Cater sprach. Ich war fachlich kompetent. Ich war gebildet. Ich hatte eine sichere Stellung und sah, wie ich mir gestand, gar nicht so übel aus. Mit den Attributen im Alter von vierundzwanzig Jahren mitten im geistigen Leben von New York zu stehen – war das etwa nicht großartig, wenn noch dazu ein junger Mann mich eindeutig interessant fand?

Als wir abends die Station an der Eighth Street erreicht und beinahe eine halbe Stunde am Eingang gestanden hatten, sagte er schließlich wie nebenbei: »Meine Wohnung liegt dort drüben.« Beiden von uns war klar – diesmal würde ich nicht mit ihm mitgehen, doch es war nur noch eine Frage der Zeit.

Drei Wochen später, als meine Liebe zu Benno Formen angenommen hatte, wie ich sie nie erlebt und auch nie für möglich gehalten hätte, kam es zu einer Entscheidung. Er hatte die Ideen, die Cater im Kurs vorgetragen hatte, in den anschließenden heißen Diskussionen auf faszinierende Weise weiterentwickelt, und darüber war es zwei Uhr morgens geworden. Auf unserem üblichen Weg zum Subway meinte Benno: »Es ist eigentlich albern, daß du so spät nachts die lange Strecke bis zur Bronx fährst. Warum machst du es dir nicht in meiner Wohnung bequem? Und fährst am Morgen in die Stadt?«

Meine Antwort erfolgte so rasch, als wäre sie vorbereitet gewesen: »Das scheint eine gute Idee. Ich schaue mir heute abend deine Wohnung einmal an und überleg' mir's für nächsten Freitag.« Wir gingen am Eingang zur Subway vorbei bis zu einem neuen Block in der Bleecker Street, wo die Eltern Rattner eine Wohnung gekauft hatten. Als ich den Perserteppich in weiß, blau und gold und die beiden Bücherregale, das Fisher-Hi-Fi und drei große Reproduktionen von Bildern Monets sah, dachte ich nur: Wie schön, daß wir den gleichen Geschmack haben!

Als ich in Bennos Armen lag, dachte ich überhaupt nicht mehr an den Heimweg. Doch als ich schließlich zur langen

Fahrt mit der U-Bahn aufstand, passierte etwas Merkwürdiges. Ich hatte die Türklinke schon angefaßt, da schien mich eine starke Hand zurückzuhalten, und ich wandte mich flüsternd um: »Ach, Benno, bei dir ist's so schön. Ich kann nicht fort.« Und ich rannte auf ihn zu, um nach seiner Hand zu greifen, und stieß dabei mit solcher Wucht gegen ihn, daß er nach hinten aufs Bett fiel und mich mitriß, und der Gedanke ans Heimgehen kam an dem Abend nicht wieder auf.

Als ich mich am folgenden Freitag morgen auf den Weg in den Verlag machte, trug ich zwei große Koffer, die ich am Abend zum Kurs bei Cater mitschleppte. Als Benno mich eintreten sah, zog er die Brauen hoch; ich nickte. Der Entschluß, zu ihm zu ziehen, hat mich so glücklich gemacht, wie es mir selten widerfahren ist.

Das Jahr 1970 brachte eine Serie beunruhigender kleiner Probleme; für sich genommen war keins gravierend, doch alle zusammen bildeten einen Schatten über meinem Leben. Ich arbeitete fieberhaft, um drei Titel gleichzeitig druckfertig zu machen, saß stundenlang neben Yoder, um ihm bei letzten Textverbesserungen zu helfen, weil beiden von uns klar war, daß vom Erfolg dieses Buches alles abhing. Unterdessen rang Benno mit einer völligen Neufassung seines Romans, dem er inzwischen den Titel *Grüne Hölle* gegeben hatte, und dieses Ringen bedeutete für ihn eine eigene Hölle, eine Hölle, die Schriftstellern vertraut ist; während dieses verwirrenden Ringens, bei dem sie sich ganz in sich zurückziehen, sitzt ihnen ein Dämon im Nacken, von dem sie nicht mehr loskommen. Wenn auf dem Höhenflug der Anfangsphasen die Vögel sie jubilierend himmelan begleiten, kann Schreiben erhebend sein; das Umschreiben ist ziellos wie ein Grabenkrieg; vier von fünf Ansätzen verlaufen fruchtlos.

Ich erlebte mit Benno aber auch frohe Nächte, so an Freitagen, wenn wir etwas von dem heiligen Feuer fingen, das Cater so freigebig entfachte. Benno lud nach dem Seminar häufig ein paar von den Hörern auf ein Glas zu sich in die Wohnung, wo die Gespräche fortgesetzt wurden, und an zwei Abenden kam Cater mit und erläuterte noch bis zwei Uhr früh ein paar wesentliche Aspekte. Einmal saß Benno neben Cater, da kam mir eine so wahnwitzige Erinnerung, daß ich hellauf lachen mußte; es war eine Erinnerung an den Winter, als ich Cater in mein Bett zu locken gehofft hatte. Sieh ihn dir an, dachte ich, er kann so brillant sein, wie er will, er ist doch ein alter Mann und Benno ein junger Tiger, der seine Zukunft vor sich hat. Kleine Mädchen müssen erwachsen werden, aber es ist schon merkwürdig, auf welch komischen Umwegen das geschehen kann.

An anderen Abenden der Woche besuchte ich an der New York University Kurse zu technischen Verlagsfragen und rannte hinterher beinahe durch die Straßen zur Wohnung, wo mich Benno mit kalten Getränken und warmem Herzen erwartete. An solchen Tagen war es so himmlisch, schlafen zu gehen, daß ich mir ein anderes Leben gar nicht vorstellen konnte, weil zwischen uns einfach alles stimmte.

Warum wir nicht geheiratet haben? Dafür würde mir heute noch eine genaue Erklärung schwerfallen. Ich hatte eine gewisse Vorstellung von der Emanzipation der Frau und von Zeit zu Zeit, um ehrlich zu sein, das klare Gefühl, daß ich besser in die moderne Zeit paßte als Benno, und spürte dann: Die Ehe mit ihm würde für mich eine Bürde werden, die sich auf die Dauer lästig oder gar selbstzerstörerisch auswirken könnte. Vereinfacht gesagt: Ich war stärker als er, und eine schützende innere Stimme warnte mich: »Nimm dich vor ihm in acht.«

Warum er nicht auf Heirat bestand, ist schwieriger zu erklären. Ich gewann manchmal den Eindruck, er hätte Angst, der Schwächere zu sein, solange er nicht seinen Roman erfolgreich abgeschlossen und herausgebracht hätte. Erst dann könnten wir auf gleichem Niveau konkurrieren; meine Leistungsfähigkeit war ja längst bewiesen. Nur war die Ironie die, daß er sich ausgerechnet von der Person bedroht fühlte, auf deren Hilfe er zur Vollendung seiner Arbeit angewiesen war. Insofern schreckten wir beide aus Vorsicht davor zurück, unsere Beziehung formell zu besiegeln.

Es war keineswegs so, daß wir nicht zusammenpaßten. Wir sprachen gern über Bücher und über die Thesen, die Evan Cater auf seinen Kursen vortrug. Wir setzten beide hohe Erwartungen in ein gutes Buch und seine Wirkungskraft. Und im Bett hatten wir immer unseren Spaß. Wir waren ein glückliches Paar. Der einzige Schatten am Horizont rührte daher, daß weder meine noch seine Eltern mit unserem Zusammenleben besonders glücklich waren.

Mit einer Reihe genau bedachter Indiskretionen hatte ich meine Eltern vorbereitet auf das, was sie als schreckliche Wahrheit empfinden mußten – auf die Tatsache nämlich, daß ich nicht in der eigenen, sondern in seiner Wohnung lebte. Sie hatten Benno noch nicht kennengelernt; als sie ihn dann kannten, fragten sie im Ton bitterer Enttäuschung: »Wenn er so wunderbar und wirklich so begabt ist, warum heiratest du ihn nicht?« Ich habe darauf erwidert: »Ich muß erst auf eigenen Füßen stehen lernen.«

Und als Benno daheim erklärte, daß ein Mädchen namens Shirley Marmelstein die Wohnung mit ihm teile, meinte seine Mutter: »Das ist aber ein komischer Name – in der schicken Wohnung. Klingt nach Verkäuferin bei Bloomingdales.« Er versicherte, ich zählte zu den fähigsten jungen Lektoren in New York und sei ein Genie. »Prima«, sagte seine Mutter. »Dann heirate sie, damit ihr geniale Kinder kriegt.« Er versprach, darüber nachzudenken, unternahm aber nichts, um mich mit seinen Eltern bekannt zu machen.

Regelmäßig einmal im Monat schien in unserem idyllischen Zusammenleben ein Sturm heraufzuziehen; so auch, als Lukas Yoders Roman *Der Hof* von allen wichtigen, meinungsbildenden Zeitschriften ignoriert und in der Tagespresse nur schwach beachtet wurde. Als Benno so gemein war zu behaupten: »Dein berühmter Dutchman ist, wie ich sehe, wieder voll auf den Arsch gefallen«, schrie ich: »Er hat wenigstens einen Roman fertiggekriegt, mit dem er auf den Arsch fallen konnte.« Das war der Auftakt zu einer bösen Auseinandersetzung, nach der wir zwei Tage nicht miteinander sprachen. Am Morgen des dritten Tags sagte ich ihm: »Liebling, bedenke: Wenn du dich über Yoders Fehlschlag lächerlich machst, machst du auch mich lächerlich. Es ist ja schließlich auch mein Buch, und ich bin untröstlich, daß es keine Beachtung findet.«

Ich sagte das mit so viel Gefühl, daß er nach mir griff und mir die Hand küßte und meinte: »Ich bin ein richtiges Arschloch gewesen, nicht wahr?«, und er schenkte mir sein Ich-schenk-dir-den-Himmel-Lächeln. Ich fuhr auf dem Weg ins Büro im U-Bahn-Lift nach unten, als mir der tröstende Gedanke kam: Jedenfalls sind uns beiden Bücher wichtig, und Benno sieht alles so klar, daß er mit seinem Problem schon zu Rande kommen wird. Aber es dauert verdammt lange.

Während der nächsten drei Jahre wurde meine Position bei Kinetic durch eine Reihe solider Bücher gefestigt, die ich selbst entdeckte und bis zum Erfolg durchzog. Im Verlag hieß es: »Marmelstein hat die drei Grundelemente, die einen guten Lektor ausmachen. Sie kann den zündenden Roman entdekken, den die Leute lesen wollen. Sie spürt Themen für starke Sachbücher auf und die Autoren, die sie schreiben können. Und das Beste überhaupt: Sie vermag Bücher hervorzubringen, die Leute auch in fünfzehn Jahren noch lesen wollen.« Im Jahre 1972 kam Mr. MacBain eines Nachmittags zu mir ins Büro: »Miss Marmelstein, einige Ihrer Titel zeigen schon heute, daß sie von Dauer sind. Dauerbrenner sind für den Verlag existenzsichernd. Suchen Sie weiter in den Nischen.«

Dieses Vertrauensvotum des Verlagschefs gab mir den Mut, mich dem gesamten Lektoratskomitee entgegenzustellen, als Lukas Yoder nach seinen ersten beiden Flops fallengelassen werden sollte. Ich konterte: »Die zwei Erfolgstitel, die ich entdeckt und betreut habe, beweisen, daß ich ziemlich genau weiß, wie ein gutes Buch aussehen muß. Glauben Sie mir, mein Autor wird eines Tages den Durchbruch schaffen, weil er mit solider Arbeit überzeugt.«

»Ihr Autor ist bieder.«

»Sicher«, gab ich zu. »Er *ist* bieder. Wie Dreiser auch. Und eines Tages wird er seine *Amerikanische Tragödie* schreiben.«

Ich hielt durch, ohne bitter zu werden, mit solcher Branchenkenntnis, daß ich die Kollegen aufgrund meiner Entschlossenheit dazu brachte, Yoder eine weitere Chance zu geben und auch noch einen Vorschuß, damit er sah, daß sie an ihn glaubten. Dem wurde nur widerwillig zugestimmt, und auch nur einer Summe von $ 800; damit mußte ich zufrieden sein. Ich fügte mich mit einer kurzen Rede: »Einmal werden alle von uns der Auffassung sein, daß diese 800 Dollar die beste Investition sind, die wir je gemacht haben.«

Da bei Kinetic meine persönliche Verbindung mit Benno Rattner allgemein bekannt war, wurde ich für das Ausbleiben seines fertigen Manuskripts von den Kollegen nicht behelligt; sie fragten nicht einmal, ob er bereit wäre, den kleinen Vorschuß zurückzuzahlen, den er von uns erhalten hatte.

Sigurd Jeppson, der selbst in Vietnam gedient hatte und die Entwicklungen im Umfeld des Kriegs genau verfolgte, hatte jedoch ein paar Ideen, die Benno eventuell von Nutzen sein konnten. Sigurd war über die entsetzlichen Vorfälle an der Kent State University empört, wo junge Nationalgardisten – in seinen Worten – »vier unschuldige Studenten kaltblütig ermordet« hatten, als sie gegen den Krieg protestierten. Auf einer Lektoratskonferenz erklärte er: »Die Nation ist meines Erachtens für eine schonungslose Darstellung des Fiaskos von Vietnam reif. Sie könnte in einer von zwei Richtungen erfolgen: als rücksichtsloser Angriff gegen die Greuel des Krieges an der Front oder in der Form von John Dos Passos' *42. Breitengrad*, in dem der Autor die Folgewirkungen des schändlichen Krieges darstellt, anhand eines Vergleichs ausgewählter Städte in den USA mit vier Dörfern in Vietnam.«

Als die Kollegen beide Alternativen für möglich hielten und man allgemein dem Autor einen großen Erfolg prophezeite, der mit diesem Thema als erster herauskommen würde, bot Jeppson an: »Ich würde mich gern einmal mit Ihrem Autor unterhalten, Miss Marmelstein, um zu sehen, ob seine künstlerische Phantasie nicht von einem der beiden Konzepte angeregt werden könnte.«

»Mr. Rattner muß nicht darauf warten, daß seine Phantasie angeregt wird«, wehrte ich ab. »Er hat, wie die meisten Autoren, eine äußerst lebhafte Phantasie.«

Jeppson ließ sich durch meine ablehnende Haltung nicht abbringen; er hatte in Vietnam gedient und war mit allen Aspekten dieses Themas vertraut: »Ich meine ja nur, daß ein Neuanfang ihm helfen könnte, wieder freizukommen, falls er in eine Sackgasse geraten sein sollte.«

»Soweit ich seine jüngste Entwicklung verfolgt habe, ist er auf einem guten Weg. «

»Fein. Aber wenn er je ins Büro kommen sollte, wäre ich glücklich, mich mit ihm zu unterhalten«, und er sprach das so engagiert und offenherzig aus, daß ich's Benno mitteilte. »Vielleicht interessiert dich ja, was er zu sagen hat und den Krieg einmal aus anderer Sicht zu sehen.« Doch schon bei diesem harmlosen Vorschlag rastete er aus, und damals fiel mir an ihm erstmals ein unbedingt negativer Charakterzug auf. Ich bekam es fast mit der Angst. Er knurrte aggressiv: »Ich lehne es ab, durch den Verlag zu schleichen und mir wegen meiner Schreibhemmung von deinen Freunden mitleidige Kommentare anhören zu müssen. Bitte ihn doch her.«

Was ich tat. Und vor einer Katastrophe bewahrte uns an diesem Abend nur Jeppsons fester Wille zu helfen. Allerdings wurde es in intellektueller Hinsicht ein Desaster; denn im Unterschied zu Benno verkörperte Jeppson den neuen Typ der Kriegsheimkehrer aus Vietnam: Er war verbittert über die Verachtung für Vietnam-Veteranen und wütend auf die Politiker, die das »Debakel«, wie er es nannte, zugelassen hatten. Er sprach damals aus, was die Vietnam-Veteranen dann in den folgenden Jahren vorbringen sollten, und flehte Benno an, einen Roman zu schreiben, der diese »schändliche Episode unserer Geschichte bloßstellen« würde.

Benno tat so, als verstünde er gar nicht, wovon Jeppson sprach. »Sie lassen das alles so kompliziert erscheinen – als ob dahinter lauter Intrigen steckten und … Verrat. Ich habe den Krieg völlig anders gesehen. Wir sind ausgezogen, um unsere Pflicht zu tun, gegen die Kommies; wir wollten die Schlitzaugen umbringen, bevor sie uns umbrächten. Aber wir waren zahlenmäßig unterlegen und wurden von so dummen Offizieren geführt, daß wir den Arsch aufgerissen kriegten und mit eingezogenem Schwanz nach Hause mußten.«

Jeppson war von dieser Deutung des Krieges erschüttert, den er so völlig anders erlebt hatte, aber auch von dem verächtlichen Grinsen, das Benno am Ende zeigte. Er wollte wissen: »Ist das die Art von Buch, an dem Sie schreiben?«

»Ich schreibe überhaupt keine ›Art von Buch‹. Ich bemühe mich, persönliche Erfahrungen in Worte zu fassen.«

»Ist das die Art, wie Sie Ihre Erlebnisse interpretieren? Unsere guten Jungs töten die bösen Gooks?«

»Ich denke, das trifft die Sache in etwa.«

»Wie können Sie nur nach solchen Prinzipien einen Roman aufbauen?«

»Ich baue keine Romane auf. Ich lasse zu, daß sie sich von selbst schreiben.«

»Haben Sie schon einmal einen Roman zu Ende gebracht?«

»Ich habe die meisten guten Romane gelesen.«

»Ich meine, selbst geschrieben? Bis zum Schluß?«

»Ich würde gar nicht wissen, was ein ›Schluß‹ ist, und wenn Sie mich mit der Nase draufstießen. Ich sehe das Leben als ein Kontinuum. Der General, der in Vietnam ein Volltrottel war und vom Krieg zurückkehrt, bleibt ein Volltrottel. Nur sitzt er halt jetzt im Senat.«

»Sie finden also beide Strukturvorschläge sinnlos, die ich gemacht habe?«

»Absolut. Sie wären schon nach dem Ersten Weltkrieg oder 1946 nach dem Zweiten Weltkrieg albern gewesen. Aber 1972? Mit Blick auf Vietnam? Mit so einem Roman würden Sie von einem wahren Schriftsteller unter Hohnlachen aus den Buchhandlungen gejagt werden.«

»Glauben Sie etwa, daß Sie mit Ihrer Methode überhaupt in den Buchhandel kommen werden?«

Die Frage traf voll ins Schwarze; Benno stand auf und sagte: »Nach der Beleidigung bleibt Ihnen nur zweierlei. Entweder Sie schneiden sich die Kehle durch, oder Sie machen, daß Sie rauskommen!« – und wies ihm die Tür.

Ich war nicht willens, einen Kollegen auf so unhöfliche Art abgeschoben zu sehen, und begleitete Jeppson zum Lift. »Sie wollten ja Ihren Rat dem Kaiser persönlich vortragen. Nun haben Sie es getan. Danke, daß Sie so ruhig und gelassen geblieben sind. Ich bitte um Verzeihung, Sigurd.« Jeppson erwiderte: »Wachen Sie auf, Shirley! Der Mann wird seinen Roman nie zu Ende bringen. Den Typ hat jemand wie ich nach drei Minuten durchschaut: ein geborener Verlierer.« Mit einer wilden, unkontrollierten Bewegung meines Baseball-Arms schlug ich Jeppson ins Gesicht und lief in die Wohnung zurück, wo Benno sich nachschenkte und über den Hohlkopf von Gast totlachte.

Im Jahre 1973 half ich Lukas Yoder bei seinem dritten Roman, *Die Schule*, der ein so furchtbarer Reinfall wurde, daß sogar Benno Mitleid für mich empfand. »Ich habe ihn gelesen, Liebling, und fand ihn streckenweise sehr gut. Ich verstehe ja, was er sagen wollte. Aber er hat es nicht umsetzen können.«

»Für den nächsten Roman hat er eine fantastische Idee.«

»Du meinst, man läßt ihn noch einen schreiben? Dein Laden muß ja voller Masochisten sein.«

»Man würde dir genausoviel Entgegenkommen zeigen,

Benno. Wenn du dich hinhocken würdest und deinen ersten fertig schriebst.«

»Ein Autor, der sich hinhockt, produziert einen Schmarren wie Yoder. Adler schwingen sich zu Höhen auf, Liebling. Sie suhlen sich nicht in Lokalkolorit und komischen Dialektausdrücken.«

Diesmal konnte ich zu Yoders Verteidigung keinen Streit riskieren, weder mit ihm noch mit Kollegen im Verlag; ich befand mich, wie ich sehr wohl wußte, in einer heiklen Lage. Mit drei Büchern, die genau dem entsprachen, wozu ich ihm geraten hatte, hatte Yoder drei Superflops gelandet; da mußte ich mit Problemen rechnen, wenn ich die Verlagsleitung überzeugen wollte, die Zusammenarbeit mit ihm fortzusetzen. Und so kam es auch: Auf der Sitzung des Lektoratskomitees wollte man mir, wie ich gleich zu Beginn ahnte, in zwei Punkten eine Entscheidung aufzwingen.

»Zum einen: Es wäre einfach lächerlich, daß Sie Ihren Rattner noch länger an der Leine zappeln lassen. Entbinden Sie ihn vom Vertrag. Lassen Sie ihn ziehen. Wenn Sie den Brief nicht selbst schreiben wollen, wird Jeppson es für Sie besorgen.« Darauf erwiderte ich nichts. In der Atmosphäre wäre es ein Ding der Unmöglichkeit, Rattner, von dem ein fertiges Manuskript immer unwahrscheinlicher wurde, und Yoder zu retten, der zwar schöne Texte zustande brachte, für sie aber keine Leser fand. Bei Benno wehrte ich mich nicht.

»Und bei Ihrem Autor Yoder kommen die Exemplare von der Verkaufsfront zurück. Er hat nicht einmal die erste Etappe geschafft. Für ihn ist der Kampf schon vorbei. Es wäre vernünftig, ihn fallenzulassen.«

Ein Lektor fragte: »Hat sein Agent ihm nicht schon den Laufpaß gegeben?«

»Gewiß. Bereits der zweite. Eines Tages werden die ganz schön dumm dreinschauen.«

»Miss Marmelstein, für diesen liebenswerten Menschen sehen wir nicht einen Schimmer von Hoffnung am Horizont.

Er weiß, wie ein Satz aussehen muß und wie man einen Absatz baut. Er scheint aber überhaupt nicht zu wissen, was einen Roman lesenswert macht.«

Trotz all meiner Plädoyers wären Yoders Tage bei Kinetic gezählt gewesen, hätte ich nicht Unterstützung von zwei Seiten erhalten, wo ich sie am allerwenigsten erwartet hätte. Es sollte abgestimmt werden. Da sprang Jeppson in die Bresche: »Meiner Meinung nach hat Miss Marmelstein recht. Yoder weiß, wie man schreiben muß. Seine Zeit wird kommen. Da bin ich ganz sicher.«

Damit stand es neun zu zwei gegen Yoder. Es wäre das Aus für ihn gewesen. In dem Moment hüstelte Mr. MacBain – ein Zeichen, daß er sprechen wollte. Alle drehten sich nach ihm um, und er sagte leise: »Nach der Lektüre der *Schule* hatte ich persönlich den starken Eindruck, das sei genau die Art Buch, das wir auch in fünfzehn Jahren noch verkaufen können. Ich gebe Jeppson recht. Für diesen Autor wird die Zeit kommen«, und mit dem positiven Überraschungsvotum konnte ich meinen Dutchman im Programm behalten.

Nach der Konferenz trat ich auf Jeppson zu. »Sie haben sich überaus ritterlich verhalten. Ich weiß es zu schätzen«, worauf er entgegnete: »Eine schreckliche Wende für Rattner. Wäre es Ihnen lieber, wenn ich den Brief schriebe?« Ich lehnte freundlich ab: »Das würde er nur als zusätzlichen Affront auffassen. Ich werde es ihm schon selbst beibringen müssen.«

»Lassen Sie sich nicht durch sein Lächeln entwaffnen.«

Abends wartete ich einen günstigen Moment ab. Nach Pizza und Bier lauschte ich mit Benno einem Scherzo von Chopin, als ich mit leiser Stimme begann, so, als ob, was ich zu sagen hätte, zwar wichtig, aber keineswegs entscheidend wäre: »Ziemlich unschöne Nachrichten, Benno. Kinetic hat beschlossen, dir den Laufpaß zu geben. Den Vorschuß kannst du behalten, aber der Vertrag wird gelöst.«

»Sie haben also die Hoffnung aufgegeben, daß ich mein Manuskript ...« Seine Stimme wurde unhörbar.

»Es ist das Ende eines Wegs, Benno. Nach der Sitzung habe ich mich mit Suzy Jenkins von der Nebenrechtsabteilung beraten. Die kennt in der Branche jeden. Bis Freitag wird sie für dich einen neuen Verlag finden. Sie hat es fest versprochen.«

»Wäre das sinnvoll?« fragte er mit so zitternder Stimme, daß ich wußte: Er ist tief verletzt, und auch: Es war nicht der Moment, diesen begabten Menschen mit dem verzweifelten Verlangen zu schreiben allein zu lassen. »Aber natürlich ist es das Beste. Ein neuer Verleger, der *Grüne Hölle* von anderer Warte aus sehen kann, ein neuer Lektor, der klarer führen könnte. Es könnte alles verändern.«

In der Nacht kamen wir uns besonders nah – zwei junge Menschen in New York, die einen Sieg auskosteten – nämlich meinen – und eine Niederlage – seine. Am nächsten Morgen – drei Tage früher als versprochen – stürzte Miss Jenkins zu mir ins Büro mit der Nachricht, eine Freundin bei Simon & Schuster habe ihr angeboten, Rattner mit seinem Vietnam-Roman zu übernehmen. »Bei S&S ist man ganz begeistert von dem Gedanken an das große Vietnambuch, sagt sie. Dort glaubt man an das Thema und will diese Chance nutzen.«

»Darf ich's ihm vorher sagen?«

»Sicher. Die Lektorin ist Miss Crippen. Sie wartet auf seinen Anruf.«

Als ich zu Hause anrief und Benno die aufregende Neuigkeit mitteilte, unterbrach er mich: »Die Leute bei Simon & Schuster würden nie begreifen, was ich will. Die sind doch bloß hinter todsicheren Bestsellern her.«

»Benno! Ich hab's dir schon hundertmal gesagt: Wenn du dein Vietnambuch fertigschreibst – es auf die richtige Art und Weise zu Ende bringst –, wird es der Bestseller über diesen Krieg. Die Nation wartet auf eine klare Aussage über Vietnam, die Bestand hat. Hollywood, das Fernsehen –«, und genau das hätte ich nicht sagen sollen.

»Leere Versprechungen interessieren mich nicht. Mir geht

es darum, einen großen Roman zu schreiben. Zur Hölle mit Simon & Schuster!« Und er knallte den Hörer hin.

Die kindische Ablehnung aller wohlmeinenden Bemühungen, ihm zu helfen, deprimierte mich dermaßen, daß mir die Kraft fehlte, meinem weinerlichen Jüngling gegenüberzutreten. Statt von der U-Bahn heimzugehen, wanderte ich durch Greenwich Village und schaute in die Gesichter Vorübergehender. Ist Benno ein Kämpfer, fragte ich mich, oder ein Feigling? Ein Polizist hielt mich an. »Verzeihung, Madam, aber wie eine Streunerin sehen Sie nicht aus. Ist etwas nicht in Ordnung?«, und ich sagte: »Nichts ist in Ordnung«, und er begleitete mich heim und riet: »Gehen Sie nach oben. Es wird schon wieder werden.«

Ich konnte Benno in meinem Zustand einfach nicht ertragen und verbrachte die nächste halbe Stunde damit, unter den Blicken des Hausmeisters im hellen Licht der Lobby vor unserer Wohnung nachdenklich auf und ab zu gehen: »Da bin ich nun mit meinen neunundzwanzig Jahren und in fast allem, was ich anfasse, erfolgreich – und Babysitter von zwei Männern, die es nicht packen: einem unreifen jungen Liebhaber, der sich nicht anstrengt, und einem alternden Langweiler wie Yoder, der sich alle erdenkliche Mühe gibt und nichts auf den Punkt bringt.« Plötzlich schrie ich in die Nacht hinein: »Was stimmt bloß mit dir nicht, Marmelstein? Warum hängst du dich immer an Versager? Bist du etwa eine Frauengestalt wie aus einem altmodischen Roman? Die meint, sie könnte ihren Mann vom Suff abbringen oder einem verdammten Poeten als Muse dienen? Zeigt sich da etwa eine genetische Schwäche?« Und dann sagte ich mir fest und bestimmt: Nein. »Benno Rattner *kann* schreiben, wenn er seine Malaise überwindet. Lukas Yoder wird die Schallgrenze durchbrechen. Und ich kann ihnen dabei helfen.« Ich gab mir einen Ruck und lief in die Wohnung, um Benno in die Arme zu nehmen und ihn von seiner Last zu befreien.

Ich entschuldigte mich bei Miss Jenkins in unserem Verlag

und bei Miss Crippen im Hause Simon & Schuster. In den folgenden Wochen besuchten Benno und ich Caters Seminare mit neu erwachtem Interesse, und es gab in den anschließenden Diskussionen über die von Cater vorgestellten Romane keinen klügeren Studenten als Rattner. Und als das Seminar einmal in unserer Wohnung fortgesetzt wurde, war Benno merklich entzückt, unseren Grapefruitsaft trinkenden Star-Kritiker äußern zu hören: »Ich bin fest überzeugt, Mr. Rattner, daß Sie die Studenten genausogut unterrichten könnten wie ich.« Mehrere Zuhörer klatschten Beifall.

Cater nahm in diesem Jahr das bemerkenswerte Buch von Erich Auerbach über die Kunst des Schreibens vor. *Mimesis* hatte Auerbach es betitelt, die Kunst der Nachahmung oder die Darstellung der Wirklichkeit, und zur Erhärtung seiner Thesen fast zwei Dutzend der bedeutendsten Autoren der Weltliteratur untersucht: so Homer und Petronius, Rabelais und Cervantes, Stendhal und Virginia Woolf. Er war, wie gewisse Studenten meinten, ein »ziemlich gescheiter Typ«, und wenngleich manche Hörer weder Auerbachs präzisen Gedankengängen noch Caters Erläuterungen zu folgen vermochten, war doch für Benno und mich die gedankliche Dichte des Werks, das uns geistig derart forderte, ein wahrer Genuß. Mit Gleichgesinnten setzten wir die Gespräche freitagabends in unserer Wohnung fort; Benno sorgte für Imbiß und Getränke. Er geriet bei diesen Zusammenkünften ins Glühen, bewies scharfen Verstand und die Fähigkeit, Grundfragen des Erzählens zu erfassen.

Als im Kurs Auerbachs Thesen zu Balzac und Stendhal behandelt wurden, war selbst ich über Bennos Einsichten in diese großartigen französischen Autoren überrascht. Auf die Frage Caters: »Wie sind Sie dazu gekommen, sie so gut zu verstehen?«, antwortete er: »In Vietnam mußte man lesen, und der Vorrat an Comics, die vom Militär zur Verfügung gestellt wurden, war bald erschöpft.« Die Armee versorgte nicht nur Analphabeten mit Comics, sondern Soldaten, die wirklich lesen wollten, auch mit Taschenbüchern. So erklärte ein anderer Student, der in Vietnam gedient hatte, am Rande des Seminars: »Die beiden Franzosen hab' ich auch in Vietnam gelesen. Ich hab' in ihnen aber nie all das entdeckt, was Auerbach in ihnen findet. Und Rattner hat's bestimmt auch nicht gewußt, bis dieser Deutsche uns die Augen öffnete.«

Unglücklicherweise bekam Benno das hinterher zu hören. Nach der nächsten Sitzung ging er den andern Veteranen an: »Ich schlage vor, wir unterziehen uns gleich einer schriftlichen Prüfung, um zu sehen, wer was versteht«, doch der andere wich aus, als er merkte, daß Benno streitsüchtig wurde.

Es wurde nicht besser, als ein anderer, etwas älterer Kursteilnehmer, der als Lektor bei einem kleinen Verlag für avantgardistische Literatur tätig war, Benno ansprach: »Ich habe Ihnen zugehört, Mr. Rattner. Sie zeigen eine seltene Einfühlungsgabe, was das Schreiben betrifft. Wenn ich recht verstanden habe, haben Sie ein Manuskript über den Vietnamkrieg, und es wäre uns bei Gallantry eine Ehre, wenn wir einen Blick drauf werfen dürften.«

»Es ist noch nicht in der endgültigen Form ...«

»Das gilt für fast jedes Manuskript, das wir sehen. Es in Form zu bringen ist unsere Aufgabe. Und bei Ihrem Verständnis der Probleme ...«

»Es ist noch nicht fertig«, sagte Benno unnötig laut und wäre davongelaufen, wenn ich ihn nicht festgehalten hätte. »Liebling, ich glaube, es ist soweit fertig, und wir wären bestimmt glücklich, wenn Gallantry es sich ansehen würde. Bei einem solchen Verlag zu erscheinen, kommt einer Auszeichnung gleich.« Da ich mir Sorgen machte, was Benno mit seinem Manuskript tun könnte, falls es in seiner Hand bliebe, schlug ich dem Lektor vor: »Warum kommen Sie nicht mit, und wir packen es Ihnen ein.«

Und so kam *Grüne Hölle* zu einem Verlag, dessen Lektoren bestens qualifiziert waren, in ein Chaos Ordnung zu bringen, und es ging mit dem Lektorieren so rasch voran, daß Benno und ich annahmen, unsere Probleme seien vorbei. Als jedoch erfahrene Lektoren sich das Manuskript anschauten, erkannten sie gleich, daß noch ein beachtliches Ausmaß an Arbeit getan werden müßte, bevor es der Öffentlichkeit zur Lektüre angeboten werden könnte.

Man rief eine Lektoratskonferenz ein, wo das Manuskript von einem begeisterten jüngeren Lektor an einen nüchternen Kollegen überging, der mit experimenteller Prosa viel Erfahrung besaß, und der lud Benno zu sich ins Büro, wo er seinen großen Plan präsentierte zur Rettung des »möglichen Materials in unmöglicher Form«. Benno empfand die Vorschläge als ungehörige Einmischung, ja, für einen Schriftsteller seiner Bedeutung geradezu als Beleidigung. Er schnappte sich das Manuskript, schrie: »Daraus wird keine Konfektionsware, das wird ein Roman!« – und stürmte mit dem Manuskript unter dem Arm aus dem Gebäude.

Der junge Lektor entschuldigte sich auf der nächsten Seminarsitzung. »Es tut mir leid, daß Mr. Patterson so grob war. Sein Verhalten ist nur aufgrund früherer Erfahrungen zu erklären. Es wäre mir eine Ehre, wenn ich es noch einmal versuchen dürfte.« Aber Benno lehnte ab. »Das Ganze würde sich doch nur wiederholen. So ist das eben in allen Häusern, die Schund rausbringen, oder?« In Anbetracht der exzellenten verlegerischen Arbeit bei Gallantry waren Bennos abschätzige Worte und Miene so unangebracht, daß der Lektor ihn baß erstaunt ansah und in Lachen ausbrach: »Sie kennen wohl unser Programm nicht, Mr. Rattner.« Damit war eine weitere Tür zugeschlagen worden.

In jenen Monaten – während der vielleicht schönsten Lektoratsarbeit meines Lebens, an Lukas Yoders bestem Roman *Die Meidung* – litt ich entsetzlich mit Benno. Er war völlig deprimiert. Er versuchte gar nicht mehr, seine Notizen – darunter, nach Meinung von Kennern, viel Brillantes – in einen Zusammenhang zu bringen. Er blieb bis nach Mittag im Bett liegen, um dann gleich mit dem Trinken anzufangen, ohne sich allerdings völlig zu betrinken. Wenn er am späteren Nachmittag die *Times* gelesen und das Kreuzworträtsel gelöst hatte, hörte er Brahms, Chopin und legte zwischendurch immer wieder Lieblingsplatten wie *Aida*, *Don Carlos* und Wagners *Ring* auf. Beim Klang der vertrauten Musik in der Wohnung ergriff ihn gelegentlich eine Euphorie, die das Elend überdeckte, das er empfand, weil er seine erhabenen Ideen nicht in Worte zu fassen vermochte. Einmal schrie er: »Die hatten das gleiche Problem, um die herrlichen Klänge, die sie im Kopf hörten, in Noten auszudrücken. Wie haben sie es nur geschafft?« Und danach folgte die erschreckende Frage: »Warum schaffe ich es nicht?«

Er war sich der gefährlichen Lage bewußt, in die er durch die Abhängigkeit von mir geraten war. Und eines Morgens überraschte er mich – ich machte gerade Frühstück – mit dem Bekenntnis: »Ich hatte einen furchtbaren Traum: Ich habe durchgedreht, die Nerven verloren, hab' dir Beschuldigungen an den Kopf geworfen und dich sogar bedroht, obwohl ich wußte, daß ich ohne dich gar nicht leben kann. Ich weiß, wie wichtig du für mich bist, Liebling, und werde nie etwas tun, was unsere Liebe aufs Spiel setzen könnte.« Ich war so bewegt von diesen Worten, die unsere Situation so genau umschrieben, daß ich das Frühstücken in die Länge zog und über unser gemeinsames Leben sprach und ihm versicherte, ich brauche ihn nicht weniger als er mich.

An dem Morgen kam ich zu spät zur Arbeit. Als ich abends nach Hause zurückgekommen war und Abendessen machte, nahm er diese Unterhaltung wieder auf, mit einer Stimme, daß ich zu zittern begann. »Shirley – wir haben uns auf gefährlichem Boden bewegt. Ich habe heut nachmittag einen Eid geschworen. Ich wiederhole ihn jetzt: ›Ich werde niemals etwas tun, das unsere Liebe gefährdet.‹ Wenn ich dich verlöre, bliebe nur das Nichts ... die tiefe Nacht ...«

Er nahm meine Hände, küßte sie, und ich fühlte mich so

ermutigt, weil er den Gefahren ins Auge sah, daß ich laut singen mußte, als ich die Bohnen schnitt zum Käsegericht, das er anrichten half. Dann zerstörte ich, ohne es zu wollen, die ganze Stimmung mit der Bemerkung: »Ich bin sicher, daß Yoder seine letzte Hürde genommen hat. Diesmal wird er es schaffen, da bin ich mir ganz sicher.«

Ich hörte, wie es Benno die Sprache verschlug. Er konnte den Namen, den er als Bedrohung unserer Beziehung empfand, einfach nicht ertragen. Er schrie: »Erwähne diesen verdammten Dutchman nie wieder!« und sprang mir entgegen und wollte mir offenbar ins Gesicht schlagen. Seine bebende Faust war nur Zentimeter von meiner Wange entfernt. Da griff ich nach dem Küchenmesser, das ich eben gebraucht hatte, und hielt es ihm mit der Spitze gegen die Halsgrube. Wenn er einen Schritt näher gekommen wäre, hätte er sich das Messer in die Kehle gerammt. Es wurde beiden von uns plötzlich klar. Wir starrten uns entsetzt an. Wir ließen die Waffen sinken, Benno die Faust, ich mein Messer, und als in jener Nacht die Schatten dunkler wurden in der Wohnung, machten wir kein Licht, sprachen wir flüsternd miteinander, über unser Leben und über unsere tiefe Liebe zueinander. Um Mitternacht fragte er: »Würdest du dich sicherer fühlen, Liebling, wenn wir verheiratet wären?« Und bevor ich darauf antworten konnte, erklärte er: »Ich kann für dich sorgen. Ich besitze mehr als genug Wertpapiere. Du müßtest nicht länger arbeiten.«

»Ich will aber«, sagte ich ohne Zögern. »Ich bringe gern Bücher zum Leben.«

»Ich auch. Aber ich kann irgendwie nichts dazutun.«

»Ich werde die schöpferische Arbeit für uns beide tun.«

»Du bestehst nicht auf Heiraten?«

»Mit einunddreißig? Nein. Mit siebenunddreißig, vielleicht – falls ich das Gefühl hätte, daß mir alles zwischen den Fingern zerrinnt. Und mit vierzig, wenn es zerronnen ist – ja. Ja. Ja!« Ich schrie die Worte heraus und gab ihm einen leidenschaftlichen Kuß. Dann sagte ich ihm: »Aber wir wollen den

Augenblick nicht in sentimentalen Tränen ertränken. Benno: Wenn du mich heute abend geschlagen hättest, hätt' ich dich umgebracht. In meiner Familie ist Ehre alles. Mein Vater hätte nie aus Nazideutschland fliehen können, wenn er nicht dazu fähig gewesen wäre, sein Leben, ganz einfach so« – ich klickte mit den Fingern –, »zu opfern, um seine Menschenwürde zu verteidigen.«

Als er darauf nichts erwiderte, bemerkte ich fast kühl: »Sieh zu, daß du dein Leben in Ordnung bringst. Ich liebe dich nämlich und möchte gern bei dir bleiben.«

Die unerhörte Härte der darin mitschwingenden Drohung war ein Zeichen der Furcht und Verwirrung, die ich angesichts der Tatsache empfand, daß Benno mich um ein Haar mit der Faust ins Gesicht geschlagen hätte. Dergleichen lag so völlig außerhalb meines Erfahrungsbereichs, daß ich seine Tragweite gar nicht abzuschätzen vermochte. Ich wußte aber, daß Onkel Judah einmal Männer verurteilt hatte, die ihre Frauen schlagen: »Kein jüdischer Mann schlägt eine Frau. Das wäre undenkbar. Das soll bei Iren manchmal vorkommen, wenn sie betrunken sind.« Nun, da hatte er unrecht gehabt. Benno Rattner hätte Shirley Marmelstein beinahe geschlagen, und bei dem Gedanken lief es selbiger kalt den Rücken herunter.

Warum bin ich in jener Nacht eigentlich nicht ausgezogen? Da ich ihn doch ohnehin nicht heiraten wollte? Ich kann es mir nicht erklären – außer daß ich ihn liebte, und wenn er lächelte, schmolz ich in seinem Lächeln.

Und meine Drohung wirkte. Als er begriffen hatte, daß ich ihn tatsächlich verlassen könnte, hat er mich nie mehr bedroht. Solche Selbstbeherrschung führte allerdings nur dazu, daß seine Aggressionen in andere Kanäle flossen. Nur wenige Tage später ließ er sich erneut auf eine Streiterei ein, die wiederum er selbst auslöste. Kinetics junger Lektor Jeppson, der sich stark in Sachen Vietnam engagierte, hatte einen Leserbrief an die *New York Times* geschickt, in dem er es beklagte, daß den alten Vietnam-Veteranen viel zu wenig Beachtung und Gerechtigkeit zuteil würde. Benno fand seine Ausführungen so anstößig, daß er eine verächtliche Entgegnung schrieb, um Jeppson und das Gros der Veteranen des Vietnamkriegs als Heulsusen und selbstgerechte Kritikaster darzustellen, deren Verhalten an Landesverrat grenzten:

> In der Geschichte der Menschheit sind echte Männer stets in den Krieg gezogen. Wahrscheinlich wären die meisten von ihnen lieber zu Hause geblieben, aber sie kämpften trotzdem: um Dinge zu verteidigen, deren Verteidigung sie als notwendig empfanden. Sie nahmen ihr Schicksal mit einem Grinsen auf sich. Falls sie wieder heimkehrten, hielten sie den Krieg für das größte Abenteuer ihres Lebens, in dem Bewußtsein, daß er aus ihnen bessere Menschen gemacht hatte. Mir wird übel, wenn ich das wehleidige Jammern der Vietnam-Veteranen höre. Und ich wette, der übrigen Bevölkerung geht es nicht anders.

Er unterzeichnete den Leserbrief mit seinem vollen Namen und dem Zusatz EIN ECHTER VIETNAM-VETERAN und war darauf auch noch stolz.

Als die Mädchen im Büro mir zeigten, was er angestellt hatte, war ich außer mir vor Wut und konnte es kaum abwarten, nach Hause zu kommen, um es ihm unter die Nase zu reiben. »Du gedankenloser Idiot! Jeppson hat dir Hilfe angeboten. Später hat er mir in einer Notlage geholfen. Und du machst ihn lächerlich, Benno. Er ist mindestens soviel Manns wie du, und das solltest du dir merken.«

Er ballte die Faust und sprang auf mich los, doch ich wich ihm aus, und er traf nur die Wand. »Wir waren uns einig«, sagte ich, »daß so etwas nicht wieder vorkommen sollte.« Er entschuldigte sich: »Verzeih, Liebling. Ich habe getrunken.«

Bei diesem unglückseligen Wort, das für mich einen großen Teil seines Problems verkörperte, übermannte mich die Erinnerung an Onkel Judah. In dem Augenblick klang mir seine Stimme im Ohr, wie er mir das Geld für mein Hochzeitskleid überreichte: »Ich möchte das gern erleben, wenn du es trägst, Shirley. Und du solltest dir deinen Mann bald suchen, solange du bei wachem Verstand bist. Ich habe nämlich Angst, du könntest sonst eine von diesen sentimentalen jüdischen Frauen werden, die alle die richtigen jüdischen Männer sausen lassen, die sie heiraten wollen, und die Büsche abklopfen, um einen Mann zu finden, den sie eventuell retten könnten. Sie suchen nach einem Säufer, einem Psychopathen, einem Mann, der es beruflich bei keiner Stelle aushält, der Frauen schlägt, der im Leben nie zurechtkommt. Sie reden sich ein, daß nur sie allein diesen armen Kerl retten könnten, den die anderen bloß nicht verstehen – und verschwenden ihr Leben mit solch vergeblichem Bemühen.«

Ich erinnerte mich ganz genau, wie mein Onkel danach in ein Schweigen versank, um plötzlich laut aufzulachen; es hatte aber gar nicht fröhlich geklungen. »Ich habe es selbst erlebt, wie drei schöne Frauen sich solcher Reformarbeit opferten. Alle drei waren fest entschlossen, schwere Trinker zu retten, und die ganze Zeit über wäre ich zu haben gewesen. Und ich war frei, nüchtern, verdiente ein gutes Gehalt. Aber sie haben mich nicht einmal bemerkt. Sie wollten unbedingt jemand retten – und ich war schon gerettet.«

Ich hatte von ihm wissen wollen, warum er nie geheiratet hatte, und seine Antwort war beinahe bitter: »Ich war für sie unsichtbar. Sie haben nur die torkelnden Säufer gesehen, die ihnen die Chance einer hehren Lebensaufgabe boten.« Er beschloß dieses traurige Resümee eines einsamen Lebens, indem er meine Hand ergriff und mich feierlich ermahnte: »Shirl, ich habe Anzeichen beobachtet, geringe Andeutungen nur, aber sie machen mir angst, du könntest auch eine Frau werden, die immer nur nach so einem komischen Kerl Ausschau hält, den sie retten will. Ich muß dir eins sagen. In New York leben zur Zeit fünfhundert junge Männer – Juden, Katholiken, Protestanten, Republikaner –, die zwei Finger ihrer linken Hand dafür geben würden, um ein prima Mädel wie dich heiraten zu können. Um Gottes willen, Shirl, such dir einen von denen aus, einen, den du nicht erst retten mußt.« Ich hörte die Stimme, aber ich hörte nicht auf sie.

Und dann kam Rettung: Evan Cater schneite mit einem verlockenden Angebot bei uns herein. »Ich gebe gerade einen Kurs an der New York University. Ich muß aber für zwei Wochen nach Chicago. Es geht um drei Stunden pro Woche, und ich wüßte nicht, wer besser geeignet wäre, für mich einzuspringen als Sie, Benno. Würde es Sie interessieren?«

Ich tat fast einen Luftsprung, um für ihn »Ja!« zu rufen, und war selig, als er zustimmte: »Das wäre mir eine Ehre«, und die beiden sich finanziell einigten: »Zwei Wochen – das ist ein Sechstel des Semesters, also gebe ich Ihnen ein Sechstel meines Honorars. Thema? Sechs Vorlesungen über sechs Romane, die Sie im Griff haben, *Auf der Suche nach Indien*, *Die Blechtrommel*, und ich hätte es gern, daß Sie zu *Gier nach Gold* meine Notizen einarbeiten würden. Der Vortrag sollte nicht länger als eine Stunde dauern; in den letzten zwanzig Minuten diskutieren die Studenten gern angeregt.«

Benno arbeitete sich in die sechs Romane ein. *Gier nach Gold* las er zum erstenmal; das Buch gefiel ihm. Als die Zeit für den ersten Montag nachmittag näherrückte, dachte ich, daß er leicht nervös sein könnte, und fragte: »Möchtest du, daß ich mitkomme?« Er bellte: »Ich brauch' keinen Babysitter!« Er kehrte abends mit mehreren Studenten heim, die stundenlang schweigend dasaßen und ihm andächtig zuhörten. Ich servierte Instant-Limonade. Als um Viertel vor sieben einer nach dem anderen ging, hörte ich jemand sagen: »Der Kerl ist fantastisch!«

Es war offensichtlich, daß Benno das Unterrichten Freude machte. Ich wollte es miterleben, und so schlich ich mich am Mittwoch heimlich aus dem Büro, um ganz hinten im Hörsaal ein Plätzchen zu finden, wo ich Zeuge wurde, wie glänzend er Fieldings *Tom Jones* als archetypischen Schelmenroman umriß. Sein Stolz über die eigene Fähigkeit, in den Romanen Nuancen zu erkennen, die andere nicht bemerkt hatten, war spürbar. So wirkungsvoll hatte ich ihn noch nie reden hören. Er legte eine seltene Begabung an den Tag, die Studenten zu eigenen Schlußfolgerungen zu führen, die ihnen noch wenige Minuten zuvor nie gekommen wären. Es war bravourös, und angesichts seines Auftretens und des Charmes, mit dem er sein gewinnendes Lächeln einsetzte, um die Zuhörer zu entspannen, schoß es mir durch den Kopf: Kein Wunder, daß ich diesen tollen Typ liebe! Und ich wäre jede Wette eingegangen, daß sich die Hälfte der Studentinnen gleichfalls in ihn verliebt hatten.

Nachdem Studentinnen und Studenten an jenem Abend unsere Wohnung verlassen hatten, frohlockte ich: »Benno, ich glaube, das ist die Lösung! Du bist ein wahnsinnig guter Lehrer. Die Studenten werden es Cater berichten. Du kriegst bestimmt eine feste Anstellung. Du hast so viel zu geben!«

Er war von der Aussicht nicht sonderlich begeistert und an der Sitzung am Freitag danach, der ich nicht beiwohnen konnte, merklich weniger interessiert. Er brachte hinterher auch niemand in die Wohnung mit, und bei meiner Heimkehr am Abend fand ich ihn leicht angetrunken vor. Als ich mich erkundigte, wie seine Vorlesung über *Madame Bovary* gelaufen sei, schrie er: »Ich will nicht anderen beibringen, wie man schreibt. Ich brauche jemand, der es mir beibringt –« und kündigte an, daß er die verdammte Vorlesung am Montag nicht halten würde.

Ich vermochte ihm nicht klarzumachen, was für einen schrecklichen Fehler er da beginge, insbesondere wegen des Vertrauensbruchs gegenüber Cater. Ich bemühte mich das ganze Wochenende lang, ihn zu einer Sinnesänderung zu bewegen. Ich erntete dafür nur haufenweise Beschimpfungen, wie ich sie keinem Autor im Manuskript hätte durchgehen lassen. Ich suchte Evan Cater ausfindig zu machen, um bei ihm Rat zu holen; vergebens. Mir blieb schließlich nichts übrig, als Kinetic zu benachrichtigen, ich habe Montag, Mittwoch und Freitag von vierzehn bis sechzehn Uhr anderweitig zu tun, und den Unterricht selbst zu übernehmen.

Die Studenten reagierten mit einem Stöhnen, als ich sie informierte, Mr. Rattner sei indisponiert. Ich mußte also mit einem Handikap anfangen, stellte den Unterricht dann aber um – aus der Vorlesung wurde ein informelles Seminar darüber, wie Menschen, die wenig älter waren als sie, Bücher schrieben beziehungsweise verlegten, und mir stand so viel an Klatsch und Hintergrundgeschichten zu Gebot, daß ich ihre Aufmerksamkeit gewann. Beim nächsten Mal behandelte ich typische Fehler von Autoren, ein Gebiet, auf dem ich notgedrungen zur Expertin geworden war, und für den Freitag sicherte ich mir die Mitarbeit von Suzy Jenkins, die inzwischen unsere Abteilung für Nebenrechte leitete, und gemeinsam berichteten wir über ein halbes Dutzend aufregender Rechte-Auktionen beim Verlag Kinetic, von denen wir bei dreien Erfolg gehabt und bei dreien durch Ungeschicklichkeit verloren hatten.

Diese zweite Woche war zwar keine Katastrophe, entsprach aber nicht dem, was Evan Cater sich vorgestellt hatte, und als er von Bennos pubertärem Verhalten erfuhr, ging er zu ihm auf Distanz. Wir haben ihn nie wieder bei uns zu Hause gesehen.

Während der nächsten zwei unglücklichen Jahre kletterte ich in der Hierarchie bei Kinetic immer höher, während Benno nachmittags in der Wohnung herumlungerte und abends diesen oder jenen Kurs besuchte. Yoders Roman *Meidung* erwies sich 1976 als kommerzieller Mißerfolg, und ich drohte meinem Verlag, mit all meinen Autoren abzuwandern, wenn der Vertrag mit meinem hochgeliebten Dutchman nicht verlängert würde. In diesem Jahr machte Rattner auch eine entschiedene Anstrengung, seinen Roman abzuschließen. Er hatte sich von seiner Schreibhemmung mit einer eigenartigen Argumentation befreit, die er ganz für sich allein entwickelt hatte. Sie konnte schon deshalb nicht von mir stammen, weil sie meiner Vorstellung von Lektoratsarbeit völlig zuwiderlief. »Mir ist jetzt alles so klar, Liebling. Ich bin auf dem falschen Weg gewesen. Zuerst bin ich deinem Rat gefolgt, wie ich mein Buch schreiben müßte. Dann habe ich auf Evan Cater gehört und wie er's machen würde. Dann haben die Leute bei Gallantry mich vorgenommen, und wenn ich das Angebot von Simon & Schuster angenommen hätte, hätten die mir wohl den entscheidenden Rat gegeben, der mich freimachen sollte. Tatsache ist, daß ein Schriftsteller die großen Probleme für sich allein lösen muß. Er muß sich ein klares Bild davon verschaffen, worauf er hinaus will und wie er ans Ziel gelangen will. Lektorengeschwätz macht das Wasser nur trübe.«

Ich hätte bestimmt ein Dutzend Beispiele anführen können, wo sachkundige Lektoren sich als große Hilfe erwiesen haben, hielt es aber nicht für opportun, sie in diesem Moment zu nennen, so daß er fortfuhr: »Von heute an werde ich mich also nur auf mich selbst verlassen und meinem eigenen Stern folgen. Dieser Roman wird auf *meine* Art und Weise vollendet. Zum Teufel mit den Klugscheißern bei Simon & Schuster.« Ich wies ihn nicht darauf hin, daß er bei Simon & Schuster mit niemandem gesprochen hatte, und auch niemand mit ihm.

Immerhin, es wurde ihm wichtig, morgens aufzustehen, wenn ich aufstand, und tagsüber an der Schreibmaschine zu sitzen. Das Wenige, was er mir gegenüber von seinem neuen Plan zur Romanhandlung durchblicken ließ, klang recht vernünftig und, wie ich zugeben muß, viel origineller als die Vorschläge, die ich ihm vor Monaten gemacht hatte. Als ich den Berg säuberlich getippter Seiten wachsen sah, sagte ich mir: »Er wird es durchstehen! Er kannte sich selbst besser als ich.«

Aber dann begann alles zu versanden. Wenn ich zur Arbeit ging, lag er noch im Bett, und wenn ich nach Hause kam – bei Kinetic arbeiteten wir in den Abend hinein –, konnte ich auf dem Manuskriptberg keine neuen Seiten erkennen, aber die

New York Times lag mit dem Kreuzworträtsel nach oben, auf dessen Lösung er offenbar Stunden verwandt hatte. Ominöser noch: Die vielen Gläser verrieten, daß er getrunken hatte. Wenn er in der Wohnung den Platz wechselte, benutzte er nämlich jedesmal ein neues Glas.

Schließlich kam der Tag, als er das Bett überhaupt nicht mehr verließ, sondern nur noch stundenlang in betrunkenem Zustand dalag. Das gab mir den Rest. Eines Abends kam ich ungewöhnlich erschöpft heim, und er steckte immer noch unter der Decke. Nach frustrierenden Verlagsdiskussionen über Kostensenkungen zur Befriedigung unserer Konzernaufpasser war ich nicht in der Stimmung, einen erwachsenen Mann zu ertragen, der sich wie ein Baby aufführte. Ich warf mit einem nassen Handtuch nach ihm und knurrte: »Wasch dir Gesicht und Augen. Es gibt etwas zu besprechen.« Er setzte sich in den Kissen auf. Ich sagte: »Nun ist aber Schluß mit dem ganzen Quatsch von einem Roman, an dem du arbeitest. Den Roman gibt es nicht. Und es wird ihn nie geben.« Die Schärfe des Tons alarmierte ihn, und er begann mir weinerlich zu versichern, er … »Das kannst du dir sparen«, sagte ich. »Die Litanei kennen wir zur Genüge.«

Er überraschte mich, indem er sich auf den linken Ellbogen stützte und mit dem rechten Arm großtuerisch gestikulierte, während er ungehemmt eine ganz poetische Erklärung abgab, wie ein Roman sein müsse, und auch diesmal klang er logischer und überzeugender als Evan Cater und Erich Auerbach zusammen. Er war so überzeugend, daß ich einen Augenblick wie verzaubert war. Dann aber lächelte er mich boshaft an und fragte wie ein Neunjähriger, der bei einer Missetat ertappt worden war: »Ist es nicht so?«

Ich streckte die Hände aus, um den Zauber zu brechen, den sein Blick über mich gelegt hatte. »Ich habe auf hartem Weg gelernt, was ein Roman ist: sechzigtausend sorgfältig ausgesuchte Wörter. Und wenn man sie auf dem Papier nicht sinnvoll zusammenbringen kann, hat man keinen Roman.«

Er ließ das Getue und sagte so leise, es war beinahe schon ein Flüstern: »Sechzigtausend Wörter – das wär' für meinen Roman genau die richtige Länge. Ich habe ihn zu lang machen wollen. Ich werde morgen mit dem Kürzen beginnen.«

»Du wirst es doch nie tun. Hör auf zu träumen, Benno. Hör auf, so zu tun, als wärst du ein erwachsener Mann.« Kaum hatte ich die Worte ausgesprochen, als ich auch schon vor ihrer Kompromißlosigkeit erschrak und, wie Onkel Judah befürchtet hatte, ganz die dusselige Frau wurde, die unbedingt eine verlorene Seele retten mußte.

Zärtlich kämmte ich ihm mit den Fingern das schwarze Haar nach hinten, half ich ihm auf die Beine, als er aus dem Bett stieg. »Benno, dein Traum ist ausgeträumt. Hilf mir, daß ich meinen verwirklichen kann.«

Benno war so demoralisiert, daß er genau das tat; er legte sein Manuskript weg und half mir beim Redigieren der Romane, die ich gerade bearbeitete. Dank eines ausgeprägten Sinns für flüssiges Erzählen und eines noch trefflicheren Blicks für grammatische Strukturen weckte er die Illusion, daß wir als Team arbeiteten; er arbeitete dann allerdings bald so unregelmäßig, daß ich auf eine fristgemäße Erledigung der von ihm übernommenen Aufgaben nicht bauen konnte. Irgendwann gab ich die Hoffnung auf eine Zusammenarbeit auf und wurde eine weitere schuftende New Yorkerin, die ihren arbeitslosen Mann emotional zu stützen suchte.

In dieser gräßlichen Zeit – es war 1978 – besuchte ich die kleine Grenzlerstadt Dresden zum erstenmal, um mit Yoder an seinem fünften Roman zu arbeiten – an *Hexen*, für den ich große Hoffnungen hegte –, und als ich das ›Dresden China‹ sah, den Gasthof, wo ich während der folgenden drei Tage wohnen sollte, verliebte ich mich in seinen ländlichen Charme, sein weißblaues Dekor und seine Glasvitrinen mit den Meißner Porzellanfiguren. Bei meiner ersten Mahlzeit gab man mir einen Tisch in einer Ecke, die zwei Vitrinen im rechten Winkel zueinander bildeten, so daß ich inmitten schöner Schäferinnen, Landburschen und posierender Angehöriger des deutschen Adels saß.

»Kein Wunder, daß Mr. Yoder seine Grenzlerregion liebt, wenn das hier typisch ist«, sagte ich mir auf meiner täglichen Fahrt zu dem Bauernhof, wo wir am Manuskript arbeiteten, als ich die fruchtbare Gegend sah, von der er schrieb. Der Besuch hatte jedoch auch einen bitteren Beigeschmack; denn als ich die enge Beziehung zwischen den beiden Yoders miterlebte – ihre kluge Arbeitsteilung, die Hochachtung, die sie einander bezeugten, wie sie alles gemeinsam entschieden und das erstaunliche Arbeitspensum – konnte ich einen Gedanken nicht mehr loswerden: Wie gelingt diesen beiden, und das anscheinend so mühelos, die sinnvolle Kameradschaft, um die ich mich mit Benno so verzweifelt bemüht habe? Wieso kann Yoder sein Manuskript vollenden, indem er sich auf Emmas Unterstützung verläßt, während Benno, der doch von mir sehr viel mehr unterstützt wird, nichts zustande bringt?

Als ich wieder zurück in New York bei meinem besäuselten, doch liebenden Partner war, arbeitete ich täglich zwölf bis fünfzehn Stunden in der Überzeugung, daß *Hexen* den Durchbruch bringen würde für diesen Yoder, über den ich so lange meine schützende Hand gehalten hatte. Als die Lobeshymnen und die Verkäufe und der Ruhm schließlich in so reichem Maße kamen, schwelgte ich in der Freude, die sich im ganzen Verlag ausbreitete.

Auf dem Höhepunkt informierten Verlagsmitarbeiter die Medien zu Beginn jeder neuen Woche: »Wir lassen die nächsten 50000 Exemplare von diesem davongaloppierenden Bestseller drucken.« Und ich litt wegen all der Aufregung und dem Schlafmangel fast unter totaler Erschöpfung. »Nehmen Sie sich drei Tage frei«, empfahl die Personalleiterin, Miss Wilmerding, und ich befolgte ihren Rat. Doch während ich auf dem Bett ruhte, klingelte ununterbrochen das Telefon mit weiteren guten Nachrichten, und einmal, als ich meinte, Benno sei außer Haus, rief ich nach dem

Auflegen des Hörers: »Noch mal hunderttausend! Yoder, wir haben's geschafft!«

Als Benno den verhaßten Namen hörte, der ihn in diesen Wochen des Triumphs verfolgt hatte, stürzte er ins Zimmer, zerrte mich aus dem Bett und brüllte: »Ich hab' dich davor gewarnt, diesen Namen hier im Haus zu nennen!« Er hob die Faust. Ich schrie: »Benno! Nein!« Er konnte sich gerade noch zurückhalten, machte aber seinem Ärger dadurch Luft, daß er mir einen tüchtigen Stoß gegen die Brust gab, der mich wahrscheinlich einigermaßen harmlos an die Wand gegenüber verfrachtet hätte; doch meine Füße verhedderten sich im Nachthemd, und ich stürzte auf dem persischen Läufer. Um den Fall abzumildern, warf ich meinen rechten Arm vor, und der schlug an der scharfen Rückkante des Sofas auf. Der Arm war an zwei Stellen gebrochen.

Als ich vom Krankenhaus in die Wohnung zurückkehrte, bat ein tränenüberströmter Benno reumütig um Vergebung: »Ich habe dich nicht schlagen wollen, Liebling. Das weißt du doch.« Was sollte ich darauf erwidern? Also fuhr er fort: »Ich habe dich bloß geschubst. Gar nicht stark. Es lag an deinem Nachthemd … an der harten Kante hinten am Sofa. Ich würde dir doch nie weh tun, Liebstes.«

Als er wissen wollte, was ich zu tun gedenke, sagte ich nur: »Morgen zur Arbeit gehen.«

»Aber man wird dich wegen des Arms fragen.«

»Ein einfacher Bruch. Ich werde ihnen die Wahrheit sagen. Ich bin über mein Nachthemd gestolpert und gegen ein Sofa geschlagen.«

»Du wirst mich nicht erwähnen?«

»Warum sollte ich?«

»Ich hab' gedacht …«

»Sähe ich da nicht schön dumm aus? Wenn ich bei einem Mann bliebe, der mich so behandelt wie du?« Die Tränen drohten mich zu überwältigen. Ich kämpfte dagegen an; ich habe nie zu den Heulsusen gehört. »Weißt du, was ich mir auf dem Weg ins Krankenhaus immer wieder gesagt habe? Als du nicht einmal die Treppen runter konntest, um mir zu helfen? Ich habe unablässig wiederholt: ›Aber ich liebe ihn. Er ist der einzige Mann, den ich je geliebt habe. Und wir können einen Weg finden.‹«

Meine Worte beeindruckten ihn dermaßen, daß er in diesem feierlichen Augenblick schwor, er würde mich hegen und pflegen, und zum Beweis, daß er der Mann sei, den ich in der New School kennengelernt hatte, seinen Vietnamroman beenden und mich bitten, ihn zu lektorieren und herauszubringen, wenn nicht bei Kinetic, dann eben bei einem anderen guten Verlag. Er sagte: »Ich habe keine Illusionen mehr, Liebling. Es ist kein großer Roman, aber es ist ein verdammt guter Roman … potentiell.« Ich mußte bei seinem traurigen Optimismus lächeln, aber ich wollte ihm wirklich helfen, seine Selbstzweifel zu überwinden, so daß ich ihm – gegen meine innere Überzeugung – sagte: »Ich glaube, diesmal wirst du es vielleicht wirklich schaffen.« Und allein das Aussprechen dieser Worte stärkte mich im Glauben, dieser lebensuntüchtige Mann könnte seine Arbeit zu einem Ende bringen: »Benno, wir machen daraus ein bombiges Buch.«

In den folgenden Wochen führte ich ein Doppelleben und war in beiden voller Zufriedenheit: In meinem Büro wurde ich überflutet mit anhaltend positiven Nachrichten über *Hexen*; daheim, wo ich Yoders Namen nicht erwähnen durfte, durch ermutigende Nachrichten über Bennos Auferstehung. Er hatte sich wirklich Mühe gegeben, das Trinken einzudämmen. In der Wohnung duldete er keinen Alkohol. Eines Spätnachmittags aber schlenderte er in Greenwich Village in eine Bar, auf »einen schnellen Schluck, von dem Shirley nichts wissen muß.« Zwei Stunden später torkelte er mit einem hochgewachsenen, rothaarigen Mann im Schlepptau heim, einem dieser charmant Redseligen, wie man ihnen in Bars oft begegnet. Aber dieser war anders. »Ich heiße Arthur Jameson«, sagte er, als Benno ihn nicht vorstellte. »Verleger der Pol Parrot Press und von der Einstellung Ihres Mannes tief beeindruckt, Mrs. Rattner.« Als meine Verblüffung deutlich machte, daß ich nicht begriff, wie Benno in fast trunkenem Zustand einen so positiven Eindruck gemacht haben könnte, bot Jameson eine Erklärung, während Benno im Badezimmer verschwand, um sich das Gesicht mit kaltem Wasser zu spülen.

»Als Ihr Mann in die Bar kam, schenkte ich ihm zunächst keine Beachtung. Als ich hörte, wie er dem Barmann erzählte, er habe die Nase voll von diesen ewig herumjammernden Vietnam-Veteranen, da mußte ich mich äußern, weil ich genauso empfand. Wir kamen ins Gespräch, und je länger ich Ihrem Mann zuhörte, desto mehr gefiel er mir. An einem Punkt bemerkte ich: ›Hat nicht die *Times* vor einiger Zeit einen Leserbrief abgedruckt, der die lautstarke Weinerlichkeit der Veteranen aufs Korn nahm?‹ Darauf fragt er zurück: ›Und wer, glauben Sie, hat den Brief wohl geschrieben?‹

Als ich erfuhr, daß er der Verfasser war und daß er auch einen Roman zu drei Vierteln fertig hätte, bat ich, ihn nach Hause begleiten zu dürfen, um einen Blick auf die bereits fertigen Teile zu werfen.« Er hielt inne, lächelte mir zu und meinte: »In Bars, wo das Bier strömt, begegnet man vielen Männern, die Romane geschrieben haben. Wenn man sie dann nach Hause begleitet, hat der Roman sich in nichts aufgelöst. Wie steht es – gibt es den Roman wirklich?«

Ich wich der direkten Frage aus. »Ich kenne Ihren Verlag, Mr. Jameson. Sie veröffentlichen ausgezeichnete Bücher – wie etwa die Übersetzungen deutscher Autoren und das Werk über den Aufruhr unter amerikanischen Katholiken. Sie müssen sehr stolz sein, wenn solche Bücher Aufsehen erregen.«

»Danke, Madam, für die moralische Unterstützung. Aber Sie verweigern die Antwort auf meine Frage nach dem Buch Ihres Mannes. Ist das so zu verstehen, daß es nicht existiert?«

»Einen Moment, Mr. Jameson. Hat Benno Ihnen gesagt, wer ich bin?«

»In den Bars sprechen Männer nie von Ihren Frauen. Wer sind Sie?«

»Die Lektorin von Lukas Yoder bei Kinetic Press. Und als Lektorin versichere ich Ihnen, daß der Roman nicht nur fast vollendet, sondern auch sehr gut ist.«

Er verbeugte sich. »Wenn Lukas Yoders Lektorin so urteilt, muß ich es akzeptieren. Die weiß, ob ein Roman lesenswert ist. Also: Darf ich etwas lesen?«

»Ich hatte schon befürchtet, Sie würden nie fragen.« Er lachte über meine Begeisterung, und ich ging das Manuskript holen, doch in dem Augenblick kam Benno aus dem Badezimmer, merkte, was ich vorhatte, und rief: »Laß das! Es ist noch nicht so weit, um...«

Ich zuckte zusammen, rechnete mit einer Szene, in der dieses empfindsame Pflänzchen von Autor die Unsterblichkeit seines Werks beschwor, doch Mr. Jameson fragte ganz sanft: »Ist es nicht Aufgabe des Verlegers zu entscheiden, ob etwas so weit ist oder nicht?« Und zu meiner Freude gab Benno nach. »Es ist der Vietnam-Roman, nach dem Sie suchen«, sagte er. »Das kann ich Ihnen garantieren.«

Während ich Sandwiches machte und Marzipanbiskuits und Wein auf den Tisch stellte, blätterte dieser eminente Verleger, der uns gewissermaßen in den Schoß gefallen war, durch die abgewetzten Seiten von Bennos Meisterwerk und murmelte mit vollem Mund: »He, das ist echt! Partner, Sie verstehen etwas vom Krieg!«

Und so fand Bennos fast fertiges Manuskript infolge einer Bar-Bekanntschaft eine neue Heimat in einem erstklassigen Verlag, der fest entschlossen war, es zu publizieren. Mr. Jameson gab es an eine erfahrene Lektorin weiter, die urteilte: »Die ersten drei Kapitel sind genau das, wonach wir suchen«, was Jameson so entzückte, daß er Benno und mich abends zum Essen einlud, um uns seine verlegerischen Pläne mit dem Roman darzulegen: »Im Fernsehen die *Today Show*. Vielleicht auch *Good Morning America*. Ted Koppel oder MacNeil/Lehrer werden es allein wegen des kontroversen Themas mit Sicherheit haben wollen.«

»Es ist ein Roman«, warnte ich, doch er meinte: »Gewiß. Aber er handelt von einem der heißesten Themen unserer Zeit. Ein Thema, das bislang nur traurig verzerrt dargestellt wurde. Man wird Ihren Mann überall in den Medien einladen, Mrs. Rattner. Dafür werden wir jedenfalls sorgen.«

Nach diesem dramatischen Gespräch tat Benno etwas so Bizarres, daß ich bei ihm schon wieder einen Verlust seines seelischen Gleichgewichts befürchtete: Er ließ gerichtlich seinen Vornamen umschreiben auf Bruce. »Benno – das klang zu jüdisch. Und wenn mein Roman einschlagen wird wie der von deinem anderen Knaben, könnte der Name mir bei Fernsehauftritten schaden.«

»Wie kommst du auf Bruce?«

»Ein guter, sauberer Name. Ich kenne viele junge Männer, die Bruce heißen.«

»Du bist verrückt! Total verrückt. Aber du bist auch ein Schatz!«

Als Bruce Rattner rasierte er sich regelmäßiger, trank er noch weniger, war er erstaunlich rücksichtsvoll, und er schien auch relativ systematisch am Roman zu arbeiten. Doch an einem trüben Dezembertag – ich feierte mit Angestellten des Kinetic-Verlags die Überraschung, daß von *Hexen* über eine halbe Million Exemplare ausgeliefert worden waren – kam ein junger Mitarbeiter aus meinem Büro: »Miss Marmelstein! Ein dringender Anruf! Es ist Mr. Rattners Lektorin vom Verlag Pol Parrot.« Ich verließ die fröhliche Runde und rechnete mit dem Schlimmsten.

»Miss Marmelstein! Ich habe Ihren Namen auf einer Aktennotiz von Mr. Jameson gefunden. Entschuldigen Sie die Störung, aber ich dachte, Sie sollten es gleich wissen. Unsere Geschäftsleitung hat heute morgen beschlossen, vom Vertrag mit Mr. Rattner zurückzutreten. Von den Revisionen, denen er zustimmte, hat er keine einzige ausgeführt. Er hat sich nicht einmal die Mühe gemacht, die gröbsten Fehler zu beseitigen. Er hat alles ignoriert, was ich ihm an Hilfe angeboten habe, und nur hier und da mit ein paar unwichtigen Dingen herumgemacht. Ich habe den Eindruck, daß Mr. Rattner alles ganz egal ist. Das habe ich Mr. Jameson auch gesagt, und der hat die Geduld verloren: ›Soll er seinen verdammten Vorschuß behalten. Aber wir trennen uns von ihm.‹«

»Das können Sie doch nicht tun! Nicht jetzt, so kurz vor Weihnachten!«

»Es ging nicht anders. Ich habe Mr. Rattner zu einem Gespräch gebeten und ihm mitgeteilt: ›Tut mir leid, aber Ihre Verbindung mit Pol Parrot ist beendet. Den Vorschuß können Sie behalten.‹«

»Aber doch nicht in der Form! Wie hat er reagiert?«

»Weinerlich. Bat um einen Termin bei Mr. Jameson. Ich habe ihm mitgeteilt, Mr. Jameson befinde sich in Denver. Das hat er aber nicht akzeptieren wollen und so Sachen geredet wie: ›Ich weiß, daß er in seinem Büro ist. Er will dieses Buch. Er will die Wahrheit über Vietnam.‹ Er wurde laut. Er machte einen ziemlichen Krach. Ich habe meinen Assistenten rufen müssen, der ihm die Tür wies.

Als mein Assistent merkte, daß Mr. Rattner Probleme machte, hat er ihm ein paar harte Dinge an den Kopf geworfen. Ich war ganz überrascht. ›Sie wollen wissen, was Mr. Jameson über Sie gesagt hat? Daß Sie sich in der Bar wie ein großer Philosoph aufführen, aber an der Schreibmaschine ein fauler Arsch und ein Esel sind. Hier ist Ihr Manuskript. Machen Sie, daß Sie hinauskommen, und lassen Sie sich hier nie wieder blicken. Sie haben sich Ihre Chance selber versaut.‹«

Ich wußte sofort: Ich muß nach Greenwich Village und für Rattner tun, was ich kann. Wegen dringender Konferenzen konnte ich jedoch nicht aus dem Verlag. Als winterliche Dämmerung sich über die Stadt senkte, dachte ich: ›Der arme Kerl! Irgendwo da draußen treibt er sich nun herum mit seinem Manuskript, das keiner will!‹ Das Herz tat mir weh.

Später habe ich von mehreren Leuten gehört, sie hätten an jenem verschneiten Nachmittag Bruce im Village ziellos umherlaufen gesehen. Angeblich ging er in einen Drugstore, um vom Münzapparat zu telefonieren. Die Dämmerung war bereits angebrochen, als er bei Kinetic anrief, nach mir fragte und zu schluchzen begann, als ich mich meldete. Ich wußte sofort, wie ernst die Situation war; so hemmungslos hatte ich ihn noch nie weinen hören. Ich konnte ihn überhaupt nicht beruhigen. ›Sie haben gesagt, er taugt nichts. Ich tauge nichts. Alles geht kaputt. Es ist dunkel. Ich brauche dich. Mehr denn je, Liebling. Ich brauche dich.‹ Er hängte auf, bevor ich ihn aufrichten konnte. Ich ordnete die Manuskripte auf meinem Schreibtisch, um zu ihm zu eilen, und bemerkte, wie sich der Himmel verdüsterte. Was für ein scheußlicher Tag, um einem Menschen mitzuteilen, daß es mit ihm aus und vorbei ist. Eine Woche vor Weihnachten!

Ich lief durch die Straßen und winkte mir ein Taxi: »Zur Bleecker Street! So rasch es geht!«

Auf der Fahrt südwärts dachte ich nicht einen Augenblick daran, Rattner zu verlassen. Ich überlegte nur, was ich tun könnte, um ihn zu stabilisieren, ihn zu stützen, weil sein Selbstwertgefühl angeschlagen war. Er war ein feiner Kerl mit einem bemerkenswerten Verstand, viel klüger noch als Evan Cater. Und ich liebte ihn.

Vor unserem Wohnblock sah ich den Hausmeister Papierseiten aufsammeln, Teile des Manuskripts *Grüne Hölle*, wie ich gleich erkannte. »Was ist passiert?« rief ich voller Angst, Benno sei vielleicht von einem Auto überfahren worden.

»Mr. Rattner. Kam taumelnd nach Haus. War aber nicht betrunken. Ich hab' ihm gesagt: ›Sie verlieren Ihre Papiere‹, aber er ging einfach an mir vorbei. Hat überhaupt nicht gehört, was ich sagte.«

»Wo ist er?«

»Oben.«

Ich suchte meine Börse, nahm eine Handvoll Scheine heraus und reichte sie ihm. »Suchen Sie alle Seiten zusammen. Sie sind wertvoll.« Und ich rannte zum Aufzug, drückte den Knopf und verlor fast die Nerven, weil der Lift auf sich warten ließ.

»Nummer zwei wird gerade repariert«, rief der Hausmeister, der mit einem Stapel verdreckter Manuskriptseiten ankam. »Bis Weihnachten wird er in Ordnung sein.«

Als der Lift endlich auf unserem Stock ankam, rannte ich zur Tür, brachte den Schlüssel gleich beim ersten Versuch ins Schloß und stürzte in die Wohnung, wo ich Bruce mit dem Gesicht nach oben auf dem persischen Läufer liegen fand – blutbedeckt. Er hatte zweimal versucht, sich das Küchenmesser ins Herz zu stoßen, mit dem ich ihn einmal fast umgebracht hätte, und es nicht geschafft. Er muß furchtbare Schmerzen gelitten haben, als er sich das Messer anschließend in die Kehle stach.

Nach dem Begräbnis mußte ich mir eine Wohnung suchen, weil Bruce' Eltern, ohne mich vorzuwarnen, das Apartment verkauften und mich vor die Tür setzten. Ich machte in jenen Monaten eine radikale Veränderung durch. Mit dem phänomenalen Erfolg von *Hexen* – inzwischen waren über achthunderttausend Exemplare abgesetzt – war mein Leben an einem Wendepunkt angekommen, der viele Entscheidungen notwendig machte. Ich zählte mit 36 Jahren in New York zu den Spitzenlektoren und hätte zu jedem Verlag wechseln können, den ich mir wünschte, wenn ich nur Lukas Yoder mitbrächte. Ich wurde zur Teilnahme an Seminaren und Symposien über das Verlagswesen eingeladen, wo mich junge Autoren ansprachen, und wenn ich statt ihrer Gesichter manchmal Rattner vor mir sah, wurde mir schwindlig, und ich fragte mich: Was ist bloß mit dir los?

In einem Punkt war ich über die eigene Veränderung erstaunt. Wann immer ich an meine beiden Männer dachte, an Rattner und Yoder, entdeckte ich, daß letzterer »einer der Top-

Namen der Branche« geworden war, und wahrscheinlich lagen weitere Triumphe vor ihm – doch ich vermochte keine innere Anteilnahme für die voraussagbaren Bücher mehr aufzubringen, die er schrieb. Seine Pläne für *Die Käserei*, den sechsten Roman der Serie, erschienen mir, um es geradeheraus zu sagen, fade. Die gleiche Formel, die gleichen sympathischen Figuren, das gleiche bezaubernde Zeug über die Pennsylvanisch-Deutschen, die gleichen eingestreuten Brocken ihres lächerlichen Dialekts. Ich dachte: Dieses Buch könnte ich beinahe schon selbst schreiben. Ich konnte jedoch nicht erkennen, welchen gesellschaftlichen Beitrag es zu leisten vermöchte.

Was mich interessierte, das waren die Ideen, die Evan Cater und Benno Rattner ausgeleuchtet hatten; für sie war der Roman Sprengstoff, eine literarische Form voller Überraschungen, mit Szenen, welche auf herrliche Weise Neues offenbarten, mit einzigartigen Darstellungen gewöhnlichen menschlichen Verhaltens und prosaischen Erklärungen bizarrer Dinge. Ich konnte mir grenzenlose Horizonte für die Art von Roman vorstellen, wie Benno ihn schrieb, in dem die Worte funkelten vor Ideen, Sinne und Intellekt herausforderten. Was ich inzwischen in einem Roman suchte, war nicht noch ein Prosagedicht über Grund und Boden im Grenzlerland, sondern eine Erklärung dafür, wie eine vernünftige Person – jemand wie ich selbst – so viele Jahre mit einem selbstzerstörerischen Wehleider wie Benno Rattner verbringen konnte, ohne daß ihm oder mir selbst damit geholfen war. Beim Nachdenken über solche erstaunliche Änderung meiner Prioritäten mußte ich denken: »Bleib dir treu, Lukas, du bewundernswerter Kerl, so verläßlich, so weit weg von den scharfen Messern. Du machst kaum Ärger und tust in der Welt vielleicht sogar ein bißchen Gutes. Aber du hast recht gehabt, Rattner. Du hast in allen Diskussionen über Bücher recht gehabt. Du hast gesehen, was wir anderen nicht einmal im Traume gesehen haben, und es hat dich umgebracht. Du konntest es erträumen, aber nicht in sechzigtausend Worten niederschreiben.«

Eines Nachts schrie ich laut heraus: »Ich würde gern den jungen Mann finden, der deine visionäre Kraft hat, Rattner. Ich würde mein Herzblut geben, um ihn auf den Weg zu bringen. Damit er mit dem Kopf in den Sternen seinen Weg in der Welt findet.«

Am Ende tat ich etwas genauso Verrücktes wie Rattner. Mit Hilfe eines Rechtsanwalts und eines verständnisvollen Richters ließ ich meinen Namen legal zu ›Marmelle‹ kürzen. Als der Richter, ein jovialer Ire, fragte: »Also, warum sollte ein schönes Mädchen wie Sie das wohl tun wollen?«, hab' ich geantwortet: »Ich bin stolz auf meine Familie und auf mein kulturelles Erbe. Meine Eltern und mein Onkel sind aber inzwischen verstorben, und von der Vergangenheit ist vieles vorbei. Ich möchte einen Neuanfang machen.«

»Mit einem französischen Namen? Kann der Ihnen dabei helfen?«

»Er klingt besser. Und wenn wir schon dabei sind, wollen wir auch meinen Vornamen ändern. Zu Yvonne. Sie können sich gar nicht vorstellen, Richter O'Connor, wie viele Shirleys es in New York gibt, allesamt jüdisch, und alle werden ›Shirl‹ gerufen. Ich kann den Namen nicht ausstehen.«

»Das würde mir nicht anders gehen, Shirl«, sagte Richter O'Connor. »Guten Tag, Miss Yvonne Marmelle.«

»Ich möchte als Anrede lieber ›Ms.‹«, sagte ich. Worauf der Richter meinte: »Wenn Sie dazu meiner Zustimmung bedürften, würde ich sie verweigern.« Wir lächelten uns an. Nachmittags brachte ich im Verlag eine Aktennotiz in Umlauf:

> Im wohlverstandenen Sinne beruflicher Interessen habe ich meinen Namen heute amtlich ändern lassen von Miss Shirley Marmelstein zu Ms. Yvonne Marmelle.
>
> Wünschen Sie mir Glück in meiner *vita nuova*.

THE
Der Kritiker
CRITIC

Karl Streibert

Beim Zusammentragen der verstreuten Notizen, die ich im Blick auf den nahenden vierzigsten Geburtstag niederschrieb, hat mich nur ein Verlangen geleitet: der Wunsch zu erklären, wie ein ungelenker rothaariger mennonitischer Bauernsohn, dessen Eltern, Pennsylvanisch-Deutsche, nicht einmal die High School abgeschlossen haben, Mitglied des Phi Beta Kappa, Literaturkritiker, Vorstand eines Universitätsinstituts für kreatives Schreiben und Gastprofessor in Oxford wurde. Es war kein leichter Weg.

Nach einer zwölfjährigen Tätigkeit als Dozent von Autoren-Kursen für Fortgeschrittene am Mecklenberg College kann ich festhalten, daß neun frühere Studentinnen und Studenten von Beruf Schriftsteller geworden sind; von einer zehnten, Jenny Sorkin, der ich mit höchst gemischten Gefühlen gegenüberstehe, wird im nächsten Jahr wahrscheinlich das erste Werk bei der Kinetic Press herauskommen.

In einer Zeitschrift, die Amateuren einmal zeigen wollte, wie man Schriftsteller wird, hat eine ehemalige Studentin, deren erster Roman vom Buchclub Literary Guild als Auswahlband übernommen wurde, meinen Kurs auf folgende Weise beschrieben:

> Der Kurs war wirklich nur etwas für ernsthaft Interessierte, mit nie mehr als vierzehn Schülern im Semester, und da jede Sitzung neunzig Minuten dauerte, konnte man sicher sein, persönlich angesprochen zu werden, und deshalb waren wir auch stets vorbereitet. Wir Mädchen empfanden ihn als merkwürdigen Kerl: Er hatte nie geheiratet, und wir konnten uns denken warum. Er war ziemlich groß, doch sehr schlank, mit rotem Haar, das nie in Fasson blieb, und Augen, die einen nie direkt anschauten, es sei denn, er wäre gerade im Begriff, eine Frage zu stellen, die einem wieder einmal die eigene Dummheit vor Augen füh-

ren würde. Seine Kleidung? Nun, ja und nein, schlampig, aber sauber, immer in einer Mode, die zehn Jahre zurück lag. Eine kräftige Baritonstimme, die sich zu einer höheren Tonlage aufschwang, wenn man es am wenigsten erwartete. Und wo der durchschnittliche Professor einen Sinn für Humor zeigen würde, bot er einen Geschmack von Galle. Wir Mädchen haben in seinem Unterricht manchmal geweint, wenn wir wegen unserer Fehler ausgelacht wurden, und mehrere Jungen haben mir gesagt, sie hätten ihn liebend gern verprügelt, doch einer, ein Football-Spieler, meinte: »Wir haben uns dann zurückgehalten, weil ein richtiger Schlag ihn vielleicht in zwei Stücke zerbrochen hätte.«

Ein junger Mann, der heute an einem anderen College unterrichtet, hat erklärt: »Streibert hatte eine Tugend, die all seine Fehler wettmachte. Sobald man seine Klasse betrat, ließ er dich spüren, daß er auf deiner Seite stand, ganz gleich, was er tat. Was auch kommen mochte, er kämpfte für dich; er war fest entschlossen, daß du ein Schriftsteller wurdest, und tat von sich aus alles, um dir zum Erfolg zu verhelfen. Er hat mir meine Stellung besorgt. Wenn man seinen Kurs belegte, schloß er mit dir einen Pakt: ›Bleib bei mir, und ich werde dir zeigen, wie man's schaffen kann.‹«

Und ein anderer Absolvent, der zwei recht gute Romane veröffentlicht hat, meinte: »Man konnte es ihm am Gesicht ablesen. Er wollte, daß man etwas Bedeutsames hervorbrachte. Und ich hatte das merkwürdige Gefühl, daß er in uns seine eigene letzte Chance sah. Er hatte einmal Romancier werden wollen, weißt du. Das ist aber ziemlich ins Auge gegangen. Einen Roman hat er herausgebracht, der wurde von der Kritik zerrissen. Er hat sich nie wieder mit etwas hervorgewagt. Ich denke, er hat sich danach gesagt, daß sein Leben Sinn hätte, wenn er es schaffte, seinen Studenten zum Erfolg zu verhelfen.«

Ich empfinde einen stillen Stolz, wenn ehemalige Schüler berichten: »Ich hätte es nie geschafft, wenn ich nicht bei Professor Streibert studiert hätte.« Ich weiß, das hört sich so an, als wollte ich die eigene Unterrichtsweise loben; das liegt mir jedoch völlig fern. Daß ich ein charismatischer Mensch bin, haben meine Studenten nie behauptet (ich bin wirklich keiner); sie sprechen auch nicht von der Brillanz meiner literarischen Interpretationen. Nein, sie sprechen immer nur von einem: »Entscheidend war das Bild, das er an die Wand des Seminarraums gemalt hat.« Denn wenn ein werdender Schriftsteller sich das verdammte Bild eingeprägt und das Abfragen überstanden hatte, besaß er nämlich ein grundlegendes Verständnis vom Wesentlichen eines großen Romans. Wie ein Student feststellte: »Bevor ich mit Professor Streiberts Wandbild vertraut wurde, hatte ich ein Dutzend Romane gelesen, ohne ihren tieferen Sinn erkannt zu haben.«

Studenten, die sich nach Weihnachten 1983 für meinen Kurs einschrieben, haben ausnahmslos zu dem Wandbild Stellung genommen; eine typische Einschätzung ist die des Absolventen Timothy Tull, der in Mecklenberg und in der Verlagswelt später sehr bekannt werden sollte. Er schrieb: »Mein Leben als Schriftsteller begann, als ich in Streiberts Seminar saß und das beeindruckende Wandbild studierte, über das ich lange nachdachte, bis mir klar wurde, was Literatur ihrem Wesen nach bedeutet. Es hat mir den Weg zu den tatsächlichen Dingen des Lebens geöffnet, den Mut und das Wagnis gezeigt, mit denen ein großer Schriftsteller die Fakten verwendet.« Ein anderer Student hat sich so geäußert: »Durch Streiberts Wandbild – ein ungeheures Ding, das die Collegebehörden übermalen wollten – habe ich mehr gelernt als in allen normalen Lehrstunden zusammen. Es zeigte das ganze Universum des menschlichen Verhaltens – krass, grausam, infam, dramatisch.«

Ein scharfsinniger Interviewer, der selber ein wenig geschrieben hatte, wollte sich mit solchen Allgemeinheiten nicht zufriedengeben und fragte: »Auf welche Weise hat Ihnen das Wandbild beim Schreiben konkret geholfen?« Und ein junger Mann antwortete darauf: »Er hat uns gedrillt. Zeigte völlig unerwartet auf dich mit den Worten: ›Sie sind die Nummer siebzehn, und morgen werden Sie Ihre Mutter umbringen, die Königin. Was für ein Selbstgespräch führen Sie, wenn Sie nachts um drei wach in Ihrem Bett liegen?‹ Und da stand man nun, als Mann, der eine Frau spielen mußte, oder umgekehrt, so war es meist, und mußte die Person verkörpern und sprechen, wie sie gesprochen hätte.« Der Interviewer unterbrach. »Eine pädagogische Methode, zugegeben. Aber was haben Sie persönlich gelernt?«

Der junge Mann antwortete: »Nur wenn man beim Schreiben das Blut durch die Adern jagen spürt, sind die Wörter, die man niederschreibt, von Bedeutung. Ich habe gelernt, daß Schreiben aktives Handeln ist, das jeden Teil meines Körpers miteinbezieht. Streibert hat uns gesagt: ›Wenn Sie nicht alles in den Topf werfen können, wenn es zu brutzeln beginnt, dann wird aus Ihnen nie ein Schriftsteller.‹«

Eine Autorin erzählte dem Zeitungsmann: »Das Mecklenberg College wollte das Wandbild gar nicht entfernen. Da gab es bloß ein paar Mädchen aus anständigen lutherischen Familien, die dagegen protestierten, aus moralischen Gründen, obwohl doch große Literatur voll ist von schändlichen Dingen. Da hat Streibert gesagt: ›Wenn das Wandbild verschwindet, verschwinde ich auch.‹ Und deshalb durfte es bleiben – Gott sei Dank, denn es hat mir den Weg gezeigt.«

Das Wandbild hieß DAS FLUCHBELADENE GESCHLECHT DES ATREUS. Es bedeckte eine große Fläche der Wand und zeigte den verzweigten Stammbaum dieser griechischen Familie, auf die ein Großteil der frühen griechischen Literatur Bezug nimmt. Es zeigte den Göttervater Zeus, der die Erdgöttin Pluto heiratete, welche Tantalos gebar, der den menschlichen Pelops zeugte, den John Milton besungen hat. Die zwei Söhne des Pelops, Atreus und Thyestes, waren aufs bitterste

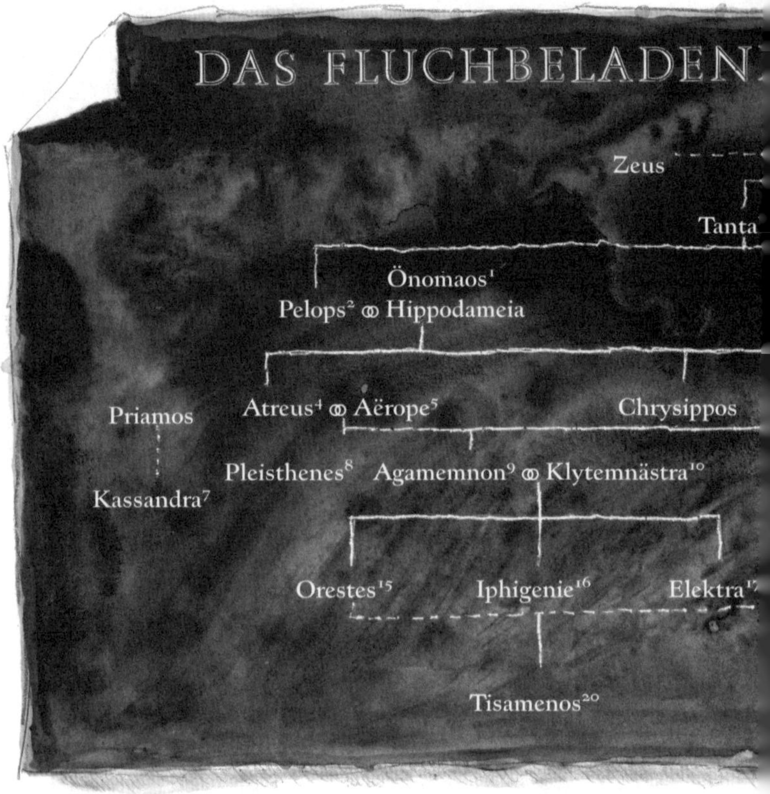

0. Eine Göttin, deren Eltern entweder Kronos und Rhea oder Okeanos und Thetys waren.
1. Hatte ein inzestuöses Verlangen nach seiner Tochter und tötete jeden Freier.
2. Sein Vater kochte ihn bei lebendigem Leibe und setzte ihn den Göttern vor.
3. Ihre zwölf Kinder wurden vor ihren Augen durch Apoll und Artemis mit Pfeilen getötet.
4. Sein Bruderzwist mit Thyestes lädt einen Fluch auf sein Haus.
5. Ihr Verhältnis mit Thyestes verschärft den Zwist der Brüder.
6. Atreus, aus Rache für Aëropes Untreue, setzt ihm die eigenen Söhne zum Essen vor.
7. Sie wird bei der Ermordung Agamemnons von Klytemnästra getötet.
8. Er wird ausgesandt, seinen Vater Atreus zu töten, aber von diesem erschlagen.
9. Er wird von Ägisth und Klytemnästra bei der Heimkehr im Bade erschlagen.
10. Mit ihrem Liebhaber Ägisth ermordet sie Agamemnon. Wird von ihrem Sohn Orestes getötet.
11. Sie und ihre Schwester Klytemnästra heiraten Brüder; Helena begeht Bigamie mit Paris.

12. Sie begeht Inzest mit ihrem Vater Thyestes, ist somit Ägisths Mutter und Schwester.
13. Diese beiden Kinder werden gekocht und ihrem Vater Thyestes vorgesetzt.
14. Wird der Liebhaber von Klytemnästra, ermordet mit ihr zusammen deren Ehemann.
15. Um den Mord an seinem Vater zu rächen, tötet er seine Mutter Klytemnästra und deren Liebhaber Ägisth.
16. Ihr Vater, um einen günstigen Wind für die Flotte zu erlangen, opfert sie in Aulis.
17. Sie hilft, ihre Mutter Klytemnästra zu töten, und verfällt dem Wahnsinn.
18. Kurz nachdem ihr Gatte von Orestes getötet wurde, heiratet sie den Mörder.
19. Sie empfängt ein Kind von Orestes, der vor ihren Augen ihren Bruder Aletes getötet hat.
20. Sohn von Orestes und Hermione, der Witwe des Mannes, den sein Vater erschlagen hat.
21. Auch Furien genannt, Rachegöttinnen, die Verbrecher peinigen. Sie können einem Mann vergeben, der seine Frau umbringt, aber keinem Vater-, Bruder- oder Muttermörder.

entzweit. Ihre Taten und Empfindungen waren der Stoff, mit dem sich Homer, mit dem Aischylos, Sophokles und Euripides sich in ihren dunklen Tragödien beschäftigten und das Fundament für alle spätere Literatur legten.

Die schicksalhaften Namen leuchteten vor den Studenten auf – Agamemnon, Klytemnästra, Kassandra, Helena, Orestes, Iphigenie, Elektra –, und hinter jedem Namen stand in grellem Rot eine Zahl von 0 bis 21, damit die Studenten ihren schrecklichen Tragödien auch folgen konnten. So hatten sie alles schwarz auf weiß vor sich, das ganze gräßliche Tun der Atriden.

An einem Dienstag im Februar 1989 begann die erste Sitzung für die Studenten, die nach dem Wintersemester neu zu mir kamen. Ich hielt meine Eingangsvorlesung über das Wesen der Literatur und betonte am Anfang, daß diese in erster Linie von menschlichen Gefühlen und Leidenschaften handelt; dann fuhr ich fort: »Wenn Sie sich die Empfindungen nicht vorstellen können, die Ihre Figuren bewegen, und sich nicht mit ihnen zu identifizieren vermögen, wird nie ein Schriftsteller aus Ihnen. Ganz gleich wie scheußlich ihr Verhalten, wie edel, wie aufopfernd, wie banal, Sie müssen sich dahinbringen, nicht nur die Situation, sondern auch das Innenleben eines Charakters zu erspüren.«

Bei der Einführung meines Wandbilds folge ich einem bestimmten Ritual. Ohne Vorwarnung rufe ich einen angehenden Schriftsteller auf, sich in einen der Atriden hineinzuversetzen, sich vorzustellen, wie er oder sie in einem furchtbaren Dilemma stecken, und vorzutragen, was der Held in dem Moment laut oder im Selbstgespräch sagt, so als ob der Student den Dialog für ein Stück schriebe, in welchem der alte Grieche aufträte. An diesem Tag nun griff ich zu Beginn eine junge Frau heraus, über die ich geteilter Meinung war. Sie war von der angesehenen Autorenschmiede in Iowa zu uns gewechselt und mit einem qualitativ beachtlichen fertigen Roman gekommen, hatte aber die schlechte Angewohnheit, enganliegende T-Shirts zu tragen, die provokative Sprüche über ihren Busen spannten; in Arkansas oder Oklahoma mochten sie amüsant wirken, doch in einem Ort wie Mecklenberg schienen sie ein wenig fehl am Platze. Sie hieß Jenny Sorkin, und an diesem Tag trug sie über ihrem Busen die Herausforderung SIE KRIEGEN, WAS SIE SEHEN. Ich hielt die Zeit für gekommen, ihre Fähigkeiten zu testen.

»Miss Sorkin!« Ich sprach sie völlig unvermittelt an. »Sie sind die Nummer vierzehn. Sie sind bei Ihrer Schwester, der Nummer zwölf, zum Mittagessen eingeladen und haben gerade entdeckt, daß sie auch Ihre Mutter ist. Ich hätte es gern, daß Sie mit zwei verschiedenen Stimmen sprechen – die eine kann Ihre Mutter/Schwester hören, die andere ist nur für Sie selbst hörbar. Sie haben das Zimmer betreten, wo das Essen serviert werden soll. Sprechen Sie.« Und bevor Miss Sorkin, eine im allgemeinen sehr forsche junge Dame, sich fassen konnte, rief ich aus nächster Nähe: »Los!«

Daß sie eine schwierige Aufgabe zu lösen hatte, war mir klar. Sie mußte als Mann auftreten, der sich in einer erschütternden Situation befand; ich fürchtete, daß sie damit nicht fertig werden würde. Aber da sollte ich einen Schock erleben; denn Miss Sorkin hatte das Wandbild studiert und begriffen, daß dieser Ägisth[14], den sie verkörpern sollte, eines der echten Schweine der griechischen Antike war – der Verführer von Königin Klytemnästra[10] und der Mörder ihres Ehemanns Agamemnon[9]. Die Fähigkeit, mit der sie sich in einen Mann verwandelte, verblüffte die ganze Klasse, der sie bisher noch nicht positiv aufgefallen war – sie wurde ein Mann, der seiner Schwester schleimig und unterwürfig kam und sich verhielt wie ein Wiesel. Dann senkte sie ihre Stimme und gab ihr einen Iago-ähnlich schnarrenden Ton beim Nachdenken darüber, wie Ägisth[14] seine Schwester umbringen könnte, als Strafe für das Böse, das sie seiner Mutter angetan hatte durch ihre blutschänderische Beziehung zum gemeinsamen Vater Thyestes[6].

Miss Sorkin sprach in jeder Stimme viermal, und am Ende

hielten alle im Saal Ägisth[14] für fähig, später nicht nur seine Schwester Pelopia[12], sondern auch seinen König Agamemnon[9] zu ermorden. Ich klatschte als erster Beifall und schloß: »Ich habe den Verdacht, Miss Sorkin, daß Sie es trotz Ihres T-Shirts zur Schriftstellerin bringen werden«, und die Klasse applaudierte von neuem.

Dann nannte ich die nächsten Punkte, die ich einzuhämmern wünschte, und wer sie zum erstenmal hörte, war sprachlos. »Bis zum Ende Ihres Lebens müssen Sie Hüter der Literatur sein, sich jeder Form von Zensur widersetzen. Wenn Fundamentalistinnen in Oklahoma protestieren, ein Buch oder ein Theaterstück ›handle von schmutzigen Themen‹, so erwarte ich von Ihnen, daß Sie sie daran erinnern, daß ein Teil der bedeutendsten Literatur, die die Welt je gekannt hat, daß die Geschichten, die uns den Weg gezeigt haben, ihre Grundlage im Verhalten dieser Schurkenbande hatten«, und ich zeigte auf das Wandbild: »Mord. Muttermord. Inzest. Verrat. Vatermord.« Ich machte eine dramatische Pause, bevor ich fortfuhr: »Hören Sie also nicht zu, wenn irgendwer es wagt, Ihnen zu erklären, was anständige Literatur und was nicht zulässig ist. Und wenn Ihnen zum Kampf gegen derartige Bestrebungen die Kraft fehlt, so denken Sie an dieses Wandbild und an die Namen der Männer, die ihre Inspiration von daher bezogen: Homer, Aischylos, Sophokles, Euripides. Sie sind unsere Wegbereiter.«

Und dann tat ich, ganz unvermittelt, einen Sprung und deutete auf einen jungen Mann: »Mr. Cates, Sie sind Nummer sieben und bei Nummer zehn zum Tee eingeladen. Weil Sie Seherin sind, wissen Sie jedoch vorher, daß Sie von ihr ermordet werden. Zwei weibliche Stimmen, bitte, im Gespräch miteinander.« Cates war kein passionierter Schauspieler wie Miss Sorkin, besaß aber eine feine Einsicht in das, was die beiden Frauen innerlich bewegte, und als er den Dialog zwischen ihnen beendete, sagte ich: »Weniger dramatisch als Ägisth, trotzdem, Sie wissen, was Sie tun, Mr. Cates. Herz und Verstand wirken bei Ihnen zusammen. Aufgrund der Erzählung, mit der Sie sich um Zulassung bewarben, habe ich angenommen, daß Sie es schaffen könnten. Nach Ihrer heutigen Darbietung besteht für mich kein Anlaß, mein Urteil zu revidieren.«

Ich machte weiter mit der dritten Botschaft des Wandbilds. »Shakespeare schrieb drei großartige Analysen des Mordes – *Hamlet*, *Macbeth*, *Othello* –, doch ich bezweifle sehr, daß er selbst je einen Mord begangen hat. Er hatte das gar nicht nötig. Von der Beobachtung der Gefängnisse und öffentlichen Hinrichtungen schloß er auf das Wesen des Mordes und überließ die Details des Tötens seinem fiebrigen Hirn. Homer stellte sich alles in der Einbildung vor und Aischylos in seinen Tagträumen. Sie mußten die entsetzlichen Taten nicht selbst vollbringen.« Und dann schlug ich gegen die Wand und sagte: »Sie brauchen es nicht hier. Sie brauchen es in Ihrem Kopf, in Ihrem Herzen, in Ihrem Bauch und in Ihren Lenden.« Ich schien, wie verschiedene Studenten später bemerkt haben, mit diesen Worten »zu wachsen … und gar nicht mehr der kleine, magere, rothaarige Dutchman zu sein, sondern ein Mann der Atridenfamilie … vielleicht Orestes, der im Hinblick auf die vor ihm liegenden, entsetzlichen Aufgaben vor Schreck erstarrt«. Ein anderer erklärte: »Wenn er uns danach wieder aufforderte, Atriden zu verkörpern, war alles anders. Wir sahen die Literatur in anderem Licht, als etwas Erhabeneres, Leidenschaftlicheres.«

In der einleitenden Sitzung des Wintersemesters sagte ich leise in die Stille hinein, die diesen Erläuterungen folgte: »Mr. Thompson, Sie sind die Nummer sechzehn. Sie befinden sich in Aulis. Es ist ein Sommernachmittag, und Sie sehen Ihren Vater auf sich zukommen. Sie wissen nicht, was er vorhat, weil Sie aber ein gescheites Mädchen sind, haben Sie so eine gewisse Ahnung. Sie reden nicht mit ihm, sondern führen ein Selbstgespräch. Was sagen Sie sich in den letzten Augenblicken Ihres Lebens?«

Solcher Aufgabe war Thompson nicht gewachsen. Er hatte das Wandbild so intensiv und in so starkem Bewußtsein einer Identifizierung studiert, daß er tatsächlich wie Iphigenie, die schöne Königstochter, empfand, und der Gedanke an den bevorstehenden Tod überwältigte ihn so, daß er mit Tränen in den Augen stumm blieb. Unter den Studenten machte sich eine gewisse Unruhe bemerkbar, als offensichtlich wurde, daß er keine Worte zu finden vermochte, andere wurden verlegen, doch ich entspannte die Situation, indem ich so sanft wie möglich bemerkte: »Ausgezeichnet, Mr. Thompson. Von uns allen sind Sie der Wahrheit möglicherweise am nächsten gekommen. Es ist ja durchaus wahrscheinlich, daß die schöne Prinzessin in Aulis in der Erkenntnis, daß ihr Vater sie umbringen würde, an jenem Tag damals genau das tat, was jetzt Sie getan haben. Sie weinte.«

Ich wurde 1952 auf einem Bauernhof in der Nähe von Reading geboren, in einer deutschen Familie, die nicht den strengen Amish-Sitten folgte, welche auf dem Hof keine Maschinen mit Eigenantrieb und an der Kleidung keine Knöpfe duldeten, sondern der freundlicheren mennonitischen Tradition, die im Kern konservativ, aber in geschäftlichen Dingen umsichtig war. Wir verwendeten Knöpfe und Automobile, beides mußte jedoch grabesschwarz sein wie unsere Kleidung und unsere Hüte, nach deutscher Art, auch. Eine Ausnahme gab es: Alle Frauen trugen Spitzenhäubchen, und die achtsame Hausfrau unterschied sich von der schlampigen durch die Mühe, die sie auf sie verwendete. Schlampige waren selten.

Als Junge hatte ich die mennonitische Tradition in mich aufgenommen, sie an den öffentlichen Schulen von Reading dann jedoch durch erstklassige Leistungen überdeckt; dort erwarb ich in Mathematik, in naturwissenschaftlichen Fächern, in Geschichte und Französisch ein solch solides Grundwissen, daß meine Lehrer von meinem ersten High-School-Jahr an wußten, ich würde für Stipendien an unseren besten Universitäten in Frage kommen. Als das Schulende nahte und Universitätsemissäre auf der Suche nach begabten Schülern feststellten, daß ich nicht nur Klassensprecher und als tüchtiger Trompeter eine Säule des Schulorchesters war, sondern außerdem drei Sprachen – Deutsch, Englisch, Französisch – mehr oder weniger fließend sprach und in naturwissenschaftlichen Fächern wie in Literatur recht passabel war, begnügten sie sich nicht damit, mir Stipendien anzubieten; sie sprachen auch Ehemalige in der Umgebung an, daß sie mich überreden sollten, ihr Angebot zu akzeptieren.

Als neben der Offerte eines kleinen Colleges von drei bedeutenden Universitäten Angebote für ein Stipendium bei uns auf dem Küchentisch lagen, war es meine Mutter, die die Entscheidung traf: »Penn und Pitt kommen nicht in Frage. Philadelphia und Pittsburgh sind doch gottlose Städte. Und Syracuse ist bestimmt nicht viel besser. Poppa und ich meinen, du solltest die drei Angebote ablehnen und nach Mecklenberg gehen. Mecklenberg ist gottesfürchtig und lutheranisch, dort könntest du nicht auf Abwege geraten.«

Als ich einwarf: »Aber dort hat man mir kein Stipendium angeboten«, gab meine Mutter zurück: »Wird man aber, wenn ich mit ihnen rede«, und an einem denkwürdigen Apriltag fuhren Momma und ich die zehn Meilen nach Mecklenberg. Auf der Fahrt durch die wunderbare deutsche Landschaft mit den beruhigenden Namen aus der alten Heimat – Fenstermacher, Dresden, Wannsee – fühlten wir uns so wohl, daß wir uns bei der Ankunft vor den Steinzinnen des Mecklenberg College sicher waren – wenn das College mich wollte, wollte ich auch.

»Poppa würde sich freuen«, sagte Momma, und als wir dem College-Beamten gegenüberstanden, der für die Neuaufnahme von Studenten zuständig war, zögerte Momma nicht, ihre drei Papiere vor diesem Herrn auszubreiten. »Das hier zeigt seine Leistungen im Unterricht, dies die außerhalb der Lehrfächer, und diese drei Briefe sind Angebote von Stipendien. Aber wir sind eine christliche Familie, Herr Professor, wir sind überzeugte Mennoniten, aber wir achten euch Lutheraner …«

»Ich bin ein Quäker, Mrs. Streibert.«

»Was ist das?«

»Ein Protestant. Etwas Ähnliches wie ein Presbyterianer oder ein Baptist.«

»Da ist nichts gegen zu sagen. Also, was meinen Sie, Herr Professor?«

Der Universitätsbeamte zögerte, ordnete die Papiere und lächelte. »Wenn diese Papiere echt sind, und ich habe gar keinen Zweifel, daß sie echt sind, dann, so würde ich meinen, sollten wir uns glücklich schätzen, Ihren Sohn zu bekommen.« Mit vagen Versprechungen gab Mutter sich nie zufrieden, nicht einmal von einem lächelnden Quäker als Amtsperson: »Uns geht es darum – wenn wir schon eine so lange Reise gemacht haben –, könnte Karl bei Ihnen so ein Stipendium kriegen wie die drei hier?«

»Meine Kompetenzen sind begrenzt, Mrs. Streibert. Ich kann von mir aus nicht einmal zusagen, daß er überhaupt ein Stipendium bekommt. Doch ich kann Ihnen eins versichern: Nach den Papieren hier zu urteilen, ist es zu fünfundneunzig Prozent sicher. Wir suchen solche Jungen wie Ihren.«

»Wie sehr?«

Ich merkte, daß der Beamte an Eltern gewöhnt war, die als dickschädelige Pennsylvanisch-Deutsche mit wichtigen Anliegen zu ihm kamen. Er lächelte. »Mrs. Streibert, das College erlaubt es keinem relativ untergeordneten Beamten wie mir, über College-Gelder zu verfügen. Darüber hat ein Komitee zu entscheiden.«

Mutter schob die vier Stipendiatsschreiben vor. »Sehen Sie die Zahlen?« Der Beamte schob sie ihr gleich wieder zu, ohne sich mit ihnen abzugeben. »Diese Zahlen besagen gar nichts, Mrs. Streibert.«

Man konnte Mutter die Überraschung anmerken, doch der

Beamte klärte sie sofort auf: »Es ist Ihnen doch bestimmt aufgefallen, daß die Ziffer der Penn University viel höher ist als die von jenem kleinen College. Das heißt aber gar nichts, weil an der großen Penn University die Kosten viel höher sind als bei kleineren Colleges. Wenn wir uns die Zeit nähmen zu vergleichen, könnte ich Ihnen sogar nachweisen, daß das niedrige Stipendium finanziell vorteilhafter ist für Karl als die höheren von Penn und Syracuse.«

»Wollen Sie damit sagen, daß Ihre Kosten für uns auch niedriger sind?«

»Viel niedriger.«

»Dann ist also Ihr Stipendium …«

»Falls das Komitee eins genehmigt!«

»Ich verstehe. Es ist bloß ein Vielleicht. Aber Ihres wird niedriger sein?«

»Um einiges niedriger. In diesem Teil Pennsylvaniens ist nämlich das Leben wesentlich billiger als in einer Großstadt. Lassen Sie es mich einmal so ausdrücken, Mrs. Streibert. Wie Sie wissen, müssen die Geschäfte in Lancaster, Reading und Allentown ihre Preise konkurrenzfähig halten. Sonst suchen sich vernünftige pennsylvanisch-deutsche Bauersleute wie Sie und Ihr Mann nur die günstigen Angebote heraus, und die teuren Geschäfte gingen bankrott. Penn, Pitt und Syracuse sind wettbewerbsfähig, wir aber auch. Das kann ich Ihnen versprechen.«

»Aber Sie können mir kein Stipendium versprechen. Und falls es eins gibt, können Sie mir nicht sagen, wie hoch es sein wird?«

»Nein. Aber Sie dürfen mir jedes Wort glauben, das ich Ihnen heute gesagt habe.« Er wollte uns eben aus seinem Büro hinausbegleiten, als er stehenblieb und meinte: »Karl, du hast uns noch gar nicht gesagt, was du willst!«

»Ich will hier studieren.« Nach unserem Abgang schrieb er, wie ich später erfuhr, auf meinem Bewerbungsschreiben den Vermerk: »Den wollen wir unbedingt.«

Ich glaube, seit meinen Zensuren nach dem ersten Semester hat das College seine Entscheidung nie bereut, mir ein Vollstipendium sowie die freie Teilnahme an allen Sonderkursen anzubieten, die ich zu belegen wünschte. Ich fand Naturwissenschaften wie Literatur leicht, und da ich bereits zwei Fremdsprachen fließend beherrschte, blieb mir Zeit, Dinge zu verfolgen, die ich sonst vielleicht versäumt hätte. Während der ersten drei Jahre hielten sich meine Leistungen so konstant, daß die Noten monoton ausfielen: Ich bekam in allen sechs Semestern nur Einser und Zweier. Ich war, wie sich herausstellte, so gut auf die College-Arbeit eingestimmt, daß ich im vorhinein genau wußte, was die Professoren erwarteten und wieviel Aufwand es mich kosten würde, ihre Aufgaben zu lösen und die Prüfungen zu bestehen. Einige meiner Lehrer hielten mich fast schon für ein Genie; andere, die ein wenig tiefer blickten, hielten mich für eine ideale Arbeitsmaschine und absolut für fähig, doch ohne jeden geistigen Höhenflug. Beiden Gruppen gab ich mich nicht so zu erkennen, wie ich in Wirklichkeit war.

Für nicht-akademische Interessen blieb mir wegen meiner Studienbeflissenheit wenig Zeit. Ich spielte im Orchester Trompete, lehnte es aber ab, in die Schulblaskapelle einzutreten. Ich stellte dem Chor meinen kräftigen Bariton zur Verfügung, fand aber plausible Entschuldigungen, nicht an Auftritten außerhalb des Colleges teilnehmen zu müssen. Ich mied sogar die Mitwirkung bei den traditionellen Kirchenkonzerten der Mecklenberger Studenten in Reading und Allentown; schon solch kurze Reisen waren mir wegen der Studienunterbrechung unsympathisch.

Mein geselliges Leben war ereignislos: ohne Schlägereien, Saufereien und Kartenspiel und ohne viel Umgang mit dem anderen Geschlecht. Als einigermaßen präsentabler, wenn auch linkischer Rotschopf mit gepflegtem Körper und einem zurückhaltenden, aber angenehmen Lächeln werde ich für die biederen deutschen Mädchen aus unserem Teil Pennsylvaniens, die unseren Campus überfluteten, wohl annehmbar gewesen sein, und da Mecklenberg einen wohlverdienten Ruf genoß, seine Studenten zu einem vernünftigen Werben zu ermutigen, das zum Heiraten führte, haben einige dieser Mädchen bei ihren nächtlichen Gesprächen vielleicht sogar spekuliert: »Für wen wird Karl sich wohl entscheiden?«, als ob ich ein Wiesenstärling gewesen wäre auf der Suche nach einem Weibchen.

Eine ernste Bindung ging ich während meiner ersten beiden Studienjahre nicht ein, doch im dritten, dem schönsten Jahr am College, begann ich mit einem netten deutschen Mädchen aus Souderton auszugehen; sie hieß Wilma Trumbauer, und als ihre Eltern einmal das College besuchten, luden sie mich mit Wilma zu Mittag in ein berühmtes Landrestaurant ein – ins »7 & 7«, das auf halbem Weg zwischen Allentown und Reading liegt.

Ich ging, ohne in meiner Naivität zu begreifen, daß solche Einladung als Ermunterung meines mutmaßlichen Werbens um Wilma gemeint war. Als Tage verstrichen, ohne daß ich die Sache irgendwie weiter verfolgt oder auch nur Wilma gegenüber eine Andeutung gemacht hätte, daß mir das Mittagessen gefallen habe, ließ sie mich fallen und war bald darauf mit einem empfänglicheren mennonitischen Studenten aus dem nördlichen Allentown verlobt. Als ich von der Verlobung erfuhr, habe ich gesagt: »Das ist schön«, ohne damals zu ahnen, welchen Anteil ich an Wilmas Entscheidung gehabt hatte.

In meinem letzten Jahr ignorierte ich Mädchen völlig, weil ich fest entschlossen war, in all meinen zehn Fächern mit einem Einser abzuschließen. Ich war zwar ein Einzelgänger, doch keineswegs einsam, weil ich in einer Vorlesungsreihe über den modernen englischen Roman ein geistiges Erwachen der Art erlebte, wie es Studenten mit Anfang Zwanzig gelegentlich zuteil wird. Andere lernen die Freude am Lernen als Teenager kennen und sind bereits in ihren ersten Tagen auf dem College zielbewußt und voller Energie; ich dagegen war jemand gewesen, der mit unsicheren Schritten vorangestolpert war, der in jedem Fach, das er wählte, gute Leistungen aufwies, ohne ein deutliches Ziel vor Augen zu haben. Das wurde mit diesem Kurs anders.

Der Professor war ein Mann in den frühen Sechzigern, der an der Penn University studiert, seinen Magister in Chicago und seinen Doktor in North Carolina gemacht hatte. Ein Gelehrter der ersten Garnitur war Paul Hasselmeyer nie gewesen; seine Ernennung in Mecklenberg hatte sich so ergeben, weil eigentlich keine Gründe dagegen sprachen, und er hatte sich dann als so verläßliches Arbeitspferd erwiesen, daß man ihn hielt, bis er schließlich Vorstand der Englischen Abteilung wurde, weil fähigere und jüngere Männer ihre Zeit nicht mit Verwaltungskram verschwenden wollten, der nun einmal zu den mit der Stelle verbundenen Pflichten gehört – die nutzen ihre Zeit, um Bücher zu schreiben, die ihnen bessere Positionen einbringen in Indiana, Colorado oder, falls sie Glück hatten, sogar an einer angesehenen Universität der amerikanischen Ostküste.

Hasselmeyer, der einer deutschen Familie in der Nähe von Lancaster entstammte, war auch kein inspirierter Lehrer; man hätte ihn, ohne ihm zu nahe zu treten, als ziemlichen Langweiler bezeichnen können. Er unterrichtete schon seit Jahrzehnten auf der Grundlage einer alten Anthologie mit dem Titel *Von Beowulf bis Thomas Hardy* und glaubte seit langem, daß die englische Literatur mit Hardys Roman *Die Rückkehr* ihren Höhepunkt erreicht hatte. In seinen Fünfzigern stieß er dann plötzlich auf eine Reihe von Romanen außerhalb seines gewöhnlichen Gesichtsfeldes und las rasch nacheinander *Liebende Frauen* von D. H. Lawrence, Arnold Bennetts *Konstanze und Sophie oder Die alten Damen* und Aldous Huxleys *Kontrapunkt des Lebens* sowie im Anschluß daran Frank Norris' *Gier nach Gold*, Theodore Dreisers *Eine amerikanische Tragödie* und Ellen Glasgows *Unfruchtbare Erde*.

In jenem Herbst widmete er seinen jüngsten Entdeckungen eine Reihe von begeisterten Vorlesungen; ich war von ihnen geradezu überwältigt. Der Klang jener harschen, für mich ganz neuen Stimmen riß mich aus meiner Lethargie. Die Kunst von Lawrence und Bennett weckte mich auf. »Sie stellen eine so andersartige Lebensweise dar, als wir in unseren Gegenden gewohnt sind«, sagte ich und unterhielt mich in jenem Sommer mit Freunden darüber, wie viel ich dadurch verloren hatte, daß ich mich nicht früher mit diesen Schriftstellern vertraut gemacht hatte.

Mein Hauptaugenmerk galt jedoch amerikanischen Autoren. Von *Gier nach Gold* hatte ich vorher nie gehört – die Geschichte vom armseligen Zahnarzt in Kalifornien fand ich beklemmend. Dem Roman *Eine amerikanische Tragödie* war ich in mehreren Hinweisen begegnet, hatte aus ihnen aber geschlossen, es müsse sich um sensationelle Gossenliteratur handeln; daß es ein hervorragender literarischer Roman war, kam für mich völlig überraschend. Ich verwandte auch einige Zeit auf die Lektüre der kürzeren Werke von Edith Wharton, die mir enorm zusagten und mich zum Lesen von drei Kurzromanen Henry James' anregten, was mich zu der Erkenntnis brachte, daß *Asperns Nachlaß* wohl die schönste Novelle der englischsprachigen Literatur sei.

Als ich diese Meinung im Unterricht kundtat, schlug Professor Hasselmeyer vor, ich solle meine Semesterarbeit über dieses Werk von Henry James verfassen, doch ich versuchte mich lieber an einem komplizierteren Thema: *Henry James und Thomas Mann: Zwei Novellen in der gleichen Stadt*. Ich schrieb rund vier Dutzend Seiten, in denen ich *Asperns Nachlaß* und Manns *Tod in Venedig* analysierte – den Text hatte ich im deutschen Literaturkurs gelesen – und ausführte, wie die beiden Autoren jeweils den Schauplatz Venedig literarisch verwertet hatten. Es war eine Stadt, die ich nie gesehen hatte und dank der Beschwörung ihrer Farben und Lebensformen in diesen beiden Meisterwerken dennoch genauestens verstand.

Was an dieser Arbeit Professor Hasselmeyers Aufmerksamkeit besonders erregte, war eine lange Stelle, in der ich die betörende Wirkung von Venedig auf James, Mann und ihre Helden untersuchte. Mein Aufsatz setzte eine ganze Menge als gegeben voraus, stellte eher scharfsinnige als fundierte Mutmaßungen an und verwechselte gelegentlich die realen Autoren mit ihren erfundenen Gestalten, zeigte jedoch auch analytisches Gespür. Anhand einer kursorischen Lektüre hatte ich nicht nur eine Charakteristik der zwei kurzen Bücher skizziert, sondern auch das Porträt eines studentischen Intellekts, der von einer bestimmten Denk- und Ausdrucksebene einen Quantensprung auf ein völlig neues Niveau machte.

Hasselmeyer rief mich zu sich, um mir zu erklären: »Ein bemerkenswerter Aufsatz, Mr. Streibert. Sie haben ins Herz des literarischen Schaffensprozesses geschaut. Und nun hätte ich gern, daß Sie sich an einer schwierigeren Materie versuchen. Vergleichen Sie mit der gleichen Methode *Konstanze und Sophie* und *Kontrapunkt des Lebens*. Ich meine: Wie verwenden hier zwei extrem andersgeartete Autoren verschiedene Orte, um vergleichbare Ziele zu verwirklichen?«

Die Arbeit an diesem Aufsatz, die Monate beanspruchte, entschied über meine Zukunft; denn während ich Bennetts berühmte fünf Städte des englischen Industriegebiets als Gegenstück zu den drei pennsylvanisch-deutschen Städten Lancaster, Reading und Allentown zu begreifen vermochte, was Vergleiche und Deutungen relativ leicht machte, erstaunte mich die Glitzerwelt Londons und seiner Bewohner, wie Huxley sie darstellte. »Was sind das für Menschen?« fragte ich frustriert, als ich mich abmühte, Leben und Motive dieser Menschen zu erfassen. Und als ich zur Belehrung kurz in andere Romane Huxleys eintauchte, wich ich entsetzt zurück vor dieser amoralischen Welt, die ich nicht zu begreifen vermochte.

Als auf dem Höhepunkt meiner Verwirrung mein Aufsatz nicht nur unvollendet, sondern auch unvollendbar schien, sagte mir ein reiferer Student: »Du kannst Huxley nicht verstehen, wenn du nicht vorher André Gide begriffen hast.«

Von diesem Franzosen hatte ich nie gehört, die Bibliothek des College enthielt keine Bücher von ihm, die Bücherei in Reading aber führte zwei seiner Werke, *Die Falschmünzer* und ein dünnes Buch mit dem Titel *Die Pastoral-Symphonie*. Das erste mit seiner Schilderung einer dekadenten Gesellschaft stieß mich ab, das zweite dagegen begeisterte mich mit seiner anschaulichen, kontrollierten Erzählweise. Die Wochen verstrichen, ich vergrub mich in die schwierigen Teile meines Aufsatzes, und allmählich wurde ich mir der Tatsache bewußt, daß der Roman *Die Falschmünzer* für mich eine tiefe Bedeutung gewann, während das kurze Werk nicht mehr zu sein schien als eine Art französischer Variante zu Edith Whartons *Schlittenfahrt*.

Auf die Lektüre meines zweiten Aufsatzes reagierte Professor Hasselmeyer folgendermaßen:

»Mr. Streibert, Sie haben eine verblüffende Fähigkeit, ins Herz eines Textes einzudringen und auch in die Denkweise des Menschen, der ihn geschrieben hat. Was haben Sie nach dem Studium vor?«

»Ich habe keine Ahnung.«

»Aber ich. Welche Fremdsprachen beherrschen Sie?«

»Deutsch von Hause aus, Französisch weit über Konversationsniveau.«

»Gütiger Himmel, Sie sind auf dem besten Wege.«

»Wohin?«

»Zu einem Doktorat. In Literaturwissenschaft.«

»Was würde das bedeuten?«

»Drei Jahre an der Universität – Chicago oder Columbia oder vielleicht, was am besten wäre, Harvard.«

»Wäre das sehr teuer?«

»Nicht für Sie. Die Spitzenuniversitäten sind ganz begierig auf junge Männer mit erwiesenen Fähigkeiten.«

Und so hatte ich vor Semesterende wiederum drei Angebote für Forschungsstipendien von eben den drei Universitäten, die Professor Hasselmeyer genannt hatte und deren Instituten für Englische Literatur er mich empfohlen hatte. Aus einem vernünftigen Grund entschied ich mich für Columbia: »Huxley hat mir gezeigt, daß ich nichts von London wußte, Gide, daß Paris mir unbekannt war. Es wird Zeit, daß ich das Wesen einer Großstadt kennenlerne.«

In jenem Sommer lag die zarte Hand von André Gide schwer auf meinen Schultern, denn ich las, im französischen Original, *L'Immoraliste* und ging von da aus weiter zu Marcel Prousts *Du côté de chez Swann* und einem Teil der späteren Bände aus der ›Suche nach der verlorenen Zeit‹. Während des ganzen Sommers lud ich nicht eine einzige Frau abends zum Essen ein, und als ich im September nach New York aufbrach, hatte ich noch immer kein Mädchen geküßt. Meine Kenntnissse von Büchern, vor allem von Romanen, waren dagegen profund.

Meine Jahre an der Columbia University waren fulminant, denn ich hatte ausgezeichnete Lehrer, die mich auf die breiten Bahnen der Gelehrsamkeit führten, welche viel grandioser waren als die engen Landstraßen, wie ich sie in Mecklenberg gekannt hatte. Ich merkte bald, daß meine Sprachkenntnisse, vor allem im Deutschen, es mir leichtmachten, die älteren Sprachen zu erlernen, aus denen das moderne Englisch sich ableitet, und im mittelalterlichen Englisch vor Chaucer machte ich so rasche Fortschritte, daß zwei Professoren unabhängig voneinander mir vorschlugen, mich auf dieses Forschungsgebiet zu spezialisieren. Und das hätte ich vielleicht auch getan, wenn von der Universität Oxford nicht der Leitstern für meine ganze Laufbahn angekommen wäre, um ein halbes Jahre lang in Columbia zu leuchten, und zwar im Wintersemester 1977. Es war Professor F. X. M. Devlan, ein gebürtiger Dubliner, der in Cambridge und Berlin studiert hatte, einen Lehrstuhl in Oxford innehatte und ein Glanzlicht der englischen Literaturszene darstellte.

Er war ein kleiner, rundlicher Mann mit Spitzbubenlächeln und einer Tonsur, die oberhalb seiner Augen einen Haarkranz ließ, sowie einem gewinnenden irischen Akzent. Er war ein wahrhaftiger Leprechaun, ein Gnom von der grünen Insel. Seine sechsmonatige Lehrtätigkeit an der Columbia Universität begann damit, daß er eine Kontroverse vom Zaun brach. Auf einer öffentlichen Lehrveranstaltung wiederholte er eine Vorlesung, mit der er drei Jahre zuvor auf einem Symposium in Oxford eine lebhafte Diskussion ausgelöst hatte, auf die nun die amerikanischen Zeitungen ausführlich eingingen. Ich war ihm vor der Vorlesung nicht begegnet und setzte mich in die erste Reihe des Auditoriums. Sein Ikonoklasmus machte mich sprachlos:

> »Wenn Sie das Geheimnis sinnvollen Erzählens interessiert, so gibt es vier englische Romanciers, die zu lesen sich lohnt. In chronologischer Reihenfolge nach ihren Geburtsdaten sind dieses Jane Austen, George Eliot, Henry James und Joseph Conrad. Darunter befinden sich, wie Sie gleich bemerken, zwei Frauen, und keiner der beiden Männer ist Engländer.«

Als das schockierte Flüstern verebbte, pries er seine vier Auserwählten und war drauf und dran, Eliots *Middlemarch* zum besten Roman englischer Sprache zu erklären, er lobte indes auch Henry James und dessen strenge Form des Erzählens. Über Conrad meinte er: »Mit einem kostbaren Netz fing dieser Pole, der bis in sein fünftes Lebensjahrzehnt nicht ein druckreifes Wort auf englisch geschrieben hatte, die Seele Afrikas und der Inseln im Pazifik ein.«

Nach einer Begründung für seine Auswahl tat er einen weiteren gewagten Schritt. Er nannte drei allseits beliebte Werke, die er für inakzeptabel hielt, insofern sie nur die Oberfläche des Lebens berücksichtigten:

»Meine Einstellung zur Literatur wird deutlich werden, wenn ich Ihnen die Namen von vier Romanschriftstellern nenne, die Sie teilweise hoch schätzen, die von sorgfältigen Interpreten jedoch abgelehnt werden, nicht etwa weil sie trivial wären, nein, das gewiß nicht – das wäre ein zu hartes Urteil –, sondern weil sie bloße Lieferanten von Belletristik sind, die ernsthafte Beachtung nicht lohnt. Es sind dieses, wiederum in der Reihung nach ihren Geburtsdaten, William Thackeray, Charles Dickens, Thomas Hardy und John Galsworthy. Diese Männer sind oberflächlich, reizvoll und unterhaltsam, doch sie bieten dem Leser nichts Substantielles und sollten leichter Strandlektüre vorbehalten bleiben.«

Gegen solche Vernichtung alter Götter meldete sich hörbar Widerstand, und zwei Professoren, die sich auf eben diese vier höchst geachteten Engländer spezialisiert hatten, fühlten sich veranlaßt, den Saal zu verlassen. Als sie hinausgingen, merkte Devlan spitzbübisch an: »Du großer Gott, welch Mangel an Engagement! In Oxford sind sieben aufgestanden«, und anschließend demolierte er die Werke wie die unverdienten Reputationen der vier abgelehnten Autoren. Das Murren dauerte während dieses Teils der Vorlesung an, denn Devlan offenbarte sich als arroganter, aufrührerischer Exhibitionist. Und genau das waren auch die Qualitäten, die Columbia bewogen hatten, ihn über den Ozean kommen zu lassen.

Der Abend erreichte einen Höhepunkt, als ein Professor der Columbia Universität erklärte: »Sie haben uns vier Autoren genannt, die Sie krönen, und vier, die Sie verdammen. Was wären die vergleichbaren Namen der amerikanischen Literatur?« Devlan entgegnete: »Eine tiefreichende Frage! Aber deshalb bin ich schließlich hierher eingeladen worden, nicht wahr? Um etwas zu lernen.« Er wies darauf hin, daß er sich während der nächsten sechs Monate in New York mit dieser Frage auseinanderzusetzen gedenke. »Und ich lade jeden von

Ihnen ein, sich den Kopf zu zerbrechen, wen Sie an meiner Stelle an die acht amerikanischen Positionen setzen würden, auf die guten wie auf die schlechten. Ich werde ein Gleiches tun.«

Und so begannen die lebendigsten sechs Monate, die mir je beschieden sein sollten, denn schon bald erkannte F. X. M. Devlan in mir einen jungen Amerikaner mit der Art von scharfer Intelligenz, wie sie an englischen Universitäten geschätzt wurde. Er lud vier Forschungsstudenten – zwei junge Frauen und außer mir noch einen jungen Mann – zur Zusammenarbeit in einem Seminar ein, in dem wir amerikanische Romane der Vergangenheit untersuchten. Zum Schluß seines New Yorker Aufenthalts hatte die Gruppe acht amerikanische Autoren ausgemacht, die des Heils gewärtig waren, und acht, die mit Sicherheit der Verdammnis anheimfielen. Auf der letzten Seminarsitzung teilte uns der feurige Ire mit:

> »Sie haben das Wesen der Literatur erkannt. Sie sind viel weiter, als ich in Ihrem Alter gewesen bin. Jetzt aber kommt der schwere Teil. Jeder von Ihnen muß kühl und kritisch die vier nennen, deren Beispiel Sie als Lehrer und Autor folgen werden, und die vier, die Sie nicht lohnenswert und fad finden. Und Sie müssen sich an Ihr Urteil halten, weil, das darf ich Ihnen versichern, Sie jetzt für solche Entscheidungen in einem geeigneteren Lebensabschnitt sind als später. Die Frische der Jugend ist eine wunderbare Linse zur Betrachtung der Welt. Sie sehen besser, als ich in meinem Alter zu sehen vermag, und vergessen Sie eins nie: Nach Ihrem dreißigsten Lebensjahr werden Sie wenige neue Wahrheiten entdecken. Tun Sie es jetzt, oder geben Sie die Hoffnung auf.«

Wir bedrängten ihn: »Nennen Sie uns Ihre acht amerikanischen Kandidaten!« Doch mit einem schalkhaften Lächeln wehrte er ab: »Halten Sie mich für verrückt? Wenn ich Ihnen jetzt sagen würde, was ich denke, würde ich wahrscheinlich nicht mehr heil ins Flugzeug kommen.«

»Aber später werden Sie es uns sagen, nicht wahr?«

»Ihnen sagen? Nein. Aber ich werde einen Aufsatz dazu schreiben. Halten Sie sich stets an den obersten Leitsatz: *Nie mündlich sagen, was man auch schreiben kann*. Von den zehn Millionen großen Geschichten, die insbesondere von Iren in ihren Pubs vor bewundernden Freunden erzählt wurden, sind nur jene fünftausend in die Literatur eingegangen, die aufgeschrieben wurden. Was nicht niedergeschrieben wird, existiert nicht.« Und mit seiner amerikanischen Autorenliste im Herzen verließ er New York.

Zu Devlans denkwürdigem Viererseminar des Jahres 1978 zählte, als eine unserer zwei Damen, eine hübsche Absolventin des Grinnell College in Iowa; ihr Name war Kathleen Wright. Als ich eines Tages zwischen den Regalen in der Bibliothek nach einem Buch suchte, hörte ich zufällig ein Gespräch zwischen Kathleen und einer Freundin mit; sie sprachen über meine Rolle im Seminar, und es war für mich ein komisches, fast ein wenig unheimliches Erlebnis, mich wie eine Gestalt aus einem Buch beschrieben zu hören. Was ich da mitbekam, warf mich um.

»Was ist mit Streibert los, Sandy?« sagte Kathleen. »Ich bin gern mit ihm zusammen, und er ist unglaublich helle, aber als Mensch – als Mann – wirkt er irgendwie leer. Er reagiert bloß auf Bücher und sonst nichts.«

Sandra kicherte. »Wenn du in San Francisco aufwächst, ist das ein Problem, das alle deine Freundinnen kennen. ›Was ist mit Paul los? Er sieht mich nicht an, und dabei ist er so ein netter Kerl.‹«

»Und deine Antwort?«

»Dort kommen alle Gruppen von Mädchen auf fünf oder sechs Kriterien zur Beurteilung von Männern, und wenn man die anwendet, findet man eine Antwort auf deine Frage.«

»Welcher Art?«

»Du mußt dir zuerst über eins im klaren sein, Kathleen: Wir sprechen über das Milieu von San Francisco. Die Mädchen dort sprechen im Code.«

»Übersetz doch mal.«

»Antworte mir auf die folgenden Fragen. Hast du ihn je mit einem anderen Mädchen gesehen?«

»Nein. Nur mit Männern, und auch das nicht mit vielen. Er ist ein richtiger Einzelgänger.«

»Spricht er mehr von seiner Mutter als von seinem Vater?«

»Doch, das tut er. Seine Mutter scheint für seine Ausbildung gekämpft zu haben. Hier auf dem Campus habe ich sie aber nie gesehen.«

»Hast du ihn je dabei ertappt, wie er dich mit Blicken abgetastet hat, wenn er sich unbeobachtet glaubte?«

»Nein.«

»Geht er abends aus? Allein?«

»Dazu kann ich wirklich nichts sagen. Wenn ich ihn gesehen habe, schien er zur Bibliothek unterwegs – oder zu den Buchhandlungen auf dem Broadway.«

»Bist du sicher, daß er kein Nachtschwärmer ist? Jemand, der leichte Beute sucht, männlich oder weiblich?«

»Männlich?«

»Kate, nun überleg doch! Worauf wollten meine Fragen denn wohl hinaus? Ich meine, du hast dich in ein Muttersöhnchen verguckt, das nicht heiraten wird, bis er fast fünfzig ist, sofern überhaupt. Hör auf meinen Rat. Zieh dich aus diesem Rennen zurück. Du bist nicht auf der richtigen Bahn.«

Kathleen dachte über den Rat ihrer Freundin nach, bevor sie sich erkundigte: »Willst du damit sagen, daß er schwul ist?« Ich war über diese ihre Frage dermaßen entsetzt, daß ich schon laut protestieren wollte. Aber das nahm Sandra mir ab. »Um Himmels willen, Kathleen!« fuhr sie sie an. »Nun sei doch nicht so hinterm Mond. Mit zwanzig hat die Hälfte der wirklich interessanten Männer in San Francisco kein Interesse an

Mädchen. Und mit vierzig auch nicht. Sie sind großartige Menschen – jedes Mädchen, das ich kenne, hat zwei oder drei solche Freunde. Es sind die zuverlässigsten Freunde der Welt. Akzeptier Karl als den brillanten Kopf, der er ist, und tu, was du kannst, ihm zu helfen, auf den richtigen Weg zu kommen, aber warte nicht darauf, daß er dich heiratet.«

»Wer redet denn von Heiraten?«

»Du. Dem Sinn nach.«

»Kann man es so deutlich merken, daß ich ihn gern habe?«

»Es ist gar nicht zu übersehen.«

»Und du meinst, daraus kann nichts werden?«

»Nichts werden? Doch. Wenn er an einem guten College eine Abteilung leitet, wird er sich vielleicht an dich erinnern und dir eine Stelle anbieten. Aber als Liebster? Als Bettgenosse? Als Ehemann? Keine Chance.«

»Was soll ich machen?«

»Sieh dich anderswo um.«

In den verbleibenden Monaten war Kathleen mir gegenüber höflich und sogar freundlich, und doch war klar, daß sie mich nur für einen unpersönlichen Gelehrten hielt, der für seine Doktorarbeit ausgezeichnete Arbeit leistete. Wir würden wahrscheinlich Freunde bleiben und vielleicht sogar im Rahmen unserer akademischen Laufbahn korrespondieren, aber daß ich sie eines Tages heiraten wollte, war in hohem Maße unwahrscheinlich – das wußte sie so gut wie ich.

Zwei Jahre nach Professor Devlans Rückkehr nach Oxford bekam ich 1980 einen überraschenden Brief:

> Ich habe ein Reisestipendium aufgespürt, das für Sie in Frage käme – nach Deutschland, Frankreich, Italien, England, zur Abrundung Ihrer Ausbildung –, und gegen Ende Ihrer Reise könnte ich mich eventuell freimachen, um Ihnen in Griechenland ein Weilchen Gesellschaft zu leisten. Bitte richten Sie doch Ihren Terminplan so ein, daß Sie

diese Möglichkeit wahrnehmen können. Der kultivierende Einfluß dieser Länder würde Ihnen guttun.

Es schien erstaunlich, daß der große britische Gelehrte sich überhaupt an mich erinnerte, und schon gar, daß er sich die Mühe machen sollte, mir ein so interessantes Stipendium zu besorgen. Ich eilte bei erster Gelegenheit heim, um mich mit meinen Eltern über die praktischen Seiten einer solchen Einladung zu beraten.

Mutter verriet wieder einmal ihren gesunden Menschenverstand, indem sie zu bedenken gab: »Karl, das ist doch kein fixes Angebot. Du bist schon vorschnell.«

Das College-Leben und der Umgang mit gebildeten Leuten hatte dazu geführt, daß mir unbehaglich war, wenn meine Eltern das Idiom der Pennsylvanisch-Deutschen verwendeten, so wie dieses häufig gebrauchte *schon*, so daß ich recht grob antwortete: »Spekulation! Wenn Professor Devlan sagt, daß er etwas möglich machen kann, dann tut er's auch.«

»Hast du ihm gesagt, daß du schon gehen würdest?« wollte Mutter wissen, und als ich erwiderte: »Nein, ich wollte mit dir und Poppa reden, was ihr davon haltet«, fragte sie weiter: »Wie gut kennst du den Mann?«

»Er ist ein halbes Jahr lang mein Lehrer gewesen. Daran wirst du dich doch noch erinnern. Der beste, den ich je hatte.«

Sie war trotzdem beunruhigt. »Ich habe eine schreckliche Show im Fernsehen gesehen. Wie ein türkisches Gefängnis aussieht. Zum Angst haben.«

»Momma, die beiden amerikanischen Collegejungen im türkischen Gefängnis, das waren durchtriebene Typen, die Rauschgift geschmuggelt haben.«

Poppa machte einen triftigeren Punkt geltend: »Ich dachte, du wolltest dich in diesem Jahr vor allem darum kümmern, eine Stelle für das nächste zu finden. Halt dich an dein Hauptziel, Junge. Bleib zu Hause und besorg dir eine Arbeit.«

Das zwang mich, ein Geheimnis zu lüften – was ich mir

eigentlich für das Ende meines Besuches aufgespart hatte. »Ihr erinnert euch an meinen alten Professor in Mecklenberg. Haselmeyer. Er geht in Pension und hat mich als seinen Nachfolger empfohlen. Und das mit solchem Nachdruck, daß die College-Verwaltung zugestimmt hat. Ich habe für nächstes Jahr eine Stelle. Eine wunderbare Stelle.«

»Dann solltest du nach Europa reisen, meine ich«, sagte Poppa. »Es ist eine wunderbare Chance, das Land zu sehen, woher du stammst.«

»Frankreich und Italien interessieren mich noch viel mehr.«

»Die Länder sind schon in Ordnung«, räumte Poppa ein, wenn auch sichtlich ungern.

»Vor allem England. Schließlich werde ich englische Literatur unterrichten.«

»Das macht Sinn. Aber die sind dort furchtbar steif.«

Meine Mutter wandte sich wieder ihrer Hauptsorge zu. »Warum sollte dieser Herr Devlan ... Wie alt ist er?«

»Mitte Vierzig vielleicht.«

»Warum sollte er mit einem Jungen wie dir auf Reisen gehen wollen?«

»Er ist ein Gelehrter. Er liebt die Literatur, und er hat erkannt, daß ich sie auch liebe.« Ich machte eine Pause, um dann noch zu ergänzen: »Und vielleicht möchte er seine Ansichten über die amerikanische Literatur überprüfen. Er hat einmal erwähnt, daß er darüber eine Untersuchung schreiben wolle.«

Mit der Zustimmung meiner Eltern – Vaters lauwarm, Mutters widerwillig – schickte ich ein Telegramm an Devlan, in dem ich die Einladung akzeptierte, schloß meine Räume in Columbia ab und nahm eine Pan-Am-Maschine nach England, wo ich eine hektische Woche mit Bustouren zum Lake District von William Wordsworth, nach Shakespeares Stratford, Hardys Wessex und vor allem in den Gassen Londons verbrachte, die durch Charles Dickens berühmt geworden sind, dessen Werk ich nicht mochte, aber über den ich vielleicht einmal würde lehren müssen.

Dann überquerte ich den Ärmelkanal nach Deutschland, wo ich in einer geruhsamen Woche Kulturschätze der Heimat meiner Vorfahren in mich aufnahm. Anschließend ging's nach Frankreich weiter, wo ich einen Blick von der Welt Stendhals, Flauberts und Balzacs zu erhaschen suchte – ohne großen Erfolg; denn während England es dem Besucher beinahe unmöglich macht, seine großen Schriftsteller zu übersehen, macht es Frankreich unmöglich, sie zu finden. Der allgemeine Eindruck Frankreichs mit seinen grandiosen Bauten und beeindruckenden Museen ließ mich indes nicht ungerührt.

Von Paris nach Rom reiste ich mit dem Bus, studierte Meile für Meile der Strecke auf der Landkarte und prägte mir die geographischen Besonderheiten ein, über die ich für den Rest meines Lebens unterrichten würde: »Paris, Lyon, Grenoble, Les Alpes, Génève, Firenze, Siena, Roma.« Ich achtete darauf, immer nur die ortsübliche Form der berühmten Namen zu verwenden, und betrieb mein Studium so intensiv, daß Frankreich und Italien, oder jedenfalls die von mir dort bereisten Gegenden, sich mir für immer und ewig einprägten. Allein die Busreise rechtfertigte meinen Sommer in Europa.

Obwohl ich in einer Familie, in einer Tradition und an einem College aufgezogen worden war, die sich dem Katholizismus verschlossen hatten – und das mit Grund, weil den protestantischen Vorfahren während der Reformation übel mitgespielt worden war –, fand ich Roma, wie ich es beharrlich nannte, eine unglaublich erhabene und historisch reiche Stadt, und zwar ganz unabhängig von ihrer engen Verbindung zum Vatikan. Mit einem Stadtführer in der Hand konnte ich tagtäglich, wann immer ich wollte, Ruinen aus vorchristlicher Epoche besichtigen, Monumente der großen Kaiser und neben Stätten der frühchristlichen Zeit Kirchen aus dem Dunkel des Mittelalters, Bauwerke der Renaissance, Andenken aus der Periode des Kirchenstaats und die Zeugnisse von Mussolinis wilder Großmannssucht. Gibt es sonst eine Stadt, die soviel zu bieten hat, fragte ich mich auf dem Weg von einem historischen Denkmal zum nächsten, und als meine acht Tage sich dem Ende zuneigten, wurde mir plötzlich bewußt, daß ich sie allesamt im Stadtgebiet Roms verbracht hatte, ohne auch nur eine Entdeckungsfahrt mit dem Bus aufs Land zu machen. »Roma reicht mir«, sagte ich und kehrte zum Vatikan zurück, um mich einen ganzen Tag lang in seinen Museen aufzuhalten. Ich war von der Fülle der Skulpturen überwältigt und von der Vielfalt der Gemälde, über die ich wenig wußte, außer daß die Sixtinische Kapelle mit ihren herrlichen Decken und Wänden mehr als ein paar Stunden wert war. Ich nahm zunächst an, daß Michelangelo alles gemalt hatte, doch als selbst mein ungeübtes Auge unterschiedliche Stile erkannte, fragte ich einen europäischen Touristen, wie die Sache sich verhalte. Der Mann antwortete auf deutsch: »Ich spreche kein Englisch«, worauf ich meine Frage im besten Umgangsdeutsch wiederholte, und er, ein Schweizer, entpuppte sich als ein Kunsthistoriker, der Peruginos exquisite Wandfresken für genauso gut hielt wie die Deckengemälde Michelangelos.

Die Stunden vergingen, und als Gongs das Ende des Tages ankündigten und das Schließen des Schatzhauses begann, machte der Schweizer den Vorschlag: »Der Nachmittag ist so angenehm gewesen. Dürfte ich Sie zum Abendessen einladen?« Mir gefiel der Gedanke, nicht schon wieder allein essen zu müssen. Ich rechnete damit, daß der Mann mich zu einem der vielen Restaurants in der Umgebung führte, doch statt dessen gingen wir zu einem kleineren Hotel, wo der Küchenchef bereit war, auf dem Zimmer meines Gastgebers zu servieren – ein hervorragendes Saltimbocca, dünne Scheiben von Kalbfleisch und Prosciutto, und vorweg die besten Spaghetti, die ich je gegessen hatte.

»Wie ich sehe, essen Sie ihn gern mit viel Käse«, merkte mein Gastgeber an, und als ich zugab, mir munde alles mit einem salzigen Geschmack besonders gut, rief er jubilierend: »Dann werden Sie Anschovis mögen«, und er bestellte einen kleinen Salat mit viel Anschovis. Es war so köstlich, daß ich darauf achtete, mir den Namen richtig zu notieren. »*Anschovis, anchois, accuiga, anchovy*«, sagte der Mann. »In jeder Sprache anders.«

Die Mahlzeit endete in bester Stimmung, die noch eine Weile im Raum hing, doch wie die Minuten sich hinzogen, begann ich mich mehr und mehr unwohl zu fühlen. Dann fragte mein Gastgeber in ganz belanglosem, überaus freundlichem Ton: »Warum nicht die Nacht hier verbringen? Ich habe eine extra Zahnbürste, und Sie können ja meinen Rasierapparat benutzen«, und als er diese Einladung aussprach – die mir durchaus vernünftig klang, da ich bereits zugegeben hatte, ich hätte für diesen Abend wie in den übrigen Nächten nichts vor, und mein eigenes Hotel lag ziemlich weit entfernt –, lächelte mir der Mann charmant zu und ließ seine Hände sanft über meine Schultern gleiten, und solche Unvorsichtigkeit enthüllte dann seine Absichten. Ich war sechsundzwanzig und hatte noch nie eine Empfindung erlebt wie in diesem Augenblick, weder mit einer Frau noch mit einem Mann, und erstarrte vor Schreck. Als offenkundig wurde, daß ich mich ausziehen und mit ihm ins schmale Bett steigen sollte, geriet ich in Panik, schob ihn mit Gewalt von mir und stürzte zur Tür. Bevor ich fortstürmen konnte, packte mich der Mann am linken Arm und flehte: »Bitte! Es ist doch nichts dabei. Und es ist wirklich schön«, doch mit einer kräftigen Armbewegung riß ich mich los und rannte die Treppe nach unten, weil ich befürchtete, der Aufzug sei zu langsam, um mich aus der heiklen Lage zu retten.

Als ich mein eigenes Hotel mit der vertrauten Frau am Empfang erreichte, kam es mir vor wie ein Hafen im Sturm, ein Eindruck, der sich noch vertiefte, als die Frau mir ein Telegramm aushändigte, das während meines Aufenthalts im Vatikan eingetroffen war. Es kam von F. X. M. Devlan, und es lautete: ANKOMME IHR HOTEL MORGEN WEITERREISE GRIECHENLAND. Ein wohltuendes Gefühl trat an Stelle der Furcht, die ich eben erlebt hatte, denn in Devlan sah ich nicht nur einen zuverlässigen Mentor, sondern auch einen vertrauenswürdigen Freund.

Am ersten Tag fuhren wir langsam den Rücken Italiens hoch und erreichten mit Anbruch der Dämmerung Firenze. Devlan mit seinem guten Italienisch fragte einen Polizisten, wo wir Unterkunft finden könnten. Der Wachtmeister lachte. »In etwa zweihundert Hotels. Das da an der Ecke, das bietet eine anständige Mischung aus guten Betten und noch besserem Essen.« Der Concierge schien entzückt über Gäste, die zwei Zimmer brauchten, und Devlan, der das Gespräch führte, erhob keinerlei Widerspruch: »Zwei Zimmer. So ist es«, und nach einem hervorragenden Abendessen unterhielten wir uns noch ein wenig, bevor wir uns schlafen legten, ein jeder in seinem eigenen Bett.

Den nächsten Tag verbrachten wir mit der Besichtigung der Sehenswürdigkeiten von Firenze. Ich war ganz erstaunt, wie gut sich Devlan in den Uffizien auskannte, die er als eines der drei besten Museen der Welt bezeichnete: »Wenn Sie in Ihrem kleinen College ein erstklassiger Englischdozent sein wollen, Karl, müssen Sie sich unbedingt in bildender Kunst auskennen und in Musik, Architektur und überhaupt in allen ästhetischen Bereichen menschlichen Tuns. Dante können Sie nicht wirklich kennen ohne Florenz und ohne einen Begriff von seinem Umherwandern von einer Hügelstadt zur anderen. Nach Studienabschluß sollte man auf der Suche nach Weisheit drei oder vier Jahre lang jeden Sommer nach Italien zurückkehren.«

Devlan äußerte sich hymnisch über die Medicikapelle, an deren Wänden ein Renaissancemaler eine prunkvolle Prozession von Medicifürsten, Dienern und Reitern ausgebreitet hatte: »Hier kommt das große Italien und marschiert einem entgegen und präsentiert einem seine Bedeutung und Geschichte.« Die Kapelle gefiel mir noch besser als die Uffizien.

Als wir an jenem Abend in einem Restaurant am Ufer des

Arno aßen, hing Devlan Erinnerungen an Cambridge nach, an seine frühen Tage des Jahres 1951 im King's College, als in der gespannten Nachkriegsstimmung die Nahrungsmittel noch rationiert waren. »Das arme Cambridge«, meinte er, »ist in den letzten Jahren übel verleumdet worden. Mit den Enthüllungen über Anthony Blunt sind alte Wunden wieder aufgebrochen.«

»Was war er für ein Mensch?« fragte ich, und Devlan erzählte mir von den berühmten Spionen – Philby, Burgess, Maclean und Blunt –, die in Cambridge enge Freunde geworden waren und anschließend in den Bann des sowjetischen Kommunismus gerieten; als sie während des Zweiten Weltkriegs strategisch bedeutsame Positionen in Großbritannien und den USA einnahmen, verrieten sie deshalb wichtige Geheimnisse beider Nationen an die Kommunisten. »Sie waren Verräter der gesellschaftlich umgänglichsten Sorte«, erklärte Devlan. »Haben den Briten und Amerikanern enorme Verluste und vielen alliierten Spionen den Tod gebracht.«

»Aber aus welchem Grund sollten sie so etwas getan haben?« wollte ich wissen. Schon senkte Nacht sich über die Stadt. Devlan erwiderte: »Der Zeitgeist. Wenn ich zu ihrer Generation gehört hätte, wäre ich möglicherweise einer der ihren geworden. Als Ire verabscheute ich all das, was England meinem Land angetan hatte. Ich wäre einer von ihnen geworden, nicht etwa weil ich Rußland liebte, sondern weil ich England haßte.«

Devlan begann danach von seiner Einstellung zur Kunst zu sprechen. »Der Künstler muß stets in einem gewissen Widerspruch zur Gesellschaft stehen – gegen herrschende Meinung. Er muß bereit sein, seltsame Wege zu erforschen, die allgemein akzeptierten Wahrheiten zu kritisieren, er muß verwirren und herausfordern und neue Strukturen schaffen. Der Künstler ist seinem Wesen nach ein halber Ausgestoßener. Van Gogh attackiert unseren Farbsinn, Wagner überkommene Vorstellungen von Klang. Diese jungen Männer aus Cambridge waren Künstler im Leben, genau das und nichts anderes, und haben sich der Hauptströmung ihrer Zeit radikal widersetzt.«

Bevor ich versuchen konnte, solch verwirrende Philosophie zu entwirren, fuhr er fort: »Und ihrer aller Meister war Anthony Blunt. Mitten im Zentrum des Feindes, in London, hat er hohe Ämter im militärischen Nachrichtendienst innegehabt. Gleichzeitig wurde er zum Ritter geschlagen, weil er als Kurator der königlichen Galerien fungierte – er war ein hervorragender Kenner von Poussin und anderen französischen Landschaftsmalern. Und die ganze Zeit über lieferte er den Sowjets heikle Informationen oder schützte seine Mitverschwörer davor, geschnappt zu werden. Seine Loyalität den Freunden gegenüber war ohne Fehl, aber das war für ihn völlig selbstverständlich, denn er hat sie ja geliebt.«

Devlan wiegte sich hin und her, eine Strähne fiel ihm über die Augen, und nach langem Schweigen wollte er wissen: »Karl, haben Sie je die bemerkenswerte Aussage unseres großen Romanciers E. M. Forster gehört? Er schrieb *Auf der Suche nach Indien* – den Roman müssen Sie lesen. Forster war ein Mann aus Cambridge. An meinem eigenen College, King's. Also, Forster hat gesagt – die Worte werden in unterschiedlichen Zusammenhängen oft widersprüchlich zitiert, ich erinnere mich an sie in dieser Form: ›Falls je der Augenblick käme, wenn ich mich zu entscheiden hätte, ob ich mein Land verriete oder meine Freunde, so hoffe ich, den Mut zu haben, mein Land zu verraten.‹« Devlan ließ die Worte in der Luft schweben, bevor er hinzufügte: »Es ist vielleicht eins der tiefsinnigsten Worte unseres Jahrhunderts.«

Mit der Einschätzung hatte ich einige Mühe und fragte schließlich: »Sprechen Sie von Ihren Freunden, Professor Devlan?« Der Ire sagte: »Ich habe nie irgendeiner Clique angehört. Einen irischen Schurken wie mich hat keiner gewollt. Doch auf meine Art empfinde ich für Freunde, so wie Forster es ausgedrückt hat.«

»Um Sie zu beschützen, würden Sie alles verraten ...«

Darauf gab Devlan keine Antwort. Statt dessen meinte er: »Karl, das Leben eines Künstlers bedeutet unentwegt: ›Wir gegen die anderen.‹ Im allgemeinen mögen die Menschen Künstler nicht. Sie verstehen sie nicht und finden sie nie völlig akzeptierbar, bis sie tot sind. Alle Romanciers, über die Sie so tief nachgedacht haben, *alle*, haben Widerstand geleistet zu ihrer Zeit, und in dem Moment, da sie sich anzupassen suchten, verloren sie ihren Antrieb – waren sie zur Mittelmäßigkeit verurteilt.«

»Was verschweigen Sie mir?« fragte ich fast verzweifelt, und Devlan erwiderte: »Jene berühmten vier Männer aus Cambridge, die so unvergleichlich brillant waren, so mutig wie keiner sonst, Spieler mit Nerven aus Stahl – sie haben einander geliebt. Sie waren eine Bruderschaft, und die Geschichte wird sich ihrer erinnern, wenn ihre Verleumder längst vergessen sind. Weil sie für etwas einstanden.« Devlan erhob sich und wanderte zum Fluß und sagte einfach bloß so: »Sie waren meinesgleichen und meine Vorbilder in Cambridge.«

»Sie wollen damit doch nicht etwa sagen, daß Sie ein Spion sein wollen? Daß Sie Ihr Land und andere Menschen verraten wollen?«

»Natürlich nicht. Ich meine, daß ich mit einer brennenden Intensität leben möchte – und den Mut haben möchte, dafür zu zahlen, was immer es kosten mag.«

Nach einem langen Spaziergang am Flußufer kehrten wir ins Hotel zurück und zögerten beide, als wir an der Rezeption unsere Zimmerschlüssel in Empfang nahmen. Da geschah nichts, jeder ging wieder in sein eigenes Bett.

In der Nacht habe ich nicht geschlafen. Ich warf mich ruhlos hin und her, versuchte die Worte zu begreifen, die in dem stillen Restaurant gefallen waren, die Spreu vom Weizen zu trennen. Als der Morgen über der Stadt anbrach, war ich mir über die Weisheiten im klaren, die mein Leben als Lehrer erleuchten sollten: »Ein Künstler ist ein schöpferischer Mensch und darf kein normales Leben führen. Er sollte seine geistige Nahrung bei Freunden und Vertrauten finden, die so sind wie er. Seine Aufgabe besteht darin, die Gesellschaft mit einem frischen und notwendigerweise manchmal bitteren Bild ihrer selbst zu konfrontieren. Und das höchste Gut in dieser Welt, das Verhalten, an dem ein Mensch gemessen wird, ist unverbrüchliche Treue zu seinen Freunden – was immer die Konsequenzen sein mögen.«

Als Licht mein Zimmer füllte, wühlte ich in meinen Sachen nach einem Bleistift und nach einem Stück Papier, auf dem ich meine vier Grundsätze in vollständigen Sätzen niederschreiben konnte, damit ich sie nicht wieder vergäße. Als ich sie dann noch einmal durchlas, fiel mir im letzten Satz eine schwerwiegende Lücke auf, und ich fügte noch hinzu: »Ich nehme an, das gilt auch für die Freundschaft mit einer Frau.«

Als wir uns abends Venedig näherten und die Depots sahen, wo die Autos geparkt wurden, während die Fahrer ihr Gepäck zu einem der Vaporettos brachten, den lärmigen Wassertaxis auf den Kanälen, meinte Devlan: »Venedig ist eine Stadt für Liebende«, und ich erklärte (ziemlich kindisch, wie mich später dünkte): »Ich nenne es Venezia.« Er tadelte mich. »Henry James hat die Stadt mit ihrem englischen Namen genannt. Er hat die Regeln festgelegt.«

An dem Abend erhob ich keinen Widerspruch, als er dem Concierge sagte: »Ein Doppelzimmer«, und ich war es zufrieden, als Devlan den Schlüssel entgegennahm und den Weg zum zweiten Stock voranging.

Der erste Tag in Venedig verlief für uns beide wie in einem goldenen Traum. Ich hatte sexuelle Leidenschaft nie erlebt, und ihre Gewalt warf mich um. Ich war wie das kleine mennonitische Mädchen meines Heimatbezirks, das sich zum erstenmal in den Heuschober führen läßt. Ich konnte das Wunderbare gar nicht fassen, das mir widerfuhr und das mir schon

Jahre zuvor hätte zuteil werden können, wenn ich auf meine innersten Regungen aufgeschlossener gehört hätte. Das Wichtigste aber war, daß die Schönheit der Beziehung zu meinem bewunderten Professor die erschreckende Häßlichkeit meiner früheren Begegnung mit dem Schweizer Touristen ausradierte.

Für den 47jährigen Devlan, der bereits einen Bauch ansetzte, muß die Tatsache, daß ein junger Mann in der Fülle seiner Jugend über den Atlantik geflogen war, um ihn in Rom zu treffen, und daß wir für zwei oder drei Wochen zusammen nach Griechenland unterwegs waren, fast unvorstellbar gewesen sein. Er erzählte mir, daß er sich häufig in jüngerer Zeit die Frage gestellt habe: »Ist es vorbei? Sind die wundervollen Nächte, die ich erlebt habe, zu Ende? Und dann« – er schaute auf einen Kanal hinaus, wo auf einer Gondel Liebende vorüberfuhren – »trifft man in New York einen brillanten jungen Amerikaner, der drei Sprachen spricht und eine rare Ausdrucksfähigkeit besitzt, und ich, dieser alte Ire, habe sofort erkannt, daß dieser junge Mann Angst hatte, ins Leben zu treten, und insgeheim doch darauf brannte, genau das zu tun. Ich merkte gleich, daß er sich schwertat mit Mädchen und wohl auch nie leichttun würde, und da kam mir in den Sinn, der Ire könnte vielleicht, vielleicht gerade noch einmal mit einer letzten wundervollen menschlichen Beziehung gesegnet sein, wenn ich den jungen Mann nach Europa holen könnte und ihn eintauchen dürfte in den Reichtum kulturellen Entdeckens.« Er hielt inne und fügte dann ganz leise hinzu: »Und es ist geschehen, wie ich geplant hatte. Lieber Gott, es ist wirklich so gekommen.«

Obwohl mit unserem ersten Tag in Venedig für mich ein neues Leben begonnen hatte, war er in verschwommener Euphorie verflogen; den zweiten Tag dagegen erlebte ich in bewußtem, klarem ästhetischen Entzücken, weil er nicht auf Devlan und mich, sondern auf Venedig selbst und auf die bedeutsame

Rolle gerichtet war, die diese Stadt in der Weltliteratur gespielt hat. Der Tag war für mich in ganz besonderer Weise bedeutungsvoll, weil es die frühe Studie *Henry James und Thomas Mann: Zwei Novellen in der gleichen Stadt*, die mir zum Forschungsstipendium an der Columbia University und so zu meiner Freundschaft mit Professor Devlan verholfen hatte, in ein neues Licht rückte.

Wir liefen entlang der Kanäle über enge Wege auf der Suche nach dem verfallenden Palast, wo der amerikanische Literat mit Juliana Borderau und ihrer plumpen Nichte Miss Tina rang, um in den Besitz eines Konvoluts von Papieren zu gelangen, die mit dem toten Dichter Jeffrey Aspern zu tun hatten. »Der ziemlich unangenehme englische Beamte in der Geschichte, John Cumnor, der die Papiere ebenfalls haben wollte«, meinte Devlan unterwegs, »hätte ich sein können. Und du vielleicht der junge Amerikaner.« Beim Suchen nach Gebäuden, die der Beschreibung der Jamesschen Novelle entsprachen, ging es uns nicht um venezianische Immobilien, sondern um ein verflochtenes Geschick literarischer Gestalten, die uns wirklicher vorkamen als die lebendigen Italiener, denen wir auf den engen Gängen begegneten.

»Das ist die Aufgabe der Literatur«, erklärte Devlan mit großer Eindringlichkeit. »Auf dem Papier Wörter zu verketten, Wörter, die für jeden im Wörterbuch auffindbar sind, auf diese Weise aber wirkliche Menschen in einer realen Umgebung ins Leben rufen. Das englische Vokabular enthält eine halbe Million Wörter – welche sollen wir benutzen, um das alte Haus dort an dem stinkenden Kanal zu beschreiben, damit jemand, der den Roman während des Urlaubs in Sambia liest, nicht nur die hiesige Umgebung wie mit eigenen Augen sieht, sondern auch ihrer psychologischen Relevanz gewahr wird? Die Wörter stehen zur Verfügung, man braucht sie nur herauszugreifen – um aber den gewünschten Effekt zu erzielen, muß man sie in genau der richtigen Reihung und Ordnung verwenden.«

Wir unterhielten uns über Thomas Manns Erzählung über ein von der Cholera heimgesuchtes Venedig.

»So etwas wie Cholera«, warf ich ein, »gibt es doch heute nicht mehr.«

»Aber ja! Es gibt eine tödliche Cholera, die heutzutage die gesamte westliche Gesellschaft durchdringt, sie wird von den Druckerpressen ausgespuckt und kommt über den Äther, sie erfaßt alles, macht alles billig. Sie hat uns umfangen und wird uns mit der Zeit ersticken.«

Devlan sprach von seiner Sorge um die kommenden Generationen und von der Aufgabe der Künstler zur Abwehr der erbärmlichen Mittelmäßigkeit, in die alles abzugleiten drohte: »Der große Feind ist die öffentliche Akzeptanz. Weil sie nämlich beweist, daß der Künstler sich auf einen gemeinsamen Nenner mit der Masse herabgelassen hat. Die Aufgabe des Künstlers ist es, sich durch Intuition und stetes Bemühen zum höchstmöglichen Niveau zu erheben und dann mit Ebenbürtigen zu kommunizieren, nach ihnen zu suchen, seine Vorstellungen mit ihnen auszutauschen und auf eine Art und Weise zu schreiben, zu malen oder zu komponieren, daß die Probleme erhellt werden, die sie betreffen. Wahre Kunst ist eine Verständigung unter hochstehenden, einander gleichwertigen Menschen. Alles andere ist der Mühe nicht wert.«

Ich wurde mir der Schwere seiner Worte bewußt. »Deinen Äußerungen in Columbia hatte ich entnommen, Ziel und Zweck des Schreibens sei Veröffentlichung. Und nun behauptest du, das sei völlig belanglos. Was meinst du wirklich?«

»Du erinnerst dich an meine Vorlesung, die solche Empörung auslöste? George Eliot ist eine Perle, Charles Dickens billiger Tand. Halte dich an Joseph Conrad, weise John Galsworthy von dir.«

»Wie läßt sich solche Einstellung aber mit der Wirklichkeit des Büchermachens vereinbaren? Die Verbreitung von Büchern jener Autoren, die du ablehnst, dient doch gewiß irgendeinem positiven Zweck.«

»Sie sind Schlafmittel. Zeitvertreib. Sie richten wenig Schaden an, tun aber auch nicht viel Gutes.«

»Wozu soll Publizieren dann nützen?«

»Echtes Publizieren ist ein Dialog unter Gleichen. Stell dir deine Hörer, deine Leser vor, wenn du am Schreibtisch sitzt. Als Intellektueller – und du könntest zu den besten gehören – bist du verpflichtet, mit den hellsten Köpfen deiner Generation zu kommunizieren, mit denkenden Männern und Frauen in Berlin, in Leningrad, an der Sorbonne und in Berkeley.«

»Die Verlagswelt kann doch nur existieren, weil sie der großen Masse, die du so vehement ablehnst, Bücher verkauft.«

»Aber nein! Das siehst du völlig falsch, Karl! Die Verlagsbranche verkauft Mist, damit sie ihre Druckereien bereithalten kann für den großen, bedeutenden Dialog. Stell dir ein Netz vor von hervorragenden Geistern in Zentren wie Buenos Aires, Tokio, Madrid, Moskau, Dublin und Cambridge hier in Amerika wie in England. Dort scharen sich führende Köpfe in dem Bemühen, die Welt zusammenzuhalten. Mit ihnen mußt du dein Gespräch führen, sie mußt du anregen und fördern, sie erleuchten, soweit es dir dank deiner eigenen Geisteskraft möglich ist. Zum Teufel mit all den andern!«

Das Konzept der »besten Geister«, wie Devlan sie nannte, diskutierten wir auf der langsamen Fahrt durch Norditalien bis nach Triest und dann südwärts durch Jugoslawien mit seiner düsteren Stadt Sarajewo, durch die beiden Mazedonien, wo wir uns vor Alexander dem Großen verneigten, der irgendwo hier aufgewachsen war. Wir wechselten uns am Steuer ab, und wenn der Abend näher kam, erwartete ich bereits mit Ungeduld das Ende der jeweiligen Tagesreise und den stillen Gasthof, wo ein Bett auf uns wartete.

Griechischen Boden betraten wir in der historischen Stadt Thessaloniki. Selbst der Himmel schien plötzlich anders. Auf unserer traumhaften Fahrt die Halbinsel hinunter wurden antike Namen Realität, und ich schämte mich, daß Devlan mit der Antike so viel vertrauter war als ich. »Das Ergebnis einer humanistischen Bildung«, meinte Devlan. »Einer gründlichen außerdem. Nicht so einer oberflächlichen, wie man sie bei euch in den Vereinigten Staaten bekommt.«

»Bieg ab nach Sparta«, riet Devlan, bevor wir Athen erreichten, und er zeigte mir den alten Kanal bei Korinth – er bot von den höhergelegenen Straßen einen wunderbaren Anblick. Als wir über die berühmte Wasserstraße querten, um auf den Boden der Peloponnes zu gelangen, konnte ich mir drunten die vorübergleitenden griechischen Kriegsschiffe der Antike mit ihren vollen Segeln und Rudersklaven ausmalen, auf der Fahrt zum einen oder anderen historischen Gefecht.

Sparta war eine traurige Enttäuschung, kaum mehr als ein kümmerlicher Rest auf der Ebene, wo Schlachten hin und her gewogt hatten. »Ich wollte«, gestand Devlan, »daß du siehst, was geschieht, wenn ein Volk sich einer Militärdiktatur ausliefert. In Sparta standen Kinder vom siebten Lebensjahr an unter militärischer Zucht. Alle Entscheidungen wurden von Militärjuntas getroffen. Die besten Heere der Welt. Alles haben sie erobert. Und am Ende ist die Diktatur an sich selbst erstickt, weil freie Menschen eine Diktatur immer beugen können – nicht, daß sie sie besiegen. Sie überleben sie einfach.«

Trotz gründlichen Suchens stießen wir in dieser Gegend bloß auf jammervolle Überbleibsel mickeriger Bauten, die nirgends die Größe Griechenlands oder auch nur die Siege Spartas andeuteten. »Während meines Aufenthalts in den Vereinigten Staaten«, meinte Devlan, »gewann ich den Eindruck, daß achtzig Prozent der Bevölkerung eine Diktatur begrüßen würden, die verspräche, das Erziehungswesen zu verbessern, die Minderheiten zu zügeln, die Frauen auf ihren Platz in der Gesellschaft zu verweisen, der Religion zur Herrschaft zu verhelfen und den Albernheiten der demokratischen Grundordnung ein Ende zu bereiten. So eine Chance würden sich viele Amerikaner heute nicht entgehen lassen. Aus dem Grunde ist es mir wichtig gewesen, daß du Sparta siehst. Was du hier vor

Augen hast, ist das Endergebnis, zu dem so etwas schlußendlich immer führt.«

In Athen fand Devlan gleich nach unserer Ankunft ein bescheidenes Hotel, wo er bei früheren Besuchen gewohnt hatte, und die Eigentümer kamen ihm entgegen, als sie ihn kommen sahen, und versicherten, das von ihm telegrafisch gebuchte Zimmer warte schon auf ihn. »Wer nur ein wenig von der Geschichte weiß und von dem langen Ringen der Menschheit um Sinngebung gelesen oder gehört hat«, sagte Devlan auf dem Weg zum Zimmer, »empfindet beim Eintreffen in Griechenland ein Gefühl: ›Jetzt kehre ich heim.‹ Wir sind zu Hause, Karl, angekommen von einer Reise, die in Columbia begonnen hat.«

Wir verbrachten die folgenden zehn Tage in Athen mit der intensivsten und konzentriertesten Diskussion meines Lebens. Es war ein Seminar für Fortgeschrittene über Form und Wesen des Romans in all seinen Aspekten, ein sokratischer Dialog, der morgens beim Frühstücken – mit einem griechischen Joghurt, dunklem, geröstetem Brot und einem Löffel Hyblos-Honig – begann und endete, wenn uns um Mitternacht der Schlaf übermannte.

Wir diskutierten den Roman wie einen unvergleichlichen Schatz; so hielten wir uns einen ganzen langen Tag bei der Frage auf, wie man eine Geschichte am besten erzählt – das heißt, aus welcher Perspektive. Zu dem Thema vertrat Devlan sehr dezidierte Ansichten: »Die schlechteste Form ist die, wenn der Autor zwischendurch eigene kluge Kommentare einschiebt. Wie gräßlich schon beim erstenmal, wenn er den Fluß des Erzählens unterbricht, wie entsetzlich zum Schluß einer langen Geschichte, wenn dieses hergebrachte Hilfsmittel knarrt wie ein schlecht beladener Heuwagen. Tu selbst nie so etwas, laß es keinem Studenten durchgehen, und bei einem Roman, den du rezensierst, mußt du solche Unsitte an den Pranger stellen.«

Dem Erzählen aus der Perspektive eines anonymen, unspezifizierten, allwissenden Beobachters stand er nach einem langen Studium mit gemischten Gefühlen gegenüber: »Gottähnliche Figuren langweilen mich in jeder Hinsicht. Und die unendliche Intelligenz, die sich anmaßt, alles menschliche Handeln zu erklären, und sei es auch noch so absurd, wirkt einfach fade. Trotzdem, es gibt den gelegentlichen Roman dieser Art, der mich verzaubert hat – George Eliots *Middlemarch* zum Beispiel.

Ich mag Romane, die vom Standpunkt eines namenlosen Dorfidioten erzählt werden, der alles beobachtet und nichts versteht. Man weiß nie, wer er oder sie ist, aber man traut der Ehrlichkeit solcher Berichterstattung.«

Nachdem wir vier oder fünf andere Möglichkeiten erörtert hatten, wollte ich wissen: »Was ist mit der berühmtesten Darstellungsweise überhaupt, aus der von Henry James empfohlenen Sicht des betroffenen Kollegen oder wissenden Freunds der Familie, der nicht aufdringlich am Geschehen teilhat, aber das persönliche Fürwort ›ich‹ gebrauchen darf und so ein bißchen Menschlichkeit einbringt? Die Perspektive scheint mir einen Sinn für Wirklichkeit zu garantieren. Was hältst du davon?«

Devlan dachte einige Augenblicke lang nach, um für seine Antwort die richtigen Worte und Nuancen zu finden. »Das ist ganz offensichtlich die beste Technik überhaupt. Ich wollte dir meine Meinung nur nicht aufoktroyieren. Die Methode hat nämlich auch ihre gefährliche Seite. Die Versuchung ist groß, daß der allerbarmend mitleidvolle Beobachter nicht nur im Leben seiner Romancharaktere Beobachter bleibt, sondern auch im breiten Fluß des Lebens überhaupt. Um es geradeheraus zu sagen, Karl: Wenn Männer wie du und ich eine Geschichte erzählen, wählen wir wahrscheinlich einen Erzähler, der uns gleicht: einen Unverheirateten, der nie Kinder haben wird, nie im Krieg gewesen ist, meist keinen klar umrissenen Beruf ausübt und keinen Dreck unter den Fingernägeln hat, jemanden, der über allen steht, von denen wir schreiben – und der viel zu langweilig ist, um mit ihm die sechs Tage zu verbringen, die das Lesen eines Romans beansprucht.

Falls du je einen Roman mit dieser Methode schreiben solltest, kannst du dir als Hauptfigur einen Ästheten aussuchen, wie du selbst einer bist, doch als Beobachter brauchst du einen Geschäftsmann, der einen kleinen Laden führt und sich abstrampeln muß, um die hohe Hypothek auf seinem Haus abzuzahlen, bevor seine drei Kinder auf die Universität gehen.«

Ich unterbrach mit einer dummen Bemerkung: »Ladenbesitzer interessieren mich nicht«, worauf er erwiderte: »Dann ist zu befürchten, daß sich niemand für deinen Roman interessiert.«

Bei anderer Gelegenheit äußerte Devlan: »Ich bin der Auffassung, daß Kritiker keine Romane schreiben sollten.«

»Warum nicht?«

»Weil wir zu viel wissen.«

»Aber Romanciers versuchen sich doch auch als Kritiker.«

»Und produzieren dann gewöhnlich Mist.«

Wir sprachen lang und breit über besonders geeignete Romanthemen. In dem Zusammenhang betonte Devlan: »Als Romanmaterial eignet sich alles, wozu Menschen fähig sind.«

»Du meinst, wirklich *alles?«*

»Ich wüßte nichts, was ich ausklammern sollte.«

»Sogar Inzest?«

»Zu den großen dramatischen Ereignissen, von denen die griechische Tragödie voll ist, gehört auch Inzest. Gestraft mit Feuer, Zorn und Vergeltung.«

»Über die griechische Tragödie weiß ich nicht viel.«

»Nun denn, dieser Sommer könnte Gelegenheit bieten, da eine Lücke zu füllen, die sich später als Abgrund erweisen könnte, wenn du mit dem Wesen der Literatur klarkommen willst.«

Eine zweite Warnung formulierte er noch entschiedener. »Ein Roman über eine abstrakte These kann nur schlecht sein. Wenn du dich mit Abstraktionen beschäftigen mußt, schreib ein Sachbuch. Dein Roman muß von Menschen handeln und nicht von Typen, die eine Idee versinnbildlichen. Wenn du aber Menschen als Gefangene ihrer abstrakten Prinzipien darstellen kannst, hast du eventuell ein starkes Thema.«

In fast jeder Diskussion gewann ich an einem bestimmten Punkt den Eindruck, daß Devlan, der mir offenbar alles beibringen wollte, was er selber wußte, von der Vorstellung ausging, daß ich als Kritiker sein Nachfolger werden und mich daher gründlich mit der Natur des Erzählens auseinandersetzen sollte. Ich sah mich in meiner Vermutung bestätigt, als er am zehnten Tag ein Taschenbuch mit unzähligen Eselsohren aus der Tasche zog. »Das, Karl, gebe ich dir als Abschiedsgeschenk. Jetzt bist du soweit, es in dich aufzunehmen – als Orientierung für das ganze Leben.« Es war die lange, tiefschürfende Studie *Mimesis* des deutschen Gelehrten Erich Auerbach, der erzählerische Meisterwerke von der vorchristlichen Zeit bis nach Virginia Woolf gesammelt und ihren Stil gründlich analysiert hatte. Er setzte auseinander, in welchen Punkten die Autoren ihr Vorhaben brillant verwirklicht und wo sie Schiffbruch erlitten hatten. »Auerbach hat die Arbeit für dich getan«, sagte Devlan, und als ich zu lesen begann, wurde mir rasch klar, was Devlan meinte.

Am elften Abend unseres Aufenthalts in Athen sagte ich zu meinem Mentor: »Es war eine wundervolle Zeit. Für mich haben sich hier in Griechenland verstreute, ganz unterschiedliche Ideen zusammengefügt. Du hast mich alles auf einer neuen Stufe zu sehen gelehrt. Ich beginne zu glauben, daß ich soweit sein könnte, selbst Lehrer zu sein.«

»Das hat du«, sagte Devlan, »während der letzten Tage doch längst bewiesen.«

Erkenntnis erlangt der Mensch auf zwei Wegen: durch geduldiges Sammeln und Prüfen verfügbarer Beweise und durch plötzliche Erleuchtungen, die in einem Augenblick ganze Kontinente und Jahrhunderte erhellen. Mein zweiwöchiger

Ausflug mit Devlan von Roma nach Athen war ein Beispiel für den ersten, was am fünfzehnten Tag geschah, ein überwältigendes Beispiel für den letztgenannten Weg.

Die Ankündigung, daß auf Einladung der griechischen Kulturverwaltung ein deutsches Ensemble im Theater des Herodes Atticus den *Agamemnon* des Aischylos – uraufgeführt in Athen im Jahre 458 v. Chr. – als Freilichtaufführung geben wollte, sah Devlan beim Einlösen von Reiseschecks an einem Wandbrett im Wechselbüro. Das Plakat wies darauf hin, daß die Aufführung in deutscher Sprache stattfand; die Flöten und Trommeln zur Begleitung des Chors sollten von Griechen gespielt werden. Ohne mich vorher zu fragen, kaufte Devlan zwei Karten für beste Plätze und eilte zurück, um mir von unserem Glück zu berichten, eine der größten Tragödien der Weltliteratur in ihrer ursprünglichen Umgebung miterleben zu dürfen.

Ich muß auf die Nachricht so reagiert haben, wie Devlan es wohl von mir erwartet hatte: »Wie komme ich an den Text der Tragödie?«

»Ich habe dir doch gesagt: Das Stück wird auf deutsch gegeben. Du wirst jedes Wort verstehen können. Ich kein einziges.« Er hatte jedoch ein hochgeschätztes Buch bei sich, einen amerikanischen Band in herrlicher Ausstattung, der in moderner Übersetzung alle erhalten gebliebenen Tragödien von Aischylos, Sophokles und Euripides enthielt. Da jeder dieser Dramatiker etwa einhundert Stücke geschrieben hatte, schien die Verlagsankündigung, »das ganze griechische Drama« zu publizieren, schiere Arroganz, bis einem klar wurde, daß von jedem Autor nur ein Bruchteil der Werke überliefert worden war: von Aischylos und Sophokles je sieben, von Euripides neunzehn – während Hinweise auf verstreuten Pergamentrollen die Titel von Hunderten von Theaterstücken enthielten.

Devlan, der mit allen Stücken vertraut war und besonders die Trilogie gut kannte, die mit *Agamemnon* begann, überließ mir gern das kostbare Buch, das ihn schon auf drei früheren Griechenlandreisen begleitet hatte, und ich verbrachte den Nachmittag mit Lesen – und indem ich mir die Figuren einprägte, die ich auf der Bühne sehen sollte: »Agamemnon, der König der Könige; Klytemnästra, sein ehebrecherisches Weib; Ägisth, der elende Vetter des Königs, der während dessen langer Abwesenheit im Krieg gegen Troja Klytemnästras Geliebter geworden war; und Kassandra, die schöne, schicksalhafte Prophetin, Tochter des Priamos, des besiegten Königs von Troja, die Agamemnon als seine Geliebte heimführte.«

Lange vor der Abfahrt zum nahe gelegenen Theater gab ich Devlan die Anthologie zurück. »Ich bin soweit.« Wir gingen, uns das deutsche Ensemble anzuhören.

Während Nacht sich über die Hügel senkte, in denen vor über zweitausend Jahren die Tragödie stattgefunden haben mochte, beobachtete das Publikum – meist Touristen, die sich die Chance nicht entgehen lassen wollten, ein griechisches Theaterstück in seinem ursprünglichen Ambiente zu sehen – den Wachposten, der auf dem Dach des Palastes ausgestreckt lag und auf den Ellbogen vorwärtskroch. Der Himmel wurde dunkler, die Bühnenbeleuchtung – gedämpfte Farben – ging an, und der Wächter begann in einem so kraftvollen und klaren Deutsch zu reden, daß ich aufschreckte: Er hätte auf einem Theaterfest in Lancaster auftreten können, und in dem Moment, da ich das Deutsche als Sprache der alten Griechen akzeptierte und einer von ihnen wurde, sprach der Wächter Worte, die nichts Altphilologisches mehr für mich hatten:

»Die Götter fleh' ich an, zu enden meine Not,
Dem Wachdienst eines Jahres, dem obliegend auf
Dem Dach des Atreus, ellböglings, nach Hundes Art,
Der Stern' ich schau, des nächtigen Chors,
Zusammenkunft
Und, die da führen Winter her und Sommer uns:
Des Glanzes Fürsten kenn' am Strahl in Äthershöh'.

Auch nun späh' aus ich nach der Fackel Zeichenpost,
Dem Schein des Feuers, der aus Troja Botschaft bringt
Und von Eroberung Kunde …«

Es folgten die machtvollen prophetischen Worte, welche auf die Tragödie hindeuteten, die das Haus des Atreus bald einholen sollte:

»Wenn dann ich singen oder mir was pfeifen möcht',
Zu Schlafes Abwehr schneidend solch ein Heilkraut mir:
Klag' nur, bestöhn' ich dieses Hauses Unglückslos,
Wo nicht wie vordem gute Zucht das Steuer führt.«

Inzwischen war die Bühne von Flammen umleuchtet. Die Signalfeuer waren über die Hügel gesprungen. Troja war gefallen! Die Griechen hatten gesiegt! Und der große Agamemnon kehrt heim, gekleidet in Ruhm und Ehre. Der Wächter aber weiß, daß Tragik lauert:

»Da dreimal sechs mir warf des Feuerzeichens Licht
O könnt' ich nun des Kehrenden geliebte Hand,
Des Herrn im Hause, fassen hier mit dieser Hand!
Von anderm schweig' ich; stopft mir doch den Mund
    zu fest
Ein Knebel. Doch dieses Haus hier, hätt' es Sprache nur,
Aufs klarste würd' es reden. So mach' gern ich selbst
Mich Kund'gen deutlich wohl; Unkund'gen bleib ich
    stumm.«

Er hatte seinen Auftrag erfüllt und trat ab, und dann sah ich in meinem Leben zum erstenmal eine der Herrlichkeiten des griechischen Theaters: Der Chor der Alten, weiser Männer aus dem Umkreis, kam schweren Schrittes nach vorn, um zu singen und zu rezitieren und, begleitet von Flöten, gemessenen Schrittes zu tanzen, und er lieferte dem Publikum die vielen historischen Informationen, die es benötigte, um die sich dann entfaltende dramatische Handlung zu begreifen. Er erzählte eine lange, verwickelte Geschichte, welche die vergangenen zehn Jahre umspannte, als Angehörige des Hauses Atreus sich außerhalb Griechenlands befunden und vor Troja schreckliche Kämpfe ausgefochten hatten. Da gab es so viel zu erklären – und nichts war trauriger und schwieriger als die Geschichte von der Lieblingsstochter Klytemnästras, der strahlend schönen Iphigenie, die von ihrem Vater Agamemnon in Aulis geopfert wurde, damit günstige Winde einsetzten für die griechischen Schiffe zur Abfahrt nach Troja:

»Ihr Flehen, Angstruf: O Vater, Vater!
Galt nichts, ihr jungfräulich blühend Leben
Nichts dem kampflüsternen Feldherrnpaar.
Der Vater wies Diener nach Gebet an,
Gleich einer Geiß sie auf den Altarstein,
Umflossen von dem Gewand – festen Muts –, die gebeugte
Fassend zu heben; von dem schön-
geschwungnen Mund vorsichtig fernzuhalten
Fluchenden Schrei dem Hause.
Und trotz des Knebels, ob stumm gleich, doch traf,
Das Safrankleid nieder gleiten lassend,
Sie ihrer Opfrer jedweden mit Au-
ges Pfeil, erbarmungflehend …

Was nun kam, nicht sah ich's noch sprech' ich's aus.«

Nach diesem mitleidheischenden Prolog verließen die Flötenspieler die Bühne; das Tanzen fand ein Ende. Auf die Bühne trat majestätisch, männlichen Schrittes, eine der eindrucksvollsten Gestalten des griechischen Theaters: Klytemnästra, bereit, ihren Mann zu begrüßen, den König, nach seiner zehnjährigen Abwesenheit, während der sie Ehebruch begangen hatte mit Ägisth. Als sie verkündete, Troja sei gefallen, meldete sich der Führer des Chors, ein weiser alter Mann, zu Wort:

CHORFÜHRER: Wie soll man's glauben? Hast du für dein Wort Beweis?
KLYTEMNÄSTRA: Ja, ohne Zweifel! Falls nicht Trug ersann ein Gott.
CHORFÜHRER: Ob du wohl Traumgesichten traust in frommer Scheu?
KLYTEMNÄSTRA: Nie Glauben leihn würd' ich schlaftrunkenem Gemüt.

Und damit übernahm die starke Frau die Führung der Handlung, mit solcher Energie, daß der Chorführer voller Neid und Bewunderung aussprach: »Herrin, du sprichst wie ein Mann, der versteht.«

Bei meiner ersten Begegnung mit dem griechischen Chor war ich wie gebannt von der Kraft, die zwölf alte Männer im Priestergewand darzustellen vermochten. Ich sah ihre Notwendigkeit für die Frühzeit der Dichtkunst, als den Protagonisten wilde, urtümliche Leidenschaften erlaubt waren, was jedoch nur möglich war, weil sie durch die Mahnungen des Chors unter Kontrolle blieben. Und beim Anhören der gewaltigen Flehensrufe und Warnungen des Chors wurde mir klar, daß mit dem Aufgeben dieses Konzepts für die moderne Erzählkunst Entscheidendes verlorengegangen war. Die wahren Helden des Dramas waren für mich in jener Nacht die Alten des Chors, und sie auf deutsch zu hören, wie in einer Tragödie daheim im Pennsylvania Dutch Country – einer Gruppe von Amish-Ältesten vergleichbar –, das hinterließ bei mir einen unauslöschlichen Eindruck.

Zum Schluß der großen Tragödie prahlte Klytemnästra, wie im Verlauf der Menschheitsgeschichte politische Führer noch immer geprahlt haben, auf so sicherem Boden habe das Haus Atreus nie gestanden, das künftige Wohl sei garantiert.

Als die Bühne in Dunkel versank und im Theaterraum die Lichter angingen, blieb ich im Bann der künstlerischen Kraft des antiken Meisterwerks auf meinem Platz sitzen.

Am nächsten Tag suchte ich in den Buchhandlungen nach Handbüchern zur antiken Literatur und verbrachte auf Devlans Rat hin einige Zeit in der Britischen Bibliothek von Athen, um verschiedene Nachschlagewerke zu konsultieren. Auf zusammengehefteten Blättern begann ich die Genealogie des fluchbeladenen Hauses Atreus in ein Schema zu bringen, und empfand hernach ein Gefühl des Triumphs darüber, das Fundament der Literatur freigelegt zu haben – um schon bald danach eine Enttäuschung zu erleben. Als wir am Nachmittag das Land südlich von Athen durchstreiften, begann Devlan auf einmal laut zu lachen. »Wer uns hören könnte, müßte uns schrecklich öde finden. Da streiten wir uns um die minutiösen Feinheiten der Literatur, während das wirkliche Leben, die Basis aller Literatur, um uns herum mit Händen zu greifen ist.« Wir kamen eben um eine Straßenbiegung, und dort, in unmittelbarer Nähe von ein paar Hütten, standen barfuß drei Landleute, zwei Frauen mit bis an die Taille hochgeschobenen Röcken und ein Mann mit hochgerollten Hosen. Wir verlangsamten die Fahrt, um sie zu beobachten, und sie stiegen in eine riesige Kelter, die wohl von der ganzen Gemeinde benutzt werden mußte; sie bestand nämlich aus teuren Eichenholzdauben. Die drei begannen, die eben aus nahe gelegenen Weinbergen herübergetragenen Trauben zu stampfen, und sprühten förmlich vor Leben, so daß Devlan ausrief: »*Voilà!* Das ist der Stoff, aus dem Literatur gemacht wird! Heute wie vor zweitausend Jahren! Man braucht keine griechischen Könige und keine Anweisungen von Henry James, wenn man die Weinkelter vor Augen hat.«

Es kam der Tag, da Devlan in sein Flugzeug nach London steigen mußte; ich flog zurück nach New York. »Du hast mich«, sagte ich ihm, »für meine Lehrtätigkeit daheim wohl gerüstet!« Devlan aber hatte Wichtigeres im Sinn: »Leg dir etwas von deinem Gehalt zurück, damit wir den nächsten Sommer wieder gemeinsam hier verbringen können!« Das war unser Versprechen zum Abschied; unmittelbar vor dem Abflug legte mein irischer Freund aber noch ein Geständnis ab. »Was meine berühmte Vorlesung über die guten und die schlechten Romanschriftsteller angeht – die Grundidee dazu stammt nicht von mir. Sie stammt von einem meiner Lehrer. Befaß dich mit ihm. Es lohnt sich, F. R. Leavis. Ich habe seine Idee nur verbessert, indem ich die vier schlechten anfügte. Und jetzt ist es an dir, mich zu übertreffen. Erweitere diese Liste um die amerikanischen Autoren.«

Ich nahm meine Lehrtätigkeit in Mecklenberg mit dem Herbstsemester 1980 auf und gewann alsbald einen so guten Zugang zu meinen Studenten, daß Kollegen in mir »einen Gewinn, einen Motor der Entwicklung« sahen.

Nach alter Gewohnheit bot das College den Bewohnern des Umlands von Lancaster-Reading-Allentown eine Vortragsreihe an, kostenlos, auf der drei der besten älteren Professoren etwas aus ihren Spezialgebieten präsentierten, in der Hoffnung, die Öffentlichkeit so mit neuesten Entwicklungen der Forschung vertraut zu machen. Diese Praxis bot aber auch Gelegenheit, der Öffentlichkeit zwei jüngere Mitglieder des Lehrkörpers vorzustellen, jeweils eine Frau und einen Mann. Für diese Ehre wurde während meines ersten Halbjahres in Mecklenberg ich auserwählt, und der Saal war gut gefüllt, als ich sprach, denn es war bekannt, daß ich der Bub aus der Gegend war, der an der Columbia-Universität seinen Doktor gemacht hatte.

Ich hatte nach längerem Nachdenken entschieden, meine Laufbahn als akademischer Lehrer mit einem Paukenschlag zu beginnen; durch das Selbstvertrauen, das ich mit den Erfahrungen in Venedig und Athen gewonnen hatte, war aus einem schüchternen Jungen ein selbstsicher auftretender Gelehrter geworden, der wußte, daß er etwas zu sagen hatte. »Es wäre der richtige Moment«, überlegte ich, »*meine* acht Vertreter des amerikanischen Romans bekanntzugeben, die vier guten und die vier schlechten.«

Wie günstig der Augenblick war, konnte ich gar nicht wissen: Von der Regionalpresse waren nämlich zwei Reporter erschienen, nur aus Neugier, was das jüngste Mitglied des Lehrkörpers wohl zu bieten hätte, und von dem, was sie hörten, sollten ihnen dann, wie sie sich ausdrückten, »die Ohren klingen«.

Ich begann in strengem Ton: »Meine Damen und Herren, ich möchte weder Ihre noch meine Zeit vergeuden und deshalb gleich zur Sache kommen und offen sagen, was mir seit langem am Herzen liegt. In den Fußstapfen meines verehrten Lehrers an der Columbia-Universität, des Gastprofessors aus Oxford, der in Cambridge studiert hat, F. X. M. Devlan, der die Idee wiederum von seinem Lehrer übernahm, F. R. Leavis, dem führenden englischen Literaturkritiker unseres Jahrhunderts, möchte ich mit Ihnen durch die satten Gründe des amerikanischen Romans schreiten und die Blumen bewundern, deren Blüte von Dauer ist, und auf die anderen zeigen, die verwelkt sein werden, bevor am Abend die Sonne sinkt. Mir und anderen, die sich damit beschäftigt haben, scheinen vier amerikanische Autoren begriffen zu haben, was Erzählen heißt, und uns Bücher von bleibendem Wert hinterlassen zu haben, von denen wir alle lernen können. Sie sind Ihnen sicherlich bekannt. Es handelt sich, in chronologischer Reihenfolge, um Herman Melville, Stephen Crane, Edith Wharton und William Faulkner.«

Als das Flüstern leiser wurde, begründete ich die Auswahl, wobei ich Crane und Wharton die längste Zeit widmete, als ob die zwei einer Verteidigung bedürften, Melville und Faulkner hingegen nicht. Im Laufe der Ausführungen machte ich meine Kriterien deutlich: ehrliche Intentionen, wesentliche Aussage, künstlerisch überzeugende Figuren und ein mysteriöses, undefinierbares »Verständnis von dem, was ein Roman im Idealfall sein sollte«. Einen Teil meiner Zuhörer konnte ich gewinnen, aber bestimmt nicht mehr als die Hälfte; und viele von denen, die ich gewann, verlor ich im zweiten Abschnitt der Vorlesung wieder.

»Und nun, als Kontrast zu diesen vier Literaten – und ich denke, wir stimmen überein, daß ihre Werke zur hohen Literatur gehören –, haben wir vier Schriftsteller, die einige Popularität erreicht haben, deren Werk jedoch unter ästhetischen Gesichtspunkten eindeutig minderwertig ist. Wiederum in chronologischer Reihenfolge: Sinclair Lewis, Pearl S. Buck, Ernest Hemingway und John Steinbeck. Literarisch gesehen, lohnen sie die Lektüre kaum.« Ich sah giftige Blicke auf mich gerichtet, als ich begann, die Werke dieser vier zu sezieren und herabzusetzen, die ich als oberflächlich empfand, als anbiedernd und als irreführend, insofern sie mehr versprachen, als sie einlösen konnten. Mein abschließendes Urteil löste im ganzen Saal hörbaren Protest aus: »Ihre größte Schwäche besteht darin, daß sie die literarische Form des Romans nicht ernst genommen haben. Großen Herausforderungen haben sie sich nicht gestellt, gaben sich allzu rasch zufrieden, und der Grund dafür ist zu sehen in der Popularität und in den Literaturpreisen, die ihnen zu früh zuteil wurden. Sie sind Romanciers, die der seriöse Student, die ein seriöser Leser nicht ernstnehmen muß, weil sie ihn nichts lehren.«

Als dann Fragen gestellt werden durften, schien jeder im Saal an der Diskussion teilnehmen zu wollen. Ich blickte im Saal umher, so gut ich konnte, um Männern und Frauen das Wort zu erteilen, und hatte Glück, daß ich einen engagierten Teilnehmer nach dem anderen herauspickte, der etwas zu sagen hatte und es auch zu artikulieren vermochte. Dr. Streibert, wie können Sie Stephen Crane zur Spitzengruppe rechnen? Er hat nur ein bedeutsames Buch geschrieben, das im übrigen von vielen als unerheblich betrachtet wird.«

Ich nickte, um dann anzumerken: »Wir werten doch Talent nicht nach dem Gewicht des Buches. Wenn wir das täten, würde Sir Walter Scott höher bewertet werden müssen als Gustave Flaubert – womit gewiß kaum jemand einverstanden wäre.

Außerdem«, fuhr ich fort, »muß Crane zur gleichen Kategorie gerechnet werden wie in England E. M. Forster, der quantitativ wenig schrieb, doch seine Epoche prägte – man muß ihn nur einmal mit einem aufgeblasenen Schreiberling wie Hugh Walpole vergleichen. Crane brannte mit leuchtender Flamme, Sinclair Lewis mit rußigem Docht, der nie wirklich Feuer fing.«

In der nächsten Stimmeldung wies mich mit erregter Stimme eine Frau zurecht: »Die vier Autoren, die Sie so verächtlich abtun, sind die amerikanischen Autoren, die den Nobelpreis gewonnen haben. Wir sind sehr stolz auf sie. Was, meinen Sie, sagt das wohl über den Wert Ihrer Einschätzung aus?«

Ich antwortete sehr leise: »Mir scheint, es sagt viel mehr über die Jury des Nobelpreises aus als über mich.« Die Hörer begannen, Gott sei Dank, endlich zu lachen, und damit war das Eis gebrochen, so daß ich mich mit meinen Herausforderern auseinandersetzen und trotzdem eine freundliche Atmosphäre wahren konnte. »Sie haben ganz recht«, betonte ich mehrfach. »Meine Urteile können durchaus schlecht durchdacht oder auch falsch sein, und ich würde Sie gewiß nicht bedrängen wollen, mir beizupflichten.« Aber aufgrund meiner Erfahrungen in den langen Debatten mit Devlan gelang es mir, meine Auswahl zu verteidigen, und zwar so, daß ich die Lacher im Auditorium meist auf meiner Seite hatte. Ich sprach eindringlich, doch nicht pompös, und einmal gewann ich beträchtliche Sympathien, als ich einräumte: »Mir ist durchaus klar, daß ich mit meinen Meinungen und Vorhersagen den Mund heute abend sehr voll nehme. Vergessen Sie aber bitte nicht, daß ich auch schon einmal prophezeit habe: ›Pizza wird in den USA nie populär. Zu teigig.‹«

Der Abend endete mit Applaus. Das Publikum war dankbar, daß ich es nicht unter Druck gesetzt hatte, seine Vorliebe für die vier Nobelpreisträger zugunsten der anderen vier aufzugeben, deren Bücher ihm so ungenießbar vorgekommen waren, daß nur wenige Hörer eins zu Ende gelesen hatten – ich konnte also als heller junger Mann mit einer eigenen Meinung akzeptiert werden. Man konnte daraus auch schließen, daß ich vermutlich ein ausgezeichneter Lehrer war.

Der eigentliche Lohn des Abends kam jedoch aus zwei völlig unerwarteten Ecken. Einer der beiden Reporter im Auditorium schrieb über meine Vorlesung und die anschließende Diskussion einen so kenntnis- wie geistreichen Bericht, und ein Pressedienst nahm ihn auf, zusammen mit meiner Autorenliste, unter dem Titel ER NENNT DIE GUTEN UND DIE SCHLECHTEN, und dazu nicht nur Fotos der acht Romanciers, sondern auch meins. Der amüsante Artikel wurde oft abgedruckt und löste eine Diskussion aus, die das Mecklenberg College und mich in die Schlagzeilen brachte.

Die Aufregung legte sich wieder, doch im Jahre 1982 organisierte eine private Fernsehstation in Philadelphia eine Talkshow, in der drei Kritiker als Verteidiger traditioneller Kulturwerte auf mich einhämmerten; mit gewitzten Bemerkungen und Taktiken, die ich in Columbia gelernt hatte, konnte ich mich ihrer allerdings erwehren. Es wurde eine lebhafte Sendung, die von öffentlichen Anstalten übernommen wurde.

Eine zweite Sendung, im Winter 1983, war gänzlich anderer Art, ohne leichten Witz oder geistreiche Aperçus. Ein lokaler TV-Sender in Allentown kam darauf, daß ich als Lehrer in Mecklenberg ja in unmittelbarer Nachbarschaft des beliebten Romanschriftstellers Lukas Yoder tätig war, und die Fernseh-Redakteure brachten eine halbstündige Show zustande, die mich als zornigen jungen Mann dem gesetzten älteren Autor Yoder gegenüberstellte; wir hatten auf Fragen einer jungen Professorin für Englische Literatur am Bryn Mawr College zu antworten.

Der Sender wurde mit Anrufen überflutet: »Das war eine

beeindruckende Sendung« – und zwar aus einem einfachen Grund. Ich war Mr. Yoder vorher nie begegnet und, wenn schon nicht von der Qualität, so doch vom Verkaufserfolg seiner Bücher beeindruckt – weshalb ich mich nicht dazu hinreißen ließ, den jungen Wilden zu spielen, der eine geachtete ältere Figur des öffentlichen Lebens attackierte. Dieser alte Kerl, der sich fest im Griff hat, gefällt mir, sagte ich mir etwa bei Halbzeit. Doch die smarte junge Professorin versuchte uns gegeneinander aufzustacheln. »Dr. Streibert, Ihnen ist doch wohl klar«, warf sie ein, »daß Sie Ihren Nachbarn Lukas Yoder ablehnen müßten, wenn Sie die Maßstäbe anlegen, an denen Sie die vier Nobelpreisträger gemessen haben. Er fällt doch in die gleiche Kategorie.« Darauf bemerkte ich mit einem Lächeln: »Wenn ich einen Nachbarn mit einer so famosen Erfolgskarriere habe, werde ich doch nicht kleinlich sein. Mr. Yoder ist ein verdammt guter Schriftsteller.«

»Aber nicht Ihr Typ von Autor?«

»Ich muß zugeben, daß mir persönlich die literarischen Techniken Jüngerer lieber sind, also Experimentelleres. Aber ich ziehe den Hut vor einem Menschen, der fünf schöne Romane verfaßt hat. Das kommt selten genug vor.«

»Sagen wir sechs«, korrigierte die Frau. »Mr. Yoder hat mir kurz vor Sendung mitgeteilt, daß er schon am nächsten Roman der Serie schreibt.«

»Ein Sextett!« rief ich. Da habe ich den Reihenbegriff erstmals in Verbindung mit seinen Romanen verwendet. »Ich bin sicher, in dieser Ecke der Welt wird es sich eines langen Lebens erfreuen.«

»Und in den anderen Ecken der Welt?« wollte die clevere Professorin von Bryn Mawr wissen, weil sie mich doch noch zu einer Sottise gegen Yoder zu veranlassen hoffte – oder Yoder zu einer ausfallenden Selbstverteidigung mir gegenüber. Aber es gelang ihr nicht. Yoder hatte sich zu Wort gemeldet, bevor ich antworten konnte. »Ich glaube, ein Buch findet den Erfolg und die Lebensdauer, die es verdient, ganz von allein.

Ich selbst würde auch nicht vorhersagen wollen, was die Zukunft mit meinen Büchern macht, und ich bin sicher, auch Dr. Streibert würde sich so einem Test nicht gern unterziehen.« Und er fügte augenzwinkend hinzu: »Professoren sind, wie mir vorkommt, kaum besser geeignet als Schriftsteller, um über Dinge von heute Aussagen für morgen zu machen. Für den Zeitraum der nächsten fünfzig Jahre haben sie meist recht«, und bevor die Professorin oder ich dazu hätten Stellung nehmen können, führte er seinen Gedanken aus. »Aber nach diesen fünfzig Jahren werden ihre Wertungen natürlich von anderen Kritikern revidiert. Ich erwarte beispielsweise vor meinem Tode noch eine grandiose Renaissance für Dickens. Dann wird man sehen, daß er wirklich einer der ganz Großen war.«

»Mag sein«, räumte ich ein, und die Sendung endete in einem Ton echter Liebenswürdigkeit unter uns drei Teilnehmern, vor allem, nachdem die Professorin aus Bryn Mawr die Schlußworte sprach: »Liebe Freunde, die Sie dieser Diskussion zuhörten. Sie haben eine Seltenheit miterlebt, nämlich ein freundschaftliches Gespräch zwischen einem jungen Radikalen, der weiß, daß er seinen Weg machen wird, und einem berühmten Schriftsteller der älteren Generation, der weiß, wie weit er es gebracht hat.«

»Und einer intelligenten Moderatorin«, unterbrach ich, »die es versteht, eine Diskussion in Gang zu halten, ohne daß wir uns an die Kehle gehen. Es ist für mich eine Ehre, dabeigewesen zu sein.« Yoder sagte nichts. Er gab seiner Zustimmung nur durch sein koboldhaftes Lächeln Ausdruck.

Meine Jungfernrede verschaffte mir also gleich zwei erfreuliche Resultate: Ich wurde in ganz Amerika beachtet und in meiner engeren Umgebung mit Lukas Yoder bekannt. Die größte Überraschung aber war ein Brief aus New York, von einer Frau, deren Namen ich nie gehört hatte – von Yvonne Marmelle beim Verlag Kinetic Press:

»Sehr geehrter Herr Dr. Streibert,

wie andere auch habe ich die Auswirkungen Ihrer Vorlesung im Mecklenberg College mit großem Interesse verfolgt und sehe mich in Übereinstimmung mit Ihren Vorstellungen vom Wesen des Romans. Sollten Sie nach New York kommen, würde es mich freuen, wenn wir zusammen Mittag essen könnten, weil ich Ihre Ideen gern näher kennenlernen möchte, und ich denke, daß auch Sie von einem solchen Gedankenaustausch profitieren könnten. Rufen Sie mich doch bitte einmal an.«

Damals wußte ich nicht, daß Ms. Marmelle Yoders Lektorin war, wohl aber, daß Kinetic Press ein breites Spektrum von Büchern veröffentlichte – vom sensationellen Roman des Tages zu verläßlichen Dauerbrennern wie Yoders Werken und der experimentellen Prosa von Autoren, die noch ganz am Anfang stehen. Was mir allerdings damals ebenfalls nicht bekannt war: Kinetic verlegte auch einiges vom Besten, was es an Literatur- und Kulturkritik gab. Ich konnte natürlich nicht wissen, was für ein Interesse Ms. Marmelle an mir haben oder welche gemeinsamen Anliegen uns verbinden mochten. Ich rief jedoch gleich an, hörte eine sympathische Stimme und sagte zu, nach New York zu kommen, sobald ich an einem Wochentag dem Unterricht entkommen könnte. Denn sie hatte mich gewarnt: »Samstags oder sonntags würde ich nicht einmal Thomas Mann oder Marcel Proust empfangen.«

Als ich mich im Verlagshaus an der Madison Avenue bei ihr meldete, es war an einem Freitag im Februar, und auf der bemerkenswerten Tafel PORTRÄT EINER LEKTORIN Yoders anfängliche Ergebnisse sah, blieb mir angesichts des jämmerlichen Absatzes der ersten vier Grenzler-Romane die Spucke weg. »Gesamtverkäufe: 4961. Wollen Sie etwa behaupten, daß Kinetic ihm bei *den* Zahlen die Treue hielt?«

»Ja«, entgegnete sie. »Und sehen Sie mal, was mit seinem fünften Werk passiert ist.«

»Ich hatte ja keine Ahnung! Der stille grauhaarige Mann, den wir von Zeit zu Zeit bei uns auf dem Campus sehen! Und solch gigantischen Zahlen!«

»Dieser fünfte Roman ist das, wovon Verleger träumen. Es kommt in einem Jahrzehnt vielleicht einmal vor.« Sie machte eine ausladende Bewegung mit dem rechten Arm und meinte munter: »Yoder hat all das bezahlt. Und dafür hat er ebenfalls bezahlt«, und sie klopfte sich an die Brust. »Es sind Leute wie er, die unsere Arbeit ermöglichen. Das solltet Ihr aggressiven Kritiker nie vergessen.«

Im Augenblick der lockeren Geste und der spontanen Bemerkung sah ich sie klar und deutlich vor mir: eine Frau in den späten Dreißigern, ein wenig älter als ich, in geschmackvoller Kleidung, die klar signalisierte: LEKTORIN, und nicht etwa: MANAGERIN. Sie trug ihr schwarzes, vorn leicht gescheiteltes Haar hinten in einem adretten Knoten, und alles an ihr ließ darauf schließen, daß sie einen frischen, engagierten Arbeitsstil pflegte – und offenbar gute Arbeit leistete.

»Geben Sie mir zwei Autoren wie ihn«, sagte sie mit einem Wink auf die Tafel, »und man hält mich für ein Genie. So wie die Dinge jetzt stehen, bin ich einfach nur eine Frau mit einem recht guten Gespür für das, was in der Luft liegt, wofür man sich interessieren sollte und was sich tun wird. Mein Interesse an Ihnen, Herr Dr. Streibert, fällt in die zweite Kategorie.«

Ich nahm den angebotenen Stuhl vor ihrem unordentlichen Schreibtisch, nicht den mit Blick auf das breite Fenster, ein Statussymbol, das ihren Erfolg im Verlag dokumentierte, und fragte: »Was ist die zweite Kategorie? Und wie passe ich da hinein?«

»Sie haben nicht zugehört!« rügte sie mit freundlichem Lächeln. »Das, wofür die Menschen sich interessieren sollten! Sie scheinen mir ganz der Mann, der ein Buch schreiben könnte, das dringend gebraucht wird. Ausgehend von Ihrer berüchtigten Vorlesung über die Heißen und die Kalten, sollten Sie Ihre Gedanken über die Zukunft des amerikanischen

Romans festhalten und begründen – auch darüber, in welche Richtung er sich bewegen *sollte*.«

»Wer würde das lesen wollen?«

»Nicht viele. Doch unter Lektoren, Professoren und Autoren gibt es ein ernsthaftes Interesse daran – über diese Dinge wird unentwegt spekuliert. Lesen wird beliebter denn je, seit das Fernsehen sich immer tiefer in ausgefahrenen Geleisen bewegt, für die man nicht einmal mehr Verachtung empfinden kann. Autoren wie Saul Bellow, John Cheever, John Updike, Joyce Carol Oates haben keine Mühe, Leser zu finden, und ein ehrbarer Handwerker wie Lukas Yoder – Sie haben ja gesehen, wie viele Leser er gefunden hat.«

»Nehmen wir einmal an, solch eine Studie wäre notwendig. Bin ich der richtige Autor?«

»Über die Frage, ob sie not tut oder nicht, habe ich zu entscheiden. Ich sage: Ja. Und ich übernehme auch das Risiko, wenn ich für ein bestimmtes Buchthema einen Autor empfehle. Nach allem, was ich über Sie und Ihre Ideen gelesen habe, bin ich bereit, dieses Risiko einzugehen und mich sofort festzulegen – oder jedenfalls fast sofort. Ich hätte gern, daß Sie einmal darüber nachdenken und mich dann wissen lassen, wie sicher Sie sich angesichts einer solchen Herausforderung sind.«

»Schlagen Sie Themen immer auf die Weise vor? Allen Ihrer Autoren?« Ich fand die Idee entsetzlich, und meine fast schon Ekel ausdrückende Reaktion muß so offenkundig gewesen sein, daß Ms. Marmelle lächelte. »Bei Romanautoren nie. Das wäre tatsächlich riskant und wahrscheinlich kontraproduktiv. Außer natürlich, der Autor wäre jemand, der schreibt, was ihm in den Kopf gesetzt wird. Solche Autoren habe ich aber nicht. Wenn ich so einen Autor hätte, würde ich nicht zögern, ihm zu sagen, was er schreiben soll. Aber einem richtigen Schriftsteller? Niemals! Ich würde es nicht einmal wagen, einem echten Schriftsteller eine rhetorische Frage zu stellen. Etwa: ›Haben Sie schon einmal darüber nachgedacht, einen

Roman über den kulturellen Wandel im männlichen Werben um die Frau zu schreiben?‹ Und wissen Sie auch, warum nicht? Weil ein Roman, der auf die Weise entstünde, Mist wäre.«

Ihre direkte Ausdrucksweise ließ mich zusammenzucken. »Professor Devlan hat es sehr ähnlich ausgedrückt: Ein Roman über ein abstraktes Thema könne nur ein schlechter Roman sein.«

»Doch bei Sachbüchern, Herr Dr. Streibert, geht die Hälfte aller erfolgreichen Titel auf Themenvorschläge von erfahrenen Lektoren zurück, die den Finger am Puls der Öffentlichkeit haben. Drei Viertel der großen Bestseller dürften so zustande gekommen sein. Ich möchte Sie nicht mit meiner Erfolgsliste langweilen, aber sie ist gar nicht so ohne. Und ich habe so ein Gefühl im Bauch, daß ein Buch der Art, wie ich es im Kopf habe und hoffentlich Ihnen in den Kopf setzen kann, ein beachtlicher Erfolg werden könnte.«

»Aber Sie haben doch vorhin zugegeben, daß es vermutlich nicht viele Leser finden würde.«

»Normalerweise nicht. Eine hinreichende, doch keineswegs große Leserschaft. Ihre und meine Aufgabe wäre die, dafür zu sorgen, daß es so faszinierend wird, eine zehnmal so große Leserschaft zu fesseln, als *Sie* sich vorstellen können und fünfmal mehr, als *ich* mir erhoffe.« Mir blieb keine Gelegenheit zur Antwort. »Ich habe schrecklichen Hunger«, sagte sie forsch. »Gehen wir etwas essen«, und auf solch überstürzte Weise kam ich zu meinem ersten literarischen Mittagessen in den ›Four Seasons‹. Leitende Angestellte anderer Verlagshäuser blieben an unserem Tisch stehen, um Yvonne ihre Reverenz zu erweisen und auch in der Hoffnung, einen ihrer neu entdeckten Hoffnungsträger kennenzulernen, sie machte aber keine Anstalten, mich vorzustellen, und von allein kam niemand drauf, wer ich war.

Wir unterhielten uns hauptsächlich über die Anforderungen an das Buch, das sie von mir erwartete: »Ich gehe von einer

Länge bis zu dreihundert Seiten aus. Nicht mehr. Es muß kurz und bündig geschrieben sein, Schlag auf Schlag. Mit einem Minimum an geistreichen Anekdoten, aber einer Fülle konkreter Beispiele.«

Bevor ich reagieren konnte, legte sie die Gabel nieder und fragte rundheraus: »Herr Dr. Streibert, glauben Sie die Fähigkeit zu besitzen, um ein maßgeblicher Literaturkritiker zu werden? Jemand, der wirklich etwas zu sagen hat?«

»Meine Professoren waren dieser Ansicht.«

»Aber die haben keine Ahnung, wie man feststellen könnte, ob Sie wirklich intelligent sind. Was glauben Sie?«

Ich fühlte die Herausforderung. Das war ein wesentlich tiefergehendes Kreuzverhör als bei der mündlichen Doktorprüfung, und zur eigenen Überraschung wollte ich zurückschlagen, um dieser klugen Frau zu beweisen, daß ich ihr in nichts nachstand. »Ich habe im letzten Sommer in Athen elf Tage lang von früh bis spät mit Professor Devlan argumentiert, auf dem höchsten geistigen Niveau, das ihm verfügbar war, und er gehört zu den Besten. Ich habe nicht einen Millimeter Pardon gegeben. Ich glaube, ich könnte da weitermachen, wo Auerbach mit seiner *Mimesis* stehenblieb.«

Bei der Erwähnung des Namens lächelte sie. »Wenn Sie es so sagen, sollte ich Ihr Urteil wohl akzeptieren.« Und dann präsentierte sie in logischer Reihenfolge acht oder neun bedeutsame Themen, mit denen mein Buch sich auseinanderzusetzen hätte, wenn es von Belang wäre, und sie notierte es beifällig, als meine Augen jedesmal aufleuchteten. »Sie sehen den Aufriß der einzelnen Kapitel schon vor sich, nicht wahr?« wollte sie wissen. »Sie offensichtlich auch«, gab ich zurück. »Warum schreiben Sie das Buch nicht selbst?«

Dazu erklärte sie: »Ich bin hervorragend, wenn es darum geht, die große Linie aufzuzeigen. Ich versage, wenn es um konkrete Beispiele gehen soll.«

Wir wollten den Speiseraum schon verlassen, als sie mir zu verstehen gab: »Aber entschieden worden ist heute noch nichts. Ich bin nicht allmächtig, wissen Sie. Ich muß das Projekt einem Lektoratskomitee vorlegen. Ich glaube die Kollegen aber überzeugen zu können, es mir freizustellen, Ihnen ein Angebot zu machen. Das würde mich ermächtigen, mich noch einmal mit Ihnen zusammenzusetzen, damit ich mir sicher werde, daß Sie tatsächlich dazu imstande sind, wozu ich Sie für fähig halte. Wenn mich das vergewissert, könnten Sie vor Ende Oktober einen Vertrag haben. Ich möchte mich noch einmal näher mit Ihnen unterhalten.«

»Worüber?«

»Damit Ihr Buch einschlägt und sofort die nötige Aufmerksamkeit erregt, dürfen Sie es nicht bei den alten Romanautoren belassen, die Sie mögen und ablehnen. Sie müssen sich auch mit den zeitgenössischen Schriftstellern abgeben. Irgendwo im siebten Kapitel müssen Sie etwa folgendes schreiben: ›Der Leser wird gleich erkannt haben, daß ich ...‹ – meines Erachtens sollten Sie Ihr Buch in der Ich-Form halten, allerdings dabei nicht aufdringlich werden – ›... daß ich hier von äußerst wichtigen Dingen spreche und Kriterien anwende, die sich auf Romane aller Literaturen und auf Autoren aller Epochen anwenden lassen, insbesondere jedoch auf unser Jahrzehnt und auf die zeitgenössischen amerikanischen Schriftsteller.‹ Dann erklären Sie, daß Sie die im ersten Kapitel aufgeführten Kriterien nun anzuwenden gedenken, und nennen vier Autoren der Gegenwart, die Sie gutheißen, weil sie diesen Kriterien folgen, und ihnen stellen Sie vier gegenüber, die sie ablehnen, weil Sie sich nicht an diese Kriterien halten. In beiden Gruppen müssen Sie bekannte Autoren nennen, die sofort eine Reaktion auslösen, und je mehr Wirbel Sie machen, desto mehr Interesse wird das Buch finden. Mit so etwas erregt man nämlich Aufmerksamkeit, und Aufmerksamkeit sorgt für den Verkauf von Büchern.«

Ich durfte sie nicht zum Büro zurückbegleiten. »Wäre für beide von uns Zeitverschwendung. Auf mich warten Geschäfte, Sie haben zu arbeiten.«

Ich erhob Widerspruch. »Ich dachte, wir könnten uns über meine Autorenlisten für das siebte Kapitel unterhalten.«

»O nein!« rief sie, schon halb im Gehen. »Die arbeiten Sie im stillen Kämmerlein für sich allein aus, mit der ganzen intellektuellen Potenz, die Sie aufbringen können.« Als sie meine Enttäuschung bemerkte, zögerte sie den Abschied hinaus. »Herr Dr. Streibert, die Art, wie Sie sich selbst eingestuft haben, hat mir Mut gemacht. Ich denke, Sie haben das Zeug zu einem erstklassigen Literaturkritiker, und ich werde Ihnen helfen.« Dann sauste sie in einem unglaublichen Eiltempo davon.

Am Montag erhielt ich eine schriftliche Bestätigung. »Ich werde das Projekt am Mittwoch auf der Verlagskonferenz präsentieren und Sie baldmöglichst verständigen. Yvonne Marmelle.«

Am Mittwoch nachmittag gegen fünf bekam ich einen Telefonanruf, bei dem Ms. Marmelle ihre freudige Erregung kaum zurückhalten konnte. »Man hat mir grünes Licht gegeben. Doch nur, falls – und ich betonte es ausdrücklich, *falls* – wir beide uns gegenseitig überzeugen können, daß es sich um eine praktikable Idee handelt und falls Sie mir versichern können, daß Sie sich sofort an die Arbeit machen und – am allerwichtigsten – falls Sie Wesentliches über unsere zeitgenössischen Autoren zu sagen haben. Spitzen Sie also den Bleistift und setzen Sie Ihre Denkermütze auf.«

»Schon geschehen. Wann kann ich Sie in New York besuchen?«

»Noch besser – ich besuche Sie. Samstag. Zum Mittagessen im Gasthaus in Dresden.«

»Du grüne Neune! Ich dachte, am Wochenende sähen Sie nie jemand.«

»Im Büro nie. Im ›Dresden China‹, einem angenehmen Landgasthof, schon.«

»Also dann um zwölf. Mit gespitztem Bleistift.«

»Ich bring' meinen mit.«

Ich sollte erst sehr viel später erfahren, daß Ms. Marmelle sich an ein eisernes Gesetz hielt, das leitende Lektoren vor Ärger bewahrte: ›Lassen Sie einen älteren Autor bei einem Besuch niemals wissen, daß Sie außer ihm auch einen vielversprechenden jungen Autor treffen.‹

Sie kam also in erster Linie nicht meinetwegen nach Dresden, sondern um einer viel wichtigeren Lektoratsarbeit willen: um mit Lukas Yoder an der Neufassung von schwierigen Stellen in einem Manuskript zu arbeiten, das für beide von entscheidender Bedeutung war. Er gab ihm den Titel *Die Käserei*. Die Geschichte schilderte, wie es Pennsylvanisch-Deutsche nach Land und Besitz gelüstet, und ihnen beiden war klar, daß seine – und vielleicht auch ihre – Zukunft davon abhing, ob sie für diesen Roman die richtige Form fanden. Sie hatten vier schlimme Enttäuschungen miteinander geteilt, und so erfolgreich Yoders Roman *Hexen* auch gewesen war, so ließen sich doch zahlreiche Fälle anführen, in denen ein vom Erfolg nicht gerade verwöhnter Romancier endlich einen Durchbruch gehabt hatte, nur um mit seinen neuen Büchern wieder dem Vergessen anheimzufallen. Sie wollten alles dransetzen, um zu vermeiden, daß so etwas passierte.

Es war klar, daß mit Yoders *Käserei* für Kinetic mehr auf dem Spiel stand als für ihn. Im Fall eines neuen überwältigenden Erfolgs – und die Chance bestand, wenn gewisse positive Faktoren sich hielten – würden, soviel war ihr klar, seine ersten vier Grenzler-Romane aufleben und einen reinen Gewinn einbringen, da sich alle Vorkosten längst amortisiert hatten; es blieben nur geringe Posten für die Lagerhaltung und das Aufbinden bereits gedruckter Bogen, bei einer Neuauflage für das Montieren vorhandener Platten in die Druckmaschine. Kinetic hatte ein enormes finanzielles Interesse, für einen Erfolg des neuen Yoder-Titels alles, aber auch alles zu tun.

Und wie stets bei Serien mit einem Beliebtheitspotential wie bei Yoders Grenzler-Romanen bestand auch die Chance, daß Sammler eine komplette Ausgabe seiner Werke besitzen wollten, und Yvonne sah den Wert von Exemplaren seiner Anfangstitel schon in die Höhe schießen – sofern sich Erstausgaben überhaupt noch auftreiben ließen. Wenn sie Dresden besuchte, handelte es sich also keineswegs um einen gewöhnlichen Besuch; dahinter standen vielmehr zwei Beweggründe: der eventuelle zweite Erfolg eines Bestseller-Autors und ein potentieller neuer Autor, der möglicherweise ein erstklassiges literaturkritisches Werk schriebe, mit respektablen Verkäufen an Universitäten. Es kam selten vor, daß eine Reise ins Wochenende mit solchen Erwartungen begann.

Sie war deshalb, ohne daß ich davon wußte, Freitag abend in der Stadt eingetroffen, hatte sich mit Yoder auf dem Hof zusammengesetzt und nun, am Samstag nachmittag, hatte sie Zeit für mich. Doch beim Betreten des Gasthofs, in dem sie auch gewohnt hatte, als sie den Ruhm und Erfolg von *Hexen* vorbereitete, machte sie auf mich den Eindruck, als ob sie gerade eben aus New York eingetroffen wäre. Um sich jedoch davor zu schützen, daß ein Hotelbediensteter oder irgendein Einwohner der Stadt, der sie zufällig kannte, diesen Anschein versehentlich zunichte machte, stellte sie sofort klar: »Bin schon gestern abend angekommen. Wie geht es Ihnen, Herr Dr. Streibert?«

»Gut«, sagte ich. Wir machten uns gleich an die Arbeit und breiteten unsere Papiere auf einem Tisch in der Ecke aus, inmitten von Glasvitrinen mit Figuren aus Meißner Porzellan.

Sie eröffnete mit einer freundlichen Zusage: »So weit, so gut. Wenn wir beide uns in den nächsten zwei Stunden einig werden, daß Sie eine kompetente Lektorin und ich einen fähigen Autor habe, wird der Vertrag Mitte nächster Woche perfekt sein.« Als sie meine Augen aufleuchten sah, korrigierte sie sich: »Ich meine natürlich, Sie werden von mir einen verbindlichen Brief in der Hand haben, daß Kinetic beabsichtigt, Ihnen zu den vereinbarten Bedingungen einen Vertrag anzubieten. Es dauert gewöhnlich ein Weilchen, bis alle Details geklärt worden sind, aber für Sie und für mich ist der Brief so gut wie ein Vertrag. Haben Sie einen Agenten?«

»Nein.«

»Ist vorläufig auch nicht nötig. Ich hoffe, Sie werden bald einen brauchen. Ich verspreche Ihnen aber: Ihr Vertrag wird die üblichen Honorarbedingungen enthalten.«

»Und die wären?«

»Für Ihre Art von Buch weiß ich das nicht einmal genau. Ich nehme an, zehn Prozent vom Ladenpreis. Wenn wir einen Ladenpreis von zwölf Dollar das Stück annähmen, bekämen Sie pro Exemplar einen Dollar und zwanzig Cent.«

»Läßt das Buch sich bei einem so hohen Preis verkaufen?«

»Wie soll man das wissen – bei einem Buch, das noch nicht geschrieben ist? Bei dem nicht einmal der Umfang feststeht? Sie wissen vermutlich, was ein Autor wie Sie mit seinen ersten drei Büchern im Durchschnitt verdient? Wenn er Glück hat, sechzehnhundert Dollar pro Titel. Aber vorläufig müssen wir uns nur um eins kümmern – übrigens, die Rechnung übernehme ich.«

»Nicht auf meinem Heimatboden.«

»Na schön. Also, wie haben Sie sich entschieden?«

»Mit den Kapiteln, die wir beschlossen haben, gibt es für mich keinerlei Probleme.«

»Moment – beschlossen ist gar nichts, Dr. Streibert, bis wir es, heute, schriftlich festgelegt haben.«

»Ich bin gerüstet.« Mir gefiel ihre direkte Art, wenn es um Bücher ging. Auf eine Frage bekam man prompt Antwort.

»Gut. Ich hielte es für vorteilhaft, gleich zu Beginn klarzustellen, daß Sie Ihre Idee von den vier positiven und den vier negativen Schriftstellern dem bedeutenden englischen Kritiker F. R. Leavis verdanken.«

»Gewiß. Sie sollten allerdings wissen, daß er nur die vier positiven nannte. Es war mein Lehrer, Professor Devlan, der die Grundidee dahingehend verbesserte, daß er sie um die vier inakzeptablen Schriftsteller ergänzte.«

»Ist Devlan ebenfalls tot?«

»Nein, er lebt.«

»In Ordnung. Ich fände es am wirkungsvollsten, wenn ein Gelehrter gleich auf der ersten Seite bekennt: ›Wie der führende englische Literaturkritiker F. R. Leavis in seiner berühmt gewordenen Oxforder Vorlesung vom Jahre neunzehnhundertsoundso erklärte …‹ Damit machen Sie dem Leser klar, daß Sie jedenfalls nicht irgendein cleverer Typ sind, der sich mit fremden Federn schmückt. So bekommt Ihre Idee einen Stammbaum, das macht sie respektabel.«

Wir ackerten die ersten sechs Kapitel durch, in denen die Prinzipien geklärt und somit das Fundament für die folgenden Einzelanalysen gelegt werden sollte. Ms. Marmelle bestand auf reichlichen Hinweisen auf die zahlreichen Sekundärwerke über amerikanische Literatur. Ob ich mit anerkannten Autoritäten übereinstimmte oder nicht, schien ihr egal zu sein; sie legte nur Wert darauf, daß ich mit ihren Arbeiten vertraut war. Einen Rat gab sie mir allerdings: »Es hat noch keinem brillanten jungen Menschen geschadet, sich mit den Gurus seines Fachs anzulegen. Denken Sie an Bill Buckley – es hat ihm nur genützt, die aufgeblasenen Koryphäen in Yale anzugreifen.«

Als ich für das siebte Kapitel meine vier Guten, wie sie es nannte – Melville, Crane, Wharton, Faulkner –, den Bösen gegenüberstellte – Lewis, Buck, Hemingway, Steinbeck –, legte sie den Finger sofort auf Crane: »Ich glaube nicht, daß der hierhergehört.«

Ich muß rot geworden sein. In der Diskussion nach der Vorlesung war mein positives Votum für ein so dünnes Werk wie das Cranes vielerseits angezweifelt worden, und während der folgenden Wochen war ich in den öffentlichen Debatten über meine Liste am schärfsten wegen meiner Behauptung angegriffen worden, Crane sei einer unserer bedeutendsten Autoren; an ihm festzuhalten, war für mich deshalb schließlich zur Frage meiner persönlichen Integrität geworden. »Wenn ich Crane fallenließe«, erklärte ich leise, »hätte ich das Gefühl, meine Prinzipien zu verraten. Er symbolisiert all das, wofür Devlan und ich einstehen.«

»Devlan hat hiermit nichts zu tun.«

»O doch!« rief ich so überstürzt, daß mein Gesicht von neuem rot anlief, worauf sie sich bestimmt gesagt hat: Aha, daher weht also der Wind. Laut merkte sie an: »Wir sollten uns auf Urteile amerikanischer Gelehrter beschränken.« Ich gab nickend meine Zustimmung, hielt aber an meinem Standpunkt fest: »Ohne Crane käme ich mir verarmt vor.«

»Es gibt einen besseren Autor.«

»Wen?«

»Nathaniel Hawthorne. Unendlich viel reicher. Hat uns heute viel mehr zu sagen.«

»Mir kommt Hawthorne leider ziemlich öde vor«, sagte ich scharf, als ob ich eine anmaßende Studentin vor mir hätte. Es platzte mir so ärgerlich heraus, daß es den Eindruck erwecken mußte, ich wiese das durchdachte Urteil einer erfahrenen älteren Frau als indiskutabel zurück; trotz ihres offenkundigen Mißfallens machte ich weiter. Sie unterdrückte ihre Verärgerung mit einer Bemerkung, als ob sie nach einer angenehmen Unterbrechung ein völlig neues Thema anschnitte: »Also, irgendwelche Veränderungen auf der Gegenseite? Oder lehnen wir unsere vier Nobelpreisträger noch immer ab?«

»Unverändert.«

»Dieser Teil des Buches könnte stark werden.«

»Ich möchte hier gern provozieren.«

»Ich frage mich nur eins. Wollen Sie Hemingway wirklich lächerlich machen? Er ist ein recht beeindruckender Mann.«

»Da haben Sie genau das richtige Wort getroffen. Als Mann. Nicht als Schriftsteller.«

»Nun mal vorsichtig, junger Herr.« Sie mußte spüren, daß mir solch herablassende Behandlung nicht schmeckte. Sie hat die Wendung aber wohl mit Absicht gebraucht, um zu sehen, wie ich reagierte, und um mich weiter auf die Probe zu stellen, setzte sie noch hinzu: »Mich hat der Bericht eines bekannten Kritikers fasziniert, der von einer Weltreise zurückkam, auf der er viele junge Schriftsteller kennengelernt hat: ›Ich habe mich mit Autoren anderer Sprachen und Länder unterhalten, und überall ist mir versichert worden: »Ich möchte nicht schreiben wie Hemingway« – doch genau das haben sie getan. Es ist mir nie begegnet, daß sie nicht schreiben wollten wie Camus oder wie Faulkner; die beiden waren für sie nicht entscheidend. Sie wollten vermeiden, mit Hemingway verglichen zu werden, weil er für sie wichtig war.‹ Das deckt sich weitgehend mit meiner eigenen Ansicht.«

»Hemingway war ein großer Poseur, kein großer Schriftsteller. Er tat bescheiden und als ob er in der Öffentlichkeit nicht erkannt werden wollte – trug jedoch einen unverkennbaren Bart. Er posierte als unverletzbarer Macho – aber als es hart wurde, beging er Selbstmord. Er hat verdient zu bleiben, wo er jetzt ist. Junge Autoren sollten hören, was ich über ihn zu sagen habe.«

Ich merkte ihr Unsicherheit an. Als Mensch, der die Literatur liebte, wollte sie Hemingways Ruf schützen; doch als Lektorin, der es darauf ankam, daß sich die Bücher ihrer Autoren auch verkauften, war ihr klar, daß es zu einer Kontroverse kommen müßte, wenn ich dieses Idol angriff – und eine Kontroverse täte unserem Buch gut. Ihre Irritation verriet aber auch ein schwer faßliches Moment. »Was ist denn, Ms. Marmelle?« fragte ich.

Da lächelte sie milde, als ob ich ihr Enkelkind wäre, und meinte: »Ist Ihnen schon aufgefallen, Herr Dr. Streibert, daß Sie sich nicht ein einziges Mal nach meiner Meinung erkundigt haben?«

»Was ist Ihre Meinung?« fragte ich kleinlaut, und sie antwortete sicher und überlegt: »Auf der Herfahrt kam mir in den Sinn: Lassen Sie Hemingway fallen, setzen Sie James Fennimore Cooper an seine Stelle. Der ist wirklich fad.«

»Warum haben Sie das nicht früher gesagt?«

»Weil ich mir dachte, ich sollte mit meiner Munition haushalten, bis wir über die zeitgenössischen Autoren sprechen.«

Die Atmosphäre war einigermaßen angespannt, als wir uns dem achten Kapitel widmeten und ich ihr anhand eines sorgsam vorbereiteten Papiers, das viele Streichungen und späte Korrekturen aufwies, die Namen der vier Autoren vorlas, die ich zu rühmen gedachte: für ihre Einsicht, ihre Konzentration auf wichtige Themen und ihre vollendete Art der Ausführung: J. D. Salinger, Ralph Ellison, Saul Bellow, Bernard Malamud.

Die Namen schwebten eine Weile im Raum, bis Yvonne ganz nachdenklich meinte: »Drei Juden und ein Schwarzer. Keine einzige Frau. Sie wollen es dem Establishment wirklich zeigen, nicht wahr?«

»Der Aspekt ist mir gar nicht aufgefallen.«

»Mir gleich als erstes.«

»Was würden Sie ändern?«

»Ohne Zeit zu haben, alle Gesichtspunkte zu berücksichtigen, aber vielleicht ist das für eine Antwort auf die Frage die beste Voraussetzung, weil man ungehemmt ist – also, ich würde sagen, lassen Sie Malamud weg und nehmen sie Joyce Carol Oates.«

»Ich will ebenso spontan antworten. Malamud ist ein großer Meister, sie hat sich noch nicht bewährt.«

»Ich hatte gemeint, wir suchen nach der raren Qualität, die mehr ist als Professionalismus. Wenn es Ihnen nur darauf ankommt, nehmen Sie statt Malamud doch Louis Auchincloss. Er hat wunderbare Bücher geschrieben.«

»Die Edith Wharton des reichen Mannes«, sagte ich, um die Spannung zu lösen.

»Sie wollen also wirklich an Ihrer Auswahl festhalten?«

»Ja.«

Sie suchte ihre offenkundige Mißbilligung zu verbergen, indem sie mich äußerst liebenswürdig aufforderte: »Und nun lassen Sie uns mal Ihre Übeltäter hören«, und beugte sich vor, als ich die Namen der Autoren vorlas, mit denen ich hart ins Gericht gehen wollte: »Herman Wouk, Gore Vidal, Leon Uris, Lukas Yoder.«

Ich hatte den letzten Namen kaum ausgesprochen, als sie leise, aber bestimmt sagte: »Yoder steht nicht zur Diskussion.«

»Er ist aber die größte und nichtigste Null von allen. Menschlich ist er in Ordnung, doch als Schriftsteller – da muß ich die Zähne zusammenbeißen. Ich kenne mich in der pennsylvanisch-deutschen Region aus. Es ist auch meine Heimat. Seine Romane …«

»Aber *Hexen* ist die Sensation des Jahrzehnts.«

»Und sensationell schlecht. Ich würde mir gar nicht erst die Mühe machen, mein Buch zu schreiben, wenn ich seine hohle, pompöse Art nicht aufspießen darf.«

»Wenn es einen Menschen auf Erden gibt, der nicht pompös ist, dann Lukas Yoder. Wählen Sie ein anderes Eigenschaftswort«, sagte sie kurz, als wollte sie die Sache nicht weiter diskutieren.

»Den Ausdruck ›pompös‹ nehme ich zurück. Ich meine nur folgendes: Sein Stil, die ganze Art, wie er seine Geschichten aufbaut, ist so aufgebläht – wie aus dem frühen neunzehnten Jahrhundert.«

»Der Epoche verdanken wir einige gute Romane.«

»Aber nichts, was heutigen Bedürfnissen entspricht.«

Ihre Haltung gegenüber meiner vermeintlichen Arroganz wurde zunehmend schroffer, und nun hielt sie den Zeitpunkt für gekommen, mich mit den Realitäten des Verlagsgeschäfts vertraut zu machen und auf meinen Platz zu verweisen. »Lukas Yoder ist nicht irgendwer. Er ist nicht Leon Uris oder Gore Vidal oder irgendein fähiger junger Mann, der gute Bücher schreibt. Er ist mein Autor, ich bin seine Lektorin, Kinetic ist sein Verlag. Er ist – nach vier Nieten – der Verfasser eines erfolgreichen Buches, und von ihm hängt die materielle Stabilität des Verlags im nächsten Jahr ab. Es wäre Selbstmord, wenn ich zulassen würde, daß er in einem Buch heruntergeputzt wird, das ich vertrete. Ich würde – und mit Recht – meine Stellung verlieren.«

»Ms. Marmelle, ich empfinde Lukas Yoder gegenüber keine persönliche Animosität. Ich mag ihn. Wir sind zusammen in einer Fernseh-Show aufgetreten – es war eine angenehme Erfahrung. Doch in diesem Buch geht es um Wahrheit, und die Wahrheit ist die …«

»Wahrheit! Unsinn!« rief sie. »Muß ich es Ihnen denn Wort für Wort vorbuchstabieren? Ich hätte keinerlei Chance, Ihr Buch überhaupt herauszubringen, wenn nicht Lukas Yoder mit diesem Ihrer Meinung nach wertlosen Roman *Hexen* so viel Geld ins Haus gebracht hätte, daß wir es uns leisten können, uns mit unreifen Dilettanten wie Ihnen abzugeben. Weil ich Yoder durch die schlechten Zeiten getragen und ihn, nur weil ich an seine Fähigkeiten glaubte, zu seinem großen Erfolg geführt habe, gibt mir der Verlag, als Belohnung dafür, die Freiheit, Sie und anderes potzarrogantes Gemüse zu publizieren, und ihr alle zusammen werdet nicht einen einzigen Roman hinkriegen, der so gut ist, wie *Hexen* war oder seine künftigen Romane sein werden.«

Ihre Attacke und der Ton, in dem sie sie vorbrachte, verschlugen mir die Sprache. Darauf wußte ich keine Antwort. Sie erhob sich und sagte mit beherrschtem Zorn: »Die Mahlzeit ist beendet. Das Gespräch auch.« Dann rief sie laut: »Ober! Ober! Die Rechnung bitte!« und zahlte, gegen meinen ausdrücklichen Wunsch, für uns beide. Da sie aber auch eine durch und durch professionelle Lektorin war, die kein gutes Buch verlieren wollte, wenn es sich eben vermeiden ließ, bot sie mir unterwegs zu ihrem Wagen eine letzte Chance: »Falls Sie Vernunft annehmen, schreiben Sie mir eine Karte, damit ich's weiß«, und die Räder drehten auf dem Kies durch; sie war wütend über sich selbst, weil sie die Selbstbeherrschung verloren hatte und ihr die Kontrolle über unser Gespräch entglitten war. Sie hatte mir die frühen Entscheidungen überlassen, ohne darauf zu bestehen, daß ich mir ihre Überlegungen anhörte, und schließlich mit mir die Geduld verloren. Das Gespräch war für uns beide enttäuschend – ich war mit meinem Verhalten ebenfalls sehr unzufrieden.

Wieder im College, machte ich mir schwere Vorwürfe wegen meines ungenügenden Benehmens – ein anderes Wort hatte ich dafür nicht. Ich war nicht wütend, weil ich mit solchem Nachdruck argumentiert hatte – ich hatte ja recht, mich zu verteidigen –, sondern wegen meiner Ungeschicklichkeit. Ich konnte nicht einschlafen und ging, wie ich mir für solche Situationen angewöhnt hatte, mitten in der Nacht spazieren, zum Wannsee, um mir die nächsten Schritte zu überlegen. Ich befürchtete, die Chance vertan zu haben, bei Kinetic verlegt zu werden – entsetzlich! Ich erinnerte mich, was Devlan mir immer wieder eingetrichtert hatte: ›Die vornehmliche Aufgabe eines Schriftstellers besteht darin, sein Manuskript zu Ende zu bringen und dafür zu sorgen, daß es veröffentlicht wird. Nur so gewinnt man Ansehen.‹ Ich mußte ihm recht geben. Aber ich hatte auch einen uneigennützigen Grund, mit Kinetic in Kontakt bleiben zu wollen. Dieser Verlag war für seine Bemühungen um junge Autoren bekannt, und eine Beziehung zu diesem Hause gäbe mir die Möglichkeit, Studenten, die meines Erachtens professionelle Beachtung verdienten, weiterzuempfehlen. Und insgeheim gab es auch noch einen persönlichen Grund. Ich hegte den Wunsch, eines Tages selbst einmal einen Roman zu schreiben, und durfte Ms. Marmelle auch deswegen nicht vor den Kopf stoßen und meine Kontakte zu Kinetic abbrechen.

Ich schluckte meine tapferen Worte über die Unbestechlichkeit des Kritikers hinunter, setzte mich bei Anbruch der Morgendämmerung an die Schreibmaschine und schrieb Ms. Marmelle einen kurzen Brief:

> Verzeihen Sie mir. Unter den zu lobenden Klassikern ist Crane gestorben, Hawthorne aufgenommen, bei den Modernen Malamud gestorben und Oates akzeptiert. He-

mingway muß bleiben bei den Klassikern, die an den Pranger kommen.

Bei den zu verwerfenden zeitgenössischen Leuchten wird Ihr Mr. Yoder verbindlich *nicht* genannt, statt dessen Cheever. Ich hoffe, es kommt zu einer guten Zusammenarbeit für ein gutes Buch.

Mit anderen Worten – bis auf Hemingway gab ich ihrem weisen Urteil in allen Punkten nach, und postwendend kam Antwort, die mich enorm ermutigte:

Ihre vier Entscheidungen sind nicht nur akzeptabel, sondern richtig. Vertrag gemäß den vorgeschlagenen Bedingungen folgt, aber dieser Brief bedeutet eine verbindliche Zusage. Vorschuß $ 1500, zahlbar bei Vertragsabschluß. Schreiben Sie das klügste Buch, das je geschrieben wurde.

Wie ein Anfänger sonnte ich mich den ganzen Nachmittag in der Gewißheit, daß von mir ein Buch bei Kinetic erscheinen würde, in einem der großen Verlage des Landes. Ich wußte ja, daß die meisten Universitätslehrer im Fach des kreativen Schreibens Gift geschluckt hätten, um so etwas zu erreichen. Doch als schließlich das Wonnegefühl nachließ, mußte ich der Tatsache ins Auge sehen, daß ich, um eine Veröffentlichung zu erzielen, meine Prinzipien geopfert hatte. Yoder war ein furchtbarer Autor, der in jedem seriösen kritischen Buch auch entsprechend klassifiziert werden mußte, doch meine Stimme war erstickt worden, und zwar aus niedrigsten Motiven. Für Kinetic bedeutete Yoder Geld und mußte aus dem Grunde geschützt werden. Und ich selbst hatte mich aus persönlichen Interessen verkauft – ein Verhalten, auf das kein werdender Kritiker hätte stolz sein dürfen.

Es gab jedoch etwas, worauf ich stolz sein konnte – meine Lehrtätigkeit am College, und in der Zeit, als ich mich mit Ms. Marmelle auseinandersetzte – und fast kompromittierte –, tat ich alles, damit meine Studenten die Fähigkeiten erwarben, die sie brauchten, wenn sie Schriftsteller werden wollten. Und deshalb sagte ich mir während der Weihnachtsferien: Wenn ich diese fünfzehnhundert Dollar Vorschuß bekomme, werde ich einen Teil davon für meine Studenten investieren, und tat, was ich schon seit langem vorgehabt hatte.

Auf eigene Kosten beauftragte ich einen Maler in Dresden, die komplizierte Genealogie, die ich drei Jahre zuvor in Athen entworfen und in Mecklenberg nochmals überprüft hatte, auf die Wand meines Unterrichtsraums zu übertragen. Als der Maler die beiden Blätter sah, auf denen ich die Beziehungen der Atriden schematisiert hatte, meinte er: »Ich könnte ein recht hübsches Bild daraus machen, mit verschiedenen Farben für die verschiedenen Aspekte. Aber der viele Text hier unten läßt sich nie und nimmer unterbringen.«

»Nein! An die Wand soll nur der Stammbaum. Außerdem bekommt jeder Student eine Fotokopie des Papiers.«

Die College-Behörden informierte ich erst hinterher, und der Hausmeister, der vor Kenntnis des Bildes fürchterliche Drohungen ausgestoßen hatte, entspannte sich, als er sah, wie schön es ausgeführt worden war. Und den Studenten ging gleich am ersten Tag nach den Weihnachtsferien beim Betreten des Lehrsaals die Bedeutung des Wandbildes auf, und meine Beliebtheit als Professor wuchs.

Als im Winter 1984 mein Buch *Amerikanische Romankunst* erschien, geriet ich ein zweites Mal ins Zentrum lebhafter Auseinandersetzungen; ein Großteil der Kritik betraf zu meinem wie zu Ms. Marmelles Erstaunen nicht meine Ablehnung Hemingways, sondern einige harte Worte, die ich eher am Rande über James Fennimore Cooper äußerte. Cooper sei zwar kein Thomas Mann, merkten viele Leser mißbilligend an, aber immerhin der erste seriöse Schriftsteller Amerikas und ein guter Geschichtenerzähler: »Wie hätten wir uns ohne sein Vorbild und seine Anregung entwickeln können?« Ein paar Kritiker meinten bissig, ich sei zu jung, um einen unserer

Großen in Frage zu stellen. Obwohl es auch Zustimmung gab – Cooper sei in der Tat ein Langweiler.

Doch nach anfänglichen Angriffen begann eine ernsthafte Debatte, und zwar über die zeitgenössischen Autoren; Salinger und Ellison, so urteilten manche, hätten zu wenig veröffentlicht, um auf die höchste Stufe Anspruch erheben zu können, anderseits sei es willkürlich und fast lächerlich, gediegene Erzähler wie Vidal und Wouk, die etwas Gültiges zu sagen hätten, einfach zu degradieren. Auch Cheever fand ein paar lautstarke Verteidiger. Doch als die Hitze des Gefechts vorbei war, blieb ich als Sieger zurück; denn aufgrund der Einsicht, daß meine klaren Meinungen dem Publikum gefielen, bekam ich – gegen ein willkommenes Honorar – den Auftrag, für eine große Presseagentur einen langen Aufsatz zu schreiben, in dem ich die fünfzig Bücher aus allen Sprachen der Welt anführen sollte, die meines Erachtens gelesen zu werden verdienten.

Meine Liste enthielt Titel so ehrfürchtigen Alters, daß niemand an ihnen zweifeln konnte – *Die Elenden*, *Anna Karenina*, *Große Erwartungen*, *Huckleberry Finn* – und andere, weniger bekannte, vielleicht aber verdienstvollere wie *Oblomov*, *Die Pest*, *Der Bürgermeister von Casterbridge*, *Der Prozeß* und *Gier nach Gold*. Zur Erleichterung des Redakteurs fügte ich eine persönliche Bemerkung an: »Ich darf mein Bemühen, alle großen und beinahe großen Werke hier unterzubringen, nicht beenden, ohne Ihnen vier Romane zu nennen, die ich in Stunden der Muße zu meinem Vergnügen gelesen habe und die ich Ihnen, ohne sie literarisch einordnen zu wollen, zu ungetrübter Lesefreude empfehle: *Rima*, *Das Mädchen Frankie*, *Die treue Nymphe* und *Der Graf von Monte Christo*.«

Die weite Verbreitung dieses informellen, aber doch informativen Berichts brachte mir zahlreiche Einladungen zu Vorlesungen in anderen Colleges und Universitäten, aber auch Aufforderungen von Zeitschriften und Zeitungen zur Rezension von Neuerscheinungen. Auf solch traditionellen Bahnen wurde ich zu einem Mitglied der Zunft, die sich mit Büchern aller Arten beschäftigt. Kollegen erwarteten, daß ich vielleicht einmal eine maßgebliche Autorität auf meinem Gebiet werden könnte – eine Tatsache, die das College zur Kenntnis nahm: Ich wurde zum Assistenzprofessor, dann zum außerordentlichen Professor befördert und hatte alle Chancen, bis zu meinem 35. Geburtstag ordentlicher Professor zu sein.

Mein offensichtlicher Erfolg als Lehrer und Kritiker schwächte jedoch nie mein Bestreben, selbst ein oder zwei Romane zu schreiben, die meine Theorien über das Wesen guter Literatur exemplifizierten. Ich verbrachte immer weniger Zeit mit der Vorbereitung meiner Seminare oder mit der Ausarbeitung meiner kritischen Aufsätze über anderer Leute Werke, und widmete mich mehr und mehr meinem eigenen Romanprojekt, in der Überzeugung, daß ich ein bedeutendes Werk schaffen würde.

Im Winter 1984 konnte ich einige interessante Autoren zu Gastvorträgen ans College locken, sehr zur Freude der Studentenschaft, aber auch der Bevölkerung der benachbarten deutschen Stadtkreise. An einem der interessantesten Abende dieser Vorlesungsreihe begegnete ich einem jungen Mann, der auf Mecklenberg und mein eigenes Leben einen großen Einfluß gewinnen sollte. Das betreffende Seminar gaben zwei Lyriker, die aus Boston herübergeflogen kamen, der Mann von der Universität Harvard, die Frau vom Massachusetts Institute of Technology – Universitätsgerüchten zufolge waren sie ein Pärchen –, und anschließend zogen wir uns zum Gasthof ›Dresden China‹ zurück. »Es ist eine kulturelle Anomalie«, behauptete der Dichter aus Harvard. »Vor einem Jahrhundert gab es in Amerika eine Gruppe sehr schlechter Lyriker, jeder mit einem dreiteiligen Namen, die im ganzen Land verehrt wurden. Henry Wadsworth Longfellow und die zwei anderen hatten eine riesige Leserschaft und ein riesiges Einkommen – aber nichts zu sagen. Heute haben wir eine ganze Reihe von ausgezeichneten Dichtern, die niemand mag – die weder Leser noch Einkommen, dafür aber viel zu sagen haben.«

»Und was wir zu sagen haben, lohnt, gehört zu werden«, unterbrach die Dame vom M.I.T. »Wir hätten ein Anrecht auf ein großes Publikum und finden keins.«

»Wir sind die Vestalinnen der amerikanischen Literatur«, meinte der Mann aus Harvard. »In unberührter Heiligkeit gehalten, um unseren Segen zu geben, sofern er erwünscht wird ...«

»Aber Sie haben Ihre Lyrik so hochgeschraubt, daß ein gewöhnlicher Leser sie einfach nicht mehr verstehen kann«, konterte ein Professor vom Lafayette-College aus dem benachbarten Easton. »Da liegt der Unterschied zwischen Ihnen und den Dichtern des 19. Jahrhunderts, die Sie so offen verachten – ein gewaltiger Unterschied. Ein unüberbrückbarer.«

Das brachte die Frau vom M.I.T. zum Kern der Sache. »Wenn der kulturelle, moralische und politische Einfluß von Dichtern sich messen ließe, käme man wahrscheinlich weltweit zu dem Schluß, daß die heute lebenden Lyriker einen größeren Einfluß ausüben als Autoren aller Zeiten seit den großen Dichtern des antiken Rom und Griechenland.«

Darauf erhob sich ein solches Gemurmel des Widerspruchs, daß sie die rechte Hand hob und beschwichtigend meinte: »Moment. Warten Sie. Sehen Sie die Rolle des Dichters in der Sowjetunion, in den romanischen Ländern, überhaupt in Europa – mit Ausnahme Englands. Sehen Sie doch, wer heute mit dem Literaturnobelpreis geehrt wird – zur Hälfte sind es Lyriker, weil die Jurymitglieder in Stockholm, die die Welt kennen, genau wissen, daß Poeten für die Gesellschaft viel wertvoller sind als Prosa-Autoren.«

Es war eine Kriegserklärung. Vor der heftig einsetzenden Debatte zog die Frau sich zurück, um erst wieder das Wort zu ergreifen, als der Sturm sich beruhigt hatte. »Ich glaube an eine Rangordnung der Werte. Der Romancier A mit seiner beschränkten geistigen Kompetenz mag von seinem letzten

Schwachsinn, der nur Wind und ohne Substanz ist, ein paar hunderttausend Exemplare verkaufen – aber die geistigen und gesellschaftlichen Meßwerte seiner Leser sind wahrscheinlich niedrig, sagen wir zwei Punkte. Dagegen gewinnt der Dichter B, einer der größten der Welt, vielleicht nur zweitausend Leser, doch bei ihm mag der Indexwert eines normalen Lesers 150 Punkte betragen. Während der Romancier aufgrund seiner hohen Popularität es summarisch also auf einen Einfluß von zweihunderttausend Punkten bringt, erzielt der stille Lyriker einen Einfluß von 250000 Punkten – aufgrund der wichtigen Dinge, die er wichtigen Leuten zu sagen hat.«

»Was meinen Sie mit wichtigen Leuten?«

»Die Gesetzgeber und die politischen Eliten, die das Verhalten des Volkes formen, die Geistlichen, die moralische Grundregeln definieren und verteidigen, die Professoren, Lektoren, Dorfphilosophen, die Leiter unserer großen Firmen, unsere militärischen Führer sowie alle Menschen, die laut eigener Aussage bestreben, die Welt aktiv zu beeinflussen. Das sind die entscheidenden Menschen, an die wir Poeten uns wenden.«

»Von der Bande liest höchstens einer von hundert moderne Gedichte«, warf ein barscher Mann ein, und die Frau gab bissig zurück: »Aber der eine macht den Unterschied. Der menschliche Geist kann nicht besser werden, wenn er nicht singt.«

Der Harvard-Mann meinte: »Im nächsten Jahrhundert werden die Romanciers da sein, wo wir uns heute befinden. Sehen Sie es denn nicht kommen? Das Fernsehen wird den Roman ersetzen, das steht fest, und das Fernsehen wird so schlecht sein, daß niemand seine geistigen Energien damit vergeuden will – vorausgesetzt, daß es noch Geist gibt. Romanautoren des Jahres 2084 werden von Universität zu Universität reisen oder vielleicht von einem Kloster zum anderen, weil die Universitäten, bedenkt man ihre augenblickliche Entwicklung, zu bloßen geistigen Shopping-Zentren degenerieren …«

Er konnte den Satz nicht vollenden. Er wurde ziemlich brüsk unterbrochen von einer distinguierten Dame aus dem Publikum, einer gewissen Mrs. Garland, die dem Kuratorium des College angehörte: »Wollen Sie etwa behaupten, ich würde dann keine neuen guten Romane mehr lesen, sofern ich noch lebte? Unvorstellbar!«

»Lassen Sie uns«, erwiderte der Poet aus Harvard in aller Ruhe, »nicht an die Zeit in hundert Jahren denken. Versetzen wir uns doch einmal in die Vergangenheit. Sie wohnen in Concord, Massachusetts, und Ralph Waldo Emerson hält einen Vortrag, in dem er behauptet: ›Ich prophezeie Ihnen, daß in einem Jahrhundert niemand mehr Gedichte lesen wird. Da wird man nur noch verblasene Romane lesen wollen wie die von meinem Freund Hawthorne.‹ Und Sie wären aufgestanden und hätten gerufen: ›Unvorstellbar!‹ Aber so ist es gekommen, und arme Poeten wie Miss Albertson und ich reisen wie die Skopen von einst durch die Provinzen.«

»Was ist ein Skope?«

»Danke, daß Sie fragen. Ein wandernder Sänger. Ich liebe Ausdrücke, mit denen ich großtun kann. Das ist ein Dichter: ein Großtuer des Worts.«

Weder er noch die Frau wollten sich von ihrer Grundthese abbringen lassen, die der Mann so zusammenfaßte: »In hundert Jahren wird die Aufgabe des Romanciers nicht mehr darin bestehen, die Massen zu unterhalten, sondern auf einem hohen intellektuellen Niveau mit Gleichgestellten zu kommunizieren – die Kultur eines Volkes lebendig zu halten.«

Es war ein überaus anregender Abend gewesen, und zum Schluß machte sich Yoder, der wie immer in Begleitung seiner Frau gekommen war, ziemlich aufdringlich, wie es mir vorkam, an mich heran und faßte mich am Ärmel. »Ein bemerkenswerter Abend. Sechs neue Ideen pro Minute.«

»Das alles habe ich schon vor Jahren von Devlan gehört.«

Yoder lächelte. »Ich muß abnehmen, sie aber müssen zunehmen«, indem er auf die Gäste aus Boston deutete.

»Beachten Sie bitte eins: Die beiden haben gesagt, der Roman würde bis zum Jahre 2084 verschwinden. Da bleiben Ihnen noch hundert Jahre, und so wie es um Sie steht, Mr. Yoder ...«

»Bitte sagen Sie Lukas zu mir. Wir sind Landsleute.« Und er sprach es so aus wie im Jiddischen, *lah-n-sleit*, als seien wir beide zwei Bauerntrampel aus dem gleichen kleinen Dorf in Polen. Er bemerkte meine Verärgerung nicht und brummelte weiter: »Im Fernsehen haben wir beide letztes Jahr gezeigt, daß Kritiker und Schriftsteller zusammenarbeiten können. Und wie ich von Studenten erfahre«, ergänzte er, »werden Sie bald selbst einen Roman veröffentlichen. Dann sind wir wirklich *l-a-h-n-sleit*.«

Ich mußte etwas sagen, um das unwillkommene Gespräch zu beenden, und sagte deshalb betont kühl, wie ich zugeben muß: »Ich hoffe, mit meinem kurzen Roman auf jeden Fall halb so gut zu sein wie Sie mit Ihren langen«, und ließ ihn stehen, weil ich mit den beiden Dichtern das Konzept einer Literatur für die Elite näher erörtern wollte.

Ich hielt mich aber zurück, weil sie sich in einer Ecke lebhaft mit einem sechzehnjährigen High-School-Studenten unterhielten – einem der bemerkenswertesten Jugendlichen, die ich je gesehen hatte. Nicht nur, daß er sich auf einer Stufe mit den beiden Dichtern unterhielt, daß er alles verstand, was sie sagten und Fragen stellte, die ihre Aussagen in Zweifel zogen – er war noch dazu auf eine ganz und gar unfaire Weise schön, mit einem wundervoll geformten, glatten Gesicht, mit schwarzem, wallendem Haar, einem ansteckenden Lächeln und einer grazilen Haltung, die in seinem teuren Anzug noch stilvoller wirkte. »Wie ungerecht!« flüsterte ich innerlich. »All das und obendrein die Gabe, sich artikulieren zu können!« Ich stand wie gebannt und verglich diesen Sechzehnjährigen mit dem unbeholfenen, zungenlahmen Jungen, der ich in seinem Alter gewesen war, und fragte mich, womit er nur so viel Glück verdient haben könnte.

In der Hoffnung, mehr über ihn zu erfahren, drängte ich mich zu der Gruppe vor, ohne jedoch Beachtung zu finden. Die Dichter hatten in ihm offenbar ein Mitglied der erhofften Elite erkannt und wollten ihre Zeit nicht mit anderen Leuten vergeuden. Ich dachte nicht daran, solche Abfuhr hinzunehmen, und drückte mich näher an den Jungen heran und hörte ihn sagen, in einer Stimme, die erst vor kurzem den Stimmbruch überwunden hatte: »Mir gefallen Yeats und Eliot besser als Frost.« Der Dichter meinte: »So ist das bei jungen Intellektuellen immer. Wenn sie älter sind, entdecken sie, wie angenehm und wertvoll Frosts Lyrik ist.« Und sie zerstreuten sich, ohne daß ich etwas über den Jungen erfahren hatte, doch in dem Gefühl, daß seine Aura auf mich nachwirken würde.

Als letzte sprach in jenem denkwürdigen Winter die Frau, der ich so viel verdankte und für die ich eine stetig wachsende Hochachtung empfand. Lektoren und Literaturagenten aus New York, die stets auf der Suche waren nach neuen Autoren, hatten die lohnende Gewohnheit gebildet, bei Kursen für kreatives Schreiben mitzuwirken, auf eigene Kosten, ohne Honorar, um Professoren wie mich kennenzulernen – und ihre tüchtigeren Studenten auch. Sie hielten faszinierende Vorträge über das Verlagsgeschäft und die Rolle, die sie dabei spielten, und ich hörte von vielen Studenten, daß solche Seminarsitzungen zu den wertvollsten Veranstaltungen zählten, die ich abhielt.

Mein erster Gast dieser Art war Ms. Marmelle, deren Ruf als Lektorin von Yoder so gestiegen war, daß sich die Studenten und angehenden Schriftsteller im Vorlesungssaal drängten. Sie hatte einen unglaublichen Instinkt für das, was meine jungen Leute interessierte; bei der folgenden langen Diskussion dominierten jedoch ältere Hörer aus der Stadt. Ein Professor von der benachbarten LeHigh-Universität wollte wissen: »Ist irgend etwas dran an dem Gerücht, daß Kinetic von einem deutschen Großverlag gekauft werden könnte?«

Durch ein Schulterzucken deutete Ms. Marmelle an, daß

es eigentlich nicht in Ordnung sei, daß eine Verlagsangestellte die Frage beantwortete, und überließ einem anderen Professor das Wort: »Es wäre gewagt, darüber zu spekulieren, was expandierende Konzerne wie Kastle in Hamburg und der englische mit dem komischen Namen Spider vorhaben. Da der Dollar so schwach und die deutsche Mark so stark ist, scheint alles möglich. Ich habe sogar gehört, daß zwei oder drei amerikanische Großverlage sich in deutschem Eigentum wiederfinden könnten.«

Doch der Fragesteller ließ nicht locker. »Würde sich Ms. Marmelle als Führungskraft bei Kinetic bitte dazu äußern?«

»Ich weiß nur, was in den Zeitungen steht«, erwiderte sie. Das Publikum lachte. »Und die Zeitungen schreiben nun schon seit Jahren«, sagte sie weiter, »daß wir zum Verkauf stehen. Egal, wer uns besitzt – was unser Programm betrifft, so operieren wir als unabhängiger Verlag und, wenn ich das sagen darf, als einer der besten.«

Den Beifall dämpfte ein anderer Professor. »Sie mögen lachen, aber die Lage ist ernst. Die früheren Privateigentümer haben, wie Sie wissen, Kinetic an den Mammutkonzern Rockland Oil verkauft. Die Konzernleute hatten aber bald genug von dem Verlag und haben die Absicht geäußert, ihn wieder loszuwerden. Soweit ich weiß, haben mehrere Interessenten schon an dem Köder geknabbert, darunter ein australischer Milliardär und auch ein japanischer Multi. Ist es nicht wahrscheinlich, daß Kastle rasch mit einem soliden Angebot zuschnappen könnte und den Verlag in der Tasche hätte?«

Das führte zu der Frage, ob so eine Entwicklung radikale Veränderungen mit sich bringen würde, und dazu meinte Ms. Marmelle: »Die eigentliche Verlagsarbeit in den Lektoraten würde dadurch vermutlich nicht behindert.«

»Wir sollten uns besser darauf einstellen«, warnte ein Mann, »daß im geistigen Leben unseres Landes gravierende

Änderungen bevorstehen, wenn einige bedeutende Verlage – und das wird bestimmt passieren – von deutschen, australischen oder japanischen Konzernen aufgekauft werden.«

Andere Fragen betrafen mehr literarische als kaufmännische Aspekte; einige Hörer wollten wissen, ob es überhaupt noch Lektoren gäbe, die die gleiche Sorgfalt auf ein Manuskript verwandten wie Maxwell Perkins. Lukas Yoder stand auf. »Ich kann bezeugen, daß Ms. Marmelle eine solche Reinkarnation darstellt.« Das brachte ihr lauten Beifall ein, der mich, um die Aufmerksamkeit von Yoder abzulenken, zur Intervention in eigener Sache veranlaßte: »Ms. Marmelle ist auf mich zugekommen und hat mir für mein erstes literarkritisches Werk so gute Ratschläge gegeben, daß es zu einem kleinen Bestseller geworden ist. Für meinen ersten Roman erwarte ich von ihr die gleiche Hilfestellung.« Auf meine öffentliche Erklärung, an einem Roman zu arbeiten, klatschte das Publikum so laut wie bei Yoder.

Ms. Marmelle war anschließend von so vielen Menschen umringt, die etwas von ihr wissen wollten, daß sie die Arme hob. »Bitte! Wenn Sie sich so sehr für Verlage interessieren, schlage ich vor, daß Sie sich mit mir in der Stube des Gasthofs ›Dresden China‹ zusammensetzen, damit wir in Ruhe weiterreden können.« Als ein halbes Dutzend Professoren von Colleges aus der Nähe zu verstehen gaben, daß sie sich gern weiter mit ihr unterhalten würden, sagte sie mit einem Lächeln: »Ich lade Sie alle ein. Zu Bier und Brezeln, nach alter pennsylvanisch-deutscher Sitte, zu Ehren meiner beiden pennsylvanisch-deutschen Autoren Yoder und Streibert.«

Als wir uns, umgeben von Meißner Porzellan, in einer Ecke niederließen, gab es gezieltere Fragen. Ein Professor von Franklin und Marshall gab den Ton an: »Die meisten von uns träumen davon, eines schönen Tages verlegt zu werden. Und zwar bei einem wichtigen Haus wie Kinetic. Wie würde es um Chancen für Leute wie uns bestellt sein, wenn Kinetic in deutsches Eigentum überginge?«

Ms. Marmelle war offen. »Da wir uns jetzt außerhalb der Öffentlichkeit unterhalten, darf ich zunächst einmal sagen, daß Kinetic herumgekickt wird wie ein Fußball. Sie wissen bestimmt, daß Rockland Oil festgestellt hat, es bringt wesentlich weniger Ruhm und Ehre, einen Verlag zu besitzen, als die Herren sich vorgestellt haben. Und die mageren sieben Prozent Gewinn, die wir jährlich abwerfen, liegen weit unter der Profitrate, die sie in marktgängigen Bereichen wie Imbißketten und Öl zu erzielen hoffen – fünfunddreißig Prozent. Um ehrlich zu sein: Sie tun, was sie können, um uns loszuwerden. Sie würden uns an jeden verkaufen, der Bares hat.«

»Falls ein deutscher Käufer den Verlag erwürbe – würde er Kinetic im wesentlichen weiterführen wie bisher?«

Sie lachte. »Ein Finanzjournalist der *New York Times* hat vor einigen Jahren ein informatives Buch geschrieben mit dem Titel *Willkommen im Konzern. Sie sind gefeuert.* Der neue Eigentümer verspricht immer, heißt es da, daß sich absolut nichts verändert, und drei Wochen später sitzt man draußen vor der Tür«.

»Was hat das aber für uns zu bedeuten?«

»Sie werden die gleiche Chance haben, von Kinetic einen Vertrag zu bekommen, wie jetzt auch – während der ersten drei Monate. Dann wird man das wissenschaftliche Programm – Sie werden ja wahrscheinlich ein gelehrtes Buch schreiben wollen – zurückstutzen. Unter dem neuen Eigentümer dürften Ihre Chancen geringer werden, weil es nur noch um Zahlen geht.«

»Wird er Programme mit pro-deutscher Tendenz forcieren?«

»Du großer Gott! Nein! So dumm sind diese Leute nicht. Bedenken Sie doch – denen gehören, vergessen Sie das nicht, auch Verlage in England und Frankreich. Sie würden sich doch nicht das Geschäft ruinieren.«

Mrs. Yoder, die ihren Mann begleitete, erstaunte uns mit ihren Geschäftskenntnissen. »Die meisten Honorare meines

Mannes werden treuhänderisch vom Verlag verwaltet. Wären sie bei einem ausländischen Eigentümer sicher?«

»Ihr Geld ist sicher, meine Stellung, ich muß es gestehen, leider nicht.«

»Warum nicht?« fragte Emma, und Ms. Marmelle antwortete mit einem leisen Lachen: »Wenn der neue Eigentümer eine Freundin hat, die schon immer Lektorin werden wollte, bin ich überflüssig.«

»Ich wäre gar nicht glücklich, Autor eines ausländischen Unternehmens zu sein«, sagte Yoder. Dem stimmten alle zu.

Inzwischen hatte ich ganze fünf akademische Jahre am College unterrichtet, ein zweites Werk zur Literaturkritik publiziert und einen kurzen Roman angefangen. Und im Sommer war ich zwei Tage nach den letzten Prüfungen Jahr um Jahr nach Griechenland geeilt, wo, immer im gleichen Hotel, F. X. M. Devlan schon auf mich wartete, um auf Autofahrten durch die Berge dieses stets faszinierenden Landes mit mir unsere unerschöpflichen Diskussionen fortzusetzen. In einem Sommer hatten wir uns auf die Peloponnes konzentriert, jene abweisende Region, wo Korinth, Sparta und Patras gelegen hatten und es viele Stätten aus vorrömischer Zeit gab. Ich war ganz entzückt von den alten Gasthöfen und Bergdörfern, die von Ausländern kaum berührt wurden. In Griechenland waren wir glücklich; hier hatten wir während unseres ersten Aufenthalts ja entdeckt, daß unsere Zuneigung füreinander mehr war als ein flüchtiger Traum, den wir nur Venedig verdankten, daß wir die gleiche Sprache sprachen und lebten und uns beide dem Wesen der Literatur verpflichtet fühlten. Eine Rückkehr nach Griechenland – das bedeutete für uns auch jedesmal eine Rückbesinnung auf die Grundprinzipien.

Im Sommer des Jahres 1983 überraschte mich Devlan am Nachmittag unseres Wiedersehens in Athen mit dem Vorschlag, wir sollten nicht gleich zu unserem vertrauten Hotel fahren, sondern erst zu einem Olivenhain am Rande der Stadt.

Dort zog er ein Taschenbuch mit den Novellen von Henry James aus der Tasche und schlug die Seite auf, wo der Erzähler, ein biederer junger Gelehrter, mittels eines üblen Tricks versucht, sich der Liebesbriefe des toten amerikanischen Dichters Jeffrey Aspern zu bemächtigen. Sie befinden sich in Venedig im Gewahrsam einer alten Frau, und wie er erkennen muß, könnte er sich Zugang zu ihnen nur verschaffen, wenn er ihre unansehnliche Nichte heiratet. Sein Dilemma tritt ihm noch klarer vor Augen, als die plumpe Nichte ihm einen Heiratsantrag macht. Devlan las vor, in dem gleichen leisen Ton wie in Venedig vor Jahren, als wir die Stelle gegen Ende des Romans zum erstenmal gemeinsam gehört hatten:

»›Miss Tina, die nicht wußte, wie eine Frau einem Mann einen Heiratsantrag stellt, brachte stotternd hervor, daß er, sollte er zur Familie gehören, Zugang zu den Briefen gewinnen könnte: ›Sie könnten die Sachen sehen – könnten sie verwenden.‹ Und dann setzt die schreckliche Verwirrung ein, die sie noch schlimmer macht dadurch, daß sie in Tränen ausbricht und ihren Antrag wiederholt. ›Ich würde Ihnen alles geben, und, so wie sie ist, würde sie das verstehen – sie würde mir verzeihen.‹«

Devlans Stimme brach. Er gab mir ein Zeichen, ich solle die Stelle zu Ende lesen, und so nahm ich das Buch in die Hand und las, wie der Mann sie abwies:

»›Ich wußte nicht, wie ich mich verhalten sollte, tat jedoch, wie zufällig, eine wilde, ungewisse Bewegung, infolge derer ich mich an der Türe fand. Ich erinnere mich, wie ich dort gestanden habe und sagte: ›Es wäre nicht recht, gar nicht recht‹ – es nachdenklich sagte, verlegen, grotesk … Und das nächste, woran ich mich erinnern kann, ist, daß ich draußen auf der Treppe und aus dem Haus war.‹«

Devlan, der sich inzwischen gefaßt hatte, nahm das Buch wieder an sich und hielt es auf dem Schoß, um sich an und ab darin zu vergewissern, und bemerkte schließlich: »Ich hatte den sehnlichen Wunsch, etwas Wichtiges klarzumachen – dir, Karl, aber auch allen anderen. Das, worum es geht in der Literatur.« Und er erzählte die Rückkehr des jungen Amerikaners am nächsten Tag, der vage daran dachte, die Jungfer vielleicht doch zu heiraten, um die kostbaren Briefe in die Hand zu bekommen. Devlan überflog die dichten, wundervollen Passagen und las, mit vor Erregung zitternder Stimme, laut die vielsagende Stelle vor:

»Sie stand in der Mitte des Raumes, mit einer Miene voller Milde, und ein Ausdruck der Vergebung, der ihr etwas selig Heiteres verlieh, machte sie jünger; sie war keine lächerliche alte Frau ... dieser Zauber ihres Bewußtseins verwandelte sie, und während ich es spürte, hörte ich im tiefsten Innern meines Gewissens eine Stimme: ›Und warum eigentlich nicht – warum nicht?‹ Mir schien, ich könnte den Preis zahlen.«

Er schaute vom Buch auf. »Und so«, sagte er, und es war deutlich, wie stark er sich mit dem Erzähler identifizierte, »kommt er zu dem Schluß, daß er sie doch heiraten kann. Die Briefe sind es wert. Und jetzt, Karl, bitte, achte darauf, mit welch hoher Kunst James die Geschichte beschließt.« Und er las:

»›Sie reisen heute ab?‹ fragte sie. ›Aber das macht nichts, denn wohin Sie auch gehen, ich werde Sie niemals wiedersehen. Ich möchte nicht ...‹

›Was werden Sie machen – wohin wollen Sie gehen?‹ fragte ich.

›Ach, ich weiß nicht. Ich habe die große Tat getan. Ich habe die Papiere vernichtet.‹

›Sie vernichtet?‹ klagte ich.

›Ja. Wofür sollte ich sie aufbewahren? Ich habe sie letzte Nacht verbrannt, in der Küche, ein Blatt nach dem andern.‹

›Eins nach dem andern?‹ wiederholte ich kalt.

›Es hat lange gedauert – es waren so viele.‹

Das Zimmer schien sich um mich zu drehen, und für einen Augenblick wurde mir finster vor Augen. Als es vorbei war, war Miss Tina … Sie sagte: ›Ich kann nicht länger bei Ihnen bleiben. Ich kann es nicht‹, und kehrte mir den Rücken, wie vierundzwanzig Stunden vorher ich ihr den Rücken gekehrt hatte …

Ich schrieb ihr, daß ich das Bild verkauft hätte, gestand Mrs. Prest allerdings … daß es über meinem Schreibtisch hängt. Wenn ich es betrachte, kann ich meinen Verlust kaum ertragen – ich meine, den der wertvollen Papiere.«

Devlan schlug das Buch zu, leise, doch mit einer solchen Endgültigkeit, als hätte er einen Entschluß von großer Tragweite gefaßt, einen Entschluß, der ihm das Herz zerriß, so wie es Miss Tinas Herz verwundet haben muß, als der junge Mann vor ihrem Heiratsantrag entsetzt die Flucht ergriffen hatte, daß ich fragen mußte: »Devlan, was hast du?«

»Es ist das Ende der Geschichte.«

»Aber warum hast du es dann gelesen?«

»Ich wollte dich erinnern, Karl: So etwas wie das Ende dieser Novelle streben wir an, wenn wir schreiben, um einen pulsierenden Augenblick mit einer Offenbarung zu füllen, mit Bedeutung, mit menschlicher Leidenschaft.«

»Warum sagst du mir das alles?«

»Weil dein zweites literaturkritisches Buch schrecklich mechanistisch war. Es enthielt nichts von den Erkenntnissen des ersten Bandes. Du hast nur Werke gelobt, die kompetent konstruiert und gedanklich ausgewogen waren, aber nicht eines, das ein Problem anpackte, Einsichten vermittelte und die Wurzeln menschlicher Leidenschaft bloßlegte.« Ehe ich darauf antworten konnte, war er davongeschritten, um dann spitzbübisch wie ein Faun über die Schulter zurückzublicken: »Du kannst uns Iren viel vorwerfen, aber ganz bestimmt keinen Mangel an Leidenschaft. Ein Wind, der vom Meer herüberweht, kann einen Menschen auf der Heimreise verrückt machen. Oder auch die Erinnerung an ein schönes Kind, das sich in einem Moor verirrte.«

»Devlan!« rief ich brüsk. »Du hast mich doch nicht in diesen Olivenhain gebracht, um mich über das irische Gefühlsleben aufzuklären. Was ist mit dir, lieber Freund?«

Die direkte Frage erschreckte ihn. Er suchte nach einer Antwort, fand keine und streckte die Rechte aus, als taste er nach einem Halt. In seinem Bemühen, Unausgesprochenes auszudrücken, wirkte er so traurig verzweifelt, daß ich rief: »Michael! Hast du einen Herzanfall?«

Er schüttelte den Kopf und suchte am Straßenrand einen Stein, um sich zu setzen. »Aber ich habe eine Art Anfall, teuerster Freund«, sagte er flüsternd, »einen Anfall der schlimmsten Trauer, die einen Mann treffen kann.«

»Was ist?« Die bange Frage verriet die tiefe Liebe, die ich für ihn empfand, der mir einst Herz und Verstand geöffnet hatte.

Devlan, der in jenem Sommer fünfundfünfzig Jahre alt wurde, blickte auf wie ein waidwundes Tier. »Der große Schmerz übermannte mich, bevor ich Oxford verließ. Weil ich wußte, es war eine Reise nach Griechenland, um Abschied zu nehmen vom Kostbarsten in meinem Leben, Abschied von dem, der mir neue Lebenskraft … und neue Inspiration geschenkt hat.«

»Michael!« Ich hatte ihn noch nie zuvor beim Vornamen genannt – und jetzt innerhalb einer Minute gleich zweimal.

Wir schwiegen beide. Dann reichte Devlan mir die Hand und zog mich neben sich auf den Stein. Er strich mir das Haar aus der Stirn und sagte: »Liebster Freund, wir dürfen uns sommers, wenn die Oliven reif sind und der Ouzo fließt, in Griechenland nicht mehr sehen. Es ist etwas Furchtbares geschehen, etwas, das Aischylos-Dramen unter freiem Himmel ein Ende bereitet.«

»Was?« Mir war der Hals trocken geworden.

»Auf mein Drängen ging ein junger Mann, der in Oxford so brillant war wie du in Columbia, zum weiteren Studium an die Universität Harvard. Er hat dort selbstverständlich geglänzt – wahres Talent habe ich, wie du weißt, stets erkannt. In den Ferien kam er in Kalifornien achtlos auch mit einem Assistenzprofessor zusammen – seinem Lehrer. Du weißt ja, wie so etwas passieren kann.«

»Und?«

»Der Mann aus Kalifornien hatte die neue Krankheit. Er hatte AIDS.«

»Und?«

»Er gab sie meinem Stipendiaten weiter. In Oxford war die Krankheit bis dahin noch nicht aufgetreten. Nun hatten wir unseren ersten Fall. Von überall her kamen die Experten, um den Kranken zu untersuchen.«

»Ist er tot?«

»Ja.«

»Und du hast ihm so nahegestanden, daß du verzweifelt warst … und immer noch verzweifelt bist?«

»Ich *war* verzweifelt. Ich bin es nicht mehr. Als er verdammt genau wußte, daß er infiziert war, hat er an den Wochenenden weiterhin mit mir zusammengelebt – er hat es mir erst vier Tage vor seinem Tod mitgeteilt.«

»Und du …« Ich fand keine Worte.

»Ja. Die großen Experten versuchten jeden aufzuspüren, mit dem Peter Berührung gehabt hatte. Karl, es waren fast ein Dutzend, mit denen er nachweislich Kontakt gehabt hatte. Mit Hilfe der Angaben seiner Hauswirtin und zweier junger Männer, denen gegenüber er meinen Namen erwähnt hatte …« Er zuckte zusammen. »Ich glaube, er hat sich schandbar lustig gemacht über mich.« Devlan zuckte die Schultern. »Also, die Kapazitäten, die zu ihrer eigenen Zufriedenheit festgestellt hatten, woran Peter gestorben war, schauten mit Verachtung auf mich herab. Wegen meines Alters, meines Rufs, vor allem aber wegen meiner Stellung als Lehrer der Jugend. Ich glaube, sie haben sich gefreut, daß ich mich angesteckt hatte und mich informieren zu können – es war eine Gruppe von drei Ärzten, die mit Widerwillen auf mich herunterblickten –, daß ich wohl bald tot sein würde und, um Himmels willen, bloß nicht noch jemand anstecken sollte in dieser ›Kettenpost‹, wie sie es nannten …«

Da saßen wir zwei Gelehrte auf dem griechischen Land schweigend unter Olivenbäumen und sahen den Bauern zu, die in der Ferne ein Feld bestellten. »Hast du es nicht als komisch empfunden, Karl«, fragte Devlan, »daß ich mich bei unserem Wiedersehen vorhin so abweisend benommen habe?«

»Doch.«

»Es hat mir das Herz zerrissen, als ich dich sah. Der beste Schüler, den ich je gehabt habe, in England oder Amerika, mein liebster Wegbegleiter, und ich darf nie mehr bei ihm liegen, weil ich ihm sonst den sicheren Tod bringen würde.«

»Und du? Welche Frist?«

»Wer weiß? Dir wird aufgefallen sein, daß ich abgenommen habe. Ich werde weiterhin abnehmen, hat man mir gesagt, bis ich herunter bin auf mein Idealgewicht. Das ist aber der kritische Punkt – ich werde nämlich noch mehr Gewicht verlieren, bis ich so geschwächt bin, daß die leichteste Erkältung mich schon umblasen könnte. Und wenn sie es nicht tut, dann etwas anderes…«

»Großer Gott!« sagte ich.

»Und deshalb ist dieses der Sommer unseres Abschieds. Ich werde im nächsten Jahr nicht mehr reisen können, und im Gedanken an die Grausamkeit Peters mir gegenüber wäre ich außerstande, irgendwem sonst solches Leid anzutun – und dir schon gar nicht.«

»Ich möchte, daß wir zum Hotel zurückfahren, Michael. Wo wir miteinander so glücklich gewesen sind. Ich möchte mit dir dorthin, wo wir zusammen etwas so Tiefbewegendes erlebt haben wie den *Agamemnon*, mit dir noch einmal die silbernen Tempel im Mondschein liegen sehen. Vor allem aber möchte ich mit dir reden. Dein Rat hat mir immer viel bedeutet, und jetzt brauche ich dich, um zu erkennen, was mit meinem Roman nicht in Ordnung ist. Du bist ein wertvoller Mensch, ich kann dich nicht gehen lassen, Michael, bevor du mir mehr von deinem geheimen Wissen mitgeteilt hast.«

Als wir im Hotel ankamen, schlief Devlan zwei Tage durch, denn er war trotz einer recht unbeschwerlichen Herreise sehr erschöpft und durch die zehrende Krankheit geschwächt. Einen Arzt hatte er nicht rufen lassen wollen, aus Angst, er könnte als Gesundheitsrisiko des Landes verwiesen werden – was er, falls er selbst ein griechischer Beamter gewesen wäre, voll unterstützt hätte. Mit der Ruhe erholte er sich jedoch fast gänzlich und war Feuer und Flamme für meine Vorschläge: Wir fuhren hinaus aufs Land und genossen sechsmal in der Woche Picknicks an historischen Stätten. Eine griechische Theatergruppe führte die *Antigone* auf, was mir Gelegenheit gab, Aischylos mit Sophokles zu vergleichen – nach dem Erlebnis der monumentalen Großartigkeit des Aischylos war ich von Sophokles beinahe enttäuscht, als dann aber unter der Verfolgung ihres Onkels Kreon Antigones Leiden wuchsen, da wurde die ganze Stärke des griechischen Theaters offenbar in ihrer Vielseitigkeit, ihrem Schwung, ihrer Dynamik und der stets herrlichen Sprache. Es war ungeheuer bewegend – und für jemand wie mich, der sich anmaßte, eine Phantasiewelt zu erschaffen, ein demütigendes Erlebnis.

Ich war mit meinem Roman nicht gut vorangekommen – eine Enttäuschung, über die ich mit Devlan sprach, als die alles überschattende Beschäftigung mit dem Tode von uns gewichen war. »Ich habe dir nicht früher davon erzählt – es schien mir nicht recht, dich damit zu belästigen. Doch der Roman, den ich im letzten Sommer erwähnte, entwickelt sich nicht, wie ich es mir erhofft hatte. Ich habe eine klare Vorstellung vom Schluß, aber wie ich dahinkomme, bleibt unklar.« Und ich fügte, ehe Devlan sich äußern konnte, noch rasch hinzu: »Oh, die Figuren an sich habe ich schon, und ziemlich gute, wie ich meine – aber wie ich sie ihre Absichten und Ziele enthüllen lasse, das scheint sich mir zu entziehen.«

»Bei unserem letzten Gespräch warst du dir über die Haupthandlung nicht im klaren. Ist die Frage geklärt?«

»Ich hatte an ein amerikanisches Äquivalent zu *Marius der Epikuräer* gedacht. Ich wollte für das heutige Amerika leisten, was Walter Pater mit seinem Roman für das Zeitalter des Marcus Aurelius getan hat.«

»Ist Pater für den amerikanischen Geschmack nicht ein bißchen zu ätherisch?«

»Im Original mit seiner römischen Szenerie bestimmt. Ich versetze mein Pendant aber an eine große Privatuniversität in New York City, die eher der New York University ähnelt als Columbia. Das verschafft mir eine interessante Umgebung, Edith Whartons Washington Square, und ein paar wirklich starke Professorenpersönlichkeiten als Modelle für die Romanfiguren.«

»Hast du schon einen Titel?«

»Einen Arbeitstitel. *Die leere Zisterne*. Es ist deine Idee – daß populäre Kunst immer auf den niedrigsten gemeinsamen Nenner herabsinkt und eine leere Zisterne hinterläßt, aus der die Gesellschaft sich vergebens mit dem lebensspendenden Wasser zu versorgen sucht. Und eine starke Untermauerung deiner Idee, daß der Roman ein Dialog zwischen Gleichgesinnten werden muß. Meine Heldin könnte Virginia Woolf sein, eine der männlichen Hauptfiguren Thomas Pynchon. Aber alle Figuren sind Amerikaner und sehr zeitgemäß.«

»Die Grundidee«, meinte Devlan nach längerem Nachdenken, und es klang fast, als spräche er mit sich selbst, »die ist gar nicht schlecht. Solche Ideen müssen angepackt werden. Und doch, und doch … Wie willst du so abstrakte Dinge veranschaulichen? Das ist gefährliches Terrain. So etwas gelingt bei tausend Versuchen nur einmal, und wo es schiefgeht, liest sich die Sache dann unweigerlich immer so wie *Der Quell* von Charles Morgan, ein Roman, der einen in seiner Zartheit zunächst sehr beeindruckt, aber am Ende doch langweilt. Die Iren und sogar George Bernard Shaw haben das im Grunde alles ganz richtig gesehen: Hände weg von Lords und Ladies, man braucht Männer und Frauen, die sich ihren Lebensunterhalt durch Arbeit verdienen müssen. Mir wäre wohler, Karl, wenn dein Roman nicht von Professoren der New York University handeln würde, sondern von Bauern und kleinen Geschäftsleuten mit pennsylvanisch-deutschem Hintergrund, wie er dir vertraut ist – ein herrliches Land, du hast es mir von New York aus zweimal gezeigt.«

»Mein deutsch-pennsylvanisches Erbe hat mir Lukas Yoder weggeschnappt. Der Autor dieser albernen, hohlen Romane, welche die Mennoniten glorifizieren, nur kein einziges wahres Wort über sie sagen. Ich habe eine ziemliche Wut auf den Knaben, was ich daheim aber nicht zu zeigen wage – man könnte mir Neid unterstellen.«

»Und – beneidest du ihn?«

»Um seinen Erfolg schon. Aber nicht um die Art und Weise, der er ihn verdankt. Er ist ein Windbeutel, er hat nichts zu sagen. Im übrigen geht es uns, dir und mir, um eine Elite, um Menschen eines Dialogs, der den Geist lebendig macht.«

»Da muß ich dich korrigieren, Karl. Wir denken an die Elite, aber wir schreiben über gewöhnliche Menschen, die dank ihrer natürlichen Intelligenz zur Elite werden. Das ist ein riesiger Unterschied, den die besten irischen Dramatiker immer begriffen haben.«

Wir verbrachten Tage mit dem Analysieren meines geplanten Romans – ich sagte Devlan nicht, daß er bereits zu drei Vierteln fertig war und meinen Idealvorstellungen überhaupt nicht entsprach –, und Devlan wiederholte seine Warnung, die für alle gilt, die einen Roman schreiben wollen: »Sieh zu, daß du zunächst einmal die Figuren ganz klar vor Augen hast und daß sie authentisch sind. Führe sie dann durch die Verwicklungen des Handlungsgeschehens. Laß sie durch ihr Handeln die großen Wahrheiten entdecken, auf denen der Roman beruht – nach allem, was du mir erzählst, Karl, tust du das nicht. Du stellst deine Aussage, deine Ideen vornan.«

Ich tat, was ich konnte, um ihm seine Zweifel zu nehmen, ganz als wäre ich erneut ein Student. »Ich bin mir bei dir nicht sicher, Karl«, meinte er jedoch abschließend, »ob es richtig ist, daß du, als guter Kritiker, einen Roman schreiben willst. Die beiden Aufgaben stellen ganz anders geartete Anforderungen, weißt du, die vielleicht sogar unvereinbar sind.«

Ich widersprach, als hätte ich meine Dissertation vor einem Professorengremium zu verteidigen: »Und was ist mit den beiden Männern, die du so häufig zitierst? Mit E. M. Forster und Henry James? Zwei ausgezeichnete Romanciers und obendrein akzeptable Kritiker – meinst du nicht auch?«

»Ja, aber welch ein Unterschied! Die beiden haben sich zuerst als Romanciers ausgewiesen und später im Leben darüber nachgedacht, was sie zu guten Schriftstellern gemacht hat. Das ist eine ganz subjektive, persönliche Art von Kritik, keine Literaturkritik, wie ich sie praktizieren möchte. Im Grunde recht ungeschliffen und undiszipliniert, eigentlich kaum mehr als mitternächtliches Grübeln vor einem Bierkrug.«

Devlan machte eine Reihe von Vorschlägen, wie mein an Pater orientierter Roman, so er in der Tat vom Geleis' abgekommen sein sollte, auf die rechte Spur kommen könnte. Aber was er auch sagte hatte mehr Relevanz für meine Arbeit als Kritiker denn als Autor. Mit anderen Worten: Der Kritiker Devlan sprach mich als Kritiker unmittelbar an; die Gabe und die Kraft, mit mir als Romancier zu kommunizieren, besaß er nicht, oder aber ich vermochte ihn nicht zu hören. Nach dem letzten, langen Gespräch hörte ich ihn murmeln: »Er wird es nicht schaffen, fürchte ich. Hat nicht ein Wort von dem kapiert, was ich meinte.«

Nach dem Bericht über seine AIDS-Krankheit hatte er

abends beim Hinaufgehen zu unserem Zimmer bemerkt: »Ich könnte mir ein eigenes Zimmer nehmen, weißt du, falls du Angst hast.«

»Ach, Michael! Ich denke, Gott hat mich hierhergeschickt, um für dich zu sorgen. Ich trug mich in Amerika eine Zeitlang mit dem Gedanken, in diesem Jahr auf Griechenland zu verzichten und dort zu bleiben. Um meinen Roman in Form zu bringen. Doch etwas zog mich her, irgendeine geheimnisvolle Kraft, die ich nicht begriff. Jetzt weiß ich.« Als wir unser Zimmer erreichten, rief ich impulsiv: »Michael, vergiß nie – du hast mich als grünen Jungen in New York kennengelernt, nur durch die Stärke deiner Persönlichkeit und deiner Weisheit bin ich in Athen zum Menschen geworden. Meine *Amerikanische Romankunst* ist von dir, ich habe nur alles niedergeschrieben wie ein treuer Eckermann.« Wir packten unsere Reisetaschen aus. »Wenn ich heut abend aus diesem Zimmer ausziehen würde«, erklärte ich, »würde mir vor Leid das Herz brechen.« Das Thema wurde nie wieder erwähnt.

Augenblicke qualvollen Schmerzes gab es jedoch danach, etwa wenn Devlan unbekleidet aus dem Badezimmer kam und ganz unwillkürlich deutlich wurde, wieviel Gewicht er verloren hatte – da zeigte sich, bevor er sich bedecken konnte, daß er das Idealgewicht für seine Größe längst unterschritten hatte. Wenn er weiterhin so abnähme, wäre der Tag nahe, da ein einfaches Fieber oder eine leichte Infektion genügen würden, ihn dahinzuraffen. Wir bekundeten einander wachsendes Mitgefühl und mieden jedes Thema – so auch meinen Roman –, das uns hätte trennen können, kamen aber immer wieder auf sein Grundanliegen zurück, daß Autoren den hehren Diskurs in Gang halten müßten, der zwischen den Auserwählten bestanden hat, seit die Menschheit erstmals ihre Ideen festgehalten hatte. »Wir sind die Hohenpriester in einer zunehmend heidnischen Welt, und wir müssen dafür sorgen, daß das Feuer der Intelligenz weiterbrennt. Wie viele Menschen in Florenz haben begriffen, worauf Dante hinauswollte? Wie viele Polen haben Kopernikus verstanden? Denk doch nur, was die Kanaille Darwin angetan hat!«

In der letzten Woche gingen wir ganz langsam durch die Straßen Athens zu den historischen Denkmälern und genossen jeden vertrauten Schauplatz im vollen Bewußtsein, daß wir die illustre Stadt zum letztenmal sahen – ich für mein Teil konnte mir nicht vorstellen, je wieder ohne ihn hierherzukommen. Touristen warfen uns beim Vorübergehen manchmal einen Blick zu – dem hochgeschossenen, rothaarigen Amerikaner in Begleitung des gebrechlichen Iren mit seinem römischen Haarschnitt wie Julius Caesar – und spekulierten, wer wir wohl sein konnten. Das starke Band zwischen uns konnte niemand erahnen.

Am letzten Abend der Kameradschaft saßen wir in einem Park, wo wir im Licht einer ziemlich trüben Straßenlaterne gemeinsam im *Agamemnon* lasen, bis ich unterbrach. »Habe ich dir eigentlich je erzählt, was ich mit der Wand in meinem Lehrsaal gemacht habe?« Und als ich das Wandbild beschrieb, auf dem das verabscheuenswürdige Verhalten der Atreusbande, wie ich sie nannte, schematisch umrissen wurde, da mußten wir beide über die Enormität ihrer Taten, die überwältigende Tragödien ausgelöst hatten, völlig haltlos lachen. Während wir noch lachten und scherzten, drückte Devlan sich plötzlich die Hände vor das Gesicht. »Karl«, flüsterte er, »du mußt wissen, daß Peter mir nichts bedeutet hat – er war für mich bloß ein talentierter Junge, mehr nicht. Was zwischen uns war, hatte keine Bedeutung – du warst nur immer so lange fort. Und dafür nun diese schreckliche Strafe.«

Ich wollte ihn trösten und von meiner tiefen Liebe zu ihm überzeugen. »Du wirst für immer bei mir sein, Michael«, versicherte ich. »Beim Gedanken an dein koboldhaftes Gesicht werde ich mich stets an Shakespeare und an Yeats erinnern, und so werden wir immer zusammen sein.«

Am Morgen stand Devlan auf, rasierte sich mit äußerster Vorsicht, damit er sich nicht schnitt und mich zufällig ansteckte, und fuhr zum Flughafen. Früher war immer ich zuerst abgeflogen, wenn unsere Ferien zu Ende waren – als ob Athen ihm gehörte. Doch jetzt, da ihm jedes Gefühl für Besitz und Eigentum abhanden gekommen war, wollte er rasch heim und sich auf den Tod vorbereiten – so wie sich große Elefanten in ihre Höhle zurückziehen, wenn sie das Ende nahen spüren.

Nach meiner Rückkehr nahm ich während des Herbstsemesters 1985 in Mecklenberg an einer unseligen Sache teil, die meine nachbarschaftlich höfliche Beziehung zu Lukas Yoder abrupt beendete. Ich hatte zum Lyrik-Festival einen hervorragenden jungen Mann von der Universität Chicago eingeladen, der in verschiedenen kleinen Zeitschriften sehr starke Gedichte veröffentlicht hatte, welche sein Ansehen so gefestigt hatten, daß ihm in den nächsten Jahren ein Pulitzerpreis sicher schien, insbesondere falls es ihm gelingen sollte, einen Verlag dafür zu gewinnen, einen Gedichtband in gebundener Form herauszubringen. Das würde alle etablierten, großen Zeitschriften veranlassen, ihn ernst zu nehmen und über ihn zu schreiben – was zu tun sie sich weigerten, solange er nur vergängliche Dinge in vergänglichen Zeitschriften publizierte. »Wir können nicht sicher sein, daß sein Ansehen unter den Lyrikern Bestand haben wird«, sagten die Redakteure, »bis er ein Buch zusammenbringt.« Was bedeutete: eine gebundene Leinenausgabe.

Er hieß Heintz Bogulov, und er schrieb nicht nur gute Gedichte, er besaß auch einen ansteckenden Humor, und als in der Diskussion eine Frau wissen wollte, was so jemand wie er von etablierten Dichtern wie Longfellow halte, nutzte er die Gelegenheit zu wüsten Parodien auf besonders populäre Verse von Longfellow, wie etwa »Sag mir nichts in dunklem Schlummer« und »Bankerleben sagen deutlich, durch Verbrechen wird man reich« und »Falls uns F.B.I.-ler suchen, ach, wir rotten doch im Kittchen« und das gewagte: »Laßt uns also fort und ficken, die sich von uns ficken lassen.«

Als sich die ersten Wellen des Lachens legten, trat Bogulov an den Rand der Bühne, nahm die Pose eines Redners ein und rezitierte – in immer schnellerem Tempo und undeutlicherer Aussprache – eine improvisierte, hinreißende Parodie auf »Hiawatha's Handschuhe«, mit zungenbrecherischen Reimen, in den Rhythmen des Gedichts von Longfellow. Das Publikum schmolz bei Versen wie folgenden: »Macht sie nur von innen außen, macht sie mit dem Fell nach außen, niemals mit dem Fell nach innen, niemals mit dem Futter außen, immer mit dem Futter innen.« Und plötzlich brach er seinen umwerfenden Un-Sinn mit einem vom Zungenbrechen verrenkten Mund abrupt ab, um der Frau zu erklären: »Da haben Sie, was ein moderner Lyriker von Ihrem lieben Longfellow hält.«

Hinten im Saal erhob sich ein kleiner Herr in den Sechzigern und begann zu reden, in einer Stimme, deren Klarheit seine spürbare Erregung überdeckte. Da es sich um Lukas Yoder handelte, dessen letzter Roman *Die Käserei* auf den Bestsellerlisten ganz oben gestanden hatte, wollten alle hören, wie er auf die Parodien reagierte. »Wir haben soeben einige entzückende Minuten erlebt, in denen ein Dichter, der im vergangenen Jahrhundert ein beträchtliches Maß an Achtung genoß, lächerlich gemacht wurde, und ich stimme durchaus mit Ihnen überein, daß er nach heutigen Maßstäben veraltet ist. Denn er schrieb Gedichte, an denen man Gefallen finden, die man aufsagen, die man mit ihm teilen konnte – was für unsere heutigen Dichter anscheinend nicht mehr gilt.« Solche Beleidigung moderner Lyriker und Dichtkunst löste eine Murren des Protests aus. Yoder ließ sich davon aber nicht beirren: »Ich möchte Sie gern daran erinnern, daß Longfellow auch einen der schönsten Verse überhaupt verfaßt hat: ›Schiffe nachts vorüberzieh'n, sich vorübergleitend grüßen‹. Also gut, da dieser Longfellow den meisten von uns unbekannt ist, muß ich zugeben, die Anschlußverse fallen ab, da sie mit seinen üblichen Sentimentalitäten beladen sind:

›Ein Signal nur, das brennt, eine ferne Stimme im Dunkel.
So auf dem Meer des Lebens zieh'n wir aneinander vorbei,
Ein Blick, eine Stimme, dann wieder Dunkel und
Schweigen.‹

Wie man so schön sagt – er hätte aufhören sollen, als er vorn lag. Aber das hat er nicht getan. Er hat nie gewußt, wann er hätte aufhören sollen, immer mußte er noch seine sentimentale Moral dazugeben. Doch mit dem ersten Vers schrieb er eine Zeile, die für immer lebendig sein und bleiben wird, und ich bezweifle, ob heute abend hier im Saal auch nur einem von uns ein Gleiches gelingt, und deshalb schickt es sich nicht, daß wir den dummen alten Mann lächerlich machen. Er ist nicht in allem lächerlich gewesen.«

Und damit bahnte er sich geräuschvoll seinen Weg an den Sitzen vorbei, nahm seine Frau an der Hand und stapfte aus dem Saal.

Als viele der älteren Zuhörer im Saal seiner Geste applaudierten, hielt ich es für notwendig, mich schützend vor unseren Gast zu stellen, und sprang auf, rot im Gesicht, und hätte mich wahrscheinlich blamiert, wenn nicht Bogulov auf die Bühne gehüpft wäre, Yoders Rücken salutierte und trocken bemerkte: »*Chacun à son goût.*« Wer im Publikum Französisch verstand, gluckste, und gleich darauf gab es Applaus für den Lyriker und seine geschickte Art, eine verspannte Atmosphäre zu entkrampfen.

Ich klatschte nicht mit. Ich starrte auf die Stelle, wo Yoder und seine kleine Frau Emma verschwunden waren. Seine Störung meiner sorgsam vorbereiteten Dichterlesung war ein Akt, der dem Faß den Boden ausschlug; von da an waren Yoder und ich Feinde, denn bei ihm erkannte ich alle die billigen Tricks wieder, gegen die Devlan zu Felde gezogen war.

Weil ich darum bemüht war, mein literarisches Urteil stets klar und offen auszusprechen, schrieb ich für das nächste Heft der College-Zeitschrift *The Martin Luther* einen Leserbrief, der knapp zusammenfaßte, was sich auf der Dichterlesung abgespielt hatte:

Am vergangenen Freitag hatte ich die Ehre, in der Ehemaligen-Aula unserer letzten Dichterlesung zu präsidieren, und das Vergnügen, einen der besten jungen Lyriker unseres Landes vorzustellen, Heintz Bogulov von der Universität Chicago. Wie viele moderne Dichter hat er eine schlechte Meinung von unseren hochgeschätzten, aber unbedeutenden Lyrikern des 19. Jahrhunderts. Zu Recht, wie ich meine, behandelte er viele der pompösen und auf billige Art moralisierenden Verse Longfellows mit Humor.

Ein in unserer Gegend beheimateter Romancier von einigem Ansehen – ein ehemaliger Schüler des Colleges – fühlte sich daraufhin verpflichtet, Bogulov zu rügen und mit Anspruch auf Longfellows Unsterblichkeit einen einzigen Vers aus dem Gesamtwerk dieses Dichters zu zitieren:

›Schiffe nachts vorüberzieh'n, sich vorübergleitend grüßen‹,

um dann die ungewöhnliche These aufzustellen, dieser Vers, der durchaus Verdienst hat, sei ein genügender Grund, Longfellow als wahren Dichter zu betrachten.

Der Abend fand ein abruptes Ende, so daß ich den windigen Argumenten des Romanciers nicht zu widersprechen vermochte. Weil Studenten seine Argumente ernst nehmen könnten, lassen Sie mich aber an dieser Stelle festhalten, daß es in unserem Lande nicht viele ernst zu nehmende Menschen gibt, die Henry Wadsworth Longfellow ernst nehmen. Er war ein Poetaster – kein Poet.

Karl Streibert
Professor für Englische Literatur

Ich hatte meine Kriegserklärung öffentlich ausgesprochen – und die Absicht, dabei zu bleiben.

Meine Feindseligkeit gegenüber Yoder hatte keine Zeit zu schwären, weil ein unerwarteter Anruf meine ganze Aufmerksamkeit auf einen der befriedigendsten Aspekte der pädagogischen Arbeit lenkte, nämlich die Einschreibung eines begabten neuen Schülers, der aufgrund bereits erwiesener Fähigkeiten besondere Aufmerksamkeit verdiente. Der Anruf kam von Präsident Rossiter: »Sie finden mich im Sitzungsraum des Kuratoriums. Wir möchten einen äußerst begabten jungen Mann für unser College gewinnen.«

Als ich den noblen Raum betrat, der den hohen Würdenträgern vorbehalten war, die das College verwalteten und für seine Finanzen sorgten, fand ich Rossiter – einen onkelhaften, adrett gekleideten Managertyp in den frühen Fünfzigern – bereits ganz aufgeregt vor: »Jane Garland, ein tatkräftiges Mitglied unseres Kuratoriums, hat den Wunsch ausgesprochen, Sie persönlich kennenzulernen.«

Das kam für mich überraschend; denn obwohl ich wußte, daß Mrs. Garland, die wohlhabende Witwe eines früheren Generaldirektors bei einer Stahlfirma, am College Anteil nahm und ein paar Meilen westlich ein Landhaus besaß, hätte ich doch nicht gewußt, warum sie von mir gehört haben sollte. »Sie ist enorm wichtig für uns, Streibert. Sie müssen ihr zu Gefallen sein, soweit es eben geht. Sie verwaltet ein immenses Vermögen, und wenn sie uns in der Vergangenheit auch schon großzügig bedacht hat, so bleibt der Hauptteil ihres Vermögens offen. Außerdem ist sie eine besonders angenehme Gesellschaft – eine sehr intelligente Frau.«

In dem Augenblick wurde auch schon die Tür aufgestoßen, und da stand eine stattliche Dame in den späten Sechzigern, das blausilberne Haar sauber nach hinten gekämmt, in einem eleganten, unaufdringlichen Kostüm. Sie hatte ein warmes und großherziges Lächeln, und mit einem Nicken zum Präsidenten hin trat sie direkt auf mich zu und reichte mir die

Hand. »Ich bin Jane Garland. Herzlich willkommen in dem Raum, den ich als mein zweites Zuhause betrachte. Könnten Sie uns etwas zu trinken besorgen, Norman? Wir wollen doch nicht gar so förmlich sein.«

Weil ich der beeindruckenden Frau alle Aufmerksamkeit schenkte, hatte ich nicht gleich bemerkt, daß etwas mein Bein streifte, und sah den lohfarbenen Labrador erst, als ich zufällig den Blick senkte. Er schaute mich aus großen Augen an. »Das ist Xerxes«, sagte Mrs. Garland. »Tut keiner Fliege etwas zuleide. Und das ist der Grund für meinen Besuch heute – mein Enkel Timothy. Es ist sein Hund. Ich habe ihm verboten, ihn mitzunehmen.«

Und der Junge – ich erinnerte mich sofort wieder an ihn – war jener hinreißende Jüngling, der die beiden Dichter aus Boston fasziniert hatte, und er hatte nichts von seiner Ausstrahlungskraft verloren. Ich dachte: wie wunderbar, ihm wieder zu begegnen und diesmal auch mit ihm sprechen zu können. »Ich erinnere mich an Sie. Sie sind der Junge, dem Eliot lieber ist als Frost.«

Offenbar konnte er sich umgekehrt nicht an mich erinnern, nickte jedoch höflich. Eine Strähne schwarzen Haares fiel ihm in die Stirn, und seine durchdringenden blauen Augen funkelten, als er sich im Raum umsah und uns musterte. Er war weder übertrieben scheu, noch schien er sich in der Umgebung unwohl zu fühlen, und meine erste Reaktion war: »Ein hellwacher Bursche« – ein Urteil, das sich im Verlauf der Unterredung bestätigen sollte.

Wir bekamen Cola zu trinken. »Wir wollen uns einen bequemen Stuhl suchen«, meinte Mrs. Garland, und als der junge Timothy sich setzte und Xerxes sich neben ihm niederließ, fügte sie hinzu: »Präsident Rossiter, Sie dürfen uns gern allein lassen. Wir müssen uns gegenseitig prüfen, der Herr Professor und ich«, und ihr freundliches Lächeln machte es Rossiter leicht, den Raum zu verlassen.

Kaum war er fort, da begann sie in klaren, fast gehetzten

Sätzen zu sprechen, weil sie vieles bedenken müsse, bevor sie die Zukunft ihre Enkels in meine Hände legte; um der Fairneß willen lege sie aber Wert darauf, daß ich wisse, wer die Garlands seien: »Larrimore – mein Mann – war Generaldirektor der größten Stahlfirma in der Umgebung. Er war auch Vorsitzender des Kuratoriums bei diesem College und ein wichtiger Förderer seiner Football-Mannschaft. Wer er war, das erklärt Ihnen das Porträt dort drüben besser, als es alle Worte vermöchten.«

Das Bild, von dem sie sprach, hob sich krass ab von all den Ebenbildern selbstzufriedener Geschäftsleute in ihren Sechzigern, die sich so ähnlich sahen, daß sie hätten Brüder sein können, was sie in gewissem Sinne ja auch gewesen waren. Larrimore hatte mit einem Stahlarbeiterhelm abgebildet werden wollen, und zwar nicht allein, in Pose, sondern mit drei Mitarbeitern. Es war, wie Mrs. Garland erklärte, das Bild eines unmittelbar an den Dingen beteiligten Menschen, und so sei er im Leben auch gewesen. Mit einem Lächeln zum Bild hin meinte sie: »Nach seinem Tod wurde ich gebeten, an seiner Stelle den Vorsitz des Kuratoriums zu übernehmen, was ich allerdings abgelehnt habe. Mitglied, ja. Vorsitzende, nein.« Sie ließ mich nicht wissen, daß sie dem College zu Ehren ihres Mannes vier Millionen Dollar gestiftet hatte; in dem Vermögen, das Larrimore durch kluge Verwaltung seines Erbes und Einkommens zusammengebracht hatte, hinterließ die Spende keine schmerzliche Lücke.

Sie bat ihren Enkel, uns einen Augenblick allein zu lassen, worauf er höflich nickte, sich verbeugte, Xerxes rief und sich zurückzog. »Was für ein höflicher junger Mann«, merkte ich an. Sie lachte: »Sie hätten ihn vor zwei Jahren sehen sollen: reif für die Besserungsanstalt!«

In einer Bekundung jener erstaunlichen Offenheit, für die sie bekannt war, gab mir Mrs. Garland zu verstehen: »Mein einziges Kind, Clara, Gott sei ihrer rebellischen Seele gnädig, war eine furchtbare Enttäuschung. Hat das Studium an meinem altem College Vassar nicht geschafft und lief fort, um einen absolut wertlosen Kerl von der Stahlhütte zu heiraten, Thomas Tull, den sogar seine eigene Mutter verachtet hat. Mein Mann und ich, wir haben von Anfang an gewußt, daß diese traurige Ehe zum Scheitern verurteilt war. Doch selbst da hat uns Erbarmen gepackt, als meine Tochter bei einem grausigen Unfall auf der Rhenish Road südlich von meinem Haus ums Leben kam. Beide Fahrer betrunken. Alle sechs Insassen tot.«

»Und Sie haben die Fürsorge für Timothy übernommen?«

»Nicht in ausreichendem Maße. Ja. Ein sehr aufgeweckter Junge, aber dickköpfig wie seine Mutter. Zwei schwierige Jahre in der öffentlichen High School in Reading, dann hat er, Gott sei Dank, auf eine Schule in Pottstown gewechselt. ›The Hill‹. Sie müssen von ihr gehört haben. Eine der besten Schulen im Land. Strenge Disziplin, solider Unterricht – das ist für so einen wie Timothy eine gute Kombination.« Sie legte sich die Finger an die Lippen und pfiff einmal laut, woraufhin der Junge mit seinem Hund wieder in den Saal kam.

»Ich habe Professor Streibert von deinen guten zwei Jahren in The Hill berichtet.« Ich merkte, daß Timothy nicht die übliche Verlegenheit von Jungen seines Alters an den Tag legte, wenn ältere Menschen über sie sprechen. Mrs. Garland meinte gutmütig: »In der neuen Schule wachte Timothy auf, und da wurde uns klar – Timothy selbst, seinen Lehrern und mir –, daß er außergewöhnlich begabt war, vor allem im Gebrauch der Sprache. Er wurde bald in eine Klasse nur für Jungen gesteckt, die ihre College-Prüfungen bereits bestanden hatten und an besseren Colleges weiterstudieren sollten wie den Großen Drei oder an kleineren Institutionen mit achtbarer Reputation wie Haverford oder Trinity in Hartford.«

»Er hat gut abgeschnitten?«

»Timothy, zeig Herrn Professor Streibert bitte die Semesterarbeiten, die du mitgebracht hast«, und als ich sie sah, fielen mir fast die Augen aus: »Erzähltechniken in der *Blechtrom-*

mel von Günter Grass« und »Chushingara, ein Prototyp des modernen japanischen Konzerns«.

»Wie bist du auf solche Themen gekommen?«

»Ich habe viel gelesen und viel zugehört. Ein Artikel in der Zeitschrift *Fortune* gab einen Hinweis auf die japanische Firma, dem habe ich dann nachrecherchiert.«

»Aber der deutsche Roman?«

»Ich habe in Zeitschriften gelesen, er sei erstklassig. In *Time* und in *Newsweek*.«

Ich klopfte auf die beiden fein säuberlich getippten Aufsätze. »Wenn sie gut sind«, sagte ich zu Mrs. Garland, »wäre so etwas selbst für Oberklässler im College sehr außergewöhnlich.«

»Sie sind sehr gut. Ich habe beide gelesen.« Timothy sagte nichts. Und dann erklärte Mrs. Garland mir, warum sie mich hatte kennenlernen wollen. »Im Herbst wird Timothy fast siebzehn sein. Seine Prüfungsergebnisse qualifizieren ihn für ein College...«

»Seine persönliche Reife? Im menschlichen Umgang?«

»Nun, in Reading hat es ein paar potentiell unangenehme Vorfälle gegeben, nicht wahr, Timothy?«

»Ohne Bedeutung.« Timothy zuckte die Schultern.

»Aber dafür ist eine harte Schule wie The Hill bekannt. Bringt aufsässige Jungen zur Vernunft...«

»Ich bin nie aufsässig gewesen. Nur neugierig«, erklärte Timothy, und ich dachte: So ein Interview ist mir noch nie vorgekommen. Entweder die beiden sind verrückt oder Genies. Mrs. Garland gab weitere Informationen preis, die einen durchschnittlichen Teenager, ganz gleich, ob Junge oder Mädchen, entsetzt hätten: »Der englische Fachvorstand, ein Mann von scharfem Verstand«, berichtete Mrs. Garland, »hat Ihren Namen genannt. ›Es wäre mir gar nicht recht‹, hat er mir gesagt, ›wenn Timothy in eine riesige Institution wie die Universität von Chicago geraten würde, wo er in irgendeinem Quartier außerhalb des Campus leben müßte. Sie sind aber doch

Kuratoriumsmitglied beim Mecklenberg College, und das liegt nur ein paar Meilen entfernt, ich würde es dort einmal versuchen. Ihr Enkel hat College-Reife.‹

›Ich bin Mecklenberg zu eng verbunden, um es beurteilen zu können‹, hab' ich ihm gesagt und wissen wollen, ob er Mecklenberg für ein gutes College halte.

›Es ist natürlich nicht Harvard‹, hat er gesagt, ›auch nicht Amherst, aber doch sehr anständig. Und es gibt da einen ausgezeichneten Lehrer für kreatives Schreiben. Ein paar unserer Fakultätsmitglieder haben sich seine Vorlesungen angehört – ein guter Mann.‹

›Ihren persönlichen Rat, bitte!‹ habe ich gesagt, und er: ›Ich meine, Sie sollten mit ihm hingehen.‹

Und deshalb«, schloß Mrs. Garland, »frage ich Sie nun, Herr Professor Streibert: Würden Sie ihn in Ihren Kursen für Fortgeschrittene als Schüler aufnehmen?«

Ich mußte die Fäuste zusammenballen, um es nicht laut herauszuschreien: »Und ob ich ihn aufnehme!« Ich zwang mich zur Ruhe: »Es wäre mir eine Ehre, einen neuen Studenten aufzunehmen, der solche Aufsätze geschrieben hat.«

Als der junge Tull im Herbstsemester 1985 aufs College kam, hielt ich es für besser, ihn nicht gleich in den Schreibkurs für Fortgeschrittene aufzunehmen, um ihn zunächst einmal an die ganz normale Routine des Lebens im College zu gewöhnen. Ich behielt ihn fürsorglich im Auge und war überrascht, daß er fast gar nicht auffiel: Er war ein wenig größer als der Durchschnitt, ein wenig teurer gekleidet, trug die Haare im Nacken ein bißchen länger, als es in The Hill gestattet war, aber nicht so lang wie andere Studenten, und pflegte ein leises Auftreten, das zu sagen schien: Vielleicht bin ich ja auf der High School kein Mannschaftsführer im Football gewesen, aber ich bin Sechster in einer guten Tennismannschaft.

Er verhielt sich anderen Studenten gegenüber nicht scheu, suchte aber im ersten Semester auch keinen Anschluß. Er studierte nur wie wild, um zu sehen, ob er mit den anderen, ein wenig älteren, mithalten konnte, und als er sich schon bald insofern befriedigt sah, daß er sich nicht nur behaupten konnte, sondern sie sogar übertraf, war er zum nächsten Schritt bereit.

Die Art seines Vorgehens überraschte mich. Er entschied sich für Tennis, wurde in die Hallenmannschaft aufgenommen, versuchte sich an Touch-Football, einer freieren Abart des üblichen Spiels, nahm an allen Schulbällen teil – wobei ich häufig die Aufsicht führte – und tanzte Schritte und Figuren, wie ich sie bis dahin noch nie gesehen hatte. Er machte den Eindruck eines typischen Erstsemesters, maskierte damit jedoch nur seinen Drang nach Leistungen, die weit über seine Jahre hinausgingen. Während des Winters 1986 kam er in der Zeit zwischen den Semestern wie ein älterer Student mit guten Noten auf mich zu und bat um Erlaubnis, am Kurs für Fortgeschrittene teilnehmen zu dürfen, und ich führte mit ihm ein Aufnahmegespräch, als ob ich ihm noch nie begegnet wäre. In der zwanzigminütigen Prüfung bewies er eine so phänomenale Beherrschung der englischen Sprache und ein so großes Interesses am Schreiben, daß ich ihm schließlich erklärte: »Ich erinnere mich natürlich an die beiden Aufsätze, die Sie mir beim Antrittsbesuch mit Ihrer Großmutter vorlegten. Es ist nur so, daß Bewerber hier Arbeiten einreichen müssen, die sie während des unmittelbar zurückliegenden Semesters geschrieben haben. Ich bräuchte also irgend etwas Getipptes von Ihnen«

»Ich arbeite nicht mit Schreibmaschine, Sir. Ich gebe alles direkt in den PC ein.«

»Und wie sehen Ihre Texte aus? Ich meine, korrigieren Sie sie nach, mit der Hand?«

»Ich würde nie eine Erstfassung vorzeigen. Die meisten sind schrecklich.«

»Darf ich trotzdem einmal etwas sehen? Vielleicht genügt es schon den Anforderungen.«

»Gewiß. Ich hebe alles auf«, und er verschwand für ein paar Minuten, um eine kleine Mappe mit Texten zu holen, an denen er jüngst gearbeitet hatte.

Sie waren, wie ich sofort bemerkte, zweimal handschriftlich stark durchkorrigiert und in der Neufassung wieder mit dem PC erfaßt worden. Er ist bereits ein Profi, sagte ich mir. Er könnte binnen eines Jahres einen Verlag finden – sofern er etwas zu sagen hat.

»Mein Kurs für das Wintersemester beginnt am Dienstag um zehn in meinem Lehrsaal«, sagte ich laut. »Sie sind mir willkommen. Sie werden mit Abstand der Jüngste sein, nicht wahr? Und es kann sein, daß die Themen, über die die anderen schreiben, Ihren Erfahrungshorizont übersteigen. Aber wenn Sie teilnehmen möchten …«

»Ich werde mir Mühe geben, Herr Professor Streibert. Wenn mich etwas wirklich interessiert, dann schaffe ich es auch.«

»Und Sie haben den ernsthaften Wunsch, Schriftsteller zu werden?«

»Ja.«

Ich empfand plötzlich ein heftiges Verlangen, mehr über diesen Jungen und sein außergewöhnliches Talent zu erfahren. »Wie ist es dazu gekommen? Ihr Vater, Ihre Mutter – haben sie viel gelesen?«

»Genaugenommen waren beide Analphabeten. Beide kamen ums Leben, als ich sechs Jahre alt war. Großmutter nahm mich bei sich auf und hat mir jeden Abend vorgelesen – keine Kinderbücher –, und sie hat mich auch dazu angeregt, selbst Geschichten zu schreiben.«

»Was für Geschichten haben Sie denn geschrieben?«

»Alles. Je nachdem, was sie mir vorgelesen hat – wenn es mir gefiel.«

»Besitzen Sie noch Geschichten von damals?«

»Ich werfe nie etwas weg.«

Der Junge sagte wahrscheinlich die Wahrheit. Also fragte

ich: »Könnten Sie mir, wenn Sie das nächste Mal nach Hause fahren …?«

»Ich habe einen ganzen Karton solcher Geschichten bei mir im Schlafsaal.«

»Aus allen Perioden?«

»Ja.«

»Dürfte ich drei lesen – eine aus der frühen, eine der mittleren und eine aus neuerer Zeit?«

»Es wäre mir eine Ehre, wenn Sie sich die Zeit nehmen würden, Sir.«

»Wo haben Sie gelernt, ›Sir‹ zu sagen?«

»Auf der Schule, Sir, in The Hill. Großmutter hatte Angst, auf einer öffentlichen High School könnte ich Probleme bekommen. Das war eine unnötige Sorge. Ich habe damals nur mit allen möglichen Sachen herumexperimentiert – mit Motorrädern, mit Computern – und nicht viel studiert. Deshalb hat sie mich nach The Hill geschickt, und dort ist man ziemlich streng.«

»Haben Sie an der Schülerzeitschrift mitgearbeitet?«

»Ich habe sie zum größten Teil selber geschrieben. Ich werde Ihnen ein paar Nummern mitbringen«, und wenige Minuten später legte er mir drei lange Geschichten und drei Hefte der Schülerzeitschrift vor, die ich förmlich entgegennahm. »Ich werde sie mit großer Aufmerksamkeit lesen«, versprach ich, »denn wenn Sie so gut mit der Sprache und mit Ideen umzugehen verstehen, wie es den Anschein hat« – ich sah ihm direkt in die Augen –, »werden Sie in meiner Klasse eine revolutionäre Zeit durchmachen.« Ich erhob mich, schüttelte ihm die Hand und sagte an der Tür. »Bringen Sie Ihre Unterlagen in Ordnung, Tim …«

»Das hab' ich nicht gern. Nennen Sie mich doch bitte Timothy, wenn Sie die Güte haben könnten.«

»Bringen Sie Ihre Papiere in Ordnung, Timothy. Wir werden nämlich einen entscheidenden Test machen – um zu sehen, ob Sie tatsächlich ein Schriftsteller sind.«

Es war pure Ironie. Nachdem ich Lukas Yoder im Herbst 1986 den Fehdehandschuh hingeworfen hatte, wurde ich in eine dramatische Konfrontation katapultiert, die mich ihm als Menschen gegenüber freundlicher stimmte, obwohl ich seine blöde Art zu schreiben nach wie vor ablehnte. Ich war noch nicht einmal rasiert, als eines Morgens Präsident Rossiter bei mir anrief. »Ich brauche Sie umgehend im Sitzungssaal des Kuratoriums. Man hat ausdrücklich um Ihre Anwesenheit ersucht. Ich muß gestehen, daß ich den Grund selbst nicht weiß.«

»Wer?«

»Lukas Yoder und seine Frau. Die beiden sind wirklich Frühaufsteher.«

Ich rasierte mich mit so großer Nervosität, daß ich mich beinahe sogar geschnitten hätte; ich konnte mir nämlich gar nicht vorstellen, warum die Yoders nach meiner Attacke in *The Martin Luther* auf meine Anwesenheit Wert legten. Waren sie etwa gekommen, um sich bei Präsident Rossiter über mich zu beschweren? Befand ich mich, der brüsken Einladung durch Präsident Rossiter nach zu urteilen, in ernsthaften Schwierigkeiten? »Zum Teufel mit den Yoders«, sagte ich laut. Es war mir stets unangenehm gewesen, mich mit Gegnern in der Öffentlichkeit auseinanderzusetzen. Ich kämpfe lieber mittels des gedruckten Wortes. Und die bevorstehende Konfrontation könnte recht häßlich werden; Lukas selbst war zwar im Umgang sanftmütig, seine Frau aber war, wie ich gehört hatte, eine wahre Löwin, wenn es darum ging, sein Ansehen zu verteidigen – und ich hatte ihn angegriffen. Ich begab mich in nicht gerade optimistischer Gemütsverfassung zum Morgentermin.

Als Präsident Rossiter und ich eine Viertelstunde später aus dem Fenster des Kuratoriumssaals schauten, sahen wir einen im Umkreis von Dresden vertrauten Anblick. Auf dem mit Ziegelsteinen ausgelegten Fußweg kam mit forschem, festem Schritt Mrs. Yoder anmarschiert und drehte sich dabei von

Zeit zu Zeit nach hinten um, um ganz sicher zu gehen, daß ihr Mann auch folgte. Und da kam er schon, ein farbloser Geselle mit halbem Lächeln, der hier und da beim Anblick eines Vogels oder einer Blume den Schritt verhielt, und mir ging es wie Rossiter: Ich hatte keine Ahnung, warum sie herkamen.

Als sie den holzgetäfelten Raum betraten, rechnete ich zumindest mit einer gewissen Kälte, wenn nicht gar mit einem augenblicklichen Angriff, doch zu meiner Erleichterung grüßten mich die beiden beinahe herzlich. »Einen guten Morgen, Herr Professor Streibert. Verzeihen Sie, daß wir Sie so früh aus den Federn geholt haben.« Ich atmete auf.

Das Gespräch führte Mrs. Yoder. »Seit *Hexen* hat Lukas mit seinen Romanen einen aufsehenerregenden Erfolg gehabt, und die Verlagsmitarbeiter, insbesondere Ms. Marmelle, seine persönliche Lektorin ...«

»Sie ist auch die Lektorin von fünfzig anderen Autoren«, korrigierte Lukas.

»Also, man rechnet damit, daß er im Rahmen der Grenzler-Reihe noch zwei oder drei weitere Romane schreiben könnte. Die ersten vier Romane der Reihe sind wie von den Toten auferstanden – sensationell, sagt man uns.«

»Das muß Sie ganz besonders freuen«, meinte Präsident Rossiter, doch Emma, die in Bryn Mawr auch Ökonomie studiert hatte, verbesserte ihn: »Besonders lohnend war der Verkauf von fast einer Million Exemplare des Romans *Die Käserei*, und laut Ms. Marmelle dürfte der nächste Roman diesen Rekord noch brechen.«

»Es wird einen nächsten geben?«

Sie beugte sich vor, um mit den Knöcheln auf Holz zu klopfen. »Wenn er gesund bleibt«, sagte sie, worauf Yoder korrigierte: »Wenn wir beide gesund bleiben.«

»Das wäre sicherlich eine Voraussetzung«, bekräftigte Rossiter. »Aber ihr pennsylvanisch-deutschen Bauern lebt ja, Gott sei Dank, ewig.« Mehr fiel ihm dazu nicht ein – doch Emma schon, und sie sprach es auch couragiert aus: »Wir haben nachgedacht. Lukas verdankt, wie er glaubt, alles diesem College. Ich gebe ihm recht. Deshalb haben wir beschlossen, unser gutes Glück mit Ihnen zu teilen. Wir wollen, um es so auszudrücken, einen Teil des Erlöses, den er aus seinen vergangenen Romanen verdient hat, gewissermaßen als Zehnten spenden und versprechen mehr für den Fall, daß die nächsten Bücher erfolgreich sind.« Bevor Rossiter sich äußern konnte, fügte sie rasch hinzu: »Sie werden natürlich verstehen, daß ein gewisser Teil, ein geringerer selbstverständlich, Bryn Mawr zusteht. Auch ich habe dazu beigetragen, das Geld zu verdienen.«

»Ich habe gehört, daß Sie viele Jahre lang in Souderton unterrichtet haben«, erwähnte Rossiter mit einem Lächeln.

»Bedenken Sie bitte«, sagte Lukas, »ich arbeite zu Hause, und das ist für eine Frau anstrengend. Sie hat die Hälfte von allem verdient.«

»Ich will nicht die Hälfte«, widersprach Emma. »Aber Mädchen-Colleges brauchen auch Spenden, und ich werde dafür sorgen, daß mein College etwas abkriegt.«

»Eine bewundernswerte Idee«, pflichtete ihr Rossiter bei, der darauf brannte zu erfahren, an welche Summe sie für Mecklenberg gedacht hatte, aber zu höflich war, direkt danach zu fragen.

Mir war immer noch schleierhaft, warum ich zu dieser Unterredung geladen worden war, und da weder Rossiter noch ich eine Vorstellung von der Größe der Spende hatten, die den Yoders vorschwebte, verharrten wir beide in verlegenem Schweigen, bis Emma das Wort ergriff. »Wir haben einen Scheck mitgebracht, Präsident Rossiter, mit der Zusage eines weiteren Schecks für das nächste Jahr, wenn wir wissen, wie sich unsere finanzielle Situation entwickelt.« Sie holte ihn hervor, hielt ihn jedoch in ihrer Hand fest.

Als sie den Scheck schließlich überreichte und er die Ziffer sah – eine Million Dollar –, stockte ihm der Atem und er rief in aufrichtiger Verwirrung: »Du meine Güte! Ich habe ja gewußt, daß Sie sich Ihrem alten College verbunden fühlen, Lukas, aber das ist schlicht überwältigend.« Er begann ganz nervös zu lachen. »Daß Romane sich in solcher Größenordnung verkaufen, hat mir nie jemand gesagt.«

»Tun die meisten auch nicht«, kommentierte Emma, »wir haben Glück gehabt und wissen das zu schätzen.«

Die Yoders erläuterten eine halbe Stunde lang, nach welchen Regeln sie diese Spende – wie auch die folgenden – genutzt sehen wollten. Gewöhnlich sprach Emma. »Davon darf nichts an die Öffentlichkeit kommen. Nur das Kuratorium soll davon erfahren. Wir möchten nicht, daß unsere Namen irgendwo als Spender auftauchen. Und vor allem: Das Geld darf nicht zum Errichten von Gebäuden verwendet werden. Auf keinen Fall. Dafür können Sie sich an andere wenden, mit dem Versprechen, daß ihre Namen auf der Fassade erscheinen.« Und dann kam sie endlich auf mich zu sprechen. »Unser Geld ist für Bücher und für alles, was mit ihnen zusammenhängt. Für die Studenten, die später einmal Bücher schreiben werden. Für Bibliotheken, in denen sie aufbewahrt werden. Bei solcher Zwecksetzung sollte unserer Meinung nach Professor Streibert ein entscheidendes Mitspracherecht haben, wie das Geld konkret verwendet wird.«

»Selbstverständlich!« versprach Präsident Rossiter. »Er ist dafür in unserem Haus der Fachmann«, und fügte rasch noch hinzu: »So wie dafür bei unseren Ehemaligen Lukas der Fachmann ist.« Sein Lächeln verflog – als College-Präsident hatte er eine Frage zu stellen: »Zwischen Ihnen beiden herrscht doch nicht etwa Mißstimmung? Wir könnten keine Konstellation zulassen, die Konfliktstoff enthielte – zum Schaden des Colleges.«

»Ach wo!« meinte Yoder fröhlich.

»Ich meine … Ihre öffentlichen Meinungsverschiedenheiten in Sachen Longfellow?«

»Ein rein akademischer Schlagabtausch!« erklärte Yoder. »Solche Dinge halten ein College lebendig.«

»Und der ziemlich scharfe Leserbrief, den Professor Streibert in unserer College-Zeitschrift veröffentlichte?«

»Den habe ich nicht gesehen«, sagte Yoder, dessen Gesicht Unschuld ausstrahlte. »Aber ich habe ihn gelesen«, räumte Mrs. Yoder ein, »und mir hat er gar nicht gefallen, aber Lukas liest möglichst nichts von all dem, was über ihn geschrieben wird, und darum habe ich ihm den Brief auch nicht gezeigt.«

Ich war wie vor den Kopf geschlagen. Ich hatte angenommen, ich trüge mit einem bedeutenden Widersacher wegen einer bedeutsamen Sache, nämlich des Wesens der Dichtung, ein Duell aus, und er wußte nicht einmal, daß ich einen Schuß abgegeben hatte. Und was noch unglaublicher schien – er war mein intellektueller Widersacher und bot mir die Treuhänderschaft an für eine Million Dollar, als ob zwischen uns gar nichts vorgefallen wäre. Mir wurde schwindelig, und dann wurde mir klar, daß dieser stille, kleine Mann wirklich ganz aus sich selbst lebte, ohne Wissen von allem, was er nicht in irgendeiner Form für sich persönlich wichtig nahm. Er war ein primitiver Künstler, völlig selbstgesteuert und für Literaturkritiker unerreichbar. Ich empfand fast so etwas wie Ehrfurcht.

»Wir haben«, sagte er nun selbst, »ein Memorandum verfaßt, das die Bedingungen festhält, die meine Frau eben erwähnt hat. Wir meinen jede einzelne genau so, wie es da geschrieben steht – mit vollem Ernst. Rufen Sie einen Urkundenbeamten, damit wir es beurkunden«, und als der Kanzleisekretär des Colleges mit Stempelkissen und Siegel hereinkam, legte Yoder ein weißes Blatt so über die Seite, daß die sensationelle Summe verdeckt blieb, und die Formalitäten wurden besiegelt.

Ich beobachtete das Ereignis in einer Art moralischer Verwirrung. Ich hatte Yoder abgelehnt, weil er literarisch für Dinge stand, die ich verachtete – volkstümliche Kunst, geistig unbedeutende Romane und einen stumpfsinnigen Stil –, und da stand er nun und gab mir eine Million Dollar, um die Arbeit meiner Abteilung voranzutreiben. Ich war zu perplex und beschämt, um ihm zu danken, aber darum kümmerte sich Präsident Rossiter.

Als wir die Yoders zu dem alten Buick begleiteten, den die meisten Studenten nicht geschenkt hätten haben wollen, erklärte Rossiter: »Alle Colleges erhalten, Gott sei Dank, Spenden, doch selten in so großzügiger Weise und selten aus so großzügigen Beweggründen.«

»Es wird noch mehr geben«, versprach Emma, »wenn ich ihn an seiner Schreibmaschine halten kann«, und als die beiden davonfuhren, sagte der Präsident zu mir: »Streibert, wir werden Ihnen, wie es aussieht, mehr Verantwortung und weitere Kompetenzen übertragen. Nun hören Sie mir aber bloß auf, das Nest zu beschmutzen. Es reicht schon so.«

In den trüben Wochen des Jahres 1987 zwischen Thanksgiving Day und Weihnachten, als mir nichts von Bedeutung gelang, ließ sich Ms. Marmelle im Gasthof »Dresden China« nieder, ohne daß dazu ein beruflicher Anlaß bestanden hätte; sie kam auf Urlaub, und zum erstenmal sah ich Anzeichen der Energie, von der diese außergewöhnliche Frau getrieben wurde. Ihr Leben in New York war zur Routine geworden. Ihre Eltern waren gestorben, persönliche Freundschaften hatte sie kaum, nur berufsbedingte Bekanntschaften. Entscheidend war wohl auch, das New York für alleinstehende Frauen gefährlich geworden war, so daß unsere kleine, ruhige Stadt ihr wie ein Zufluchtsort vorgekommen sein muß, vor allem während der Ferien, wenn Menschen Geselligkeit suchen. Und außerdem wohnten in der Nachbarschaft zwei ihrer Autoren, und durch meine Empfehlung sollte sie hier zwei weitere finden. Es war verständlich, warum sie sich als Heimat ihres Herzens Dresden ausgesucht hatte.

Der offizielle Grund für ihre Anreise war eine Nachricht von Yoder, er habe die erste Fassung des siebten Grenzler-Romans abgeschlossen – ein elendes Machwerk mit dem Titel *Felder*; und er hatte den Vorschlag gemacht, sie solle sich das Manuskript mit Blick auf eine Publikation 1988 einmal ansehen. Sie rief an, teilte mir mit, sie würde im Gasthof wohnen und hätte kurz Zeit für mich, holte sich auf Yoders Hof schleunigst das Skript ab und überflog es begierig im Gasthof, in ihrer Ecke mit Meißner Porzellanfiguren. Dort fand ich sie beim Lesen.

»Yoder-Standard«, sagte sie, um hastig zu ergänzen: »Es ist sehr gut.«

Wie um mir zu versichern, daß auch ich in ihren Plänen eine wichtige Rolle spiele, erklärte sie: »Ihr Brief über den vielversprechenden jungen Mann in Ihrer Klasse hat mich sehr interessiert. Davon träumen Lektoren in New York: Ein Lehrer für kreatives Schreiben an einer guten Hochschule schickt eine begeisterte Mitteilung: ›Ich glaube, ich habe einen wirklich guten Autor entdeckt. Werfen Sie doch mal einen Blick auf ihn.‹« In diesem Fall hatte ich folgende Mitteilung gemacht: »Der Junge ist erst neunzehn Jahre alt, könnte aber der neue Truman Capote werden. Die gleiche respektlose Art zu denken. Bitte rufen Sie an, wenn Sie das nächste Mal in der Gegend sind.«

Um eine Lektorin zu locken, die davon träumte, den neuen Gore Vidal oder einen Klon von Françoise Sagan zu finden, hatte ich genau den richtigen Ton getroffen. »Ein wahres Talent, einen neuen, unverbrauchten Autor auf den Weg bringen zu dürfen«, gab Yvonne mir später einmal zu verstehen, »das wäre eine Wohltat nach dem ewigen Ausstoß von immer dem gleichen Schmarrn, den müde Lohnschreiber über fünfzig produzieren, die noch nie was zu sagen hatten – jetzt so wenig wie früher.«

Ich informierte sie: »Der Junge heißt Timothy Tull. Seine Großmutter ist die große alte Dame der Gegend. Ziemlich wohlhabend. Ihre Tochter – also, die Mutter des Jungen – machte eine absolut gräßliche Mésalliance mit einer Null namens Tull, der einen Sohn zeugte und sich nebst Ehefrau mit einem Verkehrsunfall in volltrunkenem Zustand umbrachte. Der Junge – er wird gleich mit seiner Großmutter eintreffen –

war frühreif, hätte sich damit aus einer Schule beinahe hinauskomplimentiert, in einer besseren Schule schnitt er dann hervorragend ab, und vor zwei Jahren fiel er mir in die Hände. Ich habe im Grunde nur wenig getan, ihn zu formen. Er lebt ganz aus eigenem Antrieb. Zu meiner Überraschung kommt er jetzt plötzlich mit einem kompletten Manuskript, das Sie aus der Fassung bringen wird. Ich persönlich halte es, so wie es ist, für druckreif. Möglicherweise meinen Sie aber, wenn Sie nach der Lektüre wieder bei Verstand sind: noch nicht ganz.« Ich hielt inne und nahm mich ein wenig zurück: »Jedenfalls wird dieser Junge früher oder später...«

»Sie hatten sein Alter in Ihrem Brief erwähnt, an mehr kann ich mich aber nicht erinnern.«

»Knapp zwanzig.«

»Alt genug. Aber vergessen Sie nie den Jungen beim Verlag Putnams. Ein Teenager-Wunder. Ein fantastischer Start. Verpufft. Das Gleiche wie bei der jungen Tochter des Autors aus dem südpazifischen Raum, Frisbie. Ich rate zu Vorsicht.«

Ich wollte mein Porträt des Musterschülers ausmalen, da betrat Timothy Tull mit seiner Großmutter das Foyer, kam direkt auf uns zu, stellte sich und die Großmutter vor und bemerkte ohne ein Zeichen von Verlegenheit: »Nicht wahr, es ist ziemlich albern von mir, meine Großmutter mitzubringen? Aber sie hat alles in der Hand. Auch mich.« Ms. Marmelle mochte ihn, wie ich bemerkte, auf der Stelle.

Auf Timothys Manuskript war Ms. Marmelle allerdings nicht im geringsten vorbereitet. Es war wundervoll gedruckt, 236 Seiten, auf kostbarem weißen Papier, das fast knisterte, so schwer und teuer war es. Die Seiten waren ohne erkennbare Paginierung. Der Text war unterschiedlich auf die Seiten gestellt, je nachdem: auf dem Kopf; quer; auf dem Kopf und quer; normal. Timothy hatte ihn in sechs unterschiedlichen Schriftarten ausgedruckt, mit sechs verschiedenen Abständen zwischen den Zeilen, gelegentlich war eine Seite nur kursiv, eine andere halbfett gedruckt. Das Ganze war ein herrliches

Puzzle. Die Seiten begannen mitten im Satz, und so hörten sie auch auf. Und vor allem waren sie überhaupt nicht geordnet. Sie waren das reinste Wunder und rechtfertigten den Titel, den der Junge gewählt hatte.

»Ich nenne es *Kaleidoskop*«, sagte er, als ob er voller Stolz seinem Baby einen Namen gäbe. »Wie das Spielzeug, in dem am anderen Ende eines Sehrohrs bewegliche Bruchstücke aus Glas und Metall verstreut liegen, und man dreht das Rohr und schaut sich durch ein Vergrößerungsglas die Splitter am Ende an. Die Muster, die sie bilden, können sehr schön sein.«

»Haben Sie diese Beschreibung schriftlich festgehalten?« erkundigte sich Yvonne, und er antwortete mit einer vagen Geste der Hand: »Sie steht irgendwo da drin.«

»Sie hoffen, Schriftsteller zu werden?« fragte sie, und ich warf ein: »Er ist bereits einer.«

»Ich habe die Frage an Mr. Tull gerichtet«, bemerkte Yvonne, und Timothy erwiderte: »Ich bin fest dazu entschlossen.« Ich nickte: »Und Ms. Marmelle ist diejenige, die Ihnen dabei helfen kann.«

Junge und Großmutter verabschiedeten sich nach höflicher Konversation. Beim Verlassen des Raums warf Timothy uns ein Lächeln zu.

Ich blieb. Was ich alsbald bedauerte, denn Yvonne gab mir eine niederschmetternde Stellungnahme zu meinem kürzlich vollendeten Roman ab: »Unsere Leute haben sich mit Ihrem Manuskript herumgeplagt, Karl. Um es freundlich auszudrükken – es gibt gewisse Zweifel.« Als ich sie daraufhin nur anstarrte, fuhr sie fort. »Den Titel mag keiner. *Die leere Zisterne*. Und zwar aus gutem Grund. Wie es auf der Lektoratskonferenz von Jean ausgesprochen wurde: ›Die Zisterne ist nicht das einzige, was in dem Roman leer ist.‹ Solche Angriffsflächen müssen wir unbedingt vermeiden.« Yvonne war so höflich, mir nicht mitzuteilen, was ich dann später erfuhr: Das war kein Zitat einer Lektoratskollegin namens Jean, Yvonne hatte es selbst gesagt.

»Was soll ich tun?« fragte ich mit zitternder Stimme. Der Magen hatte sich mir zusammengekrampft, daß ich kaum atmen konnte. Es tat weh, von einer erfahrenen, klugen Lektorin hören zu müssen, daß mein Roman, auf den ich so hohe Hoffnungen gesetzt hatte, angeblich zu recht abgeschossen worden war. Sie muß meinen Jammer bemerkt haben und wollte es mir wohl ersparen, noch blasser zu werden – auf meine Bitte um Hilfe reagierte sie nämlich überhaupt nicht. Statt dessen drehte sie ihren Sherry in den Händen. »Der Bristol Cream macht im Glas so schöne Muster.«

»Was muß ich tun?« wollte ich wissen, nachdrücklicher als vorher, aber sie verweigerte auch diesmal die Antwort. Statt dessen sagte sie fröhlich: »Sie und ich, Karl, wir scheinen zur Zusammenarbeit an vielen interessanten Projekten bestimmt. Ich finde, es wäre an der Zeit, daß Sie mich mit Yvonne anreden. Es würde mich freuen.«

Ich weiß nicht, wieso ich darauf verfiel, so zu antworten, wie ich es dann getan habe, ich stieß jedenfalls hervor: »Es gibt also noch mehr schlechte Nachrichten?«, und sie antwortete mit fast dem gleichen Ton: »Sie befinden sich an einem kritischen Punkt Ihrer Laufbahn als Literaturkritiker. Ein Reinfall würde die Leute schadenfroh machen. ›Da habt ihr's, in dem war nie mehr drin. Ein Strohfeuer.‹« Sie behielt mich im Auge, um zu beobachten, wie ich auf so harte Kritik reagierte, die ich anderen ja durchaus zumutete.

»Das können Sie doch nicht glauben!?« sagte ich beinahe flehentlich.

»Das Urteil über Sie? Nein. Aber daß es voller Gift die Runde machen wird? Ja. Ich rate Ihnen: Ziehen Sie Ihren Roman zurück. Kinetic hat ihn nie zu sehen bekommen.«

In meiner Verzweiflung war mir jeder Strohhalm recht. »Professor Devlan verbindet große Hoffnungen mit diesem Roman.« Eine Lüge: Nach allem, was ich ihm über den Roman erzählt hatte, war Devlan überaus skeptisch gewesen. »Und ihm zu Ehre würde ich gern …«

»Er fehlt Ihnen sehr, nicht wahr, Karl?«

»Sehr. Wie Sie wahrscheinlich bemerkt haben, ist ihm der Roman gewidmet.« Daß mein Freund Devlan im Sterben lag und ich *Die leere Zisterne*, die auf eine Anregung von ihm zurückging, als mein Abschiedsgeschenk an ihn betrachtete, sagte ich nicht.

»Ich habe es bemerkt, und mir schien, als täten Sie ihm keine Ehre an, seinen Namen mit einem so unvollkommenen Werk in Verbindung zu setzen.«

Der Trick, Devlan zur Zementierung ihres eigenen Urteils zu mißbrauchen, war so unanständig, daß ich Mühe hatte, mich wieder zu beruhigen, indem ich mich auf eine Porzellanfigur konzentrierte, die ein Milchmädchen am Hof von Versailles darstellte. Yvonne ging dann wohl auf, wie tief mich ihre Haltung getroffen haben mußte, weil sie plötzlich ganz leise fragte: »Karl, was schlagen *Sie* vor?«

Ich sagte mit Bestimmtheit: »Wir werden den Roman veröffentlichen, wie er ist.« Ich hatte die Worte aber kaum ausgesprochen, als mir klar wurde, daß es nicht an mir war, solche Entscheidung zu treffen. »Das heißt, wenn der Verlag es mir gestattet.«

»Bei Ihrer Position und Ihren Verdiensten um den Verlag haben Sie das Recht, auf einer Veröffentlichung zu bestehen. Wir sind schließlich übereingekommen, Ihre Entscheidung zu akzeptieren.«

Ich war entsetzt, denn mir war klar, was das bedeutete: »So weit ist es gekommen? Sie waren dafür, den Roman abzulehnen?«

»Es stand drei gegen zwei. Ich war eine der beiden Stimmen für den Roman. Weil meine Stimme aber dreifach zählt, stand es effektiv vier dafür und drei dagegen. Und so wird es bleiben, bis Sie sich entscheiden.«

»Ich habe mich soeben entschieden. Ich muß es tun, für Devlan. Er ist der geistige Vater des Buches.«

Yvonne war eine unerbittliche Lektorin. Sie zählte unter

ihren Kolleginnen und Kollegen in New York zu den härtesten. Sie stand nicht im Rufe, Angst zu haben vor ihren Autoren, und wenn sie noch so berühmt wurden. Sie hielt sich an den Leitspruch: ›Wenn ich es ihnen nicht sage, wer dann?‹ Dieser Haltung entsprechend stellte sie mir eine äußerst demütigende Frage: »Ich muß es noch einmal anders formulieren: Glauben Sie wirklich, daß ein angesehener Kritiker wie Devlan sich wünscht, daß sein Name mit einem so ungestalten Roman wie diesem hier in Verbindung gesetzt wird?«

Ich muß rot geworden sein. Sie tat nämlich etwas ganz und gar Unerwartetes. Sie beugte sich vor und drückte mir die Hand, als wäre ich ein Kind, das des Trostes bedurfte. »Wechseln wir das Thema! Ich würde gern sehen, was Ihr Wunderkind Tull zustande gebracht hat. Wenn es auch nur halb so gut ist, wie Sie behaupten ...«

»Ich möchte das Thema nicht wechseln. Ich habe mich in den letzten Minuten definitiv entschlossen, daß ich meinen Roman veröffentlichen werde«, worauf sie gleich sagte: »Dann werde ich helfen. Ich wünsche Ihnen viel ...« Das Wort ›Glück‹ sprach sie dann aber doch nicht aus; es hätte mich zu tief gedemütigt, ganz so, als wäre ›Glück‹ die einzige Möglichkeit zur Rettung meines Romans. Sie war so fair, mir »viel Erfolg« zu wünschen. Es klang zivilisierter.

Aber sie wollte sich wirklich Tulls Manuskript ansehen. Sie stellte den Karton vor sich auf den Tisch, nahm den Deckel ab und sah sich 256 unnumerierten Seiten gegenüber. Einige waren umgekehrt beschriftet, andere quer.

Beim Durchblättern zog sie willkürlich vier heraus. Ich gab ihr zu verstehen: »Das Werk *ist* zweifellos kunterbunt, aber kein chaotisches Durcheinander. Es handelt sich in der Tat um ein Kaleidoskop, das man im Geiste zu sinnvollen Mustern ordnet.«

»Haben Sie ihm bei Plan und Struktur geholfen?«

»Du großer Gott, nein! Dieser junge Mensch macht alles nach eigenem Plan.«

der späte Nachmittag, schwer von Melancholie, den ein heulender Wind und das Peitschen eines Tauendes auf den Strandkieseln noch unheildräuender machte. Es war ein Sturm, wie sie ihn genoß; denn wie sie ihm schon mehrmals gesagt hatte, wenn sie sich im Inneren der Insel auf die Lichtung zubewegten, die sie im Walde entdeckt hatten: »Stürme erinnern mich an bedeutungsschweres Blut, das mir durch die Adern jagt«, und es war während eines solchen Sturms, daß sie in dem Schuppen unter den Eichen Zuflucht gesucht und sich auf das Verhältnis eingelassen hatte, das nun so riskant geworden war.

Als an diesem Tag der Sturm zunahm und sie sich in ihrem Sessel zurücklehnte, um dem schweren Regen zu lauschen, der gegen die Scheiben schlug, wünschte sie sich, zur eigenen Überraschung, daß sie sich in jenem anderen Sturm befände, noch einmal mit ihm zusammen in jenem Schuppen: »Laß es donnern«, schrie sie laut und hob ihre Stimme gegen den Sturm.

»In spielerischer Laune?« kam die Stimme aus dem Foyer, und bevor sie antworten konnte, trat Dortmund ein, trat vor sie und fragte brutal: »Ist das die Art von Sturm, an den du gedacht hast, als du ihm diesen Brief geschrieben hast?«, und zwischen Daumen und Zeigefinger hielt er ihr das graugetönte Blatt vor Augen.

»Wen hast du gedungen, ihn zu stehlen?« fragte sie leise und bewegte geschickt die Rückenlehne, so daß sie aufrecht saß und ihn direkt ansah, doch sie hatte die Bewegung noch nicht abgeschlossen, als er den Brief fallenließ und auf sie sprang und die Lehne so weit nach hinten zwang, und zwar mit solch plötzlicher Gewalt, daß die Querschiene, die über ein Jahrhundert alt und vom häufigen Gebrauch abgenutzt war, mit einem Krachen zersprang.

»Sei verflucht!« schrie sie und kämpfte gegen sein schweres Gewicht an und spürte, wie ihre Arme und Beine hoffnungslos gegen den Stuhl gedrückt wurden, als er die Rechte hob, um ihr ins Gesicht zu schlagen, wie er es auch in der anderen Nacht getan hatte.

»Nein! Um Gottes willen!« schrie sie in ihrer hilflosen Stellung und konnte im letzten Moment ihre nach hinten gepreßten Schultern noch bewegen, um dem Schlag auszuweichen.

Da wurde Dortmund so wütend, daß er ihr seinen linken Ellbogen an die Kehle hielt und mit Gewalt zudrücken wollte, doch in dem Moment gelang es ihr, den rechten Arm zu befreien. Ihre Hand bekam den Brieföffner zu fassen, den sie beim Arbeiten stets neben sich liegen hatte. Sie packte ihn fest und hob ihn hoch, so hoch sie konnte, und ließ ihn mit der ganzen Macht ihres gefangenen Körpers herunterfahren, ihrem Mann mitten in den Rücken. Er keuchte, bäumte sich auf, schrie: »Was hast du getan?« Bevor sie antworten oder über ihre Befreiung von der Last jubeln konnte, schwanden ihr die Sinne, derweil er tot oder bewußtlos über ihr lag und sein Blut langsam ihr Kleid und seinen Anzug und die Kissen des Morris-Stuhls rot färbte, in dem sein Urgroßvater nach 1880 erworben und man seither ehrenvoll in der Familienbibliothek aufbewahrt hatte. Scharen von Besuchern hatten während der folgenden hundert Jahre die Qualitäten dieses bemerkenswerten Sessels gerühmt; manche hatten zwei oder drei Stunden dort wie auf einem Postament gesessen, sichtlich zufrieden mit den praktischen Aspekten einer Konstruktion, welche die Mühe des Lesens schwerer Bände erleichterte.

In dieser Generation hatte sich Albertina des Stuhls wie eines persönlichen Eigentums bemächtigt, »ihres Throns«, wie Dortmund ihn nannte, »von dem aus sie ihre Obiter Dicta verkündet«. Sie lächelte ob solcher Bemerkung und lenkte ab, indem sie jedem, der sich dafür interessierte, ein Blatt aushändigte, das sich wie folgt las:

> DER WUNDERBARE NUTZEN DIESES BERÜHMTEN STUHLS IST EIN BEWEIS FÜR DIE TATSACHE, DASS JEDE MENSCHLICHE TÄTIGKEIT, AUF DIE EINE HOHE INTELLIGENZ VERWANDT WIRD, ETWAS BRAUCHBARES UND DAUERHAFTES HERVORZUBRINGEN VERMAG, UND WENN KUNSTVERSTAND HINZUKOMMT, VERDOPPELT SICH DIE WAHRSCHEINLICHKEIT, DASS EIN GUTES ERGEBNIS ENTSTEHT.
>
> WILLIAM MORRIS (1834–1896), DER ENGLISCHE DICHTER, BAUMEISTER, MÖBELDESIGNER UND SOZIALREFORMER, SETZTE BEI ALLEM, WAS ER UNTERNAHM, SEIN GANZES VIELSEITIGES TALENT EIN. WENN ER SICH EINEN STUHL WÜNSCHTE, NOTIERTE ER ALLE EIGENSCHAFTEN, DIE IHN VERBESSERN WÜRDEN. SIE SCHIENEN ZU LAUTEN: BEQUEMLICHKEIT FÜR DAS GESÄSS, DAHER DAS POLSTERKISSEN AIS RUHESPENDER FÜR DEN GANZEN KÖRPER, DAHER DIE BREITEREN ARMLEHNEN UND DIE VERSCHIEDENEN EINSTELLMÖGLICHKEITEN FÜR DIE POSITION DES NACH VORN GEBEUGTEN ARBEITENS ODER DES NACH HINTEN GELEHNTEN AUSRUHENS, DAHER DIE BEWEGLICHE RÜCKENLEHNE MIT EINEM GELENK AN DER SITZFLÄCHE UND LEHNEN, DIE NACH HINTEN MIT SCHLITZEN VERSEHEN SIND, IN DENEN EIN QUERSTAB EINRASTEN KANN, UM DIE RÜCKENLEHNE SENKRECHT ODER NACH HINTEN GENEIGT FESTZUSTELLEN. ER ERWIES SICH ALS EINER DER BESTEN STÜHLE, DIE JE ANGEFERTIGT WORDEN SIND.
>
> ALS DER ERSTE MORRIS-STUHL PRÄSENTIERT WURDE, ZOLLTE DAS PUBLIKUM BEIFALL, UND MEIN GROSSVATER KAUFTE EINEN DER ERSTEN, ERKANNTE JEDOCH SCHON BALD, DASS NOCH EINE VERBESSERUNG MÖGLICH WÄRE, EINE VERBESSERUNG, DIE DEN STUHL IDEAL MACHTE: AN DER LINKEN ARMLEHNE BRACHTE ER EINE BREITE, SCHWENKBARE VORRICHTUNG AUS EICHENHOLZ AN, MIT EINEM LESEPULT, WORAUF EIN BUCH GELEGT WERDEN KONNTE, MIT KLAMMERN, UM DIE SEITEN AUFGESCHLAGEN ZU HALTEN: WENN MENSCHEN DOCH NUR EINE ÄHNLICHE INTELLIGENZ UND ERFINDUNGSGABE FÜR ALLE DINGE ZEIGEN WÜRDEN, DIE SIE HERSTELLEN.

Sie verbrachte manchmal ganze Tage in diesem Sessel, mit Stapeln von Büchern neben sich, wobei sie sich mal nach vorn beugte, um ihre Gedichte zu schreiben, mal nach hinten lehnte und hinausschaute aufs Meer. Am Ende eines schöpferischen Tages trat manchmal Laura ins Arbeitszimmer und fand die Herrin im zurückgelehnten Stuhl in so tiefem Schlaf, als hätte sie sich unter die Bettdecke gelegt.

Albertina sagte: »Wenn ich sterbe, so gebt den Stuhl an das Museum in Doylestown«; dieser Vorschlag machte Dortmund jedoch so wütend,

von der Flut gnadenlos immer weiter vom Strand fortgezogen, warf er, beim
Luftholen, von einem Wellenkamm einen Blick zurück über die linke Schul-
ter zu der Landzunge, wo Albertinas grünes Haus stand, und Panik ergriff ihn,
als ihm der wilde Gedanke durch den Sinn schoß: Werde ich sie je wieder-

sehen? Im Ringen mit solch böser Ahnung tauchte er den Kopf in die Wellen,
Augen und Mund gegen das Salzwasser geschlossen, und schlug mit den Ar-
men um sich, so heftig, daß er das grüne Haus tatsächlich größer werden sah,
während er sich dem Strand näherte, wo er Halt unter seinen Füßen finden

würde, doch als er schon innerlich zu jubeln begann, packte ihn die physische
Angst schmerzender Muskeln: Ich schaff' es nicht! Verzweiflung ergriff ihn,
als wären alle Fibern und Nerven verkrampft. „Hilfe!" wollte er schreien, doch
als er den Mund öffnete, traf ihn ein Wasserschwall, und seine Arme wur-

aus hohen Bäumen schwebten Vögel herab, fügten ihr Lied dem Chor hinzu, bis
die ganze Wiese von Gesang erfüllt war. Als die Sonne am Horizont aufstieg und
alles in rotgoldenes Licht tauchte, das selbst die Grüne des Grases dämpfte, fühlte
er sich eins mit seiner geheimen Zuflucht, die Albertina und er mit ihr entdeckt
hatten und hüteten. »Sie tun es für mich!« rief er zum Himmel. »Die Vögel, die lär-
menden Frösche, die windbewegten Bäume, die Sterne, die Abschied nehmen,
wo das Licht hereinbricht, die Sonne, die alles vor sich her schiebt, wenn sie den

Himmel durchläuft auf ihrer Bahn. Schau, wie sie den Schatten befiehlt, wo sie
fallen sollen!« Und frohlockte ob seines lichtdurchfluteten Besitzes und blickte
auf zu den Bäumen, die die Vögel zurück an ihren Busen zogen, und während
Friede über das Land fiel, dachte er: Ich bin wie die Sonne. Ich muß steigen, die
Nacht vertreiben, den Wiesen Ordnung bringen und eine Zuflucht hier bauen für
Albertina. Sie weglocken von jener einsamen Landzunge und dem tosenden
Meer. Die Sonne beherrscht das Leben, nicht des gnadenloses Meeres Stürme

Es war noch früh am Morgen, als Yvonne bei mir anrief: »Karl, hier Yvonne. Ihr Junge hat wirklich eine Art von Kaleidoskop geschaffen. Es hat mich überzeugt. Der Junge ist klug. Es ist faszinierend, wie Eigennamen willkürlich und ohne Erklärung auftauchen, wie eine Fülle von Themen kommt und wieder verschwindet. Eine bravouröse Leistung. Wenn ich es richtig zu präsentieren verstehe und Zustimmung finde, könnten wir einen großen Erfolg vor uns haben.«

»Sie glauben, Kinetic wird es publizieren wollen?«

»Es ist meine Aufgabe, dafür zu sorgen, daß sie es wollen. Wir dürfen uns doch nicht damit begnügen, einen Grenzler-Roman nach dem anderen herauszubringen.« Sie muß erkannt haben, welch ein unmögliches Bekenntnis sie da abgegeben hatte, denn sie entschuldigte sich sofort: »Wie schrecklich! Daß ich so etwas gesagt habe! Vergessen Sie es.«

»Ich werde mich nur daran erinnern, daß Sie meinen Roman herausbringen.«

»So ist es. Kinetic wird *Zisterne* und *Kaleidoskop* verlegen – ob die Kollegen wollen oder nicht.«

Die Buchsaison des Jahres 1988 war für Kinetic eine hektische Zeit, deren Auf und Ab ich mit Anteilnahme verfolgte. Wie zu erwarten, war Lukas Yoders siebter Grenzler-Roman *Felder* mit seinem Umschlag in sanften Bernsteintönen und dem Motiv von üppigen Höfen in Lancaster County eine Sensation. Man druckte eine Erstauflage von 750000 Stück; eine Nachauflage in Höhe von einer Viertelmillion folgte auf dem Fuß. Er wurde in vier Ländern mit Literaturpreisen ausgezeichnet, in elf Sprachen übersetzt – und war von einer tödlichen Langeweile.

Die wahre Sensation der Saison war natürlich Timothy Tulls *Kaleidoskop*, die willkürliche Ansammlung loser Blätter ohne Handlung, ohne äußere Schauplätze, ohne Schilderung von Figuren und ohne ideologischen Leitfaden. Das Buch war hübsch produziert worden, als leinenüberzogener Karton, der auf der oberen Seite die Vorstellung eines Grafikers vom Kinderspielzeug der guten alten Zeit präsentierte. Diese Mischung aus wilden Farben und Formen bildete in den Buchhandlungen einen verlockenden Blickpunkt und, wenn es daheim auf dem Kaffeetisch lag, ein Gesprächsthema.

Die Menschen beschimpften, verspotteten, parodierten es, brachten es in die Buchhandlungen zurück und wollten ihr Geld wiederhaben – aber es war immer im Gespräch. Junge Menschen erkannten, was ein Gleichtaltriger ihnen zu sagen versuchte, und lobten ihn wegen seiner mutigen und intensiven Arbeit. George Will zitierte *Kaleidoskop* im Fernsehen als Beweis dafür, daß die amerikanische Gesellschaft nun wohl völlig degeneriert sei, und Bill Buckley äußerte sich dahingehend, der Ayatollah habe sich den falschen Autor ausgesucht. Satiriker und Karikaturisten feierten Urstände, vor allem bei Zeitungen im Landesinnern; die beste Karikatur zeigte einen Leo Tolstoi in Kosakentracht mit Pelzmütze, der zwei Leser zu einem riesigen, unordentlichen Manuskripthaufen mit der Aufschrift *Krieg und Frieden* führte und meinte: »Greifen Sie sich eine Handvoll heraus!«

Yvonne, kein Neuling im Lancieren von Büchern, verstand es, die Diskussion in Gang zu halten, und steuerte im Hintergrund das Bemühen der Werbeabteilung des Verlags, positive Stimmen für das Buch zusammenzutragen. Sie formulierte auch einen Satz, den, wie sie hoffte, Lukas Yoder in abgewandelter Form vielleicht als sein Votum zur Verfügung stellen könnte: »Amerika braucht mutige neue Stimmen, und ich freue mich, daß in meiner Nachbarschaft Timothy Tull mit seiner Sicht der zeitgenössischen Welt an die Öffentlichkeit getreten ist.« Doch Yoder, der das Getümmel der Verlagswelt liebte, sorgte für eine Überraschung. Er sprach sich rückhaltlos für den Roman aus und schloß mit den Worten: »Wenn ich in der heutigen Welt ein junger Mann wäre, würde ich bestimmt nicht so schreiben, wie ich jetzt schreibe. Ich würde meinen begabten Nachbarn Timothy Tull vielleicht nicht nachahmen, aber ganz bestimmt mit etwas Zeitgemäßerem als meinem eigenen Roman *Felder* hervortreten.« Yvonne rief mich sofort an, als Yoders Brief bei ihr eintraf. »Die Dresdner Kabale – Sie, ich, Yoder – arbeitet mit vereinten Kräften, um Tull zu einem rasanten Start zu verhelfen.« Als sie mir Yoders Stellungnahme vorlas, sagte sie: »Es zeigt genau, warum ich diesen alten Mann so liebenswert finde und achte. Er mag nicht modern sein. Aber er hat Charakter.«

Yoders Votum, das überall in Amerika, aber auch in Europa immer wieder abgedruckt und zitiert wurde, half sehr, Tull Gehör zu verschaffen. Als bis Ende der Saison siebenundzwanzigtausend Exemplare verkauft worden waren, konnte es sich unsere Dresdner Kabale zugute halten, eine neue literarische Stimme Amerikas durchgesetzt zu haben, den brillanten, höchst gebildeten und disziplinierten jungen Revolutionär, der genau wußte, was er erreichen wollte. Aufgrund dieses Signals billigte die Mecklenberger Fakultät eine Empfehlung, daß ihm in unserer wachsenden Abteilung eine Assistentenstelle angeboten werden sollte – eine Ernennung, die mich sehr befriedigte, weil sie bedeutete, daß ich besser über seinen weiteren Werdegang würde wachen können.

Der grandiose Reinfall des Programms von Kinetic im Jahre 1988 war mein Roman *Die leere Zisterne*. Was an Rezensionen eintröpfelte, war dermaßen vernichtend, daß nicht einmal sämtliche Stützmaßnahmen Yvonnes den Roman zum Leben bringen konnten. Es gelang Yvonne aber immerhin, daß der Roman von einigen kleineren Zeitschriften beachtet wurde, und einige Redakteure, die von Devlans Theorie über den Dialog unter Eliten angesteckt waren, verstanden, worauf ich hinauswollte, und empfahlen das Buch mit Nachdruck. Die großen Rezensenten, die sich dem breiten Publikum verpflichtet fühlten, rissen den Roman in Stücke; zwei – in der *New York Times Book Review* und im *Time Magazine* – stahlen gewissermaßen die passende Zeile der fiktiven Jean: »Es ist wirklich hohl und leer«, was zu erwarten gewesen war, da es in dem Roman keine Morde, keine dramatischen Einbrüche, keine heißen Liebesgeschichten und auch sonst eigentlich außer Diskussionen über Wesen und Verantwortung der Künste nichts zu finden gab.

Doch Yvonne mit ihrem Spürsinn für das, worauf es in der Welt des Buches ankam, konnte mir schreiben: »Ich wäre töricht, wollte ich die Tatsache verhehlen, daß Ihre *Zisterne* auf dem breiten Markt eine Enttäuschung gewesen ist. Die Buchhandlungen haben, Sie werden nicht überrascht sein, viele Exemplare wieder remittiert. Ich darf Ihnen jedoch versichern, daß Ihnen in dem Bereich, den Sie für sich gewinnen wollten und den F. X. M. Devlan so genau umrissen hat, wirklich kein Schaden erwachsen ist. Die Leser, die Sie erreichen wollten, haben Sie erreicht, und das sogar in erfreulichem Maße. So gering Ihnen dieser Schritt vorwärts auch vorkommen mag, Sie sollten darauf aufbauen. Beginnen Sie wieder mit der Aufgabe, der Sie am besten nachkommen können, das heißt mit der Förderung von Timothy Tull. Schreiben Sie ein kurzes literaturkritisches Werk, *Die mutigen neuen Stimmen Amerikas*. Ich garantiere Ihnen eine sofortige Veröffentlichung. Es ist keineswegs alles verloren. Sie sind eine beachtliche Autorität, Karl, die gehört zu werden verdient.«

Yvonnes weiser Rat hielt mich davon ab, einen Fehler zu begehen, der mein Ende als Kritiker hätte bedeuten können. Als *Die Zisterne* durchfiel, hatte ich nämlich einen Eid geschworen, der meine Verbitterung verriet: »Da sie meinen Roman abgewiesen haben, werde ich an die Autoren, die sie loben, eine sehr hohe Meßlatte anlegen. Ihr Parasiten, seht euch vor!« Und ich wetzte die Messer, um ein paar Leuten den Skalp abzuziehen. Yvonnes Brief brachte mich wieder zu Verstand. Persönliche Rache hatte in literarischer Kritik nichts zu suchen.

Auf Spaziergängen am Wannsee arbeitete ich mir eine Lebenseinstellung aus, die, wie ich hoffte, halten würde: Ich hatte nach meinen eigenen Begriffen einen guten Roman verfaßt und war aufgrund seines Mißerfolgs deprimiert. Es war jedoch sinnlos, darüber zu jammern, daß mir die Öffentlichkeit Beifall verweigerte, weil sie durch die Romane auf den Bestsellerlisten verdorben war. Es war mein Fehler. Ich konnte Devlans Worte hören: »Die Aufgabe der Literatur besteht darin, wirkliche Menschen in realen Lebenssituationen greifbar darzustellen.« Und dann seinen weisen Rat: »Ein Roman über abstrakte Ideen kann nur schlecht sein – schreib über Menschen, nicht über Typen, die Ideen illustrieren!« Es war eine Lehre, die ich meinen Studenten gepredigt, doch selbst nicht beherzigt hatte.

Mir wurde nun völlig klar, daß ein Roman dem Leben entspringen muß, mit Figuren, deren Leiden und Leidenschaften der Autor so intensiv empfindet, als wären es seine eigenen. Ich hatte meinen Roman mit blendenden Ideen vollgestopft, die von ungenügend gezeichneten Figuren vorgetragen wurden, deren eigenes Handeln im Hintergrund blieb, und so sehr ich es haßte, es zuzugeben, Yoder hatte recht: »Der Roman singt nicht!«

In diesem Schmerz über zerbrochene Illusionen über mich selbst hatte ich eine Pflicht: mir selbst gegenüber offen und ehrlich zu werden. Ich war kein Romanschriftsteller. Ich verfügte nicht über die Einsichten und die Poesie, deren ein schöpferischer Autor bedarf. Was ich besaß, war ein hoch entwickeltes Verständnis davon, was gute Literatur ausmacht. Ich hatte eine hervorragende Nase, um Schund sofort erkennen zu können. Und ich konnte andere lehren, das zu leisten, wozu ich selbst nicht imstande war. Yvonne hatte recht. Ich war der Mann, der *Die mutigen neuen Stimmen Amerikas* schreiben mußte; denn ich hatte sie singen gehört.

Es waren Gerüchte in Umlauf gewesen, bei Kinetic sei alles in der Schwebe. Rockland Oil war mehr denn je willens, sich von diesem »Mühlstein am Hals« zu befreien – von etwas, das nur Bauchweh verursachte und keine Gewinne brachte –, und hatte deshalb mit fünf Firmen Verhandlungen aufgenommen, die sich ernsthaft für den Kauf des Verlags interessierten. Dabei hatte es sich so ergeben, daß der deutsche Konzern Kastle wahrscheinlich das Rennen machen würde. ›Kastle‹ war kein deutscher Name; da die Firma als Logo jedoch eine hübsche mittelalterliche Burg führte und die Eigentümer zu dem Entschluß gekommen waren, in der Zukunft vermehrt in Amerika und in England tätig zu werden, hatten sie sich an ihr ungewöhnliches Firmenzeichen gehalten und durch diese findige Schreibung des Namens ergänzt. »Der Name ist irgendwie unangebracht«, hieß es in der Branche, »aber jedenfalls angenehmer als die Bezeichnung, die der Londoner Hauptkonkurrent für die Deutschen hat: Spider.« Was auf deutsch nichts anderes heißt als Spinne.

Man hätte annehmen dürfen, daß Yvonne sich auf dem Höhepunkt des Jubels über ihren Erfolg bei Kinetic im Triumph gesonnt hätte. Nichts dergleichen. Sie rief eines Nachts ganz aufgelöst bei mir an und fragte, ob sie am bevorstehenden Wochenende nach Dresden kommen und mit Yoder und mir zusammen wichtige Dinge besprechen könne. Mir war der Gedanke unangenehm, andauernd mit Yoder in Kontakt gebracht zu werden, da ich ihm gegenüber starke Aversion empfand, aber auf Yvonnes Frage konnte ich nur positiv reagieren.

Sie kam auf unserem Treffen sofort zur Sache. »Vor einigen Tagen ließ mich John MacBain zu sich rufen. Er wollte mich unter vier Augen sprechen.«

Als Yoder und ich uns vorbeugten, um zu hören, was da los gewesen sei, erstattete sie – auf ihre typische New Yorker Manier – einen erschreckenden Bericht über das Geschäftsgebaren der amerikanischen Großindustrie. »Ich hatte kaum Platz genommen, da schoß er los: ›Ms. Marmelle, Sie haben bestimmt die Gerüchte gehört, die bei uns umgehen. Ich brauche Ihnen wohl nicht zu sagen, daß es sich bei den meisten genau um das handelt – um Gerüchte.‹

Da habe ich ihm gesagt: ›Ich müßte lügen, wenn ich behaupten wollte, weggehört zu haben. Aber ich habe nicht dran geglaubt.‹

Er runzelte die Stirn, schüttelte traurig den Kopf und sagte fast schon im Flüsterton: ›Also, eins ist kein Gerücht. Wir sollen geschluckt werden – von Kastle.‹

›Haben Sie Ihre Zustimmung gegeben?‹

Er schaute mich an, als wäre ich ein dummes Kind. ›Meine Zustimmung? Ms. Marmelle, ich hatte geglaubt, Sie verstünden etwas vom Lauf der Welt.‹«

An der Stelle zögerte sie, weil sie die Erinnerung an die Szene offenbar so sehr schmerzte, daß sie sie am liebsten vergessen hätte. »›Wissen Sie nicht, daß ein amerikanischer Konzern, dem Ihre Firma gehört, Sie nie um Zustimmung fragt?‹ hat MacBain zu mir gesagt. ›Er gibt Order, und Sie gehorchen. Und wenn man Sie eines Tages loswerden will, dann geht das einfach so.‹ Er schnippte mit den Fingern. ›Man schert sich einen Teufel darum, was Sie denken – das ist denen da oben völlig egal, weil man Eigentum ist und nach ihrer Pfeife zu tanzen hat.‹ An seinem aschfahlen Gesicht wurde mir plötzlich klar, daß er litt, unter Schmerzen, die nicht stechen, sondern die einen innerlich auffressen. Ich hatte ihn immer für einen feinen Menschen gehalten, dem die Führung von Kinetic anvertraut worden war, als der Verlag am Boden lag, und der ihn wieder in Schwung gebracht hatte, weil er ein tüchtiger Manager ist und mit Autoren und Lektoren menschlich umgeht. Im Rahmen gigantischer Konzerne mag Kinetic winzig sein. In unserer Branche sind wir ein bedeutendes, ehrenvolles Unternehmen.«

Im Bewußtsein, daß sie ihrem langjährigen Förderer jede Art von Unterstützung geben müßte, hatte sie ihm danach in rascher Folge Fragen gestellt.

»›Das heißt also, Rockland würde uns ohne Ihre Zustimmung verkaufen?‹ Ja.

›Die Arschlöcher. Und an ein deutsches Unternehmen?‹ Ja, nur die Deutschen haben das nötige Kapital.

›Würden die Deutschen Sie in Ihrer Stellung belassen?‹ Das wird am Anfang immer behauptet. Hinterher setzen sie einen vor die Tür.

›Würde man Ihnen gestatten, mich zu behalten? Auch wenn ich Jüdin bin?‹ Sie wissen genau, daß ihnen wenig bliebe, wenn sie unser ganzes jüdisches Personal feuern würden.

›Aber ich habe dank Ihres Vertrauens eine ziemlich wichtige Position.‹ Man hat ausdrücklich darauf hingewiesen, daß man auf Ihre Art von bewährter Spürnase – das ist der Ausdruck, den sie verwendet haben – großen Wert legt.

›Um die Wahrheit zu sagen, Mr. MacBain – wenn Sie weg wären, hätte ich keine Lust, hier weiter zu arbeiten. Und ich bin sicher, die meisten …‹

›Ms. Marmelle, behalten Sie das alles um Gottes willen für sich: Kastle hat sogar lange gezögert, bevor ich Erlaubnis bekam, mit Ihnen darüber zu reden.‹

›Kastle hat gezögert! Ja, glauben die Herren etwa, sie könnten allen befehlen? Einfach so?‹

›Von jetzt an *werden* sie uns allen befehlen.‹«

Yvonne hat nicht am Wasser gebaut, doch da waren ihr zu ihrem eigenen wie zu MacBains Erstaunen die Tränen gekommen. »Das ist eine Schande!« hatte sie hervorgestoßen, und MacBain sagte darauf mit einer Intensität, die sie bei ihm noch nie erlebt hatte, nicht einmal in der schlimmsten Zeit: »Es *ist* eine Schande. Ein bedeutender amerikanischer Verlag, der zahlreiche Bücher herausgebracht hat, die für das ganze Volk wichtig gewesen sind, soll wie ein Sack Kartoffeln auf den Markt geworfen werden. Eine furchtbare Schande! Aber ich bin machtlos. Ich kann den Verkauf nicht verhindern. Rockland besteht darauf, uns abzustoßen. Ich bin sogar schon dem Mann vorgestellt vorden, der unser neuer Boss sein soll.«

Da Yoder und ich ungemein neugierig waren, wer unser aller neuer Boss sein würde – unser ganzes Wohlergehen hing von Kinetic ab –, erkundigte ich mich: »Doch wohl kein Deutscher?« Sie nickte bedächtig. »Der neue Chef, so hat mir MacBain berichtet, heiße Ludwig Ludenberg, komme aus Hamburg und habe in Oxford studiert. ›Spricht besseres Englisch als wir beide zusammen‹, hat MacBain gesagt. ›Hat versprochen, wir würden unsere Stellung behalten. Natürlich, mir würden neue Männer zur Seite stehen, weil er wisse, daß dem Verlag Management-Know-how fehle.‹«

An dem Punkt machte Yvonne eine Pause und bat mich, Tee zu bestellen, den sie dann wie eine englische Gastgeberin einschenkte. So gestärkt, begann sie mit dem häßlicheren Teil ihres Berichts: »Wie MacBain mir mitteilte, erwartete Kastle von ihm festzustellen – ›mit Fingerspitzengefühl, selbstverständlich, das ist eine delikate Sache‹ –, ob wichtige Autoren des Verlags – Sie beide und Timothy Tull haben auf Ludenbergs Liste gestanden – eine Annullierung Ihrer Verträge anstreben könnten, falls der Verkauf an ein deutsches Unternehmen perfekt würde.«

»Und was haben Sie dazu gesagt?« wollte Yoder wissen. »Ich bin aufgesprungen«, erwiderte sie, »und habe ihn angeschrien: ›Da sei Gott vor, daß ich meine Autoren ausspioniere, um einem deutschen Käufer zu helfen. Ein Autor ist mir heilig. Aus dem Grund werden meine Autoren auch bei mir bleiben. Weil sie spüren, daß ich so denke, von ganzem Herzen. John‹ – es war das erste Mal, daß ich ihn mit Vornamen angeredet habe –, ›stellen Sie mir bitte keine weiteren Fragen. Ich würde mich schämen, wenn ich sie beantworten müßte.‹«

Als ich wissen wollte, was MacBain dazu geäußert habe, erwiderte sie: »Er ließ mich meine Empörung abreagieren, um mich dann zu ermahnen: ›Bedenken Sie, noch ist der Kauf nicht perfekt, und wenn er perfekt wird, möchte ich einen friedlichen Übergang. Alle befürchten, hier könnte sich wiederholen, was vor ein paar Jahren passiert ist, als ein großer Verlag erkennen mußte, daß er seine besten Autoren verlieren würde, falls ein bestimmter unerwünschter Besitzwechsel tatsächlich einträte. Der Verkauf kam dann auch nicht zustande. Es ist deshalb für die Deutschen wichtig zu wissen, wer bleibt und wer nicht. Wenn Sie es mir nicht sagen wollen, werde ich raten müssen, und wenn ich falsch rate, bin ich dafür verantwortlich.‹«

Yvonne putzte sich die Nase. »Das waren«, gestand sie, »scheußliche Minuten. Als ich es aus prinzipiellen Gründen ablehnte, ihm meine Vermutungen mitzuteilen, zog er eine Liste mit all meinen Autoren aus der Tasche und hakte einen nach dem anderen ab – mit der Frage, wer ginge, wer bliebe. Ich war über die Verräterrolle entsetzt, die ich da zu spielen hatte. Ich wollte nichts sagen. Ich habe jedoch zu den Namen genickt, die meines Erachtens bleiben würden, und den Kopf geschüttelt bei denen, die nicht bleiben würden.«

»Und als unsere Namen erwähnt wurden?« fragte Yoder.

Sie antwortete offen heraus. »Ich habe MacBain gesagt, Timothy Tull, als junger Idealist, würde den Verlag wahrscheinlich verlassen. Sie, Lukas, als ein deutschstämmiger, älterer Mensch, würden wohl bleiben. Und Sie, Streibert – bei Ihnen habe ich gesagt, ich hoffe, Sie würden mich nicht um Rat fragen, weil ich nicht wüßte, was ich Ihnen raten sollte.«

»Warum nicht?« wollte ich wissen.

»Weil Sie in Ihrer Karriere an einem kritischen Punkt stehen«, antwortete sie, »und der nächste Schritt ist für Sie entscheidend.« Sie lächelte mir zu. »Für meine Karriere«, meinte sie, »gilt das gleiche. Ich weiß auch nicht, was ich tun sollte.«

Yoder erklärte zu meiner Verblüffung aus freien Stücken: »An dem Tag, an dem Sie gehen, Ms. Marmelle, gehe ich mit Ihnen. Wenn ich Sie verlöre, wäre ich wie ein Lämmchen allein im Sturm.« Bevor sie darauf entgegnen konnte, fügte ich ein: »Und ich komme mit ihm.«

Sie gab uns beiden einen Kuß. »Ich habe gelernt, große Gesten zu meiden. Wir haben vielleicht eine Woche Zeit, uns unsere Entscheidung zu überlegen. Falls es zum Schlimmsten kommt, merken Sie sich den Namen des neuen Eigentümers. Kastle. Mit K.«

Im Wintersemester 1989 hörte ich auf, mir über den Verkauf des Verlags den Kopf zu zerbrechen, weil ich mich um die Anliegen zweier meiner Studenten kümmern mußte. Wie alle seriösen Colleges verteilte Mecklenberg zum Ende jeden Semesters Fragebögen mit der Bitte an die Studenten, ihre Lehrer zu bewerten, und Timothy hatte nach seinem ersten Jahr so positive Beurteilungen bekommen, daß der Dekan der Fakultät mich zu sich rufen ließ. »Es sieht ganz so aus, Streibert, als ob Sie mit diesem Timothy Tull das große Los gezogen hätten.« Wie exzellent Timothy sein mußte, wurde mir klar, als der Dekan mir die ausgefüllten Listen zeigte. Mein Entschluß, ihn zu meinem Assistenten zu ernennen, hatte sich als richtig erwiesen.

Der Dekan machte mich aber auch auf eine Tatsache aufmerksam, die ich übersehen hatte – weil ich nicht wollte, daß Timothy fortging. »Sie sollten Tull darauf hinweisen, daß er seinen Doktor machen muß, wenn er hierbleiben will, und er sollte ihn machen, solange er noch jung ist – bevor die Neigung zu schriftstellerischer Arbeit so stark wird, daß sie ihn davon abhält. Ich brauche Sie wohl nicht daran zu erinnern, daß Ihr Leben ganz anders verlaufen wäre, wenn Sie Mecklenberg nicht verlassen hätten, um Ihren Doktor zu machen. Ermuntern Sie Tull, es ins Auge zu fassen.«

Als ich davoneilte, um Timothy zu berichten, wie stolz mich sein Erfolg bei den Studenten mache, sagte mir ein Kommilitone: »Er ist nicht auf dem Campus. Er ist in Princeton, hält da einen Vortrag«, was mir ein bittersüßes Lächeln entlockte: Ich war sehr, sehr stolz auf Tull, doch ein Jahr zuvor war *ich* zum gleichen Zweck nach Princeton eingeladen worden, und in diesem Jahr hatte mich nicht eine bedeutende Stätte der Gelehrsamkeit um eine Gastvorlesung gebeten.

Zweitens beschäftigte mich ein Wirbelwind, der in meinen Kursen alles auf den Kopf stellte. Er hieß Jenny Sorkin.

Ich saß Mitte September in meinem Büro, als eine aufdringliche junge Frau in den frühen Zwanzigern eintrat, mit einem T-Shirt, auf dem in großen Lettern zu lesen stand: STEHEN SIE NICHT RUM. TUN SIE WAS. Sie trug ihr braunes Haar zu einem Pferdeschwanz gebunden, hatte zerschlissene blaue Jeans an, und ihre ziemlich großen Füße steckten in Marine-Kampfstiefeln. Sie nannte mir ihren Namen, bevor ich mich nach ihm erkundigen konnte, erwähnte, sie habe an der Brandeis Universität studiert, nach Abschluß des Grundstudiums in Berkely weiterstudiert, eine Zeitlang als Kellnerin in Oklahoma gearbeitet und das vergangene Jahr an der Universität von Iowa in einer Autorenwerkstatt gearbeitet.

Ihre allgemeine Erscheinung und ihr forsches Auftreten brachten mich aus der Fassung. »Wo haben Sie von diesem College gehört?« fragte ich. Ihre Antwort schmeichelte mir: »In gewissen Kreisen genießen Sie hohes Ansehen. Ihr Roman *Die leere Zisterne* hat einigen von uns in Kalifornien etwas bedeutet. Und ich bringe einen fertigen Roman mit, für den ich ein bißchen Rat und Hilfe brauche. Ich hab' mir sagen lassen, Sie seien momentan der Guru«, und damit warf sie einen Karton mit dem Manuskript auf meinen Schreibtisch, dessen Seiten wesentlich sauberer wirkten als die Autorin.

Ich konnte weder die Ernsthaftigkeit der jungen Frau noch ihr Talent beurteilen. »Ich werde es heute abend lesen«, sagte ich. »Kommen Sie morgen zur gleichen Zeit wieder vorbei. Dann werden wir uns drüber unterhalten.«

Der Abend lohnte sich. Ihr Roman mit dem Titel *Die großen Sechs* enthielt die gleiche Anzahl von Kapiteln, die allesamt von den Abenteuern eines Mädchens aus dem Hinterland von Oklahoma – wahrscheinlich der Autorin – handelte, die sich jeweils dem Werben eines prototypischen Football-Helden der Universitäten des amerikanischen Westens zu erwehren hatte, im Rahmen eines Titelkampfes, der ursprünglich als Wettstreit der Großen Sechs bekannt gewesen war, inzwischen jedoch zu den Großen Acht angewachsen war, nämlich der Universitäten Oklahoma, Nebraska, Kansas, Colorado, Missouri, Oklahoma State, Kansas State und Iowa State.

Ich las drei der Episoden – über einen Schlägertypen von Oklahoma State, einen Pfadfinder von Nebraska und einen umwerfenden Typen aus Missouri, der sich nicht entscheiden konnte, ob er Football-Star sein wollte oder Dichter – und durch diese Episoden bewegte sich die Heldin, eine der liebenswertesten unverbildeten Gestalten des modernen Schelmenromans, die andauernd von ihren Freunden untergebuttert wird und doch viel klüger ist als alle zusammen. Jenny Sorkin konnte schreiben, und als ich schlafen ging, bedauerte ich, daß mir nicht Zeit blieb zu erfahren, wie sie dann mit ihren Clowns aus Oklahoma, Kansas und Colorado fertig geworden war.

Als sie am nächsten Nachmittag zu mir kam, gewann ich den Eindruck, daß sie in unserem anständigen College des amerikanischen Ostens die Rolle auszuleben gedachte, welche sie für ihre Heldin geschaffen hatte, die sich durch die Universitäten des Westens bumste. Ihr neues T-Shirt trug die Aufschrift: WAS ICH SUCHE, IST EINE SINNVOLLE BEZIEHUNG FÜR EINE NACHT. Ich wich zurück. »Ihrer Wandelreklame nach zu urteilen«, merkte ich an, »sind Sie eine junge Frau, die vergewaltigt werden möchte.« Sie lachte. »Sie beginnen zu begreifen.« Dann wurde ich ganz der Herr Professor, schob ihr den Manuskript-Karton zu und erklärte: »Miss Sorkin, Sie können wirklich etwas«, und ihr Gesicht erstrahlte plötzlich in einem Vollmondlächeln. »Ich hatte Angst, Sie könnten die Geschichte für zu ›regional‹ halten – für typisch Oklahoma.«

»Warum sollte Oklahoma etwas Schlechtes sein? Steinbeck ist damit ganz gut durchgekommen.«

»Ja. Aber er hat seine Menschen dort ziemlich schnell ausgehoben und nach Kalifornien verpflanzt.«

»Sie haben Ihre Verpflanzung in die Prärien des Westens auch nicht schlecht gemeistert.«

»Sie nehmen mich also als Studentin an?«

»Ich würde die Türen verriegeln, wenn Sie weggehen wollten«, sagte ich und nahm das Manuskript wieder an mich. »Ich werde es heute abend zu Ende lesen und Ihnen morgen ein Arbeitsprogramm ausarbeiten.«

»Heißt das, ich kann mich einschreiben?«

»Sie sind zu mir gekommen, ohne überhaupt vom College aufgenommen worden zu sein?«

»Ich habe kein Geld zu verplempern. Wenn Sie nein gesagt hätten, wär' ich heut abend mit dem Nachtbus heim nach Iowa.«

Ich verlor Miss Sorkin während der nächsten zwei Wochen ziemlich aus den Augen, hörte aber lustige Dinge über ihr gewagtes Auftreten. Sie amüsierte unsere biederen Mecklenberger Studenten mit irrwitzigen Dialog-Geschichten auf Jiddisch und schockierte unsere braven Lutheraner mit Witzen über die Religion. »Was hat die Jungfrau Maria über Jesus gesagt? – ›Mein Sohn, der Rabbi, ist so ein lieber Junge.‹« Und: »Was hat die Jungfrau Maria zu Jesus gesagt? – ›Jetzt iß deine Suppe. Sie wird dir schon schmecken.‹«

Während ich, wie gesagt, in den Anfangswochen wenig von ihr sah, fand ich doch Gelegenheit, die drei Geschichten zu lesen, die sie – wie jeder Student und jede Studentin – zur Aufnahme in den Kurs vorlegen mußte, und sie bestätigten meinen ersten Eindruck von dieser flatterhaften, respektlosen jungen Frau: Sie konnte schreiben. Ein paar Tage nach der Lektüre hatte ich in eigener Sache Ms. Marmelle anzurufen: »Danke, daß Sie mich davon abgebracht haben, mich an einem weiteren Roman zu versuchen, Yvonne«, sagte ich. »Das Buch, das Sie mir vorgeschlagen haben – die literaturkritischen Essays über brillante junge Autoren – kommt voran. Könnte ein bescheidener Erfolg werden.«

»Karl, ich freue mich für Sie.«

»Und was noch besser ist – ich habe eventuell einen neuen wirklich außergewöhnlichen jungen Autor entdeckt – das heißt, eine junge Autorin. Ihr Name ist Jenny Sorkin. Hat an der Brandeis University studiert. Mit erstklassigem Abschluß. Dann ein Stipendium in Iowa – wieder ein Erfolg. Ist nach

Mecklenberg gekommen, weil ihr gefiel, was sie über unser Programm hier hörte.«

»Sie halten sie für gut?«

»Für sehr gut.«

»Wie wollen Sie das wissen? Sie haben doch gerade zugegeben, sie sei erst kürzlich zu Ihnen gestoßen?«

»Stimmt. Aber mit einem fertigen Manuskript, Yvonne, und das ist sensationell.«

»Wovon handelt es?«

»Sie hat ihm den Titel gegeben *Die großen Sechs*, nach den Football-Clubs draußen in der Provinz.«

»Wie alt ist die Autorin?«

»Dreiundzwanzig.«

»Wie kann ein Kind in dem Alter einen Roman der Art schreiben, die Sie eben angedeutet haben?«

»Ja, das frage ich mich auch. Wenn man sie sieht, würde man wetten, daß ihn jemand für sie geschrieben hat. Groß, dünn wie ein Schilfrohr, Ponyschwanz, schlampig, man würde gar nicht glauben, daß ein Mann sie überhaupt ansieht. Sie hat aber hier für mich eine Erzählung geschrieben, die ist so fantastisch, daß ich bereits eine Literaturzeitschrift gefunden habe, die sie druckt. Das Mädchen könnte der neue Timothy Tull werden – eine rowdyhafte Variante.«

»Dann sollte ich sie mir mal ansehen«, und wir kamen überein, daß Yvonne sie auf ihrem nächsten Besuch bei Lukas Yoder kennenlernen sollte. Yvonne hatte mit Yoder über den Vorentwurf für den abschließenden Roman des ›Grenzler-Oktetts‹ zu diskutieren und wollte Emma bitten, Jenny zum Tee auf den Hof der Yoders einzuladen.

Yvonne lachte, als ich an ihr Grundprinzip – »Bei einem Besuch nie mit zwei Autoren sprechen« – erinnerte. »Sie haben ein gutes Gedächtnis, Karl. Aber die Situation ist so ungewöhnlich – Sie sind ja ihr Lehrer –, daß ich meine, Sie sollten mitkommen.«

»Bedaure. Ich habe für den Nachmittag eine Einladung der

Temple University in Philadelphia angenommen«, und als ich auflegte, schoß es mir durch den Sinn: Jenny Sorkin mit ihrem T-Shirt und die kleine Emma Yoder mit den typischen Lehrerinnen-Manieren, das wird eine explosive Mischung, und es tat mir fast leid, so eine Begegnung zu verpassen.

Als Yvonne am Freitagabend im Gasthof in Dresden eintraf, hatte sie eine Vorahnung, daß sie Emma Yoder und Jenny Sorkin vielleicht doch besser anrufen sollte, um die Verabredung zum Tee zu streichen. Jenny könnte dann entweder zu einem Gespräch in den Gasthof kommen oder es irgendwie arrangieren, daß Yvonne sie auf dem Campus träfe. Aber der Gedanke erwies sich allein schon deshalb als undurchführbar, weil sie nicht wußte, wo Jenny zu erreichen war. Ich war bereits unterwegs nach Philadelphia, um meinen Vortrag über die neuere amerikanische Romanliteratur zu halten und mich gegen begeisterte Anhänger von Gore Vidal, Leon Uris und John Cheever zur Wehr zu setzen, die schon mit gezückten Messern auf mich warteten.

Bei meiner Rückkehr hörte ich in Mecklenberg von vier kichernden und prustenden Damen aus dem Kreis meiner Kollegen Einzelheiten darüber, wie Jenny mitten in ein Fakultäts-Teekränzchen hineingeplatzt war, und konnte nur froh sein, daß ich nach Temple geflohen war.

Yvonne war nachmittags auf dem Yoder-Hof eingetroffen und von Emma informiert worden, sie habe Jenny aufgespürt und zum Tee eingeladen.

Die anderen Gäste – meist Professorenfrauen – waren ebenfalls früher gekommen und unterhielten sich über das ungewöhnliche jüdische Mädchen, das den Campus im Sturm genommen hatte. »Sie ist ein Hitzkopf aus dem Westen Amerikas und hat für unsere weibliche Art im amerikanischen Osten nur Verachtung übrig«, sagte eine Frau und wurde sofort korrigiert: »Sie kommt aus Brooklyn, hat in Brandeis studiert und dann in Iowa, um ihren Horizont zu erweitern.« Emma wollte wissen: »Warum ist sie dann bloß in unser abgelegenes Nest gekommen?«, und eine der Damen erwiderte: »Das habe ich mich auch gefragt. Irgendwem hat sie angeblich erklärt, sie sei ein Semester in Berkeley gewesen, um die Radikalen kennenzulernen, und nun sei sie hier, um sich einmal die Konservativen anzugucken.«

»Ist ihr jemand aus diesem Kreis persönlich begegnet?« fragte Yvonne, die Autoren immer verteidigen zu müssen glaubte, und sie erschauerte, als Emma antwortete: »Ich. Sie hat mich an gewisse Mädchen erinnert, die ich in Bryn Mawr gekannt habe. Der Typ, der sich selten wäscht.«

Gegen vier bekamen die Professorenfrauen auf dem Yoder-Hof ein hochgeschossenes, schlankes Mädchen zu Gesicht, das von dem Wagen, der sie hergebracht hatte, über den Fußweg auf das Haus zuging. Yvonne hatte den besten Blick: ungepflegtes Haar, ein schwingender Rock mit ungeradem Saum und ein knallrotes T-Shirt mit großer, schwarzer Aufschrift. Mehr bekam Yvonne nicht zu sehen, weil Lukas in die Haustür trat, kurz mit dem Mädchen sprach und schloß: »Nein, mit solcher Kleidung dürfen Sie bei uns nicht eintreten«, sich verabschiedete und die Tür zuschlug. Der Chauffeur – wer immer es auch gewesen sein mag – hatte glücklicherweise gewartet, um sich zu vergewissern, daß es sich hier tatsächlich um den Yoder-Hof handelte, und so konnte Jenny unmittelbar wieder rasch zum College zurück, doch als sie einsteigen wollte, öffnete Lukas, der sich wegen seiner schroffen Reaktion schämte, noch einmal die Tür und rief ihr zu: »Sie können wiederkommen, wenn Sie sich etwas Anständiges angezogen haben.«

Als die Frauen wissen wollten, was er denn an ihrer Kleidung auszusetzen habe, lief Lukas rot an und meinte: »Sie hatte quer über dem Busen die Aufschrift stehen: ZIEH LEINE ODER NIMM MICH! Der entsprechende Ausdruck war aber drastischer.«

»Lukas«, meinte Yvonne tadelnd, »wir sind erwachsene Menschen, oder?«, und er entschuldigte sich bei Ms. Marmelle: »Tut mir leid, wenn ich Ihnen den Tag verdorben habe.

Von Miss Sorkin werden wir wohl kaum wieder etwas sehen, aber vielleicht ist das ganz gut so. Sie scheint mir eine üble Person zu sein.«

Er hatte sich geirrt. Es dauerte nicht länger, als man braucht, um mit hundertzwanzig Stundenkilometern am Nordufer des Wannsees entlang zum College zu fahren und zurück, als Miss Sorkin erneut am Hauseingang stand, höflich anklopfte und ihrem Fahrer zurief: »Sie warten besser – falls ich wieder rausgeschmissen werde.«

Sie wurde eingelassen – aber nur, weil Emma die Haustür vor Lukas erreichte. Sie lachte laut, als sie die junge Frau hereinließ, über deren Busen jetzt geschrieben stand: BEIM ANGRABEN BITTE NICHT STÜRZEN. »Ich mußte losprusten, als ich das las«, berichtete mir Yvonne, »aber Lukas war wütend und weigerte sich, ihr die Hand zu geben.«

Er wurde noch verlegener, als Emma Jenny und den Damen von der Fakultät die Geschichte seines Werbens erzählte: »Er kam mich dann in Bryn Mawr besuchen – das College liegt gar nicht weit von hier entfernt – und fand sich plötzlich inmitten einer Gruppe von Mädchen von Penn, Vassar und Holyoke, kann sein, daß auch ein paar vom Smith College dabei waren. Wenn ich mich recht erinnere, fand an dem Tag eine Frauenrechtskonferenz statt, und als Lukas mit mir über den Campus spazierte, gerieten wir zufällig in die Nähe von Besucherinnen, die, wie sie behaupteten, das Vassar-Lied sangen. Ich werde den Reim nie vergessen:

Heraus, heraus zum ersten Maien!
Heut beginnt der Bums im Freien!
Hurra! Hurra! Hurra! Hurra!«

Als die anderen losprusteten, sagte Emma zu Jenny Sorkin: »Natürlich haben sie beim Singen den gröberen Ausdruck gebraucht, den, der nach der Andeutung von Lukas auf Ihrem ersten T-Shirt gestanden hat.«

»Und was ist dann passiert?« wollte Yvonne wissen, und Emma fuhr fort: »Wie Sie sich vorstellen können, wäre Lukas am liebsten im Boden versunken. Er wurde ganz rot, merkte, daß die Mädchen von den anderen Colleges ihn gesehen hatten, und floh. Er hat mich einfach allein stehenlassen.« Sie fügte nachdenklich hinzu: »Ich habe immer gedacht, Lukas, daß deine Romane ein bißchen zeitgemäßer gewirkt hätten, wenn du in sexuellen Dingen nicht so schüchtern gewesen wärst.« Er war es noch immer – er ließ die kichernden Frauen allein und verließ den Raum.

Als die Zeit für den Tee kam, sagte Emma: »Ich will mal sehen, ob ich Lukas zurücklocken kann.«

Er warf, als er ziemlich verlegen kam, einen Blick auf Jenny Sorkins Busen und brach in Lachen aus: »So etwas Verrücktes habe ich noch nie gesehen. Was bezwecken Sie damit, wenn ich fragen darf?«

»Kinder nennen so etwas einen ›Eisbrecher‹. Für ein Mädchen gibt es nur ein Problem. Wie kann sie von dem Jungen bemerkt werden, daß er sie anspricht? Alles, was ihr dabei nützt, ist eine enorme Hilfe.«

»Aber Sie sind doch kein kleines Mädchen mehr!« warf Lukas ein, worauf Jenny entgegnete: »Man verhält und empfindet sich als Mädchen, solange man sich keinen Mann eingefangen hat.«

»Finden Sie das so wichtig?« fragte Lukas, den diese junge Frau, die Schriftstellerin werden wollte, auf einmal sehr interessierte.

»Mehr, als ich in Worten ausdrücken kann. Man darf sich den Mann nicht selber schnappen. Man muß ihn dahin bringen, daß er einen schnappt.«

»Und Ihr Buch – handelt das hauptsächlich von Football-Spielern, die sich ein Mädchen schnappen?«

»Der beste Teil des Romans handelt von einem Mann, der so anders ist als Sie, Mr. Yoder, wie das nur möglich ist. Ich spreche von meinem Vater, einem totalen Football-Fan, liebenswerten Bauerntrampel und gottverdammten Arschloch.«

Lukas wandte sich Yvonne zu. »Und Sie meinen, Sie können dieses wilde junge Ding formen und eine Schriftstellerin aus ihr machen?«

»Wo es Wachstumspotential gibt«, sagte Yvonne, »kann ich formen. Wo nicht, bin ich machtlos. Ihr da« – sie warf Miss Sorkin einen aufmunternden Blick zu –, »ihr kann ich, glaube ich, helfen. Allerdings nur, wenn sie gewillt ist, sich helfen zu lassen.«

»Sich helfen lassen? Ich schreibe jedes Wort um, wenn Sie wollen.« Jenny hielt inne. »Aber Sie haben mir noch gar nicht gesagt, ob Sie wollen, nicht wahr?« Als Yvonne den Kopf schüttelte, fragte Miss Sorkin ganz leise: »Würden Sie sich mein Manuskript ansehen wollen?«, und Yvonne nickte.

Der Grund, warum ich an diesem Teenachmittag nicht hatte teilnehmen können, stimmte – ich hatte ein Seminar an der Temple University zu geben –, war jedoch nicht die ganze Wahrheit. Ich war vor allem hingereist, um dort ein Komitee aus drei Dekanen zu treffen, denen genausowenig daran lag wie mir, daß unsere Begegnung bekannt würde.

Folgendes war geschehen. Ich hatte einen Brief bekommen von Dekan Mendel Iscovich, dem Leiter eines Instituts für Gesellschaftliche Kommunikation, und der Brief enthielt erstaunliche Nachrichten:

> Durch unsere Professoren, die mehrere Ihrer Vorlesungen gehört, den Werdegang Ihrer Studenten und Ihre Forschungen verfolgt haben, weiß ich, in welch großartiger Weise Sie das Programm bereichern könnten, das wir hier an der Temple University entwickeln.
>
> Aufgrund einer unerwarteten Stiftung Walter Annenbergs, dessen *Philadelphia Inquirer* nur wenig entfernt an der gleichen Straße beheimatet ist, sehen wir uns nun in der Lage, unsere Fakultät um drei Mitglieder von aner-

kannter Qualifikation zu erweitern und ihnen interessante Rahmenbedingungen für eine Lehr- und Forschungstätigkeit zu bieten. Hätten Sie Interesse, unsere Dekane kennenzulernen, um Möglichkeiten zu diskutieren, die in beiderseitigem Interesse liegen dürften?

Ich wollte Mecklenberg nicht verlassen und konnte mich ganz bestimmt nicht als Lehrer an der Temple University vorstellen, die inmitten einer unruhigen Großstadt liegt, aber ich schuldete Dekan Iscovich die Höflichkeit einer Antwort, und obwohl ich in meinem Brief anklingen ließ, daß ich mich in meiner gegenwärtigen Position glücklich und zufrieden fühlte, fiel er immerhin so kollegial aus, daß ein dreiköpfiges Komitee etwa vierzig Meilen nördlich nach Allentown reiste, um sich mit mir in einem Hotel zu treffen, wo mich die Freundlichkeit der Herren Dekane und ihre Sachkenntnisse auf meinem Fachgebiet sehr beeindruckten. Ja, sie machten mir einen Umzug nach Temple intellektuell wie gesellschaftlich so verlockend, und die finanzielle Ausstattung des Instituts, dem ich angehören würde, klang so attraktiv, daß ich ihre Einladung, sie in Philadelphia zu besuchen, einfach nicht ausschlagen konnte. Was meinerseits wiederum nur einen Akt der Höflichkeit darstellte, führte zu einem Wochenend-Besuch der Universität, unter dem Vorwand, dort einen Vortrag zu halten, und obwohl ich erkannte, daß an Ort und Stelle alles so war, wie man es mir versprochen hatte, war die Umwelt der Großstadt, verglichen mit meiner Vorstellung von einer idealen Universität, für mich so fremd, daß ich ihnen zum Abschied nur eines sagen konnte: »Ich brauche ein wenig Zeit, um über dieses bestechende Angebot nachzudenken.« Dabei wußte ich ganz genau, daß ich nur ein paar Minuten brauchte, um mich dagegen zu entscheiden.

Dekan Iscovich, ein jüngerer Herr mit akademischen Graden der Universitäten von North Carolina, Wisconsin und Harvard, riet mir zum Abschied: »Herr Professor Streibert, nehmen Sie dieses Angebot bitte nicht auf die leichte Schulter. Sie haben jetzt das Alter erreicht, in dem Sie sich eine große neue Aufgabe vornehmen sollten, eine Aufgabe, mit der Sie für den Rest Ihrer akademischen Laufbahn wachsen können. Sie sind fast vierzig. Bis zu Ihrer Pensionierung haben Sie noch ein Vierteljahrhundert vor sich. Sorgen Sie dafür, daß diese Jahre zählen!«

Der Rest des Jahres 1989 war für alle turbulent, aber auch lohnend. Jenny Sorkin wurde von zwei Seiten bearbeitet: Auf dem College versuchte ich ihr systematisch bei der Klärung und Vereinfachung ihrer Syntax zu helfen, und wenn sie in New York weilte, insistierte Yvonne unablässig auf mehr Tiefgang.

An einer Arbeitssitzung Jennys mit Yvonne nahm ich teil. Die Lektorin wünschte sich die sechs Männer in Jennys Roman in jeder Hinsicht deutlich unterschieden, »damit ein Blinder nachts im Dunkeln jeden identifizieren könnte.« Yvonne hatte freilich für den einzelnen Autor immer nur begrenzt Zeit. »Max Perkins hat seinen Autoren endlos lang das Händchen gehalten. Das ist heute unmöglich. Ich kann Ihnen sagen, was ich für falsch halte. Richten müssen Sie es selbst.«

»Sagen Sie es geradeheraus, Yvonne. Was *ist* falsch?«

»Wäre es nicht besser«, sagte Yvonne leise und sah Jenny direkt ins Gesicht, »wenn Sie mich mit ›Ms. Marmelle‹ anredeten, bis Sie zwei Bestseller geschrieben haben?« Und lächelte gleich darauf wieder.

»Entschuldigung. Aber deshalb bin ich ja an die Ostküste zurückgekommen. Um solche Dinge zu lernen.«

»Was wir brauchen …« Daß Yvonne ›wir‹ sagte, verriet, daß sie Jennys Manuskript bereits als ihr eigenes akzeptiert hatte und bis zum Umfallen kämpfen würde, daß es angemessen verlegt würde. »Wir brauchen sechs wunderbare Porträts. Komisch, warmherzig, irritierend, pompös, *macho*. Das Bild von Ihrem Vater und seiner verrückten Art – perfekt. Und wissen Sie auch warum? Sie haben ihn gekannt. Ich habe nicht das Gefühl, daß Sie Ihre fünf Football-Spieler wirklich kennen. Bis auf den Dichter aus Missouri, ja, den vielleicht.«

Während eines gemeinsamen Mittagessens fragte Yvonne: »Haben Sie mit einem Ihrer Großen Sechs geschlafen?«

»Ich gehe Football-Spielern aus dem Weg.«

»Da liegt das Problem: Sie schreiben zu neutral über sie, suchen Helden aus ihnen zu machen, sind aber nicht mit dem Herzen dabei. Lassen Sie das Heroische weg. Nageln Sie sie fest, als ob es sich um Insekten im Biologie-Unterricht handelte. Die Linse schärfer einstellen, viel schärfer!«

Wenn Jenny ihre beiden Mentoren satt hatte, die auf ihr herumhämmerten, aber keine präzisen positiven Instruktionen gaben, erinnerte sie sich an Worte, die ich einmal auf einer zwanglosen Party mit höheren Semestern ausgesprochen hatte. »Das Traurige ist, daß die meisten Kinder in der großen Klasse es nie schaffen werden.« Sie war fest entschlossen, nicht zu denen zu gehören, und als sie nach langem Ringen eines Nachts um zwei Uhr das Porträt ihres Charakters von der Oklahoma State University endlich in den Griff bekommen hatte, rief sie Yvonne an, um ihr jubelnd mitzuteilen: »Ich fühle mich so fantastisch. Sieben Seiten habe ich überarbeitet, ganz so, wie wir beide es uns vorstellten. Das ganze Fett ist weg. Es sind nur noch Muskeln und Musik.«

»Jetzt klingen Sie«, sagte Yvonne, »fast wie eine richtige Schriftstellerin.«

Und was Timothy anging, der so brillant begonnen hatte und als mein Assistent so erfolgreich war – ich machte mir Gedanken, ob er wohl mein Nachfolger werden könnte, falls ich je eine andere Stelle annähme. Die für reguläre Verwaltungsarbeit notwendige Geduld schien ihm zu fehlen; es fiel mir schwer, das zu akzeptieren, weil ich ihn für seine jetzige Stellung empfohlen und mich für ihn starkgemacht hatte, als Kollegen der Fakultät einwandten, mit seinen einundzwanzig Jahren sei er dafür noch zu jung. Als ich dann eines Tages unerwartet noch einmal zurückkam, um Papiere zu holen, und ihn vorlesen hörte, war ich überrascht, wie leicht und ungezwungen er seine Studenten im Zaum hielt, und fragte mich, wie er diese erstaunliche Fähigkeit erworben hatte. Er schien alles, was ich gelehrt hatte, aufgenommen und mit seinen natürlichen Talenten verschmolzen zu haben.

Auf einem Spaziergang über den Campus sah ich ihn eines Nachmittags bei einem Football-Spiel auf der Wiese. Er sprang plötzlich hoch wie ein junger Ikarus, um einen Wurfball zu fangen, und da begriff ich auf einmal eins: Wenn sein Roman eine Vitalität besaß, die meinem eigenen Schreiben abging, so rührte das wahrscheinlich daher, daß im Unterschied zu mir sein Leben voller Vitalität war. Er, mit seinen zweiundzwanzig Jahren, war inzwischen voll erwachsen, ich dagegen, obwohl fast doppelt so alt wie er, nur partiell. Auf dem Tennisplatz spielte er mit so natürlicher Grazie, daß ich dachte: Er ist ein Apoll, ich bin ein rebentrampelnder Bauer, und ich begann ihn unwillkürlich zu beneiden. Ich war sein Mentor gewesen; jetzt sah ich ihn abheben zum Flug und erkannte, daß ich ihn loslassen mußte. Der Gedanke, ihn zu verlieren, war mir fast unerträglich.

Nur wenige Tage später litt ich unter dem Eindruck eines niederschmetternden Verlusts. Ende 1988 hatte einer von F. X. M. Devlans Kollegen mir geschrieben: »Er hat mich gebeten, Ihnen mitzuteilen, er sei zu schwach, um selbst zu schreiben, und das Ende scheint zu nahen. Ich halte es für richtig, Sie davon in Kenntnis zu setzen; er wiegt weniger als einhundertzehn Pfund, und der Verfall seiner Kräfte läßt sich nicht aufhalten. Sein Bewußtsein ist klar, seine Attacken gegen die Mittelmäßigkeit sind ungebrochen, und er läßt Sie herzlich grüßen.«

Weil ich Devlan so überaus deutlich vor mir sehen konnte, stark noch im Angesicht des Todes, mit beißendem Witz gegen die Torheiten der Welt, schickte ich ihm innerhalb von drei Tagen drei lange Briefe, um ihn an die Freude zu erinnern, die wir in Griechenland erlebt hatten, und an den immensen Einfluß, den er auf mein Leben ausgeübt hatte. Ich wollte nach Oxford fliegen, um ihn zu trösten, konnte jedoch für eine solche Reise keinen Vorwand finden. Ich glaubte nicht, daß ich meine Unterrichtsverpflichtungen einfach im Stich lassen dürfte, und falls ich Erlaubnis bekäme und es sich unter den Studenten und bei den Ehemaligen herumspräche, daß ich verreist sei, um, wie sie sich ausgedrückt hätten, »seinen besonderen Freund« oder, schlimmer noch, »seinen intimen Freund« zu trösten, hätte ich meine Stelle verlieren können. Ich hielt also durch und fühlte mich dabei immer elender. Wenn ich durch die stillen Ecken des Colleges und an den Ufern des Wannsees entlangging, sah ich mich innerlich in Oxford auf dem Weg zu den Räumen in der Steinkate aus dem 18. Jahrhundert, wo mein Freund im Sterben lag. Dann konnte ich den Schmerz kaum mehr ertragen.

Schließlich stürzte ich unangemeldet in das Büro von Präsident Rossiter und muß ziemlich konfus ausgesehen haben, als ich herausplatzte: »Sir, ich muß sofort nach Oxford fliegen.«

Zu meinem Erstaunen sagte er gefaßt: »Selbstverständlich. Als ich von der Krankheit Ihres Freundes hörte, ist mir gleich der Gedanke gekommen, daß Sie zu ihm müßten. Tull hat erklärt, es wäre ihm eine Ehre, Ihren Unterricht übernehmen zu dürfen. Es gäbe ihm Gelegenheit, seine Fähigkeiten für höhere Semester zu testen.«

»Aber was wird man im College sagen?«

»Wenn Ihr Vater im Sterben läge, Streibert, würden wir Ihnen nahelegen, ihn zu besuchen. Würden wir anders handeln, wenn Andersons Frau an Krebs stürbe? Sollte er dann etwa nicht bei ihr sein?«

Auf soviel Verständnis war ich nicht vorbereitet. Ich suchte nach einem Stuhl. »Darf ich mich setzen?« Auf sein Nicken bin ich tatsächlich in Tränen ausgebrochen; die letzten Tage waren zu verwirrend gewesen. Er begleitete mich nach einer Weile zu Tür, legte mir den Arm um die Schulter und meinte: »Streibert, die älteren Fakultätsmitglieder und die Kuratoren haben sich vor längerer Zeit vergewissert, daß Sie für das College kein Problem darstellen. Ich meine – Sie und Professor Devlan. Der Punkt ist längst erledigt.«

»Ich kam her, um meine Kündigung auszusprechen«, sagte ich, und er entgegnete: »Das glaube ich Ihnen«, und schlug vor, daß ich mich vom Chauffeur im Dienstwagen des Colleges zum Kennedy-Flughafen fahren ließ.

Durch Gottes gnädige Fügung kam ich in Oxford an, als Devlan noch am Leben war – ein zusammengeschrumpfter kleiner Mensch von neunzig Pfund, doch immer noch verblüffend lebendig. Ich glaube, er hat zum Gespräch mit mir seine letzten Kräfte mobilisiert, und seine Worte brachen mir fast das Herz: »Was ich gern täte in der Zeit, die mir bleibt? Noch einmal die Uffizien sehen. Lohengrin hören. Ein letztes Mal mit meinem Seminar zusammensein, um mit meinen Schülern…« Seine Stimme wurde unhörbar, und als ich mich vorbeugte, um ihn zu verstehen, fügte er hinzu. »Agamemnon auf griechisch hören, im alten Tempel …« In der darauf folgenden langen Pause griff er nach meiner Hand. »Und in Olivenhainen wandeln. Das haben wir einmal getan, nicht wahr?«

Er wurde auf einem Friedhof in Oxford begraben, und seine Freunde kennzeichneten sein Grab mit einem kleinen Stein mit den Worten ›DEVLAN, KRITIKER‹, wie er es mich gebeten hatte.

Nach der Rückkehr erfaßte mich in Mecklenberg ein Gefühl der Leere, das mich stärker aushöhlte als die Trauer nach dem Tod meiner Eltern. Die schmerzhafte Erfahrung mit dem Roman *Die leere Zisterne*, dessen Schwächen Devlan aus der Ferne erkannt hatte, ließ mich an der eigenen Richtung zweifeln: »Ich brauche Hilfe, so wie Timothy Tull und Jenny Sorkin

Führung brauchen. Kein Schriftsteller kennt sich je genug aus mit der eigenen Sprache, mit seinen Figuren oder seiner Kunst. Ach, Michael, ich hätte dich damals gebraucht. Ich bräuchte dich jetzt.«

Als Devlan auf dem Sterbebett lag, war mir der Gedanke gekommen, daß Tull vielleicht der Erbe jener Einsichten, die von Leavis an Devlan und von Devlan an Streibert weitergegeben worden waren, und ein Meister des Dialogs unter Eliten werden könnte. Intelligent genug war er für eine solche Aufgabe, und nach sechs oder sieben Jahren in Mecklenberg wäre er vielleicht reif für eine bedeutende Universität, vor allem, wenn er in der Zwischenzeit an einer angesehen Lehrstätte wie Yale oder Oxford seinen Doktor der Literaturwissenschaft gemacht hätte.

Der Gedanke an Oxford rüttelte mich wach. Der Junge war doch helle genug, um ein Rhodes-Stipendium zu gewinnen! Als ich der Sache nachging, erfuhr ich jedoch, daß Studenten nur für eine begrenzte Zeit nach Ende ihres Grundstudiums für ein solches Stipendium in Frage kamen – für Tull war es dafür zu spät.

Ich schlug mich irritiert an die Stirn: Warum bin ich nicht gleich drauf gekommen? Bei den Millionen seiner Großmutter braucht er doch kein Stipendium! Er könnte für die Kosten leicht selber aufkommen. Ja, im *Philadelphia Inquirer* war erst vor kurzem ein Artikel erschienen, der auf die Ungerechtigkeit hinweis, daß Tulls *Kaleidoskop* auf der Bestsellerliste stünde und einem jungen Mann Geld brächte, der von seiner Großmutter ohnehin Millionen erben würde, während zwei gleichermaßen begabte, reife Autoren der Stadt mit ihrer Kunst kaum ihren Lebensunterhalt zu bestreiten vermochten. Nach Lektüre dieses beleidigenden Artikels hatte ich mich laut gefragt: »Wer sagt denn, daß sie gleichermaßen begabt sind? Sie haben vielleicht nur ein Zehntel von seinem Talent.«

Ich hatte die kräftigen Worte zur Verteidigung Tulls noch nicht zu Ende gesprochen, als ich eine innere Stimme warnen hörte: Nimm Timothy nicht wichtiger, als er ist, Streibert. Er ist nur einer von deinen Studenten. Er hat gewisse Fähigkeiten und Begabungen gezeigt. Er ist kein Gott. Laß ihn sein Niveau selbst finden.

Die Warnung hatte Vernunft, aber es gab in seinem Leben etwas, das mich beunruhigen mußte: Ich wollte nicht miterleben, daß er den schrecklichen Fehler machte und zu jung – übereilt – heiratete, und dazu die Falsche. Eine wie Jenny Sorkin, zu der er sich hingezogen zu fühlen schien. In dieser Befürchtung wurde ich durch etwas bestärkt, das ich mir nicht länger verhehlen konnte: Ich mochte Jenny Sorkin nicht; sie war für mich undurchschaubar. Wann immer ich annahm, sie werde endlich zivilisiert, beging sie eine neue Untat; wenn ich sie aber bereits als hoffnungslos aufgeben wollte, zeigte sie plötzlich eine neue Befähigung, die mich erstaunte.

Ihr lautes Verhalten war ärgerlich, ihre auffälligen T-Shirts beleidigten mein College – so auch das eine, dessen Botschaft die Variation einer Warnung darstellte, wie man sie auf Vexierspiegeln antrifft: DINGE, DIE DIES HEMD VERBIRGT, SIND GRÖSSER, ALS ES SCHEINT. Und ich muß zugeben – mich störte, daß sie sich im Geistigen eher auf Timothy Tull und auf Yvonne Marmelle verließ als auf mich. Und deshalb klopfte ich eines Abends, nur aus Sorge um Timothy, an seine Tür. »Timothy, ich weiß, daß ich Sie überfalle. Ich komme jetzt aber nicht als Ihr Freund, sondern weil ich für einen kleinen Teil dieses Colleges verantwortlich bin.«

»Bitte setzen Sie sich.«

»Sie könnten eventuell in gefährliche Untiefen geraten, wenn Sie mit Jenny Sorkin weiterhin privat Umgang pflegen. Wir befinden uns hier an einer konservativen Institution, der kleinste Hauch eines Skandals, und peng, schon explodiert die Granate des Anstands.«

»Ich bin hier schon Student gewesen, Mr. Streibert. Haben Sie das vergessen?«

»Aber die jetzige Situation ist für Sie neu, als junger Hochschullehrer – der Frauen unterrichtet.« In der dann einsetzenden Stille fixierte er mich feindselig, ich wich seinem Blick jedoch nicht aus. »Amerikanische Colleges, vor allem solche mit weiterführenden Lehr- und Forschungsprogrammen, werden in jüngster Zeit häufiger von Skandalfällen geplagt, bei denen Professoren vorgeworfen wird, Studentinnen belästigt zu haben.«

Tull lachte. »Dafür bin ich nicht der Typ, Mr. Streibert. Das wissen Sie doch. Ich treffe mich dann und wann mit Jenny, um mit ihr über ihre Arbeit zu sprechen. Ich bin zweiundzwanzig. Ich weiß, was ich tue.«

»Und sie ist vierundzwanzig. Wenn die Frau älter ist als der Mann, können komische Dinge passieren. Solche Frauen gehen manchmal vor Gericht, nur aus Rache, wenn sie fürchten, daß der Mann sich einer Jüngeren zuwendet.«

»Das Risiko gehe ich ein.«

»Aber wir kennen sie überhaupt nicht – wir wissen nichts von ihren Problemen und Ängsten. Ich habe ernsthaft Zweifel, ob Jenny für Sie der richtige Umgang ist. Das kann doch bloß Schwierigkeiten geben, Timothy. Sie wissen, ich will nur Ihr Bestes.«

Plötzlich blitzten seine Augen mich an, er sprang auf, und zum erstenmal, seit ich ihn kannte, hob er seine Stimme im Zorn. »Das ist völlig verrückt«, schrie er. »Verflucht, Mr. Streibert, Sie befinden sich auf dem Holzweg.« Ich tat, was ich konnte, um ihn zu beruhigen, aber er raste weiter: »Ich bin College-Dozent. Meine Leistungen und ein starker Roman sprechen für mich. Wenn Sie mir kündigen, weil ich mich privat mit einer erwachsenen, gleichaltrigen Frau treffe, wird man sich anderswo um mich reißen.«

»Timothy«, sagte ich beinahe flehend, »Sie wollen mir nicht zuhören. Ich warne doch nur, weil es in letzter Zeit an einem Dutzend von Universitäten genau deswegen Skandale gegeben hat ...«

»Das haben Sie bereits gesagt«, fuhr er mich an. »Und oft

waren die Frauen im Recht, und die Professoren wurden zu Recht gefeuert.«

»Lehrer und Schülerin«, sagte ich beruhigend, »das ist immer eine gefährliche Kombination. Und bei Ihrem familiären Reichtum wären Sie eine hervorragende Zielscheibe.«

»Sie reden wie nach einem Roman von Kafka. Ein Prozeß ohne Anklage, ohne Beweise, ohne Geschworene. Ich gehe davon aus, daß dieses Gespräch zwischen uns nie stattgefunden hat.« Als ich mit meiner Warnung fortfahren wollte, wurde er so wütend, daß er auf eine Weise reagierte, die er später bedauert haben mag. »Wenn ich recht informiert bin, so haben Sie, Mr. Streibert«, sagte er, wobei er meinen Namen beinahe ausspuckte, »sich während Ihrer Studienzeit in Columbia nicht so kleinlich an Ihre Kleinstadtmoral gehalten, obwohl in Ihrem Fall die Lehrperson fast zwei Jahrzehnte älter war – und ein Mann.«

Es war brutal von ihm, über die mir heilige Beziehung zu Devlan zu höhnen, und damit war natürlich jedes weitere Gespräch völlig ausgeschlossen. Bevor ich aus dem Zimmer stürzen konnte, wurde mir schwarz vor Augen, als ob ich ohnmächtig würde. Ich stieß den Kopf gegen den Türrahmen und flüsterte: »Professor Devlan ist letzte Woche gestorben. An AIDS«, und verließ das Zimmer. In den folgenden zwei Wochen haben wir kein Wort miteinander gewechselt.

Ich konnte es nicht zulassen, daß unsere Beziehung auf so häßliche Weise zu Ende ging, sah allerdings keine Möglichkeit, sie wieder aufzunehmen, ohne das Gesicht zu verlieren. Als wir uns dann eines Tages auf dem Gang begegneten, blieb ich stehen, um eine Bemerkung zu seiner hervorragenden Verwendung meines Diagramms von den Atriden zu machen, und fragte im Anschluß noch: »Und wie geht es mit dem neuen Roman voran?«

»Mühsam«, sagte er. »Es handelt sich um einen reinen Dialog, etwas, das Ihnen zusagen dürfte.«

»Ich würde es gern einmal lesen«, sagte ich, und er versprach: »Sie werden es als erster zu sehen bekommen.«

Als ich nach einem Zusammensein mit Studenten eines Abends um neun an Timothys Zimmer vorbeikam, war die Tür geschlossen und aus dem Hintergrund die Stimme einer bemerkenswerten Sängerin zur Begleitung eines Orchesters zu hören, das eine äußerst satte, sinnliche Musik spielte. Es war eine unglaubliche Stimme; sie reichte von einem tiefkehligen Mezzosopran bis zu einem hellen Sopran, der sich in lyrische Höhen schwang und dann wieder wie ein goldbraunes Blatt im Winde oder ein silbriger Wasserfall herabstürzte. In welcher Sprache sie sang, vermochte ich nicht herauszuhören. Ich wollte gern mehr wissen, drückte die Tür auf und sah mich Jenny Sorkin gegenüber, die auf seinem Bett ausgestreckt lag, mit dem Gesicht nach unten und dem Kinn auf die Handteller gestützt. Timothy saß in der anderen Ecke des Raums im Sessel bei der Leselampe neben dem CD-Spieler, gegenüber den beiden Lautsprechern an der Wand. Die beiden hörten offensichtlich intensiv der Musik zu und gerieten durch mein Eintreten überhaupt nicht in Verlegenheit.

Ich blieb in der Tür stehen und erkundigte mich: »Was ist das für Musik?«

»Lieder der Auvergne«, erwiderte Timothy. »Eine Volksliedsammlung aus Südfrankreich.«

Jenny schaute auf. »Ein Mädchen vom Lande ist voller Angst, sie könnte alt werden, ohne einen Mann zu haben. Sie steht am Ufer eines Flusses und singt einem jungen Schäfer auf der anderen Seite zu.« Während wir dem unvorstellbar schönen Steigen und Fallen der vollkehligen Frauenstimme lauschten, lief mir ein Schauer den Rücken herunter; da hörte ich Jenny sagen: »Dies war die Stimme, die Odysseus hörte, als er angebunden am Schiffsmast stand, entschlossen, der Versuchung der Sirenen zu widerstehen, die Männer zu Schweinen verwandelten.«

»Mir kommt sie eher wie die zauberhafte, tiefe Stimme der

Rheinnixen vor, die Männer zum sicheren Verderben auf die Felsen locken«, meinte ich.

»Wir sollten es nicht zu idyllisch deuten«, widersprach Timothy. »Es geht um eine Frau, die sich in eine Abstraktion verliebt hat, und nun sehnt sie sich nach dem wirklichen Mann, den sie auf der anderen Seite des Sees sieht.«

»Ich dachte, Sie hätten von einem Fluß gesprochen«, warf ich ein, und Jenny lächelte mir auf eine provokante Art zu. »Wenn man von seinem Mann getrennt ist, wird aus einem Bach ein Fluß, wird ein Fluß zum Ozean.«

Die Musik nahm mich so gefangen, daß ich mich tags darauf über die *Lieder der Auvergne* informierte und erfuhr, daß dieses eine Lied mit dem seltsamen Titel »Bailero« als das beste von allen galt; es war bei Sängerinnen äußerst beliebt und in vielen Ländern übernommen worden, und es war mir ein Rätsel, wie ich es hatte übersehen können. Als ich dann aber im eigenen Zimmer die Schallplattenaufnahme eines französischen Kontraalts hörte, ging mir auf, daß es von einer mir fremden Leidenschaft sprach: von der Sehnsucht einer jungen Frau nach einem Mann. Als ich ein paar Tage später abends Timothy sprechen wollte und mich seinem Zimmer näherte, hörte ich die zauberhafte Musik erneut, hörte ich auch das gleiche Gemurmel von Stimmen wieder, und ich akzeptierte die schmerzhafte Tatsache, daß mir der Eintritt in dieses Zimmer nunmehr verwehrt war.

Ich quälte mich in dieser dunklen Zeit unnötig, indem ich abends nach der letzten Sitzung mit Studenten allein auf meinem Zimmer blieb; ich hörte mir die Schallplatte mit den *Liedern der Auvergne* an und stellte mir Jenny Sorkin beim Singen der magischen Lieder vor und wie ihr Herz schneller schlug, während am gegenüberliegenden Flußufer Timothy seine Schafe hütete. Und die unendliche Sehnsucht, derer das Herz des Menschen fähig ist, überwältigte mich. Und beim Schlag der Mitternacht empfand ich ein Gefühl der Einsamkeit, wie ich es noch nie erlebt hatte.

In dieser trostlosen Zeit, als ich an meinem Wert für Mecklenberg zu zweifeln begann, versetzte mir Lukas Yoder einen weiteren Schlag. Der Fairneß halber muß ich zugeben, daß er sich dessen nicht bewußt war. Ich hörte zufällig davon.

Eines Morgens verließ Jenny Sorkin den Seminarraum und blieb kurz stehen, um ganz aufgeregt zu flüstern: »Jetzt komme ich mir endlich fast wie eine richtige Schriftstellerin vor!«

»Was hat es denn heute Besonderes gegeben, um Ihnen dieses Gefühl zu vermitteln?« wollte ich wissen, und sie gab zurück: »Es hat nichts mit Ihrem Unterricht zu tun. Lukas Yoder nimmt Timothy und mich mit nach New York, um uns mit seiner Agentin bekannt zu machen – einer gewissen Miss Crane. Sie ist angeblich die beste. Ob Sie es glauben oder nicht: Sie wird mich vielleicht vertreten. Timothy nimmt sie bestimmt. Aber Mr. Yoder hat ihr auch mich empfohlen.« Und sie rannte los, um Timothy zu suchen.

Ich beobachtete, wie Yoder in seinem alten Buick ankam, meine beiden Studenten einsteigen ließ, mit ihnen nach New York davonfuhr, und fühlte mich gedemütigt. Ich war mit zwei wichtigen Dingen beschäftigt gewesen: die beiden zu lehren, schriftstellerisch gut zu arbeiten, und dafür zu sorgen, daß sie eine engagierte Lektorin fanden. Beides war mir gelungen, und sie jetzt mit Yoder zur Lösung eines Problems davonbrausen zu sehen, bei dem ich selbst ihnen hätte helfen können, war eine bittere Pille.

Als in den Semesterferien die Studenten abgereist waren und ich das College – bis auf die Sekretärinnen, die noch blieben, um die Examensergebnisse zu versenden – ganz für mich allein hatte, genoß ich die Tage, an denen ich ohne Störung in aller Ruhe über meine verwirrende Situation nachdenken konnte.

Mein Leben war aus den Fugen geraten. Privat wie beruflich schien nichts mehr richtig zu laufen. Devlan war tot; ich war ohne ihn ohne Anker. *Die Zisterne* war auch gestorben und hatte den Nachgeschmack hinterlassen, daß ich nie ein Romancier werden würde, und die begründete Befürchtung, daß ich ein sicheres Urteil nur beim Werk anderer hatte, aber nicht beim eigenen. Und daraus ergab sich die fürchterliche Frage für mich: Kann ich denn mein Leben ehrlich beurteilen?

Ich ging in der Abenddämmerung am Ufer des Wannsees spazieren, als mir die Frage in den Sinn kam, die mich traf wie ein Schlag auf den Kopf. Ich war völlig durcheinander und suchte am Seeufer eine Bank auf, und da saß ich nun mit gebeugtem Haupt und den Händen regungslos auf dem Schoß. Ich führte eine erbarmungslose Selbstanalyse durch und kam zu dem Schluß, daß ich aus Furcht vor den Konsequenzen die Dinge nicht klar einzugestehen gewagt hatte.

»Das ist es«, sagte ich mir. »Du bist den Unterricht leid und vertrödelst in Mecklenberg nur noch deine Zeit.« Ich war entsetzt über das, was diese Worte bedeuteten. Das College war mir zur Heimat geworden. Im Unterschied zu anderen unverheirateten Dozenten hatte ich keine Wohnung in Dresden oder Bethlehem, ich hatte stets in einem der Studentenwohnheime auf dem Campus gewohnt – in einer schönen Suite, gewiß – und saß nun wie in einem Kokon gefangen, den ich mir selbst gesponnen hatte. Besäße ich den Mut, ihn zu verlassen?

Ich schüttelte den Kopf, wie um den Gedanken zu vertreiben, und wandte mich der anderen lähmenden Schwäche zu, der ich hatte ausweichen wollen. Streibert, sagte ich mir selbst, du bist Literaturkritiker, du hattest die Chance, ein maßgeblicher Kritiker zu werden, aber du hast die Orientierung verloren. Und das deshalb, weil dir allzusehr daran gelegen war, einen Buchvertrag mit Kinetic zu bekommen, und darum konnte dich der Verlag dazu bewegen, deine Kritik an Yoder wegzulassen. So hat die Korruption begonnen, und dann, noch schlimmer, hast du deine Kritik an Yoder ganz aufgegeben, weil er deiner Abteilung sehr viel Geld gespendet hat. Du hast verkündet, die Aufgabe des Schriftstellers und des Kritikers bestehe im ehrlichen Widerstand gegen die Gesellschaft. Wenn du aber dem Druck der Gesellschaft ausgesetzt warst, hast du nachgegeben.

Ich stand auf, legte mir die Hände vors Gesicht und rief laut: »Jetzt bricht eins nach dem andern zusammen. Und ich kann es nicht aufhalten.«

In dem Augenblick kam Professor Harkness von der Chemie vorbei, der zwar meine Worte nicht verstehen konnte, doch merkte, daß ich in Not war. »Was ist mit Ihnen, Streibert? Sie sind ja ganz grau im Gesicht.«

»Ich schlage mich mit Ideen herum«, log ich, und als er sich darauf erkundigte, ob er mich zu meinen Räumen begleiten solle, log ich erneut: »Nein, danke. Ich bin nur überarbeitet. Sonst geht es mir gut«, und bewies es, indem ich ein kurzes Stück neben ihm herlief. Er wollte mich nicht allein lassen, doch ich bestand darauf, und als er fort war, ließ ich mich auf eine andere Bank sinken und zwang mich, die Wahrheit über mich selbst zu akzeptieren.

Ich war selber schuld. Nicht Devlan, weil er sich AIDS geholt hat. Nicht Timothy, weil er über mich hinausgewachsen war. Nicht Yoder, weil er die Grenzler-Region für sich besetzt hatte, bevor ich sie aufgreifen konnte. Und auch das College nicht, weil es mir keine neuen herausfordernden Studenten bieten konnte. Ich hatte versagt aufgrund einer Schwäche, die bei werdenden Kritikern und Menschenführern unverzeihlich ist: Ich hatte mein Ziel aus dem Auge verloren. Ich kämpfte blind. Ich war in einer furchtbaren Routine verstrickt, die sich nun von allen Seiten um mich zusammenzog.

Ich bin nie sonderlich mutig gewesen, glaube aber, andererseits keine Angst davor gehabt zu haben, dem Unvermeidlichen ins Auge zu sehen, und so saß ich an diesem Tiefpunkt meines Lebens mit zusammengebissenen Zähnen am Ufer des Sees und war fest entschlossen, mich aus dem Morast zu ziehen, in dem ich festsaß. Gnädigerweise fielen mir da Worte wieder ein, die mir Trost und Richtung hatten geben wollen, gesprochen von Dean Iscovich an der Temple University: »Bis zu Ihrer Pensionierung haben Sie noch ein Vierteljahrhundert vor sich. Sorgen Sie dafür, daß diese Jahre zählen.« An jenem bekümmerten Abend erschien mir das Angebot, das er mir gemacht und das ich leichtfertig ignoriert hatte, wie ein Licht am Horizont – als wunderbare Chance, der Selbstzufriedenheit zu entrinnen, von der ich mich hatte einlullen lassen, und wieder etwas Großem entgegenzustreben.

Mit neuem Lebensmut sprang ich von der Bank auf und lief auf mein Zimmer, um Dekan Iscovich anzurufen und meine Entscheidung mitzuteilen – doch bevor ich meine Freiheit in Anspruch nehmen durfte, war noch eine Hürde zu nehmen. Ich war schon an der Bibliothek vorbei und blieb plötzlich stehen und trat in den Hauptsaal, der nahezu leer war; die Studenten waren in die Ferien entflohen. In einer Ecke arbeitete Jenny Sorkin still vor sich hin. Ich nickte ihr zu und bat die Bibliothekarin um ein Vorlesungsverzeichnis der Temple University. Ich steckte es unter den Arm und begab mich auf mein Zimmer, um mir den Plan anzusehen.

Die Gebäude der Hochschule lagen über den ganzen Norden von Philadelphia verstreut. Als ich innerhalb der Grenzen dieses Ghettos keinen Wannsee, keine Gärten mit Spazierwegen, keine Wohnhäuser mit geräumigen Innenhöfen entdeckte, verließ mich mein Mut. »Großer Gott! Streibert! Du mußt den Verstand verloren haben! Welch ein schlechter Tausch!« Dann hörte ich jedoch eine Stimme wie von jemandem, der neben mir stand, und die Stimme sagte: »Jetzt tu den ersten Schritt auf dem Weg nach oben, oder du bleibst für immer stehen.«

Ich rief bei Temple an, bevor ich erneut unschlüssig werden konnte, und teilte dem Dekan mit: »Entschuldigen Sie, daß ich Sie privat behellige, aber ich habe mich soeben entschlossen, Ihr Angebot anzunehmen. Was Sie dort machen, überzeugt mich mehr und mehr«, und Iscovich, dem klar gewesen sein muß, wie schwer mir die Entscheidung gefallen war, sagte nur: »Sie werden es nicht bereuen.« Als ich den Hörer auflegte und durch das Fenster auf den herrlichen Wannsee hinausschaute, wußte ich jedoch, daß ein Teil von mir diese Entscheidung an jedem Tag meines Lebens aufs neue bereuen würde. Aber die reale Welt rief, und ich konnte es kaum abwarten, in Philadelphia einen Schildermaler zu beauftragen, auf einer Wand in der Temple University mein Wandbild DAS FLUCHBELADENE GESCHLECHT DES ATREUS zu malen. Die Verwirrung war vorbei. Ich würde wieder ein ehrlicher Lehrer sein und ein aufrechter Kritiker.

Meine erste Aufgabe als freier Mensch war nicht leicht, ließ sich aber nicht umgehen. Mit forschen Schritten begab ich mich quer über den Campus zur Wohnung Präsident Rossiters, klopfte an und sagte: »Verzeihen Sie, daß ich so unhöflich bin, aber ich muß es Ihnen sagen, bevor ich dazu die Courage verliere. Ich habe beschlossen, Sir, daß es an der Zeit ist, meine Zelte abzubrechen. Ich werde Mecklenberg mit Ende des Semesters verlassen.«

Er war, nach all den Kündigungen, die oft genug von ihm ausgegangen waren, mit solchen Situationen vertraut und ließ sich keinerlei Überraschung anmerken. Er bat mich zu sich herein und verschanzte sich hinter den üblichen, abgenutzten Phrasen. »Ich habe gewußt, daß wir eine Leuchte wie Sie nicht auf immer und ewig bei uns festhalten könnten, Karl. Wir wünschen Ihnen zu Ihrer neuen großen Aufgabe viel Glück. Wohin gehen Sie?«

»Zur Temple University. Ein neues Studienprogramm mit guter finanzieller Basis.« Er war so anständig, bei der Nachricht, daß er einen seiner Stars nicht etwa an Princeton oder Stanford verlor, sondern an Temple, nicht mit offenem Mund dazustehen, doch seine Augenbrauen zuckten. Er nahm sich zusammen. »Nun ja«, meinte er, »eine große, solide Institution. Leistet, wie wir hören, gute Arbeit an jungen Menschen aus dem innerstädtischen Bereich. Eine bemerkenswerte

Chance für Sie. Unsere besten Wünsche begleiten Sie«, und vier Minuten später geleitete er mich zur Tür. Als ich ins Freie trat, rief er mir jedoch noch nach: »Wir sollten das nicht nach außen tragen, ja, Karl? Unter den Studenten könnte es einen Aufruhr geben, wenn bekannt würde, daß wir einen beliebten Lehrer verlieren, nicht wahr?«, und ich stimmte zu, weil ich glücklich war, das Mecklenberg College zu meinen Bedingungen verlassen zu dürfen.

Es war in diesem Moment einer Wiedergeburt, daß ich mir schwor: »In Temple werde ich mich durch nichts davon abbringen lassen, die amerikanische Literatur auf ehrliche Bahnen zu steuern. Die beiden Seminare, die Iscovich mir übertragen hat, insbesondere »Dekonstruktivismus, der Weg zum Sinn«, werden ein Dialog mit Ebenbürtigen sein«, und ich kehrte in einem Zustand gehobener Stimmung zu meinen Räumen zurück.

Ich hatte es mir seit Jahren zur Gewohnheit gemacht, jeden Montag die Medienseite der *New York Times* zu lesen, weil sie zumindest bruchstückhaft Insider-Informationen lieferte, die mir das Gefühl gaben, ich nähme irgendwie teil am großen Spiel, das die Verlagswelt bewegte. Eines Morgens fand ich mehr an Information, als mir lieb war:

> Nach Gerüchten aus wohlinformierten Kreisen scheint die erwartete Ehe zwischen dem New Yorker Verlag Kinetic Press und dem Kastle-Konzern aus Hamburg geplatzt zu sein. Beide Seiten geben sich gleichermaßen die Schuld – Kinetic verlangte mehr Garantien zur Weiterführung der bisherigen Verlagspolitik, als Kastle zu geben bereit war, Kastle mehr kommerzielle Zugeständnisse, als die Amerikaner einräumen wollten. Kenner vermuten, daß sich beide Seiten wieder genau an dem Punkt befinden, als die Verhandlungen begannen, mit der Möglichkeit, daß ein weißer Ritter Kinetic retten könnte – einen Verlag, der berühmte amerikanische Autoren herausgebracht hat und

dessen gegenwärtiges Spektrum des Programms so breit ist, daß es sowohl den älteren Bestseller-Autor Lukas Yoder wie den jungen Rebellen Timothy Tull einschließt. Ein Mitbewerber hat erklärt: »Es wäre zu begrüßen, wenn der Verlag in amerikanischer Hand bliebe.«

Ich ließ mich noch während der Lektüre des Artikels mit Yvonne verbinden, bekam aber keine Gelegenheit, ihr meine Sorgen mitzuteilen, denn sie rief völlig aufgeregt: »Karl, Gott sei Dank, daß Sie anrufen. Kann ich rüberkommen und mit Ihnen reden?«

»Wann werden Sie im Gasthof sein?« Als sie meinte, vermutlich gegen elf, sagte ich: »In Ordnung. Möchten Sie Yoder und Tull und eventuell auch Sorkin dabei haben?« Doch sie lehnte ab. »Nur Sie. Und bringen Sie viel Zeit mit. Ein Kommandounternehmen!«

So nervös wie bei ihrer Ankunft im »Dresden China« hatte ich sie noch nie gesehen, und es war ganz und gar untypisch, daß sie sich mit einem Drink zu beruhigen suchte. »Jack Daniel's *on the rocks*«, rief sie dem Ober zu. Sie stürzte es herunter. Ich war total überrascht, als sie meine Hand ergriff. »Ich bin ja so froh, daß Sie Zeit für mich haben«, und dann lehnte sie sich zurück und fuhr fort: »Könnten Sie mir einen großen Gefallen tun, Karl? Sie kennen sich in dieser Stadt aus. Wenn Sie ein wirklich schönes Haus sehen, das zum Verkauf steht, lassen Sie es mich bitte wissen.«

»Was ist passiert? Haben Sie gekündigt? Sind Sie gefeuert worden?«

Sie lachte nervös und drückte mir die Hand: »Nein. Mir geht's gut. Ich bin plötzlich aufgewacht. Das ist alles. In solchen Zeiten muß man sich auf seine Grundlagen besinnen, und ich habe festgestellt, daß ich auf dieser Welt ganz allein bin. Geschwister habe ich nicht. Meine Eltern sind tot. Ich habe kein richtiges Zuhause. Und das New York, das ich täglich erlebe, gefällt mir nicht mehr. In diesen Tagen hat so vieles in meinem Leben mit diesem Dorf hier zu tun, daß es mir zur Heimat geworden ist. Ich möchte dort leben, wo es Felder und Dorfpolizisten und ein Geschäft gibt, in dem die Verkäuferin weiß, wer man ist.« Sie sank zusammen, wich meinem Blick aus und putzte sich laut und vernehmlich die Nase. »Ich bin so froh, daß Sie gerade in dem Moment angerufen haben. Ich brauche klugen Rat. In New York wußte ich niemanden, der ihn mir hätte geben können.« Sie war so aufgelöst, daß ich beschloß, die Nachricht von meinem Weggang vom Mecklenberg College erst einmal für mich zu behalten.

Sie begann mit allen Details die komplizierten Konzernmanöver zu erläutern, die zum Scheitern der geplanten Übernahme Kinetics durch Kastle geführt hatten. Sie hatte aber kaum begonnen, als sie sich abrupt unterbrach: »In meinem Auto befindet sich ein Tonbandgerät. Bitte holen Sie es. Hier sind die Schlüssel. Ich möchte, daß jedes Wort festgehalten wird – und zwar ganz genau.«

Als ich das Gerät auf dem Tisch neben uns eingeschaltet hatte und das Band lief, sagte sie: »Sie sollten es noch einmal kurz abstellen.« Ich drückte die Taste. »Wie ich höre, ist Ihr kurzes Buch über die jüngeren Autoren beinahe fertig?«

»Ja. Und ich glaube, es ist gut.«

»Da bin ich sicher.« Sie konzedierte es so rasch, weil sie unbedingt zu ihrem eigentlichen Thema kommen wollte. »Karl, ein guter amerikanischer Verlag geht vor die Hunde. Es ist niemandes Schuld und die Schuld aller. Ich will eines von Ihnen, und ich möchte, daß Sie gleich damit anfangen – lassen Sie Ihre anderen Arbeiten stehen und liegen. Recherchieren Sie und schreiben Sie einen wirklich eindringlichen Bericht über den Mord am Verlag. Ich werd' Ihnen alles sagen, was ich weiß. Ich werde zusehen, daß Sie Kollegen, denen ich vertraue, ausführlich interviewen können. Nehmen Sie alles auf Band, und das neue Material plus das, was Sie schon wissen, und Sie wissen eine Menge, weil Sie von all meinen Autoren das größte Interesse für das Verlagswesen haben – also, das alles zusammen reicht bestimmt für einen starken Artikel. Nennen Sie ihn: Mord an einem Verlag. Ich kenne einen Redakteur bei der *New York Review of Books*, dem die Sache bestimmt gefallen wird. Wie viele andere Leute, die mit Büchern zu tun haben, möchte er, daß diese Geschichte ans Licht kommt. So! Jetzt können Sie das Tonbandgerät einschalten.«

Sie erzählte mir, der Handel zwischen Kastle und Rockland Oil (»wir vom Verlag hatten mit der ganzen Sache nichts zu tun – bloß die Finanzleute«) sei durchgefallen, aber der Hauptgrund sei nie an die Öffentlichkeit gedrungen, weil sich das für das Verlagswesen geschäftsschädigend hätte auswirken können. »Eine Gruppe unserer besten Autoren – komisch, von meinen war keiner dabei – kündigten an, für Kastle würden sie nicht schreiben, da würden sie ihre Verträge zerreißen und ihr Recht dazu notfalls gerichtlich durchsetzen. Dadurch hatte sich die Grundlage des Kaufvertrags so gravierend verändert, daß Kastle – zu Recht, meine ich – einen Rückzieher machte.«

»Von einer Autorenrevolte hat der Bericht in der *Times* nichts gesagt, – er erwähnte ›kommerzielle Zugeständnisse‹«, warf ich ein. »Rauchwolken, um Ärgeres zu verschleiern,« kommentierte sie scharf.

Es hatte intensive Bemühungen gegeben, den Verlag in amerikanischem Besitz zu halten, doch nach Einblick in die Bilanzen zog sich ein potentieller Käufer nach dem andern zurück. Ein überraschend finanzstarkes Konsortium aus Kansas City hatte drei Mitglieder, deren literarisch interessierte Gattinnen der Auffassung waren, es sei etwas Wunderbares, einen Verlag zu besitzen, weil sie dann berühmte Autoren zu Gast haben könnten, vor allem Lukas Yoder, und es fehlten buchstäblich nur ein paar Stunden, bis der Handel perfekt gewesen wäre. Doch im letzten Moment sahen die Ehemänner sich die konkreten Gewinn-und-Verlust-Rechnungen an. Das älteste Mitglied grummelte: »Was tun wir eigentlich hier? Warum verplempern wir mit diesem Pfennig-Geschäft unsere

Zeit?« Die Männer nahmen Vernunft an und zogen ihr Angebot zurück.

Da hatte Rockland Oil die Nase voll. Noch am gleichen Nachmittag riefen die Superbosse bei Kastle in Hamburg an und fragten, ob man dort bereit sei, das Angebot um sechsundvierzig Millionen Dollar zu erhöhen, wenn Kinetic verspräche, daß nur maximal sechs der wichtigsten Autoren abziehen würden. Kastle wollte eine Garantie: »Werden Yoder und seine Lektorin Ms. Marmelle bleiben?« Sie erzählte mir, nur zehn Minuten zuvor hätten Gerüchte über das erste Kaufangebot von Kastle die Lektorate verunsichert. »Und ich hatte mich ziemlich fest entschlossen, zu kündigen und meine vier Dresdener Autoren mitzunehmen, sofern sie einverstanden waren. Als ich dann aber begriff, daß damit der ganze Verkauf in Frage gestellt würde, und das zu einem Zeitpunkt, als Kinetic wirklich verzweifelt einen finanziellen Anker brauchte, habe ich kurzum entschieden: Ich bleibe. So ist der Handel möglich geworden. Perfekt ist er noch nicht.«

In den hektischen Wochen danach sprach ich mit Dutzenden von Leuten. Ich wurde im ganzen Land zur führenden Autorität über das bevorstehende Ende von Kinetic Press. Ich glaube, ich habe die Finten und Verzweiflungsmanöver sogar besser verstanden als die Rechtsanwälte in den grauen Anzügen, die das Leben unseres Landes in so vieler Hinsicht in der Hand haben. Der folgende Bericht fußt auf solchen Interviews.

Yvonne hatte recht gehabt mit ihrer Vermutung, warum das erste Angebot von Kastle sich in Luft aufgelöst hatte: Eine Autorengruppe hatte ultimativ verlangt: »Keine deutschen Eigentümer«, und damit dem Verkauf die wirtschaftliche Basis entzogen. Yvonne hatte auch in der anderen Annahme recht, daß mehr als ein halbes Dutzend amerikanischer Interessenten an der Futterkrippe aufgekreuzt waren, aber nicht fressen wollten. Was Yvonne nicht wußte: Mehrere potentielle Käufer waren von der Arroganz der Herren von Rockland abgestoßen worden, die Kinetic behandelten wie eine obsolete Tankstelle in Albuquerque, die liquidiert werden mußte.

Als in Umlauf kam, daß Kinetic sich bald in deutscher Hand befinden könnte, begannen Mitarbeiter zu ihrem Verleger John MacBain aufzuschauen. Doch wie Yvonne angedeutet hatte: »Wir fanden bald heraus, daß er nicht mehr wußte als wir. Weder Rockland noch Kastle hatten es für nötig befunden, ihn über den Fortgang der Verhandlungen zu informieren. Er wurde mit Mißachtung behandelt.«

Ich habe aufgrund langer Gespräche in verschiedenen Anwaltskanzleien erfahren, daß just zu der Zeit, als MacBain und seine leitenden Angestellten sich über die Zukunft ihres – und meines, wie ich inzwischen empfand – Verlags Gewißheit zu verschaffen suchten, Kastle und Rockland Oil sich auf einen Vertrag mit recht vernünftigen Konditionen einigten – beide Seiten glaubten, das zu bekommen, was sie in etwa erwartet hatten. Aber drei Tage lang – als die Verträge überprüft und unterzeichnet wurden – hielt es niemand für nötig, die Leute im Verlag davon in Kenntnis zu setzen.

Inzwischen war der Moment gekommen, da Yvonne MacBain über den Auftrag informieren mußte, den sie mir heimlich erteilt hatte, und er sagte: »Gut so. Von dieser Katastrophe im amerikanischen Verlagswesen sollte es einen objektiven Bericht geben. Streibert wird saubere Arbeit leisten.« Zu meiner Verblüffung lag ihm so sehr an einer faktisch genauen Darstellung, daß er mich zu einem langen Gespräch in sein Büro einlud, und nach einigen höflichen Eingangsbemerkungen, in denen er auch meine literaturkritischen Bücher lobte, hat er mir erklärt: »Wir erhoffen uns eine langfristige Zusammenarbeit mit Ihnen, Herr Professor. Sie scheinen ein scharfes Auge zu haben.«

»Und ein scharfes Ohr, hoffe ich. Wie Ms. Marmelle Ihnen bestimmt gesagt hat, bin ich dieser ganzen Geschichte recht gründlich nachgegangen.«

»Und was haben Sie entdeckt?«

»Es gibt da ein böses Gerücht, daß Rockland Oil Sie über die laufenden Verhandlungen nicht informiert hat. Sollte das wirklich stimmen?«

»Absolut.« Er sagte es so energisch und voller Abscheu, daß ich rundheraus fragte: »Wäre es möglich, daß Rockland den Verkauf abschließt, ohne Sie zu konsultieren?« Er antwortete verbittert: »Sie haben mir in der Vergangenheit nichts gesagt. Warum sollten Sie es jetzt tun?«

Die demütigende Behandlung erboste ihn dermaßen, daß er nach seiner Sekretärin rief. »Bitte rufen Sie die leitenden Lektoren zu uns herein. Ich möchte, daß Sie Herrn Professor Streibert bei seiner Arbeit voll unterstützen«, und als die älteren Damen und Herren hereinströmten, die Kinetic über die Jahre lebendig erhalten hatten, konnte ich an ihren Gesichtern die geheimen Ängste ablesen, die sie in diesen Tagen befielen, da es für sie in der Firma, die sie mit aufgebaut hatten, keinerlei Sicherheit mehr gab.

In dem Moment läutete das Telefon. Alle nahmen an, es könnte der Vorstandsvorsitzende von Rockland Oil sein, der uns über den möglichen Abschluß informieren wollte. Statt dessen war es ein Vorzimmerlakai, der mit lauter Stimme verkündete, so daß ein paar von uns mithören konnten: »MacBain, hier spricht Ralph Considine vom Büro Mr. Cornwalls. Er wollte, daß ich Sie benachrichtige. Kinetic ist heute mit einem für beide Seiten vorteilhaften Vertrag an Kastle verkauft worden. Kastle hat zugestimmt, Sie für weitere zwei Jahre im Amt zu belassen. Danach können Sie für eine angenehme Pension optieren. Massenentlassungen wird es nicht geben, aber totes Holz wird so schmerzlos wie möglich ausgemerzt werden müssen.« Er sagte noch mehr. Ich habe es nur vergessen.

Als Mr. MacBain auflegte, war sein Gesicht aschfahl. Die Entscheidung sei, wie er uns mitteilte, schon vor drei Tagen gefallen, man habe ihn jedoch nicht informiert. Dann sah er jeden einzelnen seiner Mitarbeiter an. »Laut den Vertragsbedingungen wird man Sie wahrscheinlich hier halten. Die in den unteren Rängen möglicherweise nicht.« In der einsetzenden Stille trommelte er mit den Fingern auf der Schreibtischplatte, dann hob er den Hörer ab. »Miss Harcourt, bitte verbinden Sie mich mit Mr. Considine von Rockland.« Als der Anruf durchgestellt wurde, sagte MacBain: »Hier spricht noch einmal John MacBain. Da Mr. Cornwall nicht die Höflichkeit besaß, mich selbst davon in Kenntnis zu setzen, daß Kinetic abgestoßen worden ist, fühle ich mich in keiner Weise verpflichtet, ihn persönlich über meine nächsten Schritte zu informieren. Teilen Sie ihm bitte mit – wenn er Zeit findet, Sie zu sprechen –, daß ich von diesem Moment an jede Verbindung mit Kinetic abbreche – heute, elf Uhr dreißig am Dienstag, den 14. Februar 1989.«

In der bangen Stille musterte ich die Gesichter der Lektoren und Finanzmanager, die persönlich betroffen sein würden vom Ende dieses bedeutenden amerikanischen Verlags – jedenfalls in seiner bisherigen Form. Einige Männer und Frauen weinten; andere schneuzten sich heimlich. Alle wirkten verzweifelt. Yvonne war anzusehen, daß sie die Zähne zusammenbiß, und sie war es, die aussprach, was alle empfanden: »Wir sollten ausnahmslos ebenfalls kündigen. Ich bin dazu bereit. Ich habe im vergangenen Monat zugesagt zu bleiben. Wenn man uns aber so behandelt, dann zur Hölle mit ihnen. Ich bin sicher, die meisten meiner Autoren gehen mit mir.«

Als andere ähnliches schworen, überraschte MacBain alle, indem er seine eigene Wut verbarg und ganz wie der weise große Mann des Verlagswesens sprach, der er stets gewesen war: »Freunde! Freunde! Jetzt treffen bitte Sie keine hastigen Entscheidungen, nur weil ich es tun mußte! Ich habe Lektoren schon oft drohen gehört: ›Ich gehe! Meine Autoren kommen mit!‹ In der Wirklichkeit passiert das dann aber selten. In neunzehn von zwanzig Fällen entdecken die Autoren nach einigem Nachdenken, wo ihre persönlichen Interessen liegen – und bleiben, wo sie sind. Außerdem wird Kastle einen ganzen

Sack mit gültigen Verträgen übernehmen, und glauben Sie mir: Die neuen Eigentümer gehören zu der harten Sorte, die vor Gericht geht, um die Erfüllung der Verträge durchzusetzen. Unser Verlag ist ein großes, stolzes Haus gewesen. Ich bin sicher, Sie werden unter den neuen Umständen ein anständiges Leben führen können. Bleiben Sie! Ich bitte Sie darum.«

Als das Murmeln der Entrüstung andauerte, bemerkte er mit einem Anflug von dem Humor, der seine Zusammenarbeit mit Lektoren und Autoren so erfolgreich gemacht hatte: »Nun kämpfen Sie nicht gegen das Unabänderliche. Mein Großvater führte zu Beginn dieses Jahrhunderts ein Gestüt. Als das Automobil kam, ist er nicht gegen Henry Ford Amok gelaufen. Er verkaufte seine Pferde, erwarb einen Ford und stellte seine Stallungen auf eine profitable Autohandlung um.«

»Aber Ford war ein amerikanischer Patriot«, hielt ein Lektor dagegen, was Yvonne, die in einer gewerkschaftlich orientierten Familie aufgewachsen war, welche Fords Taktiken als gewerkschaftsfeindlich verurteilt hatte, kommentierte: »Das ist von vielen angezweifelt worden.«

In dem düsteren Moment meldete sich eine junge Lektorin mit fröhlicher Stimme. »Auf einer irischen Beerdigung gibt es immer zu essen, und weil wir hier auf einer Beerdigung sind und ich Irin bin, werde ich Bier und Sandwiches für uns holen.« Ich sah, wie MacBain ihr zwei Zehn-Dollar-Scheine in die Hand drückte.

»Ich habe die Geschichte von Anfang an beobachtet«, sagte eine Lektorin, während wir auf die Erfrischungen warteten. »Was mich entsetzt, ist die Verachtung des Buches. Daß es unmöglich war, für einen großen amerikanischen Verlag einen amerikanischen Käufer zu finden. Daß die Eigentümer Mr. MacBain mißachtet und sogar verlacht haben. Ich fühle mich persönlich gedemütigt. Als ob ich selbst herabgewürdigt worden wäre. Und ich sage ganz offen: Mr. MacBain, wenn

Sie zu einem anderen Verlag gehen – ich bin sicher, daß Ihre Lektoren Ihnen folgen werden, wenn sie dazu die Möglichkeit haben.«

Davon wollte MacBain nichts wissen. Er lachte sie beinahe aus. »Einige würden mit mir kommen, und ich weiß das zu schätzen. Doch wie die Autoren würden auch die meisten von Ihnen bald erkennen, daß Sie hier bleiben müßten. Es gibt in unserer Branche nämlich gar nicht so viele Stellen.«

Ein zurückhaltender Lektor, der sich auf die Geschichte des amerikanischen Westens und der Cowboys spezialisiert hatte, traf eine Feststellung, die mich erstaunte: »Es ist auch absurd, nur gegen das ausländische Kapital zu hetzen. Denken Sie nur daran, daß die Entwicklung westlich des Mississippi weitgehend von ausländischen Investoren finanziert worden ist – unsere ganzen Eisenbahnen, unser Bewässerungssystem, unsere ersten Fabriken.«

»Das habe ich gar nicht gewußt«, gestand einer der Finanzmanager. Der Lektor setzte ein dünnes Lächeln auf. »Die meisten Amerikaner wissen's nicht. Wenn sie John Wayne mit Montgomery Clift über die Prärie nach Dodge City reiten sehen, denken sie nie dran, daß die Amerikaner dort auf Ranches arbeiten, die irgendeinem Kapitalisten aus dem schottischen Dundee gehören. Die meisten großen Ranches des Westens wurden von Männern mit Namen wie Angus MacTavish finanziert und gemanagt. Es gab unter ihnen nicht einen einzigen ehrlichen Amerikaner. Wenn die Deutschen uns ein gutes Management verschaffen, werden wir überleben.« Und mit dem Hoffnungsschimmer ging die Zusammenkunft offiziell zu Ende.

Yvonne hat mir einen Vorfall geschildert, der die Situation nach dem Höhepunkt des Sturms kennzeichnet: »Alle leitenden Lektoren wurden zu einer Konferenz mit unserem neuen Chef zusammengerufen – mit diesem Ludwig Ludenberg, der in Oxford studiert hat; hinter seinem Rücken haben wir ihn General Ludendorff genannt. Nach der Konferenz bat er mich, noch einen Moment dazubleiben. ›Ich habe gehört, Sie haben schon daran gedacht, Kinetic zu verlassen‹, bemerkte er, und ich erwiderte: ›Das trifft wahrscheinlich auf alle zu, die vorhin hier im Raum waren.‹

Er sagte mit großem Ernst: ›Da Mr. MacBain den Verlag verläßt, werden Sie hier im Hause mehr gebraucht denn je. Bei uns sind Ihrer Karriere keine Grenzen gesetzt.‹

Ich erwiderte, daß ich vorerst bliebe. ›Und Ihre Autoren?‹ wollte er wissen, und der Ton seiner Frage ließ erkennen, daß ihm an ihnen mehr lag als an mir. Deshalb habe ich geantwortet: ›Die meisten, ja. Zwei meiner jüdischen Autoren, nein.‹

›Ms. Marmelle, bei Kastle gibt es weder Juden noch Heiden, keine Schwarzen, Gelben oder Weißen. Befindet sich unter Ihren Lektoratsassistentinnen eine Schwarze?‹

›Nein.‹

›Dann suchen Sie sich eine. Zahlen Sie ihr das übliche Gehalt.‹ Wir schüttelten uns die Hand. Die Unterredung war beendet.«

Das Debakel im Verlag Kinetic bestärkte mich in meinem Entschluß, einen intellektuellen Neuanfang zu wagen, und ich begann ihn mit meinem dreiteiligen Artikel in der *New York Review of Books*. Er war so scharf, so kompromißlos, daß intelligente Leser einfach merken mußten, daß ich zu meiner früheren, dezidierten Form des Schreibens zurückgefunden hatte. Ich war wieder im richtigen Fahrwasser, spürte das auch, und die wiedergewonnene Ehrlichkeit zog im Leben drei Veränderungen nach sich. Ich brach das Schweigen über meinen bevorstehenden Wechsel an die Temple University und setzte Yvonne davon in Kenntnis, die mir zu meiner mutigen Entscheidung gratulierte: »Ein so bequemes Nest wie Mecklenberg aufzugeben und sich in den Mahlstrom einer Universität im Herzen der Großstadt zu stürzen – das erfordert Courage. Ich bin stolz auf Sie, Karl.« Dann wurde sie allerdings nachdenklich: »Ich habe natürlich viele Autoren beobachtet. Mir ist aufgefallen, daß ein Wechsel in einem Lebensbereich sich irgendwie auf alles auswirkt. Sie werden dann demnächst wohl ebenfalls Kinetic verlassen. Also auch mich. Und das wäre betrüblich.«

Ich versicherte ihr, nichts dergleichen im Sinne zu haben: »Sie und Kinetic haben mir den Start ermöglicht. Sonst hätte man bei Temple nie von mir gehört. Ich bleibe Ihnen treu.«

Meine Beziehung zu Timothy Tull und Jenny Sorkin brach ich indes ab. Ich rang mich dazu durch, endlich das Faktum zu akzeptieren, daß ich für meine beiden Schüler alles getan hatte, was in meinen Kräften stand, und daß sie nun, ohne weitere Einflußnahme meinerseits, ihre eigenen Wege gehen mußten. Ich dachte bewußt im Plural, an »Wege«, weil ich immer noch hoffte, daß Timothy sich als erwachsener Mensch nicht gleich durch eine völlig unangemessene Ehe mit ihr kompromittieren würde. Aber selbst das überließ ich dem Schicksal. Es berührte mich nicht mehr.

Die dritte Auswirkung meiner Artikelserie über Kinetic war die bedeutsamste. Ganz als wollten die Götter meinen Entschluß, mutig und entschieden zu sein, auf die Probe stellen, riefen die Redakteure der *New York Times Book Review* an: Angesichts der bevorstehenden Publikation von Lukas Yoders abschließendem Grenzler-Roman wolle man dem Buch wie der schriftstellerischen Leistung Yoders generell Reverenz erweisen, und da ich die pennsylvanisch-deutsche Region persönlich kenne, habe man daran gedacht, mir nicht nur die Titelseite für die Rezension des Romans zur Verfügung zu stellen, sondern auch eine ganze Seite im hinteren Teil der Zeitung einzuräumen zur Bewertung des Menschen und seines Gesamtwerks.

Da solch ein prominenter Auftritt meine Wiedergeburt als seriöser Kritiker bestätigen würde, sagte ich dem Anrufer: »Es wäre mir eine Ehre. Schicken Sie den Roman. Die Termine werde ich einhalten.«

Als ich mir auf einem meiner letzten Spaziergänge am

Wannsee die Argumentationslinien für die Rezension und den Essay zurechtlegte, kamen mir jedoch nach und nach die vielen Gründe zu Bewußtsein, warum ich das Angebot hätte ablehnen müssen: Ich war mit Yoder zu eng verbunden, um ihm menschlich wie schriftstellerisch Gerechtigkeit widerfahren lassen zu können. Ich konnte ihn nicht mehr ausstehen; sein Werk gefiel mir nicht. Anderseits durfte ich aber die Tatsache nicht außer acht lassen, daß Mecklenberg dank seiner Großzügigkeit über die finanziellen Mittel verfügte, die meine erfolgreiche Lehrtätigkeit ermöglicht hatten. Ich verachtete ihn nach wie vor wegen seines sententiösen Auftretens für Longfellow, als er sich über den einen guten Vers im Werk dieses Dichters ausgelassen hatte: »Schiffe, die nachts vorüberzieh'n und sich vorübergleitend grüßen«. Und im übrigen hatte er mich tief verletzt, als mein Roman *Die leere Zisterne* von den Kritikern in der Luft zerrissen wurde. Er hatte mir sehr geschadet mit seiner Bemerkung: »Karls Roman singt nicht« – ein schlimmer Ausspruch. Ich habe natürlich, allerdings erst viel später, erfahren, was er wirklich gesagt hat, nämlich: »Es ist ein guter Roman, in jeder Hinsicht bis auf eine. Er singt nicht.« Und im tiefsten Inneren hegte ich gegen ihn noch immer Ressentiments wegen seiner Einmischung in das Leben meiner Studenten Tull und Sorkin. Ich muß bekennen, daß mich noch ein bitteres Gefühl plagte aus der Zeit, als ich ernsthaft glaubte, einen besseren Roman schreiben zu können als er. Und schließlich irritierte mich, daß er durch seine Erfolgsbücher die pennsylvanisch-deutsche Region für sich vereinnahmt hatte.

Wenn ich ein Gefühl für Anstand besessen hätte, wäre mir klar geworden, daß es also eine Fülle von Gründen gab, mich von der Kritik des Yoderschen Romans zurückzuziehen. In der Phase meines Lebens hatte ich aber noch keine Ahnung von der Bedeutung jenes zutiefst moralischen Begriffs. Ein Richter, der um seine persönliche Beziehung zur beklagten Partei vor ihm weiß, könnte sich zu ihrer Begünstigung oder aber zu einem ungerecht harten Urteil verleiten lassen und ist deshalb verpflichtet, das Gericht zu verständigen: »Ich ziehe mich aus persönlichen Gründen von diesem Fall zurück.« Ähnlich verhalten sich verantwortungsbewußte Kritiker, wenn sie aufgefordert werden, das Buch eines Freundes zu rezensieren. Im Fall von Yoder hätte ich mich aus der Affäre ziehen müssen, aber ich tat es nicht.

Ich legte mir eine Begründung zurecht, die ich damals rühmlich fand – daß ich Yoders hohle, mittelmäßige Romane als ein Beispiel für jene Art schriftstellerischer Arbeit darstellen müßte, die ich nicht länger tolerieren durfte und aufgrund meiner wiedergewonnenen Bedeutung als seriöser Literaturkritiker bekämpfen mußte. Als ich mich an die Schreibmaschine setzte, um Yoder und sein Werk auf den Punkt zu bringen, war ich nach strenger Selbstprüfung überzeugt, mich von jeglicher Animosität gegen ihn befreit zu haben. Falls ich ein hartes Urteil fällen sollte, so keineswegs, weil ich ihn persönlich, sondern weil ich seine öden Romane nicht leiden konnte. Ich habe nie aus reineren Motiven gearbeitet und nie giftigere Reaktionen ausgelöst.

Was geschah, als meine Rezension und mein Essay bei der *Times* eintrafen, kann ich nur raten, habe aber gehört, daß jemand von der Zeitung telefonisch heimlich Yvonne Marmelle verständigte. »Am Sonntag. Zwei Artikel. Geschrieben von Ihrem Karl Streibert.«

Mit einem ihrer Tricks, die sie meisterhaft beherrschte, muß Yvonne in den Besitz einer Kopie – oder eines genauen Resümees – meiner Rezension gelangt sein; zwei Tage, nachdem ich sie abgeschickt hatte, begann bei mir nämlich das Telefon zu läuten. Die unterschiedlichsten Freunde aus Verlagswelt und Literaturbetrieb berichteten, Yvonne habe sie mit honigsüßen Tönen zu überzeugen versucht, daß Yoder und sein neuer Roman eine Zierde des amerikanischen Geisteslebens seien, ich dagegen ein Trottel und undankbarer

Kerl. Ich begriff: Sie versuchte – wie man das während der letzten amerikanischen Präsidentschaftswahlen nannte – eine »Effekt-Kontrolle« zu erreichen, das heißt, die öffentliche Meinung vor oder unmittelbar nach einem Ereignis zu beeinflussen.

Sie wählte sorgfältig aus, wen sie dazu anrief, und war unerbittlich in ihrem Bemühen, meine negative Rezension unwirksam zu machen. Wenn ich meine Freunde recht verstand, hegte sie wohl auch die Hoffnung, die *Times* bewegen zu können, meine längere Analyse der beendigten Yoderschen Schriftstellerkarriere zu kippen, und sie kam mir vor wie die Feuerwehrleute in westlichen Bundesstaaten, die, ganz erschöpft und verdreckt, auf dem Fernsehschirm erklären, wie sie im Hinterland Nebenfeuer legen, um dem Hauptbrand den Sauerstoff zu entziehen.

Ich bezweifle, daß sie die *Times* persönlich angerufen hat, weil sie mir nämlich einmal erklärt hatte: »Ich habe früh in meinem Berufsleben eine Grundregel gelernt: ›Versuche nie, eine Zeitschrift zu zwingen, eine Rezension abzuändern, oder auch nur, ein Buch zu besprechen, wenn man dort beschlossen hat, es zu übergehen.‹ Ich hatte einmal einen jungen Autor, der schrecklich stolz tat auf sich und sein Buch, das keinen Pfifferling wert war. Ich fand es so schlecht, daß ich ganz erleichtert war, als ich hörte, die *Times* wolle es einfach ignorieren. Aber dieser junge Mann setzte mich unter Druck. Er wollte mich zwingen, die Zeitung dahin zu bringen, sein Buch zu besprechen. Als ich ablehnte und ihm riet, die Sache zu vergessen, schrieb er dem für die Buchbesprechungen in den Werktagsausgaben zuständigen Redakteur einen bösen Brief. Er fragte an, in einem beleidigenden Ton, ob der Redakteur sich die Mühe gemacht hätte, das Buch zu lesen.

Ein paar Tage später erschien eine Rezension. Sie begann mit den Worten: ›In der vergangenen Woche erreichte mich eine Beschwerde von Harry Jackman, der wissen wollte, ob ich mir eigentlich die Mühe gemacht hätte, seinen Roman

Wüstennächte zu lesen und wann ich meine Rezension drucken würde. Doch, ich habe den Roman gelesen, und hier kommt meine Kritik.‹« Die Kritik war so vernichtend gewesen, daß Yvonne von dem jungen Mann nie wieder etwas gehört hat. Sie ließ Kopien herstellen und schickte sie jungen Autoren, die es nicht lassen wollten, etwas für ihre Werke zu tun, indem sie Zeitungen beschimpften.

Es gab einen weiteren wichtigen Grund, warum sie nichts tun durfte, was die *Times* beleidigt hätte. Sie betreute im Laufe eines Jahres als Lektorin persönlich mindestens sieben oder acht Bücher, weshalb sie es nicht wagte, wegen einer schlechten Behandlung Yoders Stunk zu machen – es hätte ihren anderen Büchern schaden können. Auf eine schlechte Rezension blieb ihr als Reaktion nur eins: »Hoffentlich mehr Glück bei der nächsten.«

Es gab aber bei der *Times* selbst anscheinend Zweifel an meinen zwei Artikeln. Es rief nämlich eine Dame aus der Feuilletonredaktion im College an und wollte mich sprechen. »Professor Streibert befindet sich gerade in einem Seminar«, wurde ihr bedeutet, »und kann nicht gestört werden.«

»Ich muß ihn aber stören. Es handelt sich um etwas sehr Wichtiges.« Als ich das Gespräch annahm, teilte sie mir mit: »Wir haben Ihre zwei Manuskripte erhalten, die Rezension und den begleitenden Essay. Sie sind sehr viel negativer als erwartet. Wir sind zu der Überzeugung gekommen, daß wir den Essay fallenlassen sollten. Sie bekommen natürlich ein Ausfallhonorar.«

»Sie haben zwei Artikel einer bestimmten Länge in Auftrag gegeben. Ich habe sie auftragsgemäß abgeliefert.«

»Ihre Rezension drucken wir Wort für Wort ab. Darauf haben Sie ein Anrecht. Von gewissen Ausdrücken abgesehen, die wir gern vermeiden, zensieren wir außerdem nie.«

»Ihr ganzes Verhalten klingt mir aber sehr nach Zensur.«

»Herr Professor Streibert«, sagte sie mahnend. »Sie sollten einen Aspekt nicht vergessen. Wie es heißt, treten Sie eine wichtige neue Stellung an der Temple University in Philadelphia an. Beginnen Sie Ihre neue Position nicht mit … mit einer Geschichte, die in Ihrem Milieu als skandalös betrachtet werden könnte.«

Das war so präzise und genau formuliert, daß ich den Rat ernst nehmen mußte. Hinter meinem Essay über Yoder stand keine Rankünе, sondern nur der Wunsch, die amerikanische Literatur höher anzusiedeln, als seine recht erbärmlichen Romane es taten oder auch erstrebten. Falls der Leser meine Worte jedoch als kleinlichen Racheakt deutete, so würde ich mir nur selbst schaden, und das zu einem Zeitpunkt, da es mit meiner Karriere wieder aufwärts zu gehen begann. »Dann kippen Sie den Essay«, bemerkte ich in gedämpfterem Ton. »Aber die Rezension bringen Sie genauso, wie ich sie geschrieben habe. Sie haben es mir zugesagt.«

»Die Zusage gilt.«

Es war, wie ich sehr wohl wußte, völlig legitim, daß Yvonne sich bemühte herauszubekommen, was die *Times* mit meiner Rezension machen wollte. Freunde bei der Zeitung hatten sie, wie ich später erfuhr, wissen lassen, sie seien über meine Rezension entsetzt und würden sie irgendwo auf Seite elf oder zwölf verstecken. »Auf die Weise«, meinte ihr Informant, »wird Streiberts Demolierungsmanöver nur eine Viertelseite beanspruchen«, warnte dann aber, der Essay sei noch nicht endgültig aus der Welt – es könnte ja sein, daß ich ihn bei einer kleineren Zeitschrift unterbrächte.

Yvonnes nächste Schritte zum Schutz ihres wertvollen Eigentums mußte ich nicht erraten. Ein Buchhändler aus Bethlehem kicherte, als er mich anrief: »Karl, mein Freund, Sie müssen eine Bombe auf Yoder abgeworfen haben. Eben ruft mich Yvonne an. Völlig außer Atem. Sagt, die Rezension in der *Times* vom Sonntag sei ein bißchen negativ, ich solle sie ignorieren, sie würde mir per Eilpost ein halbes Dutzend von begeisterten Besprechungen aus anderen wichtigen Zeitungen schicken. Sie sagt, Kinetic würde *Steinmauern* zum

Spitzentitel im Herbst machen, der Start sei hervorragend. Ich habe von ihr wissen wollen: ›Was waren das eigentlich für abfällige Bemerkungen von den Buchklubs? Und die Buchladen-Ketten sollen Aufträge storniert haben?‹ Worauf sie meinte: ›Völlig harmlos. Wir sind sicher, der Roman galoppiert an die Spitze der Bestsellerlisten, weil ihr unabhängigen Buchhändler euch jedesmal so engagiert für Yoder einsetzt.‹«

Sie scheint anschließend alle wichtigen Vertreter des Verlags angerufen zu haben, um sie gegen die schlechten Nachrichten immun zu machen. Von einem, den ich bei meinen Recherchen über Kastle interviewt hatte, habe ich folgendes gehört: »Sie war ganz ruhig und freundlich. Gab zu, daß wir in der *Times* zur Schnecke gemacht worden seien, versicherte mir aber, daß die anderen Rezensionen zwischen sehr gut und begeistert schwankten. Sie machte gar kein Hehl daraus, daß es bei diesem Roman um Millionen ging und daß Kinetic bis zum letzten dafür kämpfen würde. Mehr als eine halbe Million Exemplare im Druck. Sie prophezeite, der Roman würde sich mindestens ein halbes Jahr an der Spitze der Bestsellerliste halten. Beendete das Gespräch im typischen Marmelle-Stil: ›Paul, falls Sie in Ihrer Musterkollektion noch Exemplare von Streiberts Roman haben sollten – vernichten!‹«

Eine Dame aus der Werbeabteilung bei Kinetic, mit der ich mich im Verlauf meiner Interviews über Kastle angefreundet hatte, ließ mich wissen, wie knapp ich einem Frontalangriff Yvonnes entkommen war. »Als sie sich wieder im Griff hatte, gab sie mir drei Aufträge. ›Suchen Sie mir die sattesten Fotos vom Grenzlerland – Höfe der Gegend um Lancaster, Scheunen, weidendes Vieh. Suchen Sie die positivsten Vorab-Rezensionen über *Steinmauern* heraus und sechs hymnische Zitate über frühere Grenzler-Romane. Und dann hätte ich gern ein hübsches Foto von Karl Streibert.‹«

»Was hat sie vorgehabt?«

»Sie hat mit mir zusammen an einer spektakulären Anzeige gebastelt. Ihr Foto, ganz groß, unter der Überschrift: ›Dieser berühmte Kritiker, der im Grenzlerland wohnt, konnte mit Lukas Yoders meisterhaftem Roman *Steinmauern* nichts anfangen. Das unterscheidet ihn von ganz Amerika.‹«

»Die Anzeige habe ich nie gesehen!«

»Sie ist nie erschienen. Sie war schon gestaltet, mit Ihrem Foto oben ganz groß, da trat Yvonne an den Tisch und blieb ein paar Minuten neben mir stehen, tappte mit dem Fuß auf den Boden und deckte Ihr Gesicht dann mit der Hand ab. ›Werfen Sie's weg‹, hat sie gesagt. ›Der Mann tut alles, um sich ein neues Leben aufzubauen, und ich kann ihm einfach seinen Weg nicht mit einem billigen Schuß vor den Bug verderben.‹«

Meine Rezension von *Steinmauern* löste einen Sturm der Entrüstung aus, und nirgends tobte er stärker als an meinem College, wo man in ihr einen Angriff eines Mecklenberger Altschülers auf einen andern sah. Als Präsident Rossiter mich für eine Rüge zu sich zitierte, stand vor mir ein völlig anderer Amtsinhaber als jener, der bei einer früheren Gelegenheit potentiellen Spendern schmeichelte. Er bellte wie eine Bulldogge, die ihren Garten verteidigt. »Das ist pubertär, Karl. Sie lassen Ihre Wut über Ihr durcheinandergeratenes Privatleben an uns aus. Wie ein Sechzehnjähriger wollen Sie Ihren Abschied mit einer Platzbombe feiern. Also, da haben Sie sich selbst mehr geschadet als uns. Jedes vernünftige Fakultätsmitglied wird Ihre gemeine Attacke gegen einen Menschen, von dem Sie für Ihre Abteilung eine Million Dollar angenommen haben, für verabscheuungswürdig halten.«

Ich versuchte mich zu rechtfertigen. Da versetzte er mir einen Schlag in einem Punkt, wo ich – es ging mir zu spät auf – angreifbar war. »Haben Sie eigentlich als professioneller Literaturkritiker nicht daran gedacht, wie fragwürdig es ist, daß Sie Yoders Buch überhaupt rezensieren – von einer negativen Rezension ganz zu schweigen? Hätten Sie es gelobt, wären Sie, rein akademisch betrachtet, noch immer suspekt – dem Autor zu sehr verpflichtet, persönlich zu nahestehend.

Ich hoffe um Ihretwillen, daß Sie während Ihrer Tätigkeit an der Temple University ein reiferes Verhalten beweisen, als Sie es bei uns in jüngster Zeit an den Tag gelegt haben. Es ist nur gut, daß Sie uns verlassen, Streibert. Sie sind hier nicht länger willkommen.«

Auch Mrs. Garland rief an, um mich zu tadeln: »Eine Schande! Sie haben einen Stein im Kopf – oder Schleim!«

Was Yoder selbst dachte, erfuhr ich von einer Studentin. Seine Reaktion hat mich überrascht. »Meine Tante hilft Mrs. Yoder donnerstags das Haus reinemachen, und sie war zufällig am Sonntag vorbeigekommen, weil sie etwas zu besorgen hatte. Dabei hat sie gesehen, wie Mr. Yoder seine *Times* aufgeschlagen hat. Er hat sich zuerst *The Week in Review* angeschaut und dann wie nebenbei die Buchbeilage durchgeblättert und oben auf Seite 12 die fette Überschrift gesehen: GRENZLER-OKTETT KOLLABIERT – NICHT MIT DONNERSCHLAG, SONDERN MIT SÄUSELN. Er hielt inne, sah, daß die Rezension von Karl Streibert verfaßt war, lehnte es, wie gewöhnlich, jedoch ab, sie zu lesen. Und als er die Titelseite überflogen hatte, legte er die ganze schwere Sonntagsausgabe weg und begab sich in seine Schreinerwerkstätte.«

Meine Studentin erzählte mir, daß Emma die Rezension gelesen hat – sie muß in dieser Ausgabe wohl mit ihr gerechnet haben – und laut aufschrie, als sie die neun Absätze las, in denen ich ihren Mann und seinen Roman aufspießte. Obwohl sie wußte, daß Yoder solche Augenblicke zu meiden suchte, stürmte sie in sein Maler-Ambiente: »Liebling, das mußt du wissen, da ist etwas Fürchterliches passiert –«, und mit bebender Stimme las sie ihm die letzten beiden Absätze vor:

»*Steinmauern* – Schlußstein einer Reihe langweiliger Romane – enthüllt in jammervoller Ausführlichkeit das wacklige Fundament, auf dem das Ganze errichtet wurde. Das Buch ist überdehnt, sentimental und achtlos geschrieben.

Die Figuren sind hölzern, ihr Dialog ist sägemehlig. Die Spannung lahmt, das Handlungsgefüge knarrt, und die Schilderungen, für deren Kunst Mr. Yoder berühmt sein soll, sind voller Wiederholungen. Und das ärgerlichste ist, daß er seine pennsylvanien-deutschen Mitbürger als unfreiwillige Clowns darstellt und die Größe ihres hartnäkkigen Widerstands in einer modernen Welt, der sie nicht trauen können, völlig verfehlt.

Daß ein vermeintlich seriöser Schriftsteller seine Zeit mit dem Zusammenbrauen solcher Mixtur verschwendet, ist unverständlich. Daß wache Leser solch ermüdendes Zeug bis zum Schluß lesen, ist unvorstellbar. So wie die sechzehn Hülsen der *Jalna*-Serie keine erkennbare Beziehung zur Realität des Lebens in Kanada hatten, sind die acht *Grenzler*-Romane ohne Bezug zu dem Amerika von Vergangenheit und Gegenwart. Aber in beiden beklagenswerten Bücherstapeln ist nichts so arg wie dieser Abschlußband zum sogenannten Dutch-Zyklus. Ein Haufen Steine macht noch keine Mauer.«

Die Reinemachefrau sagte: »Emma warf die Zeitung auf den Boden und schrie: ›Lukas, was wirst du jetzt tun?‹ Er stand an seiner Werkbank, reinigte eins von diesen Hexenzeichen, mit denen er herumtrödelt, und sagte: ›Was ich jetzt tun werde? Ich werde dieses Bild fertigmachen.‹«

THE
Die Leserin
READER

Jane Garland

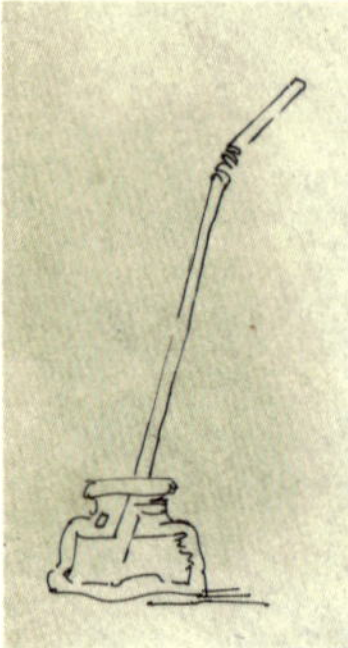

SONNTAG, 6. OKTOBER: Ich wurde früh wach in dem Bewußtsein, daß heute für das pennsylvanisch-deutsche Land ein besonderer Tag ist. Bücher bedeuten mir viel. Ich bin so stolz, daß mein Enkelsohn einen Roman veröffentlicht hat und schon an einem zweiten arbeitet, daß ich jedem Nachbarn, der ein Buch schreibt, Interesse entgegenbringe. Als Professor Streibert vom College seine literaturkritische Studie herausbrachte, habe ich mich gefreut; als sein Roman wenig Anklang fand, habe ich seine Enttäuschung geteilt. Die besondere Freude meiner letzten fünfzehn Jahre jedoch ist das landes-, ja weltweit positive Echo auf die Romane meines Freundes Lukas Yoder gewesen.

Weil ich seine Karriere genau verfolge, weiß ich natürlich, daß morgen der letzte Roman seiner Grenzler-Reihe, *Steinmauern*, erscheint. Das heißt: Die wichtige Rezension in der *New York Times* dürfte in der heutigen Sonntagsausgabe stehen. Zu meiner Beschämung muß ich leider bekennen, daß ich seine ersten drei Romane bei Erscheinen nicht bemerkt habe; damals habe ich nicht einmal von ihnen gehört, obwohl ich im Herzen der Region lebe, in der sie angelegt sind. Aber da erging es mir wie Millionen von Amerikanern; denn die Romane haben damals nur wenige oder überhaupt keine Käufer gefunden.

In der Stadtbücherei von Dresden arbeitet eine liebe, rücksichtsvolle Frau, die mich insofern an meine arme, dickköpfige Tochter erinnert, als sie nur aus Trotz einen Hohlkopf von Weltklasse-Format heiratete; im Unterschied zu Clara hatte sie dann allerdings soviel Verstand, ihn hinauszuwerfen, als sie feststellte, daß er fluchte, trank und hinter anderen Frauen her war. Angeblich verbringt sie ihren Urlaub gern dort, wo ein verheirateter Professor für Englische Literatur von der Pennsylvania State University Ferien macht. Darüber wird am Ort getratscht, ich meine aber: Wenn sie im Leben eine zufriedenstellende Lösung für ihre Probleme gefunden hat, ist das ihre Sache.

Sie ist eine ideale Bibliothekarin. Vor fünfzehn Jahren hat sie mir einen großen Dienst erwiesen. »Mrs. Garland«, hat sie damals gesagt, »Sie müssen unbedingt *Die Meidung* lesen, den neuen Roman von Lukas Yoder. Wirklich. Er ist von einer klassischen Schlichtheit und hat ein überzeugendes tragisches Moment.« Das ist genau, was ich suche: etwas Realistisches von unwiderstehlicher erzählerischer Kraft. *Madame Bovary* ist so ein Roman. Oder *Anna Karenina*. Und so ein Roman war für mich dann auch *Die Meidung*; da geht es um Menschen, denen man um die Jahrhundertwende in Lancaster County hätte leibhaftig begegnen können, und ich freue mich zu hören, daß der Roman jetzt verfilmt wird.

Aber verkauft hat der Roman sich nicht, jedenfalls nicht damals, zur Zeit des Erscheinens; nun haben ihn aber, wie ich höre, die europäischen Verlage gekauft. Ich bin gespannt, wie *Steinmauern* aufgenommen wird. Mir liegt sehr daran, daß Yoder sein schriftstellerisches Schaffen mit Glanz beschließt.

Als ich heute morgen aus dem Schlafzimmer nach unten ging, blieb ich, wie so oft, auf dem Treppenabsatz stehen, von wo aus ich den prächtigen Raum überblicken kann, der etwas von der Wesensart meines wunderbaren Mannes Larrimore ausstrahlt und von der Energie, mit der er sich dem Leben gestellt hat und den Aufgaben der Stahlindustrie. Er hat den Raum geplant, seine Durchführung überwacht, und die Innenausstattung mit ihrer geschmackvollen Mischung von pennsylvanisch-deutschem und amerikanischem Kolonialstil ist im wesentlichen sein Werk. Er hat auch auf einer Fensterfront bestanden, die den Blick nach Süden auf einen sanft abfallenden Hang mit einem Rasen freigibt; dank dieser Fenster hat jeder, der im ›Großen Zimmer‹ sitzt, wie es von Anfang an genannt wurde, einen Panorama-Blick auf das Tal, ob bei Regen oder Sonnenschein.

Gäste sehen beim Eintreten gleich zwei weitere, kleinere

Räume, zur Linken das Eßzimmer mit einem Tisch für zwölf Personen, zur Rechten eine gemütliche, holzgetäfelte Bibliothek, deren Wände von Büchern verdeckt sind – Bücher, die da nicht etwa um des Eindrucks willen in besonderen Reihen geordnet stehen; sie sind immer wieder herausgenommen und gelesen worden. Diese drei Zimmer betrachtete ich als mein eigenes, persönliches Reich.

Windsong hatte Larrimore unser Haus genannt, nach den Winden, die durch das Tal pfeifen; die Einheimischen nennen es »das Herrenhaus«; ich empfinde es schlicht als Zuhause.

Heute morgen habe ich ein wenig ungeduldig nach Oscar geläutet und ihn gefragt, gleich beim Eintreten: »Haben Sie mir schon die *Times* geholt?«, und er erwiderte ganz ruhig: »Madam, Sie wissen doch, die aktuellen Teile der Sonntagsausgabe kommen erst spät zum Druck. Müssen mit dem Textmaterial der ganzen Woche zusammengetragen werden.«

»Sie haben es mir schon einmal erklärt. Ich hatte es vergessen. Ich bin heute nur besonders darauf gespannt.«

Er lachte. »Sie wissen doch – wenn ich jetzt fahre, muß ich unten nur herumsitzen und warten.«

»Natürlich. Aber seien Sie so gut, mir die Zeitung so rasch wie möglich zu besorgen.«

Als er die umfangreiche Sonntagsausgabe dann hereintrug, blätterte ich, bis ich die *Book Review* fand. Ich rechnete damit, daß Yoders Roman aufgrund seiner Bedeutung auf der Titelseite besprochen würde und war enttäuscht, als ich dort nichts fand. Mit wachsender Unruhe blätterte ich weiter und kam schließlich zur Seite 12, wo ich auf eine vernichtende Kritik stieß – von Karl Streibert, meinem Freund im College.

Ich war sprachlos angesichts dieser völligen Verdammung eines Werkes, das man mir als den besten Grenzler-Roman angekündigt hatte, und warf die Buchseiten der Zeitung auf den Kaffeetisch; dabei fiel eine leere Tasse um. Ich fixierte die anstößige Seite und murmelte: »Eine Schande! Die beiden Männer sind doch Nachbarn! Nahezu Kollegen!«

Ich nahm mir die Seite noch einmal vor und las sie aufmerksam, Satz für Satz, so wie ich früher am Vassar College die Pflichtlektüre studiert hatte, und wurde noch wütender. Ich habe die Literatur immer geliebt; fast jeder Raum meines Hauses hatte eine Ecke mit einer kleinen Handbücherei. Solche Beleidigung eines meiner Autoren konnte ich nicht schweigend hinnehmen.

Mit kaum beherrschtem Zorn versuchte ich es mit der ersten der vielen Nummern, die ich heute angewählt habe: Streiberts; er war aber nicht in seiner Wohnung im College. Voller Ungeduld rief ich bei meinem Enkelsohn an; er lag noch im Bett. »Timothy! Hast du Professor Streiberts Rezension des Romans von Lukas Yoder gelesen?«

»Ja. Ein gründlicher Verriß, nicht wahr?«

»Eine Schande!«

»Aber Großmutter ...«

»Die beiden Männer sind befreundet – sie arbeiten ja sozusagen zusammen, im College, an wichtigen Projekten.«

»Aber Großmutter! In Streiberts Rezension geht es um Prinzipielles, um entscheidende Kriterien, die für alle Schriftsteller gelten...«

»Aber daß er so weit geht! Bis zur Beleidigung – eines Freundes!«

»Er hat niemanden beleidigt. Er hat ein intellektuelles Problem definiert und es meiner Meinung nach eigentlich recht geschickt angefangen.«

»Hast du vergessen, was Mr. Yoder für dich getan hat, als *Kaleidoskop* herauskam? Du bist genauso schlimm wie Professor Streibert – schlimmer noch: *Du* bist nämlich undankbar, und das ist unter zivilisierten Menschen ein schlimmer Vorwurf.«

»Streibert und ich, wir sind keine Ungeheuer. Du weißt, daß ich Yoder gern habe und ihm dankbar bin. Aber es ist nun einmal so, daß Kenner wirklicher Literatur in ganz Amerika wissen, daß Yoder Moder ist.« Er gluckste und fuhr dann fort:

»Wäre das nicht ein herrlicher Titel, wenn ich selbst etwas schreibe: ›Der Moder von Yoder‹?«

»Wenn du so etwas schreibst, will ich von dir nichts mehr wissen. Ich würde dich enterben!«

»Nun red keinen Unsinn, mein vorsintflutliches Lieblingsfossil!«

Als mir für meinen Enkel die alleinige Vormundschaft übertragen wurde, habe ich ihm klargemacht, er dürfe mich nicht wie eine unantastbare Großmutter aus Grimms Märchen betrachten, sondern müsse sich mir gegenüber so verhalten, als wären wir auf einer Stufe; das hat uns beiden gut getan. Jetzt gab er mir den Rat: »Nun geh und lies deine Liebesromänchen! Yoder solltest du wirklich uns überlassen.«

»Warum seid ihr beide nur so gräßlich?«

»Weil einer wie Yoder im Gesellschaftssystem Amerikas großen Schaden anrichtet. Er schreibt ein Buch oder sogar eine Reihe von Büchern, wie sie seinerzeit ganz in Ordnung gewesen sein mögen. Nie wirklich bedeutsam, nie relevant, Lückenfüller, aber vermutlich vertretbar, weil solche Bücher Verlagshäuser ökonomisch über Wasser halten.«

»Was ist daran unehrenhaft? Er hat die Existenz von Kinetic gesichert, so daß der Verlag noch existierte, als du ihn gebraucht hast.«

»Durchaus nicht unehrenhaft. Aber auch nicht wichtig.«

»Weshalb jammert ihr dann?«

»Männer wie Yoder nehmen wahren Autoren den Platz weg. Sie überschwemmen den Markt mit Mist, und dann tritt Greshams Gesetz der Literatur in Kraft: Yoders schlechter Roman verdrängt Streiberts guten.«

»Streiberts Roman war unlesbar. Das weißt du genau.«

»Für die Kanaille. Die Insider fanden ihn wichtig. Er hat den Weg in die Zukunft vorgezeichnet.«

»Gott helfe Amerika, wenn die *Zisterne* die Zukunft bedeutet: das Ende der Brillenindustrie – weil es nichts mehr zu lesen gibt.«

»Ich liebe dich, Großmutter. Aber unsere Ansichten über das, was eine wertvolle Lektüre darstellt, gehen auseinander.«

»Das Geld, das Yoder Kinetic einbringt, ermöglicht es dem Verlag doch, dich zu publizieren.«

»Aber, aber, meine Liebe. Ich schick' dir ein signiertes Exemplar von *Der Moder von Yoder*.«

Als nächsten rief ich Präsident Rossiter im College an.

»Haben Sie Professor Streiberts verheerende Kritik über den neuen Roman von Lukas Yoder gelesen?«

»Ja. Ich war entsetzt.« Nachdem wir uns über die Vorwürfe Streiberts ausgetauscht hatten, meinte Rossiter: »Jane, die Sache ist viel gravierender, als Sie vielleicht denken. Ich meine, das Ganze ist schlimmer, als Sie aufgrund Ihrer Position wissen können. Was Details betrifft, meine ich.«

»Norman«, sagte ich, weil er viel aufgebrachter war, als ich erwartet hatte, »Sie säuseln. Jetzt nennen Sie mir bitte die Details. Ich gehöre schließlich Ihrem Aufsichtsrat an.«

»Natürlich vertraulich: Wie Sie wissen, haben Lukas und Emma mir eine Schenkung über eine Million Dollar gemacht, die ich nach eigenem Ermessen zum Besten des Colleges verwenden sollte. Nur darf davon nichts öffentlich werden.«

»Bei Yoder würde man so eine Bedingung erwarten.«

»Was Sie nicht wissen, ist folgendes: Als sie mir den Scheck überreichten, haben sie angedeutet, falls ihre weiteren Bücher sich ebenso gut verkaufen würden …«

»… würden sie uns weitere Schenkungen machen? Haben sie das angedeutet?«

»Mehr als nur angedeutet.«

»Aber nicht schriftlich.«

»Selbstverständlich nicht. Aber von Ihnen haben wir ja auch nichts Schriftliches. Das ist doch so üblich, würde ich meinen. Geben Sie mir einen Rat. Streiberts Rezension, die ja gewissermaßen aus dem College kommt … Wird es die Yoders gegen uns einnehmen?«

Ich dachte nach. »Emma wird wütend sein. Wird vielleicht

Streiberts Lehrsaal in Brand setzen wollen. Lukas wird die ganze Sache wahrscheinlich gar nicht zur Kenntnis nehmen.«

»Die Rezension vielleicht nicht. Aber könnte das, was heute passiert ist, weitere Spenden abblocken?«

Erneutes Nachdenken. »So sind die Yoders nicht.«

»Was soll ich machen?«

»Was würde ich an Ihrer Stelle tun? Ich würde eine kleine Cocktailparty hier in *Windsong* geben. Gastgeberin wäre ich, aber ich spreche die Einladungen in Ihrem Namen aus. Die Yoders, Yoders Freund Zollicoffer, Sie wissen schon, den pennsylvanisch-deutschen Bauern. Und tun Sie so, als wäre überhaupt nichts geschehen. Es kommt nur auf eins an, Norman: Sie müssen Emma spüren lassen, wie sehr Sie ihren Mann schätzen. Die letzte Entscheidung wird nämlich sie treffen.«

»Was wollen Sie damit sagen?«

»Denken Sie einmal nach. Die Yoders sind in der gleichen Lage wie ich – nur extremer. Wir haben keine unmittelbaren Kinder. Ich habe noch meinen Enkel Timothy. Die Yoders haben nicht einmal das. Wir müssen also für den Todesfall Vorkehrungen treffen, was mit unserem Vermögen geschehen soll. Das weiß Emma so gut wie ich, und sie wird dem etwas geben, der ihren Mann achtet.«

»Was Ihren Rat von vorhin betrifft – Sie bleiben dabei, daß Sie die Cocktailparty geben würden?«

»Natürlich. Ich werde dafür sorgen, daß auch die Stadtbibliothekarin kommt, eine wunderbare Frau namens Benelli. Das gibt dem Abend einen literarischen Anstrich, zu Ehren des Romans von Yoder. Dann wird niemand merken, wie schrecklich Sie schwitzen.«

»Einverstanden. Aber ich *werde* schwitzen.«

Danach rief ich die Zollicoffers an, die ich zwar nur flüchtig kannte, aber schätzte, weil sie Yoder beim Schreiben seiner Romane unterstützt haben, und dann Mrs. Benelli. Alle waren über die Einladung für Mittwochabend nach *Windsong* erfreut. Nach diesen angenehmen Pflichten bereitete ich mich auf etwas vor, dem ich seit langem erwartungsvoll entgegensah: Miss Jenny Sorkin kennenzulernen, von der Timothy mir so viel erzählt hatte, der ich aber noch nicht persönlich begegnet war. Da Timothy sich ganz offensichtlich häufig mit ihr traf, hielt ich es für meine Aufgabe zu erkunden, was für eine Frau sie war.

Es war eine neue Erfahrung für mich – sie war großgewachsen, schlank, ungepflegt, eine rüpelhafte Erscheinung mit einem Zwinkern in den Augen, stets zu einem Lächeln aufgelegt, und trug ein T-Shirt mit der Aufschrift: WO SIND SIE GEWESEN, ALS ICH EINEN BEGLEITER BRAUCHTE? Da konnte ich mir ein Kichern nicht verkneifen. »Mit zwanzig gab es für mich ein Problem. Man hatte es als Studentin in Vassar in den turbulenten Zeiten damals sehr schwer. Der Militärdienst im Zweiten Weltkrieg bedeutete: Es gab einfach keine Männer, die man sich angeln konnte, vor allem, wenn man nicht hübsch aussah. Und ich war nicht hübsch.«

Die beiden jungen Menschen saßen vor der Fensterfront, durch die man die Scheinwerfer der Autos auf dem Cut Off sah. Ich servierte Sandwiches und einen Teller mit Fenstermachers neuem Scrapple, das so knusprig gebraten war, daß man es mit der Hand essen konnte. »Also«, sagte ich, »nun erklärt mir einmal, falls ihr dazu in der Lage seid, warum ihr jungen Wilden meint, Lukas Yoder den Krieg erklären zu müssen.«

»Halt!« rief Miss Sorkin. »Halten Sie mich da heraus. Ich hab' ihn und seine Romane recht gern. Schauen Sie – er und ich, wir sind ziemlich gleich. Wir schreiben Bücher, die ganz normale Menschen lesen und begreifen können.«

Ich schenkte ihr ein Lächeln. »Ich habe ja gleich gewußt«, sagte ich, »daß ich Sie gern haben würde«, und wandte mich an Timothy: »So steht es also: zwei Frauen mit ihrer Vorliebe für lesbare Romane gegen dich und Streibert – ihr plädiert für Romane, die keiner lesen kann.«

»Und du wirfst *ihm* Grausamkeit vor!« rief Timothy in gespieltem Entsetzen. »Großmutter, nichts von dem, was ich über Yoder gesagt hatte, war auch nur halb so brutal wie das, was du eben über Streibert gesagt hast – daß niemand seinen Roman gelesen hat.«

»Ich hab' es im übertragenen Sinn gemeint – daß das allgemeine Lesepublikum weder seinen Roman *Die leere Zisterne* noch deine spannende Abenteuergeschichte *Kaleidoskop* verdauen kann. Akzeptierst du die freundlichere Interpretation?« Mein Enkel schnaubte: »Du reißt dich nur noch tiefer herein. Gestatte Professor Streibert und mir, mit dem Morden fortzufahren.«

»Nein!« rief ich. »Wenn er heute abend hier wäre, statt sich in Philadelphia zu verkriechen, würde ich ihm ins Gesicht spucken. Hier, nimm noch ein bißchen Scrapple von Fenstermacher. Es ist genauso eng mit dem Wesen des Grenzlerlandes verbunden wie Yoders Romane.«

»Und genauso gefährlich für die Verdauung!« sagte Timothy. »In einer Zeit wachsender Kulturfinsternis kommen Männer wie Streibert – in Universitäten im ganzen Land – zu der Auffassung, die Aufgabe ernster Literatur bestehe in der Wahrung eines sinnvollen Dialogs unter der Elite – unter jenen Wenigen, die die Entscheidungen treffen, welche die Gesellschaft geistig am Leben erhalten.«

»Schließt das Menschen wie mich aus, die gern Jane Austen oder Willa Cather lesen?«

»Aber nein! Du bist die Elite!« Und er deutete auf die beiden kleinen Bücherschränke, die es sogar in unserem Großen Zimmer gab. Sie enthielten, ich muß es schon sagen, eine eindrucksvolle Auswahl von Büchern: ernsthafte Romane, Sachbücher über Frauenfragen, Abhandlungen und Analysen der Wandlungen in der Außenpolitik. Ich war recht stolz auf das, was sie meines Erachtens widerspiegelten – die Interessen einer aufgeschlossenen Frau Anfang Siebzig. Während ich mich unbescheiden in meinem Stolz sonnte, erwähnte Timothy einen Namen, der für mich in den folgenden Wochen noch sehr wichtig werden sollte. »Der große amerikanische Lyriker Ezra Pound hat es, wie ich meine, am besten ausgedrückt, als er in der Irrenanstalt St. Elizabeth's eingesperrt war. Er predigte den amerikanischen Dichtern, die zu ihm hielten und öffentliche Zensur riskierten, wenn sie ihn besuchten in seinem – im Grunde war es ein Gefängnis. ›Schreibt nur für Euresgleichen. Ignoriert das allgemeine Publikum. Das folgt immer nur den falschen Göttern.‹«

Ideen der Art, die Timothy da eben zitiert hatte und die, wie wir befürchteten, dem Faschismus den Weg ebneten, hatten mein Mann und ich mißtrauisch gegenübergestanden. Ich mußte Einspruch erheben: »Die Ideen deines Freundes Pound machen mir Bauchgrimmen.« Timothy erklärte: »Professor Streibert hat Pounds Begriffe weiterentwickelt und von ihnen den Imperativ des Hier und Heute abgeleitet.«

»Soll heißen?«

»Daß ein Künstler verpflichtet ist, sich mit den gesellschaftlichen Problemen auseinanderzusetzen, sowie sie entstehen – in seiner Zeit, aus dem Verständnis seiner eigenen Epoche.«

Ich wollte anmerken, das klänge nach Schaumschlägerei, als Miss Sorkin meinte: »Ich sag' Ihnen was, Mrs. Garland. Wenn Sie eine Idee haben wollen, wovon Timothy spricht, dann lesen Sie seinen neuen Roman.« Sie erläuterte: »Den Titel verdankt er dem Begriff, mit dem Streibert und die übrigen neuen Kritiker so gern um sich werfen. *Dialog.* Er besteht aus einhundertsechzig Seiten reiner Diskussion zwischen einem Mann und einer Frau, die namentlich nie genannt werden – sie existieren nur durch diesen ununterbrochenen Dialog. Ihre Auseinandersetzungen, Übereinstimmungen und Reflexionen beginnen mitten im Satz auf Seite eins und ziehen sich ohne Pause durch bis auf Seite einhundertundsechzig. Man kommt überhaupt erst nach acht oder zehn Seiten drauf, ob da ein Mann oder eine Frau redet.«

»Werden sie in ihrer menschlichen Eigenart erkennbar?«

»Ja! Absolut – sie werden sogar interessant, wenn man beim Lesen durchhält.«

»Klingt noch schwieriger als dein erstes Buch, Timothy.«

Er zuckte die Schultern. Es war ihm sichtlich peinlich, über sein noch unveröffentlichtes Buch zu sprechen, doch Jenny ließ sich dadurch nicht beirren: »Und die Subtilität der späteren Seiten! Sie müssen mir glauben – dieses Buch setzt Maßstäbe für die nächsten zehn Jahre. Es ist ein brillanter Roman, Mrs. Garland. Sie werden stolz darauf sein.«

»Werde ich es verstehen?«

»Wenn Sie die ersten fünfzig Seiten durchhalten, werden Sie es ganz bestimmt verstehen.«

»Ich bin wie Snoopy. Ich brauche vom ersten Satz an Spannung: ›Es war eine finstere, stürmische Nacht‹«, scherzte ich. »So stelle ich mir den Anfang eines Romans vor.«

Ich merkte, daß es Jenny wichtig war, Timothys Arbeit zu unterstützen. »Es ist ein großartiger, neuer Ansatz. Wie hat doch meine Großmutter immer gesagt: ›Probier mal. Es wird dir schon schmecken.‹«

»Zeigst du's mir?« fragte ich Timothy, weil mir sein weiterer Werdegang sehr wichtig war.

»Ja. Bis auf den letzten Teil habe ich es bei mir«, sagte er und reichte mir einen Karton. »Weißt du, Großmutter, dein Rat bedeutet mir viel. Ich werde auf dich hören – vor allem, wenn du nicht ins neunzehnte Jahrhundert zurückfällst.«

»Hast du je Henry Fieldings *Joseph Andrews* gelesen? Du würdest über die Turbulenzen des achtzehnten Jahrhunderts erstaunt sein.«

Wir ließen das Thema fallen. »Und was gedenken Sie zu schreiben, Miss Sorkin«, fragte ich, »nach Ihrem Football-Roman?«

»Ich werde versuchen, eine Geschichte extra für Sie zu schreiben – mit einem packenden Anfang und einem sensationellen Schluß.«

»Ich kann's kaum abwarten. Das Thema?«

»Also bitte! Da ich so ein Glück mit Football-Spielern und ihren Umtrieben gehabt habe – warum nicht etwas Ähnliches versuchen über das Salbadern von Fakultät und Kuratorium eines ehrwürdigen College in – sagen wir – im Staate Ohio, wo es viele gibt? Oder vielleicht auch in Ostpennsylvanien.«

»Schaff mir die subversive Frau aus dem Haus!« rief ich. Sie warf mir eine Kußhand zu.

Als ich meine hochbegabten jungen Gäste zur Haustür begleitete, blieb ich an einem Bücherschrank stehen, nahm einen Roman von Margaret Drabble heraus, und als wir dann auf den Rasenhang im herbstlichen Mondschein hinausschauten, hielt ich beide Hände hoch.

»Ihr habt die Wahl«, sagte ich. »Die eine Hand: Timothys neuer Roman zum Kopfzerbrechen. Die andere Hand: Miss Drabbles Roman als Lesevergnügen!« Sie buhten mich beim Davonfahren aus.

MITTWOCH, 9. OKTOBER: Nachmittags begrüßte ich hier in *Windsong* vier besonders angenehme Bürger der Grenzlerregion, die Zollicoffers und die Yoders – zwei Ehepaare in den Sechzigern oder ein wenig drüber; ihrer äußeren Erscheinung nach typisch ›Dutch‹.

Lukas Yoder ist ein untersetzter Mann mit einem kantigen Gesicht und dichtem sandfarbenem Haar – er hätte sich bestimmt einen richtigen deutschen Bart wachsen lassen können, wenn er gewollt hätte. Er hat ganz die ruhige, nachdenkliche Art, die seinesgleichen oft an den Tag legt, wenn sie fremden Menschen begegnen. Seine Frau Emma, eine kleingeratene Frau, wirkt ganz so, als hätte sie ein Leben lang auf einem Bauernhof in der Küche gearbeitet – dünn und energisch.

Herman Zollicoffer, der nächste Nachbar der Yoders, ist ein denkbar lieber Mensch: ein großer, rundlicher Pennsylvanien-Deutscher mit zerzaustem Haar, strahlendem, rundem Gesicht und Bewegungen wie ein alternder Stier. Er gehört zu den Leuten, die Hosenträger *und* Gürtel tragen, und ich kenne ihn als jemanden, der sich in Gesellschaft von Menschen, die er noch nicht kennt, scheu verhält, bis ein Thema aufkommt, zu dem er eine entschiedene eigene Meinung vertrat; dann schießt er los mit einer Rede, die Minuten dauern kann, denn wenn er etwas sagt, hat er auch etwas zu sagen. Dann ist er gar nicht schweigsam, sondern klug.

Seine Ehefrau Frieda, die ich bis dahin überhaupt noch nicht kennengelernt hatte, ist die typische pennsylvanisch-deutsche Hausfrau: jovial, schüchtern in Gegenwart Fremder, mit einem breiten, runden Gesicht, sehr rundem Oberkörper, riesigem rundem Hintern, und das alles in Form gehalten, wie ich bald merken sollte, durch einen rundum gesunden Appetit. Ich hätte Mühe gehabt, Frieda nicht zu mögen, insbesondere, wenn sie ihr pennsylvanisch-deutsches Idiom sprach. Die ersten Worte, die ich sie sprechen hörte, als sie beim Eintreten in unser Großes Zimmer ins Tal schaute, das zur Rhenish Road ausläuft: »Nett, nicht?« Dann streckte sie den Daumen über die Schulter weiter nach hinten zum Tal: »Die Fenstermachers, nicht?« Sie sah mich mit einem Blick an, als wollte sie fragen, ob sie den Nachbarhof richtig geortet hatte. Ich nickte.

Mit meiner Vermutung über Yoders Reaktion auf Professor Streiberts schlimme Attacke gegen *Steinmauern* hatte ich recht gehabt. Ms. Benelli und die anderen Gäste waren eingetroffen, als jemand fragte: »Mr. Yoder, was haben Sie beim Lesen der schrecklichen Besprechung empfunden, die Ihr Nachbar geschrieben hat?« Emma sprang ein: »Ein gestandener Autor wie mein Mann befaßt sich nicht mit Rezensionen, schon gar nicht, wenn von seinem Buch vor Erscheinen bereits über eine halbe Million Exemplare verkauft worden sind!« Ich sah, wie Lukas zuckte, als wolle er sie davon abhalten, so etwas zu sagen. Aber was konnte er machen?

»Aber was haben Sie konkret getan?« fragte jemand anders, und darauf antwortete Mr. Yoder: »Ich habe an meinem

Hexenbild gearbeitet« – was eine Reihe weiterer Fragen auslöste. Andere Gäste wollten wissen, wie er zu seinen Hexenzeichen von alten Scheunen kam und sie in Collagen einarbeitete, die von manchen Kunstkritikern ihrer Neuartigkeit und gediegenen Ausführung halber sehr gelobt worden sind. Doch von solchem Lob wollte er nichts wissen. »Ich rette doch bloß die guten Traditionen unseres Volkes – und retuschiere sie nur ein bißchen mit meiner Fraktur.«

Wieder ein Ausdruck, der zu Fragen führte, doch zum Schluß seiner Erklärungen gab es Kritik von einer Seite, von der er nie und nimmer mit Kritik gerechnet hatte. Jetzt war Herman Zollicoffer soweit zu reden: »Lukas, ich habe dir deinen gemeinen Trick mit den Hexenzeichen nie verziehen. Ich hab' dich gewarnt. Dutzende Male. Aber du hast ja nicht auf mich hören wollen. An so etwas haben Pennsylvanisch-Deutsche nie geglaubt – an so Zigeunerquatsch wie Hexenzeichen, um Böses fernzuhalten oder einen Feind unter Fluch zu tun. Aber du hast einfach weitergemacht. Du hast dem Roman sogar den Titel *Hexen* gegeben.«

»Und was ist ein Hexenzeichen«, erkundigte sich Ms. Benelli, »wenn es nicht, wie es in den Büchern steht, Unglück fernhalten soll?«

»Nur ein Ornament, das von Deutschland mitgebracht wurde. Es schmückt eine Scheune. Es ist einfach nur für schön. Nicht für Geister.« Und mit dem Eifer, den er stets für Yoder gezeigt hatte, und dem Stolz über das Interesse, das sein Nachbar für die Pennsylvanisch-Deutschen in der Welt geweckt hatte, sagte Zollicoffer: »Bei den ersten vier Büchern hast du auf mich gehört und auf das, was ich sagte. Da hast du unsere Traditionen respektiert. Und deshalb waren die Bücher gut. In *Hexen* erzählst du all diese Märchen. Das Buch taugt nichts.«

Beide Yoders lachten. »Du siehst das nicht richtig, Herman«, meinte Emma. »Als er sich zu eng an dich und deine Ratschläge hielt, hat seine Bücher keiner gewollt. Als er dann aber seine Phantasie gebrauchte, da haben sie sich verkauft wie Schinken-Sandwiches auf dem Markt von Kutztown.«

Es gab daraufhin eine lange Diskussion, wie ein Künstler sein Rohmaterial zu verwenden hätte, bei der Ms. Benelli eine große Hilfe war, weil sie anhand bedeutender Romane konkrete Beispiele zitieren konnte, welche sich für die gegensätzlichsten Praktiken anführen ließen. Herman Wouk ist einmal kritisiert worden, er hätte für seine Zwecke einen ganzen Weltkrieg verändert. »Wenn ich Romane schreiben könnte«, sagte jemand, »würde ich lieber so etwas versuchen wie Tom Wolfes *Fegefeuer der Eitelkeiten*. Ein einziges Thema, das man wirklich auslotet – eine kleine Leinwand mit Tiefenperspektive.«

»Oder man nimmt eine eng umrissene Gesellschaft wie die Grenzler«, bemerkte Emma, und alle lachten über den Eifer, mit dem sie ihren Mann verteidigte; und Zollicoffer meinte: »Ich möchte mich gern entschuldigen für das, was vorhin vielleicht häßlich geklungen hat. Scheint doch, daß Lukas es ganz richtig gemacht hat, als er das, was er von mir über die Dutch hörte, für seine Zwecke umgemodelt hat.«

»Was sagen Sie«, wollte Ms. Benelli von ihm wissen, »zu der Behauptung, die man hier und da hört, daß *Die Meidung* sein bestes Buch sei?«

»Also!« Mrs. Zollicoffer gab ihren starken deutschen Akzent zum besten. »Der Mister hat das Buch zweimal gelesen, und hinterher hat er gesagt: ›Jetzt hat der junge Mann es aber mal gepackt‹, und das meine ich auch.«

»Das habe ich doch gemeint«, erklärte Zollicoffer ganz aufgeregt, »eine gute Mischung aus wahren Tatsachen, wie ich sie ihm erzählt habe, und Phantasie, wie er das alles gedeutet hat. Was ist das für ein Buch? Eine Geschichte über Hosenträger. Keine – oder einen – oder zwei? Ich habe es ihm erzählt, aber er hat es der ganzen Welt erzählt.«

Den einzigen Hinweis, daß Streiberts Rezension ihn doch geärgert hatte, gab Yoder kurz vor dem Weggehen. Als er an der Tür auf Emma wartete, die sich noch unterhielt, nahm er wie zufällig einen der *Jalna*-Romane aus dem Bücherschrank, die Streibert – als negatives Vergleichsbeispiel – im Zusammenhang mit Yoders Grenzler-Zyklus erwähnt hatte. »Was sind das für Bücher?« fragte er. »Sie haben ja sechs, wie ich sehe.«

»Nette Nichtigkeiten«, sagte ich. »Aber bei Lebzeiten war Mazo de la Roche eine Sensation.«

»Eine Kanadierin?«

»Ja. Die Kanadier haben sich über die Romane lustig gemacht – die reinsten Märchen, haben sie behauptet. Aber die Frauen in England und Amerika haben sie verschlungen. *Die Whiteoaks von Jalna* habe ich, wenn ich mich recht erinnere, auf der High School gelesen. Ich habe geweint über das, was die Heldin durchmachen mußte. Vielleicht habe ich damals aber auch einen anderen Roman gelesen, es war alles ziemlich ein und dasselbe.« Und dann zeigte ich lachend mit dem Finger auf ihn: »Und Sie wollen behaupten, Sie lesen keine Rezensionen! Wie hätten Sie sonst von Jalna gehört – oder Interesse an dem Buch gezeigt.«

»Emma hat mir die letzten Absätze der Besprechung vorgelesen. Ich wünschte, sie hätte es nicht getan«, und er wollte sich danach zu dem Thema nicht mehr äußern. Ich konnte ihm aber anmerken, daß ihm mein Urteil über die berühmten kanadischen Bücher von einst nicht gefiel.

Als die Gäste gegen sechs Uhr gehen wollten, bat ich Ms. Benelli, zum Abendessen zu bleiben. »Ich habe da eine Frage, die Sie mir vielleicht beantworten könnten. Über Literatur«, sagte ich.

Dämmerung senkte sich über das Tal, als wir in den bequemen Sesseln gegenüber der Fensterfront saßen, und ich war noch nicht dazu gekommen, meine Frage zu stellen, als Ms. Benelli sich erkundigte: »Wenn Mr. Zollicoffer nun so viel zu Mr. Yoders Romanen beisteuert – hat er dann auch einen Anteil am Honorar?«

»Zufällig weiß ich die Antwort«, sagte ich. »Ein entfernter Vetter von mir gehört zur Valley Mennonite Church ›gegen Souderton hin‹, wie man so schön sagt.« Ich sprach es *Sordertann* aus, wie die Pennsylvanisch-Deutschen. »Das ist auch die Gemeinde der Zollicoffers, und als Mr. Yoder Mr. Zollicoffer für seine wertvolle Hilfe etwas zahlen wollte, meinte Zollicoffer: ›In der alten Zeit sind wir alle eingesprungen, um einem Nachbarn beim Bau seiner Scheune zu helfen. Heute helfen wir ihm beim Bau seines Buches‹, und wollte nichts annehmen.«

Als Ms. Benelli sich ob solcher Großzügigkeit wunderte, lachte ich vergnügt vor mich hin: »Sie dürfen Pennsylvanisch-Deutsche nie unterschätzen. ›Für mich keinen Penny‹, hat Zollicoffer zu Yoder gesagt. ›Aber unsere Kirchengemeinde möchte gern anbauen. Da könntest du was helfen.‹«

»Und hat er geholfen? Yoder, meine ich?«

»Selbstverständlich. Er bestand darauf. Doch sobald Zollicoffer Yoders festes Versprechen hatte, flüsterte er dem Kirchenrat zu: ›Yoder wird zahlen‹, und der Architekt blieb die ganze Nacht über auf, um den Anbau, der heute als Gemeindesaal dient, größer zu planen. Am nächsten Tag sah sich Yoder die Pläne an und sagte: ›Schön. Machen Sie so weiter.‹ Und jetzt möchte Zollicoffers Kirchengemeinde etwas bauen, was manche als Sonntagsschule bezeichnen würden, und glauben Sie mir, die Gemeindemitglieder behalten die Bestsellerliste genau im Auge, um zu sehen, ob Yoder dafür aufkommen kann.«

Als unser Lachen verklang, kam ich auf ein ernsteres Thema zu sprechen, ein Thema, das mir seit geraumer Zeit zu schaffen machte. »Ms. Benelli, was wissen Sie über einen amerikanischen Dichter, der einen unguten Einfluß auf meinen Enkelsohn zu haben scheint – Ezra Pound?«

Sie hielt den Atem an und zog konzentriert die Stirn in Falten: »Wo soll ich anfangen? Da gibt es so viele Aspekte.«

»Beginnen wir am Anfang.«

Sie überlegte sich ihre Worte genau. »In den dreißiger Jahren gab es an der englischen Universität Cambridge eine kleine Gruppe von Männern – vielleicht war die Gruppe auch gar nicht so klein –, die aus intellektueller Arroganz England verrieten – durch Weitergabe von Geheimnissen an die Sowjetunion. Pound wurde vom häßlichen Geist der Zeit infiziert und verriet die USA – durch landesverräterisches Verhalten zum Nutzen von Mussolini und Hitler. Aber das konnte man ihm nicht persönlich anlasten. Die Zeit war damals so aus den Fugen geraten, daß manche Schriftsteller nicht mehr wußten, was sie taten. T. S. Eliot und seine Leute waren üble Antisemiten. Man zitierte damals auch gern E. M. Forsters berühmten Ausspruch, daß er eher sein Vaterland verraten würde als seinen homosexuellen Freund.«

»Erstaunlich!«

»Experten behaupten, Forster habe nie von seinem *homosexuellen* Freund gesprochen. Wir wissen aber, daß er es gemeint hat.«

»Und Streibert hat die Ideen dieser Leute übernommen?«

»Bis zu einem gewissen Grad. Daß er kein Antisemit ist, steht fest. Seine Lektorin ist Jüdin. Und die Studentin, der er bei den Vorbereitungen zur Publikation ihres Romans hilft, auch. Jenny Sorkin. Und ich bin mir sicher – so etwas wie Verrat würde ihm nie in den Sinn kommen. Er hat aber die fragwürdige These aufgestellt, daß ein Schriftsteller –«

Ich unterbrach. »Das, was Timothy mir zu erklären versuchte? Den Imperativ des Hier und Heute?«

»Genau. Streibert fordert, daß ein Künstler danach beurteilt werden müsse, wie er die großen Probleme seiner Zeit angeht. Er muß nicht unbedingt über sie schreiben, verstehen Sie, aber mit ihnen vertraut sein und sie im Zusammenhang sehen. Und mit der Vergangenheit müsse er brechen, um das Neue begreifen zu können. Er könne die Vergangenheit studieren – er sollte es sogar tun –, aber nur, um deren Fehler und die notwendigen Korrekturen zu erkennen.«

»Da scheint er einem armen Schriftsteller aber eine schwere Last aufzubürden«, meinte ich, und sie erwiderte: »Streibert predigt, darin bestünde die einzig wahre Aufgabe. Wörter und Wendungen zu glätten und zu polieren, das sei die Aufgabe im vergangenen Jahrhundert gewesen, sich mit der Wirklichkeit auseinanderzusetzen, die Aufgabe unserer Zeit.«

»Welche Wirklichkeit? Wir sprachen von Landesverrat.«

»Ja. Männer, die Pounds zweifellos hervorragende Dichtung loben – sie gehört in der Tat zum Besten, was dieses Jahrhundert hervorgebracht hat – und seine bedeutende Rolle als Lehrer anderer Dichter anerkennen, denen er half, ihre Lyrik zu revidieren, sie lebendiger zu machen – er scheint die meisten guten Lyriker seiner Zeit beeinflußt zu haben ... Was wollte ich sagen?«

»Daß Professoren, die Pound in den Himmel heben...«

»Intellektuelle stehen fast unter Druck, ihn als ihr Idol zu akzeptieren. Es ist wie eine Nagelprobe: ›Entweder Sie stehen zu Pound, oder Sie können auch sonst nicht zu uns gehören.‹«

»Wenn ich eine Dichterin oder eine Intellektuelle wäre, ginge es mir vielleicht nicht anders. Wie Piloten, die streiken und hinterher nicht einmal mehr sprechen wollen mit ihren Kollegen im Cockpit, die nicht mitgestreikt haben. Aber erzählen Sie mir mehr über Pounds Verrat. Davon weiß ich kaum etwas. Timothy hat einmal ein Krankenhaus erwähnt, das in dem Zusammenhang eine Rolle gespielt haben soll.«

»Auch in dem Punkt sind die *Fakten* klar. Pound hat in seinen Rundfunksendungen während des Zweiten Weltkriegs seine Hörer aufgerufen, zur Niederlage Englands und der USA beizutragen. Vielleicht nicht so direkt, aber er hat dem Feind ganz bestimmt ›Unterstützung und moralische Hilfe‹ geleistet. Er sprach sich auch für die Vernichtung der Juden oder zumindest ihre harte Behandlung aus. Bei Kriegsende wurde er von alliierten Truppen in Italien gefangengenommen und, soweit ich weiß, in einen Käfig eingesperrt. Als er in die Staaten zurückgebracht und des Verrats beschuldigt wurde, machten glühende Verehrer geltend, er könne nicht wegen Aussagen vor Gericht gestellt werden, die er zweifelsohne gesagt, aber nicht so gemeint habe. Im Interesse seiner Verteidigung haben diese Freunde dann etwas Unerhörtes getan. Während Pound in Haft saß und auf seinen Prozeß wartete, verliehen sie ihm den begehrten Bollingen-Literaturpreis, um öffentlich zu bekunden, daß er Amerikas größter Dichter sei. Nun war es aber so: Das Geld hat die Bollingen Foundation gestiftet, doch verliehen wurde der Preis unter der Schirmherrschaft der Library of Congress. Daraufhin war die Hölle los.«

»Aber was hat das Krankenhaus damit zu tun?«

»Das ist eine traurige Geschichte. Da man nicht bereit war, Pound in einem öffentlichen Gerichtsverfahren des Landesverrats anzuklagen – um einem öffentlichen Skandal aus dem Wege zu gehen, und wegen der großen Sympathien, die Pound in Intellektuellenkreisen genoß –, hat die Regierung sich gedrückt, ihn für verrückt erklären lassen und leise, still und heimlich nicht in einem richtigen Gefängnis, sondern in einem Flügel des St.-Elizabeth-Krankenhauses für geistesgestörte Verbrecher in Washington eingesperrt.«

»Das scheint ein Fehler gewesen zu sein«, meinte ich.

»Dort hat man ihn zwölf Jahre lang festgehalten. Andere Dichter haben ihn besucht, und es gibt eine ganze Literatur über den ›Märtyrer in St. Elizabeth's‹. Eine Episode, die nicht weniger schandbar ist als Pounds eigenes Verhalten während des Kriegs in Italien. Wissen Sie, daß er einige seiner besten Gedichte in der Irrenanstalt geschrieben hat?«

»Bleiben wir konkret. Welchen Einfluß haben Ihrer Ansicht nach Streiberts Ideen über Pound und die Rolle des Künstlers in der Gesellschaft auf einen jungen Mann wie meinen Enkel, der nach einem aufsehenerregenden Start noch nicht in sich gefestigt ist? Könnten sie ihn in eine falsche Richtung drängen?«

Ms. Benelli zögerte mit ihrer Antwort keine Sekunde, und

der Bestimmtheit, mit der sie sprach, konnte ich entnehmen, daß auch ihr Timothys Wohl am Herzen lag: »Möglicherweise wird er Mitglied einer Clique«, sagte sie, »Mitglied einer Gruppe von jungen Leuten wie er selbst, die sich gegenseitig überzeugen, daß sie in einer besonderen geistigen Atmosphäre leben, in der sie Dinge klarer – und ganz anders – sehen als andere Menschen und sich deshalb den größeren Belangen der Gegenwart besser stellen können.«

Ich hatte die Fragen gestellt, weil ich mir über die Zukunft meines Enkelsohns Sorgen machte, konnte nun aber ein Lachen nicht unterdrücken. »Ich bin ja so froh, daß Timothy mit der jungen Miss Sorkin anbandelt, die erklärt, sie schreibe Romane, die ich verstehen könnte. Sie macht einen verantwortungsbewußten Eindruck – sie könnte seine Rettung sein. Aber die Faszination für Pound und die Schurken, die England verraten haben, werde ich wohl nie verstehen, und es täte mir weh, wenn Timothy in ihre Fußstapfen träte.«

»Haben Sie einen Videorecorder?« fragte Ms. Benelli, und als ich sie verständnislos anschaute, sagte sie zur Erklärung: »Ein Gerät, mit dem man Filme auf dem Fernsehschirm zeigen kann?«

»So etwas hatte ich mal. Konnte aber nie herauskriegen, wie man damit umgeht. Ich hab's verschenkt.«

»Kein Problem. Wir haben eins in der Bibliothek.«

»Was wollen Sie mir denn zeigen?«

»Die große Videothek in Allentown besitzt einen hervorragenden Film, eine zweistündige Fernsehdokumentation, die irgendeine Universität erstellt hat. Die informiert Sie über alles, was Sie über Ezra Pound wissen müssen.«

»Den Film muß ich sehen.«

»Wann immer es Ihnen paßt«, sagte sie, und wir machten aus, daß ich mir den Film *Der Gefangene von St. Elizabeth's* – sofern verfügbar – nachmittags um fünf Uhr in zwei Tagen mit ihr gemeinsam in der Bibliothek ansehen würde.

FREITAG, 11. OKTOBER: Um siebzehn Uhr hatte ich in der Stadtbücherei von Dresden, einem kleinen, aber soliden Steinbau im Stadtzentrum, eine fesselnde Einführung in das Thema des Verrats und seiner Entstehungsgeschichte. Ich fühlte mich in dem Vorführsaal ganz zu Hause; denn obwohl die Bücherei zu Beginn des 19. Jahrhunderts von dem schottischen Philanthropen Andrew Carnegie der Stadt zum Geschenk gemacht worden war, hatte mein Mann auf meine Anregung hin die Kosten für die Modernisierung übernommen, und nach seinem Tod ist sie eine der Institutionen, die ich finanziell tatkräftig fördere. Ich hatte das biedere, alte Gebäude und sein Klima von behäbigem schottischem Verantwortungsgefühl gern. Hat je ein wohlhabender Mann der Gesellschaft besser gedient als Carnegie, der Hunderte von Gemeinden wie Dresden mit Bibliotheken versorgt hat?

Der umsichtige Mann wäre entsetzt gewesen, wenn er gesehen hätte, was an diesem Tage in seiner Bibliothek gezeigt wurde. Ms. Benelli schob ohne Mühe eine Kassette in das Videogerät ein, mit dem ich nicht zurechtgekommen war, und wir lehnten uns zurück, um einen zugleich erschreckenden und bewegenden Überblick zu den Verwirrungen des Dichters Ezra Pound, zu seiner Tragödie und seinem schlußendlichen Triumph zu gewinnen.

Der Film hatte zwei Teile, die eng zusammenhingen, und brachte zunächst historische Ausschnitte, die den arroganten Dichter in einer Vielzahl unterschiedlichster Situationen festhielten, und anschließend die wichtigsten Momente seines Lebens in nachgestellten Szenen: Im Bemühen, Fakten und Fiktionen miteinander zu verschmelzen, leistete ein englischer Schauspieler, der so zurechtgemacht worden war, daß er Ezra Pound glich, hier hervorragende Arbeit.

Wir sahen Pound als jungen, revolutionär denkenden Mann aus Nebraska, der im krassen Widerspruch zur eigenen Generation stand, als unschlüssigen Lehrer und, im italienischen Exil, als Apologeten Mussolinis und Advokaten eines italienisch-deutschen Sieges in Europa und damit in der ganzen Welt. In den authentischen Aufnahmen aus der Zeit, als Mussolini an allen Fronten zu siegen schien, offenbarte Pound sich als ein Mensch, der alles Amerikanische haßte.

Ganz gleich, was Pound auch getan hatte – die Szene unmittelbar nach der Niederlage Mussolinis und Hitlers war mitleiderregend. Denn in ihrer Wut über die verräterischen Rundfunkansprachen während des Weltkriegs verhafteten die rachsüchtigen, siegreichen Amerikaner Pound und warfen ihn in einen kleinen Käfig aus Stahlgittern, wo er nach allen Seiten, sogar oben und unten, der Witterung ausgesetzt war. Er wurde behandelt wie ein gefangenes Tier und öffentlich zur Schau gestellt und von allen verachtet. Weniger brutal, moralisch jedoch noch fragwürdiger waren die Episoden, in denen amerikanische Regierungsbeamte, die Angst hatten, ihn öffentlich wegen Verrats anzuklagen, weil sie wußten, daß ihre Beweislage gegen ihn zu schwach war – er hatte bloß geredet, aber nicht an konkreten verräterischen Handlungen teilgenommen –, sich des Tricks bedienten, ihn durch einen Arzt für geistesgestört erklären zu lassen. Ohne Prozeß sperrten sie ihn dann für viele Jahre in Washington im St.-Elizabeth-Krankenhaus für kriminelle Geisteskranke ein.

Ich mußte den Filmemachern rechtgeben – die Haft im Stahlkäfig und die Gefangenschaft im Krankenhaus waren dunkle Punkte in der Geschichte des amerikanischen Rechts. Trotzdem, für Pounds vermessene Arroganz, für seinen Verrat und für seinen üblen Antisemitismus konnte ich auch dann noch keine Entschuldigung finden.

Nach der Vorführung wandte sich Ms. Benelli an mich: »Noch eine Frage?« Ich schüttelte den Kopf: »Nein.« Es gab nämlich so viel zu fragen, daß ich nicht die richtigen Worte gefunden hätte. Als ich später im Großen Zimmer allein saß und die Autoscheinwerfer auf der Rhenish Road sah, mußte ich lachen. »Diese armen Esel! Diese verächtlichen Verräter, die gemeint hatten, nur sie könnten die menschliche Geschichte beurteilen, und die felsenfest davon überzeugt waren, daß schlußendlich das kommunistische Rußland die Oberhand gewinnen müßte – was würden sie heute sagen, wenn sie noch lebten? Heute, da der Kommunismus überall zusammengebrochen ist und es sich gezeigt hatte, daß er die ganze Zeit über hohl war?« Und ich mußte an meinen nüchternen Ehemann denken, den Pound verachtet hätte, weil er ein schlichter Amerikaner gewesen war, der sich ein Leben lang darum bemüht hatte, daß eine Stahlhütte effizient und produktiv arbeitete. Wie recht Larrimore doch gehabt hatte mit seiner Auffassung von der Gesellschaft! Und wie sehr hatte Pound sich geirrt! Ich wollte nicht zulassen, daß mein Enkelsohn durch einen seiner Irrtümer vergiftet würde.

DONNERSTAG, 24. OKTOBER: Heute habe ich mich zum erstenmal als weise alte Frau gefühlt. »Alt« erlebe ich mich andauernd, ich komme ja in die Jahre und spüre es an der Gicht in den Fingern; aber die ›weise Frau‹ kam für mich überraschend: Mich haben nämlich zwei um vieles jüngere Frauen beruflich um Rat gebeten.

Zuerst Ms. Marmelle – sie stattete unserer bescheidenen, doch talentreichen Gegend wegen ihrer vier Autoren – ein Autor hatte wie durch einen Zufall zum nächsten geführt – einen Arbeitsbesuch ab. Sie sprach mich an, ob sie mir ein paar Fragen stellen dürfe, und da ich annahm, daß die Fragen meinen Enkel betrafen, sagte ich zu.

Die Unverblümtheit, mit der sie gleich beim Eintreffen auf mich zukam, war verblüffend. »Mrs. Garland, ich bin dankbar, daß Sie sich so um Ihren Enkelsohn kümmern. Jetzt brauche ich Hilfe. Sie kennen sich in Dresden besser aus als irgendwer sonst. Würde man in der Gemeinde eine Frau – eine alleinstehende Frau – akzeptieren, die sich hier ein Haus kaufen möchte?«

»Natürlich wären Sie uns willkommen. Sie sind ja auch bereits mit Ortsansässigen bekannt.«

»Wo könnte ich ein Haus finden?«

»Adam Troxel hat immer ein Dutzend im Angebot. Aber warum sollte sich eine Großstädterin mit einer wunderbaren Stellung in einem Städtchen auf dem Lande verkriechen?«

»Jüngste Ereignisse in New York machen mir zu schaffen – der Verkauf meines Verlags an die Deutschen, der Tod meiner letzten noch lebenden Tante. Es hat mir die Stadt verleidet. Und ich bin älter geworden. Siebenundvierzig. Wenn ich mich verändern will, dann besser gleich.«

»Sie wollen doch nicht den Verlag wechseln?«

»Nicht im Moment, aber ich möchte gern außerhalb des Betondschungels Wurzeln schlagen. Für eine alleinstehende Frau ist New York nicht gerade eine Heimat.«

Man hatte mir erzählt, Yvonne sei in jüngeren Jahren mit einem schwierigen Mann – hochbegabt, doch charakterlos – namens Rattner verheiratet gewesen, der in irgendeiner dunklen Affäre in Greenwich Village ums Leben gekommen sei. Falls dem so war, trug sie ihre Witwenschaft mit Würde. Sie gefiel mir. Sie war eine kluge, tapfere Frau, die die Kunst des Überlebens in einer von Männern geprägten Umwelt beherrschte. Im übrigen hatte sie Timothy zum richtigen Start verholfen, und dafür schuldete ich ihr Dank.

»Lassen Sie Ihr Auto hier stehen. Oscar wird uns fahren und die Gegend zeigen. Auf dem Lande oder in der Stadt?«

»Im Stadtgebiet. Ich hätte gern Nachbarn. Ich brauche Nachbarn.«

Sie lehnte alle hübschen Häuser ab, die ich ihr auf der Straße zum College vorschlug; als wir dann aber auf der College Road drehten und uns Dresden aus nordöstlicher Richtung näherten, spürte ich plötzlich ihr erwachendes Interesse und war dann gar nicht mehr überrascht, als sie Oscar zurief: »Bitte langsamer fahren!« Zu unserer Linken ganz am Rande der Stadt stand ein altes zweistöckiges Haus, das liebenswürdigen Charme ausstrahlte. »Halt an und schau, was ich dir anzubieten habe!« schien es zu rufen.

»An so etwas haben Sie gedacht?«

»Möglicherweise. Könnten wir viermal links abbiegen, damit ich es von allen Seiten sehen kann, Oscar?« Als wir die Runde beendeten, zeigte sie auf das Schild: ZU VERKAUFEN. TROXEL & BINGEN. »Sind das ehrliche Makler?« wollte sie wissen. »Ich kenne Troxel seit vielen Jahren«, sagte ich. »Er ist absolut in Ordnung. Den jungen Bingen kenne ich nicht.«

»Können wir beim Maklerbüro vorbeischauen?« – und so begannen die Verhandlungen, die damit endeten, daß eine Lektorin aus New York in eine kleine deutsch-pennsylvanische Gemeinde verpflanzt wurde.

Der zweite Fall war noch aufregender. Nachdem ich der Lektorin meines Enkelsohns geholfen hatte, ein Zuhause zu finden, bat mich nämlich seine Freundin, ihr zu helfen, die Schreibhemmung zu überwinden, die sie schriftstellerisch lahmgelegt hatte. Es war Jenny Sorkin, die ich bereits liebgewonnen hatte. Sie trug ein neues T-Shirt, als Timothy sie mit nach *Windsong* brachte: WENN DU MEINST, DU FÜHLST DICH WOHL, DANN FÜHL MICH MAL.

Ich hatte keine Ahnung, warum sie mit mir sprechen wollte, doch Timothy erklärte: »Großmutter, Jenny hat ihren Football-Roman fertig, aber in New York ist man der Meinung, daß er noch Schliff braucht, und sie hat von allen Seiten Ratschläge bekommen. Von Streibert, ihrem ehemaligen Lehrer. Von mir, ihrem jetzigen Professor. Und von Ms. Marmelle. Haufenweise.«

»Und was hätte ich nach so hochgelehrten Ratschlägen noch zu bieten?«

»Eine Menge. Möglicherweise das Entscheidende. Ich meine, du bist von uns allen, Yvonne eingeschlossen, der einzige echte *Leser*. Du schreibst keine Bücher, du konsumierst sie. Von deinem Instinkt als Leserin könnte Jenny profitieren – vor allem seit Streibert nach Temple entflohen ist und sie alleingelassen hat.«

»Wovon handelt der Roman? Meine Sportkenntnisse halten sich in Grenzen«, warnte ich, doch das Argument wischte Jenny mit einem gewinnenden Lächeln vom Tisch: »Der Roman handelt im Grunde von Menschen, und ganz besonders von einem neunzehnjährigen Mädchen, wie Sie selbst vielleicht einmal gewesen sind.«

»Ich habe noch nie einen Roman im Entstehungsprozeß gelesen. Es wäre mir eine Ehre.«

»Du hast meinen gelesen«, sagte Timothy.

»Ich meinte einen *lesbaren* Roman«, widersprach ich, »wie wenn er ein Buch wäre.« Ich wandte mich Jenny zu. »Kommen Sie in zwei Tagen wieder. Ich lese schnell.«

SAMSTAG, 26. OKTOBER: Ich habe selten so viel Spaß gehabt wie beim Lesen von Jennys Manuskript. Es ist urkomisch und handelt von einem naiv-cleveren Mädchen aus der Provinz und ihrem Mißgeschick mit sechs Football-Spielern von Universitäten des amerikanischen Westens. Den Grund für mein Lesevergnügen hätten weder Jenny noch Timothy ahnen können. Zufällig war mein verstorbener Mann Präsident des Komitees, das in Mecklenberg für den Sport verantwortlich war – und sein Hauptinteresse galt dem Football. Er jubelte mit der Mannschaft, deren Kapitän er selbst als Student einmal gewesen war, bei ihrem Sieg über Lafayette, stöhnte, wenn sie gegen das benachbarte LeHigh verlor, und war in der *New York Times* als der Mecklenberger Altschüler angegriffen worden, der sein College in Verruf brachte, weil er den College-Sportlern unter dem Tisch Geld zusteckte. Ich wußte also ein bißchen Bescheid über das sportliche Leben an einem College und fand ihren Roman erfrischend, auch wenn mir die Universitäten des Westens, über die Jenny schrieb, ziemlich fremd waren.

Da ich mein Leben lang wie eine Süchtige gelesen hatte, konnte ich jedoch die Stärken und die Schwächen im Aufbau ihres Romans rasch erkennen, und als sie an dem Nachmittag wiederkam, war ich mit Notizen und Fragen auf das Gespräch vorbereitet. Sie rückte ihren Stuhl im Großen Zimmer so, daß sie mir gegenübersaß. Ich kam gleich zur Sache. »Absolut faszinierend, Miss Sorkin.«

»Sie dürfen mich Jenny nennen, Jane.«

»Sie dürfen mich Mrs. Garland nennen, Jenny.«

»Damit könnten wir eine Kabarett-Nummer aufziehen, Mrs. Garland. Aber Ihr positives Urteil über meinen Roman freut mich.«

»Ich verstehe, warum Ms. Marmelle ihn angenommen hat. Aber …«

»Aber …?« Jenny konnte ihre Enttäuschung nicht verhehlen. »Mir selbst fällt nicht das Geringste mehr ein, was ich anders machen könnte.«

»*Mir* schon. Zwei Tage lang habe ich darüber nachdenken müssen, und heut nacht um vier habe ich die Schwachstelle entdeckt. Sie ist gravierend genug, um einem Erfolg Ihres Buchs entgegenzustehen. Sie haben einen entzückenden Kommentar über das Leben unter den Besten unserer heutigen Jugend geschrieben. Aber als Komödie war der Roman eigentlich nicht gedacht, oder? Sie hatten etwas anderes im Sinn; Sie wollten damit auch eine Aussage machen, ein Lebensgefühl wiedergeben, nicht wahr?«

»Ich hatte irgendwie so was im Sinn, ja.«

»Gut. Und jetzt Schluß mit Ausweichmanövern und Höflichkeiten. Ihr Roman schreit förmlich nach einer Szene, die ihn um einen dunkleren Ton bereichert, um eine beinah tragische Stimmung. Das ist es, was ihre Geschichte braucht. Sonst bleibt es bei einer oberflächlichen Komödie.«

Zu meinem Erstaunen machte Jenny gar nicht erst den Versuch, sich dagegen aufzulehnen. Vielmehr äußerte sie ein schwaches: »Ich gebe Ihnen recht.« Ich war fast ein wenig enttäuscht, daß sie ihre Position nicht verteidigen wollte.

»Und jetzt wollen wir mal die Köpfe zusammenstecken und uns den Football-Spieler heraussuchen – es könnte, meine ich, auch der Dichter sein, obwohl ich persönlich auf den weniger anspreche –, dem etwas Gravierendes passieren könnte … das Ereignis, das den Leser packt. Überlegen wir zunächst: Was könnte das sein?«

»Nein!« sagte Jenny mit einer Entschiedenheit, die ich nicht erwartet hatte. »Zuerst den Spieler. Ich will nämlich nicht, daß er in der Geschichte zu früh auftaucht. Wenn die allgemeine Stimmungslage des Romans noch nicht gefestigt ist.« Die Art, wie sie jetzt um ihr Werk kämpfte, gefiel mir; aus irgendeinem mir noch unerklärlichen Grund hatte sie meine ganze Sympathie. »Wir könnten«, schlug ich vor, »die Reihenfolge des Auftretens der Figuren ändern.«

»Unmöglich. Die ist mit Absicht so angelegt. Eine Änderung …« Sie überlegte. »Solch eine Änderung würde alle Wertigkeiten durcheinanderbringen.«

»Ich freue mich, das Sie das sagen. Es zeigt mir: Sie haben alles gut durchdacht … noch besser, daß Sie aus dem Bauch heraus schreiben.«

»Also, ich glaube, wir müssen uns an die Nummer fünf halten«, sagte Jenny. »Sie hatten recht: Der Dichter würde nichts bringen. Und ich habe mich in diesen Gorilla von der Nebraska State Universität verliebt. ›Zu Auswärtsspielen transportieren wir ihn in einem Käfig.‹«

»Das gefällt mir. Sie haben sich also fest für Nummer fünf entschieden.«

»Ja.«

Wir gingen zusammen eine Serie von schrecklichen Katastrophen durch, die üblicherweise Football-Spielern zustoßen. Ich machte einen Vorschlag: »Vielleicht wird er dabei erwischt, daß er Steroide nimmt, zwei Wochen vor der Abstimmung zum ›Spieler des Jahres‹?« Doch sie erhob Einspruch. »Davon hat man schon viel zuviel gehört. Siehe Ben Johnson und die Olympiade.«

»Er gerät unter Glücksspieler – sie entwischen, doch er wird geschnappt?« Und wieder schüttelte sie den Kopf. »Nein. Das Drama um Pete Rose ist zu lang im Regionalfernsehen gelaufen.« Um mich zu weiteren Vorschlägen anzuregen, sagte sie dann aber: »Damit habe ich wirklich nicht gerechnet, Mrs. Garland. Daß Sie sich in dem Sport auskennen!« Ich erwiderte: »Warum eigentlich nicht? Mein Mann war Sportzar hier in Mecklenberg. Wurde in der *Times* angegriffen, weil er heimlich halbe Analphabeten finanzierte. Könnte es sein, daß der Junge Eltern hat, denen es gesundheitlich schlechtgeht und die sich wegen der schlechten Bezahlung ihrer Arbeit keine guten Ärzte leisten können? Aber nein, so etwas ist erst letzte Woche in einer Fernsehsendung gezeigt worden.«

»Verdammt, Sie kennen sich bei Büchern, Sport *und* im Fernsehen aus. Sie sind eine dreifache Gefahr.«

»Bei solchen Interessen bleibt man jung, wenn man die Siebzig überschritten hat.«

Mit leiser, doch wachsender Frustration klammerten wir einen Handlungsdreh nach dem andern aus, bis ich meinte: »Kommen Sie, wir gehen ein bißchen auf dem Rasen spazieren«, und als uns die frische Oktoberluft ins Gesicht wehte, sagte sie: »Verdammt, das ist ja ein richtiges Fußballwetter.« Sie schnippte mit den Fingern: »Also, wir beide zusammen werden doch wohl smart genug sein, um die Sache zu ritzen.«

Ich war in Gedanken ganz woanders. »Was mich am College-Sport aufregt, so wie ich ihn mit meinem Mann zusammen erlebt habe und jetzt überall in den Nachrichten beobachte, ist nicht so sehr die Tatsache, daß ein charismatischer Trainer mit allen Extras für Fernsehen etcetera jährlich eine Million Dollar verdienen kann, während die Spieler leer ausgehen. Womit ich mich nicht abfinden kann, ist im ganzen Land die Einstellung der männlichen Athleten. Die meinen, sie hätten an gemischten Colleges ein von Gott gegebenes Recht, ihre Mitstudentinnen zu vergewaltigen. Denken Sie an die Fälle vom letzten Jahr, landesweit. Da haben drei Football-Spieler eine Studentin im ersten Semester vergewaltigt. Oder vier Hockeyspieler. Oder zwei Basketballspieler – und die vielen Fälle, von denen die Presse nie etwas erfährt. Was ist eigentlich los, daß die Trainer anzunehmen scheinen, ihre Star-Spieler könnten nur zum Beweis ihrer Männlichkeit jede Frau vergewaltigen, die sie wollen?«

Ich fürchtete, übers Ziel hinausgeschossen zu sein, und machte einen Rückzieher. »Ich korrigiere. Ich bezweifle, daß die Trainer davon etwas wissen. Ich bin sicher, daß sie das nicht gutheißen würden.«

Langes Schweigen – als ich Jenny betrachtete, die langsam den Hang hinabging, war mir klar, daß sie sich durch ein geistiges Minenfeld bewegte. Schließlich blieb sie stehen, zeigte auf eine Bank und machte ein Zeichen, ich solle mich neben sie setzen. »Also, meine Nummer fünf, und dazu ist er genau der richtige Typ, vergewaltigt unsere Heldin. Sie ist so in Rage, daß sie ihn sofort anzeigt, aber – und nun klaue ich Ihre Idee – er steht für den Heisman Award an, den renommiertesten Football-Preis. Wenn er ihn kriegt, kriegt seine Universität ihn gewissermaßen auch. Das brächte eine riesige PR und würde das Anwerben neuer Studenten erleichtern.«

»Ein starker Anfang.«

Jenny hörte mich nicht. Sie war nämlich in Gedanken mit dem überraschenden Ende beschäftigt, mit dem sie mich dann vertraut machte: »Die Juristen der Universität, einige Fakultätsmitglieder, die Assistenztrainer und vor allem der Hauptcoach setzen sie unter Druck, ihre Klage zurückzuziehen – legen ihr einen Maulkorb an. Sie drohen ihr nicht gerade physisch, aber es reicht – sie kriegt es mit der Angst. Sie hat in der ganzen Universität niemand auf ihrer Seite – bis auf ein schwarzes Mädchen, das bereits alles durchgemacht hat, was eine junge Frau durchmachen kann. Sie rät unserer Heldin: ›Laß dich nicht kleinkriegen‹ – in der darauffolgenden Woche wird das schwarze Mädchen von der Universität verwiesen. Als Grund geben die Behörden schlechte Noten und Mißachtung von Verhaltensvorschriften an.«

»Jetzt schreiben Sie Ihre Geschichte aber mächtig um.«

»Das ist aber noch nicht alles. Unser Held kriegt den Heisman. Unsere Universität nutzt seinen Ruhm für sich. Und unsere Heldin wird schwanger.«

Eine weitere lange Pause. Dann, mit großer Vorsicht: »Als die Schwangerschaft sich bestätigt, sucht sie all die Behörden auf, mit denen sie vorher zu tun gehabt hat und will wissen, was sie denn nun machen soll, und es ist der Trainer, der die Lösung ihres Problems weiß. Er besorgt die nötigen Mittel und einen Arzt – für die Abtreibung, doch unsere Heldin erklärt, sie mache das nicht mit –, es sei denn, das schwarze Mädchen werde wieder im College aufgenommen. Was geschieht – und die beiden gehen gemeinsam zur Klinik.«

Ich dachte kurz nach. »Weitaus besser als alles, was ich hätte vorschlagen können. Aber Sie müssen selbstverständlich alles der Nebraska State University anhängen. Ein real existierendes College kommt für die Geschichte nicht in Frage.«

»Nein!« sagte Jenny unerwartet heftig. »Nebraska State ist perfekt, wie es ist. Das fass' ich nicht an. Dafür werden wir eine andere fiktive Universität erfinden.«

»Welche?«

»Wie soll ich das wissen?«, und die Entschiedenheit, mit der das aus Jenny herausplatzte, ließ mich ahnen, daß Jenny diese Geschichte persönlich viel stärker berührte, als sie zugeben wollte. Ich wußte aber auch, daß jetzt nicht der Augenblick war, sie darauf anzusprechen.

Wir saßen lange Zeit schweigend in der Oktobersonne. Wie ich Jenny des öfteren von der Seite musterte, hatte ich das Gefühl, einen Einblick in die Entstehung eines literarischen Werks gewährt zu bekommen, und ich fragte mich im stillen: Was ist dieser jungen Frau an den Universitäten im amerikanischen Westen wohl zugestoßen? Von ihr selbst werde ich die Wahrheit sicherlich nicht erfahren. Schriftsteller erfinden sogar die Landschaft, die sie beschreiben. Sie können nicht anders. Sie schreiben ihre Version der Geschichte, und wir sind nur zu gern bereit, sie zu akzeptieren.

»Ich glaube«, meinte Jenny, »ich weiß, woran Sie denken.

Aber so war es nicht – das Mädchen, das schwanger wurde und so schändlich behandelt worden ist – das war nicht ich. Ich habe die Rollen vorhin vertauscht. Das Mädchen war eine Schwarze. Das schwarze Mädchen in meiner Geschichte, das sich wie eine Freundin verhielt, war in Wirklichkeit eine Weiße. Und Sie dürfen dreimal raten, wer das wohl gewesen ist.«

DIENSTAG, 29. OKTOBER: Nach dem Tod meines Mannes nahm ich mir fest vor, auf keinen Fall eine ›Hinterbliebene‹ zu werden, wie die Frauen in meiner Kindheit solch traurige Figuren nannten – das heißt eine Frau vornehmer Lebensart von annehmbarem Äußeren, die ihr Leben als beendet betrachtet und sich in dem Haus einschließt, das ihr Mann ihr hinterlassen hat, und sich nur noch um die Finanzen kümmert, damit sie ihren Kindern und Enkelkindern viel vermachen kann. So etwas war nichts für mich.

Rascher, als einigen Freunden recht war, nahm ich nach der Beerdigung die verschiedenen öffentlichen Interessen wieder wahr, die mir in der Vergangenheit ein Gefühl der Erfüllung gegeben hatten. Und weil ich eine Menge Geld geerbt hatte – es belief sich auf dreißig Millionen –, war ich imstande zu tun, was mir am Herzen lag.

Ich förderte die Stadtbücherei, die schon mein Mann finanziell unterstützt hatte, und Ms. Benelli bekam eine jährliche Gehaltszulage, von der ihr Aufsichtsgremium nichts erfuhr. Das College erhielt Geld. In aller Stille erhöhte ich die Mittel der Baseballmannschaft von Neumunster, und unser kleines Ortskrankenhaus habe ich selbstverständlich ebenfalls recht großzügig bedacht. Den Kirchen, denen Larrimore gespendet hatte, griff auch ich unter die Arme, und so fort.

Was mir aber mein Interesse am Leben der örtlichen Gemeinschaft wachhielt und mich dazu brachte, auch an mein eignes Wohlergehen zu denken, das war mein freundlicher Kontakt zu den Bauern und Händlern unserer Gemeinde. Und so hätte sich unsere neue Bürgerin Yvonne Marmelle, als sie eine Einführung in ihre neue Gemeinde brauchte, kaum eine bessere Führerin als mich wünschen können. Ich habe heute morgen um neun damit begonnen, ihr alles zu zeigen, habe ihr Karten der Umgebung gegeben, gedruckte wie auch von mir selbst gezeichnete.

»An dieser Stelle hier kreuzt unsere Straße, der Cut Off, die Rhenish Road, und der Hof dort, wo kürzlich die alte Scheune abgerissen wurde, ist der Fenstermacher-Hof – eine traurige Angelegenheit, wirklich. Zu dem Hof haben einmal Hunderte von Morgen gehört, doch über die Jahrhunderte hat die Familie alles vertan. Ich habe Otto zu helfen versucht, und seine Frau habe ich furchtbar gern, aber mit ihrem Sohn tu ich mich schwer. Larrimore und ich haben ihm mit einer Art Stipendium den Besuch des College in Neumunster ermöglicht, aber er hat es nicht zu nutzen gewußt. Sie werden die Fenstermachers oft besuchen, nehme ich an, weil er nämlich den besten Scrapple der ganzen Umgebung macht.«

Sie wollte wissen, was Scrapple sei, und da habe ich ihr erklärt: »Sie sind noch nicht reif für Dresden. Scrapple ist etwas, was Gott gleich nach dem braunen Apfelauflauf geschaffen hat. Wenn Sie gern Schweinefleisch essen, werden Sie oft herkommen … Verzeihung, essen Sie überhaupt Schweinefleisch? Wenn nicht, dann ade Scrapple und vielleicht sogar ade für das ganze Grenzlergebiet.«

»Onkel Judah würde aus dem Grab steigen, wenn er wüßte, daß ich Scrapple esse. Aber das täte er auch, wenn er wüßte, daß ich für eine deutsche Firma arbeite.«

»Wie geht es eigentlich bei Kinetic?«

»Hat sich alles hübsch eingerenkt, danke. Wissen Sie, Onkel Judah hat mir buchstäblich das Leben gerettet. Ich werde den Tag nie vergessen, als er mich in der Bronx in der Stadtbücherei von den Kinderbüchern mit den bunten Umschlägen weglotste zu den seriöseren Büchern für Teenager. Ich war elf oder zwölf Jahre alt und hatte den Arm in Gips.«

»Wie ist es dazu gekommen?«

»Hab' ihn mir bei einem Stockballspiel gebrochen.« Und ganz als brenne sie darauf, sich einer Freundin in der neuen Heimat anzuvertrauen, teilte sie mir einige außerordentliche Dinge mit. »Es war eine Art Baseballspiel, aber das ist nicht der springende Punkt. Der erste Junge, den ich geliebt habe, stieß mich im Spiel voller Abscheu von sich. Ich fiel gegen eine Wand, und dabei habe ich mir den Arm gebrochen. Jahre danach hat mich der zweite Mann, den ich geliebt habe, ebenfalls voller Abscheu von sich gestoßen – da habe ich mir den gleichen Arm noch einmal gebrochen.« Sie hielt ihn in die Höhe, zog sich den Ärmel hoch und – hielt inne. »Sie müssen mir glauben. Man kann die beiden Brüche heute noch sehn.«

Obwohl mich ihr Bericht ziemlich erschütterte, setzte ich meine Führung durch Dresden fort: »In dem kleinen Haus dort wohnt Mrs. Dietrich, die beste Näherin am Ort. Die näht Ihnen eine halbe Stunde vor einer Party noch den Saum. Sie ist auf das Geld angewiesen. Ich gebe ihr deshalb so viel Arbeit wie eben möglich. Sie sollten es ebenso machen.«

Ich wies ihr auch die Handwerker, auf die Verlaß war. »Die beiden Brüder Moyer haben die beste Autowerkstatt ringsum, und der andere Moyer weiter unten an der Straße – Sie werden sehen, die Hälfte der ehrlichen Leute in Dresden heißt Moyer – ist der Schreiner, dem Larrimore die Selbständigkeit ermöglichte, als unser Haus fertig war. Das meiste der Inneneinrichtung, die den Leuten in unserem Haus so gut gefällt, geht auf Moyer zurück.«

»Sie scheinen ja alle in der Stadt zu kennen.«

»Das haben wir uns auch fest vorgenommen, als Larrimore und ich beschlossen, hier unseren festen Wohnsitz zu nehmen«, sagte ich, und der Direktor unserer High School, dem ich Yvonne vorstellte, erklärte: »Wir betrachten Mrs. Garland als Ehrenmitglied unseres Lehrkörpers, weil sie uns so viel hilft.« Yvonne auf ihre neugierige Art wollte wissen: »Wie denn zum Beispiel?« Da wurde ich ganz verlegen. Der Direktor antwortete: »Etwa mit Sängerstipendien. Mit einem neuen Chemielabor. Mit Preisen für unseren Wettbewerb in öffentlichem Reden.« Die Förderung, die Larrimore mit besonderem Stolz erfüllt hatte, überging er: Larrimore hat drei Stipendien für bedürftige ältere Studenten eingerichtet, und einige dieser Stipendiaten zählen heute zu den tüchtigsten Bürgern der Stadt.

Zuletzt hielten wir bei der Bibliothek, wo wir uns mit Ms. Benelli unterhielten. Sie informierte uns über die Dienstleistungen, die auch Yvonne zur Verfügung stünden, sobald sie ihren Wohnsitz in Dresden hätte. »Und was Sie hier sehen, ist nur ein Bruchteil der uns verfügbaren Bestände. Alle Bücher, die im Bibliothekssystem von Pennsylvanien vorhanden sind – und über dieses System sämtliche Titel innerhalb der USA –, können von uns über die Fernleihe beschafft werden. Das gilt natürlich nicht für bibliophile Kostbarkeiten.« Als wir uns umschauten und ihr kleines Reich bewunderten, brachte sie uns die *Times* von heute: »Haben Sie schon gesehen, was über Sie drinsteht?« Wir griffen eifrig nach der Zeitung.

Ich las den Artikel laut vor: Karl Streibert, Professor für kreatives Schreiben an der Temple University in Philadelphia, hatte sich entschieden, seinen Verlag Kinetic Press und seine langjährige Lektorin Yvonne Marmelle zu verlassen und zu einem kleineren Haus zu wechseln, dessen bekanntermaßen liberales Programm mehr den Werten entsprach, die er in seiner eigenen Arbeit vertrat.

Yvonne hatte bis dahin schweigend zugehört und nur traurig den Kopf geschüttelt. »Das mußte wohl so kommen«, sagte sie; aus mir unbekannten Gründen überraschte sie das folgende: »›Professor Streibert erklärt, er habe einen substantiellen Vertrag mit Arthur Jameson von der Pol Parrot Press abgeschlossen.‹«

Bei dem Namen schluckte Yvonne, legte sich die Hand vors Gesicht und begann nervös zu lachen. »Ausgerechnet mit Pol

Parrot!« murmelte sie, gab jedoch keine Antwort, als ich zu erfahren suchte, warum sie gerade davon so seltsam berührt schien, und ich las weiter vor: »›Mit dem Verlust seines Avantgarde-Kritikers scheint Kinetic Gefahr zu laufen, den Kontakt zu jüngeren Autoren zu verlieren, aber Ms. Marmelles langgedienter Autor Lukas Yoder ist noch immer ein Umsatzträger, und ihre neue Entdeckung Timothy Tull zeigt vielversprechende Ansätze.‹«

Als ich mit dem Vorlesen aufhörte, bemerkte sie leise:

»Der verdammte Kerl – er hätte sich verabschieden können wie ein Gentleman, ohne solch giftige Seitenhiebe. Er ist ein nervöser kleiner Bub, der nach seiner Mutter haut, weil sie ihm keinen Schlitten kauft.« Mir wurde bewußt, daß sie noch viel aufgebrachter war, als sie sich anmerken ließ, und ich versuchte sie mit einem weiteren Hinweis abzulenken: »Simon dort drüben führt den besten Schönheitssalon am Ort.« Da hat sie gelacht.

Als ich sie am Gasthof absetzte, drückte sie mir die Hand: »Ich habe ihm schon verziehen. Vielen Dank, daß Sie mich dadurch abgelenkt haben, daß Sie mir die Reichtümer der Stadt gezeigt haben«, doch ich korrigierte sie: »Die wahren Reichtümer haben Sie ja noch gar nicht gesehen. Ich gebe Ihnen zu Ehren ein Abendessen in unserem bekanntesten Restaurant, dem ›7 & 7‹. Es liegt ein wenig außerhalb, aber wir gehen dort gern essen, weil es die berühmten sieben süßen und sieben sauren Beilagen serviert, die zum Grundbestand eines echten pennsylvanisch-deutschen Abendessens gelten. Und es stehen noch weitere Überraschungen für Sie auf dem Plan.«

MITTWOCH, 30. OKTOBER: Heute hatte Yvonne einige Dinge mit den Yoders zu besprechen, darunter auch, wie ich wußte, geschäftliche Angelegenheiten, so daß ich von mir aus den Vorschlag machte, ich würde zu Hause bleiben. Davon wollte sie aber nichts wissen. »Es ist höchste Zeit, daß Sie begreifen, wie eine Lektorin sich ihren Lebensunterhalt verdient». Mit Oscar am Steuer ging es los zu einer hektischen Truppenschau von Grenzlern im Feld.

Wir hielten zunächst bei den Yoders, wo Emma gerade einen Anruf von Lukas' Agentin in New York entgegennahm. Als sie den Hörer auflegte, wollte sie uns die guten Nachrichten sofort mitteilen: »*Steinmauern* wird in drei weiteren Sprachen herauskommen. Auf schwedisch, portugiesisch und hebräisch. Das bringt uns jetzt auf sieben. Andere werden folgen.«

Da unsere Freude Lukas offensichtlich in Verlegenheit brachte, suchte ich ihn aufzulockern. »Ist es wahr, daß Sie keinen Roman mehr schreiben?« Da stellte sich Emma doch tatsächlich vor ihn, um für ihn zu antworten: »Es sieht so aus. Er wird nichts mehr schreiben. Er arbeitet nur noch an seinen Bildern.«

Yvonne war durch die Aussage sichtlich verstört und meinte: »Sie dürfen aber nicht öffentlich erklären, daß *Steinmauern* sein letzter Roman ist, Emma.« Und als die kleine Pennsylvanisch-Deutsche ziemlich schnippisch fragte: »Und warum nicht?«, gab Yvonne ihr eine meines Erachtens hervorragende Antwort: »Falls ich mich später einmal entschließen sollte, Kinetic zu verlassen, würde es mir wesentlich leichter fallen, eine neue Stelle zu finden, wenn Lukas mit mir ginge.«

Emma schien das nicht zu begreifen. Yvonne erläuterte: »Wenn ich allein wegginge, würde sich für mich kaum jemand interessieren. Wenn Tull und Sorkin mitkämen, würde es ein gewisses Interesse an mir geben. Wenn ich aber Ihren Mann auf meiner Seite habe, kann ich hingehen, wo ich will.«

»Sie denken daran, Kinetic zu verlassen?« fragte Emma.

»Im Augenblick nicht«, erwiderte Yvonne. »Aber ich muß Vorsorge treffen für den Fall, daß die Dinge eine schlechte Wendung nehmen. Und glauben Sie mir: Ihr Mann ist mein Rettungsring. Passen Sie bitte gut auf ihn auf.« Dieses offene und ehrliche Geständnis ihrer Abhängigkeit von Yoder wurde als Zeichen der Freundschaft aufgenommen, und Emma rief spontan: »Ihr beide müßtet uns morgen zu den Filmaufnahmen begleiten, in die Gegend von Lancaster«, und ich revanchierte mich, indem ich sie morgen zum Abendessen einlud.

Lukas wollte erst nicht annehmen. »Ich habe zu tun.« Als ich dann jedoch erklärte: »Ich gebe die Party im ›7 & 7‹ bei Kutztown«, jubelte Emma: »Was für ein Fest! Wir werden natürlich kommen!«

Als Yvonne bekanntgab, sie denke daran, sich hier am Ort ein Haus zu kaufen, rieten ihr die Yoders: »Bevor Sie irgendwelche Papiere unterschreiben, müssen Sie Herman Zollicoffer einen Blick auf das Gebäude werfen lassen. Er ist in solchen Dingen ein Genie.« Wie ein Telefonanruf klärte, war Zollicoffer zu Hause, und die Yoders kamen auf einen raschen Besuch mit. Der ansehnliche Hof der Zollicoffers war eines der schönsten Anwesen weit und breit.

Die Zollicoffers waren ganz aufgeregt über die Nachricht, daß Yvonne sich ausgerechnet für das alte Haus der Hertzlers interessierte. »Wunderbar solide gebaut. Da knarren die Holzfußböden bestimmt nicht.« Wir fuhren hin, und Herman und Lukas sahen sich gemeinsam alles an – die Dächer, die Regenrinnen, den Keller, den Wassertank, die elektrischen Leitungen –, und Emma notierte, was an Reparaturen gemacht werden müßte, um das Haus annehmbar zu machen. Als ich diese gründlichen Pennsylvanisch-Deutschen in Ecken schauen sah, von deren Existenz ich nicht einmal gewußt hatte, begriff ich, wieso ihre umsichtigen Vorfahren Dresden zu einem so soliden Flecken hatten machen können, in dem man gut leben kann.

Wir hatten uns vergewissert, daß die geringfügigen Schäden des Hauses problemlos beseitigt werden könnten, und fuhren – ein sechsköpfiges Komitee – zum Maklerbüro Troxel und Bingen, wo der Seniorpartner Yvonne mitteilte: »Für zweihundertundvierzigtausend können Sie es haben.«

Zollicoffer wollte sofort wissen: »Ist das Grundstück auf

der anderen Straßenseite im Preis eingeschlossen?« und als Troxel nickte, flüsterte Herman Yvonne zu: »Das ist ein Schnäppchen. Bieten Sie zweihunderttausend, aber unter der Bedingung, daß die Hertzlers vorher alle Reparaturen durchführen.« So ein Angebot würde er gern weitergeben, meinte Mr. Troxel, er wolle mal sehen, ob die Hertzlers einwilligten, doch Herman warnte ihn: »Passen Sie auf! Die Hertzlers sind knickrige, hartgesottene Leute«, und als Mr. Troxel nachfragte: »Woher wollen Sie das wissen?« sagte Herman: »Weil meine Tante mit einem Hertzler verheiratet war.«

Man lachte. Herman meinte streng: »Laßt das Lachen. Wie ist denn Hertzler wohl an das Geld gekommen, um sich das Haus bauen zu können, das Ihnen so gut gefällt? Durch eine hohe Versicherungspolice, deshalb«, und er erzählte eine Geschichte, die wir für ein Märchen hielten, doch er hatte Grund, ihre Wahrheit zu beteuern: Die Frau, um die es in der Geschichte ging, war jene besagte Tante, die einen Hertzler geheiratet hatte. »Nun hört euch mal an, was er hinterher zugegeben hat: ›Die Missus und ich fuhren auf einer kleinen Landstraße, als uns ein großes schwarzes Auto von hinten in unseren Einspänner fuhr, so daß wir hinausgeschleudert wurden. Meine Frau lag bewußtlos auf der Straße. Ich merkte, daß die reichen Leute in dem Auto mit ihrer dicken Versicherungspolice nicht hinsahen. Da bin ich so geistesgegenwärtig gewesen und hab' sie ins Gesicht getreten.‹«

DONNERSTAG, 31. OKTOBER: Oscar setzte mich morgens früh vor dem »Dresden China« ab, wo ich mich mit Yvonne und den Yoders traf. Ich machte den Vorschlag, daß Oscar uns in meinem Wagen fahren solle, doch die Yoders wandten ein: »Im Land der Amish würde sich ein Cadillac im Wettstreit mit Pferde-Einspännern ziemlich verrückt ausnehmen«, und so fuhren wir im alten Buick der Yoders nach Süden. Emma saß am Steuer, Yvonne neben ihr, ich unterhielt mich im Fond mit Lukas, und so erreichten wir schließlich östlich von Lancaster eine schmale Landstraße, wo die Filmkameras aufgebaut worden waren.

Ein über achtzig Mann starkes Team filmte in aller Ruhe eine einfache Szenenfolge, die Stück für Stück zum Bild eines friedlichen Amish-Hofs an einem Oktobertag des Jahres 1880 beitragen sollte. Die Kamera-Arbeit hatte sich auf die Nordseite des Feldwegs zu konzentrieren, wo keine Telefonleitungen störten.

Die Grundszene, wie man das nennt, kam uns Zuschauern gar nicht kompliziert vor; allerdings konnte keiner von uns den Vorfall im Roman lokalisieren. Aber ein Produktionsassistent hat es uns dann erklärt: »Wir brauchten eine Szene, die den getragenen, ländlichen Charakter des Lebens bei den Amish veranschaulicht, und zu dem Zweck ist unseren Drehbuchautoren diese Szene eingefallen. Sie ist nicht nur optisch beeindruckend; sie trägt auch die Handlung weiter. Von links her kommt ein traditioneller schwarzer Einspänner mit einem prächtigen, schön gepflegten Pferd auf der Straße ins Bild. Diesen Einspänner lenkt ein junger Amish mit Hosenträgern, neben ihm sitzt seine Frau. In der Ferne fängt die Kamera einen kleineren Einspänner ein, in dem ein Mann für sich allein sitzt. Er schaut verdrießlich drein und ist ohne Hosenträger. Sein Einspänner fährt ganz dicht an der Kamera vorbei, so daß wir ihn groß im Bild haben und seine grimmige Miene sehen können.

Entscheidend ist für diese Szene das Timing, und da vor allem die Bewegung der beiden Wagen. Da werden eine Reihe von Probeaufnahmen notwendig werden, um den mürrischen Mann, der von links ins Bild kommt, genau im richtigen Moment vor der Kamera zu haben, damit seine Reaktion deutlich sichtbar wird, wenn er im anderen Wagen seinen Feind erblickt. Dieses Timing ist schon an sich schwer genug. Um aber der längeren Szenenaufnahme auch noch eine stärkere emotionale Wirkung zu geben, wollen wir auf der Straße zwei Schulkinder, einen Jungen und ein Mädchen, in ihrer charakteristischen Kleidung einbringen: Sie laufen auf der Straße, ohne die beiden Einspänner überhaupt zu beachten, weil sie so etwas doch jeden Tag sehen.

Kameras, Einspänner und Kinder müssen im übrigen so aufeinander abgestimmt sein, daß im Hintergrund des Bildes die hübsche rote Scheune aufscheint, deren Mauern unsere Künstler mit roten und grünen Hexenzeichen bemalt haben. Unser wissenschaftlichen Berater aus Lancaster hat uns erklärt: ›Die meisten Amish-Bauern haben keine Hexenzeichen an ihren Scheunen. Aber keineswegs, weil sie von solchem Aberglauben nichts hielten, sondern weil die Maler zu viel verlangten.‹ Ein Amish hat uns gesagt: ›Dann wär's schon wieder hoffärtig.‹ Doch die Filmproduzenten haben uns auf eine andere Tatsache hingewiesen: ›Eine Million Leser haben Mr. Yoders Roman *Hexen* gelesen. Wir auch, und wir wollen die Hexenzeichen sehen, und deswegen sind sie jetzt da.‹«

Es dauerte eine ganze Weile, bis Mr. Saito und sein israelischer Partner mitbekamen, daß der Autor ihres Buches den Aufnahmen beiwohnte; als man es ihnen sagte, kamen sie sofort gelaufen, um ihn wie einen alten Freund zu begrüßen: »Sie bringen uns Glück«, sagte Mr. Saito, und er unterbrach die Vorbereitungen zu den Aufnahmen, um Mr. Yoder seinem Team vorzustellen. Der Israeli wurde ungeduldig. »Wir müssen die Aufnahmen innerhalb der nächsten Stunde beenden. Später ist das Sonnenlicht zu grell«, und Yvonne flüsterte mir zu: »Jetzt versteh' ich, warum Kinetic ein Buch für ein paar tausend Dollar herstellen kann und eine Produktionsfirma für einen Film ein paar Millionen braucht.«

Als die Schauspieler in den beiden Einspännern ihre Positionen eingenommen hatten und die Aufnahme beginnen konnte, fielen die Pferde aus der Rolle und ließen ihren Mist auf die Straße fallen – was eine lange Diskussion auslöste, ob die Pferdeäpfel nun entfernt werden sollten oder nicht, und wenn ja, wer es zu tun hätte. Der Berater meinte: »Ich habe den Pferdemist von Anfang an im Bild haben wollen, aber dieser Herr hat gemeint, es käme zu teuer, dafür den richtigen Moment zu arrangieren.« Der Israeli brüllte: »Der Mist bleibt.«

Als Menschen und Pferde sich optimal aufführten, schaute ein Kind in die Kamera, und als sich alles wie in einem komplizierten Puzzle zusammenfügte, jagte eine Düsenmaschine von Philadelphia nach Pittsburgh über den Himmel, und die Aufnahme war ruiniert.

Nach weiteren fünfundvierzig Minuten hatte der Regisseur noch immer nicht das magische Wort gerufen, weil keine Aufnahme auch nur annähernd brauchbar war – da griff der Israeli nach einem Megaphon und brüllte: »Wir haben noch fünfzehn Minuten brauchbares Tageslicht. Paßt bloß auf, daß es beim nächsten Mal klappt.« Der Regisseur fuhr ihn ziemlich wütend an. »Wenn nicht heute, dann morgen«, worauf der Israeli, der sich nicht unterkriegen ließ, konterte: »Warum nicht? Es kostet ja bloß Geld.«

Nach einer makellosen Aufnahme in der dreizehnten Minute rief der Regisseur: »*Gestorben* – und wir versuchen es noch dreimal«, und die Pferde trabten in die Ausgangsstellungen zurück; die beiden schwarzgekleideten Kinder – der Junge mit flachem Hut, das Mädchen mit Spitzenhaube – liefen zurück, um sich wieder zurechtmachen zu lassen, und der zweite Versuch resultierte in einem neuerlichen »*Gestorben.*«

Bei der dritten Nachstellung ging alles schief; die Pferde wieherten, die Kinder sprangen nervös hoch, die Fahrer verloren die Kontrolle. Doch bei einem allerletzten Versuch, als die Oktobersonne bereits ein zu starkes Licht über den Schauplatz schütten wollte, ergaben in einer geradezu vollkommenen Folge alle Elemente des Lebens, der Äcker, der Kinder und der altmodischen Fortbewegungsmittel der Amish ein perfektes Bild. Der Regisseur klatschte Beifall, und der Israeli rief den Bauern zu, die die Einspänner mitsamt Pferden zur Verfügung gestellt hatten: »Darf ich die Pferde küssen?« Die Amish sahen ihn an, als ob er den Verstand verloren hätte.

Lukas merkte auf der Fahrt nach Dresden an: »Die achtzig

Leute und die sechs Pferde haben an dem ganzen Morgen nur eine Minute und zwanzig Sekunden Film zustande gebracht.«

»Wenn es genau die richtigen achtzig Sekunden sind, hat sich's gelohnt«, meinte Yvonne.

Als ich die Yoders fragte, was sie von den Filmleuten hielten, erklärte Lukas: »Ich bin beeindruckt. Sie haben hart und konzentriert gearbeitet, bis sie ihre Aufnahmen im Kasten hatten. Und ich hatte gemeint, ich hätte mich übermäßig angestrengt, um meine Wörter hinzukriegen. Aber Yvonne hat sich ebenfalls nicht geschont, bis sie alles auf den Punkt gebracht hatte. Ich habe Respekt vor Profis«, und er hatte dann für den Rest der Fahrt nichts mehr zu sagen. Emma schon: »Eine bemerkenswerte Leistung. Als die beiden Produzenten im letzten Sommer bei uns waren, haben sie auf englisch geradebrecht. Heute sprechen sie es fließend. Ich habe die Schüler immer bewundert, die ihre Hausaufgaben machen.«

Das pennsylvanisch-deutsche Restaurant südlich von Kutztown, gemeinhin unter dem Namen ›7 & 7‹ bekannt, servierte typisch deutsche Landmannskost – auf einem großen Tisch standen Platten mit Schinken, Rindfleisch, Huhn, Scrapple und Wurst – aber kein Fisch, kein Lamm oder Kalbfleisch – und vierzehn kleine irdene Töpfe, von denen nach alter Tradition sieben die rote Aufschrift SÜSS trugen und sieben die grüne SAUER. Es war das einzige Restaurant weit und breit, das auch tatsächlich irdene Töpfe hatte. SÜSS waren Apfelstückchen mit Nelken und Zimt, Apfelmus, Senfgurken, drei Arten von Konfitüre und anderes mehr, SAUER Essiggurken, Mixed Pickles, eine Art Mostrich und sonstige Würztunken.

Wir kamen zu acht: die Yoders, die Zollicoffers, Yvonne, mein Enkelsohn Timothy, seine Freundin Jenny Sorkin und ich. Das Restaurant war über so berühmte Gäste erfreut und hatte mir einen etwas abgetrennten Raum mit einem riesigen Tisch gegeben, in dessen Mitte schon die vierzehn irdenen Töpfchen warteten. Als meine Gäste den Raum betraten, sahen sie an dem Tisch aber neun Stühle stehen, und Yvonne, die mit dem Einladen betraut worden war, wollte wissen: »Für wen ist der neunte?« Ich hielt mich zurück, weil ich hoffte, ihr eine angenehme Überraschung zu bescheren. Und da trat Karl Streibert auch schon ein; es war sein erster Besuch bei uns nach dem übereilten Aufbruch nach Temple, und ich muß schon sagen, die dramatische Veränderung seiner äußeren Erscheinung war nicht zu übersehen. Das war nicht mehr der schüchterne junge Mann mit den vorgebeugten Schultern. Er wirkte reifer, ging aufrechter und trug einen neuen Nadelstreifenanzug, wie ihn Manager und Institutsleiter an angesehenen Universitäten tragen. Ohne die übrigen zu beachten, ging er direkt zu Yvonne und sagte: »Ich muß mich bei Ihnen entschuldigen. Der Zeitungsbericht über meinen Weggang von Kinetic und Ihnen war brutal. Schlimmer noch: Es war schlechter Stil. Ich verdanke Ihnen so viel.«

Yvonne rührte sich nicht. Da habe ich mich eingemischt. »Aber warum haben Sie sich dann so verletzend geäußert?«

»Es war ein Telefon-Interview«, erwiderte er. »Ich konnte den Interviewer nicht sehen, hörte nur eine Stimme, die ich mit niemand identifizieren konnte ... Es hat mich desorientiert, und da habe ich zuviel gesagt. Es tut mir wirklich leid«, und er war so zerknirscht, daß Yvonne meinte: »Als ich den Artikel las, habe ich zu Mrs. Garland bemerkt, Sie seien ein nervöser kleiner Junge, der auf die Eltern eindrischt. Auch ich war ungerecht. Es ist daher nur billig, daß ich Ihre Entschuldigung annehme«, und der Friede war geschlossen.

Als Karl neben ihr Platz nahm, bemerkte ich zufällig Yoders Reaktion auf diesen ungewohnten Gefühlsausbruch. Er hob die Brauen, als wolle er sagen: Ich hätte das wohl kaum öffentlich ausgesprochen. Mir kam der Gedanke: Was ich wirklich gern hören würde, ist Karls Erklärung, warum er *Steinmauern* mit solcher Schärfe verurteilt hat.

Bevor das Essen serviert wurde, hielt Yvonne eine elegante Rede. »Wie seltsam ist es doch, daß ich im Umkreis von Dresden vier meiner wichtigsten Autoren gefunden habe«, und sie nannte die Namen, einschließlich Streiberts, den sie als letzten erwähnte, um gleich drauf in einem Nebensatz anzumerken: »Wobei ich einräumen muß, daß es inzwischen nur drei sind, da ich kürzlich einen verloren habe.« Bevor einer von uns etwas einwerfen konnte, fuhr sie fort: »Es mag Ihnen voreilig vorkommen, wenn ich Jenny Sorkin zu meinen wichtigen Autoren gezählt habe; die Öffentlichkeit hat ja noch nicht Gelegenheit gehabt, ihren Roman zu lesen. Aber vier von uns hier im Raum haben ihn gelesen, und wir wissen, daß er ein Volltreffer ist. Trinken wir den ersten Schluck auf die Romanschriftstellerin, die noch geboren werden muß. Auf Jenny Sorkin.«

»Wie können Sie bloß sagen: ›die noch geboren werden muß‹?« meinte Emma. »Sie hat doch ihren Roman längst abgeschlossen.« Yvonne klärte sie auf: »In unserem Metier ist ein Buch erst wirklich da, wenn es verlegt ist.« Emma gab zu: »Da ist was Wahres dran. Lukas und ich kennen in Mecklenberg einen Professor, der viel besser über die Pennsylvanisch-Deutschen schreiben könnte als Lukas. Aber er kann sich nie hinsetzen und das Buch wirklich zu Ende schreiben, und deshalb wird es nie fertig.« Mir fiel auf, daß Yvonne wegschaute. Seltsam, dachte ich.

Drei Kellner brachten übervolle Teller mit Fleisch. Die Mahlzeit begann. Mrs. Zollicoffer aß wie ein Weltwunder; ihr Mann stand ihr nicht viel nach. Es gab eine Unterbrechung, als ein Ober eintrat und mitteilte, Ms. Marmelle werde am Telefon verlangt, und sie zwinkerte den Zollicoffers zu, als sie aus dem Raum ging, und winkte ihnen mit verschränkten Händen – ein Glückszeichen.

Der Anruf dauerte so lang, daß ich fast vergessen hätte, daß sie Teil unserer Gesellschaft war, und ich wurde zudem durch Jenny Sorkin abgelenkt, die sich herüberbeugte und mir zuflüsterte: »Haben Sie das wunderbar kantige Gesicht von Zollicoffer gesehen? Wie eine Mennonitenscheune sieht er aus. Ihm fehlen nur noch die Hexenzeichen auf der Stirn«, und als ich nicht auf sein, sondern ihr Gesicht schaute, war ich froh, daß mein Enkelsohn einem so klugen und witzigen Mädchen begegnet war.

Yvonne kam mit einem strahlenden Gesicht zurück und blieb an ihrem Platz stehen. »Das war Mr. Troxel. Er hat mir mitgeteilt, daß die Hertzels mein Angebot für ihr altes Stammhaus akzeptiert haben – noch kein Grund zum Jubeln! –, aber darauf bestehen, daß ich die Verantwortung für alle Reparaturen übernehme – kein Grund zum Stöhnen! –, weil sie mir wegen der Reparaturkosten vom Preis fünfzehnhundert Dollar nachlassen.«

Sie war noch ganz aufgeregt und griff nach ihrem Glas und drückte die kühle Wand gegen die Stirn, um es dann zu heben: »Auf meine alten Freunde und auf meine neuen Freunde!« sagte sie. »Jetzt gehöre ich zu Ihnen, und eine schönere Feier könnte ich mir aus diesem Anlaß gar nicht vorstellen.«

Es gab Freudenrufe. Timothy und Streibert traten vor, um sie zu umarmen. Yoder nickte. Emma ergriff ihre Hand. Ich klopfte ans Glas und sagte: »Ich trinke auf unsere neue Steuerzahlerin. *Salute!*« Zollicoffer und Yoder korrigierten mich: *»Prosit!«* Wir leerten die Gläser.

Der Tisch wurde abgeräumt. Während des Wartens bis zum nächsten Gang stand Streibert auf und räusperte sich. »Das Privileg, in Ihre Mitte zurückzukehren«, sagte er, »verdanke ich einzig und allein der Umsichtigkeit meiner alten Freundin Mrs. Garland, der ich dafür ganz herzlich danken möchte. Nach einem Programm aus dem letzten Jahr sollte ich morgen abend in Mecklenberg den Vorsitz übernehmen auf einem Symposium über ein Thema, das mir sehr am Herzen liegt: ›Die Rolle des Künstlers in der Gesellschaft.‹ Leider werde ich nicht anwesend sein können. Ich lade Sie aber alle ein, mich morgen dort zu vertreten. Es dürfte ein faszinierender Abend werden.«

Er setzte sich zu leichtem Applaus. Ich fragte: »Wie viele

von Ihnen haben bemerkt, daß die Kellner beim Abräumen des Tisches einen irdenen Topf stehengelassen haben? Die Aufschrift SÜSS steht für das beste Dessert, das es überhaupt gibt.« Eine Kuhglocke bimmelte, die Tür zur Küche wurde geöffnet, die drei Kellner traten ein, und wie eine Weihegabe trug ein jeder von ihnen mit beiden Händen vor sich her eine tiefe Schüssel mit saftigem Auflauf – Apfel, Kürbis und Mince Pie. Sie wurden, eine nach der andern, vor unseren Frauen hingestellt, denen anschließend Serviermesser überreicht wurden.

Die Süßspeisen wurden laut und begeistert begrüßt. Emma übernahm die Rolle der Zeremonienmeisterin und rief, als sie das Messer schwang: »Nehmt euch, was ihr wollt!« Kürbis schien am beliebtesten zu sein, doch Kenner wählten Mince Pie – den besten ›deitschen‹ Auflauf überhaupt. Ein paar baten um winzige Scheibchen von zwei Pasteten, und Mrs. Zollicoffer wollte von allen dreien etwas, ohne Einschränkungen hinsichtlich der Größe.

Als die süßen Speisen verschlungen wurden und eine erstaunliche Zahl meiner Gäste um einen Nachschlag bat, brachte Emma ihr Glas zum Klingen und stellte uns ein Rätsel: »Wer kann mir die Zutaten für den Mince Pie nennen? Pennsylvanisch-Deutschen ist die Teilnahme an der Lösung des Rätsels nicht erlaubt.« Es wurde verblüffend richtig geraten: »Äpfel, Rosinen, eine Art von Nüssen, kandierte Zitrone, Rosinen, Würze, brauner Zucker.« Emma sagte: »Sehr gut, aber das Wichtigste haben Sie vergessen.« Die Gäste probierten die geschmackvolle Füllung noch einmal, ohne die korrekte Antwort zu finden.

»Das Gericht hat den Namen Mince Pie. Jawohl – Gehacktes gehört darein, vom Rind und vom Schwein. Dadurch wird es köstlich und so gut.« Yvonne sah sich zu der Bemerkung veranlaßt: »Man stelle sich vor: Schinken und Speck in meiner Zitronen-Meringe. Daran wird man sich erst einmal gewöhnen müssen.«

FREITAG, 1. NOVEMBER: Da Yvonne ursprünglich nicht länger als bis Donnerstag in Dresden sein wollte, gab mir ihr plötzlicher Entschluß, länger zu bleiben und das Haus zu kaufen, Gelegenheit zu einem wichtigen Gespräch, das ich schon seit einiger Zeit mit ihr hatte führen wollen.

Mit so einer Teestunde konnte sie nicht gerechnet haben: denn was ihr in *Windsong* bevorstand, war kein geselliges Kränzchen wie im 18. Jahrhundert, wenn zwei noble Damen sich in müßigem Klatsch ergehen, sondern ein hartes Verhör zu lebenswichtigen Fragen: »Ich brauche Rat, was meine Probleme mit meinem Enkelsohn Timothy betrifft.«

»Ich würde meinen, daß jede Großmutter froh sein könnte über Probleme, die ein so erstaunlicher junger Mann verursacht.«

Ich beugte mich vor. »Sagen Sie: Ist er wirklich begabt?«

Die Eindringlichkeit meiner Frage verblüffte sie. Sie wählte ihre Worte deshalb mit Bedacht: »So jemanden wie Timothy finden Sie unter zehntausend nur einmal. Wenn er die fürsorgliche Aufmerksamkeit bekommt, die er verdient – von Ihnen, von Streibert, von Kinetic als seinem Verlag –, kann er nach den Sternen greifen.«

»Ich möchte gern rückhaltlos offen mit Ihnen sprechen, Ms. Marmelle. Timothy ist dreiundzwanzig. Er hat seinen zweiten Roman praktisch vollendet, und der ist revolutionär.

Wie schon der erste. Wie Sie vielleicht wissen, hat mein Mann – sein Großvater – ein beträchtliches Vermögen geerbt und es vervielfacht, mit Aktien der Firma Bethlehem Steel, weil die Firma sich äußerst positiv entwickelte.

Larrimore und ich hatten eine Tochter, ein brillantes Mädchen, mit einem Willen wie ein Hurrikan. Sie ist mit einem Taugenichts ausgerissen, der sie ihres Geldes wegen geheiratet hat. Beide sind ums Leben gekommen, als Timothy noch klein war. Ich habe ihn großgezogen, habe Fehler gemacht, habe einige wunderbar richtige Entscheidungen getroffen. Der Punkt ist der: Ich habe keine anderen Nachkommen, und wenn ich tot bin, wird Timothy sehr vermögend – gefährlich reich, wie ich mir manchmal sage. Kommt er mit beidem klar, mit einer Schriftstellerkarriere und einem Vermögen?«

Yvonne suchte lange nach einer Antwort. Sie verwarf, wie mir ihr gelegentliches Kopfschütteln verriet, mehrere gute Ansätze, bis sie erzählte: »Ich bin in einer armen jüdischen Familie aufgewachsen – ohne viele Kleider, mit vielen Büchern. Ich habe mehrere gleichaltrige Jungen und Mädchen gekannt, die alles hatten. Ich habe es damals nicht so empfunden, daß es ihnen besserging als mir. Aus heutiger Sicht scheinen sie durch den Wohlstand Schaden gelitten zu haben. Da war aber ein Mädchen, das habe ich beneidet. Ihre Eltern waren nach unseren Maßstäben reich – sie überschütteten das Kind mit allem, sie gaben ihm aber auch sehr viel Liebe und Geborgenheit. Sie ging aufs Barnard College und bestand alle Examen mit Auszeichnung. Heute ist sie mit einem liberalen Universitätspräsidenten verheiratet und Mutter von drei Kindern. Ich beneide sie immer noch.«

»Und Sie glauben, daß Timothy stark genug ist?«

»Er scheut die Auseinandersetzung mit mir nicht. Und ich habe selbst miterlebt, wie er's Professor Streibert gegeben hat.«

»Und Ihre Meinung zur jungen Miss Sorkin?«

»Sehr begabt. Eine äußerst solide junge Frau. Ich wäre stolz, so eine Tochter zu haben.«

»Ich bin ja so froh, daß Sie das sagen. Timothy hat, wie man früher sagte, ›sich mit ihr eingelassen‹. Vielleicht ist sie seine Rettung – ich sehe in ihr seinen Anker in der Realität.«

»Nach meiner Auffassung *ist* sie Miss Realität. Timothy hat Glück, ihr begegnet zu sein.«

Ich war beruhigt. Wir aßen eine Kleinigkeit zusammen. Danach fuhr sie mit mir die relativ kurze Strecke zum College, wo wir eine aufgeregte Menge antrafen, die darauf wartete, daß das Symposium begann, dessen Vorsitzender, ein Professor für Kunstgeschichte an der Ohio State University, eingangs erläuterte: »Der Aufbau und auch die Teilnehmerliste sind vor einem Jahr von Herrn Professor Streibert zusammengestellt worden, der, leider, heute abend nicht unter uns sein kann, dessen brillantes Konzept vom ›Imperativ des Hier und Heute‹ aber unsere Diskussionen motiviert und beflügelt.«

Ein Professor von der englischen Nottingham University hielt die Einführung– er gab einen hervorragenden Überblick über die Hintergründe des europäischen Geisteslebens, das in den dreißiger Jahren aufgeschlossene Männer wie Pound und Eliot zu virulenten Antisemiten gemacht hatte und schwächere junge Männer an der Universität Cambridge dazu verleitete, für die Sowjetunion wirklich Verrat an den Alliierten zu begehen, vor allem an den Vereinigten Staaten. Und nach diesen grundlegenden Ausführungen stürzte er sich mitten in eine Kontroverse um Pound, die bis heute tobt:

> »Wir verdanken Herrn Professor Streibert den Begriff, den wir heute in zunehmendem Maße zur Kennzeichnung dieses Phänomens verwenden: der Imperativ des Hier und Heute, der junge Künstler oder Intellektuelle an den Rand des gefährlichen Abgrunds drängt, den man Verrat nennt – und das heißt nicht unbedingt nur Verrat am eigenen Land, sondern auch Verrat an der Religion, an der Art, wie man seinen Lebensunterhalt verdient oder, vor allem in England, an der eigenen Gesellschaftsschicht.
>
> Bedenken Sie bitte folgende große Anomalien: In Mexiko gibt es keine Standbilder für den größten Heroen, Cortes, weil die Spanier wie die Indianer ihn als Verräter an ihren Interessen betrachtet haben. In Südafrika gibt es keine großen Denkmäler für ihren edelsten Sohn, Jan Christian Smuts, weil die Buren überzeugt sind, daß er im Zweiten Weltkrieg zu den Rettern Großbritanniens gehört haben mag, aber mit Sicherheit die Interessen der Buren verriet. Und wer ist hier in den Vereinigten Staaten zweifellos der größte Mann dieses Jahrhunderts? Franklin D.

> Roosevelt. Aber man darf hier keine Ehrenmäler für ihn errichten, weil die Konservativen, die die Geschicke der Nation lenken, das nicht zulassen: Die wissen, daß Roosevelt, der dem Mann auf der Straße helfen wollte, die eigene Klasse verriet.
>
> Künstler sind wie große politische Führer. Sie neigen dazu, die eigene soziale Schicht abzulehnen. Sie widmen sich dem Imperativ des Hier und Heute, und das Establishment verabscheut sie und hält ihr Verhalten für Verrat.«

Es war ein bravouröser, dynamischer Vortrag, und die Zuhörer zollten dem Redner Beifall.

Dann trat mein Enkelsohn auf das Podium. Ich war stolz auf sein mannhaftes Auftreten, auf seine reife Selbstsicherheit und die treffliche Art, mit der er seine Gedankengänge aufbaute.

Er umriß den Kern seiner Ideen in einfachen, klaren Worten gleich zu Beginn:

> »Ich bezweifle, ob unter uns am heutigen Abend auch nur ein einziger die Tatsache bezweifelt, daß Ezra Pound, der sicherlich dem Imperativ des Hier und Heute folgte, drei verschiedene Personen in sich vereinigte: Er war einer der größten Dichter Amerikas, der führende Lehrer von Dichtern in aller Welt und ein berüchtigter Kriegsverräter an seinem eigenen Land. Ich möchte jedoch von ihm in einer vierten Kategorie sprechen, die dieser Nation keinen Anlaß zu Stolz bietet: von dem gepeinigten Häftling im Krankenhaus St. Elizabeth.«

Er gab einen bewegenden Bericht über die zwölf langen Jahre, die Pound in der Irrenanstalt verbrachte, weil die Regierung ihn – ohne Gerichtsverfahren – einfach für geisteskrank erklärt hatte.

»Und auf die Weise hat unsere Regierung diesen großen Dichter zu einer Symbolfigur aller Künstler gemacht, die gegen Autorität rebellieren, die impertinente Fragen stellen, die mit dem einen oder anderen Trick das Establishment verärgern. Pound erinnert uns an das gefährliche Hochseil, auf dem der Künstler sich zwischen der Achtung für Vergangenes und der Vision des Zukünftigen bewegt. Der junge Mann und die junge Frau, die Künstler zu werden hoffen, aber nicht bereit sind, dieses Risiko einzugehen, haben nicht die geringste Chance, daß ihr Werk den Tag überdauert. Kunst ist eine Konfrontation, in der man das eigene Leben aufs Spiel setzt.«

Timothys Aussage wurde so laut und heftig bejubelt, daß ich die Kraft seiner Rede anerkennen mußte, auch wenn ich den Schlußfolgerungen nicht beistimmte. Als der Beifall andauerte, ganz als habe er eine göttliche Wahrheit verkündet, schien mir, daß jemand mit gefestigteren Wertvorstellungen den Zuhörern eine höhere Wahrheit ins Gedächtnis rufen sollte.

Ich erhob mich also und winkte nach dem Zuhörermikrofon. Während ein College-Diener es zu mir herübertrug, erklärte der Diskussionsleiter vom Podium: »Wir schätzen uns glücklich, daß heute abend eine großartige Förderin der Künste unter uns weilt. Sie stellt uns Mittel zur Verfügung, damit wir die Künste pflegen können – Mrs. Jane Garland, Mitglied unseres Kuratoriums.«

Ich nahm das Mikrofon fest in die Hand. »Wir haben heute abend eine Menge über die Aufgaben des Künstlers und von der Freiheit gehört, mit der er sich verhalten kann, wie er will. Wir haben in unserer Mitte einen Menschen, der schriftstellerisch wahrscheinlich mehr getan hat als irgendwer sonst hier und der Tag für Tag mit diesen abstrakten Dingen auf einer ganz konkreten Ebene gerungen hat. Ich meine Lukas Yoder, der nicht nur in dieser Gegend, sondern in ganz Amerika berühmt geworden ist, und ich möchte darum bitten, daß er vortritt und uns seine Auffassung mitteilt.«

Ich konnte sehen, daß Lukas nicht gerade begeistert war, in die Diskussion einzugreifen; er hatte das Debakel seines Eintretens für Longfellow in eben diesem Saal nicht vergessen, und ihm lag nicht an einer Wiederholung der unangenehmen Situation. Doch Emma gab ihm einen Stoß: »Was hast du denn zu verlieren?« Als er vortrat, hörte ich den Diskussionsleiter seinem Nebenmann zuflüstern: »O mein Gott. Nicht schon wieder dieser alte Schwätzer.«

Mit seinen ersten Worten ließ Yoder eine Bombe hochgehen. »Wir haben an diesem Abend viel über das Heldentum und die geistige Größe Ezra Pounds gehört. Alle Redner haben jedoch eine schreckliche Tatsache im Zusammenhang mit diesem Manne umgangen, und zwar die Tatsache, die nach meiner Überzeugung alles andere überschattet. Wie viele Zuhörer hier im Raum sind Juden? Bitte heben Sie Ihre Hand. Heben Sie sie bitte ganz hoch – weil Sie Zeugen sind für das, was ich in Erinnerung rufen möchte.« Eine beachtliche Zahl von Händen schossen in die Höhe, darunter auch die von Jenny Sorkin, die von Ms. Marmelle seltsamerweise aber nicht. Yoder erklärte in ernstem Ton: »Ich danke Ihnen. Wenn Ezra Pound seinen Willen gehabt hätte, wären Sie heute abend nicht hier. Ja, Sie hätten nie existiert, weil Ihre Eltern den gleichen Weg gegangen wären wie die Juden in Deutschland, Polen, Griechenland und der Tschechoslowakei. Sie wären ausgerottet worden.«

Seine Worte lösten einen Tumult aus. »Das ist infam!« rief der Professor für Englische Literatur, ein anderer von der Penn University schrie: »Darauf will ich antworten!« Es gab – auch von meinem Enkelsohn – Buh-Rufe für Yoder, aber auch – darunter von Jenny Sorkin – laute Zustimmung. Präsident Rossiter, den der Gang der Diskussion seit geraumer Zeit zunehmend nervös machte, schaute unbeweglich geradeaus, bis seine Frau ihn zum Handeln antrieb. Er begab sich ohne große

Begeisterung ans Mikrofon und konnte zumindest den Schein von Ordnung wiederherstellen, indem er murmelte: »Wir befinden uns hier auf einer College-Veranstaltung und sollten die Regeln zivilen Anstands wahren. Unser verehrter Nachbar Lukas Yoder wurde ans Mikrofon gebeten. Er hat es nicht aus eigenem Wunsch an sich genommen. Ich muß Sie bitten, ihn zu Ende sprechen zu lassen.«

Lukas hatte wegen des Tumults nichts gesagt und auch sonst nichts zu seiner Verteidigung unternommen. Er befand sich am Ende seiner schriftstellerischen Karriere; er hatte ein Universum von Ideen, die er mit anderen teilen wollte; doch als die Ruhe wiederhergestellt worden war, schlug er eine Richtung ein, die uns alle, sogar Emma, überraschte.

»Ich habe meinen letzten Roman geschrieben. (Es gab zahlreiche Zwischenrufe: ›Nein! Nein!‹, die er jedoch ignorierte.) Und ich habe in einem Stil geschrieben, der ganz eindeutig altmodisch, ja sogar überholt ist . (Weitere Proteste.) Wenn ich heute abend als Neuling zu schreiben begänne, würde ich aber nicht einmal im Traume daran denken, so zu schreiben, wie ich geschrieben habe. Ich würde waghalsiger sein. Ich würde mit neuen Stilformen experimentieren, neue Entdeckungen der Psychologie nutzen, neue Möglichkeiten des Kommunizierens mit dem Leser – alles. Ich bin grundsätzlich dem Prinzip ständiger Erneuerung zugetan.

Um die Wahrheit zu sagen: Manchmal kommt mir die Beharrlichkeit, mit der sich meine Amish-Freunde an überkommenen Gewohnheiten festklammern, geradezu lächerlich vor. Doch die Art und Weise, wie sie an Grundsätzen festhalten, gefällt mir sehr. Und in meiner eigenen Arbeit habe ich ihre charakterfeste Entschlossenheit nachzumachen versucht.

In unserer Diskussion heute abend sehe ich mich also aus ganzem Herzen in Übereinstimmung mit jungen

Künstlern, die mutig genug sind, alte Bande zu zerreißen. Aber ich glaube auch, daß der Künstler eine Verpflichtung hat gegenüber seiner Gesellschaft – daß er helfen muß, die verschiedenen Elemente zusammenzuhalten, eine gute Regierung zu unterstützen, den Notleidenden zu helfen und die jungen Menschen, die Künstler werden wollen, auf ihrem Wege zu fördern. Sie haben meine volle Sympathie.

Ich habe aber nicht die geringste Sympathie für jemanden, der die Ansicht vertritt, daß das Recht auf freie Meinungsäußerung ihm einen Freibrief ausstelle, sich am Verrat gegen das eigene Land zu beteiligen und die Tötung von Menschen zu befürworten, die er nicht mag.«

Er begab sich zu verhaltenem Applaus seitens seiner Anhänger und unter dem Schweigen der andern wieder auf seinen Platz; doch schien die gesamte Zuhörerschaft menschlich berührt durch sein schriftstellerisches Selbstbekenntnis und von seiner Bereitschaft, die Kollegen an die ewigen moralischen Werte zu erinnern. Als er seinen Platz erreichte, sagte Emma schlicht: »Das war nötig. Hat ein bißchen frische Luft reingelassen.«

Für mich persönlich hatte das Symposium Pounds Verrat so klar ans Licht gebracht, daß ich mich nach Klärung eines bestimmten Punktes sehnte, den ich am Nachmittag im Gespräch mit Yvonne nicht offen auszusprechen gewagt hatte. Als sie mich also nach Hause fuhr in ihrem Mietwagen und wir in der Einfahrt standen, stellte ich ihr die eine Frage, die mich quälte.

»Seit Streibert in Mecklenberg gekündigt hat beziehungsweise gefeuert wurde – keiner sagt mir, was wirklich vorgefallen ist –, fährt Timothy regelmäßig nach Temple, um sich mit ihm zu treffen. Behauptet, er brauche Streiberts Hilfe für seinen Roman *Dialog*. Aber ich habe Angst, die Sache könnte etwas … komplizierter sein.«

»Sie meinen: Hat Streibert einen schlechten Einfluß auf Timothy?«

»Sie sind wirklich sehr hilfreich.«

»Mrs. Garland, ich habe Ihnen heute nachmittag mit aller mir möglichen Bestimmtheit erklärt, daß Timothy völlig selbstgesteuert ist. Auf ihn hat niemand ungebührlichen Einfluß.« Sie lachte. Und dann sagte sie etwas, woran ich nie gedacht hatte. »Ihr Enkelsohn, Mrs. Garland, arbeitet ja auch mit mir zusammen und kommt aus dem Grund gelegentlich nach New York. Haben Sie sich je mit der Frage herumgequält, ob ich ihn auf Irrwege führen könnte?«

»Wollen Sie sagen, er sei so stark, daß er sich nicht in Gefahr befindet?«

Sie wich der Frage aus. »Außerdem – wer hat denn Streibert gestern abend zur Party eingeladen?«

»Ich. Ich mag ihn. Ich habe ihn immer gemocht – ich finde ihn fantastisch. Und außerdem – wer ist denn gestern abend auf ihn zugerannt und hat ihm einen Kuß gegeben?«

»Oh, ich habe ihn immer geschätzt. Das tu' ich auch heute noch. Egal, was er den Zeitungen gegenüber erklärt hat. Ich hoffe, er schafft seinen Weg.«

»Eine ältere Frau«, sagte ich, »kann Streibert mögen und trotzdem um Ihren Enkelsohn besorgt sein.«

»Sie haben mich gefragt, ob ich Timothy für stark halte. Er ist wie eine Bulldogge. Ich hätte Angst, ihm in die Quere zu kommen.« Und sie fügte dann noch hinzu: »Ich halte ihn für den besten jungen Burschen seines Alters in ganz Amerika. Für ihn spricht alles. Seien Sie also unbesorgt.« Und ihre Aussage war so klar und uneingeschränkt, daß ich mit dem Gedanken zu Bett ging: Das ist doch der Traum aller Eltern: ein Sohn, der wirklich begabt ist und auf die richtige Art und Weise gefördert wird.

Danach habe ich wunderbar geschlafen.

MONTAGMORGEN FRÜH, 4. NOVEMBER: An diesem Tag habe ich – aus einem Grund, der noch deutlich werden wird –, nichts eingetragen. Ms. Marmelle mußte bei der Polizei zwei Tage später eine Erklärung abgeben, wie sie den vierten November verbracht hat. Die Polizeistenographin schrieb sie Wort für Wort auf, und es scheint mir am besten, Ms. Marmelles Erklärung wortwörtlich zu zitieren, statt selbst einen Bericht zu versuchen.

Büro des Polizeichefs
Dresden, Pennsylvania
Mittwoch, den 6. November 1991
Erklärung von Ms. Yvonne Marmelle,
Kinetic Press, New York City

Um den schweren Verkehr nach New York zu meiden, fuhr ich am Montag, dem 4. November 1991, in aller Frühe mit meinem Wagen in der Dunkelheit durch die Felder meiner neuen Heimat in Pennsylvanien in die Vorstädte von New Jersey, wo die Dämmerung anbrach. Als ich in New Jersey den Lincoln Tunnel erreichte, kam eine Meldung im Radio, die mich sofort aufhorchen ließ. Nach einem Bericht über ein Zusammentreffen von Staatsoberhäuptern in Brüssel sagte der Nachrichtensprecher: »Vergangene Nacht ist unter mysteriösen Umständen eine der meistbeachteten Stimmen der neueren amerikanischen Literatur ...«

Inzwischen befand ich mich so tief im Tunnel, daß der Rundfunk aussetzte, und so begann ich unter dem Fluß schweigend darüber nachzudenken, wer der Tote sein mochte, doch als ich in Gedanken eine ganze Reihe von Männern Revue passieren ließ und der Frage nachging, wer wohl dieser Beschreibung entsprechen könnte, schloß ich Yoder sofort aus – falls er es gewesen wäre, hätten die Nachrichten von einem großen amerikanischen Bestsellerautor gesprochen; so sprach man ja im allgemeinen von ihm. Es könnte Streibert sein, überlegte ich, aber dann wäre der Vorfall bestimmt nicht in den Hauptnachrichten erwähnt worden. Ich dachte an andere Autoren und hatte fast schon das Manhattan-Ende des Tunnels erreicht, als ich mir sagte: Es muß sich ja auch nicht unbedingt um einen Mann handeln. Der Nachrichtensprecher hat gar nicht ausdrücklich gesagt, daß es ein Mann ist. Und deshalb ging ich, bevor ich das Radio wieder hören konnte, alle amerikanischen Autorinnen durch, aber umsonst.

Im Freien plärrte das Radio plötzlich entsetzlich laut, weil ich es im Tunnel aufgedreht hatte: »Der Präsident hat verbindlich erklärt, daß er bei solchen Bedingungen gegen den Gesetzesantrag sein Veto einlegen wird.« Ich war nervös. Auf dem Weg zur Tenth Avenue fuhr ich so langsam, daß die Autos hinter mir hupten. Ich hörte das Ende verschiedener Nachrichtensendungen, und plötzlich hieß es: »... Nach den Worten anderer Autoren und Kritiker, die sich zu seinem Tod geäußert haben, ist mit Timothy Tull eine der größten Begabungen ...« Ich sah das Blitzen eines Polizeilichts und wurde an den Straßenrand abgedrängt.

Als sich ein Polizist vor meinem Fenster bückte und mich anschrie, habe ich ihn mit wahrscheinlich unverhohlenem Entsetzen angeschaut: »Sir, ich bin Verlagslektorin und habe soeben gehört, daß ein Autor von mir ...«

»Ja, der junge Kerl aus dem Dutch County in Pennsylvanien. Zu Tode geprügelt. Schrecklich ... Lady! Lady! He, Max! Sie ist ohnmächtig geworden!«

Als die Polizei mich wieder zu Bewußtsein gebracht hatte, sagte ich mit schwacher Stimme: »Tut mir leid. Können Sie den Namen des jungen Mannes wiederholen?«

»Nein. Aber man ist sich sicher: Es war Mord, und verübt wurde er in Pennsylvanien. Deshalb werden die Tunnels von Jersey überprüft.«

»Können Sie mir helfen? Mir ist nicht gut. Ich muß einen Anruf machen.«

»Lady, hier können Sie nicht halten. Nicht mitten im morgendlichen Berufsverkehr.«

»Der Tote könnte mein Autor sein.«

»He, Max! Passen Sie auf den Wagen auf. Nur eine Minute!« Er begleitete mich zum Telefon, half mir, als ich meine Tasche nach dem Adreßbuch durchwühlte, und borgte mir zwei Münzen. Ich rief einen Reporter der *New York Times* an, der Frühdienst hatte: »Izza, hier Yvonne Marmelle. Haben Sie etwas über einen Mord an einem Schriftsteller im pennsylvanisch-deutschen Bezirk?«

»In der Morgenausgabe ist nichts. Die Meldung traf erst nach Mitternacht ein. Zwei Journalisten arbeiten dran.«

»Der Name des Autors?«

»Timothy Tull. Er hat dieses verrückte Buch geschrieben, in dem alles auf dem Kopf steht. Die Leute hielten ihn für ein Genie, für den neuen Truman Capote.«

»Wie wurde er ermordet?«

»Im ersten Bericht des örtlichen Sheriffs wird erwähnt, er sei brutal erschlagen worden.«

Ich hatte Angst, erneut ohnmächtig zu werden. Als ich dann aber das Gesicht des jungen Polizeibeamten sah, sah ich in der Dämmerung vor mir Timothy Tull stehen in seinem herrlichen jungen Leben, und meine Beine gaben nach. Ich bin nicht in Tränen ausgebrochen, aber ich bin dem Polizisten kraftlos in die Arme gesunken. »Bitte bringen Sie mich nach Hause. Ich wäre eine Gefahr für die anderen, wenn ich jetzt weiterführe.«

Nachdem ich mich in der Wohnung mit einer kalten Dusche etwas wiederbelebt hatte, rief ich bei einer Feuilletonredakteurin der *Times* an, nannte meinen Namen und sagte der Sekretärin am anderen Ende der Leitung: »Es ist furchtbar wichtig. Angelica möchte mich bitte anrufen.«

Meine Freundin rief überraschend schnell zurück und war auf meine Fragen vorbereitet. »Wir haben einen ausführlichen Bericht über die genauen Umstände. Was den

Täter oder das Motiv angeht, nicht einen Fetzen.« Ich setzte mich und sagte: »Schieß los.« Angelica las schnell vor. »Timothy Tull, 23, Sohn von blahblahblah, beide tot, Enkelsohn des verdienstvollen Stahlmagnaten Larrimore Garland, verstorben, und seiner Frau Jane, bekannte Kunstmäzenatin. Es folgt ein bißchen was über *Kaleidoskop* und die umgekehrten Seiten, und du wirst erwähnt als die Lektorin, die ihn lancierte.«

»Und der Mord?«

»Dazu kommen wir gleich. Die Leiche wurde um vier Uhr früh am Montag gefunden – also heute. Vom Chauffeur mit dem Namen Oscar. Auf dem Grundstück des Familienanwesens *Windsong*, neunzig Meter vom Haus entfernt. Böse verstümmelt mit einem Gegenstand, der nicht identifiziert werden konnte – das heißt, man weiß nicht einmal, welche Art von Instrument es war. Ganz in der Nähe lag ein toter Hund. Hieß Xerxes. Motiv kann nicht mal vermutet werden. Kein Mörder. Nichts an und nahe der Leiche, was über den Hergang des Verbrechens Aufschluß geben könnte, außer daß Tull und sein Hund sich offensichtlich zu wehren versuchten. Sein rechter Arm ist gebrochen, als ob er einen Schlag abgewehrt hätte. Kein Gebrauch von Schußwaffen, keine Waffe gefunden.«

Meine Freundin fragte: »Könntest du etwas zu seiner Person sagen?«, und ich meinte: »Darüber könnte ich stundenlang reden.«

»Ich werde Paula verständigen«, versprach sie, »sie wird dich anrufen. Sie arbeitet gerade an der Geschichte, glaube ich«, und als Paula sich meldete, um weitere Details in Erfahrung zu bringen, die das Interesse der Öffentlichkeit an diesem dramatischen Tod vertiefen könnten, brach meine Trauer alle Dämme, und ich erzählte, wie ich ihn kennengelernt hatte, wie geistreich er gewesen war, von seiner Liebe zu seiner Großmutter und wie er in frühem Alter nicht nur das erstaunliche Buch *Kaleidoskop* geschrieben, sondern auch eine Assistentenstelle in Mecklenberg als Lehrer für kreatives Schreiben angeboten bekommen hatte. Ich gab ein glühendes Zeugnis über ein hoffnungsvolles junges Leben.

Schließlich fragte Paula: »Hat er Unveröffentlichtes hinterlassen?«, und mir kamen die wunderbar getippten drei Viertel von Timothys zweitem Roman in den Sinn, und ich hatte so eine Ahnung, ich müßte sofort im ersten Moment nach seinem Tod bekanntgeben, daß es da ein zweites, fast vollendetes Werk gab. Ohne den Komplikationen Rechnung zu tragen, die ich damit in Gang setzen könnte, sagte ich also mit Bedacht: »Am Freitag – es muß der Erste gewesen sein – habe ich im Haus seiner Großmutter einen fast fertigen Roman gesehen – wahrscheinlich war er zu fünfundsiebzig Prozent abgeschlossen. Ich durfte einen beträchtlichen Teil lesen und wage vorherzusagen, daß er eine Sensation darstellen wird.«

»Haben Sie das seinerzeit nach Lektüre des Manuskripts auch über sein erstes Buch gesagt?«

»Es ist bezeugt, daß ich das gesagt habe.«

»Der Titel des neuen Romans?« Ohne Zögern sagte ich: »*Dialog*. Es wird ein umfangreicheres Buch als *Kaleidoskop*.«

Es ist wichtig, daß meine nächsten Schritte festgehalten werden, und falls irgendwer mein Verhalten als gefühllos empfindet angesichts der großen Tragödie, in die ich verwickelt war, so irrt er. Ich war jetzt die Lektorin, deren Aufgabe darin bestand, das Überleben und die Glaubwürdigkeit eines wichtigen Kunstwerks zu gewährleisten. In diesen Augenblicken konnte ich nur an zwei Dinge denken: an den ermordeten Autor und an sein unvollendetes Werk.

Binnen einer Minute nach meinem Gespräch mit Paula war ich mit *Windsong* verbunden, wo Ms. Benelli die Anrufe für Mrs. Garland entgegennahm. Ich ließ mich nicht abwimmeln. »Es geht nicht darum, daß *ich* mit ihr spreche.

Sie muß mit mir reden. Es liegt in ihrer Hand, den Namen und den guten Ruf ihres Enkelsohnes zu retten. Sagen Sie ihr das, mit allem Nachdruck.«

Es war offenbar das einzige, was bis zu dieser trauernden Frau durchdrang. Denn Ms. Benelli meinte: »Sie kommt schon.« Es dauerte aber eine ganze Weile, bevor Mrs. Garland den Hörer nahm, und als sie dann sprach, war ihre Stimme kaum vernehmbar. »Yvonne« sagte sie, und es kam als Stöhnen. »Es ist unbegreiflich. Danke, daß Sie anrufen. Ich wünschte, Sie wären jetzt hier.« Ich hatte Angst, sie könnte auflegen und sagte hastig und mit Nachdruck: »Mrs. Garland, Jane, ich brauche Ihre Hilfe.«

»Meine Hilfe? Ich kann selbst kaum atmen.«

»Jane! Hören Sie! Bitte! Sie und ich – wir haben viel zu tun – jetzt –, um Timothys Platz in der Geschichte der Literatur zu sichern – in Ihrer Welt der Bücher!« Eine lange Pause in der Mrs. Garland wohl ihre letzten Kraftreserven mobilisiert haben muß; denn als sie von neuem sprach, war ihre Stimme klar, ihr Wille fest und entschlossen: »Sagen Sie mir, was ich zu tun habe!«

»Ich meine mich zu entsinnen, daß Timothy das Manuskript an dem Tag, als ich es bei Ihnen gesehen habe, bei Ihnen gelassen hat.«

»So ist es.«

»Und es befindet sich noch bei Ihnen?«

»Ja.«

»Gut. Mrs. Garland, wir beide werden zusammen dafür kämpfen, die Bedeutung des Beitrags von Timothy für die Literatur zu sichern. Jetzt hören Sie bitte ganz genau, was ich sage. Jede Anweisung ist wesentlich. Holen Sie das Manuskript. Geben Sie es Ms. Benelli. Sie soll es unverzüglich zu einer Kopieranstalt in Dresden bringen und von jeder Seite drei Kopien anfertigen lassen. Unten auf jeder Seite soll ein Vermerk mit dem Datum von heute, 4. November 1991, und Ihrem Namen stehen.

Danach muß sie das ganze Paket zu einem öffentlichen Notar bringen, der einen Satz des Manuskripts zu einem Paket schnüren, es versiegeln und mit dem Datum und der Bibliothekarin als Zeugin beurkunden soll. Wenn das geschehen ist, soll sie das versiegelte Paket zur Bank tragen, einen Safe auf ihren Namen mieten, das Manuskript hineinlegen, den Safe abschließen und den Schlüssel behalten. Das Original und die beiden Manuskriptkopien kann sie dann zu Ihnen bringen. Sie behalten das Original. Die beiden Kopien schicken Sie mir.«

Mrs. Garland fragte: »Würden Sie diese Anweisungen Ms. Benelli wiederholen?« Ja, sagte ich, sie solle einen Bleistift und Papier holen. Und erst, als ich fest überzeugt war, daß zur Sicherung des Manuskripts alles Nötige bedacht wäre, teilte ich Mrs. Garland mit: »Ich war entsetzt, als ich die Nachricht hörte. Ich habe das Bewußtsein verloren. Ein Polizist hat mich nach Hause bringen müssen.«

»Ich kann es kaum fassen. Ich habe ihn so geliebt. Er war ein so hoffnungsvoller Junge«, klagte Mrs. Garland, und ich tröstete sie: »Was wir vorhaben, geschieht zum Schutze dieser Hoffnung, deshalb müssen wir alles notariell beglaubigen lassen. In einigen Jahren werden Leute kommen und behaupten, er habe das zweite Buch gar nicht selbst geschrieben, wir hätten das Ganze nach seinem Tode zusammengeschustert.«

»Das werden wir beide nicht zulassen«, sagte Mrs. Garland.

Daraufhin tätigte ich in rascher Folge eine Reihe von Anrufen. Meinem Büro teilte ich mit, ich müsse sofort wieder nach Pennsylvanien und ob Chuck – wegen der Ohnmacht vom Morgen – vom Büro zu mir kommen, meinen Oldsmobile aus der Tiefgarage holen und mich nach Dresden fahren könne. Nachdem das erledigt war, wußte ich, daß ich nicht umhin konnte, mich Karl Streiberts Mithilfe zu versichern, weil er Timothy auf einer intellektuellen

Ebene viel besser gekannt hatte als ich. Das beschwor jedoch ein unangenehmes Problem herauf, da er sich von Kinetic wie von mir öffentlich distanziert hatte, und obwohl wir uns an dem Abend im ›7 & 7‹ persönlich ausgesöhnt hatten, gab es doch wegen seiner infamen Besprechung von *Steinmauern* noch Spannungen zwischen uns. Was ich jetzt von ihm wollte, würde einen fast täglichen Kontakt zwischen uns erforderlich machen, um Dinge, die uns beide emotional berühren mußten, und ich wußte nicht, ob wir beide einer solchen Belastung gewachsen waren. Ich wußte, daß ich ihn anrufen mußte; eine Vorahnung riet mir jedoch, erst einmal mit Jenny Sorkin zu reden: »Jenny? Yvonne Marmelle. Wir wollen nicht weinen, Sie nicht, ich nicht … Hat Timothy irgendwelche Teile seines neuen Romans bei Ihnen gelassen? Oh, Gott sei Dank! Den größeren Teil eines ganzen Kapitels? Drei Einzelszenen, die nicht miteinander verknüpft sind? Ich werde Ihnen jetzt scheinbar rätselhafte, aber absolut notwendige Anweisungen geben und Sie bitten, jede einzelne davon vollständig und genauestens auszuführen.« Ich wiederholte, was ich der Bibliothekarin gesagt hatte, und fügte noch hinzu: »Wenn Ihnen das nötige Geld fehlt – leihen Sie es sich. Ich werde heut nachmittag im ›Dresden China‹ sein. Sagen Sie keinem etwas davon. Wir unternehmen alle diese Schritte, um den Ruf eines bemerkenswerten jungen Mannes zu wahren, den wir beide gekannt haben, jeder von uns auf seine besondere Weise. Bitte helfen Sie mir.«

Erst danach hatte ich den Mut, Streibert anzurufen, weil ich nicht wußte, wie er auf eine Nachricht von mir reagieren würde, und es dauerte einige Zeit, bis ich ihn in Temple aufgespürt hatte, doch als er ans Telefon kam, rief er: »Yvonne! Gott sei Dank, daß Sie anrufen!« und brach weinend zusammen. Als er sich wieder gefaßt hatte, erklärte er: »Ich kam in den Unterricht, ohne etwas zu ahnen, doch ein Student, der wußte, daß ich Timothy in Mecklenberg gekannt habe, platzte heraus: ›Herr Professor, haben Sie schon gehört, daß Timothy Tull letzte Nacht ermordet wurde?‹ Ich mußte den Vorlesungssaal verlassen und mich in den Ruheraum der Fakultät zurückziehen. Da war ich bis jetzt.«

Zum Schluß dieses tränenreichen Ausbruchs sagte ich: »Karl, wenn wir alles vergessen könnten, was in letzter Zeit geschehen ist ...«

»Yvonne, ich möchte gern erklären, warum ich meinte, Kinetic und Sie verlassen –«

»Karl, ich habe gesagt: Wir wollen das alles vergessen. Ich brauche dringend Ihre Hilfe.«

»Was kann ich tun?«

»Mir helfen, Timothys Ruf zu wahren. Seine Position in der Welt der Literatur.« Es hatte die gleiche Wirkung auf ihn wie auf Mrs. Garland. »Was habe ich zu tun?«

Er gab mir in den nächsten Minuten zu verstehen, daß Timothy ihm zwei wesentliche Teile des Romans *Dialog* gegeben hatte, und auch diesmal handelte es sich um isolierte Segmente ohne Bezug zu anderen Teilen. Wie Jenny hatte auch er Grund zu der Annahme, daß sie zum Schluß des Romans gehörten. Ich hatte kaum begonnen, ihm meine Anweisungen zu geben, als er mich unterbrach: »Ich verstehe Ihre Sorge. Ich teile sie. Wir müssen dafür sorgen, daß dieses Material als echt gilt. Ich werde es datieren und sofort kopieren lassen.«

»Und notariell beurkunden«, sagte ich, worauf er bestätigte: »Selbstverständlich.«

»Können Sie nach Dresden kommen? Mich um drei im Gasthof treffen? Dorthin fahre ich jetzt.«

»Dann bis gleich.«

Zuletzt rief ich den deutschen Verlagsleiter bei Kinetic Press an und sagte ihm: »Es gibt in den Tiefen dieser Tragödie einen kleinen Lichtblick. Timothy Tull hat bei seinem tragischen Tod ein hervorragendes Manuskript hinterlassen – ich bin im Besitz von achtzig Prozent –, und man hat mir versichert, daß es zu neunzig Prozent abgeschlossen ist. Ich möchte Ihre mündliche Zusage haben, die ich nicht weiter verbreiten werde, bis wir beide die Details schriftlich ausgearbeitet haben, daß Sie, wenn ich dieses neue Werk in angemessener Form und mit breitem Erfolg publizieren kann, zugunsten von Kinetic und unseres anhaltenden Engagements für das Beste in der amerikanischen Literatur entweder einen größeren Betrag oder einen Teil unseres Gewinns an das Institut für kreatives Schreiben am Mecklenberg College spenden werden, wo Tull sein Handwerk gelernt und wo er andere unterrichtet hat. Abgemacht? Gut. Nein, ich kann nicht in den Verlag kommen, weil ich zurück muß nach Dresden, um der Großmutter des Jungen zu helfen, die Beerdigung vorzubereiten. Ich habe Ihre Zustimmung für die Spende, und Kinetic wird unermeßlichen Lohn ernten.« Danach ließ ich mich von Chuck nach Dresden fahren, war aber bereits eingeschlafen, bevor wir den Lincoln Tunnel erreichten.

Ende der Erklärung von Ms. Yvonne Marmelle.

Bezeugt von: Walter Stumpf
Leonard Dreyfus

Dresden, Pennsylvania

Protokoll: Fanny Trumbauer

MITTWOCH, 6. NOVEMBER: Yvonne Marmelles Aussage gegenüber der Polizei dürfte verständlich machen, warum ich während der letzten Tage selbst nicht zu schreiben vermochte. Timothys Tod, das Auslöschen eines Lebens, das ich gehegt hatte, die Ermordung eines Jungen, der zu so grenzenlosen Hoffnungen berechtigte, und dazu auf so gräßliche

Weise, war für mich ein Schock, und er wurde noch verstärkt durch die nüchterne Erkenntnis, daß mit seinem Tod außerdem jegliche Hoffnung auf ein Weiterbestehen meiner Familie vernichtet war. Ich war innerlich so durcheinander, daß ich den ersten Tag nach der Tragödie überhaupt nur durchzustehen vermochte, weil Martha Benellis Beistand in *Windsong* und Yvonne Marmelles ruhige Stimme aus New York mir einen Halt gaben. Als Yvonne mit ihrem Fahrer nach Mittag in Dresden eintraf, war ich wieder handlungsfähig. Sie rief aus dem Gasthaus an und wollte wissen: »Wären Sie in der Lage, um drei Uhr Karl Streibert zu treffen? Ich habe ihn zu einem Gespräch über das Manuskript hergebeten.«

Es war an diesem Tag das erste, was ich für lebende Menschen tun konnte. »Es wurde aber auch höchste Zeit, daß Ihr zwei wieder zusammenarbeitet«, meinte ich. Bevor Yvonne oder Streibert eintrafen, klopfte jedoch Jenny an meine Tür, und ich schloß das Mädchen, das mein Enkel womöglich geheiratet hätte, fest in die Arme.

Wir saßen in den breiten Sesseln gegenüber der Fensterfront und starrten nach draußen, auf den Schauplatz des Mordes, und ich versuchte, die Tränen zurückzudrängen. »Ich wünschte mir, Jenny, dies wäre eine Szene, die ich einmal in einem Roman aus dem 18. Jahrhundert gelesen habe: daß mein Enkelsohn sein Leben im Gefolge des Herzogs in Flandern verlor, und Sie sind die Liebste, die er umwarb, bevor er in den Krieg zog. Sie kommen, um mir mitzuteilen, daß Sie von ihm in Umständen sind und daß Sie und ich gemeinsam seinen unehelichen Sohn aufzuziehen haben. Du lieber Gott, wie ich mir wünsche, das wäre *Ihre* Geschichte, Jenny«, und ich verging vor Tränen. Bevor sie etwas sagen konnte, fügte ich noch hinzu: »Das kommt davon, wenn man Euch Autoren ernst nimmt.«

Sie meinte auf ihre grobe, direkte Art, die ich so sympathisch finde: »Tut mir leid, aber ich bin nicht schwanger, Mrs. Garland. Aber ich habe den Keim des Endes von seinem

Roman. Und Ms. Marmelle hat Anweisungen gegeben, wie wir ihn zumindest retten können.«

Als Professor Streibert zu unserer schwermütigen Runde stieß, begrüßten wir ihn, als wäre er der verlorene Sohn. »Die Bibliothek ist nicht dieselbe, seit Sie nicht mehr von Zeit zu Zeit vorbeischauen«, gestand Ms. Benelli, und Jenny erklärte ihm nach einer herzlichen Umarmung: »Timothy und ich, wir haben Sie vermißt. Sie haben unsere Nase in die richtige Windrichtung gehalten.« Da sind Karl Streibert die Augen feucht geworden.

Wenige Minuten später erschien Ms. Marmelle, die mir zunächst Trost zusprach und sich dann der Aufgabe annehmen mußte, eine freundschaftliche Beziehung mit Professor Streibert herzustellen, den sie seit der Begegnung beim Essen im ›7 & 7‹ jetzt erstmals wiedersah. Und mir fiel trotz meiner Verstörung durch Timothys Tod auf, daß ihn die Situation viel nervöser machte als sie. »Hallo, Karl. Ich bin dankbar, daß Sie kommen konnten, uns zu helfen«, sagte sie und gab ihm einen Kuß auf die Wange.

Und dann zeigte sie sich ganz und gar als die kluge Strategin, die ich so sehr bewunderte: »Könnten wir gemeinsam versuchen, uns ein Bild von Timothys Aktivitäten während der letzten Tage zu machen?« Und als wir zu erzählen begannen, was uns seit ihrem Anruf am Morgen bekanntgeworden war, stellte sie ihr Tonbandgerät an, damit ihr kein wichtiges Detail verlorenginge.

Jenny sprach als erste. »Am Samstagabend war er mit mir verabredet im ›Hex‹, der Studentenkneipe auf dem Campus, wo wir uns mit zwei anderen Pärchen trafen. Ein Pärchen ging mit Timothy heim, das andere hat mich zu meinem Zimmer im College begleitet. Das war um ein Uhr in der Früh.«

Am Sonntag war Timothy in Begleitung von vier Männern und zwei Frauen – alle vom College – abseits der Straße zwölf lockere Meilen am Wannsee-Ufer entlanggelaufen. Jenny hatte mit dem Auto am Endpunkt auf sie gewartet. Bei dem recht frischen Novemberwetter mit einem Hauch von Frost in der Luft blieben sie zum Essen auf dem Campus zusammen, und nachher, das war etwa gegen sieben Uhr, hatte Timothy erklärt: »Ich schlafe heute nacht in *Windsong*. Großmutter lebt allein und hat es von Zeit zu Zeit ganz gern, wenn ich ihr Gesellschaft leiste.«

Über das Weitere mußte ich berichten, und so schmerzhaft es auch für mich war, ich habe es tatsächlich fertiggebracht – wenn auch mit häufigen Pausen, in denen ich mir die Augen trocknen mußte. »Was Jenny berichtet hat, klingt plausibel, weil er nämlich gegen halb acht bei mir ankam. Er hätte bereits gegessen, sagte er, würde mir aber bei einem Schälchen Rum-Rosinen-Eiskrem Gesellschaft leisten, die ich, wie er wußte, immer reichlich im Kühlschrank stehen hatte. Während des Essens unterhielten wir uns über sein Manuskript. Es sei zwar gewagt, habe ich ihm gesagt, aber meines Erachtens gelungen, bis auf eine Stelle etwa bei Seite neunzig. Er wollte die Stelle sofort sehen und rief: »Kein Wunder! Da fehlt ein ganzer Abschnitt!«, und er borgte sich meinen Füller, um die Stelle zu kennzeichnen und die fehlenden Absätze später einfügen zu können.

»Wir haben uns im Fernsehen das Ende der J.-B.-Fletcher-Show mit der Aufklärung des wöchentlichen Mordes angesehen und dann zu Bett begeben. Danach hat niemand ihn mehr lebend gesehen – außer dem Mörder.«

Hier übernahm Ms. Marmelle. Sie begann mit einer Entschuldigung. »Es mag herzlos klingen, wenn ich dieses Thema in diesen Stunden der Trauer anschneide, aber wir vier sind verantwortlich für das literarische Weiterleben eines hochbegabten jungen Mannes, und was wir innerhalb der nächsten Tage unternehmen, wird darüber entscheiden, ob die Öffentlichkeit ihn jetzt und in Zukunft im Gedächtnis behält.

Zunächst einmal – Mrs. Garland, haben Sie etwas schriftlich in der Hand, das Ihnen ein Recht gibt auf das Manuskript? Gehört es Ihnen?«

Ich sagte ruhig: »Unser weitblickender Rechtsanwalt hat darauf bestanden, daß wir beide unser Testament aufsetzten. Mein Testament vermacht – nach Stiftungen – alles Timothy; nach seinem Testament bin ich seine Alleinerbin.«

»Gut. Wir wären somit handlungsberechtigt.« Sie wandte sich an Ms. Benelli: »Sie haben das Manuskript fotokopiert, beglaubigen lassen und in einem verschlossenen Safe untergebracht? Gut. Dieses Buch kann eine große Bedeutung bekommen – wenn es auf die richtige Weise an die Öffentlichkeit gebracht wird. Karl, ich denke an ein Werk von fünf Bogen, also mit einhundertundsechzig Seiten, sofern wir die abschließenden Seiten rekonstruieren können, und deshalb hätte ich gern, daß Sie auf 32 Seiten einen einleitenden Essay darüber schreiben, wie Timothy sich sein Werk vorgestellt hat, wie es sich entwickelte, unter welchen Umständen es geschrieben worden ist und – am allerwichtigsten – über seine Gewohnheit, Ihnen und Jenny, also seinen Kollegen, neu entstandene Teile zu zeigen. Sie müssen außer Frage stellen, daß er seine Hoffnungen und Pläne für das vollständige Buch Ihnen beiden, als Autoren in einer ähnlichen Situation, anvertraut hat.«

Yvonne schnippte mit den Fingern. »Hat er möglicherweise auch Teile des Textes Schülern seiner Klasse vorgelesen? Großartig! Jenny, bitte lassen Sie von einem halben Dutzend Studenten Aussagen dazu beglaubigen, was er ihnen über sein Werk in verschiedenen Phasen seiner Entstehung berichtet hat. Karl, bitte versuchen Sie sich zu erinnern, wer von den Studenten am besten schreiben kann; ich werde ihn oder sie auffordern, ein zweiseitiges Resümee über Timothys Lesungen zu verfassen, und wir müssen darauf achten, daß dieser Schreiber möglichst detailliert angibt, was Timothy vorgelesen hat.«

Anschließend richtete sie eine Mahnung an Karl. »Sie müssen eine äußerst gewissenhafte Chronik erarbeiten. Nur so können Sie unsere gemeinsamen Bemühungen zur Vollendung seines Manuskripts rechtfertigen. Sie schreiben also gewissermaßen Ihre eigene Beglaubigung.«

»Eine kluge Strategie«, sagte Streibert, und ich gab ihm recht.

Yvonne unterbrach ihre Anweisungen. »Lassen Sie uns einen Punkt klären. Ich habe drei Prozentzahlen genannt: siebzig, achtzig, neunzig. Könnten wir uns abstimmen und darüber Einigung erzielen, wieviel des Manuskripts von ihm fertiggestellt worden ist – in der ausgedruckten Fassung, die ich gesehen habe?«

Streibert und Jenny nannten beide die Zahl achtzig. »Und jetzt das Entscheidende«, fuhr Yvonne fort. »Sie, Karl, sind im Besitz von zwei Textstücken, die Timothy Ihnen zum Lesen gab; Sie, Jenny, haben drei.« Streibert warf seiner ehemaligen Schülerin einen Blick zu. »Verfügt einer von Ihnen zusätzlich über Seiten, an denen Timothy noch gearbeitet hat – die noch nicht ordentlich erfaßt worden sind?«

Die Seiten, welche die beiden aus ihren Taschen holten, ließen erkennen, in welchem Ausmaß Timothy seinen Text immer wieder revidiert hatte. »Wunderbar«, sagte Yvonne. »Vier von diesen Seiten müssen im Rahmen Ihres Essays fotomechanisch reproduziert werden, um die Echtheit zu dokumentieren.« Sie gab den beiden die Seiten zurück. »Gibt es«, fragte sie, »irgendwelche belegbaren Hinweise, wie er den Schluß des Romans konzipiert hat? Notizen? Fragmente?«

Streibert schwieg. »Er hat mit mir darüber gesprochen«, berichtete Jenny. »Ich hab' eine recht genaue Idee von dem, was er vorgehabt hat.«

»Hörensagen. Haben Sie irgend etwas Schriftliches? Aufzeichnungen?«

»Nein. Aber auf Ihrer Fotokopie meiner Seiten finden Sie an drei Stellen Anmerkungen von mir. Da habe ich ihm skizziert, wie ich mir diese Teile im Rahmen seines Gesamtkonzepts vorstellen konnte.«

»Wo? Wo?« Als Jenny die erwähnten Seiten fand, sahen wir

vier Verschwörer Jennys Behauptung bestätigt. Wir hatten Anmerkungen vor uns, die die isolierten Stellen in das Ganze einordneten, und darunter Timothys eigentümliches Zeichen: »Okeh«, seine persönliche Schreibweise für O.K. »Das ist Gold wert!« rief Yvonne. »Damit läßt sich das Manuskript tatsächlich vervollständigen. Und Tausende werden es lesen. Hunderttausende.«

Sie gab eine Reihe knapper Anweisungen. Abschweifungen gestattete sie sich nicht. »Karl, können Sie mit Ihrem Essay sofort anfangen? Belegen Sie alles. Ihr Essay sollte den Titel haben: ›Tull in Mecklenberg‹. Doch zunächst – Karl, Jenny: Kommt mit, wir werden zusammen essen und unterdessen versuchen, die fünf Segmente in eine mögliche Abfolge zu bringen. Für die Leser werden wir im Buch selbst nach drei klaren Kategorien unterscheiden: den Teil, dem Timothy selbst die endgültige Fassung gegeben hat; die fünf Segmente, die er geschrieben und wohl überarbeitet, aber nicht vollendet hat; und die kurzen Verbindungstexte, die wir vorschlagen, für die es aber keine authentische Verifikation von ihm selbst gibt. Auf die Weise wird jedes einzelne Wort des Romans ehrlich und korrekt ausgewiesen.« Sie erhob sich und trat auf mich zu. »Es wird ein sensationell gutes Buch werden, eins, das über Jahrzehnte Bestand haben und seine Leser finden wird«, und ich erwiderte: »So möchte ich es haben. Noch wichtiger: So hätte er selbst es gewollt. Als er mir das unvollendete Manuskript aushändigte, hat er gesagt: ›Es wird noch viel besser als mein erstes.‹« Yvonne drehte sich um. »Haben Sie das auf Band, Karl?« fragte sie, und als sie dann ging, hörte ich sie sagen: »Und nun erzählen Sie mir von Ihrem fantastischen neuen Institut in Temple.«

DONNERSTAG, 7. NOVEMBER: In den letzten vier Tagen habe ich regelmäßig Bericht erhalten von einem Mann, für den ich einen beachtlichen Respekt entwickelt habe. Polizeihauptmann Walter Stumpf von unserer Dresdner Polizei sieht aus wie ein jüngerer Herman Zollicoffer; denn er ist ein rundlicher Dutchman mit einem Dickschädel, einem Fettnacken, breiten Schultern und kurzen Beinen, die immer in Bewegung sind. Er hat ein rotes Gesicht und kommt sogar im November leicht ins Schwitzen. Er macht den Eindruck eines tatkräftigen Mannes. Er spricht eine Variation des pennsylvanisch-deutschen Akzents, das heißt, er spricht ein korrektes Englisch, wie er es auf dem Franklin-and-Marshall-College gelernt hat, aber mit der Aussprache der hiesigen Landbevölkerung, die mitunter ungebildet klingt, aber immer irgendwie nett wirkt. Meinen Informationen zufolge ist er ein zäher Bursche. Beim Abschied versichert er mir jedesmal: »Mrs. Garland, wir finden den Täter schon.«

Zum erstenmal habe ich ihn um vier Uhr morgens am Mordtag gesehen. Mein Chauffeur Oscar hatte um zwei Uhr morgens Hundegebell gehört und auf Xerxes geschlossen, obwohl ihm unverständlich war, wieso der Hund um diese Zeit im Freien herumlief. Er schlief wieder ein. Um vier wurde er erneut wach, verließ sein Quartier, um nach Xerxes zu sehen, und fand die Leiche. Er rannte schreiend zum Haus, weckte mich auf; ich lief im Nachthemd über den Rasen und sah den schrecklichen Anblick. Es war entsetzlich, überall Blut, und der tote Hund so schützend nah bei Timothys Gesicht. Ich zitterte unwillkürlich, doch Oscar, und ich glaube, er verhielt sich da ganz richtig, sagte: »Bleiben Sie hier. Ich rufe die Polizei.« Er ließ mir seine Taschenlampe, ich schaltete sie jedoch aus, weil ich den Anblick der Metzelei nicht ertragen konnte. Dort in der Kälte und Dunkelheit ist mir die Zerstörung meiner Welt bewußt geworden. Ich war wie erstarrt, aber nicht vor Kälte.

Ich bewachte die Leiche, bis Polizeihauptmann Stumpf in seinem Streifenwagen mit Blaulicht und heulender Sirene angerast kam. Als er seine Lampe auf die toten Körper von Tull und Xerxes richtete, murmelte er: »Ein Irrer.« So begann seine Jagd nach den Fakten, die sich über drei Tage hinzog.

Über Funk rief er Unterstützung herbei und postierte seine Untergebenen dann so, daß niemand die Leichen anrühren oder eventuelle Hinweise auf dem Rasen zertrampeln konnte. Dann trat er zurück, um den Toten auf dem Boden zu betrachten, und schwor seinen Leuten: »Wir finden den schon, der das getan hat.«

Die Sonne war noch nicht aufgegangen – um sechs Uhr dreißig –, da hatte er über meinen Enkelsohn, seine Bekannten und seine Schritte während der letzten Tage bereits Daten vorliegen. Seine Polizeiwache hatte die Zeitungen in Philadelphia und New York benachrichtigt, während Stumpf vor dem Frühstück zum College eilte, um Timothys Kollegen zu verhören, darunter auch Jenny Sorkin. Seine Nachricht löste allgemeines Entsetzen aus. Präsident Rossiter kam in einer Kombination von Schlafanzug und Abendkleidung angehastet, die nach einem Festessen im College am Tag zuvor noch neben dem Bett gelegen hatte. Alle bescheinigten Timothy einen hervorragenden Charakter, einen blendenden Verstand und daß er keine Feinde gehabt hatte. In Mecklenberg fand Stumpf keinen einzigen Hinweis auf den Mord.

Er sauste zurück und fragte zwei Stunden lang im Dorf Neumunster jeden aus, der möglicherweise Genaueres über Timothys Umgang und Aktivitäten wußte, doch wohin er sich auch wandte, er hörte immer das gleiche: »Ein anständiger junger Mann. Hat unsere kleine Schule nach der fünften Klasse nie wieder betreten, war aber gar nicht hochnäsig.« War er mit irgendwelchen Mädchen aus dem Dorf ausgegangen? »Das hätte er nie dürfen. Nach dem Tod seiner Eltern bei dem Verkehrsunfall auf dem Cut Off hat seine Großmutter sich seiner angenommen, und die regierte mit eiserner Hand. Die alte Dame hat ihn auf die teure Privatschule in Pottstown geschickt.«

»Ich dachte, er wäre von hier aus nach Reading gegangen?«

»Sie haben recht. So war es auch. Und dort ist er meines Wissens irgendwie unter die Räder gekommen. Jedenfalls hat seine Großmutter ihn dort von der Schule geholt und auf die Privatschule geschickt. Dort herrschte mehr Disziplin.«

In Reading wie in Pottstown bekam Stumpf wieder das gleiche zu hören: »Es stimmt nicht, daß Timothy in Reading Probleme gehabt hätte. Er war nicht fleißig, hat sich aber nie schlecht aufgeführt. Er ist immer nur mit unseren besten Jungs zusammengewesen. Mädchen? Nicht daß wir wüßten.«

In der Privatschule ›The Hill‹ hatte man den Mord mit den Morgennachrichten erfahren und bereits ein Dossier zusammengestellt; das Zeugnis, das man ihm dort ausstellte, war geradezu mustergültig: »Ein hervorragender Schüler. Hat seine Prüfungen mit Bestnoten bestanden. Spielte einigermaßen gut Tennis. Schrieb ausgezeichnete Aufsätze und gewann den Edmund Wilson Prize, benannt nach dem großen Literaturkritiker, der unsere Schule besucht hat. Probleme? Nicht im geringsten. Schlechte Gesellschaft? Gibt es in ›The Hill‹ nicht. Ein paar im Ort schon, aber mit denen gab er sich nicht ab. Mädchengeschichten? Nicht daß wir wüßten.«

Da *Windsong* nur zehn Meilen vom Zentrum Allentowns entfernt liegt, eilte Stumpf nach Pottstown, aber bei der Stadtpolizei war nicht einmal der Name des Toten bekannt, kein Vorfall registriert, der einen Einbrecher aus Allentown mit *Windsong* in Zusammenhang gebracht hätte: »Unsere Ganoven hatten das Gefühl, das Haus dort sei zu gut beschützt und von Euch Kameraden in Dresden patrouilliert. Unsere Polizei war der gleichen Meinung. *Windsong* ist daher in unseren Überlegungen nie vorgekommen.«

Also auch da vergeblich. Stumpf schoß über den verkehrsreichen Highway nach Bethlehem, das sich nahtlos an Allentown anschließt. In den Büros der Stahlfirma stellte er bohrende Fragen: ob Larrimore Garland sich während seiner Zeit als Sprecher des Managements der großen Stahlfirma irgendwie verhaßt gemacht oder sich Feinde geschaffen hätte. »Wenn sich ein Streik anbahnt, kann es hier schon mal hoch her gehen. Aber Larrimore war so vernünftig, daß sämtliche

Meinungsverschiedenheiten auf Geldfragen beschränkt blieben. Er hat darauf geachtet, daß bei Auseinandersetzungen nie persönliche Gefühle verletzt wurden.«

»Bei den Arbeitern nicht, also gut. Aber wie stand es mit Neid und Eifersucht unter Kollegen im Management? Wenn es um Beförderungen und ähnliche Dinge ging?«

»Keine Probleme. Ich bin ehrlich überzeugt, daß bei dem Tod dieses anständigen Mannes alle aufrichtig getrauert haben.«

»Und Manager von Konkurrenzfirmen?«

»Da läuft bei uns nichts.«

»Aber irgend jemand muß seinen Enkel vehement gehaßt haben. Das habe ich heute morgen um vier mit eigenen Augen gesehen.«

»Officer Stumpf, in unserer Branche werden die Sünden des Großvaters – falls es überhaupt welche gibt, was ich in diesem Fall bezweifle – nicht auf das dritte Glied heimgesucht.«

»Irgendwer *hat* Timothy Tull heimgesucht. Ich wäre für jeden Hinweis dankbar, der Ihnen noch einfallen könnte.«

Und so war es halb sechs Uhr abends, und unsere Gruppe in *Windsong*, die über Timothys Manuskript beriet, wollte eben aufbrechen, als Stumpf vorbeikam, um Bericht zu erstatten, und beim Anblick meiner drei Besucher erinnerte er sich an Yvonne, die ihn beim Kauf ihres Hauses um Rat gefragt hatte. »Haben Sie ein gutes Geschäft mit Troxel gemacht?«

»Zur beiderseitigen Zufriedenheit.«

»Da Sie nun einmal da sind und jeder von Ihnen auf seine Weise von der Geschichte betroffen ist, möchte ich Ihnen die Sachlage schildern. Der Leichenbeschauer meint, daß der Tod um zwei Uhr morgens eingetreten ist. Polizeifotos lassen erkennen, daß einer von sechs oder sieben Schlägen den Tod verursacht haben könnte – einige Schläge könnten ihn also getroffen haben, als er schon tot war. Tut mir leid, Ma'am.«

»Fahren Sie fort.«

»Ich habe die Schule in Reading überprüft, ›The Hill‹ in Pottstown, das College. Nirgends ein Hinweis. Er hat nirgends schlechten Umgang gepflegt, von den Jungs hat niemand ihn gehaßt, es gibt kein Mädchen, das mit ihm eine Rechnung zu begleichen gehabt hätte. Keine Feinde der Familie bei der Stahlhütte, keine Polizeiakten in Allentown, und bei uns in Dresden nicht einmal eine Verwarnung wegen zu schnellen Fahrens.«

»Und was *haben* Sie gefunden?« fragte ich.

»Nichts«, entgegnete er. »Aber wir sind fest entschlossen, das Rätsel zu lösen, das keins bleiben darf angesichts der Brutalität und der Menge vergossenen Blutes und der Lage des Tatorts. Irgend jemand muß etwas gesehen haben.«

Der Gegensatz war eklatant: Polizeihauptmann Stumpf hatte einen großen Rummel entfacht und seine Leute zu Untersuchungen ausgeschickt, die ergebnislos verlaufen waren, während Ms. Marmelle ruhig und effizient mit Streibert, Jenny, Ms. Benelli und mir zusammen wichtige Materialien zu »Tull in Mecklenberg« gefunden hatte und dafür sorgte, daß jeder von uns seine besondere konkrete Aufgabe in den Griff bekam. Streibert widmete sich unverzüglich dem zweiunddreißigseitigen Essay. Jenny begann ihre Erinnerungen an Timothy aufzuschreiben. Ms. Benelli half mit Nachschlagewerken und Literaturangaben, und Ms. Marmelle selbst saß im Gasthof »Dresden China« und überprüfte die Genauigkeit ihres sehr ausführlichen Memorandums, aus dem ich zitiert habe. Ich beantwortete hauptsächlich Fragen.

Am Abend hat mir Yvonne versichert: »Wir bringen ein Buch zustande, das jeder lesen wird, dem Literatur etwas bedeutet. Ein Kultbuch, wenn Sie so wollen, aber durch und durch authentisch.« Und mit diesem trostreichen Versprechen stieg sie in ihren Bus nach New York.

Polizeihauptmann Stumpf dagegen konnte nach drei Tagen erschöpfender Arbeit am Ende nur sein festes Versprechen wiederholen: »Wir finden den schon, der es getan hat.«

MITTWOCH, 13. NOVEMBER: In der Zeit der energischen, wenn auch fruchtlosen Bemühungen von Polizeihauptmann Stumpf, seiner Polizeitruppe und der Staatspolizei, die mit ihm zusammenarbeitete, merkte ich plötzlich, daß sich auch zwei private Bürger mit dem Fall beschäftigten. Davon erfuhr ich im Rahmen einer Plansitzung des Kuratoriums über die Verwendung der von Yoder gestifteten Gelder. Yoder arbeitete sich mit einer ganz und gar untypischen Entschlossenheit bis zu mir durch, um mir sein Beileid auszusprechen. »Wer Timothy gekannt hat, empfindet mit Ihnen. Er war ein außergewöhnlicher Junge. Wir werden den Verbrecher aufspüren, der ihn ermordet hat, Mrs. Garland. Wir werden ihn finden.« Er wirkte so verstört, daß ich heimlich Emma ansprach: »Stimmt mit Lukas etwas nicht? Er kommt mir so entmutigt vor«, und sie antwortete seufzend: »Für ihn scheint momentan alles schiefzulaufen. Der Mord hat ihn viel tiefer getroffen, als ich für möglich gehalten hätte. Lukas hat mir mehrfach gesagt. ›So etwas sollte im Grenzlergebiet nicht vorkommen!‹ Und er hat einen so bitteren Haß auf den Mörder entwickelt, als ob der ihn persönlich angegriffen hätte. Und zu alledem kommt er mit seinem Bild HEX=XXIV nicht recht voran, und die ganze Geschichte, in die er wegen Ezra Pound hineingeraten ist, hat ihn auch ziemlich mitgenommen.«

»Passen Sie auf ihn auf, Emma. Gute Männer sind in dieser Welt ein seltener Schatz.«

»In Zeiten der Niedergeschlagenheit hat er sonst immer auf seinen abendlichen Besuchen bei Herman Zollicoffer Trost gefunden. Er sagt: ›Herman ist ein Mensch der Erde, und seine vernünftige Einstellung bringt auch mich wieder auf die Erde zurück.‹ Aber jetzt hilft ihm nicht einmal das, mit seinem Problem zu Rande zu kommen. Wenn Lukas ihn besucht, spricht Zollicoffer mit ihm nur noch über den Mord. Die beiden sind ganz fanatisch.«

Als ich hörte, daß meine beiden pennsylvanien-deutschen Freunde Yoder und Zollicoffer den Mörder meines Enkelsohns zu identifizieren suchten, wollte ich unbedingt wissen, was sie herausgefunden hatten, und darum habe ich Emma gebeten: »Dürfte ich morgen vorbeikommen und mit den beiden sprechen?«

Alle drei warteten schon auf mich, als ich auf dem Hof ankam. Lukas redete als erster: »Ich habe Timothy gern gehabt und für sein Werk Hochachtung empfunden. Wir hatten unsere Differenzen, etwa in dieser Sache mit Pound, als er mich ziemlich hart anging, aber in seinem Alter muß das so sein.«

Nach meinem beifälligen Nicken für seine Haltung sagte er: »Ich habe zwei Quellen für Informationen über den Mord. Sie liefern ganz Verschiedenes. Im Postamt höre ich gelegentlich Klatsch, bei dem ein Gerücht selten etwas mit dem nächsten zu tun hat; das sind bestenfalls Vermutungen. Bei den Zollicoffers erlebe ich die geduldigen, klugen Schlußfolgerungen eines seit langem in Dresden lebenden Mannes, der schon Verbrechen gesehen hat, die logischer Analyse oder polizeilicher Detektivarbeit zunächst völlig unzugänglich schienen. Zollicoffer hat viele solcher Fälle in Nachbargemeinden zwischen Bethlehem im Norden und Lancaster im Süden verfolgt und daraus gewisse Lehren gezogen: ›Lukas, die eine Grundregel gilt immer noch. Wenn es nicht um Sex geht, geht es um Geld.‹ Sie würden erstaunt sein, wenn sie wüßten, wie oft der alte Knabe mit Hilfe dieser Regel die konkreten Tatmotive ergründen konnte, die schlußendlich zur Identifizierung des Verbrechers beitrugen.«

Ich kannte Zollicoffer nicht gut. Ich hatte nur zweimal länger mit ihm gesprochen – einmal, als die Yoders ihn und seine Frau zu meiner Cocktailparty mitbrachten, und dann während des Abendessens im ›7 & 7‹ –, doch was ich nun von ihm zu hören bekam, vermittelte einen Eindruck von seinem robusten gesunden Menschenverstand: »Ist bekannt«, fragte er, »ob er etwas mit Mädchen gehabt hat?«

»Mit keiner«, antwortete Yoder, »ausgenommen eine verantwortungsvolle junge Schriftstellerin namens Jenny Sorkin … sofern die Polizei uns alles sagt, was sie weiß.«

»Dazu ist sie nicht verpflichtet. Ich habe aber sonst keinen Namen gehört. Sie?«

»Nicht einmal ein Gerücht«, sagte Lukas, »und Collegestudenten klatschen gern.«

»Dann muß es um Geld gegangen sein.«

Weil mich Zollicoffers handfeste Art beeindruckte, fragte ich ihn: »Haben Sie sonst noch Hinweise? Auch wenn sie noch so unwichtig scheinen?« Zollicoffer meinte: »Können Sie sich erinnern? Da hat es diese Geschichte in der Zeitung von Philadelphia gegeben über Ihren Jungen. Vielleicht …«

Ich unterbrach ihn. »Lukas, darf ich Ihr Telefon benutzen?«

Als ich Stumpf am Apparat hatte, habe ich ihn gefragt: »Ist Ihnen bekannt, daß der *Philadelphia Inquirer* vor ein paar Jahren einen Artikel über Timothys Buch mit den verdrehten Seiten veröffentlicht hat? Und dabei publik machte, daß Timothy Millionär war? Oder so ähnlich. Könnte die Geschichte nicht ein krankes Gehirn auf den Gedanken gebracht haben?«

Stumpf war anzumerken, daß ihn meine Einmischung ärgerte. »Mrs. Garland, eine Kopie des Zeitungsartikels lag uns am Mordtag um drei Uhr nachmittags hier im Büro vor.«

»Gute Arbeit«, lobte ich. Er berichtete noch: »Die Geschichte enthielt übrigens ein Foto Ihres Enkels und auch den Hinweis, er sei sehr reich. Ihre Vermutung war also durchaus richtig. Wir werden den Mörder schon finden.«

Zollicoffer nickte, als ich Stumpfs Worte wiederholte. »Er hat recht, wissen Sie. Wir werden ihn schon finden«, und ich war wirklich froh, daß dieser hartnäckige Nachbar dem Mörder auf der Spur war.

SAMSTAG, 16. NOVEMBER: Die Tatsache, daß Yoder und ich in diesen Wochen mehrfach mit der College-Verwaltung zu tun hatten, war in zweierlei Hinsicht hilfreich. Es hat mich davor bewahrt, über meinen großen Verlust ins Grübeln zu geraten, und es hat mir reichlich Gelegenheit geboten, einen Mann näher kennenzulernen, der von vielen Amerikanern geliebt wird. Doch neuerlich ist noch ein drittes Moment hinzugekommen: die Chance, aus nächster Nähe mitzuerleben, wie sich im Kopf eines Schriftstellers die Grundidee zu einem Roman bildet. Für jemand, der sein Leben lang so leidenschaftlich gern gelesen hat wie ich, bedeutet das ein Geschenk.

Dazu ist es ganz zufällig gekommen. Eine Sitzung im College neigte sich ihrem Ende zu, als mir plötzlich einfiel, daß ich Oscar nicht instruiert hatte, wann er mich abholen kommen sollte. Ich war also ohne Auto. Lukas bot an, mich nach Hause zu fahren. Wir ließen das College hinter uns, doch statt in westlicher Richtung geradewegs *Windsong* anzusteuern, gondelten wir über die herrlichen Nebenstraßen, die unsere Gegend von ihrer besten Seite zeigen, und unterwegs meinte Lukas nachdenklich: »Wenn ich noch einmal vierzig wäre, könnte ich der Öffentlichkeit einen wichtigen Dienst leisten.« Als ich mich daraufhin erkundigte, woran er da dächte, sagte er, und es klang ganz so, als spräche er nicht mit mir, sondern mit einer Unbekannten, die von der Ermordung meines Enkels persönlich nicht berührt wäre: »Ich würde die Tragödie zu einem Roman verarbeiten. Der Rahmen: Grenzler. Mit meinen eingeführten, vertrauten Figuren. Die friedliche Landschaft. Und dann plötzlich platzt dieser scheußliche Mord hinein.« Er schwieg, um darüber nachzudenken, wie er es anpacken könnte. »Ich hätte nicht den Mut, konkret zu schildern, was Sie gesehen haben, als Sie den Rasenhang hinuntergingen. Zu furchtbar. Aber den Rahmen, die moralischen und gesellschaftlichen Wertvorstellungen, um die es dabei geht, und letzten Endes die Frage nach dem Sinn: All das ließe sich hervorragend einbringen.« Und damit schien er das Konzept fallenzulassen.

Dann nannte er jedoch eine Reihe von Autoren, die einen solchen Roman eventuell auch schreiben könnten; ich begriff, daß ein literarisches Werk im Entstehen für ihn zu etwas Kostbarem wurde, einem Objekt, dem er mit Ehrfurcht gegenüberstand. »Streibert würde es nicht schaffen. Jenny Sorkin vielleicht – aber sie ist in der Geschichte persönlich zu stark beteiligt und außerdem mit unseren pennsylvanisch-deutschen Traditionen und Denkweisen nicht vertraut. Es gibt in Reading einen talentierten jungen Mann, der könnte es fertigbringen, wenn er ein bißchen älter wäre, und ich habe großen Respekt für diesen Professor, der am Lafayette College kreatives Schreiben lehrt, aber der kommt nicht von seinen eigenen, bescheidenen Vorhaben los.«

Mit einem Mal kam ihm eine aufregende Idee. »Wer dazu absolut fähig gewesen wäre, ist Timothy Tull selbst. Der Roman braucht nämlich einen völlig neuen literarischen Ansatz. Ich weiß auch nicht genau, wie, aber da müßte es Erkenntnisblitze geben, einen gebrochenen Erzählfluß, unterschiedliche Erzählperspektiven. Timothy hätte die geeignete Form für solchen Roman gefunden. Das Resultat hätte umwerfend sein können.«

Yoder war inzwischen von dem Gedanken an den Mord und den unersetzbaren Verlust, den die Gesellschaft durch den Tod meines strahlenden Enkelsohns erlitten hatte, so ergriffen, daß er Dresden und die Superhighways mied und statt dessen über die College Road fuhr, die uns auf einem großen Umweg an Mecklenberg heranbrachte, als ob er damit rechnete, hier auf den staubigen, kleinen Straßen Timothy zu begegnen. Ich mußte ein Schluchzen unterdrücken.

Wir haben uns ziemlich verfahren, und als wir schließlich entdeckten, wo wir uns befanden, war uns auch klar, daß ein scharfes Abbiegen nach rechts uns in die unmittelbare Nähe der Zollicoffers bringen würde. »Wir wollen mal vorbeischauen und hören, ob er etwas Neues weiß.« Herman und Frieda wollten sich eben an den Mittagstisch setzen, als wir in die Küche eintraten. Vom Herd duftete es verführerisch. »Wir rufen einfach Emma an und machen schon ein Fest«, rief Frieda mit ihrer lauten Stimme.

Herman nahm Yoder und mich beiseite: »Ich habe nachgedacht. Über meine Bemerkungen zu dem Zeitungsartikel über Tull und seine Millionen. Wer würde in dieser Gegend eine Großstadtzeitung lesen? Die gewöhnlichen, polizeibekannten Ganoven aus Neumunster und Dresden bestimmt nicht. Eher College-Studenten. Die kriegen die Zeitungen in ihrer Bibliothek. Meine Vermutung: Man wird den Mörder unter seinen Freunden im College finden.«

Lukas interessierte ein völlig anderer Gesichtspunkt. »Auf der Fahrt über die abgelegenen Landstraßen habe ich mich gefragt, vielleicht habe ich es auch geträumt, was Timothy Tull wohl aus dieser Geschichte gemacht hätte – ein Autor, der mit dieser Gegend und den Pennsylvanisch-Deutschen vertraut war. Wenn er noch lebte, würde ich ihm folgende Frage stellen: ›Sie kennen uns Dutch doch gut. Welcher Mann oder welche Frau unter uns – keine Außenseiter – hätte so etwas tun können?‹ Nun versetz dich mal in die Haut vom jungen Timothy. Die gleiche Frage: Was für ein Typ von Dutchman, Herman?«

Zollicoffer lehnte sich in seinem Küchenstuhl zurück, so daß man seinen Gürtel und die Hosenträger sehen konnte, und dachte über seine Nachbarn nach. »Gute Frage, Lukas. Nehmen wir einmal an, es war einer von uns.« Langsam und bedächtig begann er aus Merkmalen von Menschen, die er kannte, ein Bild zusammenzusetzen. »Niemand in unserm Alter. Für so ein Risiko sind wir zu alt, und wir haben nicht mehr die Kraft, um aus solcher Wut heraus zu handeln. Ist nämlich gar nicht leicht, dicke Knochen zu brechen.«

»Sie waren gebrochen?«

»Hast du denn den Bericht des Leichenbeschauers nicht studiert? Der rechte Arm, das linke Schienbein. Da ist kräftig zugeschlagen worden.« Mir schauderte, doch Zollicoffer ließ sich nicht beirren: »Es muß ein Mann gewesen sein, Lukas. Selbst starke Frauen haben nicht solche Kraft. Und ich würde meinen: unter fünfundvierzig. Ein Hitzkopf – er muß weiter drauflos geschlagen haben, nachdem das Schlimmste bereits geschehen war …«

»Du zeichnest ein menschliches Ungeheuer.«

»O nein! Selbst ein Rechtsanwalt oder ein Pfarrer sind zu schlimmen Dingen fähig, wenn sie überrascht werden, nicht wahr, Mrs. Garland? Oder wenn sie … es mit der Angst kriegen. Da war doch ein Hund auf dem Gelände, oder?«

»Ja«, sagte ich. »Ein schöner Labrador. Xerxes.«

»Gewöhnlich war der aber im Haus?«

»Ja. Wenn Timothy über Nacht blieb, schlief Xerxes auf seinem Bett.«

»Dann hätten wir also folgende Ausgangssituation: In unserer Mitte lebt ein Mann im Alter zwischen, sagen wir, achtzehn, stark genug, um solchen Schaden anzurichten, und fünfundvierzig, gerade noch verrückt genug, es wirklich zu tun. Wahrscheinlich ein Bauer, bei den Muskeln, die man dazu braucht. Hat davon gehört, daß Tull Millionär ist. Hat drei Jahre lang drüber nachgedacht, bevor er zur Tat den Mumm hatte.« Zollicoffer machte eine Pause. »Wir wollen mal sagen: Er hat den Zeitungsbericht gelesen oder davon gehört, als er neunzehn oder zwanzig war. Da hatte er dazu noch nicht den Mut. Jetzt ist er zweiundzwanzig, dreiundzwanzig. Denkt mal in die Richtung.« Er hatte die Worte aber kaum ausgesprochen, als er sich bereits selbst korrigierte: »Nein, ich kann's immer noch nicht glauben, daß so ein Kerl den Zeitungsbericht zu Gesicht bekommen hätte. Es muß ein Junge vom College sein – vielleicht ein Football-Spieler. Mit Steroiden können die ziemlich kräftig werden. Denk dran, Lukas, der Mörder muß fast ein Gorilla sein. Davon mußt du ausgehen.«

Ich hoffte, das Gespräch in konkretere Bahnen lenken zu können. »Wer immer der Mörder war – Geld würde ihm der Tod von Timothy nicht gebracht haben. Sollte Timothy entführt werden?«

In grenzenloser Verblüffung über eine Frage, die er offenbar lächerlich unangebracht fand, erklärte Zollicoffer geduldig: »Er hat Ihren Enkel nie und nimmer umbringen wollen, Mrs. Garland. Und eine Entführung war physisch unmöglich. Tim war ein großer, sportlicher Typ. Der Mörder ist überrascht worden. Tim und der Hund kamen auf ihn zu, da hat er einfach auf sie eingeschlagen. Wahrscheinlich ohne Überlegung, ganz automatisch.«

»Was hatte er denn Ihrer Meinung nach vorgehabt?«

»Einbrechen. Einen harmlosen Einbruchsdiebstahl. Er muß eine Brechstange oder etwas ähnliches bei sich gehabt haben, um ins Haus einzudringen. Er wollte nur das bißchen Geld klauen, das im Haus herumliegen würde, vielleicht auch einen Fernseher oder ein Videogerät. Es war ein Einbruch, bei dem er überrascht wurde.«

Ich wollte schon sagen, was für ein schrecklicher Gedanke, daß Timothy möglicherweise ums Leben gekommen sei, weil er seinen Besitz schützte, aber da hörten wir Emma von der Straße in die Einfahrt biegen. Sie schimpfte mit ihrem Mann, als sie in die Küche trat. »Ich hatte das Mittagessen fertig. Wo bist du gewesen?« Er zeigte auf mich: »Im College!« Sie umarmte mich und meinte: »Es ist gut, daß Sie eine Beschäftigung haben.« Ich beobachtete voller Erstaunen, wie die vier Frieda Zollicoffers gutes Essen geradezu verschlangen.

»Sie essen ja wie ein Spatz!« sagte Frieda zu mir, obwohl ich selbst den Eindruck hatte, wie ein Scheunendrescher zugelangt zu haben.

FREITAG, 29. NOVEMBER: In meinem schmerzlichen Verlust fiel mir auf, daß zwei Dinge in den Vordergrund zu treten schienen. Wie in jeder Lebenskrise fand ich auch diesmal Erleichterung durch Lesen, und ich hielt mich einmal an Lieblingsbücher, die mich in anderen Lebensphasen bezaubert hatten: *Rima* in meiner Jugend, *Precious Bane* ein wenig später, *Die treue Nymphe* als jungverheiratete Frau und *Anna Karenina* in den dunklen Tagen nach dem Tod meiner Tochter. Es waren, wenn ich so sagen darf, Bücher mehr oder weniger gleicher Art, Geschichten in der großen Form herkömmlichen Erzählens mit einer traditionell verwendeten Sprache und stammten allesamt von europäischen Schriftstellern. Als Ausgleich las ich die neuesten, gut besprochenen Romane junger amerikanischer Autoren, und einige waren so frisch und entzückend, und sogar gewagt, daß ich ein intellektuell befriedigendes Leben führte. Auf Ratgeber zum Leben im Schmerz oder zum Überleben nach dem Verlust eines geliebten Menschen war ich nicht angewiesen. Ich bezog meine Therapie aus den großen Gedanken und Abenteuern, wie sie in Weltsprachen erzählt worden sind.

Der zweite Faktor, der mir half, nicht den Verstand zu verlieren, war ein überraschendes Moment. Ich war in einer anständigen Familie großgeworden, hatte einen anständigen Mann geheiratet, der in einer anständigen Firma arbeitete und in einer anständigen amerikanischen Stadt wohnte. Ich war, könnte man meinen, im gesellschaftlichen Sinn verarmt, denn zu meinem Freundes- und Bekanntenkreis gehörten keine Schwarzen, keine Juden und sehr wenige Katholiken. In meiner Familie gab es keine Vorurteile gegenüber solchen Menschen, auch nicht gegenüber Slawen und Polen, aus denen die Arbeiterschaft der Stahlhütte bestand; meine Eltern erzogen mich nur so, daß ich diese Menschen ignorierte. Ich fand nicht einmal Gefallen an den doch recht amüsanten Pennsylvanisch-Deutschen am Rand unserer Gesellschaft.

Und nun war es plötzlich die Gesellschaft von zwei wundervollen jüdischen Frauen und von zwei urigen pennsylvanisch-deutschen Familien, die mir, einer ganz allein stehenden Frau, die nur noch ihre Bücher hatte, den größten Trost brachte. In diesen qualvollen Novemberwochen wurde mir klar, daß ich Yvonne Marmelle und Jenny Sorkin mit ihrem vibrierenden Lebensgefühl liebte. Und die Yoders und Zollicoffers schätzte ich wegen ihrer tiefen Verwurzelung mit dem Lande und den alten Lebensregeln, die guten Männern und Frauen Jahrhunderte hindurch gedient hatten. Diese sechs

Menschen waren für mich ein Hafen der Zuflucht an einem sturmgepeitschten Strand, Leuchttürme, welche die gefährlichen Landspitzen anzeigten.

In diesen Tagen wurde ich zunehmend in den Bannkreis von Ms. Marmelle hineingezogen; sie hat mich auf unerwartete Weise von der Beschäftigung mit der Tragödie abgelenkt. Obwohl ich Bücher immer geliebt hatte, waren sie mir doch fremd und geheimnisvoll geblieben, fertige Produkte in Regalen, als ob sie ohne menschliches Zutun wie durch einen Zauber lebendig geworden wären. Beim Mithören von Telefongesprächen mit ihrem New Yorker Büro bekam ich nun Informationen über die Herstellung der Bücher mit. So hörte ich sie eines Tages während eines Anrufs von New York bemerken: »Ich hatte angeordnet, daß alle Hurenkinder eliminiert werden«, und beim Gedanken an die Vergewaltigung und anschließende Schwangerschaft von Jenny Sorkins schwarzer Freundin – eine Geschichte, die Yvonne selbst aus Jennys Roman kannte – fand ich eine solche Anweisung merkwürdig, wenn nicht gar unmenschlich. Auf meinen Protest hin erklärte sie: »Bei der Herstellung eines Buches achten wir auf die Zeilen des letzten Absatzes einer Seite, der auf der nächsten Seite weitergeht. Wir suchen möglichst zu vermeiden, daß vom letzten Absatz nur eine Zeile auf der Seite steht, und wir finden es unzumutbar, wenn von einem übergeleiteten Absatz in der ersten Zeile der neuen Seite nur ein paar Wörter stehen. Solche alleinstehenden Wörter bezeichnen wir als Hurenkinder.«

Als Dank für ihre Freundlichkeit, mir ihre berufliche Tagesarbeit zu erklären, half ich ihr beim Einrichten ihres neuen Heims. Ich arbeitete mit ihr an der Fertigstellung des unvollendeten Romans meines Enkels und freute mich für sie über ihre Erfolge als Lektorin. Mit ihren neuen deutschen Vorgesetzten kam sie problemlos zurecht, was nicht sonderlich überraschte, denn schließlich stand Yoders Roman oben auf den Bestsellerlisten, ein zweites von ihr betreutes Buch wurde von der Buchgemeinschaft Literary Guild übernommen, die Rechte an einem dritten waren von einer unabhängigen Produktionsfirma in Hollywood für eine TV-Miniserie erworben worden, und die neue Fassung von Jenny Sorkins Roman – mit dem Einschub der Abtreibungsepisode an einer fiktiven Universität – erwies sich nicht nur als zufriedenstellend, sondern einfach als brillant und wurde bereits vom Verlagskorrektor satzfertig gemacht. Bei ihren Bekannten in der Verlagswelt hieß es: »Yvonne schafft es.«

Ihre größte Freude bestand jedoch nach meinem Dafürhalten in der Gewißheit, in Dresden akzeptiert zu werden. In nur zwei Wochen hatte ein tüchtiger Schreiner die notwendigen Reparaturen im Haus durchgeführt. Nicht zuletzt dank der tatkräftigen Mithilfe Streiberts war sie soweit, daß sie einziehen konnte: Mit der vierten Novemberwoche war das Haus zu drei Vierteln perfekt gewesen, und zu ihrer eigenen Überraschung hatte sie Thanksgiving in ihrem Haus mit den Yoders und Zollicoffers gefeiert, die zum Festessen typisch pennsylvanisch-deutsche Gerichte in solcher Fülle besorgt hatten, daß ihre Tiefkühlvorräte bis Weihnachten reichen müßten. Das Thanksgiving Dinner selbst wurde von einer heftigen Diskussion der beiden Dutchmen über den Mörder Timothys getrübt – ein Thema, das beide nicht losließ.

Ein anderer Quell der Zufriedenheit war, wie sie mir erklärte, die Art, wie Professor Streibert auf ihre Bitte um Hilfe reagiert hatte. »Es kann ihm nicht leichtgefallen sein, nach einem so dramatischen Abschied wieder nach Mecklenberg zu kommen. Oder nach seinem brüsken Verhalten mir gegenüber wieder mit mir zusammenzuarbeiten.«

»Für die herzlosen Worte, die er über Sie geäußert hat, kann ich keine Entschuldigung finden. Er verdankt Ihnen alles. Solche Dankesschuld sollte man nicht mit Füßen treten.«

»Ein ehrgeiziger Mann, der kämpfen muß, um in seinem Metier weiterzukommen oder für etwas einzustehen, an das er glaubt, muß Menschen oft auf die Füße treten.« Und dann, als ob sie ihre eigene Einschätzung Karls plötzlich als unwürdig empfunden hätte, bot sie Entschuldigungen für sein Verhalten an: »Vielleicht hielt er es für notwendig, Kinetic zu verlassen – er fand das deutsche Management nicht kongenial; weil wir ganz deutlich die Literatur aufgeben, die er als wertvoll empfindet, könnte er sich in seinen kritischen Urteilen, die er machen zu müssen glaubt, gehemmt gefühlt haben.«

»Aber Sie zu verlassen?«

»Es ist auch durchaus möglich, daß er über mich hinausgewachsen ist.«

»Sie verteidigen ihn? Nach der Beleidigung in aller Öffentlichkeit?«

»Lektoren und Lektorinnen haben eine Einstellung, die tiefverwurzelt ist . Wir sind glücklich, wenn jemand, mit dem wir einmal zusammengearbeitet haben, ein wirklich gutes Buch veröffentlicht, ganz gleich, bei wem es verlegt wird. Solch ein Erfolg bestätigt uns in unserem früheren Urteil. Und in unserer besonderen Situation muß ich Karl nehmen, wie er ist, weil wir auf seine Mitarbeit am Roman Ihres Enkels angewiesen sind. Sein Imprimatur legitimiert den Roman. Und im übrigen habe ich Karl immer gemocht.«

Ich muß zugeben, daß er hervorragende Arbeit leistete mit seinem Essay. Er reihte Timothy ein in die Gruppe frühverstorbener Autoren wie die Lyrikerin Sylvia Plath und den Romancier Nathanael West. Karls Vorwort würde etwas Definitives über Timothy aussagen. Noch befriedigender war für mich die Arbeit an der Rekonstruktion, an der wir uns auf unseren Sitzungen in *Windsong* alle beteiligten, wenn das begabte Trio – Marmelle, Streibert, Sorkin – die fünf unbestreitbar von Timothy verfaßten Romanteile zu einer Sequenz zusammenfügte und anschließend mit dem Textteil verknüpfte, den er selbst vollendet hatte. Es war, als ob er zu neuem Leben zurückgerufen würde, und ich war diesen Zauberkünstlern dankbar, die für sein Weiterleben sorgten, vor allem aber Streibert, meinem wiedergefundenen Freund.

Doch es kam der Tag, als er seinen Lehrverpflichtungen an der Temple University nachkommen mußte. Am letzten Nachmittag saß ich mit ihm und Yvonne zusammen vor den breiten Fenstern. Wir sprachen über seine Zukunft. »Es kann doch nicht angehen, Karl, daß Sie Ihre Bande mit Ihrer angestammten Gemeinde zerschneiden«, sagte ich. »Sie sind hier geboren, zur Schule gegangen, hier haben Sie Ihre entscheidenden Leistungen erbracht, hier wohnen Ihre Freunde ... Timothy, Yvonne, ich – bessere finden Sie nirgends.«

Er schien davon unberührt. »Sie können sich gar nicht vorstellen, wie befriedigend meine neue Tätigkeit ist. Und Philadelphia kann recht anziehend sein, mit neuen Freunden an der Penn University.«

»Fehlen Ihnen der Wannsee und Ihre Freunde hier denn gar nicht?« Nach einer langen Pause sagte er: »Doch.« Und während Yvonne in Schweigen verharrte, fuhr ich fort: »Karl, Philadelphia ist doch nicht weit entfernt. Wie weit? Vierzig Meilen. So weit fahren viele Leute täglich zur Arbeit.«

»Das könnte ich nicht.«

»Das möchte ich Ihnen auch gar nicht vorschlagen. Sie könnten sich hier jedoch ohne Schwierigkeit ein Zuhause einrichten. Kommen Sie an den Wochenenden zu uns herüber. Halten Sie Kontakt mit Ihrer Heimat – Ihrem College.«

Das Kinn auf die Knöchel gestützt, dachte er mindestens eine Minute lang nach – eine lange Zeit für zwei Menschen, die gespannt auf Antwort warten. Dann sagte er etwas, womit weder Yvonne noch ich gerechnet hätten: »Ich habe irgendwie das Gefühl, als ob Lukas Yoder mir meine Heimat gestohlen hätte. Ich habe kein Gespür ...«

»Aber Karl!« rief Yvonne. »Vor Ihnen liegt eine bemerkenswerte Karriere, da bin ich mir ganz sicher. Und Sie könnten noch Größeres leisten, wenn Sie mit Ihren Wurzeln in Berührung blieben. Ich weiß das deshalb, Karl, weil ich den gleichen Kampf kämpfe. Ich brauche es, mit einem Fuß in der Realität zu stehen.«

Nun war ich an der Reihe. »Ist es Ihnen eigentlich nie in den Sinn gekommen, daß ich nach dem Tod meines Mannes und meines Enkels ein Haus habe, das für mich allein zu groß ist? Es wäre doch gar kein Problem, einen Teil des Hauses als Appartement abzutrennen – das Ihnen zur freien Verfügung stünde –, oder wenn Ihnen das lieber ist, könnten Sie es auch mieten.«

»Und ich habe inzwischen auch ein geräumiges Haus«, warf Yvonne ein. »Es ließe sich durchaus einrichten, daß Sie einen eigenen Eingang bekommen.«

Streibert sprang plötzlich auf und rief fast wie unter Schmerzen: »Warum tun Sie das für mich?«

»Weil wir Sie lieben«, antwortete ich. »Weil Sie ein Teil unseres Lebens sind – und zwar ein wesentlicher Teil.«

Die Vorstellung, daß zwei Menschen, die mit seinem professionellen Hauptanliegen nicht in Beziehung standen, an ihm menschlich so stark anteilnehmen könnten, daß der Ausdruck ›lieben‹ angebracht war, war für ihn so revolutionär, daß er es gar nicht fassen konnte.

Wir saßen schweigend da und schauten hinaus. In der grauenden Dämmerung sahen wir dort, wo Timothys Leiche gefunden worden war, eine einsame Gestalt über den Rasen stapfen. Es war Polizeihauptmann Stumpf, mit vorgestrecktem Rundkopf, der, offenbar vergeblich, den Tatvorgang zu rekonstruieren versuchte.

DIENSTAG, 3. DEZEMBER: Ein Tag aufwühlender Gefühle für alle, und nur durch einen Zufall geriet ich ins Zentrum der Entwicklungen. Es begann ganz harmlos, mit einem Anruf von Emma. »Könnten Sie herüberkommen und mir helfen, meinen dummen Dutchman zur Vernunft zu bringen?« Mir war in diesen Tagen sehr daran gelegen, aus dem Haus zu kommen, ganz gleich, aus welchem Anlaß, und so bat ich Oscar, mich über die Valley Mennonite Road zum Yoder-Hof zu fahren. Dort fand ich Emma in der Küche. Sie wartete schon auf mich. Ihr Mann war draußen in seiner Werkstatt, von dort drang ein Geräusch von Sägen herüber.

»Was macht er?« fragte ich. »Er arbeitet mit Zollicoffer zusammen an einem Hexenbild«, antwortete Emma. »Sehen Sie es sich doch mal an.« Ich ging in die Werkstatt, wo die beiden Männer sehr beschäftigt waren. Zollicoffer sägte Bretter für Rahmen zurecht, Lukas setzte aus Frakturen Zeichnungen zusammen, um die verwitterten Hexenzeichen zu ergänzen, die er sich von einer abbruchreifen Scheune besorgt hatte.

»Er macht ein richtiges Kunstwerk«, sagte Zollicoffer. Mir fiel der Stolz auf, mit dem diese beiden biederen Pennsylvanisch-Deutschen sich ihrer Arbeit widmeten. »Er macht das so«, fuhr Zollicoffer fort. »Er sucht sich an der Mauer einer sterbenden Scheune ein Hexenzeichen und stärkt das Holz, indem er ein bißchen von seinem Klebstoff hineinspritzt, dann sucht er sich das richtige Holz für den Hintergrund, und auf dem ergänzt er das kleine Bild von pennsylvanisch-deutschem Leben, und das wär's.«

Ich bückte mich, um das entstehende Kunstwerk zu betrachten, und bemerkte einen Makel, der trotz aller Sorgfalt der beiden Männer geblieben war und der das fertige Bild verunzierte. Ich fühlte mich aber nicht berechtigt, darauf hinzuweisen. Doch Yoder, der ein sehr feines Gespür für die Empfindungen anderer Menschen besitzt, merkte meine Unsicherheit und fragte frei heraus: »Was gefällt Ihnen daran nicht?« Seine direkte Frage zwang mich zu einer ebenso offenen Antwort: »Sie haben die eine Narbe im Holz nicht weggemacht. Und sie läuft mitten durch Ihr Bild.«

»Das ist kein Fehler«, sagte Yoder fast bissig. »Ich habe sie mit Absicht gelassen. Um zu zeigen, wie sich Holz mit dem Altwerden zusammenzieht. Um den Betrachter daran zu erinnern, daß sich dieses Hexenzeichen auf einer echten Scheune befunden hat und pennsylvanisch-deutsche Geschichte bezeugt.«

Mich befriedigte die geschickte Antwort – aber nicht Zollicoffer, der sich über das Hexenzeichen beugte und sagte: »Aber die Narbe dort ist nicht alt. Die ist neu. Als ob mal eine scharfe Axt drübergefahren ist.«

Als Zollicoffer das aussprach, lag mein Blick zufällig auf Yoder. Er erstarrte. Eine schwere Stille senkte sich über die Werkstatt, ganz als ob ein böser Zauber eingedrungen wäre. Zollicoffer schaute hoch und erkannte, daß Yoder irgendwie beunruhigt war oder sich auf einmal unwohl fühlte. »Was ist mit dir, Lukas?«

Yoder fragte, und er sprach ganz langsam, aschfahl war sein Gesicht: »Was hast du da gerade gesagt?«

»Nichts habe ich gesagt.«

Lukas wies auf die Narbe. »Über die Linie auf dem Hexenzeichen?«

»Ach das? Ich mein' auch, du solltest das ausbessern.«

»Das andere.«

»Du hast gesagt, die Narbe ist alt. Ich habe gesagt, sie ist neu. Als hätt' jemand mit der Axt danebengehauen.«

Lukas ging leise zur Tür, prüfte, ob sie auch verschlossen war, und sagte im Flüsterton: »Du hast recht, Herman. Habe ich dir im vergangenen Oktober erzählt, daß ich diese drei Hexenzeichen von Otto Fenstermacher gekauft habe? Als ich dir das fertige Manuskript brachte?«

»Das hast du mir nicht gesagt.«

»Ich meine, ich muß es dir aber gesagt haben. Auf jeden Fall – es war ziemlich schwere Arbeit, als Otto und ich die Hexenzeichen aus seiner alten Scheune herausschnitten, und deshalb rief Otto seinen Sohn, den großen Kerl, der den Spitznamen Applebutter hat. Der Junge maulte. Sagte, er hätte zu tun. Als sein Vater darauf bestand und erklärte, er brauche seine Hilfe, hat der Junge mich mit unterdrückter Stimme verflucht. Ich habe es trotzdem gehört. Und in seiner Wut hat Applebutter auf die Scheunenwand geschlagen, um das letzte der drei Hexenzeichen herauszuhacken – mit einer großen Axt. Er hat wie wild zugeschlagen, und die Axt hat das Zeichen geritzt, genau so, wie du gesagt hast. Ich habe gerufen: »He, paß doch auf!« Da hat er mich angesehen, als ob er mich mit der Axt schlagen wollte. Ich sehe sein verzerrtes Gesicht noch vor mir.«

Als ich mich vorbeugte, vernahm ich Zollicoffers kaum hörbares Flüstern: »Sag das noch mal«, aber Yoder sagte nur: »Ein großer, übellauniger Kerl mit einer großen Axt.«

»Seitdem ist er noch größer und noch stärker geworden«, bemerkte Zollicoffer.

»Ich kann mich genau erinnern«, fuhr Yoder fort. »Ich hatte das Gefühl: Wenn wir allein wären, nur wir beide, ginge er mit der Axt auf mich los.« Zollicoffer, der ein heller Kopf ist, hielt dagegen: »Der Mord ist aber nicht mit einer Axt begangen worden. Das wissen wir schon«, und Yoder folgerte: »Aber er könnte es mit einem Knüppel getan haben, den er sich irgendwo aufgelesen hat. Oder mit einem Brecheisen.«

Darauf gab Zollicoffer keine Antwort. Statt dessen beugte er sich über das beschädigte Hexenzeichen und musterte die Narbe: »Das hat er mit einem Schlag seiner Axt getan, sagst du? Unbeherscht, im Zorn?«

Als Lukas nickte, rief Zollicoffer lebhaft: »Wir müssen mit Stumpf sprechen!« Er riß die Tür der Werkstatt auf und rannte durch die Küche zu seinem Pritschenwagen. Yoder und ich liefen hinterher. »Wo wollt Ihr hin?« schrie Emma. »Wir sind gleich wieder da«, rief ihr Lukas über die Schulter zu.

Zu dritt wäre es vorn im Pritschenwagen sehr eng gewesen. Ich schlug deshalb vor: »Nehmen wir meinen Wagen. Oscar kann uns fahren.«

»Das einzige Mal, das ich in so einem Auto gesessen habe«, meinte Zollicoffer unterwegs, »war auf der Beerdigung meiner Tante.« In Dresden fuhren wir direkt bei der Polizeiwache vor, wo Zollicoffer respektvoll erklärte, wir möchten Polizeihauptmann Stumpf sprechen. »Alle zusammen?« fragte der junge Beamte. »Mit der Sache haben wir alle drei zu tun«, antwortete Zollicoffer.«

Als Stumpf in den Warteraum kam, erkannte er mich sofort und bat uns in sein Büro, und dort hat Herman ihm mitgeteilt: »Wir haben keinen richtigen Beweis. Aber es hat Lukas und mir die Sprache verschlagen.« Er führte auf seine schlaue Art und Weise aus, wie wir logisch und konsequent eine Möglichkeit nach der anderen ausgeklammert hatten. Aber diese Argumente hatte Stumpf selbst Dutzende Male erwogen.

»Machen Sie weiter, bitte.«

Zollicoffer war aber von seiner schlußfolgernden Methode nicht abzubringen. »Wir haben uns gesagt, es muß ein junger Kerl gewesen sein. Er muß sehr stark sein und die Gegend kennen. Vielleicht sogar das Haus.«

»Darüber waren wir uns schon vor einem Monat einig.«

»Aber heute ist etwas Wichtiges geschehen.« Es folgte seine Beschreibung des Hexenbildes von Yoder und von Yoders Methode, Frakturen auf den Rändern anzubringen. Stumpf schaute mich verständnislos an. Und dann übergab Zollicoffer triumphierend an Yoder, der rasch, präzise und in kurzen Sätzen berichtete, wie er bei den Fenstermachers die Hexenzeichen gekauft und aus der morschen Scheunenwand gelöst hatte – und von dem unfeinen Benehmen des jungen Applebutter. Lukas redete so schnell und mit solch offenkundigem Widerwillen für den Jungen, daß Stumpf ihn aufforderte, langsamer zu sprechen.

»Aber mit einer Axt ist der Mord nicht begangen worden«, wandte Stumpf zum Schluß ein.

»Das wissen wir«, sagte Yoder. »Wir sind aber überzeugt – ich jedenfalls –, daß Applebutter am Mord beteiligt war.«

»Großer Gott!« knurrte Stumpf. »Kein Polizist, der auf sich hält, könnte ernsthaft der Presse mitteilen, er habe eine heiße Spur und sei hinter einem Typen mit dem Namen Applebutter her. Wie ist sein richtiger Name?«

»Otto.«

»Fast genauso schlimm. Und jetzt, meine Herren: Behalten Sie alles für sich – kein Wort, nicht einmal an Ihre Frauen. Bisher hat Otto nicht auf unserer Liste von Verdächtigen gestanden, Mrs. Garland. Von diesem Augenblick an steht er drauf.«

»Was werden Sie nun tun?« fragte Zollicoffer. »Das darf ich Ihnen nicht sagen«, entgegnete Stumpf. »Aber vielen Dank für Ihre Hilfe.«

Bevor meine beiden Amateurdetektive die Polizeiwache verließen, bemerkte Yoder noch: »Als Tulls Buch herauskam, gab es da diesen Artikel im *Inquirer* ...«

»Darauf hat Mr. Zollicoffer schon vor Wochen hingewiesen«, meinte Stumpf und erklärte uns dann zum Abschied: »Ich werde in meinem Bericht vermerken, daß an diesem Tag Mrs. Garland, Herman Zollicoffer und Lukas Yoder vorbeikamen, um mit mir über den Mord zu sprechen.«

DIENSTAG, 17. DEZEMBER: In den Tagen gleich nach unserem Besuch bei der Polizei machten Polizeihauptmann Stumpfs Leute Überstunden, um Applebutters Verhaltensmuster in Erfahrung zu bringen. Stumpf selbst kam von Zeit zu Zeit in *Windsong* vorbei, um mich ein wenig auf dem laufenden zu halten, und so erfuhr ich, daß der junge Mann für sein aufbrausendes Temperament berüchtigt war – und für Unverschämtheiten, für Fahrvergehen mit dem Wagen seiner Eltern und anderen Autos, die er sich ausborgte, ob mit oder ohne Erlaubnis. Sein Football-Trainer erklärte, er sei einer der Besten; sein Direktor, einer der Schlimmsten. Die Polizei hatte nichts Handfestes gegen ihn, außer daß er sich schlecht benahm und ziemliches Übergewicht hatte, begann ihn aber genauer zu beobachten, und als er am vierzehnten Dezember bei Rot über eine Ampel fuhr und etwas Alkohol im Blut hatte, reichte es, um ihn zu verhaften, im Gefängnis festzuhalten und, während er dort saß, einen Hausdurchsuchungsbefehl zu bekommen – den die Polizei, trotz vehementer Proteste seiner Mutter und Drohungen seitens des Vaters durchführte. In der mittleren Schublade einer Kommode im Schlafzimmer des Jungen fand man unter einem Haufen von Sachen, darunter Bücher, die in der High-School-Bibliothek fehlten, und leere Colaflaschen, eine Kopie des Zeitungsartikels mit dem Foto von Timothy Tull und dem Hinweis, daß Timothy wahrscheinlich Millionär sei.

Daraufhin begann das Verhör von Applebutter, und da es zwei Tage dauerte, bis seine Eltern, die über die Rechte ihres Sohns voll in Kenntnis gesetzt worden waren, den Verstand hatten, einen Rechtsanwalt einzuschalten und einen Haftprüfungsantrag zu stellen – doch bis dahin war durch hartnäkkiges Befragen ein Verdachtsmoment nach dem anderen ans Licht gekommen. Stumpf, der mir versicherte, daß er die Verhöre genau verfolge, ohne selbst daran teilzunehmen, hatte seine Männer gewarnt: »Daß mir keiner den Jungen anfaßt. Erinnern Sie ihn bei jeder Sitzung an seine Rechte. Geben Sie ihm Wasser zu trinken, wann immer er will. Zeit zum Schlafen. Und Sie, Michael, führen über alles genauestens Protokoll. Minute für Minute.«

Am zweiten Tag ist Applebutter – wie er von allen genannt wurde – von einem der Beamten gefragt worden: »Warum haben Sie keine Schußwaffe gebraucht?« Da beging er seinen ersten Fehler. »Das weiß doch jeder«, sagte er. »Wenn man eine Schußwaffe gebraucht, kriegt man Probleme.«

»Warum haben Sie nicht die Axt mitgenommen, mit der Sie doch so gut umgehen können? Die Jungs sagen, Sie seien im Umgang mit der Axt absolut Spitze.« Da beging er den zweiten Fehler: »Hätte es nicht verrückt ausgesehen, wenn ich mit der Axt im Pritschenwagen herumgefahren wäre?«

»Was haben Sie denn mitgenommen, Applebutter?« Da war auf einmal der Damm gebrochen. »Der Hund kam auf mich zu, und ich mußte mich gegen ihn verteidigen.«

»Womit?«

»Mit der Brechstange.«

»Wozu sollten Sie eine Brechstange bei sich haben?«

»Um ein Fenster aufzukriegen, wenn keins offen gewesen wär'.«

»Sie wollten sich im Herrenhaus nach Geld umsehn?«

»Ja. Und dann ging ein Licht an, und ein Mann kam auf mich zugerannt, und der Hund sprang mir an die Kehle. Da hab' ich mich doch verteidigen müssen, oder?«

»Haben Sie den Hund geschlagen?«

»Ja, ich hab' zurückgeschlagen.«

»Haben Sie den Mann geschlagen?«

»Nein. Aber der Hund gab nicht auf, da mußte ich ihn töten. Der Mann hat versucht, den Hund zu schützen, ich hab' ihn gar nicht treffen wollen, aber er kam mir dazwischen.«

»Er wurde aber viele Male geschlagen, Applebutter.«

»Er hat mich pausenlos angeblafft, da hab' ich's ihm mit der Stange gegeben.«

»Der Mann wurde viele Male geschlagen – vielleicht ein dutzendmal.«

»Das wollte ich nicht. Ich hab' nur nach dem Hund geschlagen.«

»Haben Sie Geld gefunden?«

»Im Haus ging noch ein Licht an, da bin ich zu meinem Auto gerannt.«

»Was haben Sie mit der Brechstange gemacht?«

»In den Wannsee geworfen.«

»Der liegt ziemlich weit weg.«

»Ich hatte Angst, über den Cut Off nach Hause zu fahren. Ich hab' einen Umweg gemacht.«

»Haben Sie gewußt, daß Sie den Mann getötet hatten?«

»Nein. Aber erwischt hatt' ich ihn, das war schon klar.«

Als am Mittwoch schließlich Applebutters Rechtsanwalt kam, war er entsetzt, daß sein Klient so offen und frei heraus geredet hatte. »Sie haben ihm seine Rechte vorenthalten«, schrie er. Stumpf zeigte ihm das Protokoll: »Vom Augenblick der Verhaftung an, wegen Trunkenheit am Steuer, hat ihn vor jedem Verhör jedesmal ein anderer Beamter über seine Rechte informiert. Neunmal.«

»Sie haben keinen Beweis«, behauptete der Rechtsanwalt.

Darauf hat Stumpf geantwortet: »Um den kümmern sich drei Taucher in Arktik-Ausrüstung mit starken Metalldetektoren am Ufer des Wannsees.«

FREITAG, 20. DEZEMBER: Um elf Uhr morgens hielt Polizeihauptmann Stumpf eine Pressekonferenz ab. Yoder, Zollicoffer und mich hat er angewiesen, für die nächsten zwei Tage zu Hause zu bleiben. Vor den zuständigen Zeitungsreportern aus den drei deutschen Städten verlautbarte er mit wohlbedachten Sätzen, denen meine beiden Dutchmen und ich im Großen Zimmer von *Windsong* über das Fernsehen folgten, daß der Mord an dem berühmten Schriftsteller Timothy Tull dank intensiver Arbeit der Polizei »und nützlicher Hinweise aus der Bevölkerung« aufgeklärt worden sein. Nachdem er ausdrücklich auf seine Rechte hingewiesen worden sei, habe ein junger Mann die Tat gestanden, und die Mordwaffe sei in zehn Meter Tiefe aus dem eisigen Wasser des Wannsees geborgen worden. Als die Reporter den Namen des Täters erfahren wollten, antwortete Stumpf sehr zurückhaltend: »Otto Fenstermacher, neunzehn Jahre alt, wohnhaft auf dem Hof seiner Eltern an der Kreuzung der Rhenish Road und des Cut Off.«

Minuten nach der Bekanntgabe schwärmten Reporter und Reporter über das Anwesen der Fenstermachers, doch eine besonders aufgeweckte junge Frau vom *Allentown Call-Chronicle* kümmerte sich nicht um den Hof, sondern lief durch Dresden und interviewte dort ganz willkürlich Leute. So erfuhr sie auch, daß der Spitzname des Beschuldigten ›Applebutter‹ lautete. Der landesweite Medienwahnsinn hatte begonnen.

Als andere Reporter ihre Tonbandaufzeichnungen konsultierten und auf Polizeihauptmann Stumpfs »nützliche Hinweise aus der Bevölkerung« stießen, ließen sie ihm keine Ruhe; sie wollten unbedingt erfahren, woher diese Hinweise gekommen und welcher Art sie gewesen waren. Auf solche

Fragen war Stumpf vorbereitet; er erklärte, daß er in Anbetracht des eingeleiteten Gerichtsverfahrens keine Fakten preisgeben dürfe, und weigerte sich kategorisch, seine Informanten zu nennen. Eins wußte er ganz genau: Hätte er Yoders Namen auch nur einmal genannt, würde die Presse den Yoder-Hof pausenlos belagern, und falls er Zollicoffer nannte, würde der redselige Dutchman Yoder sofort in die Sache hineinziehen, auf dessen Signal hin die Räder des Gesetzes schließlich in Gang gesetzt worden waren.

MONTAG, 23. DEZEMBER: Emma und ich haben sofort bemerkt, daß die Verhaftung Applebutters und der anschließende Presserummel auf Lukas eine seltsame Wirkung ausüben. Sie sagte mir am Telefon: »Er verläßt morgens in aller Frühe das Haus und fährt mit dem Wagen ganz langsam über kleine Nebenstraßen nach Neumunster, um die Stadt zu studieren, wo Applebutter zur Schule gegangen ist, und dann fährt er durch die Unterführung, um zu sehen, wie *Windsong* bei den verschiedenen Lichtverhältnissen ausschaut. Wenn er sich auf dem Cut Off dem Fenstermacher-Hof nähert, geht er fast auf Schritt-Tempo herunter, und dort bleibt er manchmal schweigend im stehenden Auto sitzen und nimmt jedes Detail der inzwischen abgerissenen alten Scheune, der neuen Scheune, des ansteigenden und abfallenden Ackerlands in sich auf. Er hält mit dem geistigen Auge fest, wie der Hof um die Jahrhundertwende ausgesehen haben muß, bevor die jetzige Generation viele der besten Felder verkaufte. Dann fährt er in östlicher Richtung die Rhenish Road entlang, als ob er sich die Beziehung der Fenstermachers zu Dresden vergegenwärtigen wollte.«

Emma berichtete mir auch, daß Lukas gegen Mittag auf der gleichen Route zurückkäme, um die Landschaft im grellen Licht eines kalten Dezembertags aus entgegengesetzter Richtung zu betrachten. Bei den Zollicoffers mache er Halt und rufe aus der Küche an, um ihr mitzuteilen, daß er bei Herman zu Mittag esse. Dann würde er die schmutzigen Fakten des Mordes noch einmal mit Herman diskutieren. Lukas schien in besonderer Weise Hermans Reaktion auf die verschiedenen Aspekte des Verbrechens zu faszinieren.

Gegen zwei Uhr nachmittags kam Lukas dann heim, wie mir Emma weiter mitteilte, hielt kurz ein Nickerchen, stand auf und setzte sich wieder ins Auto, um die gleiche Route noch einmal in umgekehrter Richtung abzufahren, weil er die Schauplätze unbedingt bei Dämmerlicht sehen wollte. Er wartete bis gegen sieben, um die ganze Strecke rasch noch ein weiteres Mal zurückzulegen, mit einem Umweg zu der Stelle am Wannsee, wo Applebutter die Brechstange ins Wasser geworfen hatte. Zum Essen kam er zu spät. Wenn Emma wissen wollte, was er denn gemacht hätte, kam immer die gleiche Antwort: »Ich habe mir die Gegend angeschaut.«

DIENSTAG, 24. DEZEMBER: Nach langjähriger Gewohnheit habe ich unseren Wagen am Nachmittag mit liebevoll verpackten Geschenken beladen, und ich ließ mich von Oscar durch die Gegend fahren, um die Geschenke persönlich abzugeben. Yvonne Marmelle empfing mich in ihrem neuen Heim mit der Nachricht, daß unser Manuskript wunderbar vorangekommen sei, und von Professor Streibert habe ich im Hotel, wo er sich aufhält, sogar einen Entwurf seines Essays gesehen, was für mich ein größeres Geschenk ist, als ich ihm je geben könnte. Es war eine erregende Lektüre. Sie hat Timothy für mich wieder zum Leben gebracht.

Bei den Zollicoffers mußte ich auf ein Glas heißen Apfelwein mit Zimt bleiben und Weihnachtsgebäck kosten. Das Ehepaar ließ mich wissen, daß Yoder fast jeden Nachmittag bei ihnen vorbeikommt, um über den Mord und ihre Reaktionen auf den Mord endlos Fragen zu stellen; und Herman fügte noch hinzu: »Er bleibt stur dabei, bis ihm alles klar ist.«

Ich näherte mich dem Yoder-Hof deshalb mit einiger Sorge. Als ich die warme, freundliche Küche betrat, die nach

Weihnachtsleckereien roch, wurde mir sofort klar, daß die Debatte über den Mord so lebhaft geführt wird wie eh und je, denn Emma begrüßte mich mit den Worten: »Welch ein Glück, daß Sie kommen. Lukas ist dabei, einen neuen Roman anzufangen, und ich versuche, ihn davon abzuhalten.«

Lukas saß in seinem Lieblingsstuhl, blickte verschämt hoch und sagte nur: »Nein, nein, überhaupt nicht. Doch nicht in meinem Alter.«

»Ich weiß, wie du arbeitest, Lukas«, sagte Emma, die am Herd stand. »Du prägst dir die Gegend ein – du unterhältst dich mit Leuten wie Zollicoffer, die du möglicherweise als Vorbilder für deine Figuren gebrauchen willst.«

»Mich beschäftigt nur Timothys Tod – und die schlaue Art, wie Zollicoffer darauf gekommen ist, wie er ermordet wurde.« Er sagte dies zu mir; geantwortet hat ihm allerdings Emma. »Ich warne dich, Lukas. Noch so eine Belagerung steht keiner von uns beiden durch.«

»Warum spricht sie bloß immer von Belagerung?« wollte er von mir wissen. »Es wäre doch nur die gleiche Arbeit, die ich immer getan habe.«

»Aber es *ist* ein Belagerungszustand, Lukas. Für uns beide. Und ich bin zu müde, um das noch einmal mitzumachen.«

Ich löste die verkrampfte Situation mit einem Hinweis: »Abgesehen von den Geschenken, die ich persönlich bringen wollte, wollte ich Sie beide auch fragen, ob Sie zur Mitternachtsmette in die Valley Mennonite Church mitkommen möchten«, und beide riefen laut: »Ja! Ja!«

An dem Abend fuhr Oscar mich gegen elf Uhr zurück, und wir lasen die Yoders und Zollicoffers auf und fuhren die kurze Strecke bis zur Kirche, die über das hügelige Land gen Dresden hinwegblickt.

Im Gottesdienst trugen viele Frauen die weißen mennonitischen Spitzenhäubchen und ihre Männer den typischen schwarzen Sonntagsstaat. Die Kinder – viele Kinder – waren so bunt gekleidet, daß es mir einen Stich gab: An dem Weihnachtsfest nach dem schrecklichen Verkehrsunfall, durch den Timothy Vollwaise geworden war, hatte ich gemeint, zum Fest könnte ihn neue Kleidung vielleicht ein wenig aufheitern, und dabei bunte Farben ausgesucht, wie die Kleinen sie mögen, und völlig vergessen, daß er schon sechs Jahre alt war. Er sah sie auf seinem Bett ausgebreitet und schaute mich an und gab mir einen Kuß und sagte: »Du hast mir aber doch gesagt, ich muß jetzt ein großer Junge sein.« Da haben wir seine neuen Kindersachen weitergegeben an den rundlichen Fenstermacherjungen, der später den Spitznamen Applebutter bekommen sollte.

Ich verdrängte den Schmerz, der mit der Erinnerung kam, und gab mich der Freude und dem weihnachtlichen Frohsinn hin, der diese einfache, aber schöne Kirche erfüllte. Fichtenzweige zierten die Fenster; ein Baum ragte in strenger Schönheit empor; an einer Wand stand ein ›Putz‹, wie hierzulande eine deutsche Krippenszene heißt, in der rund zwei Dutzend alte Figuren – viele waren um 1700 aus der Rheingegend hierher mitgenommen worden – die Heilige Geburt nach dem Evangelium des Lukas darstellten. Da gab es schwarze Fürsten, die zur Anbetung des Jesuskinds gereist waren, Emire in wehenden Gewändern, römische Soldaten, die Mutter und Kind bedrohlich anstarrten, und – wie es sich für den im Kern pennsylvanisch-deutschen Bauernhof der Krippe gehörte – ein Heer von Farmtieren, nicht unbedingt in den richtigen Größenverhältnissen, so daß ein Schwein so groß sein konnte wie ein Kalb und ein Kalb nicht größer als ein fettes Huhn.

Ich hatte das Weihnachtsfest stets im Licht von Charles Dickens gesehen, und beim Besuch der Valley Mennonite Church wurde mir bewußt, daß das amerikanische Weihnachten wesentlich eine deutsche Tradition spiegelt, daß aber nur die Pennsylvanisch-Deutschen wissen, wie man es richtig feiert.

Am anderen Ende der Krippe standen zwei Tische voll mit der reichhaltigen Nahrung dieses Tals, Kuchen und Pasteten und Gebäck und haufenweise Dosen, für die Armen und Kranken. Als die mir unvertrauten deutschen Lieder erklangen, bekam ich ein Gefühl davon, wie Weihnachten in der Kolonialzeit gewesen sein muß, doch schließlich brachte der Chor eine Folge zeitloser englischer Weihnachtslieder, die mir vertraut waren, und ganz zum Schluß »Stille Nacht, Heilige Nacht«, in deutscher Sprache, und mein Herz füllte sich an dieser ersten Weihnacht nach dem Tod meines letzten engen Angehörigen mit einem Gefühl der Liebe.

MITTWOCH, 25. DEZEMBER: Den Weihnachtstag feierte ich mit Yvonnes neuen Nachbarn in ihrem neuen Zuhause. Wir brachten ihr Geschenke. Es war ein erfreulicher Besuch. Um zwei Uhr nachmittags schaute Professor Streibert vorbei, in Begleitung von Jenny Sorkin, die sich selbst eingeladen hatte, jedoch sehr willkommen war.

Während wir Frauen mit Streibert über das inzwischen fast satzreife Manuskript sprachen, saßen Yoder und Zollicoffer in der Ecke und unterhielten sich über die verschiedensten Aspekte des Mordes, und als ich einmal zufällig in ihre Richtung blickte, sah ich, daß Lukas aschfahl war und daß seine Unterlippe zitterte.

»Mr. Yoder!« rief ich. »Fühlen Sie sich nicht wohl?« Er antwortete mit unsicherer Stimme: »Ich habe gerade daran denken müssen, wie furchtbar das Weihnachtsfest diesmal für die Fenstermachers ist.« Er kämpfte gegen die Tränen an, konnte sie aber nicht zurückhalten und fand keine Worte mehr. Als ich wegschaute, brachte mich der Ausdruck des Mitgefühls in seinem Gesicht auf den Gedanken, daß er Fenstermacher *war*. Er befand sich in diesem Augenblick innerlich bei den Fenstermachers und fühlte, was sie fühlten. Darin lag das Geheimnis seiner schriftstellerischen Kunst: Er nahm die Identität der Menschen an, über die er schrieb, steckte in ihrer Haut, litt mit ihnen, teilte ihre innere Verwirrung. Wir anderen konnten die Fenstermachers an diesem Weihnachtstag vergessen – er nicht; vermutlich war das auch der Grund, warum er ein Romancier war und wir nicht.

Der Bann wurde von Mrs. Zollicoffer gebrochen. »Ist auch ihre eigene Schuld. Sie haben geduldet, daß der Sohn sie mißachtet. Er hat ihnen sogar geflucht. Wenn sich das bei mir einer erlaubt hätte, hätte der Mister ihm das Kinn gebrochen.«

»Und was hätte das genutzt?« sagte Emma, die nie verleugnen konnte, daß sie mit Leib und Seele Lehrerin war. Frieda erwiderte: »Mit dem Fluchen wär's aus gewesen, oder?«

Ein paar Tage später erzählte Emma mir etwas, das die Fähigkeit ihres Mannes veranschaulichte, sich in die Lage anderer Menschen zu versetzen. »Als Lukas *Die Meidung* schrieb, habe ich plötzlich entdeckt, daß er Hosenträger trug. Das hatte er noch nie getan. Er benutzte aber nur einen Träger, über die linke Schulter, und als ich fragte, ›Was ist denn mit dir los?‹ sagte er: ›Ich versuche mir vorzustellen, wie dein Großvater sich gefühlt hat.‹ Eine Woche später hatte er weder Gürtel noch Hosenträger an, da habe ich gefrozzelt: ›Jetzt bist du wohl der andere Bruder‹, und er hat nur gesagt: ›So ist es.‹«

SAMSTAG, 28. DEZEMBER: Was sich während der nächsten drei Tage bei den Yoders ereignet hat, weiß ich durch meine Freundin Emma, die es mir erzählte, wobei sich ihre Augen manchmal verschleierten – nicht aus Kummer, sondern aus Liebe.

»Am Tag nach Weihnachten«, so begann sie, »verschwand Lukas total, er tauchte nicht einmal mehr zum Mittagessen bei den Zollicoffers auf, und als er bei Anbruch der Dämmerung nach Hause kam, bin ich explodiert. Ich habe ihm gesagt, das könnte ich einfach nicht mit ansehen, wie er sich für irgend etwas umbringt. Er wollte mir nicht zuhören, er versprach hoch und heilig, daß er gar nicht an einem neuen Buch arbeitet. Dann hat er noch folgendes gesagt: ›Ich will nicht sagen, daß ich es tun werde, aber wenn ich es noch einmal versuche, würde ich eine völlig andere Art von Buch schreiben. Ich würde nicht mehr so schreiben wie bisher. Streiberts Ideen sind zum Teil ganz vernünftig. Es braucht neue Methoden. Eine neue Sicht der Dinge – neue Ausdrucksformen.‹

Ich wollte wissen, ob er den Verstand verloren hätte. ›Nein‹, hat er mir geantwortet. ›Jenny Sorkin unterrichtet jetzt am College. Hat Tulls Stelle bekommen. Sie bat mich, ein Kapitel zu lesen, das sie kürzlich abgeschlossen hat. Eine starke Geschichte: Ein Football-Spieler vergewaltigt ein Mädchen am eigenen College und zwingt sie dann zur Abtreibung. Das ganze College-Establishment setzt sie daraufhin unter Druck …‹

Als ich fragte wieso, erklärte er: ›Um den eigenen guten Ruf zu wahren und dem Jungen die Chance zu sichern, eine gute Presse und lukrative Profi-Verträge zu bekommen.‹

Ich habe ihn gefragt, was das für ein Roman sei, und er sagte: ›Bei ihrer Art des Schreibens ein äußerst starker Roman.‹

Ich hab' ihm gesagt, er soll die jungen Leute machen lassen, was sie für richtig halten, er selbst sei aber doch nicht verpflichtet, etwa gewalttätige Liebesszenen zu schreiben; das sei doch gar nicht sein Stil, und außerdem würde es ihn nervös machen, so etwas überhaupt in Angriff zu nehmen. Er erwiderte. ›Darum geht es nicht, Emma. Sie schreibt über Football, so wie er heute ist . Ich habe darüber nachgedacht, über Dresden zu schreiben, wie es heute ist.‹«

Emma hatte die Finger gegen die Augen gepreßt; jetzt nahm sie die Hand vom Gesicht. »Ich war entsetzt. Ich konnte sehen, wie er sich sozusagen kopfüber in einen Abgrund stürzte. Weil das Schreiben aber ein wesentlicher Teil seines Lebens ist, ist es das auch für mich. Ich habe ihn also gefragt, was er sich dabei gedacht hätte, in seinem Alter, jetzt noch neue Wege zu gehen? Und er hat mir erklärt: ›Ich möchte aufzeigen, wieso die biedere, sture Lebensart der Pennsylvanisch-Deutschen einen Mörder hervorbringen kann. Keine langen Schilderungen, keine formalen Präsentationen von Figuren wie bei einem Theaterstück. Und bestimmt keine hintergründig erklärenden Kapitel. Szenen müßten einfach so vorüberhuschen und die Dialoge würden halb so lang wie früher.‹«

»Und was haben Sie dazu gesagt?« erkundigte ich mich, worauf Emma erwiderte: »Auch wenn ich in einer so radikalen Kehrtwendung in seinem Alter nur ein Unglück sehen kann, muß ich ihm zur Seite stehen. Ich ging also zu ihm, er saß in seinem Sessel, umarmte ihn und sagte, er sei doch nicht verpflichtet zu schreiben wie die jungen Leute. Er hörte mir zu, nickte, und hat dann gemeint: ›Das Problem liegt viel tiefer. Die Sachen, die ich von ihnen gelesen habe, regen mich ungemein an. Aber keiner von ihnen weiß, wie man richtige Geschichten erzählt, wie eine Geschichte lebendig wird, mitreißend. Ich würde ihre neuen Techniken gern mit meinen alten Methoden verbinden. Dabei könnte etwas Großartiges entstehen.‹ Da habe ich weggeschaut.«

DIENSTAG, 31. DEZEMBER 1991: Als ich die Yoders auf einem Feiertagsspaziergang durch die Stadt begleitete, um die Weihnachtsdekorationen anzusehen und Freunde zu begrüßen, sagte uns Lukas: »Wartet eine Minute!« und stürzte ins Papierwarengeschäft, aus dem er bald darauf mit zwei kleinen Notizbüchern wieder herauskam.

Als Emma sie sah, rief sie laut: »Lukas! Die hast du nur für Notizen zu einem neuen Roman gekauft.« Sie drehte sich zu mir um: »Er will einen Roman mit einer neuen Technik schreiben.« Ich wollte keinen Ehekrach miterleben und verließ sie, als sie einen kleinen Supermarkt mit dem komischen Namen *Superette* betraten, und als ich sie beobachtete, wie sie sich einen kleinen Karren holten für ihren Einkauf zum Jahresende, sagte ich mir: Sieh dir nur diese beiden an. Nach dem, was Yvonne angedeutet hat, müßten sie in diesem Jahr mehr als drei Millionen Dollar verdienen. Aber ihnen würde es nie einfallen, daß sie sich ein Hausmädchen leisten könnten. Eine

Haushilfe zum Reinemachen einmal die Woche – das ja. Aber eine Köchin, die sich in Emmas Küche drängen würde? Niemals.

Wieder daheim in *Windsong*, half ich Oscar und den Mädchen, die letzten Vorbereitungen zu treffen für den Empfang der Nachbarn, welche bald darauf eintrafen, um mir ihr Beileid zum Tode meines Enkelsohns auszusprechen. Ich schüttelte jedem Ehepaar warm die Hand, freute mich über ihre Freundschaft, und als mehrere mir versichern wollten, wie entsetzt sie waren über das, was der Fenstermacher-Sohn getan hatte, ließ ich sie wissen, daß ich an dem Burschen kein Interesse mehr hatte. »Ich habe mitgeholfen, ihn dingfest zu machen, aber Rachegelüste haben mich dabei nie angetrieben. Eher ein Drang zu erfahren, wer es getan hatte und aus welchem Grund. Ich habe keinen Wunsch, ihn auf dem elektrischen Stuhl zu sehen, selbst wenn das Recht in Pennsylvanien das vorsähe.«

Um vier Uhr waren die letzten Besucher gegangen. Ich nahm ein gemütliches Bad und fand großen Trost in der Tatsache, daß um acht Uhr abends die Menschen, die ich den Timothy-Tull-Kader nannte, zu einem stillen Essen nach *Windsong* kommen würden, nach dem wir das neue Jahr begrüßen würden. Yvonne Marmelle, Jenny Sorkin und Professor Streibert bedeuteten mir viel, und als sie ins Haus kamen, umarmte ich sie zur Begrüßung – in Jennys Fall, als ob sie mein Kind oder meine Enkeltochter wäre.

In der vertraulichen Atmosphäre der Bibliothek servierte ich um zehn Uhr ein leichtes französisches Mahl und entschuldigte mich: »Das ist wenig verglichen mit der Mahlzeit im ›7 & 7‹, aber morgen im Neuen Jahr haben wir zu arbeiten und so ein Essen wie damals würde einen Menschen bis zum Monat März lahmlegen.« Doch zum Abschluß der Mahlzeit läutete ich die Kuhglocke, und zwei Bedienstete brachten mit Oscar zusammen zum Dessert drei riesige Pasteten, die ich am Tage zuvor im ›7 & 7‹ gekauft hatte – Apfel, Kürbis und

Mince Pie –, und zum Schluß unseres relativ kargen Mahls hatten wir somit einen echten pennsylvanisch-deutschen Nachtisch.

Mit der Rückkehr ins Große Zimmer wandte sich unser Gespräch wieder literarischen Dingen zu. »Ich habe«, sagte ich, »über die frühverstorbenen großen Künstler nachgedacht. Chatterton, Keats und mein geliebter Christopher Marlowe. Was war der für ein begabter junger Mann, hing in der Taverne rum, hat wenig geschrieben in seinen neunundzwanzig Jahren, aber alles mit dem Hauch von Genialität. In vielen Versen übertraf er sogar Shakespeare.«

»Das zu glauben fällt mir schwer«, meinte Streibert, worauf ich ein Hausmädchen in die Bibliothek schickte, das Notizbuch zu holen, in das ich Marlowes großartige Verse kopiert hatte: ›War dies Gesicht der Grund, daß Tausende / Von Schiffen fuhren, damit Troja brannte?‹ und darunter Shakespeares ungeschickte Nachformung: ›Ha, eine Perle ist sie, / die mehr als tausend Schiffe jagt' ins Meer.‹«

»Sie haben mich überzeugt«, räumte Streibert ein.

Eine Stelle Marlowes hat mich immer verzaubert, von dem Augenblick an, da ich sie im College auswendig gelernt habe. Wir führten damals Marlowes *Doctor Faustus* auf, es spielten nur Mädchen mit, und ich spielte die Rolle des Alten, der den Tod des Zauberers beklagte:

»Ab ist der Zweig, der wuchs so hoch hinaus,
Und Apolls Lorbeertrieb ist nun verbrannt,
Der eine Weile in dem Jungen sproß ...«

Ich stellte mir vor, wie der große Marlowe in einer Kneipenschlägerei ums Leben gekommen war. »Was hätte aus ihm werden können«, sagte ich, »wenn sein Lebenszweig nicht so früh abgeschnitten worden wäre?«

»Aus wem?« fragte Jenny. »Marlowe oder Timothy?«

»Ich bin mir nicht sicher ... wen ich gemeint habe.«

»Eins steht fest, Mrs. Garland: Timothy waren Größe und Bedeutung vorherbestimmt – auf seinem eigenen Gebiet ...«

»Sie glauben das wirklich, Jenny?«

»Absolut. Die Arbeit an den letzten Seiten von *Dialog* hat mich völlig überzeugt. Er war auf dem besten Wege, die konventionellen literarischen Formen zu übertreffen.«

Und danach entschuldigte sich die junge Autorin. »Ich habe meinen Studenten, die in den Ferien auf dem Campus geblieben sind, versprochen, ihnen ins Neue Jahr hineinzuhelfen.«

Bald darauf hörten wir die Wagenräder im Kies knirschen. »Sie können sich gar nicht vorstellen, Karl«, meinte Yvonne, als die Wagengeräusche verklangen, »welche Riesenschritte diese junge Frau in der dritten Fassung des Romans gemacht hat. Was mich für ihre Zukunft jedoch besonders hoffnungsvoll stimmt, ist ihr natürlicher Umgang mit Bildern und Metaphern.«

Sie zeigte ein paar mit Bleistift angezeichnete Wendungen im Manuskript, die ihr außergewöhnlich schienen: ›Mit der nervösen Hast einer Mutter, die drei kleine Kinder durch eine Drehtür zu schieben versucht.‹ Oder Jennys Beschreibung eines Trainers an der Nebraska Universität: ›Für Hannibal und seine Elefanten wäre er bei der Überquerung der Alpen von kaum zu überschätzendem Nutzen gewesen.‹ Oder ihr pointierter Kommentar über einen großtuerischen Quarterback, der seinem Football-Team im Angriff konkret nie etwas brachte: ›Bei ihm blieb es beim Prinzip Hoffnung.‹

»Ich habe ihr und ihrer Arbeit gegenüber wohl Vorurteile gehabt«, bekannte Streibert. »Ich habe sie immer nur als schlechten Einfluß auf Timothy betrachtet.«

Mir dagegen war sie stets als seine Rettung vorgekommen.

An diesem Abend war ich freilich gar nicht unglücklich, daß Jenny früher gegangen war; ich suchte eine Gelegenheit, mit Yvonne und Streibert allein zu sprechen. »Wir haben so vieles gemeinsam. Wir haben unsere Liebsten verloren. Ich persönlich dreimal – meinen Mann, meine Tochter, meinen Enkelsohn. Sie zweimal, Karl: den irischen Professor, mit dem Sie Griechenland bereist haben, und jetzt Timothy. Sie, Yvonne, den begabten Jungen, der groß reden, aber nicht schreiben konnte.«

»Woher wissen Sie das alles?« fragte Yvonne. Karl sagte gutmütig: »Sie ist eine richtige Detektivin.«

»Ich mußte mich vergewissern, wen mein Enkelsohn sich als Mentor suchte. Er hat gut gewählt – ich schätze Veteranen menschlicher Kämpfe und Auseinandersetzungen, die Blessuren davongetragen haben«, und fügte dann noch hinzu: »Vor Ihnen habe ich anfangs Angst gehabt, Karl. Sie hätten auf Timothy einen schlechten Einfluß haben können, doch Gott sei Dank kam dann Jenny, um ihn in eine bessere Richtung zu lenken. Und vor Ihnen habe ich auch Angst gehabt, Yvonne. Ich habe befürchtet, Sie könnten zu hart sein, ›eine herzlose, klugscheißerische jüdische Superintellektuelle‹, wie Sie einmal ein Student genannt hat. Doch wie Sie sich um Ihren Freund gekümmert haben, um diesen Autor – das ist die schönste Liebesgeschichte, von der ich in jüngster Zeit gehört habe.

Im Erfahren menschlichen Leids sind Sie beide für mich also Bruder und Schwester. Und so schlage ich vor, wir nehmen jetzt unser Gespräch dort wieder auf, wo wir vor einigen Wochen stehengeblieben sind. Karl, werden Sie Ihr Privatleben wieder in Dresden ansiedeln? Und wenn ja, in welcher Form?«

Er schwieg. Es war zehn Minuten vor Mitternacht, und ich stellte den Fernseher an. Als die letzten Sekunden des Jahres 1991 vorbeitickten, sagte ich: »Gut, daß wir's hinter uns haben! Wer könnte das alles schon ein zweites Mal ertragen?«, schwächte dann aber ab: »Es hat auch schöne Augenblicke gegeben; das ist aber wohl immer so, wenn man nur lang genug lebt.«

Als in New York die Silberkugel fiel und die Jubelrufe der

Riesenmenge auf dem Bildschirm unser Großes Zimmer füllten, erhob ich mich, küßte Streibert und umarmte Yvonne, und zwar auf eine Weise, daß sie ganz dicht nebeneinander kamen und gar nicht anders konnten, als sich einen Kuß zu geben.

Als sie sich verabschiedeten, holte ich aus dem kleinen Bücherschrank im Großen Zimmer eine Anthologie, die mir vor Jahren während einer Englandreise mein Mann geschenkt hatte. »An Winterabenden wie heute gefällt mir das Gedicht *The Eve of St. Agnes*, und ich stelle mir vor, am Tag des 20. Januar selbst in der mittelalterlichen Burg eingekerkert zu sein.« Als sie fort waren, ließ ich mich in einen tiefen Sessel sinken, das Licht der Leselampe fiel über meine Schultern, das Buch lag auf meinem Schoß. Das Hausmädchen löschte die anderen Lampen. Ich saß, umgeben von Dunkelheit, allein, und las.

Und dann geschah etwas Furchterregendes. Ich schaute auf die vertrauten Verse des Gedichts und stand plötzlich ganz stark unter dem Eindruck, sie hätten ihre Lebendigkeit, ihre Bedeutung für mich verloren. Sie kamen aus einem anderen Jahrhundert, wirkten klischeehaft, ohne Frische, ohne Sinn. Bis auf rein technische Unterschiede in den Formulierungen war es das gleiche wie bei den monotonen Reimen von Longfellow, über die sich mein Enkelsohn lustig gemacht hatte, und da begriff ich, endlich, worauf Karl Streibert, Ezra Pound und F. X. M. Devlan hinauswollten: daß nämlich zwischen intelligenten Menschen ein sinnvoller, intensiver Dialog von Gedanken und Gefühlen notwendig ist.

Als das Buch aufgeschlagen, doch ungelesen auf meinem Schoß lag, akzeptierte ich in aller Bescheidenheit genau die Gedankengänge, derentwegen ich Yvonne kritisiert hatte. Sie hatte nämlich gesagt: »Lukas Yoders sentimentale Romane über das pennsylvanisch-deutsche Milieu und Jenny Sorkins lustige Schilderung des Football-Stadiums sind interessante Bücher, die jeder mit ein wenig Allgemeinbildung zum Vergnügen lesen kann. Streibert, Pound und Timothy kam es auf echte Kommunikation an.«

Es war gegen zwei Uhr früh, als ich die beängstigenden Konsequenzen erkannte: Streibert hatte recht. Wenn der populäre Roman heute an der Stelle steht, wo sich um 1850 die volkstümliche Lyrik befunden hat, dann wird den Roman das gleiche Schicksal ereilen wie unsere Lyrik: Immer bessere Romane werden von immer weniger gelesen werden. Solch eine Aussicht war für eine leidenschaftliche Leserin wie mich so deprimierend, daß ich nicht schlafen konnte, und so blieb ich in meinem Sessel sitzen, ohne diesmal allerdings in der Lyrik-Anthologie zu lesen.

Der Sylvesterabend endete am Ende aber doch nicht in so trüber Stimmung. Ich wollte eben zu Bett gehen, als das Telefon läutete, und eine Stimme antwortete: »Mrs. Garland?« Ich war verwirrt, und so dauerte es einen Moment, bis ich begriff, daß Yvonne Marmelle sprach. »Wo sind Sie, meine Liebe?« fragte ich. »Bei mir zu Hause«, antwortete sie. »Darf ich rüberkommen?«

»Um diese Nachtzeit? Sicher wäre das nicht. Aber es gäbe viel zu besprechen.«

»Als Karl mich nach Hause fuhr, habe ich gehofft, er würde noch mit reinkommen. Das hat er auch getan. Wir unterhielten uns zunächst über seine gute Arbeit an Timothys Manuskript. Und obwohl er Jenny Sorkin gegenüber stets mißtrauisch gewesen ist, wirkte er ehrlich erfreut über die vertrauliche Mitteilung des Book-of-the-Month-Club, sie würden den Roman wahrscheinlich nehmen, wenn wir den Publikationstermin ein wenig hinauszögern könnten. Was für ein Start für eine junge Autorin!«

»Sie rufen doch bestimmt nicht an, um mir das zu erzählen!«

»Nein. Ich war aufgeregt wie ein Schulmädchen beim ersten Kuß. Ich wußte nicht, wo beginnen, aber dann ist es einfach aus mir herausgeplatzt: ›Mrs. Garland hat wirklich etwas

Vernünftiges gesagt. Sie könnten bei mir einziehen – der Altersunterschied ist groß genug, um keinen Klatsch aufkommen zu lassen.‹«

»Was hat er dazu gesagt?« wollte ich wissen, und sie sagte: »Nichts. Stand einfach da. Ich glaubte, er hätte mich gar nicht gehört. Ich glaubte, er hätte an seinen Gott Devlan gedacht. Er hat nämlich sein Taschentuch genommen und sich die Augen getrocknet. ›Um Himmels willen‹, habe ich gerufen. ›Nun putzen Sie sich mal die Nase wie ein erwachsener Mensch!‹ Das hätte ich natürlich nicht sagen sollen. Es ist mir einfach so rausgeplatzt.«

»Aber darauf muß er doch reagiert haben!«

»Nein. Er stellte mir mit ganz schwacher Stimme eine Frage: ›Fühlen Sie sich auch einsam?‹, und ich erwiderte so sanft ich konnte: ›Schrecklich einsam. Warum wäre ich sonst nach Dresden gezogen? Um echte Menschen zu finden wie Zollicoffer. Oder Mrs. Garland. Oder Sie.‹«

»Und was hat er da getan?«

»Er trat einen Schritt zurück und hat mich angeschaut, und ich habe ihn angeschaut, und plötzlich habe ich einen ganz anderen Mann vor mir gesehen. Gar nicht mehr den verschüchterten Intellektuellen, den Devlans Tod umgehaun hatte. Gar nicht mehr den jungen Professor, der unter dem Trauma litt, daß sein Meisterschüler ermordet worden war. Er wirkte größer, aufrechter, seine Stimme klang klarer, bestimmter.«

»Was hat er denn gesagt?«

»Sie werden es nicht glauben. Die Universität Oxford hat ihm für ein Jahr eine Gastprofessur für Amerikanische Literatur angeboten.«

»Wie wunderbar! Wie mich das für ihn freut!«

»Und Temple hat für seine Abteilung zusätzliche Mittel erhalten. Er soll drei Doktoranden als Assistenten bekommen.«

»Und seine Rückkehr nach Mecklenberg? Hat er sich zu unseren Einladungen geäußert?«

»Er hat beide abgelehnt.«

Als sie meinen Ausruf der Enttäuschung hörte, brach sie in lautes Lachen aus.

»Sie können sich bestimmt nicht vorstellen, was er gesagt hat!«

»Es muß etwas Sensationelles sein. Sonst würden Sie nicht um diese Zeit anrufen!«

»Er sagte, ich zitiere wortwörtlich: ›Wie Mrs. Garland bemerkt hat: Sie und ich, wir beide brauchen Wurzeln, und deshalb habe ich mir vor drei Tagen ein Appartement in der neuen Wohnanlage am Stadtrand von Dresden gekauft.‹«

Es war vier Uhr morgens geworden, und als ich durch das große Fenster nach draußen, zum Tal, blickte, konnte ich nicht anders, als meinen bohrenden Schmerz einem anderen Menschen aufzubürden. »In der anderen Nacht ist genau um diese Zeit unten auf dem Rasen Timothy gefunden worden. Ich ersticke fast vor Trauer, wenn ich an den Verlust denke, den sein Tod für Sie und für mich bedeutet.« Ich mußte mich zwingen, den Gedanken loszulassen. »Und was wird Karl Ihrer Meinung nach mit seiner neuen Lebenskraft anstellen?« fragte ich. »Er wird nach Oxford gehen und an dem Grabstein weinen, den er für Devlan errichtet hat«, sagte sie. »Und dann wird er überlegen: ›Drüben in Dresden gibt es zwei kluge Frauen. Die wissen, wovon sie reden‹, und er wird über unsere Einladung nachdenken. Aber es gibt noch eine wichtigere Frage: Was werde ich tun, wenn ich den Herrn liebgewinne? Ich meine den neuen Karl. Den, der durch Schmerz und Leid zu einem richtigen Mann geworden ist?«

Sie sagte es aus einem so deutlich spürbaren Bedürfnis nach Rat, daß ich schloß, ihr Liebhaber von einst müßte ein selbstmitleidiger Waschlappen gewesen sein, und ich wollte ihr Mut machen, es noch einmal zu versuchen. »Yvonne, warten Sie ab. Mit den guten Dingen im Leben ist es wie mit der Geburt eines Kindes. Neunzig Prozent sind Warten.«

MITTWOCH, 15. JANUAR 1992: Gestern machte ich eine ernüchternde Erfahrung. Wie die Eintragungen der letzten Zeit zeigen, habe ich innerlich um eine ehrliche Antwort auf die Frage gerungen, was ich von Autoren zu halten habe, die mir so viel bedeuten. Vor ein paar Jahren habe ich Lukas Yoder für den größten Erzähler gehalten. Inzwischen hat mich Professor Streibert aufgrund seiner scharfsinnigen Revision und seiner logisch brillanten Ausführungen dazu gebracht, meine Meinung zu überprüfen. Mein Enkelsohn hat mir die Augen für die Möglichkeiten eines neuen, gewagteren Erzählens geöffnet, und Jenny Sorkins respektlose Frechheit brachte einen frischen Wind, der alte Spinnweben hinweggefegt hat. Den Grundstein hat aber wohl Yvonne Marmelle und ihr abwägendes, ausgewogenes Denken gelegt. Sie hat ja die Aufgabe, einen großen Verlag auf Kurs zu bringen. Sie ist meine Führerin gewesen, hat mir ihre ausgereiften Urteile angeboten und mir geholfen, meine eigenen, keimenden Meinungen zu entwickeln.

Ich hatte geglaubt, die Literatur erfaßt und fein säuberlich geordnet zu haben. Als ich aber gestern bei den Yoders anhielt, um mit Emma über die Gelder zu reden, die wir dem College vermachen wollen, waren wir beide in der Küche allein, und da habe ich sie gefragt: »Was macht Lukas eigentlich so in diesen Tagen?« Und sie sagte: »Es wird Sie interessieren. In dieser ruhigen Zeit nach den Festtagen widmet er sich dem, was er als seine Bürde bezeichnet.«

»Und die wäre?«

»Die Korrespondenz. Nach der Veröffentlichung eines neuen Buches bekommt er jedesmal eine riesige Menge Post.«

»Aber die Veröffentlichung von *Steinmauern* liegt Monate zurück.«

»Sicher. Aber in mehreren Ländern werden jetzt erstmals seine früheren Romane verlegt. Für die Leser dort sind sie neu.« Sie brachte mich zu ihm ins überfüllte Arbeitszimmer, wo er an seiner Schreibmaschine saß und fleißig Briefe an

Empfänger in allen Teilen Amerikas schickte. »Das gehört auch zu meinem Beruf«, erklärte er, als er die Tastatur seiner altmodischen Royal ruhen ließ.

»Beantworten Sie wirklich alles?« fragte ich und deutete auf einen Stapel von mindestens achtzig noch unbeantworteten Briefen.

»So ist es. Das«, sagte er und klopfte auf die Briefe, die neben ihm lagen, »sind die Menschen, die mich getragen haben.«

»Ich würde zu gern mal einen Blick hineinwerfen.«

»Sie dürfen alle lesen«, sagte er. »Ich tu's auch.«

Und so lernte ich eine Welt kennen, von der ich gar nichts gewußt hatte, die Welt von Hunderten, ja Tausenden von Menschen, die mir in vielem ähnelten, für die Lesen ein kostbares Erlebnis war. Was das Lesen für mich persönlich bedeutet hatte, war mir bekannt. Was ich nicht gewußt hatte – daß es so vielen Menschen genauso ergangen war wie mir.

In dem warmen Sonnenschein eines Wintertags in Dresden begann ich damit, die Briefe zu überfliegen, dann begann ich gründlicher zu lesen. Sie fielen in drei Gruppen. Natürlich gab es unter ihnen sehr viel leere Spreu – Schüler, die ihn um eine Erklärung baten, »wie man schreibt«, erwachsene Menschen, die um Fotos mit seiner Unterschrift für ihre Autogrammsammlung baten, und verblüffend viele Menschen, die in einem seiner Bücher einen Charakter mit ihrem Familiennamen entdeckt hatten. »Könnte Ihr Ladenbesitzer nach dem Bild meines Onkels Isaac Schmandts gezeichnet worden sein? Es ist ja kein gewöhnlicher Name.« Aber die seriöseren Briefe waren eine Offenbarung für mich.

In der ersten Gruppe – keineswegs die umfangreichste – bekannten die Verfasser schlicht, sie hätten Yoder mit den Jahren vertrauen gelernt als einem Autor ehrlicher Geschichten, die auf den Lebenserfahrungen von Männern und Frauen aufbauten, die sie gern persönlich kennengelernt hätten und die in Gegenden wohnten, die einen Besuch wert seien. Solche

Briefschreiber erklärten dann wohl: »Sie sind mein Lieblingsschriftsteller, wahrscheinlich heute der beste. Ich warte schon voller Spannung auf Ihr nächstes Buch.« Mir kam der Verdacht, daß einige dieser Korrespondenten nicht viel von anderen Schriftstellern wußten.

Die zweite Gruppe berührte mich tiefer; jeder dieser Briefe hätte von meinem Mann geschrieben sein können, wenn er noch am Leben wäre:

> Ich arbeite mit solchem Engagement in meinem Beruf,daß ich zum Lesen ehrlich keine Zeit finde. Meine Frau kritisiert mich deswegen; sie sagt, ich entwickle mich zu einem typischen Spießbürger. Als vor ein paar Jahren dann Ihr beliebter Roman *Hexen* herauskam, hat sie soviel davon gesprochen und mir versichert, den würde ich bestimmt gern lesen, daß ich ihn dann auch tatsächlich gelesen habe – nur um Ruhe zu haben.
>
> Ihr Buch hat mich überwältigt. Es war so gut, so real, daß ich gefragt habe: »Was hat er noch geschrieben?«, und meine Frau hat mir von *Die Meidung* erzählt, sie sagte, der sei noch besser als *Hexen*. Sie hatte recht, und ich bin stolz, Ihnen sagen zu dürfen, Mr. Yoder, daß ich inzwischen alle Bücher von Ihnen gelesen habe, aber auch Bücher anderer Autoren. Sie haben mich wieder in eine Welt geführt, deren Vorstellungen und Begriffe über meinen Beruf hinausgehen, und dafür danke ich Ihnen. Ich danke Ihnen tausendmal!

Genau die Erfahrung hatte auch Larrimore gemacht. Er hatte wenig gelesen außer Sachen, die die Stahlindustrie betrafen, bis ich ihm die Lektüre von *Hexen* fast aufgezwungen habe. Und danach kam er zu mir zurück und wollte noch mehr lesen, auch von anderen Autoren.

Es war jedoch die dritte Gruppe, die mich überwältigte – es waren so viele Briefe, und ich konnte es gar nicht fassen, daß die Schreiber es fast immer auf die gleiche Weise ausgedrückt hatten:

> Wenn ich mich den letzten Seiten eines Romans von Ihnen nähere, dann empfinde ich ein Gefühl ehrlichen Bedauerns, weil ich merke, daß ich eine Beziehung mit Figuren aufgeben muß, die ich liebgewonnen habe. Und eine Ecke der Welt wieder verlassen muß, wo ich lohnende Wochen und Monate verbracht habe. Ich lese nämlich langsam und gründlich. Wenn die Seiten weniger werden, kommt es mir vor, als ob mir etwas weggenommen würde, etwas Kostbares, das unersetzbar ist.
>
> Vielleicht lachen Sie über das, was ich jetzt sagen möchte, aber wenn ich sehe, wie wenig Seiten mir noch bleiben, rationiere ich sie. Dann erlaube ich mir täglich nur einige wenige Seiten, und wenn die letzte Seite kommt und ich das Buch zuschlage, dann starre ich minutenlang auf die Karte auf dem Vorsatzpapier und bin mir bewußt, daß mich etwas Wertvolles angerührt hat.

Ich schob die Briefe beiseite; denn in gewissem Sinne war es eine schmerzliche Lektüre. Ich sah Lukas zu; er tippte. Er kam mir überhaupt nicht wie ein Mensch vor, der in anderen so starke Gefühle wecken kann.

»Haben Sie immer solche Post bekommen?«

»Begonnen hat es mit *Meidung*. Seitdem hat es nicht mehr aufgehört.« Er biß sich auf die Oberlippe, als mache ihn das Geständnis verlegen, um mir dann einen weiteren Berg von Briefen zuzuschieben, einen kleineren, den er am nächsten Tag beantworten wollte. Mich überraschten die bunten Briefmarken aus aller Welt, von allen Kontinenten, aus großen und aus kleinen Ländern. Und es war interessant zu sehen, daß die Briefschreiber – die seine Bücher nicht in der Reihenfolge ihrer Entstehung gelesen hatten, sondern abhängig von der Folge, in der irgendein Verlag in Deutschland, Schweden oder

Brasilien eine Übersetzung herausgebracht hatte – Yoder über Romane schrieben, die er vor Jahrzehnten verfaßt hatte, als wären sie erst gestern geschrieben worden.

Es war, als ob all seine Romane in dieser Woche ins Leben getreten wären, als wären sie eben erst aus den Druckerpressen gekommen; denn ein Buch wird ja nicht dann lebendig, wenn es in New York veröffentlicht wird, sondern an dem glücklichen Tag, wenn es einem Leser in die Hände fällt, in Johannesburg oder Buenos Aires oder Istanbul, drei Städten, die unter den Briefen, die ich in diesem Augenblick in der Hand hielt, vertreten waren.

Ich wußte nicht, was ich sagen sollte. Als ich die Leidenschaft, die Identifikation sah, die mein kleiner Dutchman in allen Teilen des eigenen Landes und unter verschiedenen Völkern der Erde wecken konnte, da mußte ich ihn in einem neuen Licht sehen.

»Sie führen eine mächtige Feder, Lukas«, meinte ich schließlich.

»Ich hatte das Glück, im richtigen Moment zu kommen. Und das besondere Glück, einer Frau wie Yvonne Marmelle zu begegnen, die sich für mich eingesetzt hat.«

»Bedeuten Ihnen solche Briefe wie die hier« – ich deutete auf ausländische Post – »sehr viel?«

Er lehnte sich von der Schreibmaschine zurück, dachte kurz nach und lächelte auf seine beinah magische, pennsylvanisch-deutsche Art. »Nun, als Professor Streiberts ziemlich vernichtende Kritik in der *New York Times* erschien, die Emma und mich sehr bedrückt hat, da haben Sie mich gefragt, wie ich darauf reagiert habe. Ich habe Ihnen geantwortet, ich hätte die Kritik nicht gelesen, und ich hätte auch nicht reagiert, als Emma mir Teile daraus vorgelesen hat.« Er lächelte, und dann grinste er wie ein Schulbub, der ein Geheimnis entdeckt hat. »Mrs. Garland …«

»Um Himmels willen, nennen Sie mich Jane. Wir arbeiten doch im College beinahe wie Kollegen zusammen.«

»Also, Jane, wenn ein Mann im Leben fast täglich einen Haufen solcher Briefe bekommt, dann kann er sich's leisten, Kritik zu ignorieren. Sie nähren ein inneres Feuer, das ihn warm hält.«

Beim Verlassen seines Arbeitszimmers war mir vieles klarer, denn ich hatte einen neuen Aspekt der Welt des Schriftstellers kennengelernt, und als ich zu Emma in die Küche zurückkehrte, sagte ich: »Vielleicht ist ein Mensch, der schöne Bilder malen oder gute Bücher schreiben kann, verpflichtet weiterzumachen, solange das Feuer in ihm brennt.«

»Sie glauben, er sollte es noch einmal wagen?«

»Ja.«

»Sieht aus, als ob Ihr Wunsch in Erfüllung ginge.« Sie sagte das, während sie sich einem blubbernden Topf auf dem Herd widmete, doch als sie sich umdrehte, fiel mir auf, wie erschöpft sie wirkte. Wir tranken zusammen eine Tasse Tee mit Zitrone. »Am Sylvesterabend habe ich schließlich gemerkt, daß ich ihm nicht mehr widerstreben durfte. Ich wollte nicht, daß er sich in seinem vorgerückten Alter noch einen Roman aufbürdete, vor allem nicht in Anbetracht des erfolgreichen Endes der Grenzler-Serie. Doch nachdem wir mit den Zollicoffers das neue Jahr eingeläutet hatten, fuhren wir heim, und statt schlafen zu gehen, ging Lukas in sein Arbeitszimmer. Ich hörte beim Einschlafen als letztes das Geräusch seiner Schreibmaschine.

Es muß zwei Uhr morgens gewesen sein, als ich aus irgendeinem Grund aufwachte, und als ich ihn noch immer tippen hörte, bin ich zu ihm ins Arbeitszimmer gegangen und habe gerufen: ›Lukas! Was machst du da!?‹, und er hat mir eine hübsche Landkarte gezeigt, die er selbst gezeichnet hatte – auf der hatte er das Gebiet zwischen *Windsong* und dem Hof der Fenstermachers koloriert; das Gebiet umfaßte auch Neumunster, Dresden und das Ufer des Wannsees, wo die Mordwaffe gefunden worden ist.

Ich habe das Zittern bekommen, als ich die Karte sah, weil

sie mir bewies, daß er sich nun fest entschlossen hatte, einen Roman einer neuen, gewagteren Art zu schreiben, so wie er einem Kritiker wie Streibert zusagen würde. Und das heißt auch: Obwohl wir beide inzwischen älter geworden sind und eigentlich nicht mehr die Kraft haben, hatte wieder einmal die anstrengende Jagd nach Fakten und Figuren und nach dem Sinn begonnen.

Und da saß ich nun, um drei Uhr morgens, und sah die Notizen für den Roman. Den Titel hatte er bereits, *Das Verbrechen.* Als Hauptcharakter hatte er jemand wie Herman Zollicoffer gewählt, einen Vertreter alter, herkömmlicher Lebensart. Der Schurke sollte ein widerlicher Typ wie Applebutter sein, aber ohne solch einen lächerlichen Spitznamen. Als Alternativen hatte sich Lukas zwei Namen aus der Welt der Amish notiert – Strong Jakob und einen, der unter uns Pennsylvanisch-Deutschen recht gebräuchlich war, Huddle Amos. Keiner der beiden Namen gefiel ihm aber wirklich. Im Zentrum des Romans stünde eine tragische Figur wie Otto Fenstermacher, der immer Gutes gewollt, aber die Orientierung verloren hatte, seinen Hof stückweise verkaufen mußte und seinen faulen, apathischen Sohn nicht davon abhalten konnte, Drogen zu nehmen.

Es würde ein aussagestarker Roman, soviel war klar, doch um halb vier habe ich gesagt: ›Weißt du eigentlich, wie spät es ist, Lukas?‹ Als er aufblickte, war klar, daß er sich irgendwo auf den kleinen Seitenstraßen von Dresden verloren hatte. ›Zeit zu schlafen!‹ habe ich gesagt. Auf dem Weg zum Schlafzimmer hat er den Arm um mich gelegt. ›Ich danke dir‹, hat er gesagt. ›Dieses Buch erfüllt mich mit großen Hoffnungen. Und weißt du auch warum?‹ Er lachte über sich selbst – auf diese Art, die es so angenehm macht, mit ihm zu leben: ›Erinnerst du dich noch daran, wie wir Streibert abgelehnt haben und seinen pompösen Imperativ des Hier und Heute, den damals niemand verstand? Nun, er hatte recht. Mich treibt genau der Impuls, den er umschrieben hat. Ich möchte nicht mehr über meine idyllischen Pennsylvanisch-Deutschen schreiben, wie sie einmal gewesen sind, sondern das Leben beschreiben, das sie heute führen. Darüber, wie eine Serie von falschen Entscheidungen und sturen Handlungen zu einer Mordtat führen kann.‹

Obwohl es mir widerstrebte, ihn einen weiteren großen Roman schreiben zu lassen, war ich glücklich, ihn so voller Überzeugung zu sehen und sprechen zu hören. So hatte er auch in den Anfangsphasen seiner früheren Bücher gesprochen. Das war also wirklich ein gutes Omen. Ich fühlte mich immer noch erschöpft, wie in den Tagen vor Weihnachten mit all den endlosen Diskussionen. Mir kam jedoch ein früheres Wort von ihm in den Sinn. ›Schreiben ist mein Beruf‹, hat er mir einmal erklärt, ›ich muß einfach schreiben‹, und als er ins Bett kam, beugte ich mich hinüber zu ihm und deckte ihn vorsichtig zu.«

Schutzumschlagentwurf: Achim Kiel AGD/BDG,
PENCIL CORPORATE ART, Braunschweig, unter
Verwendung des Bildes »Harvest Home«
von Robert McGinnis mit freundlicher Erlaubnis
der New York Graphic Society

Die Titelschrift ist eine handgezeichnete
Umsetzung der Kennerley Oldstyle, entworfen
zwischen 1911 und 1918 von Frederic William Goudy
für Bücher von H. G. Wells, herausgegeben
beim amerikanischen Verleger Mitchell Kennerley

Einbandentwurf, Vorsatzblätter, Vignetten und
Illustrationen von Achim Kiel, Assistenz Carola Thäsler

Die holzstichartig angelegten Illustrationen
zeigen pennsylvanische Landschaftsstudien, angelegt
als Jahreszeiten-Zyklus. Gleichzeitig entstanden
so Metaphern für die vier Protagonisten des Buches
und ihrer Funktionen, allegorisch umgesetzt
in Baumtypen.

Der Künstler dankt Bo Allison, Pennsylvania,
für die kollegiale Unterstützung.

Reproduktionen: Uwe Brandes, Braunschweig

Lithografie: O. R. T. Kirchner + Graser, Berlin

Satz: Kremerdruck GmbH, Lindlar
Gesetzt aus der 10½ Punkt Kennerley Oldstyle
der Linotype-Hell AG, Eschborn/Ts.

Druck und Einband: Franz Spiegel Buch GmbH, Ulm
Gedruckt auf holzfreiem Werkdruckpapier,
chlor- und säurefrei.

Allentown
Kutztown
Cut off
to Reading
Fenstermacher Farm
DAS GRENZLER LAND
Schuylkill
to Lancaster